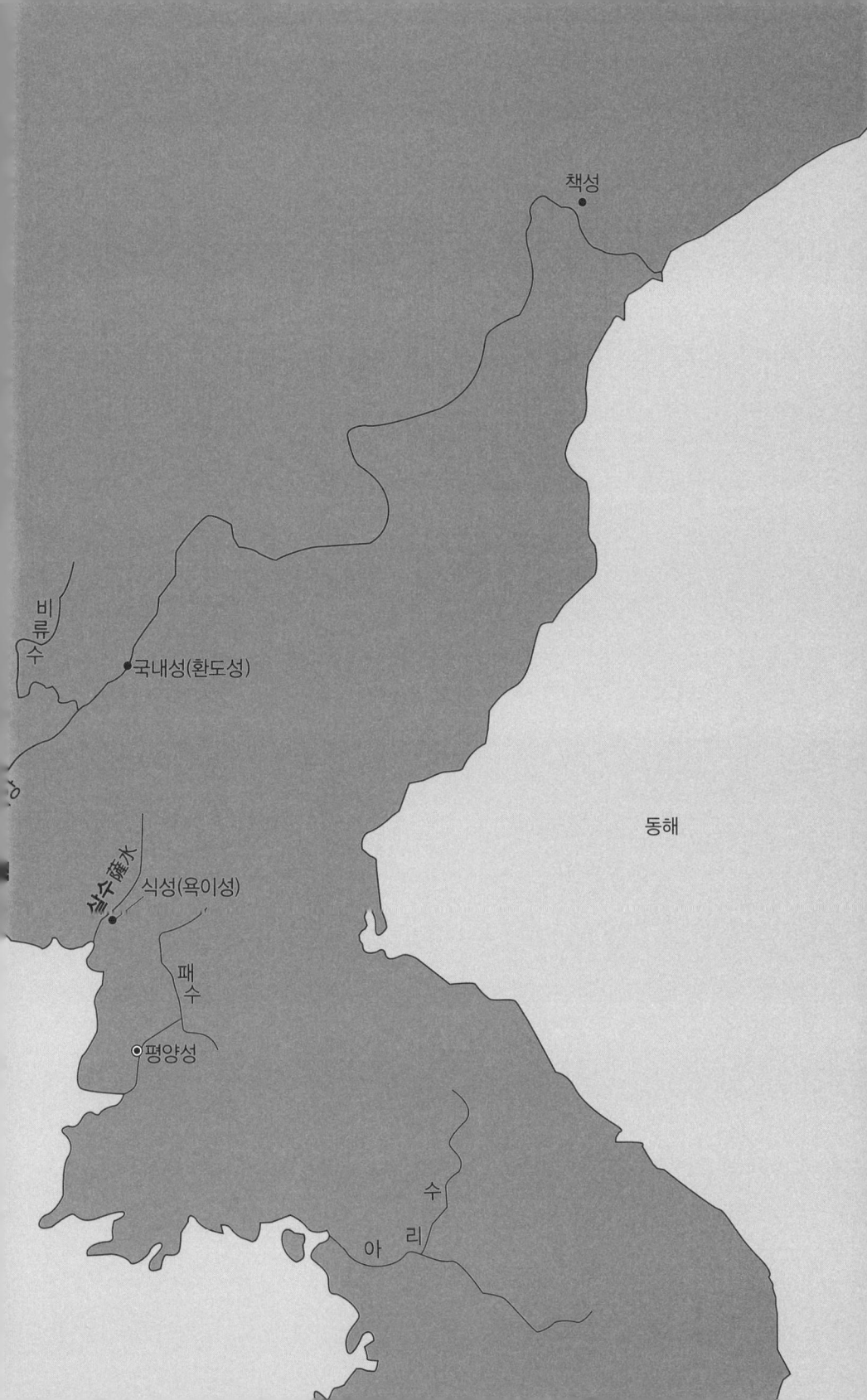

小說 遼河 2

나남
nanam

김성한 대하소설

## 요하遼河·2 — 대륙의 꿈

2011년 7월 15일 1쇄
2011년 10월 5일 4쇄

지은이_ 金聲翰
발행자_ 趙相浩
발행처_ (주) 나남
주소_ 413-756 경기도 파주시 교하읍
       출판도시 518-4
전화_ (031) 955-4600 (代)
FAX_ (031) 955-4555
등록_ 제 1-71호(1979.5.12)
홈페이지_ http://www.nanam.net
전자우편_ post@nanam.net

ISBN 978-89-300-0594-4
ISBN 978-89-300-0572-2(세트)
책값은 뒤표지에 있습니다.

김성한 대하소설

# 요하 遼河 2

대륙의 꿈

나남
nanam

김성한 대하소설

# 요하 遼河 2
대륙의 꿈

차 례

## 벌판을 뒤덮는 북소리 11
별다른 저항을 받지 않은 우중문, 우문술의 수나라 군대는 살수를 건넌다. 먼 길을 달려와 피로에 지친 적군을 맞아 고구려군은 드디어 본격적인 반격을 가하기 시작한다.

## 살수대첩 38
예상치 못한 고구려군의 총공세에 수나라 군대는 혼란에 빠지고 살수는 적군의 시신으로 뒤덮인다. 고구려군은 요하 연변과 북방의 여러 성을 포위하고 있는 적군을 소탕하기 위해 북진하고, 능소 또한 약광 장군과 함께 요동성을 향한다.

## 황제의 분노 58
고구려군에 대패한 우문술은 아들 지급과 함께 초라한 행색으로 요동성을 향한다. 대로한 황제는 장군들에게 죄를 물어 동도(낙양)로 압송할 것을 명한다. 한편 지급은 성난 병사들에게 곤욕을 치르다 원무달이라는 인물의 도움을 받아 위기를 모면한다. 지급이 우문술의 자제임을 알아본 원무달은 그를 극진히 대접하며 함께 동도로 돌아갈 것을 제안한다.

## 화려한 귀향 76

군관으로 승진하여 부하 100명을 거느리게 된 능소는 귀향길에 오른다. 마침내 능소와 상아 두 사람은 눈물로 재회하고 상아 어머니의 바람에 따라 혼인식을 올리기로 한다.

## 피의 혼인식 95

능소와 상아는 우만 노인의 주재로 혼인식을 올린다. 마을사람들이 떠들썩한 잔치로 두 사람의 혼인을 축하하고 돌아간 그날 밤, 지루의 협박이 못내 마음에 걸린 능소가 결판을 낼 심산으로 지루를 찾아가려는 순간 검은 그림자의 괴한이 들이닥친다.

## 폭주하는 야욕 115

지금은 탁군(북경)에서 아버지 우문술을 호송하는 병사와 옷을 바꿔 입고 호송대에 끼어 동도(낙양)로 향한다. 수양제는 또다시 고구려 정벌을 위해 백만 대군을 일으키고 삭탈관작했던 우문술을 다시 불러들인다.

## 장군의 아내의 짧은 행복 141

병약한 상아를 홀로 남겨두고 다시 군에 들어온 능소는 요하 너머 무여라성의 심상치 않은 움직임을 불안한 눈길로 바라본다. 이윽고 수양제와 그의 친위대가 무여라성에 모습을 나타내고, 능소는 요동성으로 달려가 이 사실을 을지문덕, 약광 장군 등에게 보고한다. 잠시 짬을 내 상아를 찾은 능소는 언젠가 전쟁이 끝나고 좋은 세월이 올 거라고 위로한다.

## 요동성, 피어린 항쟁  165

우만 노인이 적이 요하를 건넜다는 소식을 능소에게 전하고, 부상병들이 속속 요동성으로 실려 온다. 능소는 이번에는 적의 집중 공격이 예상되는 요동성을 지키게 되었다는 약광 장군의 말에 기쁨을 감추지 못한다. 전투가 석 달째 접어들 무렵, 남하했던 적군들이 북상하여 요동성에 집결하는 이상한 움직임이 보이자 성안에는 불안감이 번져 가지만 약광 장군은 적중에 큰 변동이 생겼음을 직감한다. 한편 야습을 나간 능소는 뜻밖의 인물을 사로잡는다.

## 적 안의 적  184

수나라 동도(낙양). 사방에서 난리의 소문이 전해지고, 양현감의 반란 소식 역시 지급의 귀에 들어온다. 마침내 고구려 원정에 동원되었던 군대가 돌아와 반란군 토벌에 나서고, 지급은 돌아온 아버지 우문술을 따라 토벌에 참여한다. 관군이 압박해 들어가면서 양현감은 최후의 궁지에 몰린다.

## 전쟁과 새 생명의 탄생  202

어느 눈보라 치는 겨울밤, 상아는 아들 도바를 낳는다. 아들을 얻은 기쁨과 당분간 수나라가 쳐들어오지 않을지도 모른다는 가녀린 희망에 젖어 있을 즈음, 국경에서는 또다시 수상한 움직임이 일어나고 능소는 상아와 도바를 남겨둔 채 군으로 복귀한다. 한편 수나라에서는 밀사를 보내 고구려에 한 가지 제안을 해 온다.

## 무너져 가는 수나라   217

고구려에 투항했다 수나라로 잡혀온 곡사정은 수양제가 지켜보는 가운데 문무백관에 의해 참살당한다. 이듬해 돌궐군이 쳐들어오면서 북방을 순시 중이던 수양제는 곤욕을 치른다. 수나라의 국운이 기울어 가는 와중에 우문술이 세상을 떠나고 두 아들 화급과 지급은 황제의 명으로 종의 신세를 면하고 관직에 오른다.

## 백일천하   228

천지사방에서 크고 작은 세력들이 왕이며 황제를 자처하고 일어나 수나라는 환란에 시달린다. 화급과 지급 두 형제 또한 이에 가세해 각각 황제와 승상의 자리에 오르면서 국호를 허(許)라고 칭한다.

## 위대한 제국을 위하여   253

서기 642년. 30년간의 평화로 안일에 빠진 고구려를 개탄하던 연개소문은 영류왕의 즉위 25주년을 기념하는 열병식을 준비하던 중, 찾아온 한 승려로부터 충격적인 비밀을 전해 듣는다. 부도라는 이름의 이 승려는, 연개소문의 휘하에 들어간 능소에게 또 다른 충격을 안긴다. 열병식 날 연개소문은 군사를 이끌고 왕궁으로 들이치고, 당태종 이세민은 이런 혼란상황을 틈타 고구려 정벌을 꿈꾸기 시작한다.

## 당태종의 실패한 야욕   289

서기 644년. 당나라에서 사신이 찾아와 신라를 공격하지 말 것을 고구려에 요청하나 연개소문은 이를 거절한다. 전쟁을 직감한 연개소문은 능소에게 평양성에 머물며 군대를 지휘할 것을 지시한다. 최후의 협상을 위해 부도를 정사(正使)로 한 사신단이 당나라로 파견되지만 당태종 이세민은 이들을 옥에 가두고, 마침내 군사를 일으켜 고구려 침공에 착수한다.

### 흙먼지바람은 다시 피어오르고 326

능소 대신 백암성의 처려근지로 부임한 손벌음의 한가로운 작태에 능소의 아들 도바는 분을 참지 못한다. 당태종 이세민은 태자(후일의 당고종)를 감국(監國)으로 임명하여 국내 정치를 맡기고 고구려 친정(親征)에 나선다. 이세민이 총애하는 후궁 무미랑은 어딘지 모자라 보이는 태자로부터 야릇한 눈길을 받는다. 한편 당나라 대군의 공세에 고전을 면치 못하는 고구려 군영에 은퇴해 칩거하던 약광 장군이 노구를 이끌고 나타나 새로운 작전을 제시한다. 약광 장군의 작전에 따라 능소는 이제는 요서라 불리는 무여라의 옛 싸움터를 향해 말을 달린다.

### 도바, 백암성의 참극 353

요동성이 적의 손에 떨어지고 성의 백성들은 처참하게 죽임을 당하거나 당나라로 끌려간다. 코앞에 적을 두고도 백암성의 처려근지 손벌음은 변변한 대책도 세우지 못한 채 큰소리만 친다. 오골성에서 지원군을 끌고 온 장인 돌쇠를 따라 백암성으로 진격하는 적군을 매복공격하고 돌아온 도바는 이튿날 영문도 모른 채 감옥에 갇힌다.

### 대륙혼, 만리장성을 눈앞에 두고 383

당나라 군대는 이제 안시성을 향한다. 안시성의 약광 장군은 인자하고 허물없는 태도로 병사들을 독려하며 사기를 북돋는다. 안시성 백성의 결사적인 항전과 보급로 차단으로 인한 식량부족으로 어려움을 겪던 당 군대는 겨울이 찾아오자 결국 퇴각을 결정한다. 능소는 이세민을 살려 보내서는 안 된다는 결심 아래 소수의 병사를 이끌고 퇴각하는 황제를 뒤쫓는다.

- 주요 등장인물 425
- 평양·살수부근 주요도 429
- 당태종 고구려침입 주요도 430

## 요하 遼河 1
### 영웅의 탄생

- 순결한 젊은 그들
- 요하 강변의 불안한 희망
- 날아오르는 작은 용
- 타오르는 질투
- 살아 있는 전설, 무여라(武厲邏)성
- 전쟁 속의 외로운 싸움
- 목숨을 건 임무
- 말할 수 없는 비밀
- 살아나는 욕망의 불꽃
- 소년 연개소문
- 전쟁의 예감
- 수양제의 탐욕
- 위대한 작은 승리
- 전쟁과 여인들
- 요하를 건너는 법
- 잔인한 유언
- 욕망과 갈등의 나날
- 안개 속의 도하(渡河) 작전
- 다시 전장으로
- 여인의 또 다른 전쟁
- 평양성으로 향하는 적의 칼날
- 덫에 걸린 공룡
- 을지문덕 장군의 담판
- 적과의 동침

## 요하 遼河 3
### 아! 고구려

- 아버지의 여인, 아들의 연인
- 고구려 유민들의 한
- 위험한 여인
- 측천무후, 승자와 패자
- 장막 속의 태평성대
- 허수아비 황제
- 폭풍 전야
- 뼈아픈 후회
- 매운 칼바람에 꽃은 지고
- 평양회전(平壤會戰)
- 통곡하는 백제의 혼
- 거인의 죽음
- 권력은 나누지 못한다
- 아아, 고구려
- 최후의 결전을 향해
- 영원한 대륙의 꿈

## 벌판을 뒤덮는 북소리

　캄캄한 밤을 그대로 달려 봉수산(烽燧山: 평양 30리)을 지날 무렵에는 새날이 밝아 왔다. 압록강을 떠난 후 처음으로 우군의 대부대를 만났다. 동으로 이동하는 1만여 명의 기병집단은 영류산성〔嬰留山城: 대성산(大聖山)〕으로 가는 중이라고 하였다.
　고개에 올라서니 멀리서 남으로 굽이쳐 흐르는 패수(浿水)가 보이고 평양성까지의 30리 거리에는 산과 내를 의지하여 진을 친 부대들이 띄엄띄엄 눈에 들어왔다. 연개소문은 장령진(長嶺鎭: 함남 영흥) 방면에서 이동하여 온 부대와 서해에서 전진(轉進)한 건무(建武) 장군의 휘하라고 일러 주었다.
　그늘에서 주먹밥으로 요기한 그들은 다시 행군을 계속했다.
　봉수산과 평양성의 중간, 와산(臥山) 기슭에 이르렀을 때 부대는 별안간 정지하고 연개소문이 고삐를 틀어 한 걸음 앞으로 나왔다.
　"성상 폐하시다. 옷들을 정제해라."
　그는 나지막한 고갯마루에 눈을 던지며 외쳤다. 오르막길이 숲속으로 사라진 대목에 곰을 수놓은 깃발이 나부끼고 말 탄 군관들이 내려다보고 있었다. 병사들은 옷깃을 여미고 군관들은 고깔의 깃을 바로잡았다.

평평한 고개에 오른 그들이 말을 내려 대열을 정비하자 을지문덕 장군이 친히 구령을 불렀다.

"경배!"

그들은 한 손으로 고삐를 잡은 채 장막 앞에 나선 임금에게 한 무릎을 꿇고 절하고 일어섰다.

"수고가 많았소."

임금은 장군의 손을 잡고 반겨했다. 지켜보는 능소는 3년 전보다 이마의 주름이 늘었다고 생각했다.

"이렇게 교영(郊迎)까지 나오시니 황공하기 그지없습니다."

"집에 돌아가 여독을 풀도록 하오."

"신은 이 적을 물리칠 때까지 야산(野山)을 떠나지 않을까 합니다. 바로 이 자리에 영을 베풀고, 이 와산(臥山)과 영류산(嬰留山) 이남에는 적을 한 발도 들여놓지 않을 작정이오니 성상께서는 안심하시기 바랍니다."

"국가는 장군의 성충(誠忠)과 지모(智謀)에 의지하고 있소. 그럴수록 노체(老體)가 염려되는 터인즉 잠시라도 쉬도록 하오."

"신의 기체는 아무 염려 없습니다."

임금이 말없이 끄덕이고 장막으로 들어가자 을지문덕 장군도 대신들과 인사를 주고받으면서 그의 뒤를 따랐다. 바로 임금 뒤에 섰던 얼굴이 갸름하고 두 눈이 빛나는 이가 건무 대장군이라는 바람에 능소는 유심히 눈을 박아 보았다. 임금의 어린 아들이 얼마 전에 죽은 후로는 그가 다음에 대를 이으리라는 소문이 퍼져 있었다. 을지문덕 장군에게 무엇인가 얘기하며 장막으로 사라지는 그의 모습은 어딘지 모르게 강하고 엄한 기운을 풍겼다.

 밖에 남은 병사들은 막사를 치고 나무를 찍어다가 임시로 마구간을 지으며 부산하게 돌아가는 중에도 장막 안에서는 종일 회의가 계속되었다. 능소는 말의 뒷발을 쳐들고 왕복 천릿길에 닳은 마철을 빼었다. 100리만 더 갔어도 발에 상처가 날 뻔했다. 상아의 어머니가 딸의 혼수로 간직했던 은(銀)으로 샀다는 이 말을 타기 시작한 지 석 달, 무던히도 달렸으나 한 번도 탈이 없었다.

 네 굽에 마철을 박고 일어선 능소는 말잔등에 기대서서 아래를 내려다보았다. 이 벌판에서 적을 맞아 대판으로 싸운다면 자기가 죽을 땅도 미상불 여기가 틀림없었다. 기병들이 말을 달려 지나가는 저 콩밭 어느 대목에서 적과 싸우다가 피를 흘리고 쓰러질 것이다. 죽을 땅이 지정되고 보니 압록강에서 여기까지 오는 도중에 서렸던 구름이 사라지고 마음은 이상하게 가라앉았다. 2천 리 북쪽에서 기다리는 상아의 서글픈 얼굴이 스쳐 갔으나 피할 수 없는 운명은 대담하게, 깨끗이 맞고 미련을 남기지 않으리라 스스로 다짐했다.

 언덕 위의 병사들은 다시 정렬하고 장막에서 임금이 나타났다. 능소는 뭇 신하들과 호위 병사들을 거느리고 천천히 말을 몰아 벌판으로 내려가는 그의 거동을 주시하였다. 3년 전이나 다름없는 위풍은 주위의 병사들에게 믿음성을 심어주는 듯했다.

 벌판에 내려선 임금은 서녘에 기우는 해를 쳐다보고는 채찍을 내리쳤다. 행렬은 차츰 속도를 더하여 질주로 변하고 뒤에 남은 을지문덕, 건무 장군은 오래도록 지켜 섰다가 행렬이 산을 돌아 사라지자 고삐를 틀어 말을 돌렸다.

 밤이 가고 아침 해가 뜨면서 북쪽에서 달려온 전령은 적의 선봉이 살수(薩水) 가에 당도했다고 보고하였다. 을지문덕 장군은 고개를 끄덕이고 달리 말이 없었다. 평양성에서 내려온 무수한 달구지들은 산더미같이 부대들을 부리고 돌아가서는 또 싣고 왔다. 군관들에게 불려간 10인장과 병사들은 부대를 메고 벌판에 퍼져 제각기 자기 소속으로 흩어져 갔다. 부대에서는 미시, 육포, 엿이 든 비상식량 주머니들이 쏟아져 나오고 병사들에게 하나씩 돌아갔다.

저녁에 당도한 북쪽의 전령은 적의 주력이 살수에 진출하고 선봉은 강을 건너 남진 중이라고 하였다. 병사들은 창끝을 더듬어보고 화살을 세었다.

먼동이 트면서 장막을 나선 을지문덕, 건무 두 장군이 말을 달려 용악산(龍岳山: 평양 서북 20리)에서 영류산(嬰留山)에 이르는 진지를 한 바퀴 돌고 오자 최전방을 제외한 전원에게 대휴식령이 내렸다. 말을 끌고 벌판의 콩, 조, 수수밭에 퍼진 병사들은 양껏 먹이며 이랑에 앉아 쉬었다.

"이 싸움은 어떻게 될 것 같습니까?"

올챙이가 콩을 뜯는 말의 고삐를 잡고 옆에 앉았다.

"이기지."

능소는 자신 있게 대답했다.

"적은 30만도 넘는다는데 이쪽은 아무리 보아도 2, 3만밖에 안 되는 것 같습니다."

남으로 온 후 다정하게 얘기할 틈을 갖지 못한 이 병사의 얼굴에는 전에 없던 걱정기가 나타났다.

"네 눈에 뵈는 게 2, 3만이지 어느 구석에 멀매나 있는지 어떻게 아니야?"

"그런데 왜 이렇게까지 밀려옵니까?"

"그야 높은 어른덜이 생각이 있겠지."

"글쎄요. 이러다가 한 발만 밀려도 서울을 뺏기지 않습니까?"

"걱정은 장군덜이 하는 게고, 우리는 잘 싸우기만 하문 된다."

"우리가 아무리 잘 싸워도 전쟁에 질 수도 있겠고, 그럴 경우 나라는 어떻게 됩니까?"

"나라 걱정은 나라님이 하시는 게다."

"나라가 잘못되면 백성도 잘못되는데 안 할래야 걱정이 되는걸요."

"지금 여기서 니가 걱정한다고 무슨 쉬가 날 것 같응이?"

"그건 그렇습니다마는…."

"소용없는 걱정은 앙이 하는 게 좋다."

조금 떨어져 앉은 지루가 휜 눈으로 흘겨보다가 한마디 했다.

"20인장님의 부하는 좀 묘한 데가 있소다."

능소는 잠자코 하늘을 쳐다보았다.

"모두덜 고향에 두고 온 갈라(가시나) 생각을 하는 버릇이 있단 말이오다. 선슨아(머시마)가 갈라 생각을 하는 게 나쁘다는 건 앙이오다. 그러나 말입네다. 싸암터 나와서까지 갈라 생각을 해서야 싸암이 되겠소다? 겉으루는 전쟁 걱정, 나라 걱정하는 척하지마는 사실은 갈라를 다시 못 볼까 봐 앙달방달하는 겝니다."

올챙이가 얼굴을 붉히고 슬그머니 조약돌을 집어 던졌으나 지루는 아랑곳없었다.

"병사도 병사지마는 10인장 20인장이나 군관 같은 분덜이 그런 버릇이 있다문 이거 큰일이 앙이겠소다?"

참고 있던 능소는 일어서 그를 쏘아보았다. 지루는 입가에 희미한 웃음을 띠고 마주 보고 있었다. 발길로 한 대 차려다가 참고 말에 올라 고삐를 틀었다.

해가 기울 무렵 북쪽에서 말 탄 10인장 두 명이 달려오고 봉수산 언저리에 적의 기마척후들이 나타났다. 5, 6명이 한길을 달려오다가 벌판을 가로질러 산으로 올라갔다. 개울에서 말을 씻어주고 있던 능소는 급히 와산(臥山) 마루 장군의 처소에 돌아왔다. 을지문덕 건무, 두 장군은 높은 군관들과 함께 장막 앞에 나와 북쪽을 주시하고 있었다.

숲에 가려 자취를 감추었던 적의 기마척후들이 봉수산 마루에 나타나고 북쪽에서 달려온 2명의 10인장은 건무 장군 앞에서 말을 내렸다.

"적의 주력은 아까 신시(辛時) 초에 상산(上山: 평양 북 70리) 부근을 통과하고 전위 5천은 그 전방 10리를 전진하고 있었습니다. 진격 속도로 보아 지금쯤 주력의 위치는 30리 북쪽으로 짐작됩니다."

한 명이 보고하고 소매로 얼굴을 적신 땀을 훔쳤다.

"알았다. 돌아가 쉬어라."

건무 장군은 그들을 보내고 산마루의 적병에게 눈을 던졌다. 벌판을 내려다보던 적의 척후들은 산 너머로 사라지고 발길을 돌린 장군과 군관들의 뒤를 따라 능소도 장막으로 들어왔다. 을지문덕 장군은 군관들을 앞에 하고 입을 열었다.

"군사가 패하는 데는 두 가지 요인이 있소. 첫째는 굶주리는 데 있고, 둘째는 피곤한 데 있소. 만약 굶주린 동시에 피곤한 군대가 있다면 이런 군대는 백전백패하게 마련이오. 적은 지금 보급이 끊어지고 각자 가지고 온 식량도 얼마 남지 않아 제대로 먹지 못했고, 2천 리 길을 행군하여 매우 피곤하오. 우리가 당면해서 할 일은 이 적으로 하여금 더욱 굶주리게 하고 더욱 피곤케 하여 철저히 무력하게 만들어 놓고 일거에 짓밟아 버리는 데 있소. 이와 같은 군략(軍略)의 취지를 받들어 필부(匹夫)의 용기를 삼가고 상사의 통제에 엄격히 복종할 것을 특히 부탁하오."

장군이 자리에 앉자 건무 대장군이 일어섰다.

"적의 주력은 대체로 오늘밤 자정 전에 봉수산까지 진출할 것으로 짐작되오. 공격을 개시하기 전에 대열을 정비하고 피곤한 군대를 쉬기 위해서 며칠간의 여유가 필요할 것이오. 우리는 이 적에게 피곤을 풀 여유를 주지 말아야 하겠소. 밤에는 자지 못하게 하고 낮에는 앉아 쉴 틈을 주지 말아야 하오. 이를 위해서 나의 휘하 삼군은 밤낮 3교대로 적진을 공격하여 교란할 것이오. 우선 오늘밤 자정을 기하여 제1군이 공격에 나설 것이고, 아침에 제2군, 저녁에 제3군이 공격을 담당할 것이오. 적이 선수를 써서 공격해 오지 않는 한 우리의 목적은 적의 살상에 있지 않고 교란에 있음을 명심하오 …."

구석에서 듣고 있던 능소는 여기까지 도망치다시피 밀려온 의도를 알 것 같았다. 건무 장군과 군관들이 밖으로 나가자 을지문덕 장군은 연개소문과 능소를 번갈아 보았다.

"너희들도 일찍 자지."

능소는 한 걸음 앞서 나와 자기 처소로 걸어갔다. 산과 들에 밤이 깔리고 먼저 나온 군관들의 말굽소리가 어둠속으로 멀어져 갔다. 장막에 들어선 능소는 짐에서 새 신발을 꺼내 구석에 놓고 자리에 누웠다. 각각으로 다가오는 대혈전(大血戰)의 발소리가 귀에 들리는 것만 같았다.

요란한 북소리에 잠을 깬 능소는 창을 들고 밖으로 뛰어나갔다. 초승달이 비치는 밤하늘에 무수한 북소리가 울려 퍼지고 동쪽으로 봉수산 그늘에 돌진해 들어가는 수천 명의 기병들이 달빛에 어른거렸다. 멀리 좌측 가로질러 봉수산 서편에서 배후로 우회하는 부대가 있는가 하면 우측 이봉산(二峰山)을 돌아 북서(北西)로 달리는 기병들이 눈에 들어왔다. 온 고구려의 군고(軍鼓)는 모두 여기 모인 듯 주위의 산에서도, 벌판에서도, 크고 작은 북들이 울리고 메아리쳤다.

고요하던 적진은 떠들썩하고 아우성과 호통이 뒤범벅이 되었다. 처처에서 호각소리가 터지고 말들이 달리는 소리, 병사들이 웅성거리는 소리가 물결처럼 번져왔다.

장막 앞 나무 걸상에 앉은 을지문덕 장군은 팔짱을 지르고 뒤에선 연개소문의 창끝이 달빛에 반짝였다. 선 잠결에 달려 나온 호위대 병사들 틈에서 구경하던 능소는 그의 옆으로 다가갔다.
"파수 외에는 정시까지 자도록 해라."
장군은 고개를 돌려 연개소문에게 일렀다. 병사들은 명령이 떨어지기 전에 돌아서 장막으로 흩어져 갔다.
북소리가 멎고 간단없는 비명에 섞여 쇠가 부딪는 소리들이 귓전을 치고 멀어졌던 말굽소리들이 다시 접근해 왔다. 봉수산(烽燧山) 동측에서 쏟아져 나온 수천 명의 우군 기병들이 남측을 돌며 활을 쏘는 모습이 희미하게 보였다. 그늘진 산허리의 적진에서는 외마디 비명이 일고 날아오면서 달빛을 받은 화살이 가끔 허공에서 번뜩였다.
"잠깐 눈을 붙였다가 일어나지."
장군은 일어서 본영으로 들어가고 연개소문이 뒤를 따라갔다. 능소는 장막에 돌아와 자리에 누웠으나 좀처럼 잠이 오지 않았다. 요동성에 돌아와 상아를 다시 만났을 때 정답게 대하지 못한 회한(悔恨), 홀로 늙은 어머니에게 좀더 잘하지 못한 일들이 가슴을 밀고 올라왔다.
새우잠에서 깬 능소는 조반을 마치고 밖에 나갔다. 봉수산 마루에는 어제 보지 못하던 우문술의 대장군기가 나타나고 말 탄 군관들이 기슭의 벌판을 이리저리 달렸다. 숲 사이사이로 보이는 장막들 주위에는 적병들이 들끓고 산 너머에서는 여러 줄기 연기가 아침 햇살에 곧추 오르고 있었다. 간밤의 소란은 씻은 듯이 가시고 와산 남측 그늘에 간간이 보이는 기병들을 빼고는 우군도 자취를 감추었다. 구름 한 점 없는 맑은 하늘을 배경으로 초가을의 미풍에 나부끼는 마리치(莫離支: 수상(首相)) 대장군기가 도리어 한가로운 느낌이었다.
백기를 앞세운 적 군관이 2, 3명의 병사들을 거느리고 봉수산을 내려오는 것이 보였다. 능소는 걸음을 재촉하여 연개소문의 장막으로 들어갔다.

"적의 군사(軍使)가 봉수산을 떠났습네다."

4, 5명의 병사들이 지켜보는 가운데 돌쇠의 통역으로 군관 한 명을 심문하고 있던 연개소문은 대답 없이 고개만 끄덕였다. 간밤에 붙들려온 사나이의 호박살 얼굴에는 땀이 물같이 흐르고 있었다.

"… 그래 우중문은 어디 있지?"

연개소문은 계속했다.

"우문술 장군과 함께 봉수산에 계십니다."

"평양성 공격은 어느 날로 잡았느냐?"

"거기 대해서는 들은 일이 없습니다."

"너는 언제가 좋다고 생각했지?"

"빨라야 2, 3일 후가 될 것으로 생각했습니다."

연개소문은 오래도록 생각하다가 다시 물었다.

"무슨 까닭이냐?"

"보병은 발이 부르트고 기병은 마철이 닳았기 때문입니다."

"며칠이면 평양성을 뺏는다고 했느냐?"

"거기 대해서도 들은 일이 없습니다."

"네 생각은 어떠냐?"

"짐작이 가지 않습니다."

연개소문은 물끄러미 바라보고 군관은 말을 이었다.

"요동성도 2, 3일이면 점령한다던 것이 이제 만 석 달이 되어도 끄떡없으니 평양성 일을 어떻게 짐작할 수 있겠습니까."

"식량은 얼마 있지?"

"앞으로 반 달 치 있습니다. 하급 군관이란 별 수 있습니까. 앉으라면 앉고 서라면 서는 신셉니다. 목숨만은 살려 주십시오."

군관이 상반신을 굽실하는데 본영 파수병이 들어와 알렸다.

"장군께서 부르십니다."

연개소문은 무엇인가 물을 듯하다가 짐작이 간다는 듯 능소와 돌쇠를 거느리고 밖으로 나왔다.

"그 포로를 심문했습니다마는….."

그는 장막에 들어서자 얘기하고 있던 을지문덕, 건무 두 장군 앞에 보고를 시작했다.

야간공격에서 돌아온 건무 장군은 충혈된 눈으로 말이 없고 을지문덕 장군은 문간을 보면서 가로막았다.

"그 얘기는 나중에 듣지."

군관의 인도를 받아 적의 군사가 들어서고 세 사람은 두 장군의 뒤로 돌았다.

"우중문 대장군의 편지를 드리러 왔습니다."

호리호리한 적 군관은 절하고 일어서 봉서를 두 손으로 바쳤다. 장군은 피봉을 뜯고 눈으로 읽어 내려갔다.

"평화를 바라는 성의에서 나온 충고를 듣지 아니하니 부득이 여기까지 쳐내려왔소. 지금이라도 우리가 요구하는 바를 받아들인다면 관대히 용서할 것이요, 그렇지 않으면 귀국의 운명은 며칠 안에 다하는 것으로 각오하시오. 간밤의 야습으로 귀국군의 능력은 알고도 남았소. 우리 측 피해로 말하면 팔에 살을 맞은 졸병 한 명, 다리에 살을 맞은 말이 한 필 있을 뿐이오. 실로 가소롭기 그지없소. 분수를 알고 처신하기를 바랄 따름이오."

장군은 읽고 난 편지를 건무 장군에게 넘기고 담담한 표정으로 붓을 들었다.

"장군의 신묘한 계책은 하늘과 땅의 이치를 다하여 전공(戰功)도 이미 높다 할 것이오. 사람이란 어느 선에서 만족할 줄 알아야 하는 법이니 이 정도로 그치고 돌아가는 것이 좋겠소(神策究天文, 妙算窮地理, 戰勝功旣高, 知足願云止)."

장군은 붓을 놓고 건무 장군에게 보였다. 우중문의 편지를 든 채 넘겨다보던 그는 고개를 끄덕였다.
"이걸 갖다드려라."
장군은 편지를 밀봉하여 적 군관에게 주었다.
"곧 출동이다."
적 군관에 이어 건무 장군이 물러가자 을지문덕 장군은 세 사람을 돌아보고 일렀다. 능소는 돌쇠와 함께 장막으로 뛰어 돌아와 갑옷에 투구를 쓰고 밖으로 나섰다.

와산(臥山) 남측, 적으로부터 차폐된 벌판에 대기하고 있던 5천 기병은 을지문덕 장군 지휘 하에 한길에 나서자 북을 치며 천천히 진격을 개시하였다. 때를 같이하여 서북 보통강 굽이진 대목에서도 북이 울리고 동북 10리 좌불골(坐佛洞)에서도 북을 치며 전진하는 기병들의 모습이 나타났다. 적진은 별안간 인마가 치달리며 떠들썩하기 시작했다. 봉수산 남쪽 기슭에서 방향을 서쪽으로 바꾼 부대는 적의 눈앞 3백여 보의 거리를 달리지도 않고 전진했다. 고병들이 치는 북소리가 다급히 울려 산에 메아리치는 속을 가끔 활을 쏘며 지나갔으나 싸운다기보다 적진을 검열하고 스치는 격이었다. 적은 덮어놓고 화살을 퍼부었으나 중도에 떨어지고 그렇다고 바싹 다가들지도 못하면서 입마다 뇌까리고 호통을 쳤다.

봉수산 서쪽을 돌자 북쪽으로 뻗은 수십 리 벌 곳곳에 창과 활로 무장한 적병들이 원진(圓陣)을 치고, 좌우 양익(兩翼)을 북쪽으로 달리며 적에 도전하는 우군 기병들이 일으킨 흙먼지가 하늘에 치솟았다. 을지문덕 장군을 선두로 적의 우익 측면에 나선 5천 기병은 갑자기 속도를 더하여 전군(前軍)과 후군(後軍) 사이 2천여 보의 공간을 동으로 질주하였다. 우군은 북만 치고, 두 눈만 휑한 적병들은 먼발치로 활을 당길 뿐 제자리에서 움직이지 않았다.

동쪽으로 달려 적의 좌익으로 나선 부대는 남하하여 다시 봉수산 남측을 돌아 적의 우익으로부터 동진하였다. 장군의 뒤에 따라붙은 능소는 마상에서 돌아보았다. 좌우 양익을 달리던 부대들은 남하하였다가 다시 북쪽으로 달리고 있었다.

같은 경로를 세 번 되풀이하는 사이에 해가 기울고 적은 지친 듯 입을 벌린 채 바라보기만 했다. 땅거미 지는 벌판을 남쪽으로 달려 와산 기슭에 당도할 무렵에는 주위가 아주 캄캄해졌다.

장군을 모신 호위대 틈에 끼어 와산(臥山)에 오르면서 능소는 뼈에 가죽만 씌운 듯 말라빠진 적병의 얼굴들을 머리에 되새겼다. 어김없이 혼이 나간 사람의 표정들이었다.

장막에 돌아와 투구를 벗는데 북을 치고 함성을 지르며 내닫는 무수한 기병들의 발굽소리가 울려왔다. 또 다른 부대가 적진으로 달려가는 모양이었다.

적을 들볶는 작업은 밤낮 사흘 계속되었다. 나흘째 되던 날 새벽, 동이 트면서 교란부대가 철수하자 적은 때를 놓치지 않고 총공격을 개시하였다.

봉수산 좌우에서 밀고 나온 5만 기병들은 10리 전면을 수십 개의 방진(方陣)으로 서서히 접근해 오고 그 뒤에 창을 꼬나든 10만 보병이 같은 대형으로 따라왔다. 와산 기슭 숲속에 포진한 을지문덕 장군은 적진 중앙을 전진하는 우문술의 대장군기를 주시하고 병사들은 안장에 한 손을 얹고 숨을 죽였다.

보병들에 이어 우중문의 깃발을 선두로 기병들이 나타나고 다시 10여 만 보병의 대열이 뒤를 이었다. 무수한 개미떼같이 다가오는 적군은 우문술과 우중문이 전후군으로 양분하여 파상공격(波狀攻擊)을 감행할 모양이었다.

능소는 고삐를 틀어잡고 둘러보았다. 3만여 명의 기병들은 잠자코 적을 응시하고 있었다.

적은 착실히 접근해 왔다. 기병과 보병들은 같은 속도로 한 걸음 한 걸음을 조심하듯 전진하여 해가 중천에 떠서야 우리 전면에 당도하였다. 그러나 을지문덕 장군은 여전히 적을 바라보고 움직이지 않았다.

동북방 좌불골에서 북이 울리며 1만여 명의 우군 기병들이 달려 나와 적 보병의 좌익을 맹렬히 공격하기 시작했다. 전진하던 적은 발을 멈추고 뒤를 돌아보았다. 적 좌익 중간에서 혼전이 벌어지고 흙먼지 속에 아우성이 터져 나왔다. 우중문의 기병들이 급히 전진하여 반격 태세로 들어가자 고구려군은 차츰 밀리면서 동남으로 후퇴하고 적은 그대로 추격해 나갔다.

우문술의 진영에 북이 울리고 적 기병들은 다시 전진하기 시작했다. 순간, 서쪽 형제산(兄弟山) 기슭에서 수많은 북소리가 울리고 건무 장군의 대장군기를 선두로 구름같이 달려온 기병들이 우문술의 우익으로 돌진해 왔다.

적 보병들은 제자리에 엉거주춤하고 말머리를 돌린 우문술의 기병 5만은 쏜살같이 달려 돌진해 오는 고구려군을 밀고 추격을 거듭하여 형제산 너머로 사라졌다.

을지문덕 장군이 한 손을 쳐들자 옆에서 북이 울리고 3만 기병은 채찍을 내리치며 콩밭을 돌진하였다. 적 보병들은 창을 숲같이 나란히 꼬나들고 대항해 왔다. 능소는 적진에 뛰어들면서 가슴에 찬 단도를 빼어 던졌다. 양미간을 맞은 적병은 비명도 없이 창을 버리고 두 손을 쳐들었다가 뒤로 자빠졌다. 옆의 병정이 흰 눈을 치뜨고 그의 말을 목표로 한 걸음 내디디는 것을 창대로 머리를 내리치고 나머지 단도 넷을 빼어 연거푸 던졌다. 앞줄의 적병들은 차례로 쓰러지고 능소는 적중에 뛰어들어 창을 휘둘렀다.

콩밭에 쓰러진 적병들은 몸을 뒤틀며 울부짖고 간혹 적의 창에 맞고 쓰러져 네 발을 허우적거리는 우군의 말도 눈에 들어왔다.

능소는 돌아서 절름거리며 몇 발자국 옮기는 적병의 뒤통수에 창을 내질렀다. 사지를 뻗고 앞으로 쓰러진 놈의 신발은 닳아서 뒤꿈치가 드러나 있었다.

군관들의 호각이 처처에서 울렸다. 고구려 기병들은 후퇴하기 시작하고 장군의 깃발이 멀지 않은 후방을 가고 있었다. 능소는 창을 휘두르며 적중을 빠져나와 그의 뒤에 따라붙었다. 우군을 추격하여 멀리 갔던 우문술, 우중문의 기병들이 달려오고 그 뒤에 일정한 거리를 두고 쫓아오는 고구려 기병들이 있었다.

본진으로 돌아온 우문술은 그대로 봉수산을 향해 철수하기 시작했다. 앞에 가는 을지문덕 장군은 계속 전진하면서 고개를 돌려 오래도록 북쪽 하늘을 바라보다가 채찍을 들어 내리쳤다.

능소는 해질 때까지는 아직도 적지 않은 시간이 있는데 피차 약속이나 한 듯 중도에서 싸움을 그만두고 제자리로 돌아가는 것이 이상했다. 그는 손바닥으로 얼굴의 땀을 내리 씻으면서 언덕배기를 올라갔다.

와산 마루에 당도한 능소는 놀랐다. 봉수산 너머 북쪽 벌판 처처에 흰 연기가 오르고 동북으로 중봉(中峰) 기슭에는 철수하는 우군 기병들이 질주하고 있었다. 타는 것이 적의 식량인지 무기인지 분간이 가지 않았으나 여기까지 미리부터 생각해 둔 장군의 마음속은 깊이를 알 수 없었다.

밤이 깊도록 건무 장군과 단둘이 의논하던 을지문덕 장군은 첫새벽의 어두운 하늘을 등지고 말에 올랐다. 앞뒤에 궁병과 창병 각 100명씩 따라붙은 기마대열은 싸늘한 아침공기를 뚫고 와산을 내려 남행길에 들어섰다. 뒤에서는 간간이 적진을 들볶는 우군의 북소리와 함성이 들려왔다.

갑옷을 입지 않았으니 전투에 나가지 않는 것은 분명하고 필시 평양성으로 임금을 뵈러 가는 것이리라. 그러나 여느 때와 달리 마리치 대장군기를 와산에 남겨둔 것이 이상하고, 하루에도 몇 차례씩 보고를 올리고 사람이 달려오는 평양성으로 이렇게 서둘러 떠나가는 것도 이상했다. 무슨 중대한 일이 생겼나 보다, 능소는 먼동이 트는 동녘 하늘에 눈을 던지면서 박차를 가했다.

와산에서 남으로 10리, 선두의 연개소문은 세 갈래 길에서 고삐를 좌로 크게 틀어 동북쪽으로 달린 길을 질주하기 시작했다. 순간 병사들의 눈길은 알 수 없다는 듯 서로 마주쳤으나 바늘에 실이 따르듯 말없이 속도를 더하여 그를 좇았다.

50리를 달려 융골산(隆骨山) 줄기 평평한 고원(高原)에 접어들자 백족산(百足山)에 아침 해가 오르고 도라지가 만발한 풀밭에 앉았던 수백 마리 꿩들이 일시에 숲속으로 날아 들어갔다. 몇 십 리 밖까지 밀어닥친 엄청난 살상은 먼 나라의 산울림인 양 대자연에 감도는 평화와 정적이 도리어 이상했다.

풀밭이 끝나고 하늘로 뻗은 이깔(杉) 숲이 시작되었다. 밤의 냉기가 가시지 않은 그늘진 길을 그대로 달려 평지에 내려설 무렵에는 산과 들에 해가 활짝 퍼졌다. 그들은 동쪽으로 흘러내리는 시냇가에서 말을 내렸다.

물가에 앉은 능소는 떡을 씹으며 북쪽으로 트인 벌판에 눈을 던졌다. 평양에서 요동에 이르는 연변과는 달리 아득하게 잇닿은 조밭과 기장밭에는 잡초가 보이지 않았다. 사람의 손길이 간 지 얼마 안 되는 모양이었다. 산 밑에 옹기종기 모여선 마을은 죽은 듯 고요하고 처처에 벙거지를 눌러쓴 허수아비들이 유달리 눈에 띄었다. 다시 올 날을 생각하고 밤을 새워 꾸몄으련만 숙인 이삭에는 참새 떼가 들끓고 보이지 않는 이랑에서는 메추리의 울음소리가 들려왔다.

조반을 마친 을지문덕 장군이 허리를 펴고 일어서 주위를 둘러보았다.

"이 고장에는 꿩과 사슴이 많지."

"네."

따라 일어선 연개소문이 응대하였다.

"이 시내를 뱀내(蛇川)라고 부르는데 너의 조부가 생존해 계실 때는 이 근처에 자주 사냥을 오셨다."

"네…."

연개소문은 흘러가는 물을 바라보았다.

"이제 가볼까."

장군의 한마디에 연개소문의 구령이 울리고 부대는 다시 북으로 줄달음쳤다.

정오 못 미쳐 패수(浿水) 중류(中流)를 우로 보고 달리던 그들은 하오 늦게 주마산(走馬山: 개천군 중남면)을 넘어 해질 무렵에 살수(薩水)를 건넜다. 강가에는 수십 명의 높은 군관들이 기다리고 있다가 장군을 에워싸고 어둠이 내리는 길을 북으로 10리를 달려 검각산(劍角山)에 당도했다.

기슭에는 무수한 장막들이 있고 사람과 군마(軍馬)가 들끓었다. 능소는 처음으로 고구려군이 남으로 패주(敗走)한 것이 아니라 기승하여 내려오는 적에게 길을 비켜준 것임을 알았다. 병법(兵法)을 깊이는 몰라도 이렇게 되면 적은 우리가 파놓은 함정에 고스란히 쏟아져 들어온 것이 분명했다. 싸우지도 않고 엎어지며 자빠지며 도망치던 일이 수긍이 가고 장군의 총명과 적의 우둔이 선명하게 머리에 왔다. 능소는 최홍승의 부아를 돋우던 일을 생각하고 속으로 웃었다.

그들은 오래간만에 더운밥으로 저녁을 들고 자리에 누웠다. 장군의 처소에서는 밤늦게까지 불빛이 흘러나오는 것이 높은 군관들과 의논하는 모양이었다.

다음날 해돋이에 검각산을 떠난 그들 일행에는 어제 살수 가에 마중 나왔던 높은 군관들이 동행하였다. 20리를 달려 봉린산 계곡에 들어서자 서남향 기슭에는 전같이 장막들이 늘어서고 그 앞 벌판에 수천 명의 병사들이 도열하고 있었다. 능소는 검열하고 지나가는 장군의 뒤를 따라 병정들의 얼굴에서 눈을 떼지 않았다. 중국병정들과는 달리 긴장된 근육에 눈에는 정기가 있었다. 말고삐를 잡고 한 무릎을 꿇은 군관을 유심히 보았다. 설암산 못 미쳐 적과 부딪치자 무기를 내던지고 도망치던 사람에 틀림없었다. 훑어보는 그의 눈에는 압록강까지 동행하였다가 도중에서 흩어진 낯익은 얼굴들이 들어왔다. 장군은 군례(軍禮)를 받으면서 묵묵히 그들 앞을 지나갔다.

봉린산에서 서쪽으로 10리, 대령강(大寧江)을 건너 옥녀봉(玉女峰) 진영에 들렀다가 청룡산(靑龍山), 봉두산(鳳頭山)을 거쳐 봉린산에 돌아올 무렵에는 해가 기울었다. 어디나 큰 부대들이 주둔하고 도중의 중요한 대목은 창을 번뜩이는 병사들이 지키고 있었다. 적의 병참선은 완전무결하게 차단되었고, 후퇴하려고 해도 퇴로가 있을 수 없었다.

적에게 짓밟혀 없어진 줄 알았던 봉수산 이북의 고구려군은 전에 있던 위치에 돌아와 적을 기다리고 있었다. 식사를 하는 병사들에게는 기운과 자신이 넘쳐흘렀다.

"적은 독 안에 든 쥐새끼들이다."

구석에 앉은 병사들이 주고받았다.

"나대더니마는 이번에야말로 묵사발이다."

"이거 그물을 싸악 쳐들고 있다가 고기들이 몰려 들어온 다음에 살짝 내려놓은 격이 아니야?"

"어쨌든 똥뙤놈들 이번에는 덫에 걸린 산돼지다."

잠자코 듣고만 있던 능소는 약광 장군의 말씀대로 군인들에게 가장 중요한 것은 반드시 이긴다는 신념이라고 생각했다. 이 신념 앞에 공포가 설 자리는 있을 수 없었다. 걱정기가 가시지 않던 올챙이도 한마디 끼어들었다.

"이번에 사로잡은 뙤놈들은 종으로 나눠 준다지?"

"언저게는 앙이 그랬니야?"

옆에 앉은 지루가 입속에서 밥을 씹으며 대꾸했다.

"누가 안 그랬대?"

"다 아는 거 왜 뭇는 게야?"

지루는 시비조로 나오고 올챙이는 웃어넘겼다.

"너하고는 말도 못하겠다."

"그래 뙤눔 종을 끌고 가서 부레먹고 넌 거드렁거리겠다 이거지?"

"그랬다고 나쁠 거야 없잖아?"

"흥, 뙤놈은 밭을 갈고, 올챙이 나으리는 강선 애기씨를 끼고 시시닥거린다? 그 꼴 한번 보고 싶구나."

"시시펑덩한 소리 그만 해."

"뉘기 시시펑덩해, 응? 맨날 갈라 생각이나 하는 눔이 시시펑덩하지."

"그만하자. 내가 시시펑덩하다."

올챙이는 한 수 지고 들어갔으나 지루는 능소를 힐끗 돌아보고 계속했다.

"이 세상에서 갈라딜이 몽땅 없어졌으문 좋겠다."

마주 앉은 육척 거구의 사나이가 양치질을 하면서 그를 노려보다가 물을 넘기고 쏘아붙였다.

"넌 말끝마다 갈라갈라 하는데 넌 갈라 밑에서 안 나왔어?"
"뭐이라고 했지?"
지루는 젓가락을 놓고 눈을 부릅떴다.
"너의 에미는 갈라 아니냐 말이다."
지루가 주먹을 쥐고 일어섰다.
"이 간나새끼, 말이문 다하는 줄 아니?"
"너야말로 못할 말이 없구나."
쳐다보는 사나이도 지지 않았다.
"보자 보자 하잉까."
지루는 식탁 너머로 그의 멱살을 잡고 능소의 눈치를 살폈다.
"그만둬. 싸움하는 눔덜은 모조리 혼살을 낸다."
능소는 일어서 그들을 쏘아보았다.
"20인장님이 그만두라문 그만두지오다."
지루는 한마디 하고 사나이의 멱살을 두세 번 흔들고는 도로 앉았다.
능소는 자기 장막으로 돌아와 자리에 드러누웠다.

이튿날 아침 시냇물에서 세수하는 사나이는 눈덕에 멍이 들고 콧대가 어지간히 부어 있었다. 눈으로 지루를 찾으니 물 건너 언덕에서 말에 풀을 뜯기는 중이었다. 능소는 잠시 생각하다가 모른 척하기로 마음먹었다.

봉린산에 돌아온 지 닷새, 밤에 한길을 지키던 부대가 적 고위 군관 한 명을 끌어다가 장군 앞에 꿇어 엎어놓고 그가 가지고 가던 봉서를 바쳤다.

"이 자가 거느리고 가던 병정 50여 명은 거의 살상하고 3명을 잡아두었습니다."

그를 끌고 온 군관의 보고에 장군은 고개를 끄덕이고 봉서를 뜯었다.

"신 우중문, 우문술 이하 출정 장수 일동은 삼가 윤문윤무(允文允武) 성상폐하 앞에 아룁니다. 성지를 받들고 남하하여 압록강을 도강한 후 완강히 저항하는 적을 무찌르고 일거에 평양성 북 30리 봉수산까지 밀고 내려왔다 함은 이미 어전에 주달한 바와 같습니다. 여기서 적은 수십 만군으로 총력을 다하여 항전하옵는바 우군은 주야 용전분투하여 그중 반 이상을 살상하였습니다. 그러나 예정하였던 보급은 쌀 한 톨 닿은 것이 없고 어전에 보낸 사람은 한 명도 돌아오는 일이 없을 뿐 아니라 조정의 명령 또한 한 번도 접한 일이 없으니 진실로 민망하기 그지없습니다. 생각건대 이것은 적이 중로를 차단한 것이 분명합니다.

지금 식량은 불과 며칠 분밖에 남지 않았고 보급 또한 막연하니 딱하기 이를 데 없습니다. 이 고립무원(孤立無援)의 처지가 며칠만 더 계속되어도 폐하의 30만 대군은 싸우지도 못하고 굶어서 이역(異域)에 쓰러질 판국에 이르렀습니다. 적의 수도를 눈앞에 보고 또 아군의 용감함과 적의 용렬함을 생각할 때 진실로 천추의 유한이 아닐 수 없습니다. 그러나 사태가 이러하온즉 달리 도리는 없고 부득이 보급을 받을 수 있는 지점까지 후퇴하는 것이 단 하나 남은 방법인가 합니다. 옛 사람들도 곤외(閫外: 국경 밖)에 나간 장수는 현지의 사정에 따라 어명도 어길 수 있다고 하였습니다. 그것이 참된 충성일 수 있기 때문입니다. 신 등은 현지의 사정을 감안하고 의논에 의논을 거듭한 끝에 눈물을 머금고 명 15일을 기하여 회군하기로 작정하였습니다. 후퇴하면서 어명을 기다려 적당한 지점에서 재정비하고 보급을 받은 연후에 다시 남진하여 평양성을 무찌를까 합니다. 신 등의 고충을 굽어 살피시기를 바랍니다."


뒤에서 어깨 너머로 보고 있던 능소는 이제 전쟁은 끝장에 다가섰다고 생각했다. 장군은 편지를 도로 접어 품속에 넣고 군관에게 일렀다.
"물을 것이 없다. 이 포로를 끌어내라."
뒷짐으로 묶인 적 군관은 병사들에게 잔등을 떠밀려 밖으로 나갔다. 지켜보던 장군은 옆에 선 연개소문에게 일렀다.

"각 군에서 와 있는 군관들을 전원 이리 모이게 해라."

능소는 연개소문을 따라 밖에 나섰다. 명령을 대기 중인 군관들은 우측 언덕배기 장막에 있었다. 지시를 받고 달밤에 자기 진영으로 흩어져 갈 그들의 모습을 그리면서 그는 걸음을 옮겼다.

이틀은 아무 일 없이 흘렀다. 사흘째 되는 날 오정 때 적의 기마척후 10여 명이 한길을 북쪽으로 달려갔다. 아무도 가로막는 자가 없고 연도에 있던 우군 부대들은 어디로 사라졌는지 보이지 않았다. 봉린산에도 말에 재갈을 물리고 숲 뒤에서 움직이지 말라는 엄명이 내렸다. 척후에 이어 1천여 명의 기병들이 지나가고는 오래도록 잠잠하던 끝에 느지막이 5만은 족히 넘는 보병들이 나타났다. 이번에도 그들은 아무 방해 없이 북으로 전진하다가 해가 지면서 대령강(大寧江) 가에 포진하고 살수 너머 남방에는 흙먼지가 보이기 시작했다. 봉린산 마루에서 바라보던 을지문덕 장군은 땅거미가 지자 장막으로 돌아갔다.

어둠이 내리면서부터는 큰 부대의 움직임은 없고 기마 연락병들이 가끔 한길을 달리는 말굽소리가 울릴 뿐이었다. 보름을 갓 지난 달은 초저녁의 어둠을 헤치고 검각산에 올라 소나무 가지 사이로 벌판을 내리비쳤다. 능소는 그늘진 기슭에서 생사의 싸움을 앞두고 억만 가지 생각에 잠기는 병사들의 모습이 눈에 보이는 것만 같았다. 삼삼한 아지랑이에 묻힌 어린 시절을 제외하고 철이 들어 10여 년은 이 나라 젊은이들에게 결코 순탄하지 않았다. 풍파에 찬 세월을 줄달음쳐 온 끝에 내일은 삶과 죽음의 엄청난 소용돌이에 휘말리게 되었으니 오늘 밤을 마지막으로 달을 보는 이도 적지 않을 것이었다.

저녁을 마치고 바깥 걸상에 나와 앉은 을지문덕 장군도 팔짱을 지르고 깊은 생각에 잠긴 양 귀뚜라미 우는 밤을 움직이지 않고 벌판을 내려다보고 있었다.

동편 고갯마루에 2명의 기병이 달빛에 어른거리다가 골짜기로 사라졌다. 능소는 장군과 연개소문의 시선을 따라 그들의 움직임을 주시하였다. 사라졌던 말굽소리는 언덕배기 길을 올라왔다. 초병이 속삭이듯 묻는 소리에 이어 동행한 병사를 뒤에 남기고 다가온 군관이 장군 앞에 절했다.

"아까 해질 무렵 적의 주력이 살수 남안에 당도했습니다."

"건무 장군의 소식은 못 들었느냐?"

차분한 목소리였다.

"적의 후미 10리를 추격하여 오늘 정오 소니봉(小尼峰: 안주 남방 50리) 근처까지 당도하신 것은 알고 있습니다마는 그 후로는 아직 연락이 없습니다."

"따로 명령이 있을 때까지 돌아가 지금 위치를 지켜라."

군관이 물러간 후에도 장군은 한동안 제자리에 앉아 달을 쳐다보다가 일어섰다.

"건무 장군으로부터 소식이 있거든 즉시 깨워라."

장군은 옆에 선 연개소문에게 이르고 자기 처소로 들어갔다.

하지(夏至)가 지난 지 두 달, 산마루의 밤은 퍽이나 길었다. 귀뚜라미 소리를 귓전에 들으면서 잠이 들었던 능소는 뛰어다니는 발자국 소리에 눈을 떴다. 희미한 장막 안의 어둠에 귀를 기울이다가 며칠째 기상군고(起床軍鼓)가 울리지 않는 일을 생각하고 뛰어 일어나 옷을 주워 입고 밖에 나섰다. 깨우러 오던 초병은 돌아서 다음 장막을 두드리고 속삭였다.

"기상입니다."

개울에서 세수하고 조반을 나르는 병사들은 여느 때와 다름없이 움직이고 있었다. 능소는 병사들이 몰린 대목을 지나 검은 바위를 돌았다. 엉거주춤하고 혼자 세수하던 지루가 물에 젖은 얼굴을 쳐들었다.

능소는 그를 지나 물가의 차돌 위에서 팔을 걷어 올렸다.

"미상불 오늘은 싸암이 있지오다?"

지루는 일어서 수건으로 얼굴을 닦으며 말을 걸었다.

"두고 봐야지."

그는 허리를 꾸부리고 앉았다. 뒤에서 지루가 다가왔으나 그는 돌아보지 않고 소금으로 이를 닦았다.

"두구 봐야 알게 돼 있소다?"

능소는 두 손으로 물을 훔쳐 양치질을 하고 세수를 시작했다.

"조심하시오."

허리를 펴고 일어서 얼굴을 닦는데 지루는 또 한마디 했다.

"여전히 날 쥑이는 연습이야?"

그는 고개를 돌려 지루를 아래위로 훑어보았다.

"그야 물론이지요. 허지만 지금 얘기는 절 조심하라는 뜻이 앙이구 뙤눔덜을 조심하라는 뜻이오다."

지루는 똑바로 마주 보고 대답했다.

"그래? 언저게부터 날 그렇게 생각했니야?"

"오랫동안 무척 생각하구 있소다."

"쥑일 생각 말이지?"

"그렇지오. 그런데 뙤눔덜이 쥑이문 난 뭘 쥑이지오? 그게 걱정이란 말이오다."

"뙤눔덜이 네 모가지나 뜯어가재이케(뜯어가지 않게) 잘 간수해라."

"사람을 윗기지(웃기지) 마시오."

능소는 노려보다가 개울가를 따라 장막으로 돌아왔.

적은 새벽부터 살수의 얕은 여울을 건너 방진(方陣) 대형으로 북진을 시작하고 간밤에 대령강(大寧江) 가에 포진했던 부대도 움직이고 있었다.

을지문덕 장군은 해가 뜨도록 나타나지 않았다. 간밤에 건무 장군이 보낸 군관과 조반을 같이 하는 중이라고 했다. 능소는 장군의 처소 앞 소나무 밑에서 기슭을 내려다보았다. 남북으로 달린 참나무 숲과 이 봉린산 사이 풀밭에 수천 기병들은 나무에 말을 매고 앉아 잡담을 하고 개중에는 드러누운 축도 적지 않았다. 한길에는 적 기병 집단이 길 좌우 멀리까지 퍼져 북으로 달리고 보병 집단이 뒤를 잇는가 하면 다시 기병들이 나타났다.
　압록강의 경우와는 달리 살수에서는 기병이고 보병이고 얕은 대목을 거침없이 건너 꼬리를 물고 북행길을 더듬었다. 호위하듯 앞으로 달리는 기병들은 가도 가도 걸음이 느린 보병들을 기다리고 다가오면 또 달렸다. 보병들은 잔등의 짐에 겨워 허리를 꾸부리고 발을 절름거리는 자들도 적잖이 눈에 들어왔다.
　오정 가까이 낯선 군관과 함께 밖에 나타난 을지문덕 장군은 걸상에 앉아 살수에서 대령강까지 30리 거리에 잇닿은 적의 대행군 대열(大行軍隊列)이 느릿느릿 북상하는 것을 훑어보았다. 적 병력의 반은 살수를 건너온 것 같았다.
　다시 살수로 돌아간 장군의 시선이 움직이지 않았다. 두 개의 대장군기를 앞세운 적의 기병 집단이 도강을 개시하였다. 뒤에서 바라보던 연개소문이 허리를 꾸부리고 속삭였다.
　"우중문, 우문술입니다."
　천천히 일어선 장군은 한 손을 쳐들어 좌우로 흔들었다. 봉린산 마루에 검은 연기가 오르고 이어 동쪽 검각산에도 올랐다. 능소는 침을 삼키고 둘러보았다. 대령강 건너 옥녀봉, 그 너머 청룡산 봉두산 방향에서도 차례로 검은 연기가 하늘로 치솟았다. 북으로 전진하던 적의 긴 행렬 대열은 발을 멈추고 두리번거렸다.
　드디어 봉린산 마루 을지문덕 장군 옆에 대령하던 고병(鼓兵)이 채를 들어 북을 내리쳤다. 멀고 가까운 모든 산에서 군고(軍鼓)가 다급히 울리고 검각산에서 봉두산을 잇는 아득한 선에서 쏟아져 나온 무수한 기병들은 적을 향해 질풍같이 서남으로 치달아 갔다. 능소는 고구려에 이렇게도 많은 병사와 군마들이 있는 줄은 몰랐다. 구름같이 흙먼지를 일으키며, 동서 50리 벌을 휩쓸고 치닫는 어마어마한 기병들의 모습에 조국의 장엄한 힘을 느끼고 피가 뛰었다.

주춤했던 적의 대열은 벌판에 흩어져 전투대형으로 전환하면서 말들이 뛰고 호통(號筒)이 터지고 부산하게 돌아갔다. 우군 기병들은 계속 치달아 적을 반월형(半月形)으로 포위하고 거리가 가장 가까운 옥녀봉 방면에서는 벌써 접전이 시작되었다.

살수 남방에서도 혼란이 벌어졌다. 멀리서 우군의 북소리와 함성이 일고 물가의 적군이 강을 따라 좌우로 흩어지는 것이 눈에 들어왔다. 적을 추격하여 북상하던 건무 장군이 후미에 공격을 개시한 모양이었다. 그러나 식성(息城) 상류 좌우 양안을 휩쓸고 적을 향해 돌진하는 새로운 우군 기병부대들이 있었다. 능소는 완전무결한 포위 섬멸이라고 생각했다.

전 전선에 걸쳐 충돌이 벌어졌다. 흙먼지 속에 말들이 곱뛰고 화살이 날고 창들이 부딪치며 하늘을 뒤흔드는 함성이 울렸다.

무서운 기세로 총공격을 퍼붓는 고구려군 앞에 적의 전열(戰列)은 혼란에 빠져 차츰 밀리기 시작했다. 우군은 숨 돌릴 여유를 주지 않고 짓밟고 들어가 마침내 중앙을 돌파하였다. 적은 통제를 잃고 서로 밀고 당기고 밟으며 돌아서 살수를 향해 줄달음쳐 갔다. 대령강 너머 우군도 일거에 적을 촌단(寸斷)하여 서남쪽으로 대령강구 해안으로 압박하고 있었다.

봉린산의 을지문덕 장군은 남북으로 눈을 굴려 전투상황을 훑어보고 움직이지 않았다. 우군은 그대로 적을 추격하여 살수 북안에 밀어

붙이고 있었다. 갑자기 4, 5천 명의 적 기병 집단이 대장군기를 휘날리며 우군 전선을 강행돌파(强行突破)하고 북으로 질주하여 오는 것이 눈에 들어왔다.

북이 울리면서 을지문덕 장군이 말에 올랐다. 호위대 200명과 함께 마리치 대장군기를 앞세우고 쏟아지듯 봉린산을 내려 벌판을 내닫자 기슭에 대기하고 있던 3천 기병이 좌우를 달리기 시작했다.

적의 대장군기들이 자취를 감추었다. 말갈기에 얼굴을 파묻고 달리던 능소는 둘러보았다. 적은 방향을 바꾸어 정서(正西)쪽 대령강 굽이진 여울을 향해 치달리고 있었다.

선두의 연개소문에 이어 대열은 전속력으로 한길을 횡단하여 적의 정면으로 질주해 갔다. 대장군 우중문, 우문술의 직속 정예부대였으나 피로의 기색이 역력하고 신예(新銳) 우군은 강변에서 적의 정면으로 돌아 북서 양면으로 포위하는 데 성공했다.

능소는 적중에 뛰어들었다. 앞선 우군 병사를 찔렀던 창을 빼고 고삐를 틀어 돌아서는 적병은 흙먼지를 뒤집어쓴 것이 두 눈은 살기가 등등했다. 능소는 말에서 떨어져 땅에 뒹구는 병사에게 힐끗 눈을 던지고 적병의 겨드랑이에 창을 냅다 질렀다. 적은 비명과 함께 창을 버리고 아주 간단히 뒤로 떨어졌다. 주인을 잃고 제자리에서 곱뛰는 말고삐를 재빨리 낚아채서 땅 위의 병사로 다가갔다. 말에 집어 태우기만 하면 구할 수 있을 것만 같았다.

"능소!"

뒤에서 연개소문의 호통이 울렸다. 휙 돌아보는 순간 적의 창끝이 뺨을 스치고 지나갔다. 그는 말고삐를 버리고 창을 들어 돌아서는 적병의 뒷덜미를 후려쳤다. 고개를 움츠리고 고삐를 당기는 놈의 잔등에 창을 꼬나 박았다.

창을 빼고 머리를 쳐드니 연개소문이 적과 창을 맞대고 겨루다가 다시 떨어지는 중이었다. 갑옷으로 보아 장군에 틀림없었다. 5, 6명의 적병들이 몰려오고 우군 병사들도 달려와서 혼전이 벌어졌다. 지루의 뒷모습이 언뜻 눈에 들어왔다. 능소는 창을 꼬나들고 적장을 향해 치달았다.

# 살수대첩

정확히 가슴을 겨누고 냅다 질렀으나 재빨리 상반신을 뒤트는 바람에 고삐를 잡은 왼손을 찔렀다. 다친 손을 쳐드는 순간 연개소문의 창끝이 그의 턱밑에 쏜살같이 들이닥쳤다. 적은 악 소리와 함께 피를 쏟으며 안장에 뒤로 쓰러졌다가 그대로 땅에 떨어져 축 늘어졌다. 달려들던 적병들은 고삐를 틀어 도망치고 연개소문은 마상에서 외쳤다.

"투구를 벗겨라."

말에서 뛰어내린 지루는 적장의 투구를 발길로 차서 벗기고 칼로 목을 내리쳤다.

능소는 압록강을 건너 적진에서 보던 신세웅(辛世雄)이라고 생각했다. 지루가 피를 쏟는 적장의 머리를 집어 돌팔매를 치듯 적중에 냅다 던지고 말에 오르자 우군은 또다시 창을 겨누고 함성을 지르며 적중으로 줄달음쳐 갔다.

북서로 혈로(血路)를 열고 대령강을 건너 도망치려던 적은 살수 방면으로 도로 밀리기 시작했다. 흰 말의 을지문덕 장군은 창을 휘둘러 적병을 무찌르면서 쉬지 않고 주위를 살폈다. 능소도 이리저리 달리며 둘러보았으나 우중문, 우문술을 분간해낼 수는 없었다.

적은 말머리를 돌려 살수(薩水) 강구(江口) 해안으로 도망치기 시작했다. 뒤에 바짝 따라붙은 우군은 창을 안장에 지르고 화살을 퍼부으며 추격했다. 비명과 함께 처처에서 쓰러지는 적병들을 뛰어넘어 마침내 바닷가에 밀어붙였다. 퇴로를 잃고 아우성치던 적은 무기를 던지고 모래 위에 무릎을 꿇고, 개중에는 바다에 뛰어드는 자도 적잖이 있었다. 그러나 아무리 찾아도 우중문과 우문술은 보이지 않았다.

을지문덕 장군은 수평선 가까이 다가가는 저녁 해에 눈을 던지고 해안선을 남북으로 훑어보았다. 뒤에 말을 멈춰 세운 능소는 소매로 땀과 흙먼지가 뒤범벅이 된 얼굴을 훔치고 바다를 주시했다. 옷을 입은 채 뛰어들었던 적병들이 육지를 향해 허우적거리고 더러는 얕은 물에서 무작정 굽실거리고 있었다. 그들을 휘몰아 물가에 모으는 일부 병력을 제외하고 나머지는 대열을 정비하기 시작했다. 어느 틈에 빠져 달아났는지 동북방 대령강 속의 섬을 가로질러 말 탄 채 다시 물을 헤엄쳐 건너가는 5, 6기의 적병이 눈에 들어왔다. 멀리 후방 살수 가에서는 무수한 호통과 비명과 아우성이 여전히 계속되고 있었다.

해안선을 훑어보던 장군이 고삐를 틀자 연개소문이 앞을 달리고 부대는 살수 북안을 거슬러 올라왔다. 우군은 남북에서 적을 협격하여 20여 만 병력을 살수에 몰아넣고 집중사격을 퍼붓는 길이었다. 적은 완전히 저항을 포기하고 화살을 피하느라 이리 몰리고 저리 몰리며 허리를 꼬부리고 서로 남의 뒤에 돌려고 아우성이고, 작은 바위틈에 겹겹이 달려들어 아귀다툼을 하고, 물속에 엉거주춤 서로 엉겨 붙은 무수한 병력은 겁에 질린 비명을 되풀이하고 있었다.

강가에서 활을 쏘던 우군 기병들이 일제히 강 속으로 쏟아져 들어가자 중국 병정들은 주저앉아 울부짖는 자, 두 손을 번쩍 쳐들고 큰소리로 외치는 자, 이미 군대일 수 없었다. 뒤늦게 당도한 능소는 이 살수(薩水) 10리는 그대로 지옥이라고 생각했다.

그는 얕은 물속에 주저앉은 중국 병정들 속을 말을 몰고 들어갔다. 빈틈없이 엉겨 붙은 자들은 아래윗니를 맞부딪치며 흰 눈알을 뒤집고 손을 내저었다. 가끔 터져 나오는 외마디 비명은 귀신이나 짐승의 소리지 사람의 소리는 아니었다. 혼 나간 그들은 움직일 생각조차 못했다.

능소는 다른 병사들이 하는 대로 채찍을 퍼부어 말굽으로 짓밟고 창으로 후려치고 찌르며 돌아갔다. 조상 대대의 원수, 아버지를 죽인 원수를 백배는 더해서 갚아야 했다. 한 놈이 별안간 불쑥 일어서 두 손으로 그의 창끝을 거머쥐고 뒤로 자빠졌다. 마지막 남은 협도를 빼어 가슴패기에 냅다 던졌으나 적은 창을 놓지 않았다. 죽은 것이 분명하건만 당기면 그대로 매달려 올라오고 늦추면 물속에 축 늘어졌다.

옆에서 돌아가던 지루가 말을 멈춰 세우고 칼을 빼어 들었다. 능소가 창을 당기자 자세를 낮춘 지루는 한 걸음 앞으로 말을 몰아 헤벌린 적병의 입에 창을 꼬나박고 빙 돌리다가 다시 뺀 창끝으로 옆엣놈의 눈을 찌르면서 고개를 갸우뚱했다.

피와 흙탕 속에 무수한 시체들이 뒹굴고, 떠내려가고, 아직 죽지 않은 산송장들이 혼을 잃고 기성(奇聲)을 발하는 가운데 황혼은 강과 벌판을 뒤덮기 시작했다. 물가에 주저앉았던 놈이 별안간 뛰어 일어나 두 팔을 너풀거리고 알 수 없는 고함을 지르며 돌아갔다. 능소는 창으로 옆구리를 찔렀다. 쓰러져서도 중얼거리는 놈으로부터 창을 빼는데 남쪽 언덕 위에서 호각이 울리고, 처처에서 같은 소리가 잇달아 터져 나왔다.

그는 치밀어 오르는 시장기를 참고 남안(南岸)에 올라 벌판 한가운데 언덕으로 말을 몰고 갔다. 군관들을 앞에 한 을지문덕, 건무 두 장군의 말 탄 모습이 희미하게 눈에 들어왔다.

"암중(暗中)의 동지상격(同志相擊)을 막기 위해서 오늘은 이것으로 전투를 중지하오. 전군은 남북 양안에 철수하여 밤새 경계태세를 늦추지 말 것이며, 내일 새벽 동이 트면 대항하는 자는 처치하고 그렇지 않은 자는 사로잡을 것이오."

지시를 마친 을지문덕 장군은 군관들이 흩어져 간 후에도 제자리를 떠나지 않았다.

병사들이 친 장막에 들지 않고 나무 아래서 비상식량으로 저녁을 때운 두 장군은 그 자리에 칼을 짚고 서서 어둠속의 살수를 바라보고 있었다. 언덕 아래 진을 친 호위병들 틈에 끼어 능소는 창을 끼고 앉아 입속에서 엿을 녹였다.

동녘에 달이 오르기 시작했다. 살수 양안에 빈틈없이 늘어선 우군 병사들의 모습이 나타나고 강 속 모래 위에서 움찔거리고 신음하고 가끔 묘한 소리를 지르는 중국 병사들의 틈으로 달빛에 부서지는 살수가 눈에 들어왔다. 남북 넓은 벌에는 부상한 우군을 찾아 말을 달리는 병사들, 여기저기 진을 치고 고삐를 잡은 채 앉아 쉬는 부대들이 있었다.

능소는 달빛을 받은 청룡산 너머 북쪽 하늘의 별을 바라보았다. 그 아래 지금은 쑥밭이 되어 있을 옥저마을, 돌아가는 날 자기를 반겨 맞아 오늘의 이 엄청난 사연에 귀를 기울일 정든 얼굴들이 눈앞에 떠올랐다. 그는 돌쇠가 내려와서 교대한 후에도 오래도록 말없이 옆에 앉아 하늘과 땅과 사람과 전쟁을 생각하다가 언덕에 올라 소나무 그늘에 몸을 뉘었다. 이 세상에 나서 이처럼 완전무결한 만족 속에 잠들기는 처음이었다.

날이 새면서 행동을 개시한 고구려군은 창을 휘둘러 살수에 엎드린 수많은 중국군 패잔병들을 휘몰아 콩밭을 헤쳐 나가듯 동북을 서서히 전진하고, 벌판을 이리저리 달리는 기병들은 주인을 잃은 적의 군마

(軍馬)들을 붙잡아 한군데 집결하였다. 언덕에 나선 능소는 수십 리 벌판에 쓰러진 이루 헤아릴 수 없는 시체들을 바라보다가 살수 남북을 달린 한길에 눈을 던졌다. 화살을 더미로 실은 수레들이 수없이 모로 쓰러지고 개중에는 당나귀에 매인 채 길에 그대로 멈춰 선 것도 있었다. 운제(雲梯), 충차, 포차 같은 큼직한 기기(器機)를 실은 달구지들은 억센 말이 끄는 대로 벌판에 흩어지고, 달아나다가 개울에 빠져 아직도 허우적거리는 말도 눈에 들어왔다.

북쪽에서 사로잡은 적병과 말들을 휘몰고 대령강을 건너오는 우군 병사들에 이어 장군기를 앞세운 기병집단이 전진해 왔다. 강을 건너자 부대는 그대로 벌판을 동진하고 장군기를 에워싼 10여 기는 따로 떨어져 한길을 남으로 달렸다. 차츰 거리가 좁혀지면서 능소의 밝은 눈은 중앙의 인물을 떠나지 않았다. 마상에서 상반신을 틀어 서해를 가리키며 부하들에게 얘기하는 모습은 얼마 전에 하직하고 온 약광 장군에 어김없었다. 그는 말에 올라 내달았다.

살수(薩水) 가에서 마주친 능소는 뛰어내려 인사를 드리고 일어섰으나 말이 나오지 않고 마상의 장군은 햇볕에 그을린 얼굴에 미소를 지었다.

"살아 있었구나!"

능소는 침을 삼키고 말문을 열었다.

"언저게 오셋습니까?"

"그제밤 목우산(牧牛山: 대령강 서 40리)에 도착했다."

"모두덜 다 왔습네까?"

그는 장군을 따라온 낯익은 얼굴들과 눈웃음을 교환하고 물었다.

지금 생각하면 대령강 이서의 전투는 약광 장군이 지휘한 것이 분명했다. 을지문덕 장군이 대령강을 건너간 적은 잊은 듯이 그 이남, 살수 이북에서 치달린 데도 까닭이 있었다. 능소는 다시 말에 올라 고

뼈를 당겼다.

을지문덕, 건무 두 장군은 언덕마루에서 기다리고 있다가 약광 장군과 손을 붙잡고 반기며 장막으로 들어갔다.

오정 가까이 장군의 처소에 불려 들어갔던 연개소문이 소나무 밑에서 얘기하고 있는 능소와 돌쇠 올챙이에게 다가왔다.

"오늘 열병(閱兵)이 끝나면 약광 장군께서는 북쪽으로 돌아가신다. 너희들은 장군을 따라가도 좋고, 원한다면 여기 남아 있어도 좋다."

세 사람은 거의 동시에 대답했다.

"따라가겠습네다."

돌아서는 연개소문이 중얼거렸다.

"그럴 게다."

해가 중천에 오르자 세 장군은 살수를 건너 우군이 대기하고 있는 봉린산 서남 벌판으로 말을 달렸다. 능소는 뒤를 따라 달리면서 뒹구는 시체들을 바라보다가 박차를 가하여 개울을 건너뛰었다. 가슴에 살이 박힌 채 치뜬 눈으로 하늘을 보는 우군 병사의 시체 위에 잔등에 창을 맞은 적병이 덮치고 있었다. 여기저기 모로 쓰러진 말들 가운데는 아직도 이따금 사지를 허공에 쳐드는 놈도 있고, 간혹 불쑥불쑥 일어섰다가 그대로 고꾸라지는 놈도 눈에 띄었다.

낮은 언덕을 도는데 벌거숭이 발이 언뜻 눈에 들어왔다. 풀섶에 코를 박고 쓰러진 적병은 검푸른 옷의 무릎과 팔뚝이 빠지고 풀을 쥐어뜯던 두 손은 때 묻은 가죽에 뼈가 앙상하게 드러났다.

남북으로 흘러 살수로 들어가는 시내 건너 검각산 남쪽 벌판은 적의 포로들로 뒤덮였다. 창을 든 우군 기병들이 일렬로 둘러싼 가운데 눈 닿는 데까지 쭈그리고 앉은 그들의 모습은 흡사 까마귀 떼였다. 능소는 10만은 넘으리라고 생각했다.

한길 좌편 살수 북안 평야에는 사로잡힌 적의 군마들이 안장을 얹은 채 일대에 퍼져 풀을 뜯는 가운데 말 탄 병사들이 사이사이를 누비며 지나가고 가끔 달려가서 무리를 벗어나 뛰는 놈을 채찍으로 후려쳤다.

능소는 살아서 이 엄청난 광경을 보는 것이 기적 같고 고맙기 이를 데 없었다. 한 장소에서 한꺼번에 30만의 적을 몰살하고 사로잡은 일이 어느 하늘 아래 있을 수 있을까. 경당에서 사서(史書)를 배웠지마는 우리나라에도 중국에도 또 어느 나라에도 이런 일은 없었다. 이 위대한 순간 자기를 여기 있게 하고, 여기서 제 나름의 구실을 하게 하고 더구나 털끝 하나 다치지 않게 한 것은 사람의 힘으로 될 일이 아니었다. 필시 신령님이 도운 것이리라. 신령님도 도왔겠지마는 이런 일은 신궁(神宮)에 좌정하신 동명성왕이 주관하시고 자기를 쓸 사람으로 점을 찍어 놓으신 것만 같았다. 그는 파란 하늘을 쳐다보며 지금부터 더욱 동명신궁을 숭상하고 굳게 믿으리라 마음먹었다.

봉린산 서남 벌판에는 20여 만 기병들이 한 손에 고삐를 잡고 대열을 정제하고 있었다. 세 장군이 정면에 나타나자 군고(軍鼓)가 울리고 병사들은 일제히 무릎을 꿇어 군례를 올렸다. 북소리가 그치고 다시 잠잠해지자 중앙의 을지문덕 장군이 바로 앞에 늘어선 높은 군관들을 내려다보았다.

"이 역사에 없는 대승리는 성상 폐하의 뛰어나신 결단과 전군이 상하 일치하여 분투한 덕분이오. 모든 병사 한 사람 한 사람에 대한 고마운 심정은 이루 말로 다할 수 없소. 나를 대신해서 이를 전달해 주시오. 그러나 이로써 적의 주력은 섬멸되었지마는 전쟁이 끝난 것은 아니오. 지금부터 태세를 정비하고 북진하여 요하(遼河) 연변과 북방 여러 성을 포위하고 있는 적을 철저히 몰아내야 하겠소. 각기 본진으로 돌아가 병사들을 쉬게 함과 아울러 병기와 군마의 손질에 유의하면서 명령을 대기하오. 사로잡은 포로와 적의 군마는 쓸 것과 못 쓸 것을 분간하여 공평히 분배할 것이오. 예로부터 병교필패(兵驕必敗)라 하였거니와 승리에 도취한 나머지 군내(軍內)에 적을 얕보는 풍조가 일지 않도록 조심하오."

다시 북이 울리고 군례가 끝나자 약광(若光) 장군은 돌아서 을지문덕 건무 두 장군 앞에 인사를 드렸다.

"이제 가보겠습니다."

언덕 옆대기 열중에 있던 능소 이하 3명은 장군이 언덕을 내려서자 말에 박차를 가하여 그의 뒤에 따라붙었다. 연개소문의 뒤에서 쏘아보는 지루의 얼굴이 곁눈으로 들어왔으나 능소는 돌아보지 않았다.

좌익 후미에 도열했던 5천 기병은 약광 장군을 따라 대령강을 건너 한길을 달리기 시작했다. 능소는 고개를 돌려 봉린산을 바라보고 멀리 서쪽으로 흘러 바다에 들어가는 살수에서 눈을 떼지 않았다. 바로 어제 여기서 펼쳐진 일은 목숨이 다하는 날까지 가슴 깊이 새겨질 것이요 조국 고구려의 역사에 큰 글씨로 기록되어 영원히 전승될 것이었다. 한 걸음 나아가 이날의 공포는 중국 400여 주(州)를 뒤흔들 것이요 피로써 기록되어 후일에 남으리라. 그 주역 20만 기병은 지금 봉린산 서남 벌에서 각기 자기 진영을 향해 질서정연이 달려가고 그들에게 짓밟힌 철천의 원수들은 이제 시체가 되어 살수 남북의 벌판을 뒤덮은 채 말이 없고 그 너머 검각산 남쪽 벌에서 우군의 창끝에 떠는 10만 포로들은 아직도 제자리에서 움직이지 않았다.

대령강 서편 벌판에도 검푸른 군복의 적 시체와 죽은 말들이 수없이 뒹굴고 창을 든 병사들이 살기에 찬 눈으로 경계하고 있었다. 목우산 기슭을 지나 장수탄강(長水灘江)을 건너면서 시체는 차츰 드물어졌다.

100여 리를 전진하여 임해산(臨海山)을 좌로 보며 달리다가 약광 장군은 부대를 멈춰 세우고 야영을 명령했다. 능소는 말에 풀을 뜯기면서 동서로 길게 뻗은 들을 둘러보았다. 오곡이 풍성지게 자라던 넓은 벌은 홍수같이 밀고 내려간 적의 군마에 뜯기고 밟혀 황토가 드러나고 간간이 남은 수숫잎들이 석양에 유달리 빛났다. 벌판 한구석 냇가에 모여 섰던 집들은 잿더미 속에 주저앉고 타다 남은 기둥 몇 그루가 앙상하게 서 있을 뿐이었다.

저녁을 마치자 여러 날째 쌓인 피곤이 한꺼번에 잠을 몰고 와서 그는 장막 안에 풀을 깔고 드러누웠다. 잠깐 눈을 붙였다가 약광 장군을 찾으려던 것이 이튿날 아침까지 다시는 깨지 못했다.

이른 아침에 출발한 부대는 계속 서쪽으로 달리다가 오정 때 설암산 북쪽 벌판에서 점심을 들고 곧바로 북상(北上)하여 저녁놀이 비친 다리내(橋川: 압록강구로 유입) 가에서 정지하였다.

강변 모래 벌에 앉았던 수백 마리 까마귀 떼가 일시에 날아 일어나 물 위를 낮추 돌다가 대안에 내렸다. 3, 40명의 적 시체는 그들에게 뜯겨 백골이 드러나고 찢어진 누더기가 초가을의 미풍에 너풀거리고 있었다. 대안에 앉은 까마귀 떼는 미련을 버리지 못하는 양 까욱거리고 몇 마리 용감한 놈은 도로 날아 건너와 시체를 덮쳤다.

여기까지 오는 도중에 심심치 않게 뒹굴던 적의 시체들은 대개 저들같이 까마귀밥이 될 것이다. 빈틈없는 포위망의 어느 구석을 뚫고 도망쳤는지는 알 수 없어도 끈덕지게 살고 싶었던 모양이다. 아득하게 먼 중국의 어느 하늘 아래 살다가 황제 양광의 군대에 끌려가서 갖은 시달림을 받은 끝에 고구려의 이 이름 없는 냇가에 백골로 쓰러진 자들, 그러나 동정은 있을 수 없었다. 양광 자신을 저 꼴로 만들지 못한 것이 한이었다. 그들은 먼 옛날부터 조상을 짓밟았고 아버지를 죽였고 전우들의 가슴에 창을 박은 자들이었다.

약광 장군을 선두로 시내를 가로지른 부대는 산모퉁이를 좌로 돌아

풀밭에 장막을 치고 야영준비를 서둘렀다. 살수를 떠난 후 처음으로 능소는 돌쇠와 함께 장군의 처소에 불려갔다.

"너희들이 용감히 싸웠다는 얘기는 마리치 각하로부터 들어 잘 알고 있다."

식사를 같이 하면서 장군은 살기가 가시지 않은 눈으로 내려다보고 두 사람은 대답할 말을 몰라 잠자코 있었다.

"연개소문이 얘기하는데, 최홍승이 능소한테 혼났다면서 …."

장군은 웃고 능소는 한 손으로 머리를 긁다가 응대하였다.

"저야 뭐 … 돌쇠가 중국말을 잘해서 혼을 낸 겝네다."

장군은 그를 돌아보고 고개를 끄덕였다.

"그래, 돌쇠의 중국말에는 마리치께서도 탄복하셨다더라."

돌쇠는 눈을 내리깔았다.

"북쪽에 있는 적은 어떻게 처지합네까?"

능소는 화제를 돌려 궁금하던 것을 물었다.

"고향이 걱정되는 모양이구나."

약광은 웃음으로 넘기고 더 말하지 않았다. 장군들이나 얘기할 거창한 문제를 입 밖에 낸 것이 주제넘었다는 생각이 들어 능소도 그 이상 묻지 못했다.

다음날은 50리를 북쪽으로 달려 한낮에 압록강을 굽어보는 고갯마루에 당도했다. 강변에서는 포로들이 말 탄 고구려 병사들의 채찍에 얻어맞으며 죽은 동료들의 시체를 끌어오고 더러는 큼직한 웅덩이를 여러 군데 파고 있었다. 강을 건너 마중 나온 백발의 대행성(大行城: 구연성) 처려근지〔處閭近支: 성(城)의 최고책임자〕는 장군 앞에 보고했다.

"간도를 따라 분산 도주하여 온 적은 1만 2, 3천으로 짐작되었습니다. 그 주력이 송산(松山: 의주 동 30리 금강산) 방면에 집결 잠복했다가 야음을 타고 일거에 부교를 돌파하려는 것을 대기 중인 말갈병과 합세하여 대개는 격멸했습니다. 밤중이라 소수는 빠져 북쪽으로 도망쳤고, 그 밖에 하류(下流) 연변에 2, 3명씩 도망쳐 와서 방황하는 놈들이 적지 않았습니다마는 이들도 양안에 포진한 우군의 손에 거의 잡혔습니다."

약광 장군은 보고를 들으면서 소리 없이 흘러가는 압록강의 넓은 물을 바라보고 처려근지는 계속했다.

"여기 포진했던 부대는 소탕전을 마치고 말갈병 5만과 함께 예정대로 오늘 새벽 목저(木底), 남소(南蘇) 성을 향해서 북쪽으로 진격했습니다."

고개를 내려온 그들은 부교를 향해 달렸다. 웃통을 벗은 1천여 명의 포로들은 무릎이 빠진 바지를 걸치고 죽은 시체의 발목을 개처럼 끌고 다녔다. 죽은 자나 산 자나 햇볕과 땀과 때에 절어 붙은 살갗은 그들이 걸친 검푸른 누더기와 다를 바 없고 조금이라도 동작이 느린 자는 사정없는 채찍에 피를 흘려야 하고 끌고 가던 시체와 함께 땅에 뒹굴어야 했다. 능소는 쓰러졌다가 다시 내려치는 채찍에 비틀거리고 일어서는 포로를 눈여겨보았다. 새까만 맨발은 뒤꿈치가 세로 크게 갈라지고 숨을 허덕이며 누런 이빨을 드러낸 얼굴은 사람일 수 없었다. 뿔만 있으면 언젠가 절간에서 보던 아귀(餓鬼)의 화상 그대로였다. 일어선 포로는 웃통이 앞으로 밀려 얼굴을 덮고 갈빗대가 앙상하게 드러난 시체의 두 발목을 비틀어 쥐고 동료들이 파는 구덩이로 다가갔다.

그들은 적이 놓은 부교를 건너 대안에 올라섰다. 한 달 전에 30만 적군이 들끓던 벌판에는 대행성에서 마중 나온 부녀자들과 아이들이 웃는 얼굴에 손을 흔들며 소리를 지르고 간간이 보이는 허리 굽은 노인들 가운데는 옷고름으로 두 눈을 훔치는 부부도 있었다. 오래간만에 보는 여인들의 부드러운 모습과 어린이들의 시름없는 웃음에 능소는 산과 들에서 얼어붙었던 마음이 녹는 것을 느꼈다.

성안에 들어온 그들은 군영에서 점심을 들고 자리에 누워 쉬었다. 지난 월초에 요동성을 떠난 후 석 달 만에 처음으로 지붕 밑에서 식사를 하고 침상에 몸을 누인 능소는 오래도록 잊었던 안온한 세계가 도리어 신기하고 눈을 감아도 생각은 벌판과 강과 적을 떠나지 않았다.

곤히 잠들었다가 눈을 떴을 때는 바깥이 어둑어둑하고 옆의 침상에 걸터앉은 돌쇠가 낯선 10인장과 얘기하는 중이었다. 능소가 기지개를 켜고 자리에 일어나 앉자 10인장은 일어서 말없이 그에게 인사를 했다.

"강쇠라고, 어릴 때부터 친구올시다. 오골성(烏骨城: 봉황성)에서 군관을 모시고 조금 전에 도착했습니다."

돌쇠가 그를 소개하였다.

"오골성이문 네 부모님 소식을 알겠구나."

"예, 잘 계시답니다. … 연자발 장군께서 오골성을 떠나 진격을 개시했답니다."

능소는 흥분했다.

"그래 …."

"10여 만군을 거느리고 오늘 점심때 북쪽으로 떠나셨다니까 오래지 않아 큰 싸움이 또 벌어지게 됐습니다."

"어디메로 가셨니야."

"딱히는 모릅니다마는 요동성이 아닌가 합니다."

둥근 얼굴의 10인장은 일어섰다.

"가봐야겠습니다 … 돌쇠, 또 만나자."

"국내성으로 가는 길이랍니다."

돌쇠가 전송을 나가면서 덧붙였다. 이번에는 고향 땅에서 벌어질 대회전(大會戰)의 모습을 여러 가지로 머리에 그리면서 능소는 창끝을 쓸었다. 어쩌면 살수에서처럼 바로 옥저마을을 흐르는 대량수 가에서 벌어질 것도 같았다.

그러나 이튿날도 또 그 다음날도 약광 장군은 움직이지 않았다. 병사들은 배불리 먹고 마음대로 자고 성내를 구경하며 다녔으나 능소는 군영에서 나오지 않았다. 아무리 생각해도 여기서 이처럼 늑장을 부릴 계제가 아니었다. 고향이 시시각각으로 피바다가 되는 것만 같은 초조감에 입맛이 떨어졌다.

사흘째 되는 날 아침, 출동명령이 내리고 부대는 남문 밖에 나가 대오를 정제했다. 압록강 남안에 당도한 무수한 기병들이 여러 줄기 부교를 건너 북안 벌판에 집결하는 중이었다. 병사들 사이에 퍼진 소문으로는 10만이 넘는다고 했다. 대안에 깃발을 높이 쳐든 군관이 4, 5기(騎)의 부하를 거느리고 나타나자 전진하던 대열은 길을 비키고 군관은 부교를 달려 건너왔다. 그는 집결 중인 부대를 뚫고 지나 곧바로 남문을 향해 말을 몰고 기폭에는 '어명'(御命)이라고 쓰어 있었다. 구령에 따라 도열한 5천 기병은 말에서 내려 한 무릎을 꿇고, 장군 앞에 당도한 군관은 마상에서 힘찬 소리로 명령을 전했다.

"어명입니다. 약광 장군께서는 어가(御駕)를 맞을 것 없이 선진(先陣)으로 즉시 진발하시랍니다."

전달을 마친 군관과 부하들은 말에서 내려 깃발을 거두고 무릎을 꿇었던 장군은 일어섰다.

"폐하께서는 마리치 각하와 함께 제가 떠난 후 곧 백마산(白馬山: 압록강 남 30리)을 진발하신다는 말씀이었습니다."

젊은 군관은 예쁘장한 얼굴에 두 눈에서는 사람을 찌르듯 광채가 났다.

"친위군(親衛軍)은 5만이라고 했지?"

장군이 다짐하듯 물었다.

"네, 지금 도강 중인 전군(前軍) 10만, 도합 15만입니다."

장군은 고개를 돌려 강을 건너오는 기병들을 더듬어보았다.

"건무 장군께서 평양성으로 돌아가시면서 안부를 전하십디다."

"응… 돌아가 어명대로 진군한다고 여쭈어라."

장군이 말에 오르자 부대는 그의 뒤를 따라 북으로 움직이기 시작했다. 요동성(遼東城)까지 6백 리, 도중에서 별일만 없으면 늦어도 모레 안으로는 닿을 것이었다. 능소는 앞을 달리는 약광 장군의 고깔 너머 아침먹이를 찾아 까딱 않고 하늘에 떠 있는 솔개에 고향의 가을을 그리다가 적의 살의(殺意)가 휘몰아치는 요동성을 생각하고 달리는 말에 무작정 채찍을 퍼부었다.

150여 리를 북상하여 오골성 교외를 동으로 우회하는데 북쪽에서 고개를 넘어오는 3, 4기의 우군이 눈에 들어왔다. 장군은 고삐를 채어 속도를 늦추고 이어서 부대는 천천히 전진하다가 멈춰 섰다. 마주 오던 군관은 장군을 알아보고 말을 내려 절했다.

"먼 길에 수고하십니다. 마리치 각하는 지금 어디쯤 계십니까?"

"어가를 모시고 50리 후방을 전진 중이시다. 무슨 일이냐?"

"양광이 살수 패전 소식을 듣고 전군에 철수령을 내렸습니다."

뒤에 몰려선 병사들의 긴장된 얼굴이 풀리고 저도 모르게 안도의 한숨이 터져 나왔으나 장군은 표정이 없었다.

"연자발 장군은 어디 계시냐?"

"오골성에서 심주(瀋州: 심양)로 북상하여 신성, 남소, 목저 방면에서 후퇴하는 적을 요격할 태세를 갖추고 있습니다."

"가봐라. 마리치께서 소식을 기다리실 게다."

군관을 보내고 다시 전진하던 부대는 고개 기슭 실개천 가에서 말을 내려 점심을 들었다.

"양광이 철수하문 어떻게 됩네까?"

능소는 씹던 주먹밥을 삼키고 물었다.

"전쟁이 끝나면 너희들 심심하겠지?"

넓적돌에 걸터앉은 약광 장군은 표주박을 들어 양치질을 하고 빙그레 웃었다.

"더 추격은 앙이 합네까?"

"추격이라니?"

"그눔덜의 본토에 말입네다."

"거기까지는 나도 모른다."

장군은 일어서 중천에 기운 해를 바라보다가 군관들을 돌아보고 일렀다.

"가볼까…."

다시 말에 오른 5천 기병은 고개를 넘어 아득한 평야를 북으로 달리고 멀리 후방에는 구름같이 흙먼지를 일으키며 15만 대군이 뒤를 따라왔다.

밤늦게 초하구(草河口)에 당도한 그들은 길가에서 야영하고 이른 새벽에 연산관(連山關)에서 서북으로 꺾어 요동성으로 직통하는 길에 들어섰다. 전진할수록 여러 달을 두고 적에게 짓밟힌 들판에는 곡식 하나 보이지 않고 잡초마저 귀했다. 그들의 군마에 뜯긴 풀뿌리가 앙상하게 드러나고 간간이 마른 지푸라기가 미풍에 뒹구는 벌판에는 사람의 그림자도 집의 흔적도 찾을 수 없었다.

해가 져서 요동성 밖 20리, 살구마을(杏花村)에 당도한 약광 장군은 시냇물 양안에 포진하고 날이 새기를 기다렸다. 척후로 뽑힌 능소는 돌쇠와 함께 벌판을 서쪽으로 가로질렀다.

비사성(卑沙城: 대련 부근)으로 가는 대로에 접근하는데 사람의 소리가 들렸다. 그들은 얼른 땅에 내려 말과 함께 엎드려 귀를 기울였다. 그믐을 앞둔 캄캄한 밤에 사람은 보이지 않았으나 말소리는 움직이지 않고 제자리에서 울려왔다. 능소는 길을 지키는 초병이라고 생각했다.

"얘, 우린 어떻게 되지?"

돌쇠가 그의 귀에 대고 통역했다.

"이 자리에서 죽으라는 게지."

"메이파즈. 폐하께서는 지금쯤 요하를 넘어섰겠지?"

"폐하고 나발이고, 제일 먼저 내빼는 그따위가 ….''

"말조심해!"

"조심은 해서 뭣허니? 이판저판 꺼우리들한테 죽을 목숨인데."

"하긴 그렇지마는 …."

"나는 도망간다, 너희들은 파수를 서라. 이게 말이 돼?"

"그렇다고 어쩔 도리가 있니?"

"우리도 내빼자."

말소리가 한등 낮아졌다.

"글쎄 … 군율(軍律)에 걸리면 어떡하니?"

"이 북새통에 군율이 다 뭐야? 싫으면 그만둬. 난 간다."

한 놈이 뛰자 조금 사이를 두고 뒤따라가는 발자국소리가 들렸다. 능소와 돌쇠는 말에 올라 한길을 넘어섰다.

어둠속을 10리쯤 북쪽으로 달리는데 맥 빠진 소리로 중얼거리는 소리들이 바람결에 들려왔다. 지난 4월 무여라로 돌아갈 때 지나던 길이었다. 둘은 말을 세우고 서로 바싹 다가붙었다.

"배고프다느니, 다리가 아프다느니, 시시한 얘기입니다."

어둠속을 끝없이 지나가는 군상에 귀를 기울이던 돌쇠가 속삭였다.

아무리 기다려도 끝장이 없는 행렬이었다. 능소는 돌쇠의 옆구리를 지르고 행렬에 다가가 그들과 나란히 말을 몰았다. 아무도 묻는 사람이 없고 군관으로 알았는지 한옆으로 비켜 주었다. 잠시 가다가 길을 가로질러 벌판에 내려서도 역시 뭐라고 하는 사람이 없었다.

또다시 10리를 동쪽으로 달려 무여라 성(武厲羅城)으로 가는 북행길에 접어들었다. 무수한 말굽소리가 울리는 폼이 이 길은 기병들만 철수하는 모양이었다. 한 떼가 지나가고 다음 떼가 몰려오는데 채찍을 휘둘러 재빨리 길에 올라선 돌쇠가 외쳤다.

"콰이 콰이."

적의 기마행렬은 소리를 죽이고 그들의 앞을 스쳐 북쪽으로 달렸다. 두 사람은 다른 떼가 다가오는 소리를 들으면서 길을 횡단하여 달리다가 소요하〔小遼河: 지금의 혼하(渾河)〕 가에서 남으로 방향을 바꾸었다.

자정에 돌아온 능소는 보고를 마치고 한마디 덧붙였다.

"성안에서는 적의 철수를 아직 모르는 것 같습니다."

"알겠지."

촛불 앞에 앉은 장군은 간단히 대답했으나 능소는 알 수 없었다.

"성문은 함부로 여는 법이 아니다. 더구나 이런 그믐밤에는 조심해야 한다."

능소는 돌아서 장막을 나왔다.

동이 트면서부터 병사들은 요동성을 바라보았으나 적은 한 명도 보이지 않고 서쪽에 양광이 거처하면서 육합성(六合城)이라고 불렀다는 토성이 외롭게 서 있었다. 밤을 뚫고 심주에서 달려온 군관은 연자발 장군이 후퇴하는 적을 맞아 1만여 명을 살상하고 도망쳐 일대에 퍼진 패잔병을 소탕 중이라고 했다. 능소는 적의 포위가 완전히 풀린 요동성을 멀리 바라보면서 수수떡을 씹었다. 성문이 열리고 10여 명의 기병들이 쏟아져 나왔다.

해돋이에 남에서 뭇 기병들이 벌판을 달려오고 한길에는 임금을 둘러싼 친위대가 전진했다. 장군은 군관들을 거느리고 말을 달려 중도에서 맞았다.

곰을 수놓은 어기(御旗)와 마리치〔莫離支〕 대장군기가 나부끼는 가운데 임금과 을지문덕 장군 앞에서 얘기하던 약광 장군이 인사를 드리고 말에 오르는 모습이 눈에 들어왔다. 병사들은 고삐를 틀어잡고 기다렸다. 친위대는 요동성(遼東城)을 향해 천천히 다가오고 을지문덕 장군이 지휘하는 본대는 벌판을 서쪽으로 움직이기 시작했다.

군중에 돌아온 약광 장군이 마상에서 전진명령을 내리자 대기하고 있던 기병들은 일제히 말에 올라 북쪽으로 향했다. 요동성 남문에서 수천 기병들이 달려 나와 연도에 도열하고 뒤이어 울긋불긋 채색 옷을 입은 여자들과 아이들이 몰려나와 병사들의 뒤에서 발돋움을 했다. 능소는 그들의 앞을 달리면서 군중의 몇 걸음 뒤 부서진 적의 충차(衝車)에 올라선 상아의 모습이 단박 눈에 들어왔다. 모두들 손을 흔들며 반기는데 지나가는 대열을 되풀이 훑어보기만 하는 품이 자기를 알아보지 못한 것이 분명했다. 손을 쳐들어 흔들었으나 여전히 야윈 얼굴에 두 눈만 굴렸다. 명절이나 반가운 일이 있을 때면 입던 불노랑 저고리가 아침 햇살에 선명하게 비치면서 능소는 저도 모르게 눈물이 핑 돌았다. 흐린 안막에 비친 영상이 차츰 멀어지고 마침내 성벽 뒤에 사라질 때까지 상아는 손 한 번 흔들지 않고 두리번거리기만 했다.

40리를 달려 옥저마을에 다가오면서 능소는 이럴 수 없다고 생각했다. 예전과 똑같은 지붕들이 보이고 언덕을 돌자 마을은 전에 보던 모습대로 나타났다. 벽들이 무너지고 마당에 잡초가 우거졌으나 지금까지 보던 숱한 촌락처럼 불에 타지는 않았다. 자기 집도 상아네 집도 그대로 제자리에 서 있었다.

"20인장님은 여기가 고향이라지요?"

옆을 달리는 돌쇠가 물었다.

"그래. 불에 앙이 탄 게 이상하단 말이다."

"그렇구만요."

한길가의 지루네 야장간도 그대로 있었다.

하오에 대량수(大梁水)를 건넌 그들은 1백리를 더 전진하여 들판에서 밤을 지내고 이튿날 새벽 요하(遼河) 못 미쳐 10리, 고개에 올라서자 기슭에서 막 전진을 개시한 적이 눈에 들어왔다. 우군을 발견했는지 재빠른 놈들은 남을 앞질러 쏜살같이 달아나고 뒤에 처진 자들은 절뚝거리는 말에 채찍을 퍼부으며 고함을 지르고 간혹 쓰러진 말을 버리고 뛰는 놈도 있었다. 줄잡아도 1만 명은 될 것 같았다.

말을 세우고 바라보던 군중(軍中)에서 북이 울리고 고구려 기병들은 언덕을 내려 전속력으로 적을 추격했다. 뿔뿔이 흩어져 벌판으로 달아나는 놈들은 거들떠보지도 않고 대로를 중심으로 산개한 부대는 앞에서 도망치는 자들을 무찌르면서 곧장 부교(浮橋)를 목표로 돌진했다. 적은 활 한번 당기지 못하고 도망치다가도 기진하면 땅에 뛰어내려 무릎을 꿇고 두 손을 비비다가 우군의 말굽에 짓밟혀 쓰러졌다.

요하에 당도한 고구려군은 세 줄기 부교를 건너가는 적에게 화살을 퍼부었으나 이미 반수 이상은 대안에 올라 무여라(武厲邏) 성으로 달려가고 있었다. 그러나 강둑에 멈춰 선 약광 장군은 적이 시야에서 완전히 사라질 때까지 움직이지 않고 지켜보다가 군관들을 불렀다.

"이제부터 잔적을 소탕하고, 일부는 부교를 철거한다."

군관들은 놀라는 표정이었으나 장군은 아랑곳없이 부교 철거를 맡은 군관들을 지정하고 조용히 명령했다.

"진발!"

능소는 벌판에 흩어진 적을 소탕하러 떠나는 장군의 뒷모습을 바라보다가 말을 강둑의 물푸레나무에 매고 병사들과 함께 부교로 내려왔다. 혼이 나간 적에게 무여라까지 선물로 줘서 보낸다는 것은 도저히 상상할 수 없는 일이었다. 대안에 건너가서 듬직한 말뚝에 감은 밧줄을 풀면서 생각해도 바보가 아니고는 못할 일이었다. 양측에 나란히 선 병사들과 함께 일제히 노를 저어 부교 전체를 이쪽에 끌어오면서도 분하기 그지없었다. 물가에 기다리고 있던 군관도 노기에 찬 얼굴로 명령했다.

"소용되는 날이 있을 게다. 단단히 비끄러매라."

그들은 밧줄 끝을 강가의 바위에 둘러 두세 겹으로 매고 물독만 한 바위를 굴려다가 벗어지지 않게 눌러놓았다.

해가 기울어 벌판에서 1천여 명의 포로들을 휘몰고 돌아온 약광 장군은 군관들을 장막 안에 모아놓고 일렀다.

"너희들의 심정은 잘 알고 있다. 그러나 양광은 언젠가 또 올 게다. 무여라를 제대로 지키려면 적어도 성을 열 개는 쌓아야 한다. 그러지 않아도 전쟁에 시달린 백성을 다시 동원할 수는 없는 노릇이라 성상께서는 단을 내리사 이 요하를 우선 경계선으로 결정하고 후일을 기다리기로 하셨다. 부하들에게 이 뜻을 주지시켜 잘못이 없도록 해라."

장막 밖, 나무에 기대앉은 능소는 아득하게 지평선으로 흘러가는 요하를 바라보면서 무여라 벌에 얽힌 가지가지 추억을 되씹었다. 약광 장군의 말씀을 알아들을 수는 있었으나 분하기는 매일반이었다.

"우리 부대는 교체병력이 올 때까지 당분간 이 요하의 선을 경비한다…."

장군은 계속했다. 능소는 일어서 남녘 하늘에 눈을 던졌다. 첫눈이 내리기 전에는 고향에 돌아갈 것 같지 않았다.

# 황제의 분노

요동성(遼東城)까지 앞으로 50리, 쓰러진 말은 일어나려고 하지 않았다. 재빨리 땅에 내려선 아버지 우문술은 절뚝거리던 왼쪽 앞발을 쳐들고 상을 찌푸렸다. 마철이 떨어진 발톱이 두 동강으로 갈라져 피가 흐르고 있었다. 지급은 안장을 뒤져 새 마철과 망치를 들고 다가섰으나 아버지는 나머지 세 발을 내려다보고 말이 없었다. 마철이라고 할 수 없는 얄팍한 쇠 조각들이 발굽 한 모서리에 붙어 있을 뿐이었다.

살수(薩水)에서 적장 을지문덕의 맹공격에 30만군을 잃고 10여 기로 간신히 도망쳐 북쪽으로 달렸으나 여기까지 머나먼 길에 처처에서 기다리고 있던 고구려군은 밤낮으로 덤벼들었다. 다 죽고 남은 것은 아버지와 종 행달(行達)과 자기뿐이었다. 적은 말을 누이고 마철을 갈아 끼울 여유도 주지 않았다. 2백 리 뒤에서 아버지의 말이 쓰러지자 행달의 말을 드렸으나 얼마 안 가 또 쓰러지고, 자기의 말을 드렸는데 50리를 남기고 이 모양이 되었다. 이제 적의 세력권을 벗어났으니 안심은 되었으나 늙은 아버지는 잡았던 왼발을 버리고 맥없이 길가에 주저앉았다.

 마철을 갈아 박을 여지도 없었다. 지금은 말머리에 멍청하니 서 있는 행달에게 마철과 망치를 넘겨주고 주위를 살폈다.

 누더기를 걸친 패잔병들이 하나씩 둘씩 다리를 절름거리며 북으로 가는 길을 더듬고, 훨씬 앞선 놈은 참나무 숲이 우거진 언덕을 오르고 있었다. 고개를 돌리니 아득하게 지나온 길에도 한두 명씩 어깨를 늘어뜨리고 걸어오는 병정들이 점점이 눈에 들어왔다.

 수염이 앙상한 자가 새까만 얼굴에 흰 눈을 옆으로 깔고 눈앞에 다가와서도 아는 척을 하지 않았다. 때와 흙먼지가 반죽이 된 군복은 무릎이 빠지고 앞자락이 떨어져 홀쭉한 배가 드러나도 사나이는 아랑곳없이 고약한 냄새를 풍기고 지나갔다.

 "얘, 뵈는 게 없어?"

 지급은 버티고 서서 호통을 쳤으나 사나이의 귀에는 들리는 것 같지 않았다. 절름발을 옮길 때마다 닳아빠진 구멍으로 두 볼기짝이 들쑥날쑥하고 찢어진 어깻죽지가 그때마다 너풀거렸다. 노려보던 지급은 쫓아가서 앞을 막아섰다.

 "너, 하늘 높은 줄을 모르는구나."

 누런 이빨을 드러내고 숨을 허덕이는 사나이의 얼굴은 어김없는 등신이었다. 지급은 주먹으로 양미간을 후려쳤다.

 "내버려 둬."

 길가에 앉은 아버지의 맥 빠진 소리에 지급은 돌아보았다.

 "이리와 요기나 해라."

 행달이 쓰러진 말에서 안장을 벗겨 길 복판에 놓고 주머니를 꺼냈다. 지급은 사나이를 발길로 한 대 차고 아버지의 옆에 다가와 앉았다.

 "마지막입니다."

 지급은 아버지와 나란히 앉아 행달이 내주는 조그만 떡을 입속에 집어넣었다. 돌같이 굳어 가루가 일었으나 수수떡이 이렇게 달기는 처음이었다. 소리 없이 일어나 또다시 절름거리는 사나이가 차츰 멀어져 가는 것을 지켜보면서 그는 입속의 떡을 씹고 또 씹었다.

"오늘밤은 배불리 먹게 되는갑쇼?"

일찍이 자기의 의사를 표시한 일이 없는 행달이 쓰러진 말 옆에 쭈그리고 앉아 입을 놀렸으나 아버지는 눈을 내리깔고 물끄러미 길바닥을 내려다보며 생각에 잠겼다. 땟국이 흐르는 목덜미, 땀과 먼지에 절어 붙은 옷가지는 아무리 보아도 대장군 우문술일 수 없었다.

도무지 어처구니없는 일이었다. 부여성(扶餘城)에서 압록강까지 화살 한 번 쏘지 않고 단번에 밀고 내려갔다. 각 처에서 모여든 원정군 30만 5천이 압록강 가에 집결했다가 강을 건너 평양성(平壤城)으로 진격할 때는 뛰는 것도 아니고 날아가는 기분이었다. 치기만 하면 적은 쓰러지고 도망치고, 누구나 꺼우리들은 며칠 안에 망한다고 했다. 병정들은 이마를 맞대면 평양성에 쳐들어가서 꺼우리 여자들을 어떻게 한다는 얘기로 침을 삼키고 거품을 튀겼었다.

그러나 평양성이 보이는 봉수산에 이르러서부터 물세는 아주 달라졌다. 정신없이 도망가던 고구려군은 별안간 이리떼로 변해서 밤낮 우군 주위를 빙빙 돌며 못살게 굴었다. 먹을 것이라고는 부여성을 떠날 때 짐짝에 넣은 것밖에 없고 보급은 하나도 받아본 일이 없었다. 먹지 못하고 자지 못하고 적은 주위에서 으르렁거리고, 죽을 판이었다. 비틀거리는 주제에 싸움은 어림도 없고 맞붙기만 하면 짓밟혀서 쪽을 못 썼다.

마침내 후퇴한다기에 모두들 살았다고 좋아했으나 살수에서 당한 일을 생각하면 정말 귀신이 곡할 노릇이었다. 사면팔방의 산기슭과 골짜기에서 구름같이 쏟아져 나온 고구려 기병들이 폭풍처럼 달려들어 30만 대군을 반나절에 짓밟아 버렸다. 말라 비틀어진데다가 지칠

대로 지친 병정들은 겁에 질려 우왕좌왕하다가 그들의 창끝에 썩은 짚단같이 씰씰 자빠지고 말았다.

전쟁경험이 많은 아버지의 뒤에 바싹 달라붙은 덕분에 여기까지 도망쳐 왔으나 생각할수록 미련한 것은 양 배때기였다. 남의 귀한 아들 30만을 적의 함정에 고스란히 갖다 바친 것이 누구냐 말이다. 놈의 새끼, 그래 놓고도 화는 도맡아 내겠지. 그러나 저러나 자기 말 한마디면 무엇이나 되는 줄 아는 그 양 배때기가 어떤 상판을 하는지 두구 볼 만하다.

절름발이 패잔병들도 뜸하더니 당나귀를 탄 사나이가 시야에 들어왔다. 입속에서 씹고 또 씹던 떡을 삼키는 아버지의 두 눈이 빛나고 행달은 길 복판에 나와 버티고 섰다. 먼 거리를 종종걸음으로 달려오는 당나귀를 끈질기게 지켜보다가 지급도 일어섰다.

"비켜!"

행달에게 가로막힌 병정은 짜증을 냈다.

"너 이 당나귀 어디서 훔쳤지?"

지급은 행달을 밀어젖히고 앞으로 나가 굴레를 틀어잡았다.

"무슨 참견이야?"

병정은 고삐를 당겼으나 지급은 굴레를 놓지 않았다.

"군율(軍律)로 다스린다."

"군율? 군대가 있어야 군율이지."

지급은 옆으로 돌아 한 손으로 그의 어깨를 잡아채었다. 헌 옷은 세로 찢어지고 한쪽 어깨와 가슴이 드러났다. 병정은 당나귀에서 뛰어내려 찢어진 웃통을 벗어 팽개치고 그의 멱살을 잡았다.

"뭐야 넌?"

지급은 그의 억센 손아귀에서 숨이 막힐 듯하다가 딴족을 채이고 땅바닥에 나동그라졌다. 완력에는 자신이 있었으나 이 사나이는 바위

같이 어찌할 수 없었다. 동작이 느린 행달이 다가와 주먹으로 내지르는데 몸만 빼고 뒤통수를 갈기는 바람에 그도 고꾸라지고 말았다.

지급은 일어서면서 옆에 찬 단도를 빼려고 했으나 옆구리를 채이고 또 쓰러졌다. 사나이는 돌아서 안장에 꽂았던 창을 빼들고 외쳤다.

"죽여 버린다."

지급은 채인 옆구리를 움켜쥐고 일어나 앉으면서 아버지를 돌아보았다. 고개를 떨어뜨리고 팔짱을 지른 채 꼼짝하지 않았다. 행달이 천천히 일어서 사나이를 홀겨보았다.

"너 이러문 대장군께서 화내신다."

"뭐 어째?"

사나이가 씩 웃는 것을 보고 지급은 비틀거리며 일어서 아버지를 눈으로 가리켰다.

"너, 정 겁이 없구나."

바싹 마른 얼굴에 유난히 큰 눈알을 굴리던 병정은 대장군 우문술을 알아보는 듯 기가 꺾이고 들었던 창을 내렸다.

"그래 어쩌란 말이야?"

"당나귈 내놓으란 말이다."

병정은 적의(敵意)가 이글거리는 눈으로 쏘아보다가 길에서 풀을 뜯는 당나귀로 다가섰다. 안장에서 때 묻은 주머니를 풀어 어깨에 걸치고 그들을 힐끗 둘러보았다.

"그래 할 말이 있어?"

지급은 삿대질을 했으나 병정은 입을 다물고 그를 아래위로 훑었다. 병정은 잠자코 돌아서 요동성으로 가는 길을 걷기 시작했다. 지급은 당나귀를 끌고 아버지의 앞으로 다가섰다. 차츰 멀어져 가는 병정의 뒷모습을 바라보고 앉았던 아버지는 한숨을 쉬고 일어서 말없이 당나귀에 올라 채찍을 내리쳤다. 지급은 행달과 함께 창을 메고 그의 뒤에 따라붙었다.

앞에 가던 병정은 길가에 비켜섰으나 고개를 돌리지 않고 아버지는 앞을 보고 당나귀를 몰았다. 지급이 옆을 지나치는데 병정은 어깨에 걸친 주머니 끈을 만지작거리며 아주 등을 돌리고 먼 하늘을 바라보았.

가끔 눈에 띄는 패잔병들을 뒤로하고 30리를 전진하여 요동성이 내려다보이는 고개기슭에 이르렀다. 지급은 아버지의 뒤에 붙어 언덕길을 오르면서 하늘을 쳐다보았. 가락지같이 무리진 해는 아직도 중천에 있는데 당나귀는 버티고 선 채 숨을 허덕이고 움직이지 않았다. 지급은 행달과 함께 앞으로 돌아 양쪽에서 굴레를 끌고 마루에 올라갔다.

나무그늘마다 엉켜 붙어 축 늘어진 자들은 어김없는 거지 떼들이었다. 찢어진 누더기에서 배가 나오건 볼기짝이 드러나건 아랑곳없이 사지를 뻗은 병정들은 입을 헤벌리고 눈을 감고 있었다. 간혹 눈을 뜨고 앞을 멍청하니 내다보는 자도 있었으나 고개를 들거나 손을 움직이는 자는 열에 하나도 되지 않았다.

"아, 이거 우문 장군 살아 있었구만."

멈춰 서서 20리 밖 요동성을 둘러싼 우군을 바라보는데 느티나무 뒤에서 우중문이 나타나고, 같이 앉았던 장군들이 따라 일어섰다. 우문술은 당나귀를 내려 한 손으로 고삐를 잡은 채 물었다.

"왜 모두들 여기서 지체하시오?"

"그렇게 됐소. 이리 와서 좀 쉬어 갑시다."

우문술은 행달에게 고삐를 넘기고 느티나무 그늘에 가서 그들과 함께 둘러앉고 지급은 조금 떨어진 바위 뒤에 가서 병정들 옆에 드러누웠다. 다리가 쑤시고 가슴 밑에서 시장기가 치밀어 오르는데 우중문의 쉰 목소리가 울렸다.

"우문 장군 어떻게 하면 좋겠소?"

아버지는 대답이 없고 우중문이 계속했다.

"간밤 늦게 여기 당도했는데 채 장군〔채원항(蔡元恒)〕이하 앞선 장군들이 도착했고, 사지(死地)를 벗어난 병정들도 와 있지 않겠소. 하지만 밤새두룩 의논해도 좋은 생각은 안 나오고 다들 장군 생각을 했소. 무슨 낯으로 대낮에 저 군중(軍中)을 지나고, 성상을 뵐 수 있겠소? 그래서 오늘도 여태까지 여기를 뜨지 못했소."

"하기야 그렇지요."

아버지의 가라앉은 대답이었다.

"무슨 좋은 생각이 없겠소?"

"성상께서도 이 지경이 된 걸 알고 계시겠지요."

"짐작이 안 간단 말이오. 먼저 간 병정들이 좀 있는 모양이오마는 곡시랑〔斛侍郎: 병부시랑 곡사정(兵部侍郎 斛斯政)〕은 약은 사람이라 알고도 아뢰지 않았을지도 모르겠소."

"이 판국에 좋은 생각이 있을 수 없지요."

잠시 침묵이 흐른 끝에 우중문이 탄식했다.

"이 일을 어떻게 한단 말이오."

"결자해지(結者解之)라고 맺은 자가 푸는 도리밖에 없지요."

"누가 결자란 말이오? 무엄하게 성상을 비방하는 것이오?"

우중문이 언성을 높였으나 아버지는 냉정했다.

"그야 장군이시지요."

"내가 결자라고 합시다. 그럼 우문 장군이나 여기 앉은 다른 장수들은 결자가 아니란 말이오?"

"여기서 시비해야 소용없는 일이고, 대낮을 꺼리신다니 날이 어두우면 어전에 가서 당할 건 당하고 봅시다."

더 이상 말이 없고 장군들의 한숨소리가 몇 마디 들려왔다. 지금은 사지가 노곤하고 잠이 쏟아졌다.

고갯마루에 어둠이 깔리자 패잔의 행렬은 천천히 움직이기 시작했다. 말 탄 우중문의 뒤를 이어 우문술이 당나귀를 몰고 나머지 5, 6명의 장군들은 길옆에 비켜섰다가 2천여 명의 얼빠진 병정들이 지나가자 맨 뒤에 따라붙었다.

평지에 내려와서도 어둠속의 행렬은 느릿느릿 전진하고 간혹 돌부리에 걸려 넘어진 병정들의 비명 외에는 한마디 얘기소리도 들리지 않았다. 창을 메고 당나귀의 옆을 가면서 지금은 멀리 불이 반짝이는 육합성을 바라보았다. 낮에 볼 때는 이 토성 주위에 병정들이 들끓었으나 지금은 모든 것이 고요했다. 저 속에서 양 배때기는 지금 평양성을 빼앗았다는 보고를 기다리고 있겠지. 놈의 새끼.

느린 행렬은 자정이 되어서야 우군의 초계선을 지나 육합성에 당도했다. 파수병의 보고를 받은 곡사정이 4, 5명의 군관과 횃불을 든 병정을 앞세우고 대문 밖까지 마중 나왔다.

"이게 어찌된 일입니까."

그는 나란히 선 우중문과 우문술의 손을 하나씩 잡고 두 사람의 얼굴을 번갈아 보았다.

"면목이 없소."

우중문은 한마디 하고 고개를 돌려 횃불에서 튀는 불티를 바라보았다. 곡사정은 난처한 얼굴로 잠자코 서 있다가 목소리를 낮췄다.

"도망쳐온 장병들로부터 얘기는 들었습니다마는 설마하고 믿지 않았습니다."

"그럼 성상께서는 아직 모르고 계시오?"

우문술이 당나귀 고삐를 감아쥐고 물었다.

"책임 없는 자들의 얘기를 그대로 아뢸 수 있습니까? 도망쳐 온 장병들을 따로 수용해 놓고 혼자 애를 태우던 길입니다. 오늘밤은 쉬시고 아침에 아뢰도록 하지요."

두 사람이 망설이자 뒤에 섰던 유사룡(劉士龍)의 조용한 목소리가 울렸다.
"지금 아뢰시오. 적이 추격해 오는 것이 분명하고, 또 잠시라도 기군(欺君)을 해서야 쓰겠소?"
"어떻게 할까요?"
곡사정이 다그쳐 물었다.
"그렇게 하시오."
우중문이 결심한 듯 대답했다.
"성상의 신임이 두터우신 대장군께서 같이 들어가 우선 자세한 내막을 아뢰는 것이 어떻겠습니까?"
우문술은 힘없이 동의했다.
곡사정의 지시로, 같이 나왔던 군관들은 패잔병들을 휘몰아 어둠 속으로 사라지고 장군들은 호위병 한 명씩만 거느리고 성안에 들어가 조당(朝堂)으로 나갔다. 임시로 지은 작은 조당에도 장안의 궁궐같이 촛불이 휘황하고 네 귀에는 창을 든 병정들이 파수를 서고 있었다. 합문(閤門)에서 떨어진 호위병들 틈에서 지급은 안을 기웃거렸다. 장군들은 마당에 무릎을 꿇고 우문술과 곡사정이 층계를 올라 옆문으로 사라져 들어갔다.
병정들이 나눠주는 콩떡을 씹으면서 아무리 기다려도 안에서는 기척이 없고 마당에 꿇어앉은 장군들은 어둠속에서 가끔 헛기침을 할 뿐 무거운 침묵 속에 밤이 새어갔다. 날이 훤히 밝아서, 들어가던 합문으로 다시 나온 아버지는 어깨를 늘어뜨리고 장군들 옆에 쭈그리고 앉았다. 기다리던 시선이 그의 안색을 살폈으나 머리를 떨어뜨리고 땅만 내려다보았다.
군관들이 부산하게 뛰고 형틀과 곤봉을 든 병정들이 정면 층계 밑에 대령하자 서로 마주 보는 장군들의 얼굴은 공포와 분노로 일그러졌다. 곡사정을 비롯한 고관들이 층계 위에 나타나고 안에서는 군관들이 옥좌를 받쳐 들고 옆문으로 나와 정면 중앙에 놓고 물러갔다.

주악이 울리고 조당의 정문이 열리면서 황제 양광이 천천히 걸어 나와 옥좌에 앉자 마당의 출정 장군 여덟 명과 위무사 유사룡은 일어서 4번 절하고 다시 무릎을 꿇었다.

"성지에 따라 지금부터 친국이 열리겠습니다."

옥좌 우측에 두 손을 모아 쥐고 섰던 곡사정의 떨리는 목소리에 이어 양광의 노한 목청이 사면 벽에 울려 퍼졌다.

"내 경들을 이런 마당에서 대하게 될 줄은 몰랐소. 진실로 통분하기 그지없고 허망하기 그지없소. 그래 30만 대군을 하루아침에 몰살당하고 무슨 낯으로 내 앞에 나타났단 말이오!"

장군들은 이마를 땅에 대고 납작하게 엎드렸다. 합문의 지급은 씩씩거리는 황제의 불룩 배를 유심히 바라보았다. 전에도 그 둥근 배가 들쑥날쑥할 때에는 사람 하나쯤은 다치고야 말았다. 그의 목청이 한층 더 높아졌다.

"유사룡, 너는 무슨 연고로 적장 을지문덕과 내통하였느냐?"

엎드렸던 유사룡은 일어서 굽실하고 입을 열었다.

"아뢰옵기 황공하오나 신이 어찌 적장과 내통할 수 있겠습니까. 만번 죽어도 그런 일은 없습니다."

"그럼 어찌하여 모든 장수들이 사로잡으려는 을지문덕을 네 홀로 한사코 돌려보냈느냐?"

"예를 갖추어 제 발로 찾아온 적장을 사로잡는 것은 비겁하고 도리에 어긋날 뿐 아니라 현명한 일도 못된다고 판단했습니다."

유사룡은 거침없이 대답했다. 황제 양광은 발을 굴렀으나 유사룡은 침착했다.

"폐하, 신의 직분은 위무사(慰撫使)였습니다. 위무사가 어찌 …."

불쑥 일어선 양광은 사지를 떨었다.

"저놈을 당장 끌어내다가 옥에 가둬라!"

"무슨 말씀이오니까?"

두 병정이 달려들어 양쪽에서 팔을 끼고 입을 틀어막았다. 억센 손아귀에서 몸부림치며 붙잡은 병정들을 걷어차는데 칼을 든 군관이 뒤에서 떠밀고 합문으로 다가왔다. 그는 문턱을 넘으면서 고개를 돌려 흰 눈을 치뜨고 황제를 노려보다가 다시 떠밀려 문밖으로 나왔다. 숨을 허덕이다가 다시 한 번 돌아보고는 순순히 성문으로 끌려가는 그의 뒷모습을 지켜보던 지급은 양 배때기에게 속 시원히 욕설을 퍼붓지 못하는 것이 안타까웠으나 평소에 얕보던 염소수염 유사룡은 아니라고 생각했다. 이러나저러나 너도 더 살아 봐야 별 수 없는 인생이라 옥에서 고생할 것 없이 일찌감치 죽는 게 좋겠다.

입을 꾹 다물고 충혈된 눈으로 마당의 장군들을 내려다보던 황제 양광의 시선이 아버지의 머리 위에서 멎었다.

"우문술!"

그는 일어서 두 손을 마주 잡았다.

"나는 평일에 너를 국가의 주석(柱石)으로 믿었고, 이번에도 전군(前軍)을 총지휘하는 중임을 맡겼다. 어찌 피라미 같은 을지문덕의 술책에 빠져 이 판국을 초래했단 말이냐?"

아버지는 크게 숨을 들이켜고 한 걸음 앞에 나섰다.

"폐하, 이번 평양 원정군의 총지휘는 우중문 장군이 맡았고 신은 그 절제를 따랐을 뿐입니다."

엎드렸던 장군은 머리를 들어 그를 바라보고 우중문은 증오에 찬 눈초리로 그를 훑였다.

"시키는 대로 했다, 그런 말이냐?"

"그렇습니다. 간밤에도 말씀드렸습니다마는 당초에 압록강에 집결했을 때만 해도 군량은 떨어지고 보급은 오지 않고 형세가 매우 불리한 것을 감안하여 신은 회군(回軍)하자고 주장했습니다. 그러나 우 장군이 우겨서 진격한 끝에 이렇게 된 것입니다."

황제는 입을 벌리고 내려다보는데 아버지 우문술은 침을 튀기며 계속했다.

"그때 신의 주장대로 회군했다면 이와 같은 공전(空前)의 대참패는 없었을 것입니다."

우중문이 벌떡 일어서 주먹으로 허공을 쳤다.

"우문 장군, 그게 무슨 말씀이오? 제군(諸軍)이 여러 길로 압록강에 집결한 것은 남으로 진격하여 평양성을 뺏으라는 어명에 의한 것이 아니오? 나는 폐하의 신하로, 어명을 받들어 진격을 명령했소. 도시 이번의 패인(敗因)은 장군이 10여 만의 전군(前軍)을 끌고 미친 듯이 을지문덕을 쫓아간 데 있소. 그의 술책을 간파하지 못하고 경망하게 졸졸 따라가다가 함정에 빠진 것이 아니고 무엇이오?"

한 사람을 사이에 두고 그들은 삿대질을 시작했다.

"아—니, 나더러 경망하게 따라갔다지마는 진격하라니 진격한 게 아니오?"

"진격하라니 진격했다? 그래가지고도 대장군이오?"

"폐일언하고 내 주장대로 압록강에서 회군했으면 이런저런 일이 없었을 게 아니오?"

"고얀 놈들!"

둥근 배가 급속도로 들쑥날쑥하던 황제가 일어섰다.

"내 사람을 잘못 보았구나. 용렬하기 그지없도다! 이 뜰아래 쭈그리고 앉은 소위 장군이라는 자들을 모조리 족쇄(足鎖)와 경가(頸枷)를 채워 동도(東都: 낙양)로 압송해라!"

병사들이 다가서 목판을 목에 두르고 쇠사슬로 두 발을 묶어도 장군

황제의 분노 69

들은 머리를 떨어뜨리고 한숨만 내쉬었다. 상기한 얼굴로 지켜보던 황제는 돌아서 안으로 들어가고 침묵 속에 주악이 길게 꼬리를 끌었다.

무거운 족쇄에 두 발을 엉기적거리고 병정들에게 끌려나오는 얼굴들은 양 배때기의 말대로 용렬하기 그지없었다. 좀 나은 줄 알았던 아버지도 영 틀렸다. 유사룡은 나오다가 고개를 돌려 양 배때기를 흘겨라도 보았는데 모두들 죽을 상을 하고 축 늘어졌다. 이런 등신들에게 이리저리 끌려 다니다가 살수(薩水) 가에서 꺼우리들한테 무리죽음을 당한 병정들만 우습게 됐다. 지금쯤 까마귀밥이 되지 않았으면 들개(野犬) 떼가 물어뜯겠지. 일찌감치 내뺀 화급은 차라리 영웅이다. 무슨 일이 있어도 다시는 이따위들에게 끌려 다니지 않으리라. 우두커니 서서 바라볼 수밖에 없던 지급은 시장기를 느끼고 돌아서 두리번거렸으나 오고 가는 병정들은 아무도 아는 척을 하지 않았다.

"너희들은 뭐냐?"

조당을 돌아온 새파란 군관이 합문 밖에 몰려 선 병정들 앞에 와서 눈을 굴렸다.

"우중문 장군의 호위병이올시다."

한 병정이 앞에 나서 대답했다.

"으응, 그 패들이로구나. 지금은 장군이 아니고 죄인이야 죄인. 성 밖에 나가 우측으로 돌면 이번에 도망쳐 온 놈들이 득실거리는 장막들이 있다. 여기서 찔룩거리지 말고 어서 꺼져라!"

군관에게 쫓긴 병정들은 끌려가는 죄인들을 피해 서문으로 빠져나왔다.

장막에는 풀을 깔고 드러누운 자, 웅크리고 앉아 부르튼 발바닥을 터치는 자, 엎드려서 쿨쿨 자는 자, 가지각색이었다. 지급은 입구에서 주는 주먹밥을 하나 들고 구석에 앉았다. 병정들은 누가 오든 거들떠보지도 않고 서로 얘기도 하지 않았다.

"가만있자, 이거 반가운 손님을 만났군."

콩과 수수가 섞인 밥을 씹는데 맞은편에서 누가 일어나 앉으면서 한마디 했으나 지급은 아랑곳하지 않았다.

"손님 얼굴을 좀 돌려 보실까?"

자기를 보고 하는 말에 틀림없었다. 주먹밥을 다시 입으로 가져가던 지급은 돌아보았다.

어저께 당나귀를 뺏긴 병정이었다. 가슴이 섬뜩했으나 모른 척하고 밥을 한 입 물어뜯었다.

"역시 어제 보던 잘난 사람이로구만."

사나이는 드러누운 병정들을 건너 옆에 와 앉았다.

"손님, 반갑소. 반갑다니까."

사나이는 옆구리를 쥐어박았다. 이렇게 된 바에는 뻣뻣이 나가는 수밖에 없다고 결심한 지급은 먹던 밥을 마저 삼키고 휙 돌아보았다.

"뭐가 반갑소?"

얼굴이 마주친 사나이는 콧구멍을 벌름거리고 이빨을 드러내며 그의 멱살을 잡아 흔들었다.

"그런데 손님, 우문 장군과는 어떻게 되는 처지요?"

"아들이오."

무뚝뚝한 대답에 사나이는 놀라는 표정을 지어 보이고 누워 있던 병정들도 일어나 앉았다.

"호오―, 우문 장군의 아드님들이 영특하시다는 건 천하가 다 아는 일이오. 댁에는 금은보화가 더미로 쌓여 있다는 소문인데 사실이오?"

"사실이오."

지급은 내뱉듯이 대답했다.

"솔직해서 좋소. 그런데 손님, 어제까지 당신네는 잘난 사람, 나는 못난 사람, 당나귀를 뺏기지 않았겠소? 허지마는 장군이 때간 오늘은

황제의 분노 71

손님이나 이 강서방이나 마찬가지 아니겠소? 모르겠소?"

"모르겠소."

"영특한 줄 알았더니 이거 영 틀렸군."

사나이가 일어서 허리띠를 졸라매는데 앉아서 보고만 있던 병정들이 들고일어났다.

"오찰을 해라!"

"밟아 뭉개라!"

앉았던 지급은 될 대로 되라고 일어서 눈을 부릅뜨고 둘러보았다. 팔뚝질하면서 덤벼들던 병정들은 주춤하고 사나이의 눈치를 살폈다.

"그 배짱이 마음에 들었소. 여기는 좁고, 밖에 나가 보실까?"

사나이를 따라 장막 모퉁이를 도는 순간 지급은 땅바닥에서 날쌔게 목침 같은 돌을 집어 뒤통수를 냅다 갈겼다. 피를 쏟으며 앞으로 휘청거리는 놈의 머리를 또 내리치고 앞으로 돌았으나 사나이는 거꾸러지지 않았다.

"비겁한 놈의 새끼!"

두 눈을 치뜨는 얼굴에 피가 뿌리고 옷은 붉게 물들어도 사나이는 주먹을 쥐고 덤벼들었다. 뒤를 따라 나온 자들은 말릴 엄두도 못 내고 옆 장막에서 몰려나온 병정들은 숨을 죽이고 먼발치에 서 있었다. 지급은 옆으로 돌면서 손에 든 돌로 다시 한 번 후려칠 기회를 엿보았다.

"이 더러운 날강도놈아, 덤벼라!"

고함을 지르던 사나이는 별안간 고개를 숙이고 두 손을 눈으로 가져갔다. 피가 들어간 모양이었다. 지급은 때를 놓치지 않고 달려들어 손에 든 돌로 머리를 옆으로 후려쳤다. 사나이는 비명을 지르면서 무작정 뛰다가 장막에 부딪쳐 그대로 고꾸라지고 말았다.

아주 없애 버리려고 마음먹은 지급은 돌을 든 채 한 걸음 내디뎠다.

"죽여라!"

구경하던 병정들이 소리소리 지르며 욱 몰려와서 목을 조르고 돌을 뺏고 팔을 비틀고 넘어뜨리고 마구 짓밟았다. 순간의 일이었다. 지급은 숨이 막히고 온몸이 몇 동강 나는 것만 같았다.

"웬일이냐!"

죽었다고 생각하는데 호통이 터지고 짓밟던 병정들은 일시에 흩어져 도망쳤다.

"이거 허국공(許國公: 우문술의 작호) 댁 자제분 아니오?"

늙은 군관이 다가와서 지급을 일으켰다. 그는 소매로 코피를 닦고 절리는 가슴을 문지르면서 쳐다보았으나 모를 사람이었다.

"춘부장께서 저렇게 되셨다구? 다른 장군들은 몰라두 허국공은 며칠 안 가 잘되십니다."

두 볼에 살이 축 늘어진 배불룩이 군관은 계속 어깨와 등을 털어주었다.

"그때는 잘 봐주시오. 이 나이가 되도록 낭장(郎將) 벼슬 한번 못하구 10여 년째 교위(校尉)란 말이오. 좌감문부〔左監門府: 궁문수위(宮門守衛)를 맡은 관청〕 교위 원무달(元武達)이라면 다 알지요."

갈 데가 마땅치 않았다. 장막에 돌아갔다가는 병정놈들에게 밟혀 죽을 것이었다. 그는 발을 멈추고 흰 구름이 오락가락하는 하늘을 쳐다보았다.

"내 처소에 갑시다. 잠깐 쉬는 것이니까요."

"잠깐?"

군관은 그의 귀에 대고 속삭였다.

"이건 비밀이오. 오늘밤에 우리는 성상을 모시고 먼저 떠나오."

"어디로?"

"그야 동도(東都: 낙양)로 돌아가는 거죠. 같이 갑시다."

돌아간다는 소리에 살 것 같았으나 입 밖에는 내지 않고 군관을 따라 걷기 시작했다.

"꺼우리들이 보채면 야단이니까 밤에 떠나는 거지요. 오늘 밤과 내일 밤이면 깨끗이 철수하고 꺼우리들은 모르고, 이거 폐하의 밀명(密命)이신데 참 신묘하지 않소?"

"신묘하오."

지급은 아무렇게나 대답했다.

"10여 년 눈여겨보아도 우리 성상 폐하께서는 확실히 고금에 없는 영주(英主)시란 말씀이오. 나는 뼈가 가루가 되도록 충성을 다할 결심이 서 있소. 이걸 알아주는 사람이 없단 말이오."

"여보시오, 난 종이오."

"헤에, 언젠가는 풀리시지요."

그들은 성문 앞에 이르렀다. 군관은 똑바로 서 있는 파수병에게 더욱 똑바로 서라고 호통을 치고 문을 지나 성 안에 들어왔다.

"춘부장이랑 이번에 변을 당하신 장군들은 내일 밤에 여기를 떠나게 돼 있소. 면회를 시켜드리고 싶지마는 지금은 안 돼서 미안하오."

그들은 성문에서 얼마 떨어지지 않은 조그만 장막에 들어섰다. 짚으로 엮은 침상이 하나 놓인 군관 전용이었다.

"여기서 푹 쉬시오. 있다가 통닭이랑 맛있는 음식을 갖다드리겠소."

지급이 사양 않고 드러누워 눈을 감자 군관은 슬그머니 밖으로 사라졌다.

이 판국에 통닭? 양 배때기만 먹을 수 있는 통닭을 이 자는 훔치는 재주가 있는 모양이다. 뚱보에 어울리지 않게 잽싼 놈이라고 생각하면서 잠이 들었다.

죽은 듯이 늘어졌던 지급은 잡아 흔드는 바람에 눈을 떴다. 촛불이 켜 있고 머리맡에는 정말 통닭과 흰 떡을 얹은 목판이 놓여 있었다.

"몇 번 깨우려다가 너무도 곤히 잠들었기에 그만 뒀소."

지급은 며칠이라도 더 자고 싶었으나 잠에 못지않게 시장기가 몰려와서 일어나 앉았다. 더구나 삶은 통닭을 먹어본 것은 아득한 옛날 같았다. 그는 목판을 끌어다가 닭의 다리를 잡아 뜯었다. 간장도 있고 꿀까지 있었다.

"많이 드시오."

옆에 앉아 온 낯이 웃음이 된 군관을 힐끗 보고는 간장에 찍어 마구 씹어 먹었다.

"얼른 드시오. 자정에 떠나는데 오래지 않았소."

먹으면서 생각하니 걸어서 동도까지 갈 일이 걱정이었다.

"말을 한 필 얻을 수 없소?"

군관은 입을 헤벌리고 한 손으로 그의 어깨를 쳤다.

"헤헤, 그런 걸 다 걱정하시오? 이 원무달이 벌써 천리마를 구해서 안장까지 얹어 놓았다, 이 말이오."

"그래?"

지급은 먹던 고기를 삼키고 떡을 집어 꿀에 찍었다.

"그럼요, 잠깐 나가봐야 할 테니 되도록 빨리 드시오."

군관은 밖에 나가 어둠속으로 사라졌다. 지급은 더욱 보통이 아니라고 생각했다.

자정에 군관이 시키는 대로 밖에 나선 지급은 대기하고 있던 말에 올라탔다. 그믐의 어둠속에 무수한 말굽소리가 서쪽으로 이동하고 있었다.

"친병(親兵) 5만이오."

채찍을 내리치는데 군관이 속삭였다.

# 화려한 귀향

　요동(遼東) 천 리 벌에 함박눈이 시름없이 내리고 얼어붙은 요하(遼河) 너머 무여라(武厲羅) 성은 눈 속에 잠자고 있었다. 지금은 중국 사람들의 손에 들어가 통정진(通定鎭: 신민부)이라 이름이 바뀌고, 요하를 지키는 고구려 병사들에게는 금단(禁斷)의 지역으로 범접하지 마라 엄명이 내린 옛 성을 바라보던 능소는 한숨을 삼키고 고삐를 틀면서 한 손을 높이 쳐들었다. 1백여 기의 기병들은 강가에서 방향을 크게 바꾸어 눈 내리는 벌판을 남으로 달리기 시작했다.
　피맺힌 추억으로 엉킨 땅을 적에게 넘겨주고 다시는 밟지 못한 채 이처럼 먼발치로 바라보다가 떠난다는 것은 통분하기 그지없는 일이었으나 생사의 싸움 끝에 살아서 고향으로 돌아간다는 것은 위대한 일이었다. 말은 하지 않았어도 지난 7월 그믐 전쟁이 끝나던 그날부터 오늘을 목마르게 기다렸고 명령을 받은 순간은 온 세상이 전에 없이 밝아오는 것만 같았다.
　적을 추격하여 요동성에 머물고 있던 임금은 추석에 논공행상(論功

行賞)을 발표하고 이튿날 평양으로 돌아갔다. 요하를 지키던 자기는 군관으로 특진했고 추후에 후한 상도 내린다는 전갈이 왔다. 그날로 새로운 군복으로 갈아입고 부하 100명을 지휘하게 되었다. 꿈에 그리던 일이 현실로 나타났고, 부푼 가슴으로 고향에 돌아갈 날을 기다렸었다.

교대병력이 당도할 때마다 같은 인원이 남으로 떠나갔으나 자기의 차례는 좀처럼 오지 않았다. 대안의 통정진에 적의 병력이 집결하는 것으로 보아 어쩌면 또 한바탕 붙을지도 모른다는 소문도 있었다. 첫눈을 기다렸으나 열 번도 더 왔건만 요동성의 약광 장군으로부터는 기별이 없었다.

10월에 들어 큰 추위가 시작되자 교대 아닌 병력이동이 시작되었다. 통정진과 대치하고 있던 요하 경비군은 반으로 줄었다가 3분의 1로 줄고, 다시 5분의 1로 주는 바람에 자기 휘하 100명에게도 철수명령이 내렸다.

"이번 휴가는 얼마나 될까요?"

손바닥으로 얼굴에 뿌리는 눈을 훔치며 돌쇠가 물었다.

"글쎄…."

달리는 말 잔등에서 능소는 말꼬리를 흐리다가 계속했다.

"남쪽에 일이 없으문 삼동(겨울) 이사 집에서 나게 되겠지."

"중국놈들도 혼나고 돌아갔는데 백제나 신라가 감히 덤비겠습니까?"

"싸암이라는 게사 저짝에서만 걸어오는 게 앙이구 이짝에서도 걸쉬 있는 게니까."

돌쇠는 잠자코 말을 달리다가 물었다.

"이번 싸움통에 백제놈들도 국경에 병력을 집결했다는 게 사실입니까?"

"백제뿐이 앙이구 신라눔덜두 국경에서 보챈 모양이더라."
돌쇠는 더 묻지 않고 옆을 달렸다.
집을 떠난 지 다섯 해에 한 겨울이라도 안온한 가운데 보내고 싶은 그의 심정이 들여다보였다. 싸움터를 치달리면서 부글거리던 적개심이 가라앉고 집에 돌아간다는 희망이 머리를 쳐들면서부터는 전쟁이라는 것이 갈수록 지긋지긋한 영상으로 떠오르고 평화는 다시없는 간절한 소망으로 굳어졌다. 실지로 겪어본 자에게는 이 땅 위에서 인간과 인간이 서로 미워하고 죽이는 전쟁처럼 몸서리치는 것은 없었다. 그럴수록 전쟁을 몰고 온 중국 황제 양광이라는 자는 없어져야 하고 그가 없어지는 날 영원한 평화가 올 것이었다. 이번에 그를 잡아 없애지 못한 것이 한이었다.

여름에 무성하던 벌판의 느티나무들은 잎이 진 가지에 눈이 쌓이고 먹이를 찾는 노루 떼가 길을 가로질러 참나무 숲으로 사라졌다. 여느때 같으면 활을 내리고 그의 눈치를 살폈을 병사들은 말갈기에 얼굴을 파묻고 채찍을 퍼부을 뿐 거들떠보지도 않았다.

소요하(小遼河)를 건너서부터 눈보라가 시작되었다. 시름없이 내리던 눈송이는 회오리바람의 소용돌이 속에서 허공을 맴돌다가는 휘날려 벌판에 흩어지고, 가끔 세차게 밀어닥치는 서북풍(西北風)이 벌판에 쌓인 눈을 휘몰아다가 옆을 후려칠 때마다 말들은 비틀거렸다.

멈춰 선 능소는 고삐를 틀어잡고 얼굴을 때리는 눈보라를 한 손으로 훔쳤다. 지척을 분간할 수 없고 끝없는 벌판에 울부짖는 바람소리는 여러 갈래로 하늘과 땅을 뒤흔들었다. 그러지 않아도 눈 오는 날은 더디게 마련인데 이렇게 되고 보면 예정대로 오늘 안으로 요동성(遼東城)에 닿기는 틀렸다.

숨을 돌리고 다시 한 손을 쳐들자 병사들은 바람을 뚫고 눈 위를 남으로 돌진했다. 가는 데까지 가보리라. 부상병도 아닌 군인은 눈이나 추위를 피해서 대낮부터 역관(驛館)을 찾는다는 것은 있을 수 없는 수치였다. 그는 선두에서 눈을 날리며 치달렸다.

기왕 요동성까지 못갈 바에는 고향 옥저마을에서 이 밤을 보내고 싶었다. 그러나 대량수(大梁水: 태자하)를 20리 앞두고 날은 완전히 캄캄해지고 지친 말들은 제자리에서 움직이려고 하지 않았다. 얼어붙은 가죽신발 속에서 두 발은 참을 수 없이 시리고 몸도 떨렸다. 그들은 말을 내려 발가락을 움직이고 땅을 구르다가 몸을 뒤틀어 온기를 찾고는 굴레째로 말을 끌고 다시 한 발자국 내디뎠다.

밤은 어두운데 바람은 세차고 눈은 계속 퍼부었다. 억지로 전진하던 능소는 여름에 몸을 담고 있던 굴속과 골짜기를 생각했으나 100명을 수용하기에는 굴은 좁고 눈보라 치는 날의 골짜기는 위험했다. 곰곰이 생각하면서 한 걸음 한 걸음 옮겨가는데 길은 여름에 지나던 이깔나무 숲에 다가들었다. 바람은 하늘에 치솟은 숲을 겉돌며 울부짖고 눈보라도 뚫고 들어오지 못했다.

"여기서 야영이다."

중간에 들어서자 능소는 외쳤다. 한 패는 길 위에 장막을 늘이고 나머지는 나무 사이에 더듬고 들어가 가지에 걸쳐 장막들을 뭇이어 쳤다. 하늘만 가린 장막 아래 나란히 말들을 매고 망태기를 입에 갖다 처맸다. 어둠속에서 불린 콩을 먹는 말의 갈기를 쓰다듬어 주던 능소는 안장에서 가죽주머니를 끌러 들고 길 위에 친 장막으로 들어갔다. 그는 젖은 옷을 벗고 안에 든 마른 옷으로 갈아입고는 곧장 주머니 속으로 들어갔다. 안에 오소리 가죽을 털째로 받친 이 주머니는 언제나 포근하고 얼었던 몸을 풀어 주었다. 입속에서 깨엿을 녹여 요기를 하면서 내일 일을 생각하다가 곧 잠이 들었다.

간밤의 눈보라는 씻은 듯이 가시고 첫새벽의 하늘에는 구름 한 점 없이 샛별이 반짝였다. 다시 말에 오른 병사들은 하얀 벌판을 남으로

화려한 귀향 79

10리를 달려 대량수(大梁水)가 내려다보이는 언덕에 올라섰다. 능소는 아직도 채 밝지 않은 어스름 속에 눈을 이고 잠자는 옥저마을을 바라보았다. 인간 세상이 무진히 아름답고 그 속에 살아 있다는 것은 확실히 놀라운 일이었다. 마을은 오랫동안 간직해 오던 감회를 풍기며 말없이 자기를 반기고 있었다.

그들은 천천히 말을 몰고 강으로 내려갔다. 다른 집들은 아직도 기척이 없는데 어귀에 동떨어진 지루네 굴뚝에서 푸른 연기가 곧바로 하늘에 치솟아 올랐다. 능소는 병사들을 거느리고 빙판을 가로지르면서도 마을에서 얼굴을 돌리지 않았다.

눈을 밟는 말굽소리보다 한층 높이 지루네 집에서는 망치소리가 울려왔다. 나무 아닌 쇠붙이를 때리는 소리인데 이 겨울에 새벽부터 연장을 불린다는 것도 이상했다. 대안에 올라서도 망치소리는 그치지 않았다.

누더기를 걸친 낯선 사나이가 모루에 단 쇠를 얹어놓고 내리치다가 숯불에 도로 집어넣고 다른 것을 집었다. 한 번 힐끗 돌아보았을 뿐 열어젖힌 문전에 멈춰선 능소 일행은 아랑곳없이 또 망치를 쳐들었다.

"여보, 당신 어쩐 사램이오?"

지루네는 이사를 가고 딴 사람이 든 것도 같아 능소는 마상에서 상반신을 내밀고 물었다.

사나이는 들었던 망치를 내리고 멍청하니 그를 쳐다볼 뿐 대답이 없었다.

"어쩐 사램인가 말이오?"

그는 다그쳐 물었다.

"워디 부지도."

능소는 붙들려온 포로라고 직감했다. 세상에 태어난 이후 세수라는 것은 아주 모르고 지낸 양 새까만 것이 떨어진 누더기조차 허리와 무릎 사이를 가리고 두 어깨에 약간 붙어 있을 뿐이었다. 돌쇠를 시켜 몇 마디 물어보려는데 안에서 고함소리가 터졌다.

"왕바당창우니. 이 똥되눔의 새끼 또 늑장을 부리는구나."

사잇문을 박차고 부지깽이를 쳐든 지루가 나타났다.

"으응—."

부지깽이를 내리고 바라보는 그의 입이 비뚤어졌다.

"언저게 왔니야?"

능소는 그를 쏘아보고 물었다.

"메칠 전에 왔다."

군복을 벗은 지루의 말투가 달라졌다.

"어망이 아버지 다 잘 계싱야?"

"상새 났다(돌아갔다)."

"으응—."

지루는 묻는 말에만 대답하고 눈 한 번 까딱하지 않았다. 능소는 그를 아래위로 훑어보다가 고개를 돌려 자기 집과 상아네 집을 바라보았다. 이 자가 마을에 나타난 이상 무슨 변고가 없을 수 없었다. 뒤에서 지루가 코웃음 치는 바람에 능소는 화난 얼굴을 돌렸다.

"아즉두 그 갈라를 잊지 못했단 말이지? 깨끗이 사라졌다."

"뭐 어째?"

말에서 뛰어내린 능소는 칼집을 틀어잡고 문턱을 넘어섰다. 이놈이 상아를 죽여 없앴구나. 그는 바싹 다가서 눈을 부릅떴다.

"지금 한 말 다시 해 봐!"

그러나 지루는 부지깽이로 엉덩이를 받치고 비스듬히 몸을 뒤틀면서 그를 쳐다보았다.

"깨끗이 사라졌다."

능소는 그의 멱살을 잡았다.

"네가 쥑엤단 말이지?"

지루는 눈알을 굴려 문 밖에서 말을 내리는 병사들을 바라보고 딴전을 부렸다.

"올챙이두 왔구나."

"이 간나새끼 바른 대루 말해!"

능소는 잡은 멱살을 앞뒤로 흔들었다.

"약간 아픈데 이거 놓는 게 어떨까?"

지루는 비틀거리면서 흰 눈을 치떴다.

"바른 대루 말하란 말이다."

"바른 대루 말해서 깨끗이 사라졌다."

"어떻게 사라졌능야 말이다."

"이렇게 쥐어틀어서야 말이 나가야지."

능소가 잡았던 멱살을 놓자 지루는 허리를 꼿꼿이 펴고 일어서 목을 몇 바퀴 돌리고 구석의 걸상에 앉았다.

"어김없이 사라졌다."

"또 딴전이야?"

"춘삼월도 앙인데 말이다…."

지루는 앞에 다가선 능소의 얼굴을 물끄러미 바라보다가 계속했다.

"양해나서(동물이 춘기 발동하는 것) 쥐도 새도 모르게 도망갔다."

"뭐?"

"도망갔단 말이다."

"너 수작을 부랬지."

"수작?"

"그럼 어디메 갔단 말잉야?"

"산에 갔는지 물에 갔는지 내가 알게 뭐야?"

"없어진 건 어떻게 알지?"

"내가 돌아왔을 땐 있던 게 다음에 가봉이 없더라."
"있던 게 없더라?"
"에미구 딸이구 깨끗이 떴다. 깨끗이."

이 자가 몰래 죽여 없애고 사람을 놀리는 것인지, 아니면 상아네 모녀가 시달리기 전에 미리 몸을 피했는지 판단이 서지 않았다. 한동안 우두커니 서서 지루를 내려다보던 능소는 돌아섰다.

"하여튼 두구 보자."
"나도 두구 봐야겠다."

지루는 부지깽이로 봉당을 내리쳤다.

밖에 나온 능소는 병사들과 함께 말에 올라 박차를 가했다. 우만 노인에게 물으면 알 것도 같았다. 선잠을 깬 마을 아낙네들이 하나둘 밖에 나와 장작을 안고 멍청하니 바라보다가 바당문으로 사라져 들어갔다.

마을을 벗어난 광장에 병사들을 남기고 느티나무를 지나 우만 노인의 집을 찾았으나 사립문 너머로 보이는 방문이 밖으로 자물쇠가 잠겨 있었다. 딴 집에 들러 물어보고도 싶었으나 피신했다면 마을 사람들에게 알렸을 리가 없었다.

광장에 돌아온 능소는 잠자코 말에 올라 채찍을 내려치고 병사들이 뒤를 따랐다.

요동성(遼東城)까지 40리 길을 달리면서 생각이 많았다. 상아가 살아 있다면 살아 있는 대로, 죽었다면 죽은 대로 지루와 셈을 끝내야 했다. 밝은 세월이거나 어두운 세월이거나 그런 연후에야 판가름이 날 것이었다. 그러기 위해서 무엇보다 급한 것은 요동성에 가서 한동안이라도 군율의 세계를 벗어나는 일이었다. 그들은 아침 햇살에 눈이 부신 벌판(雪原)을 전속력으로 말을 달렸다.

요동성 욕살 처소의 별당에서 새로 온 100명의 병사들을 위로하고 일일이 상품을 내린 약광 장군은 능소를 따로 자기 방에 불렀다.

"이것은 특히 성상 폐하께서 이번 전쟁에 공이 많은 군관들에게 내리신 칼이다. 무사로 이보다 더한 영광이 없으니 고이 간직하고 더욱 진충갈력(盡忠竭力) 해라."

장군은 두 손으로 받쳐 들었던 칼집에서 서서히 칼을 뽑았다. 파란 날을 끝으로부터 더듬는데 손잡이 바로 밑에 곰의 형상과 임금의 이름 '고원'(高元) 두 글자가 새겨 있었다.

"이 어명(御名)은 폐하께서 하나하나 직접 쓰셨단다."

도로 칼집에 꽂아 넘겨주는 것을 받아 탁자 위에 놓았다.

"그리 앉지."

장군은 걸상에 앉으면서 그에게도 자리를 권했다.

"너는 군관이니 알아두는 게 좋겠다. 중국놈들은 새봄에 또 쳐들어 올 모양이다."

장군은 밝은 햇살이 비친 남창(南窓)을 바라보면서 조용히 일렀다.

"양광은 쫓겨 가다가 추석께 탁군에 들러 또 군량 수송을 명령했다. 그 바람에 여양(黎陽) 낙구(洛口) 태원(太原) 등지에 쌓여 있던 군량 미들이 만리장성을 넘어 무여라에 많이 들어왔다."

"양광은 지금 어디메 있습네까?"

"지난 9월 중순 낙양(洛陽)에 도착했다."

"병사들을 집에 보내고 너도 명령이 있을 때까지 돌아가 쉬도록 해라. 오랫동안 고생이 많았다."

인사를 드리고 별당에 돌아온 능소는 병사들에게 일렀다.

"지금부터 모두 집에 돌아간다. 명령이 내리문 담박 싸울 수 있두룩 말을 잘 멕이고 칼과 창을 갈아 둬라."

돌쇠의 구령에 따라 한 무릎을 꿇고 절하는 병사들의 거동에 능소는 눈시울이 뜨거웠다.

요하를 떠날 때부터 얼굴에 서렸던 미소는 사라지고 엄숙한 표정들이었다. 묵묵히 돌아서 나가는 그들의 뒷모습에 그는 생사를 같이한 자의 정애(情愛)를 가누지 못했다.

"언제 또 뵙게 될까요?"

뒤에 남은 20인장 돌쇠가 다가서고 올챙이가 그 옆에 지켜 섰다.

"곧 만나게 되겠지 … 올챙이 너도 이제 어디메 가나 훌륭한 10인장이구나."

그는 억지로 웃었다.

"부디 안녕히 계십시오. 이제 가보겠습니다."

능소는 잠자코 절을 받았다. 먼 길을 가야 하는 이 두 사람만이라도 집에 데리고 가서 며칠 같이 있고 싶었으나 그럴 형편이 못되었다. 그는 우울한 가슴을 안고 그들을 따라 밖으로 나왔.

앞서 나온 병사들은 말을 끌고 나가다가 대문간에서 포로를 한 명씩 배정받고, 이미 한길에 나선 자들은 추위에 웅크린 포로에게 경마를 잡히고 신나게 흩어져 가고 있었다. 별당 앞에서 지켜보던 능소는 마지막으로 돌쇠와 올챙이가 사라지자 말에 올라 넓은 마당을 가로질렀다.

"이놈은 군관님 차지올시다."

초병이 그의 앞에 등을 떠밀어 내세운 것은 육척 거구의 건장한 사나이였다. 기름한 얼굴에 눈물을 머금은 두 눈은 애원하듯 자기를 쳐다보았다. 우선 상아를 찾아 헤매야 할 처지에 받아도 걱정이었다.

"왕서방이라고, 제일 든든한 놈으로 골라 뒀던 겝니다."

초병은 칭찬을 바라는 눈치였으나 그는 잠시 생각하다가 물었다.

"여기다 메칠 더 둘 수 없느냐?"

"애가 마지막인데 오늘로 포로들의 합숙은 닫습니다. 이 길로 댁에 돌아가시는 게 아닙니까?"

능소는 말꼬리를 흐렸다.

"사정이 딱하시면 장군께 여쭈어 보시지요."

"그럴 건 없고, 알아봐서 앙이 된다문 네가 가제라."

"이런 포로는 황소 두 마리와 맞바꿀 수 있는데…."

초병의 넋두리가 끝나기 전에 능소는 박차를 가하여 대문 밖으로 내달았다. 성내에서 찾을 만한 곳은 지난봄에 있던 집이었다. 거기 없으면 곧장 마을에 돌아가 수소문해 보고, 종시 못 찾을 때는 지루란 놈부터 처치하리라. 그놈이 죽였거나 따돌렸거나, 하여튼 근원은 지루에게 있었다.

십자로에서 우(右)로 도는데 털모자를 눌러쓰고 팔짱을 지른 노인이 앞에서 다가왔다. 흰 수염과 걸음걸이로 우만 노인이라고 판단한 능소는 눈을 떼지 않고 말을 내렸다.

"우만 아바이 앙이오다?"

땅만 보고 걸어오던 노인이 머리를 쳐들었다.

"이거 능소 앙잉가."

다가서 절하려는데 노인은 그의 두 손을 잡았다.

"그동안 페안하셌소다?"

"언저게 왔능가?"

"지금 오는 질이오다."

"군관이 됐다는 소식은 들었지. 마을에서도 자네 돌아오는 날은 큰 잔치를 베풀기로 했네."

능소는 대답할 말을 몰라 잠자코 있는데 노인이 덧붙였다.

"뉘기보다두 상아가 지뻐하겠네."

"가아덜두 잘 있소다?"

"잘 있지. 자네를 지다리느라구 눈이 절반은 빠졌지."

노인은 하얀 김을 토하고 웃었다.

"어디메 있소다?"

능소의 얼굴에는 아직도 긴장이 가시지 않았다.

"이 메칠 우리 집에 와서 같이 있네."

"앙이, 아츰에 올 때 봉이 아바이너어 집에는 쇠가 쟁게 있던데."

"응, 그건 그래 달라구 해서지. 그럼 북쪽에 있었던가 부군."

"예, 무여라 성 대안에 있었소다. 방안에 있으멘서 밖으로 쇠를 장가달라구 그럽데까?"

"사람을 만나기 싫대. 우리 집에 와서도 일체 밖에 앙이 나갔네."

능소는 가슴에 엉켰던 것이 풀리는 듯했다.

"이 성내에는 언저게 왔소다?"

"옛날 전쟁터에 같이 댕기던 사램이 죽어서 어제 왔덩이만 장례는 내일이래."

"지금 돌아가시는 질이오다?"

"웬걸 온 짐에 장례는 보구 가야지."

"그럼 먼저 가보겠소다."

"문을 열기 전에 문을 세 번 두드리게. 불러서는 앙이 나오네."

능소는 노인이 주는 열쇠를 받아 허리띠에 차고 말에 올랐다. 뱀 같은 지루란 놈이 눈치를 챘다면 노인이 없는 동안에도 얼마든지 변고가 있을 수 있었다.

그는 마을까지 40리를 달리는 동안 쉬지 않고 채찍을 퍼부었다. 간밤에 변고가 일어난 것만 같고, 간밤에 일어나지 않았다면 지금 이 시각에 지루가 문고리를 부수고 들이닥치는 것만 같았다.

해가 기운 마을은 나다니는 사람 없이 흰 눈 속에 고요했다. 사립문 앞에서 말을 내리는데 방문 열쇠는 잠긴 채로 있었다. 그는 사립짝 사이에 손을 들이밀어 빗장을 벗기고 안에 들어가 마루에 올라섰다. 노인이 시키던 대로 문을 세 번 두드리고 열쇠를 구멍에 들이미는 손은 저도 모르게 떨렸다. 귀를 기울였으나 안에서는 아무런 기척도 들리지 않았다.

고리를 당기자 바로 문 안에 상아의 어머니가 숨을 죽이고 서 있었다. 크게 눈을 뜨고 쓰러질 듯 그의 소매를 잡고 외마디 소리를 질렀다.

"이게 뉘기야!"

능소는 무릎을 꿇고 절했으나 어머니는 절을 받을 겨를도 없이 사잇문을 열고 외쳤다.

"능소가 왔다!"

뒷방에서 문을 열어젖히고 상아가 달려 나와 그의 어깨에 매달리고 무작정 눈물을 쏟았다. 그는 어찌할 바를 모르고 우두커니 서만 있는데 어머니가 둘을 끌어 앉혔다.

"울긴 … 남덜은 다 오는데 어째 그리 올 줄을 모르능가?"

치맛자락으로 두 눈을 훔치는 딸을 바라보던 어머니의 눈에도 이슬이 맺혔다. 반백이던 머리는 검은 것을 찾을 수 없이 하얗고 두 뺨에는 큰 주름이 세로 달렸다.

"변경의 셍펜(형편)이 그렇게 됐소다."

"군관이 됐다는 소문은 들었지 … 다친 데는 없능가?"

어머니는 그를 여러모로 뜯어보았다.

"털끝 한나 앙이 다쳤소다."

그는 상아를 돌아보고 웃었다. 윤기가 사라진 여윈 얼굴에 두 눈만은 전같이 맑고 생기가 돌았다.

"다 신령님 덕택이지."

"많이 늙으셌소다."

"죽재인 게 다행이지. 뙤눔덜이 들끓을 때는 바싹바싹 늙어가는 소리가 들리더라잉까. 복중(伏中)에는 또 염병이 돌아서 많이덜 죽구. 지루너어 에미 애비도 … 그 통에 죽었네."

어머니는 주춤하다가 끝을 맺고 일어섰다.

"어서 집에 가서 지악(저녁)을 해야지."

세 사람은 밖에 나왔다. 능소는 쇠를 잠그고 툇마루를 내려섰다. 바람 없이 찬 하늘에 저녁밥을 짓는 여러 줄기 연기가 오르고 있었다.

"뙤눔덜이 동네란 동네는 다 불을 질러놨는데…."

어머니의 뒤를 따라 말을 끌고 가면서 능소는 혼잣말같이 중얼거렸다.

"나루를 지키는 뙤눔덜이 들어 있었대."

옆에 가는 상아도 그의 시선이 가는 방향으로 눈을 던졌다. 지루네 집에서도 연기가 올랐으나 사람은 보이지 않았다.

집 앞 자작나무에 말을 매는데 어머니와 딸은 귀엣말을 주고받으면서 사립문을 거쳐 바당으로 들어갔다. 이어서 외양문이 열리고 상아가 다시 나와 말을 끌고 울타리를 돌아갔다. 능소는 안장을 들고 바당에 들어가 툇마루에 내려놓고 돌아섰다.

한구석에는 예전에 보던 아가위나무가 그대로 서 있었다. 바람에 날리기는 했어도 가지 사이에는 군데군데 눈이 남아 있고, 꼭대기에는 지난해의 마른 열매가 하나 외롭게 보였다. 상아와 동갑이라는 이 나무는 차라리 늙어 보였다.

"이리 들어오랑이."

어머니가 한 손에 빗자루를 든 채 방문을 열어젖혔다.

"신발도 있구, 바당으로 들어가겠소다."

"오늘은 이리로 들어오는 법이네."

그는 말없이 신발을 벗고 방에 들어섰다.

"구둘이 차서 이 우에 앉으랑이."

어머니가 두툼한 이불을 겹으로 깔아 주고 툇마루에 벗어 놓은 그의 신발을 들고 정지로 나가자 능소는 이불 위에 두 다리를 뻗고 벽에 기대앉았다.

"아 — 아."

하품을 하는데 사잇문으로 상아가 장끼를 들고 들어와 앞에 앉았다.

"얼매나 고생했어."

"고생이야 상아가 더 했지."

그는 꿩 털을 뜯는 까칠한 손을 내려다보았다.

"어디메서 싸웠어?"

"여기저기서 싸웠지만 그 얘기는 천천히 하지."

"살수(薩水) 싸암에도 나갔어?"

"응."

"그래? 되눔 1백만을 없애베렸다는 소식이 오자 성안에서는 야단났어. 모두덜 질바닥에 쏟아져 나와 춤추구…."

"1백만은 지나치구 30만이야."

"30만이래도 그렇지 뭐."

상아는 신이 났으나 능소는 말머리를 돌렸다.

"어째 우만 아바이너어 집에 갔지?"

상아의 침을 삼키는 소리가 들렸다.

"지루 때문이야."

"그눔아 또 보챘구나."

"응, 오던 날 밤중에 디리닥쳤지 뭐야. 문을 열라구 소리를 지르길래 난 뒷문으로 빠져 처매 밑에서 떨구 있는데 어망이가 문을 열어줬어."

"술이 취했던가 부지."

"앙이야. 말뚱말뚱한 것이 들어서자마자 '상아 좀 봅시다', 이러겠지."

"그눔의 새끼…."

"급한 짐에 어망이는 내가 성안에 갔다구 그랬어. 거짓뿌데기라멘서 집안을 샅샅이 뒤지기 시작하겠지. '나는 어망이 아버지 다 죽구 친척두 없소. 이제 가릴 것두 없구, 상아하구 얘기나 한마디 해야겠소'— 그러구 돌아가길래 난 그 질로 우만 아바이너어 집에 달레가구, 어망이두 지루가 물러간 다음에 날 찾아왔다가 그양 있었어."

"거기는 앙이 쫓아갔어?"

"이튿날 혹시나 해서 눈치 살필라 왔지마는 우만 아바이 집을 뒤질쉬야 있어야지. 그날로 성안에도 댕게왔대."

"우만 아바이한테 얘기하지비?"

"눈치가 이상하다구 말했더랬지."

"그렇게만 얘기했어?"

"그럼 어떡해 …."

상아는 난처한 얼굴을 했다.

"그 아바이 성안에 간 뒤에 템비문 어떡할라구 그양 있었지?"

"성안에 간 줄은 아무개도 몰라."

능소는 빨리 달려온 것은 역시 잘한 일이라고 생각했다.

"아잉 게 앙이라 조마조마해서 죽을 뻔했어. 이제부터 죽 우리 집에 있어줄래?"

"원래 그러는 법이 앙이야?"

상아는 얼굴을 붉히고 눈을 내리깔았다.

"이걸 고깔에 달문 좋겠지?"

상아는 장끼의 깃을 뽑아 들고 상냥한 표정을 지어 보였다.

"좋지 …."

능소의 대답을 가로막고 바당에서 어머니의 소리가 들렸다.

"아즉두 멀었니야?"

"다 됐습메."

상아는 털을 한구석에 모아놓고 벽장에서 베개를 내려주었다.

"한잠 자구 있어."

화려한 귀향 91

그가 꿩을 들고 나가자 능소는 옷을 입은 채 이불 위에 드러누웠다. 쌀을 일고 도마에 칼질하는 소리를 벽 너머로 들으면서 천정의 연목을 바라보다가 곧 잠이 들었다.

흔들어 깨우는 바람에 일어난 능소는 등잔불 밑에서 오래간만에 셋이 마주 앉아 식사를 했다. 전쟁이 끝난 후 군영에서도 별식으로 기장밥이 나왔고 꿩의 고기도 심심치 않게 먹었으나 여자들의 손을 거친 음식과는 댈 것이 못되었다.

"수십 년 만에 우리 마을에서 군관이 나왔다구 모두덜 크게 베르구 있네."

상아의 어머니는 자기 그릇에 한 점 담겨 있던 뼈마디를 넘겨주었다.

"자네 어망이 살아 있으문 얼매나 좋겠능가."

그것은 군관의 복장으로 갈아입던 날, 어릴 때 새 옷을 입혀 주던 어머니의 손길을 느끼고 잠시 가슴이 흐리던 서글픈 일이었다. 잠자코 밥을 씹는 그의 표정을 살피던 상아가 화제를 돌렸다.

"조끔 전에 뒷집 아즈망이 댕게갔어."

"아즉두 걸을 때 두 팔을 내젓겠지?"

상아는 꿩의 다리를 뜯다 말고 소리를 내어 웃었으나 어머니는 시무룩했다.

"그 말많은 에미네(아낙네)가 동네방네 떠들구 댕기겠지."

"상관 있습메?"

상아는 이제 자신만만하다는 태도였다.

"상관이사 없지마는 모두덜 야밤중에 쓸어 들어서 곤한 사람을 자지도 못하게 할까 봐 그런다."

"이렇게 치분데(추운데) 댕기겠소다?"

능소가 끼어들었다.

"앙이야. 낫살 먹어서도 철이 앙이 들어서 지금도 들은 게나 본 건

즉시 윙기재이쿠는(옮기지 않고는) 입이 가랍아서(가려워서) 못 전딘 당이까."

"그럼 전 일찌감치 자겠소다."

식사를 마친 능소는 양치질을 하고 등잔의 심지를 끄집어 올렸다. 상아는 숟가락을 놓고 윗방에 올라가 자리를 보기 시작했다.

"모두덜 오기 전에 어서 자랑이(자게)."

어머니도 상을 물리고 일어서 눈으로 재촉했다.

"구둘이 마지근하게 더웠어."

요 밑에 손을 넣었다가 물러나오는 상아와 교대로 능소는 웃방에 들어가 옷을 벗고 자리에 들었다.

습관이 되어 이튿날도 첫새벽에 일어나 옷을 입고 나가려는데 어머니가 냉수를 떠들고 들어왔다.

"벌서 일어나서 뭐 하능가?"

"말죽을 봐야지오다."

그는 대답하고 냉수를 받아 마셨다.

"상아가 벌써 줬네. 거기 앉으랑이."

엉거주춤 서 있는데 어머니는 빈 사발을 받아 구석에 놓고 아랫목에 쪼그리고 앉았다.

"내 할 얘기가 있네."

능소도 따라 앉았다.

"자네 생각은 어떤가?"

"뭐 말입네까?"

"상아 말이네."

"그게사 …."

능소는 말끝을 흐리고 빙긋이 웃었다.

"우리끼레사 피차 한집안 식귀(식구)가 된 걸로 생각하지마는⋯. 이번에 아주 정혼을 하문 어떤가?"

"좋습네다."

그는 서슴지 않고 대답했다.

"그렇게 알구 채비를 하겠네."

어머니는 일어서 나갔다. 이제 스물다섯, 상아도 스물셋이 되었다. 난리통에 늦어지기도 했거니와 하루빨리 세상에 내놓고 명백한 금을 그어둘 필요가 있었다. 지루가 끈덕지게 넘겨다보는 것도 이 금이 없기 때문이 아닌가. 이제 와서 금이 있고 없고를 가릴 지루는 아니지마는 정혼을 하는 것이 우선 한 수 이기고 들어가는 일에 틀림없었다.

그는 바닥에 내려가 세수를 하고 콩과 짚을 섞은 것을 탐스럽게 먹는 말을 지켜보았다.

"전쟁터에서는 이 말이 어땠지?"

밥을 안치고 돌아선 상아가 치맛자락으로 손을 닦으며 물었다.

"그 덕에 이렇게 살아 온 게 앙이야?"

말을 바라보는 상아의 두 눈은 다정한 미소를 풍겼다.

# 피의 혼인식

"오늘은 사람덜이 많이 꾈 거야(들끓을 거야). 간밤에도 여럿이 왔다 갔어."

상아는 정지에 앉아 소반에 수저를 놓는 어머니를 곁눈으로 보고 목소리를 낮췄다.

"아께 엄마하구 얘기하는 소리 다 들었어."

그들은 웃는 얼굴로 마주보았다.

"아이구, 어제 지악(저녁)에도 왔다가 못 보구 … 어망이 살아 있으문 얼마나 좋겠능가?"

조반상을 물리는데 뒷집 아주머니가 바당문으로 들어섰다.

"모두덜 페안하셌소다?"

능소는 일어서 인사를 했다.

"우리 동네에 경사가 났다잉까. 그래 살수에서 똥뙤눔덜 1백만을 즉살하는 데 능소도 참예했다지. 내 어제 지악에 그 얘기를 듣구 한잠 못 잤네. 나도 사내대장부루 태어났으문 이거 … 그저."

아주머니는 팔을 내저으며 부뚜막에 올라와 앉았다.

"지루도 비단에다가 뙤눔종 하나 끌구 왔던데 자넨 뭐 가주구 왔능가?"

"아직은 모르겠소다."

"모르당이?"

"천천히 오겠지요."

"군관은 다른가 부지. 천천히 많이 올 게야. 오문 나도 귀경시케 주겠지비?"

능소는 웃었다.

"비단도 좋지마는 뙤눔종은 이거 기가 맥힌 게야. 지루는 아즘부터 황쇠 같은 종을 부레먹구 손꾸락 하나 깐딱 앙이 하는데 팔재사 늘어졌지비. 자네는 군관이 앙잉가. 적어도 두 눔은 주재이켔능가?"

"글쎄올세다."

"군인 갔다 오문 사람이 달라지는 줄 알았덩이 자네는 한나도 앙이 달라졌네."

"군인두 사램인데 뭐 다르겠소다."

"앙이야, 지루는 아주 페럽게(이상하게) 됐어. 집안에 꾹 처백혜서 동네 사람이 찾아가두 들어오라는 소리는 고사하구 쳐다두 앙이 본당이까. 뙤눔아를 윽박지르기나 하구. 어디메서 뭐 하다가 돌아왔는지 아무개두 모르네."

아주머니는 능소를 바라보고 대답을 기다리는 눈치였으나 응대를 하면 수다가 길어질 것 같아 잠자코 있었다.

"뙤눔종을 끌구 온 거 봉이 전쟁에는 나간 모양인데 싸암터에서 혹시 지루를 못 봤능가?"

"지루는 살수에서 싸왔소다."

그는 되도록 간단히 대답했다.

"오 — 라, 그렇구만. 그럼 지루는 나랏님이랑 마리치님이랑 봤겠네."

"봤지오다."

"어쩐지 … 높은 어른덜을 보던 눈으로 우리 같은 게사 시시해서 못 보겠지비?"

아주머니는 상아와 어머니를 돌아보고 입을 헤벌렸으나 둘은 빙그레 웃을 뿐 맞장구는 치지 않았다.

"지루가 싸우는 거 봤능가? 잘 싸우던가?"

"잘 싸왔지오다."

"암퇸 게 (앙칼진 것이) 싸암은 잘 했을 게야."

문이 열리면서 4, 5명의 동네청년들이 들어서자 아주머니는 미끄러지듯 바당에 내려섰다.

"요동성을 지키던 사람덜과 살수에서 싸우던 군관이 만나문 할 애기도 많겠구만. 난 가봐야지비. 오늘 지악은 우리 집에서 하겠네. 딴 데 가지 말구 꼭 오랑이. 벨 건 없구 지장밥에 닭이나 잡구 …."

아주머니는 팔을 내저으며 뒷문으로 나가고 청년들이 정지에 올라왔다.

하루 종일 동네 사람들은 무시로 드나들었다. 첫 마디로 군관이 된 것을 추하하고 나면 다음에는 으레 살수에서 크게 이긴 자초지종을 물었다. 되도록 간단히 대답하여도 질문은 꼬리를 물고, 다른 사람들이 나타난 연후에야 자리에서 일어났다. 뒷집 아주머니와 매한가지로 떠날 때에는 저녁이 아니면 조반 약속을 받고야 문을 나섰다.

창살에 비친 해가 기울고 사람들도 뜸해질 무렵 밖에서 말굽소리가 요란하게 울리고 우만 노인이 큰소리로 불렀다.

"능소 여기 있는가?"

집안에 있던 세 사람은 합창하듯 동시에 대답하면서 밖으로 뛰어나왔다. 노인이 왕서방을 앞세우고 사립문으로 들어서고, 문전에서는 병사 한 사람이 마차에서 말을 벗기기 시작했다.

"아바이 지금 오시오다?"

앞선 상아가 노인의 소매에 매달리고 어머니와 능소는 뒤에서 머리를 숙였다.

"오다가 도중에서 만나서 … 이름이 왕서방이라는구만 …."

노인은 고드름이 달린 수염 속에서 흰 김을 토하다가 문 밖의 병사를 돌아보고 약간 큰소리로 계속했다.

"이 사람이 자네가 찾는 능소 군관이네."

병사는 사립문으로 들어와 평복을 입은 능소 앞에 절하고 일어섰다.

"약광 장군의 명령으로 이 포로와 조 닷 섬, 비단 두 필을 전하러 왔습니다."

"수고했다."

"뒤주 문을 열어 주십시오."

병사는 어머니와 마당 건너 뒤주를 번갈아 보았다.

"이거 미안스러워서 … 우리가 디레놀 테니 우선 방에 들어가시오."

병사는 대답을 기다리지 않고 돌아섰다. 흰 천에 싼 것을 들어다 툇마루에 놓고 우두커니 서 있는 왕서방의 어깨를 치며 한 손으로 밖을 가리켰다.

"가자."

마당에 서 있던 사람들이 따라나서고 어머니도 뒤주문을 열어 작대기로 뻗치고 밖에 나왔다. 남자들은 부대를 하나씩 메어 나르고 어머니와 상아는 맞들고 들어왔다. 우만 노인도 하나 들다가 힘에 겨워 도로 놓고 중얼거렸다.

"나두 이제 다 됐구나."

부대를 다 나르자 병사는 말을 풀어 마차에 도로 매기 시작했다.

"말을 오양간에 매고 오늘밤은 여기서 자고 가라."
능소가 권했으나 병사는 듣지 않았다.
"아닙니다. 돌아오라는 명령입니다."
어머니도 한마디 했다.
"이렇게 치분데 몸이래도 뇌기구 가야지 어떻게 그양 갑메?"
"아닙니다. 가야 합니다."
그는 인사하고 돌아서 말고삐를 당겼다. 사잇길을 빠져 한길에 나선 병사가 마차에 뛰어올라 차츰 멀어져 가는 것을 지켜보던 그들은 돌아섰다.
"이렇게 눈이 많이 왔응이 새해에는 농사가 잘돼야겠는데 …."
우만 노인이 석양에 비친 하얀 벌판에 눈을 던지고 뇌까렸다.
"그러게 말입니다."
"금년에사 어디 농사라는 게 있었능가. 내년에 풍년이 앙이 들문 큰일이네."
능소는 약광 장군이 하던 말을 생각했다. 땅에 매달린 백성들의 소망과는 달리 새해에도 풍년이 오기는 틀렸다. 양광이 더욱 크게 쳐들어온다면 금년에는 어중간히 보채다가 물러난 남쪽의 신라와 백제도 덤빌지도 모를 일이었다. 또다시 농사가 없는 한 해는 생각만 해도 암담했다.
"그럼 또 내일 보세. 전쟁 얘기도 듣구."
우만 노인이 한 걸음 내딛는 것을 능소가 말렸다.
"앙입네다. 지악이래도 같이 하시오다."
"모두덜 오랜만에 만났응이 할 얘기도 많을 게구, 내일 또 오겠네."
"벨 얘기 없소다."
"말죽도 멕이구, 가봐야지."
"꼭 의논 디릴 일이 있소다. 좀 들어가시오다."

어머니가 소매를 붙잡았다.

"의논이라 … 그럼 잠깐 들어갈까 …."

그들은 바당문으로 집에 들어와 정지에 앉았다.

"역시 저울(겨울)에는 뜻뜻한 구둘이 제일이야."

노인은 고드름이 녹아내리는 수염을 쓰다듬었다.

"장례는 무사히 치렀소다?"

마주 앉은 능소는 술상을 차리는 어머니와 딸을 바라보다가 물었다.

"무사히 치른 셈이지. 죽구 봉이 허무하더군. 원래 장사라, 싸암에 나가서 공도 많이 세우구 상도 많이 탄 사램인데 늙응이 죽게 마련이라 …."

노인은 서글픈 표정이었다. 상아가 아침에 남긴 꿩고기에 젓가락을 얹은 상을 앞에 갖다놓고 어머니가 가마솥에서 데우던 오리병을 들고 와서 옆에 앉았다.

"치분데 술부터 한잔 드시오다."

어머니는 주발에 김이 오르는 소주를 부었다.

"그래 이 사람덜 정혼은 언저게 하오?"

사양 않고 한 모금 마신 노인은 안주를 씹으면서 물었다.

"바로 그 일루 의논 디릴라구 했소다. 이번에 하문 어떨까 하구."

약간 처져 앉은 상아는 얼굴을 붉히고 능소는 노인의 입을 주시했다.

"해야지요."

노인은 또 한 모금 들이켜고 계속했다.

"이 둘이 정혼하리라는 게사 온 동네가 다 아는 일이 앙이오?"

"한 가지 마암에 걸리는 건 저 사람의 어망이가 상새난 지 얼매 앙이 돼서 …."

"요새 중국식을 따라서 3년상(喪)을 치르는 사람덜두 있는 모양입데마는 나는 역시 우리 조상의 법식대루 백일상(百日喪)이 합당하다구 생각하오."

"백일상이문 지난 7월에 끝난 셈이오다마는 …."

"내 생각은 그런데, 당자인 자네 생각은 어떤가?"

노인은 능소를 건너다보았다.

"저야 압네까? 어른덜이 작정하시는 대루 따르겠소다."

"그렇게 하랑이. 더구나 군관까지 됐응이 언제 어디메 가게 될지 뉘기 아능가?"

"하기는 그렇습네다."

"아바이 생각에는 어느 날이 좋겠소다?"

어머니가 한 무릎을 세우고 물었다.

"미티미티(주저주저) 하구 끌 게 있소? 내일도 좋구 모레도 좋지요."

"하기사 냉수를 떠놓구래도 하루빨리 이름을 지어놨으문 좋겠소다."

"가만있자. 능소가 오문 동네에서 잔채를 한다구 했는데 겹채서 하문 어떻소?"

"좋지오마는 미안해서 …."

노인은 바른손가락을 반쯤 펴고 엄지손가락 끝으로 나머지 네 손가락을 가로지는 12개의 금을 차례로 몇 바퀴 짚고 나서 한참 생각하다가 입을 열었다.

"촉박한 것 같소마는 글피가 좋소."

"촉박할 게 있소다? 우례(于禮) 라문 몰라두 …."

어머니는 능소와 딸을 번갈아 보고 계속했다.

"내 생각에는 기왕 말이 나온 짐에 글피 하는 게 좋을 것 같은데 자네 생각은 어떤가?"

"저야 뭐 …."

능소는 말꼬리를 흐리고 눈을 내리깐 상아는 더욱 얼굴을 붉혔다.

"아바이 말씀대루 글피 하지오다."

어머니는 후련한 표정이었다.

"꼬옥 집안아이를 보내는 심정이오."

노인은 주발에 남은 술을 마저 들이켰다.

"아무것두 없소다."

어머니는 오리병을 들어 또 술을 부었다.

"이 난리에 뭐이 있겠소? 동네에서 군관 잔체를 한다구 항이 집에서 채릴 게 없소."

노인은 젓가락으로 안주를 집어 입으로 가져갔다.

"그럴 쉬야 있소다? 성안으로 끌고 갔다 왔다 하던 메밀이 몇 말 있응이 국시(국수)나 좀 누르지오다."

"정혼 때사 원래 그런 게 앙이오?"

"그 대신 세월만 좋으문 우례는 잘 채리겠소다."

"이 사람덜 우례는 꼬옥 보구 싶소마는 그때꺼지 살아 있겠는지."

"아바이사 이렇게 건장하신데."

"이젠 전과는 다르오. 하여튼 정혼하구 상아가 애기를 낳아서 우례를 올리는 걸 본다문 얼매나 좋겠소."

노인은 잔을 비우고 능소에게 권했다.

"이렇게 좋은 날 한잔해야지."

능소가 두 손으로 받은 잔에 어머니가 따라주었다.

"그래 자네도 한잔하랑이."

능소는 어둠이 짙어가는 창살에 눈을 던지면서 한 모금 마셨다. 잠자코 있던 상아가 일어서 고콜에 소깡불을 피우자 불길을 따라 그림자들이 벽에 어른거리기 시작했다.

"이제 가봐야지."

노인이 일어섰다.

"지악을 잡숫구 가시오다."
따라 일어선 어머니가 말리고 상아도 소매를 잡았으나 듣지 않았다.
"말을 궝길(굽길) 쉬 있소?"
그들은 사립문 밖까지 나가 노인을 보내고 돌아섰다.
"큰 시름을 났다."
추위에 옹크리고 바당문 고리를 당기면서 어머니가 한마디 했다.
 다음날부터 상아네 집은 더욱 분주히 돌아갔다. 마을 아낙네들은 닭이며 꿩을 들고 와서 하루 종일 일을 거들어주었다. 정지와 바당에서 털을 뽑고, 방아를 찧고, 두부를 만드는 사이에도 방에는 사람들이 그치지 않고 드나들었다. 한 번 왔던 사람도 다시 오고 노인과 아이들도 빠지지 않고 찾아와서는 물은 얘기를 또 묻고 몇 번 들은 얘기에도 열심히 귀를 기울이면서 떠날 줄을 몰랐다. 단 한 사람 지루만은 한 번도 얼굴을 내밀지 않았다.
 정혼 날 아침 일찍 대문을 나선 능소는 어머니 아버지의 산소로 가는 길에 옛집을 찾았다. 상아의 얘기로 짐작은 갔으나 창호지가 찢어지고 울타리도 반이나 쓰러진 것이 사람 살던 집이라기보다 버림받은 사당(祠堂)이었다.
 어두컴컴한 방안에서는 금시라도 귀신이 나올 것 같고 툇마루에는 바람에 날려 온 마른 잎들이 뒹굴었다. 상아가 내주는 열쇠를 갖고 왔으나 마음이 내키지 않아 집을 한 바퀴 돌며 창살 틈으로 안을 들여다보았다. 아무것도 없는 방바닥에 먼지가 쌓이고 쥐똥이 흩어져 있었다.
 다시 사립문을 밀고 사잇길에 나서는데 어머니의 혼백이 창살 뒤에서 쏘아보는 것만 같았다. 오늘 자기는 마지막 유언을 거역하고 상아와 정혼하는 것이다. 평일의 자상하던 어머니와 임종의 어머니가 가슴에서 엇갈리고 우울하기만 했다. 어머니가 신령이 되었다면 상아가 결백한 것을 알 수도 있겠지마는 장차 이 집에 돌아와 살 생각은 없었다.

한길에 나서 야장간을 지나려는데 불쑥 나타난 지루가 앞을 가로막아 섰다.

"듣자 항이 오늘 정혼한다지?"

능소는 그의 손에 틀어 잡힌 쇠망치를 보고 한두 걸음 물러섰다.

"그래서?"

"무사할까?"

흰 김을 내뿜는 지루의 입이 삐뚤어졌다.

"그게사 두구 봐야지."

"이 지루가 가만 못 있겠다, 이 말이다."

"알구 있다."

"알구 있으문 다시 생각하는 게 어떨까?"

"무슨 상관이야?"

"상관이 있지."

지루는 망치를 잡은 손에 힘을 주고 한 걸음 다가섰다.

"그 상관이라는 걸 한번 얘기해 봐?"

능소는 망치에서 눈을 떼지 않고 한발 옆으로 비켜섰다.

"다 아는 거 말해서는 뭐해?"

한동안 서로 노려보다가 지루가 먼저 입을 열었다.

"어쩔 작정이야?"

"뭐 말이야?"

"얼이 빠졌구나. 정혼 말이다. 마암대루 될까."

능소는 일정한 거리를 유지하고 잠자코 있었다.

"갈라 한나 어쩔라다가 대갈통이 박살나도 괜채이탄 말이지? 그래 이 지루가 상아를 그양 넹게줄 줄 알았니? 어릴 때 같이 자란 정의를 생각해서 마즈막으로 한마디 더 한다. 상아를 단념하구 당장 이 마을에서 꺼지는 게 좋겠다. 자알 생각해서 해라."

"생각할 게 없다."

"후회는 없을까?"

씩 웃으며 망치를 쳐드는 순간 능소는 재빨리 몸을 틀고 주먹으로 겨드랑을 올려 받쳤다. 바른손에 경련을 일으키고 떨어뜨리는 망치를 주워들고 발길로 걸어찼다.

"어쩔래? 속 시원히 쥑에 주시지."

넘어졌던 지루가 일어서 한마디 했다.

오랫동안 별러 왔으나 막상 당하고 보니 판단이 서지 않았다.

"내가 방심한 틈에 선수를 썼다구 장할 건 없다."

지루는 그를 노려보면서 맞은 어깻죽지를 움씰거리다가 그쪽 팔을 들어 허공에서 빙빙 돌렸다.

"못 쥑이는구나."

"모가지가 붙어 있는 게 원쉬(원수) 같으야?"

"모가지? 홍 … 너는 그 에미나하구 살 생각을 항이 모가지가 아까울 게다마는 나는 약간 다르단 말이다."

지루는 여전히 한 팔을 돌리고 있었다. 능소는 그를 쏘아보다가 산소를 향해 걸음을 옮기기 시작했다. 죽이면 무사할 수 없고, 그냥 두면 위험하고 … 정혼만 끝나면 다리를 분질러서 앉은뱅이를 만들리라.

"능소야."

뒤에서 지루가 불렀으나 돌아보지 않았다.

"분명히 해두는데 싸암은 아즉 앙이 끝났다."

그는 못 들은 척하고 걸음을 재촉하여 산소로 올라갔다.

언덕길을 오르다가 망치를 멀찌감치 던지고 돌아보니 지루는 아직도 야장간 앞에 버티고 서서 자기를 바라보고 있었다.

산소 앞에 이르러 눈 속에 무릎을 꿇고 절을 하면서도 생각은 지루

피의 혼인식

를 떠나지 않았다. 마치 원귀(怨鬼)가 몸에 감아 붙은 심사였다.
　오정 때 시작된 잔치에는 마을사람들이 거의 다 모였다. 방마다 차고 정지와 바당에도 빈틈이 없었다. 음식상을 가운데 두고 남녀의 손님들은 우만 노인의 거동을 바라보면서 침을 삼켰다.
　"우례에는 예법이 있어도 정혼에는 따로 예법이 없는 건 모두 다 아는 일이오. … 능소, 우선 한잔 들구 상아에게 넹기랑이."
　중간방에 정좌한 노인은 마주 앉은 능소에게 잔을 주고 손수 술을 따랐다. 그는 시키는 대로 받아 마시고 옆에 앉은 상아에게 잔을 넘겼다. 요동성에서 보내온 비단으로 새 옷을 만들어 입은 상아는 눈을 내리깔고 잔을 받아 노인이 따라 주는 술을 한 모금 마시고 상 위에 놓았다.
　"전부터 마을에서는 다 아는 일이오마는 오늘 이것으로 두 사람은 세상에 내놓구 정혼이 됐소. 뉘기 보아도 천정배필에 틀림없는데 아들 딸 많구 낳구 잘 살 것이오. 또 이 잔체는 군관이 된 능소를 위해서 온 동네가 베푼 자리기도 하오. 전쟁이 터진 후로는 모두덜 오래간만에 한자리에 모였으니 즐겁게 놀다 가시오."
　노인이 말을 마치고 흰 수염을 쓰다듬자 능소가 잔을 드렸다.
　"상아가 그동안 고생두 많았지. 자네 때문에 애를 태운 생각을 해서도 의좋게 살아야 하네."
　아래 윗방에서 잔이 오가고 얘기소리에 그릇이 부딪는 소리가 어수선했다.
　"오늘따라 상아가 더 이쁘구나. 내가 남정이라문 능소하구 대판 싸움이 벌어지는 건데, 앙이 그렁가 능소?"
　뒷집 아주머니가 문지방을 짚고 한 손을 내젓자 온 집안에 웃음이 터졌다.
　"복두 많지비. 군관이 되구 이쁜 각시를 얻구…."
　아주머니의 넋두리가 끝나기 전에 툇마루에 올라서는 발자국소리에 이어 중간 방문이 열리면서 찬바람이 들이쳤다. 뭇 시선이 일시에 쏠리는 가운데 지루가 문을 닫고 들어서 사람들을 둘러보았다.

"아츰에 일어낭이 해가 서쪽에 떴단 말이야. 무슨 일이 있을 게라구 생각했덩이 지루가 이런 데 나타났구만."

아주머니는 또 팔뚝질을 했으나 사람들은 웃지 않았다. 힐끗 돌아보던 상아가 슬그머니 일어서 정지로 나가 버리고 빈자리에 지루가 앉았다. 그는 옆에 앉은 능소는 아는 척도 하지 않고 노인에게 말을 걸었다.

"아바이 오늘 수고 많았소다."

능소의 귀에는 분명히 시비로 들렸으나 노인은 곧이곧대로 받았다.

"수고는 무슨 수곤가. 정혼도 경사, 군관이 된 것도 경사라, 얼매나 좋은가."

"그렇겠소다."

역시 묘하게 들리는 대답이 나오는데 윗방에서는 큰소리가 울렸다.

"지루, 그렇게 도도하기야?"

그는 대답하지 않고 고개를 돌려 능소를 아래위로 훑기 시작했다. 윗방에서 다른 목소리가 들려왔다.

"살수에서 싸운 지루만 사램이구 요동성에서 싸운 우린 아무것두 앙이란 말이지?"

지루는 여전히 못 들은 척하고 능소를 훑어보는데 어머니가 사잇문으로 수저와 잔을 들이밀었다.

"지루가 우리 집에 다 오고 반갑네."

그는 두 손으로 받아 상 모서리에 놓고 쳐다보았다.

"전 못 올 사램이오다?"

"이 사람, 그런 뜻이 앙이네."

어머니가 억지로 웃고 돌아서자 지루는 노인에게 잔을 권했다.

"아바이 한잔 디리겠소다."

"이런 날은 신랑부터 권해야지."

"미안하게 됐소다."

그는 잔에 술을 가득 따라 능소 앞에 놓고 계속했다.

"지쁘겠다."

능소는 쏘아보는 그의 찬 눈을 피하지 않고 마주 보았다.

"예전에 자네덜은 잘 싸웠지. 허나 지금 생각하문 다 즐거운 추억이 될 게야."

아무도 응답하지 않았다.

"앙이 그런가?"

"글쎄올시다."

지루가 대답했다.

"서로 복을 빌구 마을 일에 합심해야 하네. 늙은 것은 이제 물러가야지. 모두덜 잘 놀랑이."

노인이 일어서자 앉았던 젊은 남녀들은 제자리에 일어서 배웅하고 능소는 바당을 거쳐 사립문 밖까지 따라 나왔다.

"어서 들어가 놀랑이."

팔짱을 지른 노인은 뒤도 안 돌아보고 멀어져 갔다. 추위에 손을 비비며 돌아서는데 사립문을 나서는 지루와 마주쳤다.

"가능 게야?"

능소가 먼저 말을 걸었다.

"뭣 때문에 왔지?"

"뭣 때문에 왔는지 모르겠니?"

"동정을 살필라 왔단 말이지?"

"맞았다."

"날짜를 정하구 정정당당하게 덤베라."

"그건 곤란하다."

"곤란해?"

"너어 붙이(일가)는 종재(종자)를 말레야겠는데 한내라두(하나라도) 놓치문 어떻게 하니야?"

"뭐라구?"

"전에는 너만 없앨라구 했는데 지금 와서 봉이 그게 앙이다. 싹 쓸어야겠다."

"너두 고구려 무사야?"

"그렁이까 미리 얘기하능 게 앙이야? 방심 말구 잘 지케라."

"이눔의 새끼!"

한 걸음 내디디는데 지루는 몸을 빼어 자기 집 쪽으로 뛰어갔다.

자리에 돌아와 앉았으나 불길한 예감에 입맛이 떨어지고 머리가 무거웠다. 자기 한 몸이라면 걱정할 것도 없었으나 상아와 어머니의 목숨까지 노리고 있는 것이다. 능히 그럴 놈이다. 이렇게 된 바에는 앉은뱅이가 아니라 아주 깨끗이 없애 버려야 한다. 법? 그것은 그때 가보리라.

"무슨 생각을 그렇게 하니야?"

맞은편에 앉은 친구가 오리병을 들어 잔을 채워 주었다.

"앙이다."

그는 애써 웃음을 띠었다.

"오늘 앙이 마시문 언제게 마시겠니야? 어서 들어라."

술맛도 없었다. 잔을 입에 대고 마시는 시늉을 하는데 윗방에서 거문고가 울리고 남녀의 합창이 시작되었다.

훨훨 나는 꾀꼬리는
자웅이 노닐건만

피의 혼인식 109

외롭다 이내 몸은
어느 뉘와 돌아갈고
(翩翩黃鳥 雌雄相依 念我之獨 誰其與歸)


종일 먹고 마시고 유쾌하게 떠들던 마을사람들은 보름달이 창살에 비치고 등잔불이 켜진 연후에야 자리를 떴다. 차가운 달빛 아래 흩어져 가는 사람들을 바라보던 상아가 발길을 돌리면서 능소의 귀에 속삭였다.
"오늘은 좋았지?"
"응…."
"내년 가슬(가을)에 추수가 끝나문 우리가 채레야겠어. 얻어만 먹구…."
"그래…."
"봄에는 백토(白土)를 파다가 벽도 칠하구 구둘도 다시 놔야지?"
"놔야지."
"이번에 온 비단이 많이 남았는데 어망이 치매 저고리 해디릴까?"
상아는 연거푸 새로운 계획을 털어놓았으나 능소는 건성으로 대답하면서 사립문을 들어섰다. 싸움터에서 흔히 느끼던 이상한 예감이 머리를 떠나지 않는 것이 오늘밤 안에 무슨 일이 있을 것만 같았다. 선수를 써야지.
방에 들어선 능소는 군복으로 갈아입었다.
"앙이, 어쩌자는 게야?"
서서 보고만 있던 상아가 화난 목소리로 물었다.
"잠깐 댕게올 데가 있어."
"어디멘데."
능소는 양쪽 가슴에 단도들을 지르고 벽에서 칼을 내렸다.

"어째 이래?"

상아가 앞을 막아섰다.

"차차 알게 돼."

능소는 이를 깨물었다.

"지루하구 싸우는 거지?"

"혹시 모릉이까 문덜을 단단히 걸구 집안에 백헤 있어."

"싸우더래두 해필 오늘이야?"

상아를 뿌리치고 문고리를 잡아 밀려는데 정지에서 설거지를 하던 어머니가 들어왔다.

"무슨 일인가?"

"잠깐 나갔다 오겠소다."

"내 다 들었네. 정혼꺼지 했는데 지루가 어쩔라구. 이러다가는 모두 신세를 망치네."

"다 생각이 있어 하는 일인데 가만 계시오다."

다시 고리를 잡으려는데 어머니가 문을 등지고 마주섰다.

"자네 생각이 옳다구 하세. 오늘만 날인가?"

"글쎄 가만 계시오다."

"내 말 들으랑이."

어머니는 그의 팔을 잡았다.

"법으루 하게 법으루."

순간, 문이 활짝 열리면서 등잔불이 꺼지고 검은 그림자가 달빛에 움씰했다. 능소의 팔을 잡았던 어머니는 혹 하는 외마디 비명과 함께 고꾸라지고 상아가 겁에 질린 기성을 발하면서 그 위에 덮쳤다. 능소는 부리나케 상아를 잡아채어 정지로 내달았다. 그대로 바당에 미끄러 떨어지면서 고콜에 가물거리는 소깡불을 등디에 쑤셔 박고 상아를 아궁이 앞에 엎드려 놓았다.

부뚜막 위로 머리를 쳐드는데 날아온 단도가 쿡 하고 맞은편 벽에 박히고 검은 그림자는 방에서 툇마루에 나섰다가 바당으로 내려섰다. 능소는 연거푸 헛소리를 지르는 상아를 한 손으로 입을 틀어막고 정지에 도로 끌고 올라와 뒷방문을 당겼다.

상아를 내리는데 바당문이 조심스럽게 열리는 소리가 귀에 들어왔다. 획 돌아보면서 가슴의 단도를 뽑아 상반신을 들이민 검은 그림자에 냅다 던졌다. 악 소리와 함께 그림자는 쇠붙이를 땅에 떨어뜨리고 문밖에 나가떨어졌다.

정지문을 박차고 툇마루에 나선 능소는 기둥을 의지하고 동정을 살폈다. 울타리 밑, 달 그늘에 자빠진 채 꼼짝 않는 그림자를 지켜보다가 마당으로 한 걸음 내려디디는 순간 왼쪽 허벅다리에 날카로운 충격이 오면서 모로 쓰러지고 말았다.

"간나새끼."

중얼거리며 그늘에서 일어선 그림자는 바른 어깨를 늘어뜨리고 왼손으로 뽑는 단도가 달빛에 번뜩였다. 능소는 쓰러진 채 아픔을 참고 손에 쥐었던 단도를 힘껏 던졌다. 왼 손목에 명중한 그림자는 칼을 떨어뜨리고 제자리에서 뱅뱅 돌다가 사립문으로 내달았다.

능소는 상반신을 일으키면서 또 하나 내던졌다. 그림자는 문간에서 한 번 쓰러졌다가 비틀거리며 일어서 옆으로 비켜섰다. 발을 절름거리는 것이 다리에 맞은 모양이었다. 두 팔과 다리를 다쳤으니 더 이상 위험할 것이 없다고 판단한 능소는 허벅다리의 상처를 한 손으로 감싸 쥐고 한 발로 뛰어 문간으로 다가갔다.

그림자는 물푸레나무에 맸던 말에 올라 내달리는 길이었다.

"지루야, 이놈아!"

단도를 뽑아 던졌으나 거리는 이미 멀고 말 탄 그림자는 달에 비친 눈의 벌판을 남으로 멀어져 갔다.

문간에 주저앉아 두건으로 허벅다리를 졸라맨 능소는 사립문 작대기를 짚고 바당에 들어와 고콜에 소깡불을 피웠다. 뒷방에서는 이따금 상아의 헛소리가 들렸으나 중간방의 어머니는 아무 기척이 없었다. 그는 생각 끝에 뒷문을 열고 큰소리로 불렀다.

"아즈망이!"

두세 번 불러서야 달빛에 희미한 정지문이 열렸다.

"어째 그러능가?"

뒷집 아주머니는 툇마루에 나서 넘겨다보았다.

"우만 아바이를 좀 불러 주시오다."

"자네 어디메 아픈 게 아잉가?"

자기의 귀에도 신음소리같이 들렸다.

"예 …. 아바이를 좀 불러 주시오다."

아주머니가 문을 닫고 아이들을 들볶는 소리가 났다. 능소는 부뚜막에 올라 방으로 들어갔다. 사람의 피가 풍기는 유다른 냄새가 코를 찌르고 앞으로 고꾸라진 어머니는 꼼짝도 하지 않았다. 옆에 한 무릎을 꿇고 가슴에 손을 대니 잔등으로 들어간 칼끝이 손바닥에 닿았다. 그는 한 팔로 시체를 껴안고 단도를 뽑아 마당으로 내던졌다.

사지를 펴서 방 한가운데 누이고 정지로 나서는데 아주머니가 뒷문으로 들어왔다.

"앙— 이 …."

여자는 입을 헤벌리고 두 손으로 부뚜막을 짚었다.

"우만 아바이는 어떻게 됐소다?"

"아, 아아덜을 보냈네."

아주머니는 눈을 크게 뜨고 겁에 질린 얼굴로 온몸에 피가 튄 그를 바라보기만 했다.

"뜬물을 좀 만들어 주시오다."

그는 뒷방의 상아를 한 팔에 끼고 나와 아랫목에 누이고 옆에 앉았다. 바당에서 쌀을 이는 아주머니는 가끔 쳐다볼 뿐 말이 없고 능소는 이를 갈았다. 이 천하 어느 구석 어느 돌 밑에 숨어 있더라도 반드시 찾아내서 이 원수는 갚고야 말리라.

그는 정신을 못 차리는 상아의 입에 뜬물을 퍼 넣으면서 어금니를 깨물었다.

# 폭주하는 야욕

 한 해가 가고 새해도 2월에 접어들었으나 지금은 생각할수록 세상이 맹랑했다. 이 땅 위에 지옥이 있다면 지난해는 온 천하가 어김없는 지옥이요, 이 지옥바람을 일으킨 양 배때기의 대갈통을 부수지 못하는 것이 한이었다.
 살수(薩水)에서 목숨을 건지고 밤중에 요동에서 도망치는 친위군의 꼬리에 붙었을 때는 별 일 없이 고향에 돌아가는 줄만 알았다. 그러나 요하(遼河)를 건너 무여라 벌을 남으로 달리는 길도 순탄치 못했다. 친위군 주력은 괜찮았으나 5리 앞을 가는 척후들은 걸핏하면 숨어 있던 고구려군의 습격을 받고 그럴 때마다 주력이 내달았으나 뻔히 보는 앞에서 적은 뛰지도 않고 숲속으로 달아났다. 밤중에 장막을 치고 잠이 들 만하면 어둠 속에서 화살이 날아왔다. 비위가 상한 양 배때기는 으레 화를 내고 소탕을 명령했으나 출동한 병사들은 어둠 속을 헤매다가 빈손으로 돌아오게 마련이었다.
 백골도 양 배때기의 비위를 거슬렀다. 무여라 벌 어디나 그가 자랑하던 충차, 포차에 녹차(鹿車)가 뒤집혀 있는 것은 고사하고 한여름을 지난 시체들이 이제 백골이 되어 누더기를 걸치고 즐비하게 깔려 있었다. 처음에는 타고 가던 혁로(革輅)에서 내려 천하 제일가는 애국자들이라고 슬픈 얼굴로 한마디씩 하던 양 배때기도 가는 길 어디나 백골투성이가 되자 슬그머니 외면을 했다.

외면했을 뿐 아니라 나중에는 백골만 보면 "꺼우리"를 연발하면서 이를 부득부득 갈고 생트집을 걸어 장병들을 못살게 굴었다. 마철을 제때에 갈지 않은 것은 어느 놈이냐느니, 굼벵이같이 동작이 느리니 꺼우리들한테 녹초가 되었다느니, 호통을 치고, 그때마다 애매한 목이 하나씩 떨어져 나갔다.

한 번은 나 지금의 모가지도 잘릴 뻔했다. 도중에서 점심을 먹어도 반드시 장막을 치고 혼자 들어앉아 먹던 양 배때기가 그날따라 무슨 바람이 불었는지 청명한 가을 하늘이 좋다면서 풀밭에 앉아 우선 술을 한잔 들이켜는 순간 잔 너머로 치뜬 눈에 그만 걸리고 말았다. 멀찌감치 뒤에 앉았건만 천천히 잔을 내리면서 노려보는 배때기의 눈초리가 심상치 않았다.

"저건 어떤 놈이냐?"

고함을 지르는 배때기의 손가락은 어김없이 나 지금을 가리키고 있었다. 주위의 높고 낮은 인간들은 저마다 고쳐 앉으면서 손가락이 가는 방향을 주시했다. 개중에는 남달리 목을 빼들고 열심히 손가락 끝과 그 목표물을 번갈아 보는 축도 있었으나 누구를 지목하는지 딱히 분간이 서지 않는 모양이었다. 배때기는 또 고함을 질렀다.

"저 새까만 키다리 말이다."

원래 거무데데한 데다가 햇볕에 그을고 먼지까지 뒤집어써서 아주 껌둥이가 되고 말았다. 검지 않은 놈이 없었으나 검은 중에서도 유달리 새까만 것이 나 지급이라 모두들 단박 알아맞힐 수밖에 없었다. 가

숨이 뜨끔하면서도 몸은 저절로 납죽하게 엎드렸다. 배때기는 나를 알아보았고 이제 모가지는 잘린 모가지에 틀림없었다.

"아, 그 새까만 놈은 신의 종이올시다."

배불룩이 원무달의 목소리가 울렸다. 아까부터 배때기 옆에 앉아 같지 않은 아양을 떠는 것이 메스껍기는 했으나 묘하게 머리가 도는 인간이었다.

"종? 틀림없느냐?"

"네네. 장안에서부터 끌고 다니는 종이올시다."

머리 위에 배때기의 시선을 느끼면서 그대로 엎드려 있었다. 아니라면 아닐 수 있었다. 뼈에 가죽만 남은 것이 색깔이 달라지고 두 눈에 이상한 살기(殺氣)가 생겼으니 얼마든지 우문지급이 아닐 수 있었다. 버티자, 배짱이 생겼다.

"임유관은 여기서 몇 리냐?"

숨 가쁜 시간이 적지않이 흐른 뒤에 배때기가 딴 얘기를 묻고 원무달이 재빨리 대답했다.

"1백 리 남짓 합니다."

더 말이 없고 모두들 편한 자세로 돌아가는 기척이 들렸다. 살그머니 머리를 쳐들면서 둘러보는데 원무달이 한 눈을 찔끔했다.

그로부터는 배때기의 혁로만 눈에 들어오면 언제나 비스듬히 고개를 돌리는 버릇이 생겼다.

만리장성을 넘어서부터 배때기의 성난 얼굴이 약간 누그러지는가 보다 했더니 그것도 아니었다. 추석날 탁군(涿郡: 북경)에 들어서는 길로 임삭궁(臨朔宮) 전정(前廷)에 대신들과 장수들을 모아놓고 호통을 치는 배때기의 목소리는 분을 참지 못해 마구 떨었다.

"도대체 대신들은 군량을 어떻게 조달했고, 장수들은 휘하 병사들을 어떻게 단련했기에 이 모양이 됐단 말이오? 나는 무슨 일이 있어도 참을 수 없소! 우리 중국의 힘으로 말하면 능히 바다를 빼고 산도 옮길 수 있는데(拔海移山) 고구려 따위가 무엇이오? 그렇거늘 이 변변치 못한 놈들한테 곤욕을 당했으니 실로 통분하기 그지없소. 경들은 이렇게 대국(大國)을 모욕하고 오만불손하게 날뛰는 고구려 오랑캐들을 그냥 둘 셈이오? 가만히 보자 하니 고구려라는 이름만 나와도 겁을 먹고 도저히 당할 수 없다는 못난 풍조가 휩쓸고 있소. 아까 말한 대로 우리 중국의 힘은 대적할 자 없이 막강하오. 나는 백 번이라도 다시 정벌해서 이 못된 고구려 놈들을 박살을 내고 고원(高元)을 묶어다가 내 발밑에 꿇어앉히고야 말겠소. 여양(黎陽) 낙구(洛口) 태원(太原) 등지의 창고에 아직도 쌓여 있는 모든 양곡을 즉시 망해돈〔望海頓: 요서지성(遼西地城)에 있었을 것이나 정확한 위치 미상〕으로 수송할 것이며 전국에 영을 내려 철저히 징병(徵兵)하고 철저히 단련해서 새봄에 다시 이 탁군에 집결토록 하오. 민부상서(民部尙書) 번자개(樊子蓋)는 탁군 유수(留守)를 겸하게 하는 터인즉 여기 남아 모든 준비를 감독하오."

마당에서 이마를 조아리는 신하들은 거들떠보지도 않고 안으로 들어가 버렸다. 지급은 대문 밖에 웅크리고 앉아 귀를 기울이면서 양 배때기의 심사는 꼭 도박꾼 같다고 생각했다. 엄청나게 잃어버리고 눈알이 뒤집힌 도박꾼, 그것이 양 배때기였다.

그날 밤으로 군영을 빠져나왔다. 원무달은 못 보는 척하다가 뒤쫓아 나와 으슥한 골목에서 얼싸안고 아양을 떨었다.

"어저께는 하마터면 큰일 날 뻔했소. 말도 버리고 어디 가실 작정이오?"

"가봐야 알겠소."

불룩배가 넓적다리에 달라붙는 것이 징글맞았으나 참았다.

"어련히 알아서 하시겠지마는 부디 몸조심하시오. 공기가 험악하다는 걸 알아야 하오."

돌아서 한 걸음 내디디는데 옆으로 같이 걸으면서 한 손을 어깨에 얹었다.

"허지마는 좋은 세월이 반드시 올 것이오. 하늘도 흐린 다음에는 개이게 마련이 아니오? 그런 때 이 원무달을 모른다고는 않겠지요?"

"알던 사람을 모르는 수도 있소?"

그늘진 처마 밑을 걸으면서 지급은 쏘아붙였으나 원무달은 너털웃음을 쳤다.

"허허허…. 역시 허국공 자제분은 다르다니까."

"뭐가 다르오?"

"바로 그 점이오, 허허허…."

바로 어떤 점인지 알고 싶지도 않았으나 한마디 더하면 또 싱거운 웃음이 터져 나올 것이 뻔했다. 잠자코 걷는데 원무달은 하늘의 달을 쳐다보고 혼자 중얼거렸다.

"때는 중추가절이라 시정(詩情)이 동하건만 붓이 있나 종이가 있나…. 나도 생판 무부(武夫)는 아니오. 젊어서는 글줄이나 한다고 칭찬도 들었소. 이제 들어가 봐야겠소. 부디 조심하시오."

원무달은 다정한 친구같이 두 손을 그의 어깨에 얹었다가 내렸다. 지급은 그가 하는 대로 가만있다가 돌아서 걸음을 재촉했다.

전에 있던 집에는 대문 밖에 초롱불이 걸리고 문전도 깨끗했으나 인기척은 들리지 않았다. 주먹으로 대문을 한두 번 두드리자 늙수그레한 종이 빗장을 열고 머리를 숙였다.

"아이고, 모두들 오셨다는 말씀 듣고 아까부터 여기 앉아 기다리는 길인뎁쇼."

문안에 놓인 모탕을 가리켰다.

"어머닌 어디 계시냐?"

"마님하고 큰 도련님은 달포 전에 동도(東都)로 돌아가신걸요."

"그래 … 집에는 누가 있지?"

"저 혼자 지키고 있습죠."

종은 모아 쥔 두 손을 비볐다. 지급은 더 묻지 않고 중문을 거쳐 안방에 들어가 벌렁 누워버렸다.

"대감께서는 안 오시는갑쇼?"

따라온 종이 섬돌 위에서 목을 들이밀었다.

"시장하다. 먹을 걸 가져와."

"네네, 대감께서는 …."

"시장하다니까!"

종은 비틀거리며 부엌에 들어가 차려놓은 음식을 소반에 얹어 가지고 들어왔다.

"술 있지?"

"그러문입쇼."

종은 상 옆에 무릎을 꿇고 앉아 술을 따랐다.

허기진 배에 마시는 술은 단박 창자로 내려왔다. 연거푸 석 잔을 들이켜고 닭의 다리를 뜯는데 눈치를 살피던 종이 물었다.

"고구려를 다 무찔렀다고도 하고 그런 게 아니라고도 하고, 어느 쪽이 정말인갑쇼?"

그는 씹던 고기를 삼키고 또 한 잔 들이켰다.

"하여튼 크게 이기고 돌아오셨으니 이번에는 관작이 복구되시겠습죠."

"크게 이겨? 크게 졌다."

그는 눈을 부라리다가 닭다리를 뜯었다. 종은 슬그머니 일어서 뒷걸음으로 한 발을 문 밖에 내디디는데 지급이 불렀다.

"얘, 이거 혼자 무슨 맛이냐? 너도 한잔해라."

종은 다시 무릎을 꿇고 술을 따라 주는 주발을 두 손으로 받아 마셨다.
"황송합니다."
진정으로 황송해서 빈 주발을 놓고 그의 잔에 술을 부었다. 비스듬히 노려보던 지급이 젓가락으로 쇠고기를 집어 입에 넣고 한마디 했다.
"너 황송하다고 했지?"
그는 젓가락으로 상을 내려치고 종을 아래위로 훑었다. 이놈의 대갈통을 까고 피를 보면 우울한 가슴이 후련할 것이었으나 뒷일이 걱정이었다. 당장 내일 아침부터 밥은 누가 짓는다?
"너 아무래두 내 앞에서 꺼지는 게 좋겠다."
종은 비틀거리고 일어서 나가버렸다. 지급은 혼자 술을 들이켜면서 가끔 자기도 알 수 없는 고함을 지르다가 그 자리에 쓰러져 코를 골았다.
사흘을 집안에서 뒹굴고 나니 몸도 풀리고 바깥 일이 궁금했다. 조반을 마친 지급은 새 옷으로 갈아입고 대문을 나서 골목을 걷다가 여자의 통곡소리에 발을 멈췄다. 맞은편 몇 집 건너에서 젊은 여자가 무어라고 사설을 늘어놓으며 울고 있었으나 말귀는 알아들을 수 없었다.
골목을 들어서던 사나이가 발을 멈추고 섰다. 앞가슴을 드러내고 무릎이 빠진 행달이었다.
"너 언제 왔니?"
"지금 오는 길이지요."
햇볕에 그을린 얼굴에는 예전같이 표정이 없었다.
"아버지는 어떻게 됐는지 모르지?"
"남문 밖에 있지요. 마님 오시라고 하셨는뎁쇼."
"마님은 안 계신다."
지급이 앞장서 걷자 행달은 말없이 뒤를 따라왔다. 한길에는 남루한 옷차림의 병정들이 무질서하게 오락가락하고 여기저기서 낯살 먹은 여자들과 노인들이 그들의 옷자락을 붙잡고 무엇인가 열심히 묻고 있었다. 한 군관은 크게 아는 바가 있는 듯 길 복판에 버티고 서서 군중에게 연설을 하는 중이었다.

"… 우리는 이번 원정에서 꺼우리들을 반쯤 죽여 놓았소. 다음에 다시 가면 아주 죽여 버릴 판이오. 에에 …."

지급은 옆을 지나다가 힐끗 쳐다보았다. 배불룩이 원무달이었다. 그의 눈은 군중에서 떠나지 않고 연설은 계속되었다.

"에에, 우선 이번에 점령한, 요하 이서의 땅에 요동군(遼東郡)을 신설하고 저들의 무여라 성을 빼앗아 이름을 통정진(通定鎭)이라 고쳤고, 다음부터는 여기를 근거지로 해서 일거에 꺼우리들을 치게 됐으니 이보다 더 기쁜 일이 어디 있겠소? 생각할수록 우리 성상 폐하께서는 위대하시단 말이오. 모든 것이 그분의 뛰어나신 계책에서 나왔다는 것을 알아야 하오. 만약 폐하께서 안 계시다면 우리 중국은 어떻게 되겠소? 생각만 해도 눈앞이 캄캄하오. 그분이 만수무강하사 영원토록 이끌어 주셔야만 우리 중국은 잘될 수 있고 꺼우리들을 무찔러 없앨 수 있는 것이오. 요즘, 꺼우리들이 쳐내려온다느니 벌써 만리장성까지 왔다느니, 허무맹랑한 소문이 퍼지고 벌써 피란 가는 백성들도 있는 모양인데 이건 참으로 밑도 끝도 없는 낭설이오. 영명하신 성상 폐하께서 계신 한 우리는 끄떡없소 …."

입에 거품을 물고 떠드는 원무달의 연설은 끝이 없었다. 지급은 다시 발을 옮겼다.

남문 밖, 1백여 명의 창기병들이 양쪽에서 지키는 가운데 10여 채의 함거(檻車)가 길가에 멈춰 서 있었다. 행달이 가리키는 대로 맨 앞 차로 다가갔으나 옆에 선 병정은 하품을 하고 아는 척을 하지 않았다. 두 무릎을 세우고 쪼그리고 앉았던 아버지는 그를 보는 눈이 빛났다.

"네 에미는 안 오느냐?"

"모두 동도에 돌아가시고 안 계십니다."

흩어져 얼굴까지 덮은 머리칼은 뽀얗게 먼지를 뒤집어쓰고 손발에는 때가 까맣게 끼어 있었다. 어느 모로 보나 대장군 우문술일 수 없었다. 그는 두 무릎 사이에 이마를 파묻었다가 다시 쳐들었다.

"너, 말이 있느냐?"

"없습니다."

"고구려놈들이 추격한다면 만리장성을 넘어 곧 탁군까지 쳐들어 올수도 있을 게다. 호송군관(護送軍官)이 성내에서 돌아오면 이 길로 떠난다고 하는데 같이 동도로 가는 게 안전할 것 같다. 집에 가서 군복으로 갈아입고 될 수 있으면 말을 구해 오는 게 좋겠다."

그는 돌아섰으나 이 판국에 말을 구하기는 어려울 것이었다. 성문을 거쳐 부리나케 걷는데 뒤에서 말 탄 병정이 쫓아왔다.

"나 좀 봅시다."

병정은 그를 앞질러 말에서 내렸다.

지급은 성난 얼굴로 쏘아보았다. 아까 아버지의 함거 옆에 섰던 병정이었다.

"기왕이면 나하고 바꾸는 게 어떻소? 그 옷을 내가 입고 내 옷을 당신이 입고 말이오. 말도 드리지요."

"괜찮겠소?"

"동도까지 갔다가 산동(山東)으로 돌아올 일을 생각하니 기가 막혀서 그러오."

눈만 뗑그란 병정은 고개를 기울이고 애원했다.

"돌아오게 될지조차 막연하고…. 기왕이면 그렇게 해주시오."

지급은 그와 함께 집에 돌아와 군복으로 갈아입고 새 옷을 내주었다.

서남으로 동도까지 2천5백 리 길은 스무날도 더 걸렸다. 함거를 끄는 말들은 평지에서는 제법 달렸으나 산길에 들어서면 숨을 허덕이며 움직이려고 하지 않았다. 앞에서 끌고 뒤에서 채찍을 퍼부어야 했고 조금만 큰 개천을 만나도 말을 벗기고 여럿이 달려들어 죄인을 실은 채 함거를 메어 건너야 했다.

그들의 멀미도 사고였다. 시달린 장군들은 가죽만 남은 것이 함거 속에서 가름대(橫木)를 잡고 꿸꿸 토하다가는 옆으로 쓰러져 끙끙 앓았다. 머리를 풀어 헤치고 신음소리를 내는 모습은 죽어가는 강아지와 다를 것이 없었다.

용변도 가관이었다. 한 사람이 변을 보겠다고 하면 병정들은 다짜고짜 전원을 끌어내려 놓고 족쳤다. 토한 물건을 입 언저리에 늘어 붙이고 남이 보거나 말거나 길가에 앉아 때 묻은 볼기짝을 드러내고 머리를 축 늘어뜨린 꼴을 볼 때마다 지금은 그대로 짓밟아 뭉개 버리고 싶었다.

분명히 잘못된 데가 있었다. 이렇게 치사한 자들이 무슨 장군입네 무슨 대신입네 하고 날친 일을 생각하면 인간만사는 속임수에 지나지 않았다. 천하 사람들은 이 볼기짝들을 잘난 줄 알았고 이것들도 난 체하고 백성들을 버러지 정도로밖에 보지 않았다.

한 가지 위안은 아버지 우문술이 제일 깔끔하다는 사실이었다. 다른 장군들처럼 멀미도 하지 않았고 따라서 입 언저리가 지저분하지도 않았다. 남이 하는 대로 함거에서 내려 엉덩이를 드러낼 때도 되도록 풀로 가리고 눈치도 보는 조심성이 있었다. 역시 우문씨는 달랐다.

9월에 들어 황하(黃河) 북안을 전진하다가 강을 건너 동도(東都: 낙양)에 닿은 것은 흐리터분한 이른 아침이었다. 성안에서 쏟아져 나온 병사들이 길 양쪽에 늘어서 경계하고, 마중 나온 군관은 호송군관과 귓속말로 몇 마디 주고받고는 길을 인도했다. 소문을 듣고 달려온 가족들은 추수가 끝난 수수밭에 모여서서 먼발치로 눈물을 짜고 있었다. 어머니와 형 화급의 모습도 보였으나 지금은 대열을 따라 곧장 성문으로 들어가는 수밖에 없었다.

낙엽이 깔린 거리에도 창을 꼬나든 병사들이 지켜서고 그 뒤에 몰려 있는 백성들은 소리도 표정도 없이 지나가는 함거들을 바라보고 있었다. 죄인들을 호송하는 병사들도 그들의 눈길을 피해서 고개를 쳐들어 하늘을 보거나 눈을 내리깔고 땅만 보았다.

통나무로 엮은 감옥 앞에 이르자 기다리고 있던 파수병들은 함거에서 한 사람씩 끌어내려 안으로 밀고 들어가고, 그때마다 길 건너 골목에서는 뒤를 따라 온 부녀자들의 울부짖는 소리가 한층 높아졌다.

죄인들의 인계가 끝나자 젊은 호송군관은 부하들을 휘몰고 감옥을 돌아 뒤꼍에 임시로 마련된 장막 옆으로 갔다.

"폐하께서는 우리가 육로로 오는 사이에 운하를 거쳐 그저께 당도하셨다. 지금부터 대리시(大理寺)에 들어가 보고하고, 어쩌면 대궐에도 진배(進拜)하게 될지 모르겠다. 여기서 기다리면 곧 말을 인수할 병정들이 올 테이니 넘겨주고, 장막에 들어가 쉬되 허튼 소문을 퍼뜨리는 자는 엄벌에 처한다. 내가 돌아올 때까지 멋대로 밖에 나가는 자는 군율로 다스릴 것이니 그리 알아라."

군관이 말에 올라 박차를 가하는데 모퉁이를 돌아온 병정들이 그들의 손에서 고삐를 낚아채었다. 대개는 맥없이 말을 넘겨주고 장막으로 들어갔으나 개중에는 뺏기지 않으려고 끝까지 버티는 자도 있었다.

찰싹하고 따귀를 치는 소리에 이어 서로 치고받는 소리가 요란했으나 지급은 돌아보지 않고 장막으로 들어갔다.

짚을 깐 봉당에 둘러앉은 병정들 틈에 끼어 주먹밥으로 조반을 때운 지급은 그 자리에 팔을 베고 드러누워 곧 잠이 들었다.

꿈에 강을 사이에 두고 고구려군과 큰 싸움이 벌어졌다. 날개 돋친 용마(龍馬)를 타고 날아 건너온 적에게 쫓겨 우군은 서로 밀고 짓밟으며 도망쳤다. 창을 내동댕이치고 죽자 사자 벌판을 뛰는데 용마를 탄 고구려 병사 한 놈이 허공을 휙 날아와 칼로 정통을 내리쳤다. 으악 소리를 지르며 두 동강이 나는 순간 잠이 깨었다.

잔등에 식은땀이 흐르고 가슴이 떨렸다. 30이 넘도록 겁이라는 것을 모르고 지냈는데 아무래도 이번 길에 겁이 달라붙은 모양이다.

오정이 훨씬 지났건만 군관도 나타나지 않고 점심 소식도 없었다. 시장기가 동해서 누운 채 둘러보았으나 모두들 코를 골고 움직이는 사람은 없었다. 자는 줄 알고 먹을 것을 안 주나? 일어나 앉는데 옆에 누운 행달과 눈이 마주쳤다. 똑바로 누워 눈을 크게 뜨고 장막 천장을 바라보고 있었다.

"너 안 자는구나."

행달은 대답 대신 느릿느릿 일어나 앉았다.

"배고프지?"

속에서 부글거리는 것을 참고 도로 누웠다. 명령을 받으러 간다던 군관은 어느 구석에서 늘어지게 먹고 마시는 모양이다. 군관 나부랭이가 언제부터 그렇게 잘났더냐. 군관도 군관이지마는 양 배때기는 이 시각에 무엇을 하고 있을까. 침상에 비스듬히 자빠져서 하얀 살결의 계집이 보드라운 손으로 바치는 술잔을 입술로 받아 마시겠지. 씽긋 웃으면서. 난 배고프단 말이다. 그는 주먹을 불끈 쥐었다 말고 눈을 감아 버렸다.

다시 잠이 들었다가 깨니 바깥에서는 찬비가 내리고 병정들은 웅크리고 앉아 저마다 투덜거렸다.

"이거 굶겨 죽일 작정인가? 언제까지 기다리문 되노?"

"꺼우리들한테 이기고 돌아왔다면 이렇지는 않겠지."

"패군지장(敗軍之將)은 병(兵)을 말하는 법이 아니야."

옆에서 약간 난 체하는 문구가 나오자 누워 있던 지급은 공연히 화가 나서 일어났다.

"이눔아, 네가 그래 장(將)이야?"

"내가 언제 장이랬어?"

깡깡 말라붙은 쥐상의 사나이는 눈알을 이리저리 굴렸다.

"그 주제에 흰소리가 무슨 흰소리야?"

지급은 주먹으로 양미간을 쥐어박았다.

"야아, 사람을 친다."

쥐상은 맞은 자리를 움켜쥐고 일어서 더욱 목청을 높였다.

"이눔아, 난 이래뵈도 우 장군의 집안이다."

"뭐? 우 장군이 어떤 애야?"

지급은 앉은 대로 사나이의 옆구리를 또 쥐어박았다. 쥐상은 얼굴과 옆구리를 번갈아 비비며 구석으로 도망쳤다.

"우 장군을 몰라? 우중문 장군을 모르는 놈도 우리 중국 사람이야?"

지급은 돌아앉아 문간을 내다보았다. 빗속에 날은 차츰 어두워가고 시장기는 더욱 치미는데 구석의 쥐상이 또 입을 놀렸다.

"너 우문가는 원래 선비(鮮卑) 쌍놈이지?"

벌떡 일어선 지급은 멱살을 잡아 낚아채면서 뺨을 후려쳤다.

"이놈이 사람 친다!"

쥐상이 악을 쓰며 쥐어뜯자 장막의 병정들은 일제히 일어서 달려들었다.

"선비 놈 죽여라―."

어둠 속에서 덜미고 머리칼이고 닥치는 대로 휘어잡은 병정들은 주먹으로 내지르고 발로 냅다 차며 돌아갔다. 지급은 크게 요동치며 두 주먹을 내휘두르고 이마로 받으면서 밖으로 내뛰었다. 맨발로 빗속을 달려 판자 울타리를 뛰어넘는데 쫓아오던 병정들은 자기들끼리 중얼거리다가 장막 쪽으로 사라지고 가로막는 파수병도 없었다.

캄캄한 거리에 사람은 보이지 않고 불도 몇 집 건너 하나씩 켜 있을

폭주하는 야욕　127

뿐이었다. 빗소리 사이로 이따금 새어나오는 여자들의 울음소리를 귓전으로 들으면서 그는 뛰었다.

얼굴을 내리덮는 머리칼을 쓸어 올리는데 반이나 뜯기고 빠져버렸다. 옷도 갈기갈기 찢기고 어깨와 배가 드러났다. 그는 대문을 걷어차고 뛰어들면서 앞을 막아서는 곰보 종의 가슴패기를 냅다 질렀다.

중문을 들어서자 마루에 나선 어머니가 외쳤다.

"지급이 온다!"

건넌방에서 화급과 동생 사급이 뛰어나오고 종들이 처마 밑에 몰려왔다.

"아이고, 이게 어쩐 일이냐!"

촛불에 눈여겨보던 어머니는 풀썩 주저앉고 지급은 마루에 올라 절했다.

"다 망했구나 … 천하에 이럴 수가 … 도대체 어떻게 된 일이냐?"

"천천히 말씀드리지요."

지급은 일어서 물이 흐르는 누더기를 이리저리 쥐어짰다.

"그래 얼마나 춥겠느냐 … 어서들 마른 옷을 가져오고 먹을 걸 차려라."

어머니는 종들을 둘러보고 안방으로 들어갔다. 그는 마루에 걸터앉아 발을 씻고 초롱불을 받쳐 든 종을 따라 사랑채로 건너왔다.

옷을 갈아입고 머리를 빗는데 화급과 사급이 들어섰다.

"그래 아버지는 어떻게 되는 거지?"

구리거울(銅鏡)을 들여다보고 계속 빗질하면서 지급은 대답하지 않았다.

"그건 배때기한테 물어보시오."

그는 빗과 거울을 문갑 위에 얹고 돌아앉았다. 화급은 구석에 앉은 사급에게 한눈을 팔고 말머리를 돌렸다.

"미안하다."

"왜 미안하오?"

지급은 형을 똑바로 보았다. 화급은 한 손으로 머리를 긁적거리고 말을 더듬었다.

"아버지 뵐 낯이 없다."

"그동안 뭘 했소?"

그는 사급을 힐끗 돌아보고 계속했다.

"여기 사급이도 있지마는, 헤헤 애들이 좀 아파서 며칠 전까지도 거기 가 있었다."

종으로 떨어진 후로는 처와 아이들을 친정으로 돌려보내고 겉으로나마 종 행세를 하던 것이 양 배때기가 없는 틈에 재미를 보았다. 자기도 처의 얼굴을 본 것이 까마득한 옛날인데 그따위 얌생이질은 미처 생각을 못했다.

"아버지 일은 계수씨를 통해서 어전에 말씀드리기로 했다. 그저께 폐하께서 도착하신 후로 계수씨는 매일 대궐에 납시는데 진노가 대단하사 아직도 못 뵈었단다."

"잘해 보시오."

"넌 아버지 아들이 아니야?"

"참 그렇구만. 애 사급아 잘 부탁한다."

지급은 구석에 앉은 사급에게 한마디 했으나 20 전의 어린 동생은 얼굴을 붉히고 고개를 떨어뜨렸다.

"왜 대답이 없지? 이 자식이? 너 양 배때기의 사위에 틀림없지? 이 놈의 새끼, 배때기의 사위라고 재는 거야?"

지급은 주먹으로 사급의 옆구리를 쥐어박았다.

"너 무슨 말버릇이 그러냐? 또 아무리 동생이라도 천자의 부마(駙馬)를 보고 그런 무엄한 짓은 못한다."

화급이 끼어들었으나 지급은 일어서 동생의 멱살을 잡아 벽으로 밀어붙였다.

"사급아, 너 우문술의 아들이냐, 아니냐?"

사급은 가까스로 대답했다.

"네, 아들이지요."

"넌 안 되고, 네 마누라를 시켜서 밤낮으로 배때기를 조르게 할 테냐, 안 할 테냐? 시키는 대로 안 하면 모가지를 비틀어 없앤다."

지급은 동생의 따귀를 한 대 후려쳐서 밖으로 내쫓고 자리에 도로 앉았다. 일을 벌이고 멍청하니 바라보고 있던 화급은 크게 한숨을 내쉬고 다가앉았다.

"얘, 너 어쩌자고 그러니? 공주님께 사실대로 말하는 날에는 일가 몰살이다."

화급은 혼자 투덜거리다가 밖으로 나가고 다리를 뻗은 지급은 잠이 들었다.

이튿날부터 어머니와 화급은 매일 먹을 것과 입을 것을 둘러맨 종을 앞세우고 옥으로 드나들었다.

9월이 가고 10월에 접어들면서 소문도 가지가지로 퍼졌다. 갇힌 장군들은 한 사람도 빼지 않고 목을 자른다는 소문이 며칠 돌아다니다가는 그런 게 아니고 특히 모두 용서해서 당장 놓아준다는 얘기가 떠돌았다. 환관(宦官)들에게 금은보화가 쏟아져 들어가고 궁녀(宮女)들의 재미도 만만치 않았다.

다른 장군들은 다 죽어도 우문술 장군만은 곧 풀려나온다는 얘기도 그럴싸하게 돌아다녔다. 막동 며느리 남양공주(南陽公主)는 폐하께서 특히 사랑하는 따님이라 매일 시아버지를 구해 달라고 울어대는 바람에 부녀(父女)의 정으로 어쩔 수 없이 용서하게 된다고 했다. 곁들여서 우리 영감, 시아버지의 얘기도 한마디 해달라고 늙고 젊은 여자들은 치맛바람을 날리며 사급의 집에 와서 애걸하고, 올 때마다 결코 빈손으로 오는 법이 없었다. 이 통에 알맹이야 사급의 집에 모였지마는 화급과 지급에게 모여드는 것도 몇 대(代) 넉넉히 먹고 남을 만했다.

10월 한 달도 소문과 뇌물과 쑥덕공론으로 지새고 동짓달이 왔다. 지급은 방에 틀어박혀 나오지 않았다. 들어오는 보화는 사양 않고 받아 넣었으나 누구를 만나는 일도 얘기하는 일도 없었다. 중순에 들어 연거푸 친국(親鞫)이 벌어지고, 아는 바가 있는 자들이 집에 쫓아와서는 이러쿵저러쿵 팔뚝질을 해도 듣기만 하고 입을 열지 않았다.

마침내 폐하의 결단이 내렸다고 했다. 유사룡(劉士龍)은 목을 베고, 우숭분은 계속 옥에 가둬두고 나머지 장수들은 관작을 삭탈하여 서민(庶民)을 만들어 풀어 준다는 것이었다. 그날만은 지급도 어머니와 형제 친척들 틈에 끼어 옥으로 가보았다.

털이 붙은 가죽옷을 입고도 추위에 떨면서 옥문을 나오는 장군들은 누구 하나 머리를 쳐드는 자가 없었다. 가족들이 붙잡고 울어도 팔짱을 지르고 웅크린 채 흩어져 제각기 집으로 가는 길을 더듬었다. 지급도 남이 하는 대로 언 땅에 무릎을 꿇어 절했으나 아버지는 눈길도 던지지 않고 묵묵히 걸었다. 가족들은 그의 뒤를 따라 말없이 집으로 돌아왔다.

아버지 우문술은 그날부터 일체 밖에 나가지 않고 찾아오는 사람도 만나지 않았다. 동지(冬至)에 사급의 부부가 찾아오자 맨발로 마당에 내려가서 백발을 숙이고 큰절을 했다. 뒤따라 나온 어머니도 절하고 화급도 절했다. 내다보던 지급은 문을 쿡 닫고 침상에 몸을 내던졌다.

"넌 예의범절도 없는 쌍놈이야?"

화급이 들어와 발을 굴렀다.

"공주님께 잘 뵈야 앞날이 있단 말이다."

폭주하는 야욕

그는 돌아누워 벽을 향했다.
"너 때문에 될 것도 안 된다."
화급은 문을 차고 나가버렸다.

거북했던지 사급 부부는 다시 나타나지 않았다. 설날 아버지 어머니가 세배 드리러 그들을 찾아 나서는 것을 보고 지급은 혼자 방구석에서 술만 들이켰다.

2월이 되어도 뾰족한 소식은 없고 또 고구려를 친다고 모여들었다가는 북쪽으로 떠나가는 병정들로 어수선했다.

침상에 비스듬히 누운 지급은 지나간 일을 더듬다가 유사룡이 목을 잘리던 장면에서 생각이 멎었다.

동짓달의 몹시 추운 날 오후였다. 거리에서 북과 꽹과리가 울리면서 많은 사람들이 떠들썩하고 지나가는 소리에 문을 열고 내다보았다. 창을 든 병정들이 앞뒤를 지키는 가운데 오랏줄에 묶인 유사룡이 맨발로 끌려가고 남녀노소의 구경꾼들이 길을 메우고 따라가는 중이었다. 저마다 팔뚝질을 하고 욕설을 퍼붓고 개중에는 침을 뱉는 아낙네들도 적지 않았다. 결국 유사룡이 적장 을지문덕과 내통했기 때문에 다 이긴 전쟁을 망쳤고 내 아들 내 남편도 죽었다는 사연이었다.

심심한 김에 자기도 피(血) 구경을 나섰다. 제 손으로 죽이는 것보다는 흥이 덜하지마는 어쨌든 피를 보는 것은 신나는 일이었다. 그는 두툼한 웃옷을 걸치고 거리에 나서 군중 속에 끼어들었다.

머리를 풀어헤친 유사룡은 정신 나간 사람처럼 흰 눈알을 굴려 좌우를 노려보고 발을 옮길 때마다 떨어진 옷자락들이 바람에 너풀거렸다. 군중은 갈수록 불어나고 갈수록 기승하여 고함소리는 더욱 요란하고 침을 뱉으려고 덤비는 여자들도 늘어났다.

서소문(西小門) 밖 넓은 터에 마련된 형장(刑場)에도 이미 사람들이 들끓었다. 서로 밀고 당기며 앞자리를 차지하려고 아귀다툼을 하고 경비하는 병정들은 새끼줄을 넘은 자들을 창대로 후려갈겨 밀어내고 있었다.

지급은 사람들의 머리 위로 정면의 장막을 주시했다. 끌고 온 병정들이 유사룡을 땅바닥에 엎어 놓은 후에도 오래도록 기다려야 했다. 가끔 장막의 문틈으로 군관들이 목을 내밀고 두리번거리다가 사라지는 품이 누군가 기다리는 모양이었다.

성문 쪽에서 말굽소리가 요란하게 울리고 몰려섰던 사람들이 좌우로 길을 비켰다. 두 명의 병정을 거느리고 달려온 배불룩이 원무달이 장막 앞에서 말을 내렸다. 그는 안에서 나타난 군관들과 몇 마디 주고받고는 유사룡 쪽으로 한 걸음 다가섰다.

"어명이오."

한 군관이 소리 높이 외치자 군인들부터 무릎을 꿇고 군중도 서로 눈치를 보며 땅에 엎드렸다. 원무달이 흰 종이를 펴드는 것을 보고 지급은 바싹 귀를 기울였으나 거리가 멀고 바람이 세차게 불어 잘 들리지 않았다. 고구려 소적(小敵)이니, 오호니, 통재(痛哉)니 하는 낱말들이 어쩌다가 귀에 들어오고 마지막으로 천하 백성들에게 사과하노라 하는 문구가 들릴 뿐이었다.

북이 울리고 지켜 섰던 병정들이 칼을 뽑아 들었다. 다시 일어선 군중은 남을 밀치며 저마다 발돋움하고 팔뚝질하고 욕설이 오가고 새끼줄 안의 경비병들은 눈알을 굴리며 호통을 쳤다.

마침내 호각이 울리고 양쪽에서 시퍼런 칼날이 번갈아 내리치는 것이 눈에 들어왔다. 피가 용솟음치며 목이 떨어지고 머리 없는 유사룡의 몸집이 몇 발자국 내닫다가 쓰러져 푸득거렸다. 순간, 욱 소리와 함께 군중은 새끼줄을 걷어차고 들이닥쳤다. 선두를 달리던 청년이 재빨리 유사룡의 동체를 일으켜 안고 내뿜는 핏줄에 입을 들이밀어 마시자 뒤쫓아 간 자들이 밀며 당기며 복작거리고 한 청년은 남의 어깨를 짚고 냉큼 뛰어 거꾸로 떨어져 피를 마시려고 발버둥 쳤다.
아까운 것을 놓치고 바라볼밖에 없던 병정들이 군관의 고함소리와 함께 창대로 후려치기 시작하자 엉겨 붙었던 청년들은 차츰 떨어져 돌아섰다. 입이며 코며 앞자락이며 피투성이 된 자들은 혓바닥을 내밀어 입술에 붙은 것을 빨고 간간이 손바닥으로 뺨을 훔쳐 혀끝으로 핥으며 걸어오는 자도 있었다.
지급은 침을 삼키고 바라보는데 배불룩이 원무달이 말에 올라 흩어져 돌아가는 구경꾼들의 뒤를 따라오다가 그를 알아보고 멈춰 섰다.
"이거 얼마 만이오?"
그는 온 낯이 웃음이 되었다. 앞서 가던 몇몇 구경꾼들은 의외라는 듯 돌아서 뒷걸음질하며 원무달과 지급을 번갈아 보았다.
"그래 춘부장께서는 무고하시오?"
그가 응대하기 전에 원무달이 또 물었다.
"한번 찾아뵙는다는 것이 바빠서 그만… 과히 걱정 마시오."
말 탄 원무달은 옆에 따라오면서 계속했다.
지급은 잠자코 있었다.
"공주께옵서는 안녕하옵시겠지요?"
지급은 그의 말투에 비위가 상해서 힐끗 쳐다보았다.
"안녕치 못하면 무슨 좋은 수가 있소?"
"허허허, 역시 재기환발(才氣煥發)이시라 못 당하겠소. 피차 사지(死地)에서 살아 돌아온 일을 생각하면 감개무량하오."
"감개무량하오."
그는 대답하고 군중 속에 파고들어가 걸음을 재촉했다.
그로부터 며칠 후 감옥에 있던 우중문이 병이 위독하여 황제의 특명으로 집에 돌아왔다는 소식이 들렸다.
또 사흘이 지나갔다. 새벽에 잠이 깨니 밖에서 종들이 쑥덕공론을 하는데 "우중문 장군"이라는 한마디가 귀에 거슬렸다. 그는 침상에 엎드려 미닫이를 열고 목을 내밀었다. 함박눈을 피해 처마 밑에 몰려섰던 종들이 허리를 굽실하고 비실비실 피해 갔다.

"행달아! 우중문 장군이 어쩌고 하잖았어?"

"예에, 그 말입니까. 화병으로 돌아갔답니다."

지급은 문을 닫고 침상 위에 바로 누워 눈을 감았다. 마상에서 호령하던 하얀 수염의 우중문과 함거 속에 쭈그리고 앉았던 초라한 모습이 엇갈렸다. 장군이라는 자들이 모두 패전(敗戰)의 책임을 그에게 뒤집어씌우고 발뺌하는 바람에 홀로 감옥에 남아 있다가 생각할수록 분통이 터져 화병이 났다는 얘기였다. 이를 부득부득 갈고 온 몸을 떠는 것이 제정신이 아니라는 사람도 있었다.

유사룡과 우중문이 죽은 지 석 달, 2월과 더불어 봄이 왔다. 양 배때기는 이 봄을 기다린다고 했다. 지난가을부터 군량을 북쪽으로 수송하고 천하에 영을 내려 병정들을 뽑아 들인 배때기는 봄이 오면 다시 북으로 고구려를 쳐서 작년의 설욕(雪辱)을 하고야 말겠다고 반이나 미쳐 돌아간다는 소문이었다. 고구려를 이겨? 내 눈에도 뻔히 내다보이는 결말이 배때기의 눈에는 보이지 않는다? 이름이 친정(親征)이지 전지(戰地)에 나가서도 안전한 지대에 앉아 술잔을 기울이고 통닭이나 뜯던 자가 고구려군의 맛을 알 까닭이 없지. 자기 대갈통이 부서져야 겨우 아픈 줄 알 위인이다.

뭇 발자국소리가 다가오다가 대문 앞에 멈춰 서고 가마를 땅에 내리는 소리가 울렸다.

"어명이오—."

문을 두드리는 소리와 함께 길게 외치는 자가 있었.

집안이 왈칵 뒤집히고 종들이 이리 뛰고 저리 뛰었다. 지급은 침상에 엎드린 채 문을 비스듬히 열고 내다보았다. 한 패는 뛰어 나가 대문을 열어젖히고 나머지는 마당에 자리를 깔고 있었다. 조복(朝服)을 입은 원무달이 나졸들을 거느리고 문간에 버티고 서서 움직이지 않았다.

종들이 물러가고 중문이 열리면서 옷을 단정히 입은 아버지가 천천히 걸어 나와 자리 위에 무릎을 꿇었다. 원무달은 나졸이 받쳐 든 상자에서 종이 두루마리를 꺼내 들고 깊숙이 읍한 다음 목청을 높여 읽어 내려갔다.

"살피건대 지난해 고구려를 정토(征討) 함에 즈음하여 많은 장병을 잃고 소기의 목적을 이루지 못하였음은 몽매(夢寐)에도 잊지 못할 천추의 유한이로다. 이에 당시의 장수들이 각기 벌을 받았음은 천하가 다 아는 터이니라. 그중에서 우문술은 선전분투(善戰奮鬪) 하였으나 병량(兵糧)의 보급이 계속되지 못하여 나의 장병들을 잃었나니, 이는 군리(軍吏)들이 맡은 바 소임을 다하지 못하였음이요, 결코 술(述)의 죄가 아니니라. 내 이를 민망히 여기는 터인즉 마땅히 그 관작(官爵)을 복구할지어다."

아버지는 4번 절하고 일어섰다. 배불룩이 원무달이 다 읽은 조서(詔書)를 상자에 도로 넣어 아버지에게 넘기자 아버지는 이마까지 받들고 들어가다가 중문 뒤에 서 있던 어머니에게 건네주고 돌아섰다. 원무달은 얼른 쫓아가 절하고 일어서 두 손을 모아 쥐었다.

"진심으로 축하드립니다."

미풍에 흰 수염을 나부끼며 아버지는 고개를 끄덕이고 별다른 표정이 없었다.

"좌감문부 교위 원무달이올시다. 오늘 이렇게 장군을 뵈옵게 되니 분외의 영광입니다"

"원무달이라…."

아버지는 나지막이 그의 이름을 되뇌었다.

"폐하께옵서는 생각하시는 바가 있어 예고도 없이 오늘 이렇게 저를 보내신 것으로 알고 있습니다."

"사은숙배(謝恩肅拜)를 드려야겠는데 절차를 밟아 주게."

"곧 들어가 알아보고 제가 다시 오겠습니다."

원무달은 아버지의 발밑에 납죽하게 엎드렸다가 물러나와 대문 밖으로 사라졌다. 아버지는 한 손으로 이마를 가리고 지붕 너머 아침 해를 바라보는데 중문에서 화급을 선두로 집안사람들과 종들이 쏟아져 나왔다.

"아버지 반갑습니다."

화급은 입을 헤벌리고 웃었으나 아버지는 돌아보지 않았다.

"조만간 저희 둘도 관작이 복구되겠지요?"

아버지는 힐끗 눈길을 던지고는 중문으로 들어가 버렸다.

실컷 자고 눈을 뜨니 창살에 비친 해가 기울고 온 집안이 들먹거렸다. 조용한 가운데 잠시 거문고가 울리다가 여러 사람들의 너털웃음이 터지고 혀 꼬부랑소리로 떠들썩하는 자도 있었다.

지급은 일어서 옷을 차려입고 마당에 나섰다. 방마다 사람들이 가득 차고 술병이며 안주 접시를 든 종들이 마당을 분주히 오갔.

중문을 거쳐 안방에 들어서니 조복을 입은 아버지가 술상을 앞에 하고 화급이 드리는 잔을 받는 길이었다. 그는 말없이 화급의 옆에 앉았다.

"너희들은 말이다…."

아버지는 비운 술잔을 내려놓고 안주를 집으면서 말문을 열었다.

"…세상의 어려움을 모르는 것이 탈이다. 의식(衣食)은 으레 있는 것이구, 앉아 있어두 벼슬자리가 마땅히 올 것으로 알구 있단 말이다. 우리 우문씨 집안이 이쯤 되기까지 대대루, 특히 너의 할아버지(宇文盛)나 또 내가 겪은 고초는 이루 말할 수 없다. 전쟁에 나가서 죽을 고

비두 많이 겪었지. 귀화(歸化)해서 완전히 한족(漢族)이 됐고 너희들은 제 말조차 모를 지경에 이르렀지마는 선비족(鮮卑族)이 한족의 천하에서 장상(將相)에 오르고 더구나 국혼(國婚)을 통하게 되기까지는 피나는 노력이 있었다는 걸 잊어서는 안 된다. 조금만 잘못이 있어두 선비놈이기 때문에 저렇다고 손가락질을 하기가 일쑤다. 무슨 일이 있을 때마다 옛날 파야두(破野頭: 그들의 본성)라고 부르던 초라한 시절을 생각하고 언행을 조심하면 실수가 없을 게다…."

아버지는 또 한 잔 들이켜고 안주를 집었다.

"지금 어전에 나아가 감사의 말씀을 드리구 오는 길이다마는 작년의 대패전(大敗戰) 후로 폐하께서는 유달리 성미가 날카로워지시고 신하들이 아뢰는 충언도 좀처럼 받아들이는 일이 없어지셨다. 내가 오늘 너희들에게 이런 이야기를 하는 것두 여태까지처럼 언행을 삼가지 않다가는 신명(身名)을 보전하기 어려운 형편이기 때문이다. 옛날 조상 때의 보잘것없는 파야두라 생각하구 일거일동에 조심해라. 특히 이 애비의 관작이 복구됐다구 전같이 생각했다가는 큰 변을 당할 게다."

아버지가 수염을 내리 쓰다듬는데 지급은 새 잔을 드리고 물었다.

"이번에 아버지두 출정(出征)을 하십니까?"

"그럼."

아버지는 반쯤 마시고 그를 건너다보았다.

"넌 어떻게 할 작정이냐?"

"전 그만두겠습니다."

지급은 잘라 말했다. 벼락이 떨어질 것을 각오했으나 아버지의 목소리는 담담했다.

"그만둔다…."

잠자코 있는데 뚫어지게 바라보던 아버지는 서두만 꺼내고 말끝을 흐렸다.

 어머니와 두 아들이 조복을 벗기자 아버지는 그대로 침상에 누워 한 팔을 이마에 얹었다. 이미 전 같은 대장군이 아니고 흰 수염에 뺨이 쑥 들어간 노인에 지나지 않았다.

 달이 바뀌어 3월이 오자 북쪽으로 가는 군대는 부쩍 늘고 탁군에 집결했던 1백만 대군이 진군을 개시했다는 소문이 돌았다. 황제의 친정(親征)을 앞둔 동도(東都)에는 각 처에 깃발이 나부끼고 보병과 창기병들이 거리를 누비고 지나갔다. 갖가지 무기를 실은 수레들은 꼬리를 물고 북행길을 더듬어 가고 아버지는 이른 아침에 대장군영으로 나가면 깊은 밤에야 돌아왔다.

 친정군(親征軍)이 떠나는 날은 바람 한 점 없는 화창한 날씨였다. 새벽부터 대오(隊伍)를 정제하고 성문으로 쏟아져 나간 병사들은 낙수(洛水)에 줄을 지어 대기하고 있는 1천여 척의 배에 오르고 창기병들은 양 둑에 늘어서 전진태세를 갖추었다.

 황제 양광이 수천 기병들의 호위를 받으며 높은 장수들을 거느리고 당도하자 주악이 울려 퍼지고 낙수 안팎의 수만 병사들은 그를 향해 군례를 올렸다. 사방을 둘러보며 고개를 끄덕이던 황제는 말을 버리고 천천히 강둑을 내려 태상기(太常旗)가 나부끼는 중앙의 용주(龍舟)로 들어갔다. 지급은 동문 밖 낮은 언덕에서, 황제의 뒤에 바싹 붙어 배 안으로 사라지는 아버지의 뒷모습을 바라보았다. 전 같은 활기는 찾아볼 수 없고 옆에 찬 칼이 힘에 겨운 듯 쇠잔한 걸음걸이였다.

 북소리에 이어 무수한 노(櫓)들은 물거품을 일으키고 배의 행렬은 동으로 움직이기 시작했다. 높고 낮은 언덕이며 길가에 몰려 배웅하던 노인과 부녀자들은 소리 없이 눈물을 머금고 목을 놓아 우는 젊은 여자들도 적지 않았다.

신록(新綠)의 수양버들 사이를 누비고 멀리 아지랑이 속으로 사라져 가는 배의 행렬과 그 양 둑 기병들의 모습에 여름철의 하루살이들을 연상했다. 어찌하여 고구려는 너무나 강하고 중국은 너무나 약한 것인가. 유독 양 배때기만이 이 현실을 모르는 것은 무슨 까닭인가. 중국의 우환은 양 배때기였다.

# 장군의 아내의 짧은 행복

　신록(新綠)의 무여라(武厲羅) 벌에 중국군의 행렬은 그칠 줄 모르고 계속되었다. 아침 햇살과 더불어 지평선에 나타난 검은 점은 차츰 덩어리로 확대되고 덩어리는 인마(人馬)와 깃발의 행렬로 뚜렷이 모습을 드러냈다. 한 부대가 끝나고 한동안 잠잠하다가는 다른 부대가 뒤를 잇고, 또 그 뒤에도 꼬리를 물고 왔다.
　간밤을 숲속에서 지새운 능소는 조반을 마치자 동행한 돌쇠를 재우고 혼자 나뭇잎 사이로 적을 감시하고 있었다. 지루하게 다가오던 행렬은 오정 때 눈 아래 한길을 지나갔다. 1천여 명의 기마부대가 선두를 천천히 전진해 가고 뒤에는 끝없는 보병의 연속이었다. 어제 하루 종일과 밤새 무수한 기병들이 이 길을 지나가고 오늘은 보병의 차례인가 보다.
　병력과 보급이 따로 떨어져 가던 작년의 적과는 달리 2, 3백 명의 작은 부대마다 뒤에는 반드시 군량을 실은 달구지들이 붙어 갔다. 전보다 나이 먹은 병정들이 두드러지게 많고 앳된 얼굴의 병정들도 적잖이 눈에 띄었다. 먼 길에 지쳐 고개를 떨어뜨리고, 개중에는 옆에 가는 친구의 어깨에 한 팔을 두른 채 발을 절며 끌려가는 축도 있었다.

해가 기울고 나무그늘들이 길게 벌판에 깔려서야 잠이 깬 돌쇠가 일어나 앉았다.

"너무 오래 잤습니다."

"괜채이타."

지나가는 적군을 오래도록 지켜보던 돌쇠는 탄식조로 속삭였다.

"도대체 이 전쟁은 언제 끝날 것 같습니까?"

"그게사 어떻게 알겠니야?"

"없애도 오구 또 오구, 중국놈들의 씨는 무진장인가 부지요?"

" … 이 세상에 무진장이라는 게사 있을라구."

능소는 새싹을 깔고 드러누웠다. 잎이 트기 시작한 느티나무 가지 사이로 푸른 하늘이 얼굴을 내밀고 가까운 숲에서는 알을 낳은 까투리의 울음소리가 들려왔다.

밭에서 일하는 상아의 고달픈 모습이 떠올랐다. 일손이 없으니 씨도 제대로 뿌렸을 리 없었다. 설이 지나자 왕서방은 국경지대의 다른 포로들과 함께 요동성으로 끌려간 후 소식이 없었다. 멀리 동방 어느 철산(鐵山)에서 쇠를 파내는데 전쟁이 끝나야 돌려준다는 얘기였다.

2월 초에 자기도 다시 군에 들어왔다. 여자 한 사람의 손으로 짓는 농사가 신통할 것도 없는데 그나마 병약한 상아 혼자 감당할 수 있는 일이 아니었다. 그러나 저러나 지금쯤은 온 동네가 다시 요동성으로 이사해 들어갔으리라.

이번 농사를 망치면 2년 추수를 못하는 것이니 양식이 큰 걱정이었다. 돌아간 두 어머니는 모두 살림꾼이라 아끼고 장만해 두어서 그럭저럭 금년은 넘긴다 하더라도 내년 봄부터는 막연했다. 적이 저렇게 자꾸 쳐들어오면 나라에서 군량미를 마련하는 것도 쉬운 일이 아닐 것이다. 비축미가 있고 전화(戰火)를 입지 않은 지역도 넓기는 하지마는 기름진 요동땅이 싸움터가 된 데다가 일할 만한 장정들은 모두 군에 나가고 보면 농사가 제대로 될 까닭이 없었다.

눈을 감는데 달밤에 도망치던 지루의 뒷모습이 나타났다. 그놈의 종적을 여태 찾지 못한 것을 생각하면 치가 떨렸다.

그 밤으로 동네 사람들은 창을 들고 지루네 야장간에 몰려갔으나 가슴에 칼을 맞은 중국종의 시체가 부엌에 고꾸라져 있을 뿐이었다. 돌아온 그들은 우만 노인을 가운데 앉히고 의논 끝에 당장 사람을 요동성에 보내서 관가에 알리고 한편으로는 의원도 불러오고 장례채비도 서둘러 주었다.

우만 노인이 시키는 대로 어머니는 이튿날 장사 지냈으나 상아는 종시 정신을 차리지 못하다가 사흘 뒤에야 깨어났다. 한시바삐 이 집을 떠나자고 조르는 바람에 동네청년들에게 부탁해서 옛집을 닦아내고 이사를 했다.

두려움을 모르던 상아는 조그만 일에도 가슴이 떨린다 하고, 해만 떨어져도 혼자 밖에 나가기 싫어했다. 검은 그림자가 덮치는 것만 같다는 것이었다. 자다가도 피투성이가 된 어머니가 꿈에 나타났다면서 몸을 떨며 다가드는 통에 한밤을 꼬박 새우는 일도 드물지 않았다. 용하다는 무당을 불러 푸닥거리도 몇 번 해보았으나 별 효험이 없었다.

대낮에도 집안에 혼자 있기가 무섭다는 바람에 아픈 다리를 만지면서 집을 떠나지 못했다. 건장한 왕서방이 나무를 넉넉히 해다가 불을 때고 말을 손질해 주는 것이 다행이었다. 그러면서도 상아는 하루에도 몇 차례 원수를 갚지 못하는 것을 한탄했다.

관가에서 전국에 영을 내렸다는 소문이 마을에 퍼졌다. 화공을 데리고 와서 지루의 생김새를 일일이 물어 화상도 그려 갔으나 겨울이 다 가도록 지루가 붙들렸다는 소식은 없었다.

해가 바뀌면서 다리의 상처도 아물어 붙고 상아도 많이 안정되었
다. 왕서방이 끌려가던 날 병사들이 앞뒤에서 지키는 가운데 멀어져
가는 중국종들을 지켜보던 상아는 서운한 표정이었다.
"참 앙이됐네."
"그눔덜이 또 쳐들어온당이까 할 쉬 없지."
말도 불평도 없이 충실하게 일하는 왕서방에게는 자기도 정이 갔
다. 고향 사천(四川)에는 부모도 있고 처와 돌이 갓 지난 딸도 있다고
했다. 처지를 바꿔 생각해서 좋게 대해 주었었다.
"설마 왕서방이사 내통할라구."
"왕서방두 중국 사램이야."
추운데 오래 서 있는 것이 해로울 것 같아 상아를 재촉해서 집에 들
어왔다.
"중국 사램이래두 지루보다는 낫지."
등디목에 앉아 불에 손을 쬐던 상아가 혼잣말같이 중얼거렸다.
"전쟁이 터지기 전에 그눔알 찾아내야겠는데 … 이젠 혼자 있을 만
하지?"
"글쎄 …."
상아는 망설였다.
"이러다가는 천생 원쉬도 못 갚구 마는 게야."
"내사 우만 아바이너어 집에 가 있으문 되지마는 당신이 걱정이 돼
서 그래."
상아는 그를 건너다보았다.
"앙— 이, 내가 걱정 된다?"
"하두 영악한 눔이 돼서 …."
"영악한 눔은 영악하게 다루면 되지."
다음날 아침에 떠날 때 우만 노인은 말갈기를 쓰다듬으면서 일러

주었다.

"막다른 대목에 몰린 자는 꾀와 용기를 내는 법이네. 복수하다가 흔히 도로 치우는 일이 있응이 조심하랑이."

헛일인 줄 알면서도 우선 요동성에 달려갔다. 그럴만한 집은 다 가보았으나 역시 아무도 보았다는 사람은 없었다. 전에 야장으로 끌려가 일했다는 평곽(平郭: 지금의 개평 부근)에도 잠깐 들렀다. 천하의 야장들이 다 모인 듯 쇠를 두드리는 소리가 요란했다. 초병은 위에서 내려온 지루의 화상을 갖고 작년 겨울 이후에 들어온 자를 일일이 대조했으나 없더라고 잘라 말했다. 미심쩍으면 며칠 묵으면서 찾아도 좋다는 것을 그대로 말머리를 돌렸다. 애초부터 지나는 길에 들르는 심사로 기대는 걸지 않았었다.

사돈의 팔촌까지, 지루와 조금이라도 왕래가 있는 사람들은 한 번씩은 다 불려가서 문초를 받았고, 관원들이 나와서 집도 샅샅이 뒤졌다는 소문이었다. 적어도 자기가 아는 한에서는 남은 것은 올챙이밖에 없었고, 마을을 떠날 때부터 그리로 목표를 잡았었다.

평곽에서부터는 곧장 동남으로 방향을 잡았다. 질러서 8백 리 길을 쉬지 않고 달려 사흘 만에 올챙이의 고향 드렁골에 찾아들 때는 가슴이 뛰었다. 반드시 여기 있을 것 같고, 동시에 여기 없을 때의 실망이 미리부터 머리를 쳐들어 종잡을 수 없었다.

바싹 다가선 산에는 흰 눈이 뒤덮이고 하오의 마을은 잠자듯 고요했다. 비류수(沸流水)의 빙판을 가로질러 동네로 들어가는데 키가 훌쩍 큰 청년이 사립문을 열어젖힌 마당에서 마철을 갈아 박고 있었다.

"여기가 드렁골에 틀림없소?"

말을 내린 능소는 사립문으로 들여다보고 물었다.

"틀림없소."

청년은 일손을 쉬고 돌아보았다.

"올챙이너어 집이 어느 게오?"

"올챙이는 왜 찾소?"

청년의 눈빛이 달라졌다.

"그 집에 혹시 낯선 사램이 와 있재이오?"

청년은 손에 들었던 망치를 내려놓고 다가왔다.

"들어오시오."

"질이 바빠서, 그 집이나 가르체 주시오."

"들어와 얘기합시다. 올챙이는 없소."

능소는 가슴이 내려앉으면서도 무슨 곡절이 있는 듯한 예감에 말을 문기둥에 매고 청년을 따라 바당으로 들어갔다.

"그 찾는 사람은 어떤 사람이오?"

청년은 수인사도 않고 부뚜막에 걸터앉아 긴장한 얼굴로 물었다.

"여기두 방이 나붙었을 게오. 지루라고 살인범이오."

"흐흥, 그놈이었을지 모르겠군."

"무슨 일이 있었소?"

"올챙이는 죽었소."

"죽어요?"

능소는 앞이 캄캄했다

"죽었소. 지루를 잘 아시오? 무슨 일루 찾소?"

"방에 나붙은 피해자의 사위 되는 사람이오."

"지루하고 올챙이는 어떤 사이오?"

"같이 싸웠소."

"십상팔구 그놈에 틀림없군. 지루는 나도 요동성에서 한동안 같은 군영에 있던 사람이오."

"그눔이 여기 와서 올챙이를 쥑엤단 말이오?"

"지금 얘기를 들으니 그런 것 같소."

"그럼 어째 앙이 붙잡았소?"

"봐야 붙잡죠. 내 얘기를 들어보시오."

청년은 바가지로 동이의 물을 퍼마시고 계속했다.

"올챙이가 전쟁에서 돌아오자 내 동생하고 정혼하지 않았겠소. 시아버지 혼자라 딸린 식구두 없고 잘 살아왔지요. 그런데 열흘 전이오. 밤중에 개들이 짖어대기에 또 짐승이 내려왔나 부다 생각하고 그냥 잤는데 아침에 일어나는데 그게 아니란 말이오. 조반 먹으러 강선(降仙)이네 집에 어슬렁 가지 않았겠소. 강선이는 동생 이름이오. 사립문을 당기니 가슴에 칼을 맞은 올챙이가 자빠져 있단 말이오. 그때 놀란 생각을 하면 … 겁결에 강선이를 부르면서 바당으로 뛰어드는데 문턱 밑에 역시 가슴에 칼이 꽂힌 영감이 고꾸라져 있고, 강선이는 종적이 없단 말이오. 방문들을 열어젖히고 돌아가는데 바닥에 그 애 머리칼이 무더기로 뒹굴지 않겠소 …."

청년은 말을 끊고 한숨을 내쉬었다.

"작년 10월이 앙이구 열흘 전이오?"

듣고만 있던 능소가 물었다.

"열흘 전이오. 사람들이 모여들고 관가에 달려가고 했지마는 무슨 소용이 있소? 죽은 사람은 말이 없고 강선이는 종내 사라지고, 이게 귀신이 곡할 노릇이 아니오?"

"그래 아무런 흔적도 없었소?"

"집 앞에 말굽자국이야 있었지요. 허지마는 행길까지 따라 나가고는 그만이란 말이오. 말 타는 사람이 어디 한둘이오?"

"그게 지루라고 합세다. 갈 만한 고장으로 마암에 지피는 데가 없소?"

"없지요. 고향이 옥저마을이라는 것밖에 모르오."

도중에 숨었다면 어디 숨었을까? 통 짐작이 가지 않았다.

마지막 희망이 허탕으로 끝난 능소는 아무리 생각해도 집으로 돌아오는 수밖에 없었다. 하룻밤 쉬어 가라고 말리는 청년을 뿌리치고 곧바로 말을 북으로 몰았다.

다시 군대에 들어와서 약광 장군의 명령으로 요하를 건너 적의 점령하에 있는 무여라(武厲羅)에 드나드는 것이 주요한 임무였다. 이번에는 세 번째로 돌쇠와 단둘이 건너와서 꼬박 열흘을 이 글안마을 근처에서 보냈다. 동북으로 무여라 성과 남동으로 안시성(安市城) 대안을 목표로 대병력(大兵力)은 줄기차게 이동하고 있었다.

느티나무 그늘에 누운 능소는 생각을 털어버리고 잠을 청했다. 내일 일은 내일 생각하고 내년 일은 내년에 가서 보리라.

어렴풋이 잠이 들려는데 돌쇠가 옆구리를 지르는 바람에 얼른 일어나 한길을 훑어보았다. 보병들은 시야에서 사라지고 다가오는 기병대 열은 흙먼지를 일으키며 지평선까지 뻗치고 있었다. 돌쇠는 오색 깃발들을 쳐들고 달리는 2, 3백 기 뒤에 한층 높이 휘날리는 큰 기를 가리켰다.

"양광의 태상깁(太常旗)니다."

능소는 푸른 바탕에 노란 실로 해와 달과 별 다섯을 수놓은 수(隋) 나라 황제의 기를 주시했다. 마상의 군관이 수직으로 거머쥔 깃봉 위에서 기폭은 알맞게 바람을 받아 휘말리지도 처지지도 않았다. 백여 보 뒤에는 백마에 올라탄 인물을 중심으로 장군들이 전후좌우를 에워싸고, 주변에는 창을 수평으로 꼬나든 기갑병(騎甲兵)들이 전진하였다.

태상기가 지나가고 백마의 주인공 양광이 정면에 나타났다. 40대의 황제는 마상에서 둥근 배를 내밀고 상반신을 약간 뒤로 젖힌 채 똑바로 앞을 보고 달리다가 이쪽을 천천히 돌아보았다. 이백 보는 족히 떨어졌어도 능소의 밝은 눈에는 표정 하나하나가 역력히 들어왔다.

무뚝뚝한 얼굴에 두 눈이 빛나고 사람을 위압하는 기풍이 있었다. 그 넓은 땅과 많은 백성을 호령하는 자는 역시 다른 데가 있다고 생각하는데 양광은 얼굴을 돌리고 일행은 숲길로 접어 들어갔다.

능소는 다시 풀밭에 누워 눈을 감았다. 방금 본 양광의 인상이 선명하게 남아 있었다.

여간한 성미가 아닐 것이 분명하고 따라서 작년에 그렇게 뚜드려 맞고도 해동(解凍)하자 또 쳐들어오는 연유를 알 만했다. 결국 이 전쟁은 어느 한쪽이 철저히 이겨서 상대를 짓밟아 버리기 전에는 끝이 없을 것 같았다.

황혼에 잠이 깨니 적의 행렬은 끝나고 하늘에는 별이 하나둘 나타났다. 그는 하품을 하고 천천히 일어나 앉았다. 주머니에서 콩떡을 꺼내 입으로 가져가는데 이야기 소리가 들리는 듯했다. 그는 돌쇠의 어깨에 한 손을 얹고 귀를 기울였다. 말굽소리가 차츰 커지면서 간간이 사람의 말소리가 뚜렷이 들렸다.

"초병(哨兵)들을 배치하는 중입니다."

돌쇠가 속삭였다. 멀지 않은 고장에 아까 지나간 어느 부대가 야영을 하는 모양이었다. 어스름 속을 다가온 10여 명의 말 탄 그림자들은 삼차로(三叉路)에 일단 정지하여 무어라고 떠들썩하다가 두세 명을 남기고 서남쪽으로 뻗은 길로 사라져 들어갔다.

능소는 말 탄 채 삼차로에 우두커니 멈춰선 두 그림자를 바라보면서 떡을 씹었다. 적의 주력은 작년과 마찬가지로 동북방의 무여라 성 일대에 집결하는 모양이고 오늘 본 양광도 그리로 가는 것이 어김없었다. 그러나 며칠 전에는 동남으로 곧장 요하를 향해서 진군하는 부대들도 적지 않았다. 눈앞의 초계선(哨戒線)을 돌파하더라도 그 저쪽에는 얼마든지 적군이 있을 것이었다. 짙어가는 어둠 속에 삼차로의 적병은 이미 보이지 않았다.

식사를 마친 능소는 두 손으로 뒷머리를 괴고 누워 하늘에 총총한 별들을 바라보았다. 무한히 높고 깊고 넓은 것이 하늘나라요, 죽어서 그 속에 깨끗이 녹아 들어간다면 죽는 것은 그대로 거룩한 일로 생각되었다.

"어떻게 할까요?"

돌쇠가 귓속말로 물었다.

"가야지."

적의 황제 양광이 나타날 때까지 잠복해 있다가 나타나면 즉시 달려와서 알리라고 하던 약광 장군의 명령을 생각했다. 요동성까지 350리, 적어도 이 밤 안으로 2백리를 달려 요하(遼河)는 건너 두어야 했다.

숲속 깊숙이 들어가, 숨겨둔 말에 올라타면서 능소는 나지막이 속삭였다.

"곧장 행길에 나가자."

돌쇠는 앞장서 오솔길을 달리기 시작했다. 길옆으로 흐르는 시냇물 소리가 유난히 귓전을 쳤다.

삼차로에 다가가면서 돌쇠가 크게 기침을 하고 고삐를 당겨 보도(步度)를 늦추자 어둠 속에서 고함이 터졌다.

"스웨이야(누구야)?"

"워야 워야(나야 나)."

돌쇠는 그대로 전진하면서 크게 소리를 질렀다. 모습을 감춘 적병이 다시 외치자 돌쇠는 말을 멈춰 세우고 성난 듯 무어라고 마구 호통을 쳤다.

적병의 목소리는 부드러워지고 돌쇠는 채찍을 퍼부었다. 능소는 그의 뒤에 바싹 붙어 말을 달리면서 재작년 초여름 대왕산에서 돌아오는 길에 적중을 돌파하던 일을 생각했다. 비가 억수같이 퍼붓는 밤이었건만 악착같이 달라붙어 캐어묻는 자들과 한바탕 싸움을 치르고야 빠져나올 수 있었다. 말 한마디로 쑥 들어가는 초병(哨兵), 무여라 성으로 몰려간 병정들을 보나 이 초병을 보나 적은 몇 등 떨어진 것이 확연했다.
그는 채찍을 휘둘러 돌쇠와 나란히 달리면서 일렀다.
"이제부터는 지체 말고 그양 내밀어라."
그들은 어둠을 헤치고 동남으로 뻗은 큰 길을 휩쓸고 갔다. 도중에서도 가끔 외치는 자가 있었으나 그때마다 돌쇠가 한마디 고함을 지르면 그만이었다. 때로는 아무 응대도 하지 않고 곧추 달려도 뒤쫓아오는 적은 없었다.
자정이 지나 마주 보는 동녘 지평선에 초승달이 나타나면서부터는 더욱 속도를 빨리하여 말들은 네 굽을 걷어안고 달렸다. 풀섶에서 선잠을 깬 적의 초병들은 건성으로 묻고, 간혹 머리를 쳐들고 눈여겨보다가는 잠자코 다시 풀 위에 축 늘어지는 자들도 있었다. 자기들을 건드리지 않는 한 적이건 우군이건 알 바 아니라는 태도였다.
먼동이 트면서 서북방에 굽어 흐르는 요하의 넓은 물줄기가 희미하게 눈에 들어왔다. 밤새 흘린 땀에 온몸이 축축하고 찬 기운이 등골을 스쳐갔다. 그들은 길가에 내려 땀을 씻으면서 전방을 더듬어 보았다. 숲이 우거진 검은 언덕을 넘어서면 요하의 나루터가 있을 것이었다.
길을 비켜 자작나무 그늘에 들어가 말에 풀을 뜯기고 입속에서 엿을 녹이는데 앞에서 떠들썩하고 비명이 울렸다. 그들은 얼른 말고삐를 채어 엎드리고 풀잎 사이로 내다보았다. 1백여 명의 적 병정들이 창을 거꾸로 메고 무질서하게 언덕을 넘어오고 있었다. 우군이 미명(未明)에 요하를 건너 기습을 가한 모양이었다.
"가자."
능소는 잽싸게 말에 올라 내닫고 돌쇠가 뒤를 따랐다. 적의 후미에서 창을 휘둘러 짓밟고 돌아가는 우군 기병들의 모습이 눈에 들어왔다. 능소는 무어라고 외치며 선두를 달려오는 놈을 목표로 돌진했다.

장군의 아내의 짧은 행복

놀란 적병은 창을 떨어뜨리고 미끄러지듯 주저앉아 두 손을 쳐들었다.

가슴패기에 창을 꼬나박았다 빼는데 뒤쫓아 오던 놈들은 넋 잃은 비명을 지르며 뿔뿔이 흩어져 옆으로 달아났다. 돌쇠도 강을 건너온 우군들 틈에 끼어 죽자 사자 도망치는 적을 쫓아 말을 달렸다. 능소는 길을 가로질러 달리는 지휘자를 향해 외쳤다.

"어떻게 된 일잉야?"

달려와서 말을 내리는 젊은 20인장은 요동성에서 보던 얼굴이었다.

"하두 꼴보기 싫어 족치러 건너왔습니다."

능소는 꽤 멀리까지 적을 쫓아간 병사들을 바라보며 일렀다.

"이제 그만하지."

20인장이 돌아서 호각을 불자 병사들은 쫓던 적병을 팽개치고 고삐를 틀어 달려왔다. 그들 중에도 낯익은 얼굴들이 두셋 있었다.

"척후(斥候)로 갔다 오시는 길인가요?"

선두를 나란히 가면서 젊은 20인장이 물었다.

"응, 네 임무는 무시기야?"

"나루터 초장(哨長) 입니다."

"좀 객기를 낸 것 같은데…."

20인장은 시무룩했다. 언덕에 올라서니 날은 환히 밝고 동녘 하늘이 붉게 물들었다.

"언제부터 여기 왔니야?"

능소는 언덕을 내려 강변에 접어들면서 물었다.

"닷새 전에 교대했습니다."

"적은 언저게 오구?"

"그날 밤에 왔습니다."

20인장은 상반신을 뒤로 틀고 한 손을 앞으로 저었다. 20여 명의 장병들은 박차를 가하여 말 탄 채 요하로 전진해 들어갔다. 4월초의 이른 아침 강물은 어지간히 찼으나 누구 하나 상을 찌푸리는 사람은 없었다.

"요동성에서 별다른 소식은 없었지?"

대안에 올라서자 능소가 물었다.

"못 들었습니다."

"또 보자."

능소와 돌쇠는 그대로 말을 몰기 시작했다. 벌판을 50리 달려 소요하〔小遼河: 혼하(渾河)〕와 대량수〔大梁水: 태자하(太子河)〕가 합치는 대목에서 강을 건널 무렵에는 해가 중천에 떠올랐다. 그들은 육포와 엿을 씹으면서 좌안을 쉬지 않고 말을 달렸다. 작년 이맘때는 이 길을 거꾸로 딜려 무어라로 돌아갔었다. 그때와 마찬가지로 밭에는 곡식보다 잡초가 성하고 어쩌다가 내왕하는 병사들 외에는 사람을 찾아볼 수 없었다. 땅 위를 낮춰 스쳐가는 제비의 모습조차 작년과 흡사했다. 어쩐지 늘어진 자연 속에서 홀로 사람만 분주한 듯했다.

요동성(遼東城)에 도착한 것은 해질 무렵이었다. 서문(西門)으로 들어간 능소는 오고 가는 사람들을 눈여겨보았으나 상아의 모습은 없었다.

약광 장군 처소 주변에는 전에 없이 많은 병사들이 늘어서고 정문에는 마리치기(旗)가 나부꼈다.

"못 들어갑니다."

초병들이 앞을 막아섰다.

"그럼 긴급히 장군께 전해라. 군관 능소가 방금 글안마을에서 도착했다구 말이다."

한 명이 앞마당을 가로질러 본영으로 뛰어갔다. 능소는 허리를 꾸부리고 바지에 달라붙은 먼지를 털고 신발의 흙을 닦았다.

"들어오시랍니다."

돌아온 병사가 일렀다. 능소는 돌쇠에게 말고삐를 넘겨주고 그의 뒤를 따라 영문으로 들어갔다.

대방(大房)에 들어서자 정면 중앙에 을지문덕, 건무 두 장군, 그 좌우에 연자발, 약광을 비롯하여 4, 5명의 낯선 장군들이 좌정하고 수십 명의 처려근지(處閭近支: 성(城)의 최고책임자)들이 그 앞 긴 걸상에 줄을 지어 앉아 있었다. 문간에서 인사를 드리고 일어서는데 약광 장군이 손짓으로 불렀다.

능소는 뭇 시선을 받으며 앞으로 나가 장군 앞에 섰다.

"어제 미시(未時) 말에 양광이 글안마을 동쪽 50리, 삼차로를 지나 무여라 성 방향으로 갔습네다."

물을 끼얹은 듯 조용한 가운데 천정에 울리는 자기 목소리가 유난히 크게 들렸다. 사이를 두고 일어선 약광 장군이 입을 열었다.

"그리 앉지."

능소는 장군이 가리키는 뒷자리에 가서 앉았다.

"회의가 잠시 중단되었습네다마는 여러 처려근지들의 보고는 대충 끝난 듯합니다. 마지막으로 마리치 각하의 말씀이 있겠습네다."

약광 장군이 한마디 하고 앉자 을지문덕 장군이 일어섰다. 서창에 비친 햇살에 흰 수염이 유난히 빛나고 이마의 주름은 작년보다 훨씬 깊숙이 패였다.

"각 성의 방비는 대개 염려 없는 것으로 생각하오."

서두를 뗀 장군은 고개를 돌려 능소에게 잠깐 눈길을 던졌다가 계속했다.

"양광이 무여라 성으로 향했으니 적은 며칠 안에 요하를 건너 침공해 들어올 것이오. 항전(抗戰)의 대강에 앞서 피아(彼我)의 역량을 옳게 파악해 두어야 하겠소. 적은 작년의 패전에서 엄청난 병력의 손실을 입었소. 살수(薩水)에서 30만의 전사자와 포로를 냈고, 이 요동평야에서도 막대한 손해를 보았소. 이 밖에 부상을 입은 자와 요하 저편의 무여라 벌에서 사상을 입은 자들은 합치면 대체로 전 출정군의 반을 잃은 것으로 추측하고 있소."

장군은 오리병을 기울여 주발에 냉수를 따라 마셨다. 적이 크게 부서진 것은 알고 있었으나 이 지경인 줄은 몰랐다.

"이에 적은 막심한 병력 부족을 보충하기 위해서 나이 지난 장년층과 아직 어린 소년들까지 무차별 징발하는 한편 자원(自願)하는 자에게는 단번에 효과(驍果)의 계급을 주어 충원(充員)에 광분해 왔소. 그러나 가장 주목할 것은 작년의 참패로 중국 천지에는 고구려 공포증이 휩쓸고 있다는 사실이오. 양광을 빼고는 장상(將相) 이하 모두 고구려와 싸우면 반드시 진다는 생각에 사로잡혔고, 백성들은 작년 전쟁에 나갔다가 돌아오지 않는 자가 대략 열 집에 한 명씩은 있는지라 병정에 끌려가면 어김없이 죽는다는 두려움에 떨고 있소. 이로 말미암아 기골이 있는 청년들은 병역을 피해서 도망치고 끌려온 것은 보잘것없는 과년 또는 연소한 자들이 대부분이오. 작년과 마찬가지로 숫자는 1백만을 넘는다 하더라도 그 전투 역량은 훨씬 떨어진다고 보아 무방하오.

다음으로 주목할 것은 그들의 국내에 내란(內亂)의 징조가 보인다는 사실이오. 작년에도 양광이 출정한 틈에 병역을 피한 자들이 산수(山水) 간에 숨어 떼도둑으로 화한 일이 있소마는 금년에는 이런 풍조가 더욱 농후하다는 소식이오. 여기다가 전사자의 유가족과 새로 병정에 끌려나온 자들의 가족은 불평불만이 대단하여 민심은 이미 양광을 떠났소. 민심을 잃고는 권세를 보전하지 못한다는 것은 고금의 통칙이오. 적의 형편이 이런즉 이번에 큰 타격을 입히면 거의 재기불능(再起不能)일 것이오.

반면에 우리 고구려는 작년의 대승(大勝)으로 온 국민이 의기충천

해 있고, 우리 군대는 천하에 당할 자 없는 일당백(一當百)의 정병(精兵)이오. 싸우기 전에 승패는 이미 결정되어 있는 것이오. 다만 한 가지 모든 군인, 모든 백성들로 하여금 철저히 준수케 할 일은 식량의 절약이오. 이에 대해서는 누차 지시한 바 있으니 되풀이하지 않겠소.

이러한 정세하에서 우리는 어떤 태세로 이번 전쟁에 임할 것이냐, 이것을 분명히 해두어야겠소. 우선 양광의 전략이 문제인데, 작년에 나왔던 지휘관들은 패전의 주요한 원인을 군량(軍糧)의 보급이 제대로 안 된 데 있다고 보고했고, 양광도 그렇게 믿고 있소. 그들은 책임상 전투 지휘가 서툴렀다든가 병사들이 단련이 안 되어 허약했다는 것은 입 밖에 내지 못했던 것이오. 그래서 적은 작년 가을부터 이 봄에 걸쳐 무여라 일대에 많은 식량을 실어다 쌓아 두었고, 군대의 편제에도 전투와 보급을 밀착시켜 식량에 곤란을 받는 일이 없도록 개편했소. 또 작년에 우리 복병(伏兵)들 때문에 큰 타격을 입은 것을 감안하여 제2선의 보급도 충분한 호위를 붙인 대부대 단위로 나올 것이 예상되오.

따라서 무여라에 건너가 적의 병참선을 공격하는 부대의 지휘관은 휘하 병력을 몇 개의 대단위부대로 편성하여 요소를 통과하는 적의 보급부대를 집중 공격해야 할 것이오. 요하에서 남하하여 평양성으로 진격하는 적도 작년과는 달리 처음부터 대병단(大兵團)이 한꺼번에 진격하여 보급부대와 병진할 것이니 작년 같은 보급의 교란을 위주로 하는 소부대 단위의 공격으로부터 대부대 단위의 기습공격으로 전환할 필요가 있소. 연자발 장군으로부터 이미 지시가 있은 것으로 알거니와 연도 제성(沿道諸城)은 만반의 차비를 갖추고 대기하오."

장군은 잠시 말을 끊고 좌중을 둘러보았다.

"이번에는 대체로 압록강 이남, 다리내(橋川) 이북의 지역을 결전장(決戰場)으로 삼고 적이 압록강의 도강을 완료하는 즉시 총 공격을 개시하여 그들을 압록강에 쓸어 넣을 작정이오. 그러므로 이에 이르기까지 도중의 각급 지휘관들은 정면충돌을 피하여 병력을 온존(溫存)하되, 야습(夜襲)과 기타 각종 기습으로 보급을 혼란에 빠뜨리고 되도록 많은 병력을 살상하여 적으로 하여금 피로곤비케 하고 전의(戰意)를 상실케 할 것이며, 적이 통과한 연후에는 연자발 장군 총지휘하에 이를 추격하여 남방군과 함께 압록강에서 몰살해야 하겠소. 약광 장군이 지휘하는 북방 제성의 군대는 각각 끝까지 성을 사수하여 적 공격군의 발을 묶어 두어야 하오.

각자의 자세한 임무는 따로 명시(明示)하겠거니와 고위 지휘관인 당신들은 이와 같은 우리 전략의 대강을 머리에 넣고 전투 지휘에 유루가 없기를 바라오."

장군의 얘기가 끝나자 약광 장군의 구령으로 일어선 처려근지들은 한 무릎을 꿇어 절했다. 을지문덕 이하 장군들은 옆문으로 별실에 들어가고 처려근지들은 말없이 돌아서 밖으로 흩어져 나갔다.

맨 뒤 구석에 섰던 능소는 마지막 처려근지의 뒤를 따라 마당에 한 발 내디뎠다. 해는 이미 떨어지고 방마다 불이 켜지기 시작했다.

이튿날, 사흘 동안의 휴가가 내린 능소는 조반을 마치는 길로 영문을 나섰다. 간밤에 군영에서 들은 얘기로는 주변 백성들은 며칠 전에 모두 성안으로 들어왔다고 했다. 그는 가벼운 발걸음으로 한길을 걸어갔다.

십자로에서 우(右)로 꺾어드는데 북문 쪽에서 말을 달려오는 군관이 눈에 들어왔다. 뒤에 4, 5기를 거느린 군관의 말 탄 모습은 아무래도 어디서 본 것 같았다. 눈을 떼지 않고 다가갔으나 저쪽에서는 그대로 먼지를 일으키며 달려왔다. 살수에서 같이 싸우던 젊은 연개소문이었다. 곧바로 오다가 자기를 알아보고 급히 고삐를 틀어 세우는 바람에 말은 반원(半圓)을 그리고 옆으로 돌다가 멈춰 섰다.

"능소 아니냐?"

"이번에도 마리치 각하를 모시고 오셨습네까?"

능소는 절하고 일어섰다. 연개소문의 맑은 눈이 빛나고 입가에 미소가 떠올랐다.

"응, 군관이 된 건 공문에서 보고 알았다."

"고맙소다. 어디메 갔다 오십네까?"

"무여라 성 대안에서 오는 길이다."

"양광의 소식 들었습네까?"

"요하 강변에 나와서 직접 부교 가설을 지휘하더라. 또 보자."

연개소문은 병사들과 함께 말에 뛰어 올라 뒤도 안 돌아보고 달려갔다. 적이 요하를 건너기만 하면 불과 며칠 사이에 이 요동성을 에워싸고 피나는 싸움이 벌어질 것이다. 능소는 모퉁이를 돌아 걸음을 재촉했다.

"아이구우…."

문이 열리면서 상아가 맨발로 뛰어나와 소매에 매달렸다. 짐작하던 대로 전에 있던 그 집이었다.

"낸 줄 어떻게 알았어?"

"발소리만 들어도 알지."

상아는 반가워 어쩔 줄 몰랐다.

"성안에는 언저게 들어왔지?"

"그그제 밤에 왔어."

능소는 앞장서 바당문으로 들어갔다. 집에 있던 궤짝이며 눈에 익은 물동이까지 가장집물은 하나 남기지 않고 가져온 듯 빽빽이 들어찼다.

"이거 다 어떻게 가주구 왔어?"

"마을사람덜이 달구지에 한 덩이씩 놔 줘서 벨로 심이 앙이 들었어."

상아는 구석의 옷장을 뒤지며 대답했다.

"우만 아바이는 어디메 있지?"

"이 옆집에 들었는데 처려근지 처소에 갔어."

"무슨 일인데?"

"내 부역을 면해 달라구⋯."

"다 나은 줄 알았덩이 아즉두 아파?"

역시 그의 얼굴에는 병색(病色)이 가시지 않고 윤기가 없었다.

"그게 앙이구, 좀 이상해서⋯."

상아는 새 옷을 그의 앞에 내밀고 어색하게 웃었다. 능소는 처음으로 알아차리고 다가앉았다.

"몇 달이야."

"석 달인가 봐."

상아는 일어서 바당으로 내려섰다. 등디에서 불씨를 찾아 관솔에 불을 켜가지고 아궁이 앞에 앉을 때까지 바라보던 능소는 생각난 듯 일어서 그의 옆에 내려가 앉았다.

"내가 땔게."

능소는 그의 어깨에 한 손을 얹었다.

"곤할 텐데 옷이나 갈아입구 한잠 자지비."

"천천히 갈아입지."

능소는 벽 밑의 장작을 끌어다 아궁이에 집어넣었다.

"멀리 갔다 온 것 같은데⋯."

상아는 그대로 옆에 앉아 물었다.

"응, 무여라에 갔다 왔어."

"거기는 뙤눔덜이 꽉 들이찼다는데, 어떻게 뚫구 왔어?"

"나두 고구려 무사 앙이야?"

능소는 웃었다.

"모두덜 당장 전쟁이 터진다는데."

"터질 게야."

"또 이 성에 밀어닥치겠지?"

상아는 고개를 돌려 그의 눈을 들여다보았다.

"전쟁하는 게 신나는가 봐."

"신나는 건 아니지만, 왜?"

"난 지긋지긋해."

"되놈덜이 쳐들어옹이 할 쉬 없지."

"그렇기는 하지마는 … 이번에는 어디메루 가지? 이 성에서 싸우문 앙이 돼?"

"그게사 내 마암대루 돼야지."

상아는 부지깽이로 아궁이의 불을 뒤적거렸다. 능소는 전에 없이 외로워 보이는 그에게 곁눈을 던지며 띄엄띄엄 물었다.

"그전하구 많이 달라?"

"응 —, 어쩐지 애기 낳는 게 무섭구, 당신이 내 곁을 떠나지 말았으문 좋겠어."

아기를 낳다가 목숨을 잃은 여자들의 장사도 몇 차례 치른 일이 있었다. 상아가 이 큰일을 치를 때까지 그의 옆에 있을 수 있으면 얼마나 좋으랴. 처음으로 태어나는 자식을 자기의 손으로 씻겨주고. 전쟁이 작년같이만 끝나주면 옥저마을에 돌아가서 해산하게 되고 자기도 그때쯤은 집에 가게 될 것도 같았다.

"부질없는 얘기를 해서 미안해."

상아가 부지깽이를 놓고 일어섰다.

"참 불은 왜 때지? 조반은 먹구 왔는데."

능소도 따라 일어섰다. 상아는 말없이 구석에 가서 엎어놓은 광주리를 들고 큼직한 암탉을 끄집어내리려고 했다.

능소는 얼른 다가서 푸득거리는 닭을 휘어잡아 쳐들었다. 바닥에 쭈그리고 앉아 닭의 목을 비틀고 털을 뽑기 시작했다. 그 북새통에도 닭을 여기까지 끌고 온 상아의 심사를 생각하고 가슴이 뭉클했다.

밥을 퍼내고 닭을 한창 삶는데 밖에서 우만 노인이 부르는 소리가 났다.

"능소 왔능가?"

상을 놓던 상아가 정지문을 열어젖히고 능소는 바닥으로 내려서 문으로 들어오는 노인의 두 손을 마주 잡았다.

"그동안 상아 때문에 얼매나 고생하셨소다."

"고생이랑이? 내가 외레(오히려) 신세를 졌네."

능소는 무어라고 대답해야 할지 몰랐다.

"아바이 능소 온 거 어떻게 알았소다?"

정지에 선 상아는 활기가 있었다.

"알지, 냄새가 나더라."

상아는 할아버지에게 응석을 하는 손녀같이 혀를 내밀었다.

"닭 삶는 냄새 말이다. 닭이 죽는 날은 능소가 오는 날이라. 내 다 알구 있었지."

세 사람은 유쾌하게 웃었다.

"어서 올라와서 정슴을 같이 하시오다."

능소는 노인에게 권했다.

"정슴으로는 이르구 내 술이 한 병 있는데 가주구 오지."

노인이 돌아서려고 했으나 정지의 상아가 소매를 잡아끌었다.

"아바이, 술두 있소다."

"그래? 이렇게 알뜰한 새애기는 고구려 천지에두 몇이 앙이 될 게

장군의 아내의 짧은 행복  161

네."

그들은 정지에 올라갔다.

"그래 고생이 많았지?"

노인은 첫 잔을 반쯤 마시고 젓가락으로 닭고기를 집었다.

"고생이랄 게사 있습네까?"

"하기사 군인생활을 고생으루 생각해서는 못하는 게지."

"상아 때문에 처려근지 처소에꺼지 가시구 … 미안하오다."

"응—, 상부에 물어봐야 한대."

노인의 얼굴이 흐렸다.

"남 하는 부역 나도 하문 되지오다 뭐. 더 가지 마시오다."

상아가 도리어 위로했다.

"자네 새애기는 공사(公事)에두 저렇게 알뜰하네."

상아가 오리병의 술을 노인의 잔에 따랐다.

"그래 자넨 이번 전쟁을 어떻게 생각하능가?"

"글쎄올세다, 알 쉬 있습네까."

노인은 손에 들었던 잔을 도로 놓고 창문을 한참 바라보다가 고개를 돌렸다.

"두구 보세. 이번에는 더 크게 패하구 도망갈걸. 작년에 그렇게 짓밟히구 금년에 또 오는 거 보랑이. 난 적어두 4, 5년 후에 다시 올 줄 알았네. 패인(敗因)을 신중히 검토하구 채비도 갖추구 말일세."

"저들은 사람도 많구 물자도 많응이까 그런 게 앙이겠소다?"

"아무리 많아두 사람이나 물자에는 한도가 있네. 지난해의 손실이 얼매나 기맥힌데 그 상처가 아물기두 전에 또 저렇게 오는 건 제정신이 앙이야."

능소는 무여라에서 보던 적군을 생각하고 가슴에 짚이는 것이 있었으나 입을 다물고 있었다.

"양광은 너무 조급해. 인군(人君)이 이렇게 처사를 하다가는 크게 일을 그르치게 마련이야."

"그와 반대루 우리나라는 너무 신중한 게 앙입네까?"

노인은 잠자코 그를 바라보다가 잔을 들이켰다.

"너무 신중하당이?"

"이기구두 무여라는 왜 내놓습네까?"

"그게 우리 나랏님의 훌륭한 점이지. 싸울 땐 부리나케 싸우고 참을 땐 수모두 앙이 생각하구 꾹 참을 줄 아신단 말이야. 양광 같은 건 백 개 달레들어두 못 당해. 그 얘긴 그만하구, 자네도 오라재이서(오래지 않아) 자식을 보게 됐네."

능소는 멋쩍게 웃었다. 그들은 돌아가신 어머니들의 일, 마을에서 일어난 얘기들을 주고받으며 시간 가는 줄을 몰랐다.

"아 취한다."

점심때 가까워서 노인이 일어섰다.

둘이 말렸으나 노인은 듣지 않고 바당문을 나섰다. 문 밖까지 나갔다 들어온 능소는 오늘부터 사흘이 다시없이 소중함을 느끼면서 상아를 따라 정지로 올라갔다.

그 밤으로 요하(遼河)에서 접전이 벌어졌다는 소문이 돌고 바깥은 군인들의 말굽소리로 어수선했으나 능소는 이 한밤만이라도 전쟁과 단절된 속에서 모든 시름을 잊고 싶었다. 그러나 품에 파고드는 상아는 길게 꼬리를 끌어온 불안에서 헤어나지 못했다.

"사람은 어째서 이 세상에 태어났는지 모르겠어. 하루두 마암 놓을 날이 있어야."

"좋은 세월이 올 게야. 그때꺼정 참는 거지."

"그런 때가 정말 오기는 올까?"

"그럼."

능소는 자신 있게 대답하고 안은 팔에 힘을 주었다.

이튿날은 전쟁의 물결이 요동성(遼東城)까지 밀어닥쳤다. 이른 새벽에 을지문덕 장군이 남쪽으로 떠나간다고 떠들썩하던 성내가 다시 잠잠해진 지 얼마 안 되어 거리를 급히 달려가는 말굽소리들이 요란하게 울렸다.

## 요동성, 피어린 항쟁

"적이 요하(遼河)를 건너왔다네."

바당에서 세수를 하는데 우만 노인이 들어섰다. 능소는 말없이 수건으로 얼굴을 닦고 옆에 선 상아는 그의 눈치를 살피다가 노인을 향했다.

"올라가서 조반을 같이 드시오다."

"좀 댕게와서 천천히 들지."

노인은 그대로 돌아서 밖으로 나갔다.

"당신 곧 가야 하는 게 앙이오?"

조반상을 마주 대한 상아는 얼굴에 핏기가 없었다.

"두구 봐야지."

능소는 길게 말하지 않고 조반을 마치자 칼에 기름칠을 하고 군복과 신발을 더듬어 보았다. 상아도 궤짝을 열고 새로 지어둔 버선과 띠를 꺼내 보자기에 쌌다.

"갑옷은 어떻게 했수?"

"군영에 있어."

"떨어진 데는 없는지 …."

상아는 혼잣말로 걱정을 했다.

능소는 아랫목에 목침을 베고 드러누웠다.

"당신은 걱정도 앙이 되는가뵈."

"걱정이라문 상아 걱정이지."

"뒤에 있는 사램이사 무슨 걱정이오?"

옆에 앉아 내려다보는 상아는 눈물이 글썽했다.

"염려 마라."

"어떻게 염려를 앙이 하지?"

"뙤놈의 손에 죽을 사람 같아?"

능소가 웃으니 상아도 억지로 따라 웃었다.

날이 어둡자 횃불을 들고 달려가는 사람들의 그림자가 창살에 비쳤다.

"무슨 일입메?"

상아가 문을 열고 상반신을 내밀었다. 아들을 병정에 보낸 이웃집 중년여인은 횃불을 이마 위에 쳐들고 돌아보았다.

"다친 사람덜이 마차에 실레 온답메."

여인은 다시 종종걸음으로 멀어져 갔다. 정지에 앉아 내다보던 능소는 천천히 일어서 벽에 걸린 군복을 내려 입기 시작했다.

"갈라고?"

"가봐야지."

잠시 머뭇거리던 상아는 그의 옷깃을 바로잡고 뒤로 돌아 겹친 띠를 펴서 다시 매어 주었다.

능소는 품속에서 소리 없이 어깨를 들먹이는 상아를 떼어놓고 어둠 속에 나섰다. 거리에는 아직도 횃불을 들고 걸음을 재촉하는 노인과 부녀자들의 모습이 가끔 눈에 들어왔다. 그는 너무나 짧았던 재회(再

會)의 한밤을 되씹으면서 캄캄한 길을 급히 더듬어 갔다.

"응, 벌써 왔어?"

촛불 아래 홀로 앉아 책을 보던 약광 장군은 담담한 표정이었다.

"집안에는 별고 없구?"

책을 덮는 장군의 태도에는 큰 전쟁이 임박했다는 징조는 보이지 않았다.

"저는 어디에서 싸우게 됩네까?"

2월에 다시 군대에 들어왔어도 약광 장군의 명령으로 한두 명의 병사들을 이끌고 무여라에 척후로 드나들었을 뿐 일정한 부하도 없고 소속도 분명치 않았다.

"내 수병(手兵)으로 예전 부하 1백 명을 지휘한다."

능소는 흐뭇하고 기운이 났다.

"언저게 떠나십네까."

"이번에는 이 요동성에서 싸운다."

능소에게는 겹으로 반가운 소식이었다. 싸우면서도 상아와 같은 성내에 있게 되었으니 더 바랄 것이 없었다.

"그렇습네까?"

어울리지 않는 한마디였으나 장군은 별다른 눈치를 보이지 않고 한 손으로 턱을 괴었다.

"너는 알아두는 게 좋겠다. 적의 움직임으로 봐서 작년같이 여러 방면으로 분진(分進)하지 않고 한두 군데를 집중 공격할 것 같다. 그런 경우에는 이 요동성에 오는 압력은 작년의 몇 배가 될 것이다. 우선 우리 병력의 총본영인 이 성을 빼서 떨어진 사기를 올리자는 것이 양광의 속셈이니 무슨 일이 있어도 이것을 막아야 한다. 내가 여기 머물게 된 것도 그 때문이다."

"양광은 지금 어디메 있습네까?"

"금명간 요하를 건너오겠지. 아직 무여라 성에 있다."

"이제 물러가겠습네다."

능소는 돌아서 밖으로 나왔다. 어두운 군영에는 오가는 병사들의 발자국소리가 그치지 않고 마당을 가로질러 초롱불이 켜진 영문에서는 말에서 뛰어내리는 군관이 큰소리로 외쳤다.

"급보(急報)다."

능소는 물밀듯 밀려오는 적을 머리에 그리면서 자기 방으로 향했다.

밤이나 낮이나 성안은 어수선했다. 대오를 정제하고 성문을 빠져 어디론가 사라지는 부대들, 급한 전갈을 가지고 쏜살같이 말을 달려가는 병사들이 두드러지게 눈에 뜨이고 부상병을 싣고 오는 마차들의 수도 부쩍 늘었다.

요하를 도강(渡江)한 적의 주력은 계속 전진하여 사흘 후에는 소요하(小遼河)를 건넜다는 소식이 들어왔다. 첫새벽에 돌쇠 이하 3명의 부하를 이끌고 정찰에 나선 능소는 해가 뜨기 전에 40리를 달려 고향 옥저마을에서 대량수를 건너 1백여 명의 병사들이 지키는 대안의 고갯마루에 올라섰다.

4월의 푸른 벌판을 뒤덮고 이루 헤아릴 수 없는 적의 창기병들이 서서히 전진해 오고 아득하게 멀리 보병들이 개미떼같이 움직여 왔다. 달리지도 서둘지도 않고 밀물같이 착실히 다가오는 적 앞에 우군부대는 하나 보이지 않고 나무 뒤에 몸을 감춘 병사들조차 3명에 1명은 고수(鼓手)들이었다.

"아! 이, 이 병력으로 전투를 한다는 게오?"

참나무 뒤에서 말을 내린 능소는 적을 바라보는 군관에게 물었다. 힐끗 돌아보는 군관은 언짢은 표정이었다. 약광 장군은 여기서 전투가 벌어질 터이니 경과를 보고 오라 했는데 아무리 보아도 전투 같은 것은 있을 것 같지 않았다. 한마디 다그쳐 물으려는데 군관이 다가서 귓속말로 일렀다.

"잠자쿠 있소."

군관은 또 나뭇잎 사이로 적을 응시하고 꼼짝하지 않았다.

적은 쉬지 않고 밀어닥쳐 전위 수백 기가 5리 전방 실개천에 당도했다. 1천여 보 뒤를 전진하던 선두의 대장군기(大將軍旗)가 4, 50기의 호위하에 본대를 떠나 급히 전위를 따라잡고 실개천에서 일단 멈춰섰다. 지평선에 아침햇살이 떠오르고 깃발에 적힌 상대장군 양의신(上大將軍 楊義臣)의 일곱 글자가 눈에 들어왔다. 능소는 마상에서 이쪽을 가리키며 부하들에게 지시를 내리는 적장의 거동을 지켜보았다. 작년에도 압록강을 건너자 우문술의 선봉군(先鋒軍)에 끼어 살수에서 혼나고 도망간 중의 한 놈이었다.

약광 장군의 얘기로는 이 자도 우문술같이 한족(漢族)이 아니라고 했다. 우전국(于闐國)의 왕족이었는데 부친이 양광의 아버지(隋高祖)에게 개충성을 다해서 재상이 되는 바람에 본성인 위지(尉遲) 씨를 버리고 양(楊)가가 되고 부친이 죽은 다음에는 아들 의신도 개충성을 하기는 마찬가지라는 것이었다. 하여튼 중국 장군치고는 약간 용감한 축에 든다고 했다.

양의신은 일렬로 산개(散開)하여 실개천을 건너 전진하는 전위의 중앙에서 이쪽을 향해 천천히 말을 몰고 왔다. 고갯마루의 고구려 병사들은 숨을 죽이고 고수들은 잡은 북채에 힘을 주었다. 능소는 활에 살을 재워 차츰 선명하게 나타나는 양의신의 얼굴에 활촉을 겨누고 기다렸다. 1천 보, 5백 보, 3백 보, 희멀건 살결에 우뚝한 코, 중국사람은 아니었다. 능소는 서서히 활줄을 당기기 시작했다.

순간, 옆에 섰던 군관이 북을 내리치자 고개에서는 수많은 북과 피리들이 한꺼번에 울려 퍼지고 적은 황급히 말머리를 돌려 내달았다. 능소는 재웠던 살을 내리고 둘러보았으나 손에 활을 든 것은 자기들뿐이었다.

　실개천에서 본대와 마주친 양의신의 주위에는 갑옷을 입은 높은 군관들이 말을 달려오고 멈춰 선 적진은 소리 없이 웅성거렸다. 고갯마루의 북과 피리소리가 그치자 멀리서 또 북소리가 울리는 듯했다. 실개천의 양의신과 주위의 군관들도 무슨 소리를 들은 양 고개를 돌려 서쪽을 바라보았다. 언제 나타났는지 아득하게 멀리 보이는 벌판 한가운데 고구려의 군기(軍旗)들이 나부끼고, 그 후방에는 수를 알 수 없는 고구려 병사들이 말 탄 채 꼼짝 않고 버티고 있었다. 양의신은 주력을 제자리에 멈춰 세운 채 대장군기를 앞세우고 수천 기의 선두에서 벌판을 가로질러 서쪽으로 내달렸다.

　마침내 양의신의 기병들은 창을 휘두르며 고구려 진영에 돌진해 들어갔다. 그러나 고구려군은 화살 한 번 쏘지 않고 돌아서 전속력으로 도망치기 시작했다. 능소는 먼발치로 쫓고 쫓기는 광경을 바라보면서 도시 영문을 알 수 없었다.

　갑자기 우측 길게 뻗은 참나무 숲 뒤에서 하늘을 진동하는 함성이 일고 1만여 명의 고구려 기병들이 폭풍같이 쏟아져 나와 적의 보병들을 짓밟고 돌아갔다. 진군대형으로 벌판을 덮고 서성거리던 수만 명의 적 보병들은 전투태세로 전환하기도 전에 뛰어든 고구려군의 말굽에 으스러지고 창과 칼에 풀잎같이 쓰러져 갔다. 비명과 아우성이 온 벌판을 뒤흔들고 서로 밀며 당기며 도망치는 적병들 속을 한 번 휩쓸고 가로지른 고구려군은 돌아서 다시 참나무 숲 뒤로 사라져 버렸다.

　제자리에서 말고삐를 당기고 틀고 복작거리던 적 기병들 중에서 근거리에 있던 5, 6백 기가 서로 윽박지르며 참나무 숲으로 움직이기 시작했다. 무질서하게 몰려가다가 숲을 앞에 하고는 목을 찔룩거리며 더 이상 전진하려고 들지 않았다.

　고갯마루의 군관은 손짓으로 부하들을 모으면서 능소를 돌아보았다.

"우리는 가야 하오."

"어디메로 가오?"

군관은 대답 대신 동북쪽 지평선으로 아득하게 다가가는 우군을 눈으로 가리켰다. 언덕배기에 매어둔 말에 북들을 싣고 대량수(大梁水) 가로 내려가는 그들의 뒷모습을 바라보다가 능소는 고개를 돌려 적진을 훑어보았다. 바로 아래 기병들은 여전히 제자리에서 움직일 줄 모르고 숲에 갔던 자들은 비실비실 말을 몰고 돌아오는 것이었다.

그는 시체가 더미로 뒹굴고 부상한 자들이 뒤틀며 울부짖는 적 보병들의 진영을 바라보다가 부하들을 이끌고 고개를 내려왔다. 말할 수 없이 깨끗한 일격에 상쾌한 기분으로 4월의 아침공기를 들이켰다. 개 한 마리 얼씬 않는 옥저(沃沮) 마을을 지나면서 다른 집 지붕 너머로 옛집을 눈여겨보았다. 집 앞 자작나무 끝에 푸른 잎이 달리고 지붕에는 몇 해 전의 박덩굴이 그대로 남아 있었다. 이러나저러나 며칠 안에 적의 손아귀에 들어갈 것을 생각하니 밝던 가슴에 구름이 끼고 채찍은 저절로 말을 후려쳤다. 그는 약광 장군이 기다리는 요동성(遼東城)으로 달리면서 전에 없이 생각이 많았다.

사흘 후 해질 무렵부터 밀어닥친 적군은 사면으로 요동성을 에워싸기 시작했다.

대개는 북쪽에서 왔으나 일부는 대량수 남안을 동서로 달린 길을 따라 서쪽으로부터도 왔다고 했다. 무여라에서 돌아올 때 밤중에 돌파하던 그 적이리라. 능소는 북문 누상에서 땅거미 지는 벌판에 야영 준비를 하는 적병들을 내려다보았다. 장막을 치고 불을 피우고 마초를 베는 무수한 군상(群像)은 짙어가는 어둠 속에서 얘기에 나오는 허깨비들같이 묵묵히 움직이고 성 위에서 내려다보는 고구려군도 침묵 속에 눈들만 빛났다.

이튿날부터 적은 서서히 공격태세로 들어갔다. 창기병들이 경계하는 가운데 포차(砲車)며 충차(衝車)들을 전면에 내세워 성에서 수백 보 거리에 포진(布陣)하고 보병들은 무기를 버리고 큼직한 돌을 등에 져다가 차열(車列)에 무더기로 쌓았다. 늘어선 공성기(攻城器)들은 성을 한 바퀴 돌고 돌무더기들은 아침과 저녁이 다르게 높아갔다. 그들이 마음먹은 대로 저놈들을 날리기만 한다면 아무리 튼튼한 이 요동성도 무너지는 수밖에 없으리라. 그러나 하루 두 번은 성을 돌아보는 약광 장군은 말이 없고 병사들은 적의 거동을 지켜보는 도리밖에 없었다.

밤낮으로 서두르던 적은 이틀 후에는 작업을 끝내고 아침부터 훈련으로 들어갔다. 차열에 늘어선 병정들은 성을 향해 돌을 날리는 시늉을 하고 그 뒤에 진을 친 보병과 기병들은 활을 쏘고 창으로 찌르는 몸짓을 하며 돌아갔다.

하루 종일 대휴식(代休息)으로 실컷 자고 피곤을 푼 고구려군은 자정에 출동명령이 내렸다. 보름을 앞둔 밝은 달 아래 기병대열은 저마나 손에 도끼를 번뜩이며 사대문(四大門)으로 달려갔다. 북문에서 일단 멈춰 선 약광 장군은 고개를 돌려 뒤따라온 1천여 기의 부하들을 훑어보다가 옆을 향해 나지막이 속삭였다.

"능소, 한 놈 사로잡아라."

장군은 대답을 기다리지 않고 한 손을 높이 쳐들었다. 대기하고 있던 초병들이 양쪽에서 날쌔게 밀어젖히자 며칠째 굳게 닫혔던 대문이 활짝 열리고 기병들은 바람같이 쏟아져 나갔다.

겁에 질린 외마디 비명들이 잇달아 울리는 가운데 포차, 충차가 즐비하게 늘어선 차열(車列)에 밀어닥친 고구려군은 도끼를 휘둘러 닥치는 대로 부수고 치고 짓밟으며 돌아갔다. 연일의 피로에 지쳐 창을 안고 차체(車體)에 걸터앉아 졸던 적병들은 넋이 떨어진 사람같이 고함을 지르며 도망치고 풀썩 엎드렸다가 그대로 말굽에 밟히는 자들도 적지 않았다. 능소는 마상에서 상반신을 옆으로 젖히고 포차의 가름대를 도끼로 내리쳤다. 장작같이 포개지고, 다시 치는 도끼에 두 동강이 났다.

차체를 짓부수고 다음 차로 옮겨 가는데 바퀴 밑에 검은 그림자가 납죽하게 엎드려 있었다. 얼른 뛰어내려 포차를 밀어젖히고 도끼를 쳐들자 그림자는 두 손을 쳐들고 앉아 와들와들 떨었다.

"우후 … 따, 따 — 징."

도끼의 등으로 어깨를 한 대 후려치고 발길로 걷어찼다. 어디다 팽개쳤는지 무기는 있는 것 같지 않았다. 덜미를 잡아 쳐드는데 돌쇠가 달려와 말에서 내렸다.

"넌 이놈을 끌고 즉시 돌아가라."

능소는 다시 말에 올라 훨씬 앞선 대열을 따라잡았다. 적진에서는 병정들이 이리저리 뛰며 아우성이 벌어지고 호통소리, 말들이 우는 소리가 뒤범벅이 되어 떠들썩했다.

남문에서 돌아온 부대와 마주칠 무렵에는 적도 혼란을 수습하고 창을 꼬나든 보병들이 겹겹으로 열을 지어 접근해 오기 시작했다.

대열은 호각소리와 함께 말머리를 돌려 북문으로 달렸으나 적은 한 걸음 두 걸음 다가오다가 흐지부지 멈춰 선 채 움직이지 않았다. 작년만 해도 이렇지는 않았다. 능소는 채찍을 내리치면서 등신 군대라고 생각했다.

본영에 돌아온 약광 장군은 걸상에 앉아 수건으로 얼굴의 땀을 씻으면서 포로를 불러들였다.

"포차 10대를 책임진 교위(校尉) 랍니다."

끌고 들어온 돌쇠의 보고에 장군은 고개를 끄덕이고 묻기 시작했다.

"너의 황제가 오늘 여기 오기로 돼 있지?"

뒷짐으로 묶인 포로는 도끼등에 얻어맞은 어깨를 움츠리고 돌쇠의 통역을 기다렸다.

"네."

"요하를 건너자 왕인공(王仁恭)이라는 자가 지휘하는 일대(一隊)가 신성으로 향했다는데 사실이냐?"

"사실입니다."

"몇 명이지?"

"자세히는 알 수 없고 5만이라고 들었습니다."

장군은 잠시 생각하다가 계속했다.

"그래 이번에도 평양성으로 간다더냐?"

"얘기는 그렇게 돌아가고 있습니다."

장군은 촛불에 비친 포로를 말없이 쏘아보았다.

"따—징. 전 죄가 없습니다. 끌려왔습니다. 제발 죽이지 말아 주십시오. 뭐든지 하겠습니다. 우리 황제는 기막히게 나쁜 사람입니다."

포로는 가끔 흰 눈알을 뒤집고 아래윗니를 부딪쳤다.

"전 압니다, 따—징의 눈을 보면 압니다."

"살려주지."

장군은 일어서 능소를 돌아보았다.

"이 포로를 끌어다가 성 밖에 내보내라. 돌려보내란 말이다."

장군은 침실로 들어가 문을 닫아 버렸다.

아침 일찍 마주 보이는 언덕 위에 채찍 장막이 나타나고 오정이 지나가 수많은 군대를 거느리고 양광이 당도했다. 무여라에서 보던 그대로 오색 깃발을 쳐든 기병들에 이어 태상기가 펄럭이며 양광의 모습이 얼른거리고, 뒤에는 도시 끝을 알 수 없는 인마(人馬)와 기기(器機)의 대열이 계속되었다. 한 가지 다른 것은 양광이 나타나서부터 말을 내려 장막으로 들어갈 때까지 요란한 주악(奏樂)이 울리는 일이었다. 주악은 첫여름의 돌과 숲과 하늘을 진동하고 길게 꼬리를 끌어 능소의 머릿속에서는 오래도록 여운이 가시지 않았다.

다시 활기를 찾은 적진은 새로 당도한 포차며 충차들을 배치하고 더 많은 장막을 치고 가까운 숲에서 나무들을 베고 분주히 서둘렀다.

다음날 새벽 좌익위 대장군 우문술(左翊衛 大將軍 宇文述), 상대장군 양의신(上大將軍 楊義臣)의 큰 깃발들을 앞세우고 무수한 부대들이 남으로 움직이기 시작했다. 하루 종일 남으로 밀려가고 날이 어두워서는 잠잠하다가 먼동이 트자 다시 시작하여 해가 질 때까지 계속되었다.

성루에 올라 평양성을 직격(直擊)하러 간다는 이 수십만 적군을 지켜보던 약광 장군은 밤마다 날쌘 군사 2, 3명씩 불러 무엇인가 지시를 내리고, 지시를 받은 병사들은 은밀히 성문을 빠져 어디론가 사라졌다.

야음을 타고 성안으로 들어오는 우군 병사들도 있었다. 양광이 도착한 지 사흘째 되는 날 밤, 약광 장군 앞에 나타난 낯선 병사는 동북으로 3백리 떨어진 신성(新城)에서 왔다고 했다. 적장 왕인공(王仁恭)이 지휘하는 5만은 이미 신성을 포위하고 공방전이 시작되었다는 보고였다. 장군은 묵묵히 붓을 들어 몇 자 적어 주고 일어섰다.

"급할 건 없으니 푹 쉬어 가라."

여러 날 계속되던 이동이 끝나자 하루 사이를 두고 적은 요동성에 공격을 퍼붓기 시작했다. 포차는 일제히 움직여 성에다 무수한 돌들을 쏟아대고 보병과 기병들은 구름같이 몰려와서 성첩(城堞)의 고구려군을 향해 활을 당기고 살이 떨어지면 후퇴하고 다음 부대가 전진하여 다시 화살을 퍼부었다. 언덕 위 채막 앞에 걸상을 내놓고 아침부터 저녁까지 버티고 앉은 양광 앞에는 무시로 말 탄 군관들이 불려가고 물러나오고, 간간이 바람결에 호통소리도 들려왔다.

고구려군의 사격은 정확했다. 황제 양광이 직접 지휘하는 50만 대군은 밤이나 낮이나 파상공격(波狀攻擊)을 감행하여 잠시도 숨 돌릴 틈을 주지 않았으나 성첩에서 퍼붓는 화살들은 물결처럼 밀려오는 적군을 차례로 쓰러뜨리고 행여 성 밑까지 접근한 충차, 포차들은 성 위에서 굴리는 바위에 박살이 났다.

캄캄한 밤을 타고 바싹 다가든 충차들이 어느 모퉁이에서 돌을 날리기 시작하면 고구려군은 당장 성문을 박차고 나가 짓밟아 버리게 마련이었다.

야습(夜襲)도 줄기차게 계속되었다. 으스름달밤이나 미명(未明)이면 벌판 일각에 나타난 수천 명의 우군 기병들이 질풍같이 적진을 횡단(橫斷)하고 멀리 사라지는 광경을 바라볼 때마다 능소는 고구려의 힘을 피부로 느끼고 이 요동성이 외롭게 포위된 것이 아니라 도리어 적군이 우리 함정에서 허우적거리는 것도 같았다.

4월이 가고 5월이 저물도록 생사의 싸움은 쉬지 않고 계속되어 벌판은 무수한 적병들의 무덤으로 뒤덮이고 성안에서도 싸우다가 숨을 거둔 병사들을 화장하는 연기가 심심치 않게 하늘에 치솟았다.

6월에 들어서면서 무슨 영문인지 적의 공격이 뜸해지고 이상한 소문이 돌았다. 소걸음으로 압록강을 바라보는 지점까지 남하했던 우문술의 30만 대군이 급히 회군(回軍)하여 북으로 돌아오고 신성(新城)을 공격 중이던 왕인공의 부대와 요동, 신성 간의 요충에 배치되어 보급을 담당하던 적군도 모두 요동성으로 몰려든다는 소문이었다. 소문에 그치지 않고 요동성 주변에는 각각으로 새로운 병력이 나타나서 눈 닿는 데까지 적의 인마와 기재로 들어찼다.

양광은 전략을 변경하여 백만 대군을 이 요동성에 총집결해서 우선 이 성부터 빼앗고 서서히 남진한다는 얘기가 그럴싸하게 퍼졌다. 성안에는 눈에 보이지 않는 불안의 기미가 돌고 민심은 흔들리기 시작했으나 약광 장군의 의견은 달랐다.

"아니야, 적중에 무슨 큰 변동이 생긴 게 틀림없다."

성루에서 적진을 바라보던 장군은 능소의 질문에 고개를 흔들었다.

"무슨 변동입네까?"

"두고 봐야지."

"허지마는 정말 1백만 대군이 앞으로 몇 달 동안 이 성만 공격하문 큰일 앙입네까?"

"더욱 좋지."

장군은 길게 말하지 않았다.

연 사흘째 오늘도 적진은 잠잠하고 하오 늦게 수천 기를 거느린 우문술이 대장군기를 앞세우고 양광의 채막으로 달려가는 것이 멀리 보였다. 남으로 갔던 적군이 모두 돌아온 것이 분명했다.

밤늦게 장군의 본영을 나선 능소는 돌쇠와 함께 서문(西門)으로 향했다. 몇 걸음 앞, 열어젖힌 문에서 쏟아져 나온 불빛이 길을 가로지르고 이어서 저녁상을 마주한 20대 아낙네와 어린 딸의 모습이 눈에 들어왔다. 부역에서 늦게 돌아왔으리라. 그는 깡조밥에 된장을 찍어 먹는 모녀의 지친 모습에서 고개를 돌리고 머리 위에 선명한 은하수(銀河水)를 쳐다보았다. 달이 뜨기 전에 돌아와야 할 터인데.

"아…."

서문 못 미쳐 성벽에 기대세운 사다리를 오르는데 마주 내려오던 검은 그림자가 눈앞에 멈춰 서면서 희미한 탄성이 귓전을 쳤다.

"상아 앙이야?"

그림자는 그의 소매를 잡고 가쁜 숨을 몰아쉬었다. 같은 성내에 있으면서도 만나지 못한 두 달은 아득한 옛날 같았다.

"부역은 나와야 한대?"

"앙이 해도 된다지마는 갑갑해서 …."

성 위에서 내려오던 검은 그림자들이 상아의 뒤에 몰려서고 한단 밑에서는 돌쇠가 기다리고 있었다.

"어디메 가지?"

발을 옮기려는데 상아가 잡은 손을 어루만지고 물었다.

"잠깐 나갔다 와야 해."

"밖에?"

상아의 손이 떨렸다.

"집에 가봐."

능소는 그의 두 어깨에 손을 얹었다가 돌아서 한발 내디뎠다. 검은 그림자들이 비켜서는 한 단 한 단을 오르는 동안 자기를 찾아 헤맸을 상아의 모습이 가슴에 파고들었다. 파수병이 내미는 밧줄을 타고 캄캄한 성벽을 내려오면서도 생각은 상아를 떠나지 않았다.

"스, 스웨이야?"

갑자기 부딪친 검은 그림자가 떨리는 소리로 물었다. 능소는 무작정 단도를 빼어 가슴을 푹 찔렀다. 땅에 쓰러진 그림자는 목에서 쿨룩거릴 뿐 외마디 소리조차 지르지 못했다. 마구 짓밟는데 돌쇠가 딴 놈과 어울려 뒹굴고 있었다. 능소는 허리를 꾸부리고 한 손으로 놈의 멱살을 더듬어 잡았다. 단도로 힘껏 내리지르자 땅을 긁어 뜯는 소리 외에는 아무것도 들리지 않았다.

둘은 앉아서 한숨 돌리고 조심스레 적진으로 다가갔다.

성(城)에서 1천여 보는 더 왔으나 중간에 움직이는 적은 없었다. 멀리 언덕 위에 불이 켜진 양광의 장막 주변에는 병정들이 어른거리고 가끔 드나드는 사람의 모습도 눈에 들어왔으나 그 아래 널리 퍼진 장막들은 어둠 속에 잠잠하고 별다른 기척이 없었다.

몇 걸음 앞에 흐르는 실개천에 별이 비치고 있었다. 다시 발을 옮겨 조심스레 다가가는데 별안간 대안에서 기침소리가 울려왔다.

둘은 일시에 납죽하게 엎드려 숨을 죽였다. 컴컴한 그림자가 대안에 창을 짚고 앉아 또 기침을 했다.

아무리 기다려도 적병은 움직일 기세를 보이지 않고 이대로 얼마 안 있어 달이 뜨면 돌아가 약광 장군에게 보고할 거리가 없을 것이었다. 옆으로 기어 이 놈을 피하리라 생각하는데 활기 있게 걷는 발자국 소리가 들리고 앉았던 적병이 일어섰다.

"스웨이야?"

적병이 묻자 멈춰 선 그림자는 호통을 쳤다.

"초병이 앉아 있어, 응?"

돌쇠가 귀에 대고 통역을 했다.

"… 내가 누구냐고? 수나라 병정 속에 나를 모르는 놈이 있어? 움직여, 움직이란 말이다!"

초병은 창을 끌고 둑을 따라 사라지고 그림자는 오래도록 제자리에 버티고 서서 꼼짝하지 않았다. 발각된 것이 아닐까? 가슴의 단도에 손을 대고 응시하는데 갑자기 그림자는 실개천을 가로질러 빠른 걸음으로 다가왔다. 이쪽을 알아보지 못한 모양이다.

능소는 엉거주춤 일어서려는 돌쇠의 어깨를 잡아 엎드려 놓고 그림자를 눈으로 쫓았다. 중키의 사나이는 몇 걸음 앞을 지나 성 쪽으로 뛰기 시작했다.

튀어 일어난 능소가 뒤로 덮쳐 힘껏 목을 죄고 땅에 뒹굴자 돌쇠는 달려들어 발로 짓밟고 두 팔을 뒤로 묶어 세웠다.

"꺼우리?"

그림자는 숨을 돌리고 나지막이 물었다.

"쉬!"

능소는 가슴을 쥐어박았다. 돌쇠와 함께 양쪽에서 겨드랑을 끼고 내달리자 사나이도 순순히 발을 맞춰 뛰었다. 동녘 하늘에 실눈 같은 달이 뜨기 시작하고 어둠에 잠겼던 성이 눈앞에 나타났다.
 서문으로 성안에 들어온 능소는 한길을 걸으면서 한숨 돌리고 물었다.
 "돌쇠 통역해라. … 넌 꽤 높은 놈인 모양인데 뉘기야?"
 "난 병부시랑(兵部侍郞) 곡사정(斛斯政)이오."
 "뭐? 거짓뿌데기지."
 가슴이 뛰었다. 달빛에 비친 30대의 사나이는 보통 군관 같지는 않았으나 병부시랑이란 믿을 수 없었다.
 "정말이오."
 사나이는 태연히 대답했다. 옆에서 뜯어보던 능소는 잘생긴 얼굴이라고 생각했다. 정말 병부시랑이라면 이것은 실로 대단한 일이었다.
 "병부시랑이 그렇게 맥이 없어?"
 "날 잡았다고 생각 마시오. 내 발로 당신네를 찾아오던 길이오."
 사나이는 도도했다. 능소는 더 이상 묻지 않고 그들은 반이나 뛰어 군영으로 돌아왔다.
 능소의 보고를 받은 약광 장군은 영문까지 나와 손수 포박을 풀어주고 자기 방으로 모시고 들어갔다.
 "젊은 군인들이 알아보지 못하고 결례가 많았을 줄 압니다마는 이런 때라 널리 생각해 주십시오."
 오미자차를 권하는 장군은 정중했다.
 "장군께 분명히 해둘 것은 제가 잡힌 것이 아니라 생각하는 바가 있어 자진 귀국을 찾아왔다는 사실입니다."
 지켜선 능소와 돌쇠를 번갈아 보는 곡사정은 똑똑하고 칼날 같은 인상을 주었으나 장군의 얼굴에서는 미소가 떠나지 않았다.
 "아까 이 군관의 보고를 듣고 대감의 뜻은 알고 있습니다. 위험을 무릅쓰고 이렇게 오신 데는 연유가 있으시겠지요?"
 "작금 양년에 우리 수나라는 두 번이나 귀국을 침범했습니다마는 두 번 다 군신(群臣)이 반대하는 것을 우리 폐하께서 단행하셨습니다. 특히 이번에는 반대가 심했고 저도 반대하였습니다. 그러나 신하로서야 어쩔 수 있습니까. 따라나섰지요."

곡사정은 말을 끊고 눈치를 살폈으나 장군은 표정 없이 그를 바라보았다.

"그 때문에 민심이 이반하고 각처에 떼를 지어 난리를 일으키는 무리들이 나타났습니다. 그중에서도 양현감(楊玄感)이 반란을 일으켜서 지금 동도〔東都: 낙양(洛陽)〕를 포위 중에 있습니다."

"독운(督運) 양현감 말씀입니까?"

장군의 얼굴에는 놀라는 빛이 스쳐갔다.

"독운에다가 얼마 전에는 예부상서(禮部尙書)까지 겸했지요. 독운으로 여양(黎陽)에서 군량 수송을 총지휘하지 않았겠습니까. 작년에는 곧잘 하던 것이 금년에는 무슨 마음을 먹었는지 수로(水路)에 도둑이 많아 뜻대로 안 된다면서 군량을 제대로 안 보낸단 말입니다. … 저와는 평소에 가까운 친구였지요. 마침 그의 두 아우 현종(玄縱)과 만석(萬石)이 이번 원정에 참가해서 저 성 밖까지 와 있지 않았겠습니까. 인편에 편지가 왔는데 이 둘을 몰래 돌려보내 달라는 겁니다. 친한 사이라 깊이 생각하지 않고 돌려보냈는데 그게 화가 될 줄은 몰랐습니다."

곡사정은 잠시 침통한 얼굴을 떨어뜨렸다가 계속했다.

"이달 초의 일이지요. 그들이 만리장성을 넘어설까 말까 했는데 양현감이 여양에서 반란을 일으켜 동도로 진격했습니다. 이 소식을 듣고 현종이는 도망치고 만석이는 탁군에서 붙들려 목을 잘렸습니다. 요동에 왔던 이 두 놈이 어떻게 돌아가게 됐느냐. 양현감과 내통한 놈이 있다고 야단법석입니다. 폐하께서 직접 조사에 나섰으니 저야 죽은 목숨이 아니겠습니까. 생각 끝에 귀국을 찾아 신명(身命)을 보전하기로 했습니다."

　사나이는 한숨을 내쉬었으나 장군은 한 손으로 턱을 괸 채 맞은편 벽을 바라보고 오래도록 침묵이 흘렀다.

　멀리서 첫닭의 울음소리가 들려왔다. 장군은 고개를 떨어뜨린 곡사정을 내려다보다가 능소에게 일렀다.

　"별당(別堂)에 모시고 초병을 세워라."

　사나이를 끌고 밖에 나서자 병사들이 창을 들고 에워쌌다. 무여라에서 돌아간 아버지의 원수를 넉넉히 갚은 것 같았다.

　곡사정을 집안에 좌정시키고 문간에 병사들을 배치하는데 본영을 쏟아져 나간 수백 기의 병사들이 먼동이 트는 하늘 아래 동문으로 치달리고 있었다. 적진이 가장 취약한 이 방면을 강행 돌파하고 평양성과 요지에 사람을 보내는 것이리라.

　아침 해가 뜨면서부터 성 안팎은 종일 어수선했다. 넓은 벌판에 퍼진 무수한 적병들은 숲이며 개천을 샅샅이 뒤지고, 성안에서는 고구려 기병들이 마철을 갈아 끼고 화살을 정비하고 칼날을 시험하며 분주히 움직였다.

　밤에 정찰을 나갔던 척후들은 적이 북서로 통하는 여러 갈래 길을 메우고 이동을 개시했다고 보고하였다. 그러나 장군은 기병들에게 일찌감치 잠자리에 들 것을 명령했다.

　날이 밝자 숱한 기기(器機)와 무기 식량을 더미로 팽개친 채 멀리 지평선으로 다가가는 적의 후미가 눈에 들어왔다. 약광 장군을 선두로, 서문을 나선 1만 기병들은 벌판을 서쪽으로 달려 적을 추격하기 시작했다. 북으로 대량수를 건너 무여라 성 방면으로 퇴각하는 적을 뒤쫓은 우군부대들도 눈에 들어왔다.

　그러나 장군은 서둘지 않았다. 적이 보일락 말락 한 거리를 유지하면서 쉴 때는 쉬고 식사도 천천히 들게 했다. 적을 치러 가는 것이 아니라 그들의 철수를 감시하러 가는 듯한 느낌이었다.

하오 늦게 요하가 보이는 구릉지대에 올라선 장군의 두 눈이 빛났다. 적은 거의 도강을 완료하고 이쪽엔 4,5만 명의 병정들이 부교 언저리에 웅성거리며 앞을 다투고 있었다.

군고(軍鼓) 소리와 더불어 바람같이 쏟아져 내려간 창기병들은 삽시간에 강안(江岸)의 적을 짓밟아 뭉개고 물속에 밀어 붙였다. 무수한 시체가 흩어지고 죽어가는 자들의 비명이 공중에서 엇갈리는 가운데 대안의 적은 부교들을 뜯느라고 아우성이었다.

해가 지기 전에 강변을 완전히 쓸어버린 고구려군은 그 자리에 진을 치고 강 건너 적을 지켜보았다. 죽은 자와 다친 자, 물속에서 울부짖는 자들은 아랑곳없이 적은 앞을 다투어 서쪽으로 사라져 갔다.

# 적 안의 적

  동도〔東都: 낙양(洛陽)〕에 남은 지금은 도무지 재미가 없었다. 어머니는 말끝마다 사람이 되라고 잔소리를 마지않고, 형 화급은 여전히 어딘가 빠졌고, 동생 사급은 상대가 되지 않았다. 도무지 멋대가리가 없는 세상이었다.
  심심하면, 낙수(洛水)에 배를 띄워 술을 마시고, 공연히 화가 동할 때는 종을 두드려 팼다. 피를 보면 직성이 풀릴 것이었으나 황제가 없는 동안 배때기의 손자 동(侗)을 떠받들고 동도에서 호령하는 번자개(樊子蓋)는 성미가 고약해서 잘못 보이는 날은 경치는 날이었다.
  한 가지만은 신이 났다. 하북(河北) 처처에 난리가 일어나서 큰놈은 10여 만, 작은 놈은 수만 명씩 거느리고 마음 내키는 대로 휩쓸고 돌아간다는 소식이었다. 병역을 피한 자들은 잡히면 죽는 판이라 아무 패거리에나 끼어 관가를 부수고 백성을 약탈해서 배불리 먹고 활개를 치는 중이라고 했다. 고구려 원정을 떠나고도 고을마다 군대라는 것이 남아 있고, 토벌이라는 것도 해보는 모양이었으나 반란군과 마주치기만 하면 썰썰 무너지고, 그때마다 난리는 더욱 확대된다는 것이었다.

하여튼 배때기를 괴롭히는 일은 무엇이나 좋았다. 어디서 새로운 난리가 일어났다, 혹은 토벌을 갔던 군대가 납쭉하게 됐다는 소문이 들어올 때마다 지급은 혼자 술을 들이켜고 혼자 좋아했다. 앞에서는 고구려군에게 얻어맞고 뒤에서는 반란군에게 얻어맞고, 며칠이나 가 나 보자. 네가 죽는 날은 내가 춤추는 날이다.

그러나 당장 군을 끌고 돌아올 줄 알았던 배때기는 오지 않았다. 요하를 건너 요동성과 신성을 공격하고 아버지는 대군을 휘몰아 남으로 평양성을 치러 떠났다는 소식이 왔다. 어김없이 죽을 아버지의 일을 생각하니 약간 가엾기도 했으나 술 한 잔 더 마시는 외에는 딴 도리가 없었다.

6월에 들어 양현감(楊玄感)이 여양(黎陽)에서 군사를 일으켰다는 소문이 퍼졌다. 동래(東萊)에서 수군(水軍)을 끌고 평양성으로 가기로 된 내호아(來護兒)가 반란을 일으켰기 때문에 그놈을 친다고 했다. 그러나 이튿날 배때기의 손자 이름으로 나붙은 방을 보니 그런 것이 아니라 내호아는 충신이요, 양현감이란 놈이 엉뚱한 구실을 붙여 반란을 일으켰다는 것이었다. 일은 점점 재미있게 되어 가는지라 그 날 밤 지급은 혼자서 술 한 되를 다 마시고 기분 좋게 잠이 들었다.

양현감은 며칠 안에 인근 고을을 손아귀에 넣고 진격하여 동도를 포위했다. 수없는 병사들이 몰려와 성을 둘러싸고 화살에 편지를 비끄러매어 성안으로 들이 쏴댔다. 배때기의 손자 동(侗)은 즉시 나와 항복할 것이요 안 하면 들이쳐서 죽여 버린다는 것이었다. 화급은 떨었다.

"얘, 어떻게 될까? 양현감은 잘 아는 처진데 들어와도 설마 우리야 다칠라고?"

"죽일 거요."

마주 앉았던 지급은 천정을 쳐다보았다.

"큰일 났다."

문턱에 걸터앉았던 화급은 조르르 달려 대문으로 뛰쳐나갔다.

지급은 침상에 드러누워 양현감을 생각했다. 훤칠하게 생긴 얼굴에 당당한 체구, 자기 비위에는 거슬렸으나 사람을 휘어잡는 솜씨에 글도 잘하는 인간인지라 어쩌면 배때기를 뒤집어엎고 한몫 볼는지도 알 수 없었다. 그러나 결과는 두고 볼 일이다. 작년같이 고구려군이 배때기의 군대를 싹 쓸어 버렸다면 양현감은 앉아서 먹는 것이요, 그렇지 않고 군대가 성하다면 자기 손자가 포위되어 있는 이 동도에 달려와서 한바탕 싸울 것이 뻔했다. 결말은 그때 날 것이다. 양현감에게 붙어 배때기에게 활을 겨눌 마음이 없는 것도 아니지마는 서둘렀다가 일이 잘못되는 날은 죽는 날이다.

열어젖힌 대문으로 4, 5명의 병정들을 거느린 군관이 불쑥 들어섰다.

"종 우문화급에 우문지급이라 … 지금 있소?"

문으로 목을 내민 것이 실수였다. 군관은 문서를 뒤적이며 자기에게 묻고 있었다.

"우문지급은 나요."

그는 일어서 문설주에 기댔다.

"화급이라 오석이라 일산이라 …. 다른 종들은 어디 있지?"

아니꼬워서 아래위로 훑어보고 대답하지 않았다. 어디서 본 듯한 얼굴이라고 생각하는데 군관은 상을 찌푸리고 불호령이 떨어졌다.

"이놈을 당장 끌어내라."

앞에 섰던 거구의 병정이 다가서 멱살을 잡아채는 바람에 휘청거리며 문턱을 넘어 마당에 내려섰다. 중문으로 종들이 몰려나왔으나 엉거주춤 서서 구경할 뿐이었다.

"신발을 신어!"

병정은 창대로 옆구리를 후려쳤다.

지급은 섬돌 위의 신발을 아무렇게나 걸치고 일어서 군관을 노려보았다.

"도대체 넌 뭐야?"

군관은 잽싸게 그의 눈통을 쥐어박고 고함을 질렀다.

"이놈부터 끌고 가라!"

두 놈이 달려들어 발길로 차고 등을 밀어 대문을 나섰다. 뒤에서는 군관이 외치는 소리가 따라왔다.

"너희들 종은 오늘부터 모두 병정이다. 이쪽에 선 그 늙은 놈만 빼고 들어가 튼튼한 옷으로 갈아입고 나오너라."

길을 걸으면서 곰곰이 생각하니 전에 궁궐에 드나들 때 배때기의 측근에서 심부름을 하던 소년이었다. 별것이 다 나댄다.

군영에는 애꾸에서 10대 소년까지 사나이라고 이름이 붙은 핫바지들은 다 모인 듯싶었다. 활과 전통(箭筒)을 나눠 주었으나 군복도 창도 없었다. 지급은 뙤약볕에 끌려 흩어져 가는 그들을 바라보다가 창대로 뒤통수를 얻어맞았다.

"뭐하는 거야!"

열을 지은 핫바지들은 움직이고 있었다. 잔등에 걸친 전통을 출렁이며 그들 틈에 끼어 걸어가는데 비지땀이 흘러 눈으로 들어가고 옆을 달려가는 기병들은 숨이 막히게 흙먼지를 일으켰다.

"제엔장!"

투덜거리면서 소매로 얼굴을 훔치고 둘러보았으나 고린내 나는 핫바지들은 어깨를 늘어뜨리고 걷기만 했다. 누구 하나 입을 여는 자도 땀을 씻는 자도 없었다.

병정들의 창대가 휘모는 대로 핫바지들은 어깨의 활을 내려 옆구리에 끼고 성으로 올라갔다.

정규병은 5명에 하나도 되지 않았다. 금시 화살이 날아오기나 하는 듯 성가퀴 뒤에 웅크리고 앉은 그들 틈에 서서 지급은 벌판을 내려다보았다. 먼발치로 성을 둘러싼 적도 마찬가지로 군복은 드물게 눈에 뜨이고 대개가 핫바지들이었다. 마주 보이는 언덕 위에는 많은 깃발들이 바람 없는 하늘에 늘어지고 가운데 채막(彩幕)이 보였다.

도무지 전쟁 기분이 나지 않았다. 저쪽에서 욱 소리를 지르면서 창으로 찌르는 동작을 하면 성 위의 이쪽 병정들도 창으로 허공을 찌르면서 욱 소리를 질러댔다. 2천 보도 넘는 거리에서 쓸데없이 몸을 놀려 진땀을 빼는 심사를 알 수 없었다.

욱 소리들이 한바탕 지나가고 저쪽 병정들이 땅바닥에 주저앉자 이쪽 병정들은 핫바지들을 들볶기 시작했다.

"느으들 핫바지 들어라. 활이라는 건 함부로 쏘는 게 아니다. 저놈들이 50보 이내로 바싹 다가들었을 때 이렇게 당겨서 쏘란 말이다."

한 놈이 어깨를 재고 활 쏘는 시늉을 하자 다른 놈이 양미간을 찌푸렸다.

"이 밥벌레들은 어쩌자고 끌어온 거지?"

밤이 깊도록 잠잠하던 것이 자정이 넘자 별안간 북소리와 더불어 고함을 지르며 몰려온 양현감군이 화살을 퍼붓기 시작했다. 화살은 대개 벽에 맞아 튀고 어쩌다가 머리 위를 스쳐 허공을 날아가는 것도 있었다. 충차니 포차니 하는 것은 없는 양 돌을 날리거나 성문을 들이치는 기색은 없었다.

성가퀴 뒤에 머리를 틀어박고 무작정 어둠 속에 화를 쏘아대는 핫바지들 틈에서 지급은 하품을 했다. 이것은 죽도 아니고 밥도 아니다. 될 대로 돼라.

병참을 맡았던 양현감에게는 무기도 많은 모양으로 동이 틀 때까지 화살은 계속 날아왔다. 지금은 살이 그대로 남아 있어도 곤란한지라 훤히 밝아오는 벌판에 대고 활을 겨눴다. 맞아도 좋고 안 맞아도 무방했다. 눈을 감고 연거푸 쏘아대는데 옆구리를 차는 놈이 있었다.

"뭐하는 거야?"

험상궂은 병정이 머리 위에서 호통을 치고 적은 이미 1천여 보 거리로 후퇴하였다. 지급은 천천히 일어섰다.

병정은 말없이 눈을 부라리고 아래위로 훑어보다가 돌아서 성큼성큼 걸어갔다. 성 밖에는 핫바지들의 시체가 여남은 뒹굴고 개중에는 아직 숨이 붙어 몸부림치는 놈도 있었으나 아무리 둘러보아도 이쪽에는 다친 사람이 있는 것 같지 않았다.

해가 뜨자 새로 당도한 핫바지들과 교대하여 성 밑에 친 장막으로 내려왔다. 땅바닥에 앉아 주먹밥을 씹으면서 궁리했으나 신통한 생각이 떠오르지 않았다. 도망쳐 봐야 성을 벗어날 수 없고 이대로 있자니 한심하기 그지없었다.

"우문지급이 누구요?"

밖에서 군관이 불렀다. 그는 물어뜯던 밥덩이를 한 손에 든 채 핫바지들 틈을 이리저리 누비고 장막을 나왔다.

"미안합니다. 곧 댁에 돌아가시지요."

속삭이는 낯선 군관 옆에 섰던 화급이 큰소리로 떠들었다.

"널 끌어낸 놈 얼굴 알지? 내 가만 안 둘 테다."

지급은 들었던 밥덩이를 멀찌감치 팽개치고 두 손을 털었다.

"어떤 놈이더냐?"

화급이 다그쳐 물었으나 지급은 잠자코 앞장서 걸었다.

"거리의 동정을 살피고 돌아오니 네가 끌려가지 않았겠니. 내 기가 막혀서. 그놈이 내 이름까지 적어갖고 왔다면서?"

화급은 옆을 따라오면서 쉬지 않고 입을 놀렸다.

"그길로 사급이네 집에 가서 공주마마 계수씨한테 일렀다. 그래 우리가 진짜 종이냐고 말이다. 내 한마디에 계수씨는 당장 대궐에 들어가서 전하를 뵈옵고, 그 자리에서 우리 형제는 건드리지 말라는 영이 내렸다 이 말이다."

6월이 다 가도록 집에서 뒹굴며 별의별 쑥덕공론을 한귀로 흘려버리고 술을 퍼 마셨다. 성은 떨어지지 않고 적도 물러가지 않았다.

7월에 들어 백마에 올라탄 양현감은 하루 종일 전선을 떠나지 않고 적은 맹렬한 공격을 퍼붓기 시작했다. 여태까지 없던 포차(砲車)가 나타나 성벽에 돌을 쏘아대는가 하면 밤에는 운제(雲梯)를 타고 성을 넘어오려고 기를 썼다.

오늘이 아니면 내일은 성이 떨어지리라는 공포 속에 도망칠 구멍을 잃은 백성들은 밖에 나와 성 위의 핫바지들을 쳐다보는 수밖에 없었다. 여전히 성가퀴 뒤에 쭈그리고 앉은 핫바지들은 부지런히 활을 당겼다.

이상하도록 조용한 밤이 지나고 동이 트자 그렇게도 복작거리던 적은 깨끗이 사라지고 벌판에는 그들이 팽개치고 달아난 토기(土器) 조각이며 헌 신발과 누더기가 부산하게 깔려 있었다. 무슨 술책 같다고 성을 지키던 군사들은 사흘 동안이나 제자리에서 움직이지 않고 백성들은 더욱 불안에 떨었다.

하오의 더위는 숨이 막힐 지경이었다. 뒤꼍에서 찬물을 끼얹고 돌아온 지금은 마루에 걸터앉아 부채로 바람을 들였다. 동쪽으로 길게 뻗은 오동나무 그늘을 바라보며 아무리 생각해도 양현감이 사라진 것은 알 수 없는 일이었다. 동도를 포기하고 서경(西京: 장안)을 들이치러 간 것일까.

밖에서 사람들이 떠들썩하고 몰려가는 소리가 들렸다. 그는 부채를 놀리면서 어슬렁어슬렁 대문 밖에 나섰다. 젊은 축은 뛰고 허리 굽은 노인들은 종종걸음을 쳤다.

"무슨 일이오?"

그는 앞을 지나가는 여인에게 물었다.

"원정군이 돌아온다오."

여자는 5, 6세 난 아들의 손목을 끌고 그냥 뛰어갔다. 곡절은 그렇게 되었구나. 지급은 그들 틈에 끼어 동대문을 빠져 성 밖으로 나왔다.

탁군(涿郡: 북경)으로 통하는 동북대로를 다가오던 창기병의 선두는 마중 나온 유수 번자개(樊子蓋)는 거들떠보지도 않고 북교(北郊)를 거쳐 곧장 서쪽으로 달리기 시작했다. 아들과 남편을 찾아 두리번거리는 백성들 앞을 지나는 병사들은 몇 번이고 돌아보며 성벽 모퉁이로 사라져 갔다.

서쪽으로 향하는 기병들의 대열은 끝없이 계속되고 군중 속에서는 한숨소리와 나지막이 투덜거리는 소리가 새어나왔다.

대장군기가 나타나고 이어서 햇볕에 그을린 내호아(來護兒)가 말을 달려왔다. 그는 잠시 내려 번자개와 몇 마디 주고받고는 다시 말에 올라 기병들의 뒤를 쫓았다.

날이 저물도록 기병대열은 계속되었으나 아버지는 나타나지 않았다. 우선 산동(山東)에 있던 내호아의 군대가 양현감을 치러 온 모양이다. 지급은 돌아서 집으로 발길을 옮겼다.

한밤중에 말굽소리가 요란하고 대문을 두드리는 소리가 났다. 자지 않고 모여 앉았던 가족들은 뛰어 나가고 문간방의 늙은 종은 초롱불을 들고 대문을 젖혔다.

아버지는 따라온 행달(行達)에게 말고삐를 넘겨주고 대문을 들어서면서 물었다.

"별일 없었느냐?"

땅에 엎드려 절하고 일어선 화급은 아직도 채 일어서지 않은 지급을 가리키고 대답했다.

"얘가 병정에 끌려간 걸 빼내느라고 혼났습니다."

아버지는 더 묻지 않고 방으로 들어가고 가족들이 뒤를 따랐다.

"새벽에 떠나야 하니 조반을 일찍 해라."

자리에 앉은 아버지는 가죽만 남은 것 같았다.

"아—니, 또 가시오?"

옆에 앉은 어머니가 입을 크게 벌렸다. 아버지는 응대하지 않고 두 아들을 바라보았다.

"양현감이 서쪽으로 도망갔다. 여러 장수들이 합력해서 치러 가는 중인데 일이 급해서 나만 잠깐 전하께 문안드리러 들렀다. 가족들이 무사해서 무엇보다 다행이다. 강권하지는 않는다마는 너희들 나와 동행하지 않겠느냐? … 이제 늙어서 그런지 누구 하나 옆에 없으면 허전한 생각이 드는구나."

화급은 오래도록 잔기침을 마지않고 아버지는 눈을 감았다.

"제가 모시고 가겠습니다."

화급의 잔기침이 끝나는 것을 기다려 지급이 대답했다. 고구려군과 싸우는 것은 질색이지마는 양현감의 핫바지들과 싸우는 것은 신날 것이었다. 피도 죽신하게 보고.

"아침이 이르니 어서 자라."

지급은 남보다 먼저 물러나왔다.


북교(北郊)에서 한밤을 묵은 우문술군의 기병 5만은 첫새벽에 황하(黃河) 남안을 서로 이동하기 시작했다. 간밤에 돌아왔을 때는 힘없는 노인으로밖에 보이지 않던 아버지는 능숙하게 말을 몰아 선두를 달리는 품이 젊은 장수들과 다를 것이 없었다. 이렇게 믿음직하니 양현감 따위는 문제없다고 생각하면서 뒤를 돌아보았다. 멀리 굽은 길을 돌아오는 부대의 선두에는 위문승(衛文昇)의 장군기가 나부끼고 아득한 후방에는 굴돌통(屈突通)이라 쓰인 깃발이 따라왔다. 수나라의 모든 장수들과 병력이 모여드는 듯한데 배때기는 어떻게 되었을까. 그는 말에 채찍을 내리쳐 아버지와 나란히 달렸다.

"폐하께서는 어디 계십니까?"

"탁군에 계시다."

아버지는 정면에서 눈을 떼지 않았다. 남은 죽는다 산다 야단인데 중도에 떨어져 계집의 엉덩이나 만지고? 내가 너를 위해서 이 삼복지간에 사지(死地)에 들어간다고 생각하면 그건 잘못이다. 갑갑해서 소풍가는 길이란 말이다. 내가 죽어? 어림도 없지. 이 목숨은 두었다 쓸 데가 있단 말이다.

험한 산길을 이틀 달려 함곡관(函谷關)에 이른 것은 해질 무렵이었다. 앞서 간 내호아로부터 양현감은 얼마 떨어지지 않은 전방을 동관(潼關) 쪽으로 이동 중이라는 연락이 왔다. 하늘에 높이 치솟은 산들을 바라보며 주먹밥으로 배를 채운 병사들은 잠깐 눈을 붙였다가 어두운 길을 다시 행군하기 시작했다.

밤에는 낮처럼 무덥지 않았으나 태산준령을 누비는 길이라 말들은 걸핏하면 돌부리를 차고 휘청거렸다.

"양현감도 어지간한 놈이지."

뒤에 따라붙은 두 군관이 속삭이는 소리가 귀에 들어왔다.

"들고 일어나자 10여 만이나 따라나섰으니 말이야."

"따라나섰나? 강제로 긁어모았지."

"긁어도 모았겠지마는 어쨌든 양현감 밑에서는 목숨을 내던지고 싸우는 놈이 많았대."

"세상을 구한다고 대외명분을 내세웠으니 따라오는 놈도 있었겠지. 이기지도 못할 전쟁에 천하 백성을 동원해서 수십만씩 죽이는 판이니 현감이 아니라 어떤 놈이 일어서도 마찬가질걸."

앞에서 잠자코 말을 몰고 가던 지급도 그렇다고 생각했다. 세상은 돌무더기가 무너지듯 움씰거리는 판이라 알맞은 기회에 자기가 들고 일어나도 몇 만쯤은 거느릴 수 있을 것 같았다.

산길을 얼마 안 가 황하 남안 벌에서 내호아군과 합류한 그들은 후속부대들을 기다리며 대휴식으로 들어갔다. 양현감군은 10리 앞 문향〔閿鄕: 동관(潼關) 동쪽 50리〕에 포진하고 있다고 했다. 병사들 사이에 퍼진 소문으로는 양현감은 우선 관서〔關西: 함곡관(函谷關) 이서(以西)〕지방을 손아귀에 넣고 태세를 정비한 다음에 돌아서 동도를 치고 온 천하를 삼킬 계획이라고 하였다.

정말 그렇게 되면 서경에서는 양현감이 임금 노릇을 하고 동도에서는 배때기가 용상에 그대로 앉아 서로 으르렁거리게 될 것이다. 내가 만약 옛날 제갈량(諸葛亮)의 촉(蜀)에 들어가서 깃발을 날리게 되면… 과시 천하 삼분지계(天下 三分之計)라, 괜찮은 생각인데 그때는 요놈의 배때기 두구 보자. 풀밭에 드러누운 지급은 하늘의 별을 바라보고 생각이 많았다.

밤사이에 집결을 완료한 관군(官軍)은 동이 트면서 총공격을 개시했다. 양현감군은 한발 앞서 동관(潼關)을 향해 움직이기 시작했으나 지휘관들만 말을 탔을 뿐 대개 핫바지 보병으로 구성된 그들의 동작은 관군의 기병들과 댈 것이 아니었다. 아버지 우문술이 총지휘하는 20만 기병은 황하를 우로 끼고 50리에 걸쳐 강행군을 하는 10만 양현감군을 문향 서쪽 그다지 넓지 않은 벌판에서 따라잡았다.

적은 돌아서 창을 들고 덤벼들었으나 간밤에 두 군관이 얘기하던 것처럼 물불을 가리지 않고 싸우는 군대는 못 되었다. 창을 휘두르며 고함을 지르고 달려오다가도 조금만 밀리는 기색이 보이면 흩어져 도망갔다.

아버지가 직접 지휘하는 수병(手兵) 2천은 적의 핫바지들은 안중에도 없는 듯 강가에 바싹 붙어 그들의 우측을 전속력으로 달려 앞질러 버릴 기세였다. 이대로 가면 적은 앞뒤로 포위될 것이다.

양현감군은 방향을 바꾸어 남쪽 산악지대로 달리기 시작했다. 관군은 때를 놓치지 않고 그들을 짓밟아 산기슭에 밀어붙이고 한숨 돌리면서 골짜기와 등성이로 도망치는 놈들을 멀거니 바라보기만 했다.

지급은 얼굴과 겨드랑의 땀을 씻고 고개를 돌렸다. 하늘과 땅이 떠나가도록 소동을 피웠으나 죽어 넘어진 놈은 불과 1천여 명이 될까 말까 하고, 여기저기 무기를 팽개치고 꿇어 엎드려 살려달라고 애걸하는 핫바지 떼들이 관군의 창대에 얻어맞고 있었다.

며칠 걸려 포로들을 휘몰아 동도로 보내고 피로를 푸는데 달이 바뀌어 8월이 되었다. 장수들은 겉으로는 적의 주력을 무찔러 안심이 된다면서도 속으로는 양현감을 붙들지 못한 것이 걱정인 모양이었다. 걸핏하면 장막에 모여 쑥덕거리고 사방에 병사들을 보내 염탐했다.

산 너머 50리 동두원(董杜原)에 양현감이 나타나 흩어졌던 병정들을 집결 중이라는 소식이 들어왔다. 장수들은 즉시 부대를 이끌고 사방으로 떠나갔으나 아버지는 움직이지 않고 무기의 정비를 명령했다.

사흘 후 행동을 개시한 5만군은 남쪽으로 달려 오정 때 동두원이 내려다보이는 고개에 올라섰다. 분지(盆地)에는 여기저기 천막들이 보이고 관군의 공격을 알아차린 듯 양현감군은 창병과 궁병들을 따로 편성하여 진을 치고 대기하고 있었다.

고수(鼓手)들이 북을 울리자 기병들은 고개를 쏟아져 내려갔다. 조금 전까지도 아무 기척이 없던 주위의 모든 산과 고갯길에서도 앞서 간 장수들이 깃발을 날리며 부하들을 휘몰고 분지로 밀려 내려왔다.

사면팔방으로 완전히 포위된 적은 며칠 전과는 달리 한사코 싸웠다. 혈로를 개척하려고 한 군데 집중 돌격을 감행하다가 안 되면 돌아서 뒤를 치고 좌충우돌하면서 빠져나가려고 안간힘을 썼다.

그러나 적을 빈틈없이 에워싼 관군은 서둘지도 않고 적중에 뛰어들지도 않았다. 창을 꼬나든 20만 기병은 10분지 1에 불과한 적을 향해서 포위망을 좁히고 한 걸음 한 걸음 서서히 다가들었다.

미친 듯이 날뛰던 양현감군은 바싹 죄어든 관군 앞에 통제를 잃고 그물에 들려 오른 고기 모양 복작거리며 어쩔 줄을 몰랐다. 관군은 북을 울리며 여전히 다가들고 앞줄의 병사들이 휘두르는 창끝이 하오의 햇살에 번뜩였다.

지급은 흑갈색 얼굴에 두 눈만 뻔들거리는 핫바지를 노리고 고삐를 틀었다. 창을 높이 쳐들어 가슴패기를 겨누는데 핫바지는 흰 눈을 치뜨고 씩 웃었다. 누런 이빨을 드러낸 상판은 어김없는 도깨비라고 생각하면서 창을 꼬나 박았다.

어깻죽지에 박힌 창을 빼는데 핫바지가 두 손을 창대를 거머쥐고 또 씩 웃었다. 아무리 잡아채도 핫바지는 창을 놓지 않고 도리어 이쪽이 차츰 끌리기 시작했다.

창을 버리고 옆에 찬 칼을 빼는데 핫바지는 어깻죽지에서 쏟아지는 피는 아랑곳없이 뺏은 창을 두 손으로 쳐들고 춤을 추며 제자리를 뱅뱅 돌았다. 지급은 돌진하여 모로 후려쳤다. 창을 떨어뜨리고 뒤로 자빠진 핫바지는 옆구리에서 피를 뿜으면서 누런 이빨을 드러내고 웃어댔다.

별꼴 다 본다고 침을 뱉고 머리를 쳐들었다. 숱한 핫바지들의 시체가 뒹굴고 뿔뿔이 흩어져도 도망치는 자, 무기를 버리고 꿇어 엎드린 자, 창대로 후려치며 돌아가는 자, 온 분지는 수라장이었다.

멀리 남쪽 골짜기로 달아나던 10여 기의 적군이 숲속으로 사라지고 1백여 기가 뒤를 쫓고 있었다.

"양현감이다. 잡아라!"

뒤에서 누가 큰소리로 외쳤다. 지급은 무작정 채찍을 퍼부어 내달렸다. 양현감의 목을 자르는 맛은 유별날 것이었다.

실개천을 따라 한식경이나 달렸을 무렵 앞서 가던 자들이 길을 막고 웅성거리며 좌우의 산을 향해 활을 당겼다. 지쳐 쓰러진 말을 팽개치고 흩어져 산으로 도망치는 7, 8명의 적은 나무 사이로 요리조리 운신하며 살을 피하고 일부 뒤쫓아 올라가는 병정들에게 돌을 굴렸다.

지급은 계속 달리는 5, 6기를 앞질러 선두를 뛰었다. 멀리서 말에 채찍을 후려치며 실개천을 건너뛰는 것은 어김없는 양현감이었다. 그를 따라가는 놈은 동생 적선(積善)이 같은데, 연달아 뒤를 돌아보다가는 납죽하게 엎드려 말갈기에 얼굴을 파묻었다.

전속력으로 달리는데 길 복판에 쓰러져 사지를 버둥거리는 말이 눈에 들어왔다. 현감아, 네 신세도 이제 끝장이다. 쓰러진 말을 뛰어넘어 계속 돌진하는데 이번에는 언덕길에서 굴러 떨어져 사지를 버둥거리고 이따금 머리를 쳐드는 말이 눈에 들어왔다. 지급은 멈춰서 앞을 훑어보았다.

얼마 떨어지지 않은 실개천 굽이에 두 놈이 어른거렸다. 그는 칼을 빼어 들고 말에 박차를 가했다.

넓적돌 위에 짜부라진 양현감은 숨통에 칼이 꽂힌 채 꼼짝 않고, 한 손에 단도를 든 아우 적선이는 모로 쓰러져 죽어가는 소리를 내고 있었다. 지급은 말에서 뛰어내려 발길로 걸어차고 칼을 뺏어 개천에 던졌다.

칼로 자기 목을 여기저기 찌른 듯 피가 흘렀으나 아직 숨이 붙어 있었다. 가슴을 짓밟았다. 5, 6기를 거느리고 뒤쫓아 온 늙수그레한 군관이 외쳤다.

"가만있어!"

지급은 쓰러진 형제를 번갈아 째려보고 길을 비켰다. 말을 내린 군

적 안의 적　197

관은 적선이를 안아 일으키고 물었다.
"형은 어떻게 된 거냐?"
"죽여 달라고 … 해서 … 내가 찔렀다."
가까스로 대답한 적선이는 몸을 가누지 못하고 입에서는 신음소리가 그치지 않았다. 군관은 안았던 놈을 밀치고 일어서 외쳤다.
"두 놈 다 목을 베라."
죽은 놈의 목을 따는 것은 싱겁고, 적선이란 놈의 모가지는 데데하고, 공연히 땀을 뺐다고 생각하는데 재빠른 병정들이 달려들어 두 놈의 목을 잘라 머리를 쳐들었다. 피가 흐르는 것을 바라보던 군관은 둘러선 병정들에게 일렀다.
"현감의 시체는 가지고 간다. 간수해라."
병정들은 목이 없는 시체의 두 발목을 잡아끌고 가다가 거꾸로 빙빙 돌렸다. 피가 원을 그리고 쏟아지다가 차츰 시들해지고 나중에는 방울로 떨어졌다. 병정들은 넓적돌에 대고 머리 없는 몸을 쪼아 대다가 더 이상 피가 흐르지 않는 것을 확인하고는 다시 개처럼 두 발목을 끌고 와서 한 놈의 안장 옆구리에 비끄러맸다.
"가자."
군관은 신이 나서 말에 올랐다. 지급은 맨 뒤를 달리면서 안장 옆대기에 출렁거리는 양현감의 머리와 몸뚱이를 바라보았다. 일은 허망하게 끝났지마는 저것이 성공해서 용상에 앉았다면 배때기가 저 꼴이 되었으리라. 기왕 할 바에는 좀더 머리를 쓸 것이지.
도중에서 아직도 산으로 달아난 놈들을 찾아 헤매는 병정들을 휘몰고 돌아왔을 때는 이미 날이 어두웠다. 낮에 싸우던 부대들은 대개 자취를 감추고 분지에는 4, 5천 명이 우둥불들을 피우고 기다리고 있었다. 그들이 당도하자 병정들은 일어서 웅성거리고 장수들은 횃불에 양현감의 얼굴을 비춰 보고 상을 찌푸렸다.

"이놈이 역적일 줄이야 누가 알았겠소."

내호아가 서두를 떼자 다른 장수들도 한마디씩 했다.

"무엇이 부족해서 대역(大逆)을 저질렀는지 알 수 없단 말이오."

"양소(楊素)의 아들이 역적이 될 줄이야 누가 짐작이나 했겠소?"

"개 돼지만도 못한 놈이지요."

"이번 난리통에 양소란 놈의 무덤을 파헤치고 부관참시(剖棺斬屍)를 한 것도 당연한 일이오."

듣고만 있던 아버지가 군관에게 지시했다.

"두 놈의 머리를 상자에 넣고 소금을 채워라."

그는 다른 군관을 돌아보고 계속했다.

"시체도 소금에 절여야 한다."

그 밤으로 양현감 형제의 머리를 가지고 4, 50명의 작은 부대는 황제 양광이 있는 탁군으로 떠나고 분지에 마지막 남았던 관군도 동도를 향해 발길을 더듬었다.

이틀 후에 도착한 동도(東都)는 난장판이었다. 유수 번자개의 명령으로 출동한 포졸들은 거리를 누비고 다니며 부역자들을 색출하고 재산을 몰수했다. 평소에 양현감이나 그의 일가와 친분이 있던 자는 물론 그의 밑에서 관직에 있던 자, 조금이라도 내왕한 흔적이 있는 자는 3족이 오랏줄에 묶여야 했다.

그칠 줄 모르고 계속되는 남녀노소 부역자들의 행렬은 남문으로 쏟아져 나가 미리 파놓은 수백 개의 구덩이 앞에서 울부짖고 애걸하고 주저앉아 몸부림쳤다. 그러나 포졸들은 사정없이 도끼를 휘둘러 수백 명씩 한 구덩이에 쓸어 넣고, 인부들은 가래로 흙을 덮었다. 흙이 메워짐에 따라 비명도 잠잠해지고, 구덩이가 차면 포졸과 인부들은 함께 들어가 밟고 또 밟아 굳게 다졌다.

입성하는 길로 남문 밖에 나와 구경하던 지급은 가슴이 후련했다.

이 세상에서 가장 즐거운 것이 피를 보는 일이었으나 오랏줄에 묶인 자들을 도끼로 후려쳐서 무더기로 구덩이에 처넣는 광경은 처음 보았다. 더럽게 소리를 지르며 고꾸라져 들어가는 놈들이 내뿜는 핏발은 보기만 해도 근사했다. 더구나 같이 묶인 자들이 쓰러지는 바람에 그대로 구덩이에 들어가 산 채로 묻히는 꼴은 별미였다. 흙을 덮으면 머리를 쳐들고 인부들은 쳐든 머리를 밟아 뭉개고 신나는 구경이었다. 내가 만약 칼자루를 잡는다면 못되게 노는 인간들은 이런 식으로 처치하리라.

이튿날도 또 그 이튿날도 오랏줄에 묶인 사람들은 무더기로 도끼에 얻어맞고 무더기로 구덩이에 묻혀갔다. 지금은 빼지 않고 구경을 다녔고 포졸들이 속삭이는 얘기도 들었다. 이제 지긋지긋하다고. 아취(雅趣)를 모르는 등신들.

양현감을 토벌하고 돌아온 병정들은 더욱 많이 죽여야 한다고 목에 핏대를 세웠다. 죽이면 죽일수록 몰수하는 재산도 많아지고 병정들에게 분배되는 것도 푸짐했다. 땅속에 들어간 부역자 3만에 귀양간 자 6천이라는 얘기가 있었으나 그들은 만족하는 눈치가 아니었다.

문향에서 말잔등에 실려 온 양현감의 몸뚱이는 대리시(大理侍) 한 구석 큰 항아리에 처박고 소금물을 부어두었다. 10여 일이 지나도록 어떻게 한다는 소리는 없고 쑥덕공론만 자자했다. 양 배때기가 돌아오면 만조백관에게 삶아 먹인다는 얘기도 있고, 각을 떠서 한 고을에 하나씩 보낸다는 얘기도 있었다.

탁군에서 칙사가 왔다는 소문이 돌자 이튿날 양현감은 항아리에서 나왔다. 그 길로 달구지에 실려 시장바닥에 나타난 시체는 십자형 말뚝에 사지를 묶여 뭇 사람의 구경거리가 되었다.

사흘 후, 말뚝에서 풀린 머리 없는 양현감은 다시 서문 밖으로 끌려갔다. 대신들이 지켜보는 가운데 병졸들은 시체를 동강내고 잘게 썰었다. 기름을 치고 불을 질러 깨끗이 태우고 마지막 남은 뼛가루를 허공에 날리는 것을 보고서야 대신들은 엄숙한 얼굴로 발길을 돌렸다.

# 전쟁과 새 생명의 탄생

적이 물러가자 마을에 돌아온 사람들은 여름내 무성하던 잡초를 뽑는 게 일이었다. 그러나 풀 속에서 죽지 않고 남은 곡식마저 가느다란 줄기에 보잘것없는 이삭이 달려 있을 뿐이었다.

철수가 지나 초가을에 들어섰으나 메밀을 뿌리기에도 늦었고 하는 수 없이 무, 배추를 심었으나 그것으론 큰 보탬이 될 것도 아니었다. 적이 드나드는 북변의 요하(遼河) 일대는 연사를 거의 망쳤고 그렇지 않은 지방에서도 부녀자들의 손으로 지은 농사가 신통할 리 없었다. 게다가 여러 고을에서는 수십 년 만에 처음이라는 가뭄 때문에 아예 곡식 구경을 못하는 경우도 드물지 않았다. 나라에서는 요긴하게 필요한 인원만 남기고 출정했던 병사들을 대부분 돌려보내서 한 톨의 곡식이라도 더 건지도록 손을 썼으나 별다른 효과는 없었다.

남보다 떨어져 추석께야 집에 돌아온 능소는 여느 때의 10분지 1도 못 되는 곡식을 거둬들이고는 날마다 마을사람들과 함께 숲에 들어가 도토리를 땄다. 몸이 무거운 상아는 따온 도토리를 말리고 맷돌에 갈아 가루를 냈다.

햇곡이 날 때까지 굶지 않고 입에 풀칠은 할 수 있을 것 같았으나 또다시 전쟁이 일어나면 큰일이었다. 잡초 속에서 거둔 곡식이나마 군량미(軍糧米)로 바쳐야 하고 백성들은 도토리만 가지고 끼니를 이어야 할 것이다. 난리통에 닭이니 돼지 같은 짐승들은 대개 잡아 없앴고 기를 틈도 없었으니 그것도 큰일이었다. 싸우는 병사들은 잘 먹어야 하는데 그것이 안 되고 백성들은 그들대로 고통일 것이었다.

식량을 그럭저럭 장만한 능소는 틈이 생기는 대로 활을 메고 사냥에 나섰다. 오래지 않아 해산할 상아는 내색은 안 해도 현기증이 심한데 아기를 낳고 시달리면 어떻게 될지 알 수 없었다. 오랫동안의 난리에 제대로 먹지 못한 데서 온 병이었다.

다행히 숲에는 노루가 얼마든지 있었다. 잡아오면 그날로 양껏 먹고 나머지는 육포를 만들어 곳간에 간수해 두었다. 육포는 자꾸 늘고 두 식구만으로 주체할 수 없어 우만 노인에게도 적잖이 나눠 드렸다. 때로는 사슴도 잡아 싱싱한 녹용을 함께 달여 먹었다. 그의 얼굴에는 붉은색이 돌고 처녀시절에 보던 활기가 되살아났다.

눈보라가 치는 겨울밤에 상아는 아들을 낳았다. 저녁밥을 지어놓고 슬그머니 뒷문으로 나가더니 뒷집 아주머니와 함께 들어와서 뒷방에 들어간 채 다시는 나타나지 않았다. 아주머니는 등잔불을 켜 들어가고 미역을 물에 불리고 기장쌀을 일고 발 방앗간 구석에 세워둔 짚단을 안고 들어갔다. 말은 없어도 눈치로 알아차린 능소는 아궁이에 불을 더 때고 뒤꼍에 나가 우물에서 물을 퍼다가 항아리와 동이에 채우는 외에는 어떻게 할 도리가 없었다.

등디목에 홀로 앉아 고콜의 소깡불을 바라보고 꺼질 만하면 관솔을 얹으면서 걱정이 한두 가지가 아니었다. 해산하다가 잘못돼도 낭패요, 내일이라도 약광 장군이 부르면 성하지 않은 상아를 두고 갈 일도 걱정이었다.

밤이 깊어 뒷방에서는 이를 악물고 참다못해 새어 나오는 신음소리가 희미하게 들리다가 아기의 울음소리가 터졌다. 능소는 저도 모르게 불쑥 일어섰다가 도로 앉았다. 조금 후에 달려 나온 아주머니는 아들이라면서 가위와 더운 물을 들고 들어갔다.

이튿날 소식을 듣고 눈보라 속을 찾아온 우만 노인은 수염의 고드름을 내리쓸고 얼굴에 미소를 띠었다.

"모자가 다 튼튼하지."

"예. 어서 올라오시오다."

능소는 일어서 바당에 서 있는 노인에게 눈으로 인사를 했다.

"신발을 벗기 싫에서."

그는 부뚜막에 걸터앉았다.

"아바이 기왕 오신 짐에 이름을 지어주시오다."

노인은 잠시 생각하다가 그를 돌아보았다.

"옛날 아리수(阿利水: 한강)에서 신라군과 싸울 때 도바(突勃)라는 사램이 있었는데 잘 생기구 용감한 데다가 마암씨가 그렇게 착할 수 없었지. 아깝게 전사를 했지마는 그양 살아 있었으문 아매 장군이 됐을 게야. 두고두고 애석하게 생각하는데 그 이름을 따문 어떻겠능가?"

"좋겠소다."

능소는 두말없이 동의했다. 사나이의 첫째 조건은 용감한 데 있고 둘째는 착한 데 있으니 그런 선인(先人)의 이름을 따는 데 이의가 있을 수 없고 더구나 우만 노인이 하는 일은 무엇이나 믿음직스러웠다.

노인은 가끔 찾아와서 어린 도바를 안아주고 제 아비를 벗겨 썼다고 농담을 했다. 상아는 언제나 더운 술에 노루고기를 안주로 대접하고 능소도 곁들여 한잔 마시곤 했다. 전에 없던 새로운 화제가 생기고 도바에게 이어지는 생명의 흐름을 생각하게 되었다.

뙤놈들은 다시는 쳐들어오지 못하리라는 것이 옥저마을 사람들의 공론이었다. 초겨울에 접어들면서 이 마을에도 양현감이 패해서 죽었다는 소식이 왔으나 양현감은 하나뿐이 아니고 비슷한 인간이 여러 군데 나타나 난동을 부리고 다니는 판이라 다시 고구려와 전쟁한다는 것은 생각할 수 없는 일이라고 했다.

요하에서 돌아오는 병사들의 얘기를 들어도 무여라 벌에는 작년같이 적군이 이동해 오지 않고 군량을 실어다 쌓아두는 기미도 보이지 않는다는 것이었다. 마을사람들은 오래간만에 전쟁의 그림자가 사라진 풍토에서 새봄에 씨를 뿌리고 품앗이할 의논에 밤이 깊어가는 줄을 몰랐다.

겨울이 가고 봄이 오자 능소는 도토리로 끼니를 때우면서 다락에 간수해 두었던 씨앗을 내려 파종 준비를 서둘렀다. 금년에야말로 풍년이 들어 주어야 했다.

며칠째 흐리터분한 날씨에 바람이 세차고 황사(黃紗)가 하늘을 뒤덮었다. 아침부터 해가 질 때까지 들에 나와 밭을 갈던 능소는 요란한 말굽소리에 쟁기를 멈추고 돌아보았다. 5천도 넘을 기병들이 한길을 북으로 달려갔다. 여기저기서 땅을 갈던 마을사람들도 우두커니 서서 바라보다가 후미가 시야에서 사라지자 모두들 어슬렁어슬렁 그의 옆으로 모여들었다.

"무슨 곡절이 있능 게 아잉가?"

요동성에서 국경으로 교대하러 가고 오는 부대는 심심치 않게 마을을 지나는지라 신기할 것이 없었으나 이 기병들은 복색이 달랐다. 능소는 살수대전 때 증산(甑山: 단천)에서 왔다는 병사들이 이렇게 누런 가죽 띠에 점박이 군복을 입은 것을 본 일이 있었다.

"멀리서 온 병정들 같은데….."

능소는 희미하게 대답했다.
"또 전쟁이 일어나는 게 앙이야?"
"글쎄 … 알 쉬 있어야지."
"능소는 군관이잉까 알 만도 한데."
"군관이래도 밑바닥 군관이라서 …."
그는 자신 없이 얼버무렸다.
저녁상을 마주하고 상아도 전쟁 걱정이었다.
"싸암이 터지문 또 성안에 들어가야 하겠지?"
능소는 대답하지 않았다.
"혼자 떨어져서 도바를 업구 부역 나갈 일을 생각항이 기가 맥헤서…."

한밤을 상아는 잠을 이루지 못했다. 밭갈이와 병아리며 송아지의 얘기는 뒤로 물러가고 사람들의 입에서는 다시금 싸움얘기가 자주 오르내리기 시작했다. 봄과 더불어 탐스러운 이삭의 꿈에 부풀었던 마을에는 걱정과 긴장이 감돌고 행여 외지에서 온 사람을 만나면 소식을 알려고 모여들었으나 누구 하나 똑똑한 대답을 하는 사람은 없었다.

3월이 가고 4월도 하순에 접어들자 벌판은 신록(新綠)으로 물들고 몇 해 만에 처음으로 제대로 자란 조며 수수의 새싹이 미풍에 나부꼈으나 전쟁의 소문은 갈수록 퍼지고 낯선 부대들은 심심치 않게 마을을 지나갔다. 요동성에 다녀온 사람들의 얘기로는 서쪽 요하 연변으로 이동하는 부대도 적지 않다고 하였다. 싹들은 제대로 자랐으나 머지않아 인마에 짓밟힐 일을 생각하고 말없이 탄식하면서도 사람들은 밭에서 일손을 멈추지 않았다.

내일이나 모레, 늦어도 며칠 안에는 약광 장군이 부르리라 생각하고 기대와 걱정 속에 하루하루를 들에서 보냈으나 4월이 다 가도록 아무 기별이 없었다. 능소뿐만 아니라 마을청년 중에 군대에 불려간 사람은 아직 없었다. 떠도는 소문으로는 지난해에 적이 쳐들어왔던 고장에는 아무 데도 영이 내리지 않았고 지금 움직이고 있는 병사들은 다른 고장 출신이라고 했다.

5월에 들어서면서 차츰 자세한 소식이 들려왔다. 중국황제 양광은 또다시 전국에 동원령을 내리고 3월에는 탁군으로 옮겼으나 각 처에 반란이 일어나 그것을 진압하느라고 군대의 집결이 늦어졌을 뿐 쳐들어오는 것은 틀림없다는 얘기였다. 마을의 아낙네들은 알게 모르게 성안으로 들어갈 짐을 꾸리고 한숨을 지었다.

5월 그믐이 되어도 아무 소식이 없는 것을 보고 행여 전쟁이 없을지도 모른다는 은근한 기대가 감돌기 시작했다. 저녁을 마친 상아는 도바에게 젖을 물리고 능소를 쳐다보았다.

"뙤눔덜이 6월에 쳐들어온 일은 없지?"

"없지."

능소는 고콜에 관솔을 얹으면서 간단히 대답했다.

"못 오능 게 앙이야?"

"그게사 두구 봐야지."

"늦은 것 같애."

상아는 도바에게 한 팔을 베우고 드러누워 곧 잠이 들었다. 요즘 능소도 같은 생각을 하고 있었다. 북국의 겨울은 빨라서 9월에는 추위가 오는데 이제 쳐들어올까? 한두 달 사이에 결판을 못 내고 추위가 닥치면 그대로 쫓겨 갈 일을 할 것 같지는 않았다.

그러나 6월에 들어서면서 요하로 가는 부대는 부쩍 늘고 옥저마을에도 영이 내려 청년들은 모두 군대에 들어갔다.

능소도 약광 장군의 전갈을 받고 이른 아침에 집을 나섰다.

"도바를 팽개치구 밭에 나가서는 앙이 돼."

사립문 밖에서 품에 안았던 애기를 넘겨주고 일렀다.

"응. 당신 조심하오."

상아의 얼굴에는 웃음이 없었다.

"내 걱정 말구 도바를 잘 봐줘."

고개를 돌리는 상아의 두 눈에 이슬이 맺혔다. 능소는 창을 들고 말에 올라 남으로 달리기 시작했다. 자기를 쫓아오는 상아의 시선을 잔등에 느끼면서도 모퉁이를 돌 때까지 뒤를 돌아보지 않았다. 삶과 죽음이 엇갈리는 싸움판으로 가는 자는 집에서 몸에 밴 잔걱정과 안온한 꿈을 버려야 했다.

북으로 가는 기병들이 흙먼지를 일으키며 스쳐가고 지나가는 마을마다 가족들이 전송하는 가운데 말을 몰고 나와 한길을 달리는 청년들이 그치지 않았다. 무성하게 자라 온 벌판을 덮은 조와 수수, 콩과 기장의 바다를 바라보면서 능소는 새삼 고구려는 기름진 나라, 아름다운 나라라고 생각했다.

군영은 몰려든 청년들과 그들을 갈라 세우고 편성하는 10인장 20인장이며 군관들로 들끓었다. 능소는 곧바로 약광 장군의 처소에 들어갔다.

"응, 금년 농사는 어떠냐?"

인사를 받은 장군의 첫 마디였다.

"잘됐습네다."

활기가 넘쳐흐르던 장군의 머리에도 흰 것이 하나둘 나타났다.

장군은 책상 위에 펼쳐놓았던 지도를 접고 능소는 맞은편 걸상에 앉았다.

"적은 만리장성을 넘어 진격을 개시했다. 수일 내에 선진은 무여라성에 들어올 게다."

장군은 접은 지도를 책상 위에서 만지작거리며 계속했다.

"재작년과 작년, 두 번의 패전으로 이번에 오는 적은 패잔병에 불과

한 오합지중이다. 피아의 실력을 냉정히 검토한 결과 이 적은 요하의 선에서 격파하기로 되어 있다. 너도 알다시피 두 번이나 우리 국토 안에서 전란을 겪고 보니 지금 고구려의 가장 큰 문제는 식량이다. 금년에는 요하 이쪽에는 얼씬도 못하게 해서 백성들이 지어놓은 농사를 지켜야 하겠다."

능소도 옳다고 생각했다. 적은 작년보다 떨어지면 떨어졌지 나을 것은 없을 것 같고 요하 연변에서 능히 막을 수 있을 것 같았다.

"앞으로 한 달 동안 훈련을 맡아줘야 하겠다. 수성술(守城術)은 필요 없고 활과 창으로 집단 공격하는 훈련 말이다. 다들 무술에는 뛰어났으니 재훈련으로 생각하면 된다."

"앞으로 한 달입네까?"

며칠 안에 싸움이 벌어질 것으로 생각했는데 장군의 얘기는 매우 천천했다.

"적은 진격이 느려서 무여라 벌에 전열(戰列)을 펴고 전면 공세를 시작하려면 한 달 이상 걸릴 게다."

"그렇습네까…."

7월에 들어서야 전쟁이 시작된다는 얘기가 되고 어딘지 모르게 김이 빠진 느낌이었다.

"알아둘 것은 적의 주축은 보병이다. 두 번 전쟁에 우리한테 말을 10여만 두 뺏기고 당나귀에 노새까지 동원하는 형편이다."

높은 군관이 종이에 적은 것을 들고 들어서자 능소는 물러나왔다.

다음날부터 그는 16, 7세의 소년병들을 끌고 벌판에 나가 단련에 열중했다. 경당에서 배우고 사냥도 자주 해서 활 솜씨나 창 솜씨는 나무랄 데가 없었다. 누구나 안장 없이 말을 달리고 집단 기율도 그만이었다. 부족한 것이 있다면 대부대의 일원으로 상호 연관을 생각하지 못하는 흠이 있고, 간혹 떠나온 가족을 잊지 못해 시무룩한 소년들도 있었다. 그는 단련에 엄격하면서도 그들의 티 없는 얼굴에 아들 도바를 생각하고 정을 기울였다.

어떻게 된 영문인지 6월 그믐이 되어도 적의 주력은 무여라 벌에 나타나지 않고 발착수(渤錯水)를 넘지 못했다는 소문이었다. 장군은 요하 연변에 포진한 부대들을 돌아보고 평양성에도 매일 사람을 보냈으나 전같이 백성들을 성안으로 옮기지 않았다. 능소는 도대체 전쟁을 하는 것인지 안 하는 것인지 종잡을 수 없었다.

7월 10일. 해돋이에 평양성에서 왔다는 군관은 말을 내려 빠른 걸음으로 장군의 처소에 들어갔다가 잠시 후에 나와 다시 말에 올랐다. 능소는 가끔 있는 일이라 북행길을 멀어져 가는 그의 뒷모습을 무심코 바라보는데 달려온 병사가 장군께서 부르신다고 했다.

"곧 남쪽으로 떠날 터이니 차비를 해라."

약광 장군은 새 옷으로 갈아입고 가죽 띠를 두르는 길이었다. 능소는 물러나와 돌쇠 이하 10명의 병사들을 선발하고 말들을 대기시켰다.

동문으로 빠져나온 일행은 남동으로 뻗은 길을 줄기차게 달렸다. 선두의 장군은 시종 말이 없고 뒤를 따르는 병사들은 서로 눈치를 살피며 긴장된 표정이었다. 무슨 중대한 일이 벌어진 것만 같았다.

도중에서는 어느 성에도 들르지 않았다. 밤이 깊어서야 풀밭에 장막을 치고 잠깐 눈을 붙였다가 동이 트면 기동하여 또 달렸다.

평양성(平壤城)에는 밤중에 당도하여 군영에서 하룻밤을 지냈다. 얼마 전에 비사성[卑沙城: 대련만(大連灣) 북안(北岸)]이 적장 내호아(來護兒)의 수중에 들어갔다는 소문이 돌고 패수(浿水: 대동강) 어구에서 큰 싸움이 벌어지리라는 공론들이었다. 군관들이 주고받는 얘기를 듣고만 있던 능소는 이번에는 적의 주력이 북으로 오지 않고 바다로부터 들어오기 때문에 약광 장군을 부른 것이 아닌가 생각했다.

이튿날 아침 장군은 능소만 데리고 마리치[莫離支] 처소에 나갔다.

넓은 마당 한구석, 느티나무 그늘의 장막에 앉았던 을지문덕 장군은 밖에까지 나와 맞아 주었다.

"너무 더워서 이렇게 나와 있소."

인사를 받으면서 능소도 알아보았다. 그는 망설이다가 을지문덕 장군이 권하는 대로 약광 장군을 따라 장막 한 모퉁이에 들어가 앉았다.

"북변의 농사는 잘됐소?"

늙은 마리치는 첫 마디에 농사 형편부터 물었다.

"전에도 보고를 드렸습니다마는 요동성 근방은 괜찮은 편이고, 부여성 일대는 가뭄 때문에 신통치 않습니다."

"연사가 잘돼야 할 터인데…."

병사들이 날라 온 오미자 물을 마시는데 연자발 장군이 들어섰다. 능소는 수인사가 끝나는 것을 기다려 물러나와 마당에서 서성거렸다. 맞은편 울타리 안에 늘어선 오동나무 그늘에서 젊은 군관이 미소를 짓고 다가왔다. 연자발 장군을 따라온 낯익은 군관이었다. 함께 장막 그늘에 앉아 얘기를 하려는데 안에서 을지문덕 장군의 가라앉은 목소리가 새어나왔다.

"… 그래서 장군들을 불렀소. 여기 그 밀사(密使)가 가지고 온 편지가 있소."

능소와 옆에 앉은 군관은 귀를 기울였다. 한동안 침묵이 흐른 끝에 연자발 장군의 목소리가 울렸다.

"결국 곡사정(斛斯政)을 돌려주면 침공을 그만두고 물러가겠다는 얘기가 되겠습니다."

"그렇소."

"이것은 우문술의 생각이고 문제는 양광에게 달려 있지 않겠습니까?"

"양광의 양해 없이 우문술 단독으로 이런 편지를 낼 수 있겠소?"

"그렇기는 합니다마는 ….”
"더구나 양광과 우문술은 지금 회원진에 같이 있소.”
"조정의 생각은 어떻습니까?”
"대신들도 그렇고 대가(大加)들도 전선을 맡은 두 장군의 의사를 존중하자는 의견들이오.”
"밀사는 믿을 만합니까?”
"우문술의 친필이오.”
"생명을 부지하기 위해서 우리 품안에 들어온 사람을 뻔히 죽을 줄 알면서 돌려보낸다는 것은 차마 못할 일입니다. 혹시 우리가 약해서 이번 침공을 감당하지 못한다면 그럴 수도 있겠습니다마는 능히 물리치고도 남을 형편이 아닙니까? 후일을 위해서도 보내지 않는 것이 좋겠습니다.”
"조정에서도 그런 의견이 적지 않았소 … 약광 장군은 어떻게 생각하오?”
"글쎄올시다. 인명(人命)이 귀중한 것은 말할 나위도 없습니다마는 전쟁이 터지면 한 명이 아니라 무수한 인명이 희생될 것입니다. 적에게 막심한 피해를 준다 하더라도 유망한 고구려 청년들도 많이 죽고 다치지 않을 수 없습니다. 곡사정 한 사람 때문에 이런 희생을 참아야 할지 모르겠습니다.”

연자발 장군은 반대였다.
"인간 세상에 중요한 것이 신의(信義)인데 보호한다고 해놓고 이제 와서 죽을 길로 보낸다면 천하에 고구려를 믿을 백성이 있겠소?”
"그렇기는 합니다. 그러나 개인에 대한 신의 때문에 국가가 큰 피해를 입어도 무방할 것인지 깊이 생각해야 합니다.”
"이것은 개인에 대한 신의가 아니라 천하에 대한 공신(公信)이라고 보아야지요.”

"물론 그런 점이 있습니다. 그러나 모든 것은 국가의 이익을 기준으로 생각할 일입니다. 자기 조국을 배반한 자를 국가의 운명을 걸고까지 두둔할 것은 없을 듯합니다. 또, 한 번 배반한 자는 두 번 세 번 배반할 수 있다는 말이 있습니다. 제가 듣기에 곡사정도 양광은 얼마 안 가 망한다, 그때는 중국으로 돌아간다고 공언했다고 합니다. 무엇이나 샅샅이 물어 염탐하고 쓸데없이 돌아다니는 것은 이쪽 사정을 알아두었다가 만일의 경우에는 고구려를 배반하고 도망가서 제 나라에 공을 세우자는 것이 아니겠습니까? 이런 인물을 위해서 수만의 우리 청년을 죽일 수는 없습니다."

"공신(公信)은 지켜야 하는 것인데…."

연자발 장군은 더 말하지 않았다.

오랜 침묵 끝에 을지문덕 장군의 목소리가 흘러 나왔다.

"두 장군은 얘기는 달라도 나라를 위하는 심정은 다를 것이 없소. 긴 눈으로 보나 당장 지금 형편으로 보나 우리 고구려에 절실한 것은 만리장성 너머에 강대한 침략 세력이 있어서는 안 되겠다는 사실이오. 이것은 두 분도 익히 아는 일이오…."

장군은 잠시 말을 끊었다가 계속했다.

"지금 우리에게는 다시없는 기회가 왔소. 두 차례의 패전으로 양광의 위광(威光)은 뒤흔들리고 도처에 반란이 일어나서 내란 상태에 들어갔소. 그는 잃어버린 위신을 회복하려고 또다시 만리장성을 넘어왔소마는 이 통에 군역을 피한 자들의 반란집단은 더욱 늘고 내란은 더욱 확대되어 이제 고구려와 전쟁한다는 것은 제정신을 가진 사람으로는 생각 못할 일이오. 우문술은 병(兵)을 아는 사람이라 이런 제의를 해 온 것이오. 우리로서는 양광을 완전히 쳐서 없애도 곤란한 것이 죽은 자에게는 동정이 쏠리는 법이오. 서경(西京: 장안)에 있는 황태손(皇太孫) 유(侑)를 세우고 반란자들에게 대사(大赦)를 내리면 단시일에 수습할 수도 있을 것이오. 되도록이면 양광의 군대를 손상하지 않고 그대로 돌려보내서 토벌(討伐)이다, 의거(義擧)다 해서 저들끼리 싸우게 하고, 오래 끄는 사이에 중국 자체의 힘을 소모해 버리도록 하는 것이 가장 큰 이익이오. … 그러니 곡사정은 넘겨주는 것이 합당할 것 같소."

마리치 을지문덕의 단이 내리자 두 사람은 순순히 응했다.

"밀사는 오늘밤에 뱃길로 돌려보내겠소. 요동성에 와서 인수해가라고 회답할 터이니 곡사정은 약광 장군이 맡아 호송하시오."

장막에서 물러나와 마당을 가로지르던 연자발 장군은 나란히 걷는 약광 장군을 돌아보고 미소를 지었다.

"역시 마리치 각하의 안목은 한 단 높소."

"그렇습니다."

그들은 정문에 세워둔 말을 타고 군영으로 돌아왔다.

다음날 이른 아침 능소는 병사들을 거느리고 서문 안 곡사정의 숙소를 찾아갔다. 인도하는 군관을 따라 큰 기와집 대문에 들어서자 곡사정은 잘 가꾼 정원 한구석을 거닐고 있었다. 1년 전에 잠깐 만난 능소와 돌쇠도 알아보고 반가운 얼굴이었다.

"안녕하십니까?"

그 동안에 익힌 서툰 고구려 말로 인사하고 다가왔다.

"안녕하십네까. 따 — 징은 지금부터 우리와 함께 가야 하겠소."

능소는 선언했다. 돌쇠의 통역을 듣는 곡사정의 얼굴에서는 웃음이 사라지고 따라온 병사들을 훑어보는 두 눈이 반짝였다.

"어디 가지요?"

"가보문 알 것이오."

곡사정은 그를 물끄러미 바라보다가 안에 들어가 옷을 바꿔 입고 다시 나타났다.

"짐은 필요 없소?"

"필요 없소."

앞장서 대문을 나선 곡사정은 병사가 내미는 고삐를 받아 말에 올랐다.

동문 밖. 약광 장군은 전송 나온 높은 군관들과 얘기하며 가끔 성(城)을 쳐다보았다. 능소는 이번에도 평양 성내를 구경하기는 틀렸다고 생각하면서 말을 내리는데 곡사정은 벌써 무릎을 꿇고 엎드렸다.

"장군께서는 저의 생명의 은인이십니다. 조석으로 찾아 문안을 드려도 부족할 처지올시다마는 저의 형편이 그렇지 못해서 격조했습니다."

장군은 말없이 고개를 끄덕였다.

"저는 어디로 가게 됩니까?"

일어선 곡사정은 두 손을 모아 쥐고 쳐다보았다.

"요동성으로 가게 됐소."

높은 군관들의 인사를 받고 말에 오른 약광 장군은 채찍을 내리치고 능소 이하 10여 기의 병사들은 곡사정을 에워싸고 그의 뒤를 따랐다.

올 때와 마찬가지로 밤낮으로 달리는 길가에서 곡사정은 몇 번이고 돌쇠에게 캐어물었으나 그는 모른다는 대답만 되풀이했다. 장군에게 접근하려고 무던히 애쓰는 눈치였으나 능소는 틈을 주지 않고 쉴 때에도 멋대로 굴지 못하게 했다.

요동성이 가까워 오자 이렇게 물었다.

"나를 중국에 돌려주고 무슨 흥정을 하는 게 아니오?"

능소는 역시 눈치가 있는 자라고 생각했으나 머리에서 발끝까지 찬 인상만 주는 이 사나이에게 동정이 가지 않았다.

요동성으로 돌아온 지 닷새. 능소는 조반을 마치고 활터에 나가려는데 돌쇠가 들어섰다.

"장군께서 부르십니다. 소식 들으셨어요? 적의 군사(軍使)가 왔답니다."

짐작이 간 능소는 대수롭지 않게 대답했으나 돌쇠는 이상하다는 표정이었다.

가운데 앉은 약광 장군은 말이 없고 지켜 섰던 20인장이 옆 방문을 열었다. 낯선 군인이 들어서고 뒤이어 배가 불쑥 나온 중국 군관이 두 명의 병사를 거느리고 들어왔다.

"이 사람이올시다."

낯선 군인이 소개하자 옆에 섰던 중국 군관은 걸상에 앉은 장군 앞에 절하고 무릎을 꿇은 채 머리를 조아렸다.

"대수(大隋) 좌감문부 교위(左監門府 校尉) 원무달이올시다. 금번 좌익위 대장군 우문술 각하의 친서를 받들고 역신(逆臣) 곡사정을 인수하러 고명하옵신 장군을 찾아뵈옵게 되었습니다."

장군은 그가 바치는 봉서를 뜯어 훑어보고 통역을 마친 돌쇠는 놀라는 표정으로 능소를 건너다보았다.

"알았소. 여기 있는 우리 군관들과 의논해서 인수해 가시오."

장군은 또 머리를 조아리는 원무달은 보지 않고 능소에게 명령했다.

"너는 돌쇠 이하 50명의 부하를 지휘하여 이들을 요하까지 호송한다. 도중에 사고가 없도록 조심해라."

장군이 일어서 뒷문을 열고 나가자 중국 군관은 두루 돌아가며 인사를 했다.

"원무달이올시다. 허허허, 이것으로 우리 두 나라는 평화를 회복하게 됐습니다. 허허허."

오정 때, 능소가 지휘하는 50명의 기병들은 영문을 나서 서부 요하로 달리기 시작했다. 말잔등에 묶인 곡사정은 사색(死色)이 되고 원무달은 가끔 그를 돌아보며 눈을 흘겼다.

# 무너져 가는 수나라

　양현감의 난리 때문에 고구려 원정을 포기하고 돌아온 황제 양광은 탁군에 머물러 있다가 난리가 평정된 후에는 상곡(上谷)을 거쳐 박릉(鏷陵)에 옮기고는 더 이상 움직이지 않았다. 대신들이 동도(東都)나 서경으로 돌아갈 것을 권하면 국내의 잔당을 쳐부수고 고구려를 무찌르기 전에는 안 간다고 버틴다는 소문이었다.

　양현감의 뼈를 갈아 바람에 날린 후 아버지는 장수들을 비롯한 고관대작들과 함께 박릉으로 떠나갔다. 지급은 또다시 조용해진 동도에서 술을 마시고 가끔 형과 입씨름을 하면서 세월을 보냈다.

　그러나 바깥세상은 어수선했다. 고구려에서 돌아온 병사들은 가을부터 겨우내 여러 고을에 파견되어 반란을 진압하고 개중에는 양현감과 호응하여 난리를 일으킨 자들을 토벌하러 강남까지 내려간 부대들도 있었다.

　새해 정월까지 그럭저럭 큰 난리를 진압하자 2월에는 또 전국에 동원령이 내렸다. 황제 양광은 우선 장군들의 수하에 있는 병력을 휘몰고 동북으로 떠나 3월 초에는 탁군에 도착했으나 뒤를 이어야 할 징모병들은 도중에서 무더기로 도망치고 붙들리면 죽는 판이라 대개 떼를 지어 도처에서 약탈을 일삼는다는 소문이었다. 황제를 따라 탁군까지 갔던 병력의 태반은 다시 남하하여 반란을 진압하느라고 야단들이었다. 봄이 가고 여름도 끝나는 6월 그믐에야 난동은 고개를 숙이고 내호아의 수군이 고구려의 비사성(卑沙城)을 빼앗았다는 소식이 들어왔다. 관에서는 크게 선전하고 당장 평양성이 떨어진다고 장담했으나 지급은 속으로 웃었다. 비사성은 적의 소부대가 망을 보는 작은 거점에 지나지 않는다는 것은 전부터 들어 알고 있었다.

　7월 보름에 받은 아버지의 편지에는 초순에 폐하를 모시고 만리장성을 넘어 회원진에 들어왔다고 했다. 공연히 화가 나서 그날 밤은 소주 한 되를 다 마셨다.

　달포나 가타부타 소식이 없더니 추석날 아침 가족이 둘러앉아 떡을 먹는데 별안간 거리에서 사람들이 왁자지껄했다. 화급은 혼자 두리번거리다가 들었던 젓가락을 놓고 밖으로 내뛰었다.

　"낫살 먹어서도 저 꼴이니 내 참 한심해서 … ."

　어머니가 한탄했다. 지급은 슬그머니 상 위의 술병을 들고 사랑의 자기 방에 돌아와 침상에 배를 깔고 드러누웠다. 간밤의 술이 과해서 해장을 해야 하였다. 한 잔 들이켜고 다시 붓는데 화급이 대문으로 뛰어들었다.

　"애 지급아, 꺼우리들이 싸우기도 전에 납죽하게 항복했단다! 원정군도 곧 돌아오고."

　그는 두 손으로 문설주를 짚고 숨을 허덕였다. 지급은 따르던 술잔을 마시고 침상에 일어나 앉았다.

　"꺼우리가 항복해요?"

　"항복했다 뿐이냐. 제발 살려달라고 곡사정을 잡아다 바치고. 꺼우리 왕도 여기 와서 우리 폐하 앞에 대죄하기로 됐단 말이다."

도무지 믿어지지 않았다.

"흥."

"왜 흥이야?"

지급은 잠자코 술을 따랐다. 따른 술을 입으로 가져가는데 화급은 방 안에 한발을 들이밀고 주먹으로 잔을 후려쳤다.

"우리가 이긴 게 원통하단 말이지?"

지급은 얼굴을 적신 술을 소매로 훔치고 말없이 형을 노려보다가 형의 가슴패기를 밀어 마당에 내동댕이치고 문을 닫아걸었다.

곧 돌아온다던 원정군은 9월이 다 가도록 나타나지 않았다. 들리는 소문으로는 8월 초에 회원진을 떠났으나 도중에 반란군이 득실거려 행군이 부진하고, 심지어 한단〔邯鄲: 하북성 남부(河北省 南部) 광평부(廣平府) 서남〕경내에서는 양공경(楊公卿)이라는 두목이 지휘하는 난동분자 8천 명이 친위군의 후미를 습격하여 말 40여 필을 뺏어 달아났다는 소문도 있었다. 고구려가 항복할 리는 없고 국내가 이 지경이니 후퇴한 것이지 — 지급은 제 나름대로 해석했다.

마침내 10월 초에 황제가 돌아왔다. 성내의 모든 백성은 폐하의 개선을 환영하라는 영이 내려 아침부터 동문으로 쏟아져 나온 군중은 창기병들이 도열한 큰길 양쪽에 늘어서 기다렸다.

오정이 훨씬 지나 기마선발대가 흙먼지를 날리면서 달려가고, 이어 오색 깃발과 태상기를 앞세운 황제 양광의 혁로(革輅)가 시야에 들어왔다.

그의 일행이 눈앞에 오면 양쪽의 백성들은 땅에 엎드려 머리를 조아리고 지나가서도 서로 눈치만 보고 감히 일어서지 못했다.

지급도 남이 하는 대로 무릎을 꿇었으나 숙인 얼굴에 눈을 치뜨고 훑어보았다. 혁로에 앉은 양 배때기는 반백이 되었고 전후좌우에 말을

타고 호종하는 장군들은 햇볕에 그은 얼굴이 수척하고 눈들은 독기를
품고 있었다. 1년 반 만에 보는 배때기, 그동안 갑자기 늙었구나.

그는 일행이 성문으로 사라진 뒤에야 군중과 함께 털고 일어섰다.
이번에는 흰 천에 무어라고 적은 깃발을 앞세우고 1백여 명의 기병들
이 나타났다. 눈여겨보는데 행렬이 다가옴에 따라 글자는 차츰 선명
해지고 지금은 가슴이 철렁했다. "대역부도 사정"(大逆不道 斯政) 이
라 쓰여 있었다. 군중은 고함을 지르고 침을 뱉고 창기병들은 몰아내
고 한동안 뒤죽박죽이었다.

기병들에 둘러싸여 눈앞을 지나가는 함거(檻車) 속의 인물도 어김
없는 곡사정이었다. 머리를 풀어 헤치고 경가(頸枷) 수계(手械) 족쇄
(足鎖), 중죄인에게 씌우는 멍에는 모조리 걸치고 앉은 곡사정은 반
이나 죽은 듯 옛날 그렇게도 똑똑하고 당당하던 모습은 하나도 찾을
길이 없었다. 천하 사람들이 다 속아도 자기만은 배때기의 술책에 넘
어가지 않는다고 생각하던 지금은 멍청하니 입을 벌리고 같이 섰던
화급은 보라는 듯이 팔굽으로 옆구리를 찔렀다.

그날 밤부터 별별 소문이 다 돌았다. 곡사정은 당장 능지처참(陵遲
處斬) 을 한다느니 산 채로 술독에 담근다느니 거꾸로 매달고 불에 태
운다느니 야단들이었다.

그러나 10여 일이 지나도록 옥에 갇힌 곡사정은 살아 있다는 소문이
고 아버지는 어떻게 처치할지는 자기도 모른다는 대답이었다. 대궐에
문안을 드리고 나온 계수 남양공주는 폐하의 측근자들이 모여 곡사정
을 죽이는 방법을 이모저모 깊고 넓게 연구하는 중이라고 전했다.

10월도 거의 갈 무렵 황제의 일행은 피를 고대하는 동도(東都) 백
성들의 소망은 아랑곳없이 곡사정을 끌고 서경으로 떠났다. 그동안
옛날 서적을 상고하고 선례를 빠짐없이 조사한 학자들이 마침내 결론
을 내려 곡사정은 만고에 없는 역적이라 죽여도 그저 죽여서는 안 되

고 서경에 끌고 가서 종묘(宗廟)에 고한 연후에 처단하는 것이 합당하다고 글을 올렸다는 소문이었다.

오래간만에 서경 집도 돌아볼 겸 생각이 있으면 같이 가자는 아버지의 한마디에 지급은 두말없이 따라나섰다. 집 같은 것은 아무래도 좋고 곡사정을 죽이는 광경은 빠질 수 없는 구경일 것이다.

곡사정의 함거를 뒤에 달고 동도를 떠난 지 엿새, 황제의 노부(鹵簿)는 싸락눈이 내리는 서경으로 들어왔다. 동짓달의 추위에 몸을 웅크리고 땅에 엎드린 백성들에게 미소를 던지면서 곧바로 종묘에 도착한 황제와 장군들은 군복차림 그대로 고조(高祖) 양견(楊堅)의 사당 앞에 늘어섰다.

병정들이 손발을 묶인 곡사정을 들어다가 정면의 큼직한 제상 위에 내려놓고 물러서자 사당문이 열리고 주악이 울렸다. 장군들과 더불어 절하고 일어선 황제 양광은 한 걸음 앞에 나가 무릎을 꿇고 친히 제문을 읽었다. 이따금 목이 메어 중단하는 제문은 딱히 들리지 않았으나 "적은 깨끗이 항복하고…" 혹은 "고구려왕 고원(高元)도 지금 보시는 대역부도 곡사정같이 묶어 영전에 바칠 날도 멀지 아니하옵고…."

몇 구절은 귀에 들어왔다. 문간에 쭈그려 엎드린 지급은 고구려가 항복하고 안 하고는 알 바 아니고 산 사람을 상에 올려놓고 제사를 지내는 것은 신기하기 이를 데 없었다. 춥기는 했으나 역시 서경에 온 것은 잘한 일이었다.

8일 후. 바람 없는 금광문(金光門: 서경의 서삼문 가운데 중문) 밖은 추위를 무릅쓰고 옷가지에 가죽부대며 이불까지 뒤집어쓴 수만 인파로 들끓었다. 정면 채막(彩幕) 좌우의 흰 장막 한 모퉁이에는 칼, 창, 도끼, 활과 살이 무더기로 쌓이고 그 앞에 조금 비켜 병정들은 통나무로 덕을 매고 있었다. 덕 밑에는 큰 가마를 걸고 불을 때 김이 오르고 병정들이 소금 접시를 얹은 목판을 들어다가 옆에 늘어놓았다.

오정의 종소리와 더불어 주악이 울리면서 황제 양광이 문무백관을 거느리고 성문으로 나와 채막으로 들어갔다. 곧이어 함거에 실려 온 벌거숭이 곡사정은 덕 위에 끌려 올라가 무릎을 꿇은 자세로 기둥에 빈틈없이 묶였다.

마지막으로 두 병정이 수레바퀴를 맞들어 그의 목에 걸고 내려오자 채막의 양광이 지켜보는 가운데 문무백관은 저마다 무기를 하나씩 골라잡고 장막을 나와 줄을 지어 섰다.

북이 울리자 선두의 아버지가 창으로 곡사정의 가슴을 냅다 지르고 비켜섰다. 이어서 차례로 지나가는 자들은 도끼로 내려치고 칼로 찌르고 활에 살을 재워 직통으로 눈을 쏘고 그때마다 한마디씩 욕설을 퍼붓는 것도 잊지 않았다. 비명도 들리지 않는 가운데 곡사정은 순식간에 피투성이가 되고 피는 땅에 떨어져 엉켜 붙었다.

문무백관이 한차례 돌자 병정들이 올라가 밧줄을 풀고 죽은 곡사정을 끌어내려다 배를 가르고 내장을 들어낸 후 더운물로 말끔히 씻어 가마 속에 집어넣었다. 앞줄에서 바라보던 지급은 삶을 바에는 산 놈을 삶아야 아우성치는 꼴이 볼 만하지 … 머리가 옳게 돌지 않는 놈들이라고 생각했다.

적지 않은 시간을 작대기로 이리저리 휘젓던 병정들이 사지를 들어 옆에 있는 큼직한 도마 위에 옮겨놓자 식도를 든 병정들이 다가와 살점을 도려내기 시작했다.

북소리와 더불어 문무백관은 소금 접시를 하나씩 들고 다시 한 줄로 섰다. 선두의 아버지가 아직도 김이 오르는 살점을 소금에 찍어 입속에 집어넣고 비켜서자 뒤를 이은 대신들은 차례로 같은 동작을 되풀이하고 지나갔다. 먹는 시늉을 하고 몰래 품속에 집어넣는 자, 구역질을 참지 못해 줄 밖에 나가 토하는 자도 있었으나 간혹 보라는 듯이 도마 옆에 붙어 서서 몇 점이고 연거푸 씹어 먹고는 배를 내밀고 걸어 나오는 자도 있었다.

가마를 들어낸 불에 장작을 쌓아 불이 훨훨 타오르고 병정들은 도마 위에 앙상한 곡사정의 해골을 들어다가 불길에 얹었다. 숯불을 앞에 한 양광은 처음부터 팔짱을 지르고 말 한마디 없이 바라보고만 있었다.

병정들은 불에 탄 백골을 모아다 돌절구에 찧고, 여태까지 자취도 보이지 않던 원무달이 장막 뒤에서 조그만 나무상자를 들고 나타났다.

"가루는 여기 넣는다."

그는 상자를 내려놓고 엄숙히 선언했다. 병정들은 찧은 가루를 두 손으로 움켜 상자에 넣고 남은 것은 빗자루로 쓸어 담았다.

원무달은 상자를 들고 가서 어전에 엎드렸다.

"어찌하오리까?"

"바람에 날려라!"

황제 양광은 처음으로 입을 열어 고함을 질렀다.

원무달은 장막 뒤에서 병정이 끌고 온 말에 올라 달리기 시작했다. 사람 없는 벌판에 나가 가루를 바람에 날리며 돌아가는 그의 모습을 한참 지켜보던 황제 양광은 채막을 나와 어가에 오르고 대신들도 말에 올랐다.

지급은 멀어져 가는 황제의 행렬을 바라보다가 씩 웃었다. 배때기, 놀길 자알 논다.

섣달에 다시 동도에 온 양광은 봄이 오자 태원(太原)으로 떠났다. 지급도 시키는 대로 아버지를 따라나섰다. 항복하러 온다던 고구려왕은 오지 않고 배때기는 또 원정을 한다고 큰소리를 쳤으나 여름이 가고 가을이 와도 그는 태원을 떠나지 않았다.

8월에 들어 북방을 순시한다고 서북 만리장성 언저리를 돌아다니는 판에 돌궐(突厥) 왕 시필가한(始畢可汗)이 수십만 기로 공격해 온다는 급보(急報)가 날아들었다. 의성공주가 사전에 내통해 줘서 안문(雁門)까지 도망칠 수 있었으나 급히 추격해 온 돌궐군에 포위되고 말았다. 장군들은 이리저리 말을 달리며 호통을 쳤으나 병정들은 움직이려고 하지 않았다. 황제가 직접 나와 다시는 고구려와 전쟁하지 않겠다고 맹세하기 전에는 못 싸우겠다는 것이었다. 배때기는 하는 수 없이 군사들 앞에 나가 기죽은 소리로 한마디 하지 않을 수 없었다. 턱없이 고구려와 싸워 수십만이 개죽음을 당했으니 이 어찌 민망하지 않으랴, 다시는 고구려와 전쟁을 아니하겠노라, 하는 맹세지거리를 들은 연후에야 군사들은 겨우 움직이기 시작했다. 그러나 신통하게 싸울 리 없었다. 배때기는 밤낮 떨기만 하고 의성공주에게 몰래 사람을 보내 살려 달라고 애걸했다. 9월에 들어 의성공주가 북변에 큰일이 생겼다고 아들을 불러들이는 바람에 돌궐군은 포위를 풀고 북으로 물러가고 배때기는 목숨을 건져 가지고 10월에는 동도에 돌아왔다.

또 새해가 오고 고구려를 친다는 소문은 심심풀이로 퍼졌다가는 사라졌다. 반란도 여기저기 일어났다가는 진압되고, 진압되면 또 다른 고장에 일어나 병사들은 끌려 다니고 시달리고 지쳤다.

7월에 강도(江都)에서 새로 만든 용주(龍舟)가 도착하자 황제와 대신들을 태운 수백 척의 배의 행렬은 운하를 따라 남행길에 올랐다. 아버지의 분부대로 지급은 온 가족과 함께 작은 배를 독차지하고 뒤를 쫓았다.

강도(江都)에 도착한 지 두 달, 북쪽 같으면 초겨울의 음산한 하늘이 다가올 시월에도 봄철이나 진배없이 포근한 날씨에 산과 들은 초록으로 뒤덮였다.

지급은 양자강에 나가 술이나 한잔하려고 별렀으나 아버지가 탈이었다. 보름 가까이 시름시름 앓은 끝에 어저께부터는 열이 부쩍 오르고 가끔 정신이 혼미했다. 용하다는 의원은 빼지 않고 불러들였으나 진맥을 하고 처방을 써 주면서도 떠날 때에는 오늘밤을 넘기기 어렵다는 귀띔을 잊지 않았다.

고관대작치고 문병을 오지 않은 사람이 없었다. 녹용이니 사향 같은 귀한 약재를 싸들고 와서는 사랑방에 모여앉아 아버지의 출중한 인품과 비길 데 없는 대공(大功)을 극구찬양하고 끝에 가서는 막둥이 사급을 한바탕 추켜올리고 자리를 떴다. 종일 마당에서 숯불에 약을 달이는 지급의 귀에는 구태여 들으려고 하지 않아도 그들의 대화가 스쳐갔으나 누구 하나 형과 자기를 입에 올리는 자는 없었다. 다만 배불룩이 원무달과 운정홍만은 여러 날 동안 집에도 가지 않고 걱정되는 얼굴로 옆에서 일을 거들어 주었다.

해가 기울 무렵 폐하께서 직접 문병을 오신다고 금군(禁軍)이 들이닥쳐 집 주위와 길가에 도열하고 일단 돌아갔던 고관들 중에서도 몇 사람은 다시 와서 엄숙한 표정으로 문간에 모여 섰다. 어머니와 아들 딸들은 깨끗한 옷으로 갈아입고 아버지 옆에 지켜 앉아 덮은 이불 위에 조복(朝服)을 걸쳐놓고 기다렸다.

그러나 어둠이 깔리고 대문에서 중문을 거쳐 안방까지 켜놓은 수백 개의 초롱불이 반이나 타내려가도록 폐하는 나타나지 않았다. 밤늦게 바깥이 술렁거리면서 백발의 내관이 갈지자(之) 걸음으로 대문을 들어섰다. 칙사 대접을 받으며 안방에 들어온 내관은 아버지의 머리맡에 앉아 뼈와 가죽만 남은 손을 잡았다.

"폐하께서 친히 오시려고 했으나 법도상 그렇게 못하신다고 모두들 말리는 바람에 제가 찾아뵈옵고 성지를 전하게 되었습니다. 평소에 마음에 있으면서도 어전에 아뢰지 못한 일이 있으시면 기탄없이 말씀하시라는 폐하의 고마우신 성지(聖旨) 올시다."

아버지는 눈을 감은 채 떠듬떠듬 대답했다.

"평생에 망극한 성은을 받자오니 더 무엇을 바라겠소. 다만 한 가지

유한이 있다면 화급은 대를 이어갈 내 맏아들이오. 일찍이 성상께서 잠저(潛邸)에 계실 때부터 출입하여 성총(聖寵)이 지극하셨는데 사람됨이 부족해서 죄를 짓고 아직도 종의 신세를 면치 못했소. 죽어가는 마당에 폐하께 드릴 말씀이 있다면 이 아이를 불쌍히 여겨 주십사 하는 한 가지뿐이오 ….”

아버지는 더 말을 잇지 못하고 숨소리가 고르지 않았다. 옆에서 어머니가 잡아 흔들어도 정신을 차리지 못하고 사람도 알아보지 못했다. 가족들은 눈물을 참고 내관은 조용히 일어서 물러갔다. 지급은 배웅하러 나가는 형의 뒷모습을 바라보며 어금니를 깨물었다. 얘기하려면 자기 이름도 곁들일 것이지 맏아들만 사람인가 ….

아버지는 자정이 지나 첫닭의 울음소리가 퍼지는 가운데 운명하고 말았다.

양광은 죽은 아버지에게 사도(司徒) 상서령(尙書令) 십군태수(十郡太守) 등 큼직한 벼슬들을 추증(追贈)하고 태뢰(太牢)의 예로 성대하게 장례를 치르도록 명령했다. 울음소리가 그치지 않는 집안에는 장례준비를 서두르는 조관들이 들끓고 문전은 모여든 구경꾼들로 붐비고 떠들썩했다.

장례가 끝난 날로 조사(朝使)가 찾아와 화급 지급 다 같이 종을 면하고 높은 벼슬을 내린다고 전했다. 오래간만에 조복을 차려입고 그를 따라 대궐에 들어가서 황제 양광 앞에 사은숙배(謝恩肅拜)를 드리는데 화급은 목멘 소리로 무어라고 중얼거렸으나 옆에서 함께 머리를 조아린 지급은 귀를 기울이고 황제의 입에서 떨어질 한마디를 기다렸다.

“경들의 선친은 진실로 나라의 기둥이었소. 그 선친의 일을 생각해서 형에게는 우둔위 장군(右屯衛 將軍)을 제수하는 터인즉 좌둔위 장군 운정흥과 함께 내가 거처하는 이 대궐의 경비를 맡을 것이며, 아우에게는 장작소감(將作小監)을 제수하니 제반 영선(營繕)에 힘써주오. 모든 것이 선친의 은덕인즉 선친같이만 충성을 다한다면 더 바랄 것이 없겠소."

절하고 물러나오면서 화급은 흐느껴 울고 소매로 눈물을 닦았다.

"나를 이렇게까지 신임해 주시니 정말이지 분골쇄신해서 충성을 다 하고야 말겠다."

땅거미 지는 마당에 나와 같이 걸으면서 화급은 주먹을 불끈 쥐고 허공에 내휘둘렀다. 그러나 지급은 밸이 뒤틀렸다. 10년 동안 개천대를 해놓고 미안하다는 소리 한마디 없이 겨우 목수 석수에 미장이들의 부두목이라? 너 때문에 청춘을 다 망쳤다. 요 너구리 같은 배때기야.

"너는 어떻게 생각하니?"

"고맙지 뭐요."

화급은 더 묻지 않았다.

# 백일천하

　장작소감(將作小監) 우문지급은 대궐 한 모퉁이 연당(蓮塘)을 쳐내는 인부들이 바삐 돌아가는 것을 지켜보다가 버드나무 밑에 앉아 조약돌을 주워 못에 던졌다. 봄은 오고 배때기는 오늘도 대낮부터 계집들을 모아놓고 술을 퍼마시고 있다. 같지 않은 것들이 모두들 잘났다고 날뛴다는데 고리타분하게 나는 이게 뭐냐.
　그는 생각할수록 맹랑했다. 별것들이 다 설친다. 고구려 원정에 겁을 먹고 도망갔던 군역 기피자들이 떼를 지어 처처에서 관가(官家)를 쳐부수고 눌러앉아 제멋대로 황제니 왕이니 하고 나대니 우습고 더러워서 이 세상 살 수 있느냐 말이다.
　배때기는 이 수삼 년 동안 이 도둑들을 부숴버린다고 큰소리를 쳐왔으나 가뭄에 콩 나듯 이겼다는 소식도 없지는 않았으나 토벌하러 나갔다 하면 대개는 싸우지도 않고 패하고, 병정놈들은 저쪽에 붙어버리는 바람에 설치는 패거리들의 세력만 더 커진다는 것이었다.
　몇 만쯤 거느렸다는 조무래기들은 이루 셀 수 없으니 그만두고 수십만을 거느리고 대단한 지역을 점령했다는 아이들도 알고 보니 우스운 물건들이다.

하북(河北)에 하국(夏國)을 세우고 제일 세력이 강하다는 두건덕(竇建德)이만 하더라도 알고 보니 언젠가 탁군으로 가다가 시냇가에서 우리 말을 뺏어 간 그 도둑놈이었다. 거지발싸개 같은 농사꾼이 힘깨나 쓴다고 이장(里長)이 됐다가 맨 처음 고구려 원정 때는 2백인장(二百人長)으로 뽑혀 전쟁에 나가게 되니 겁이 나서 도망갔다는 것이다. 도망가는 길에 내 말을 빼앗은 것이다. 그게 글쎄 하북 일대에서 임금 노릇을 한다니 웃겨도 보통 웃기는 게 아니다.

이연(李淵)이라는 영감태기는 50이 넘어서도 주책이다. 원래가 위위소경(衛尉少卿)이라 해서 배때기의 의장(儀仗) 심부름이나 하던 사품(四品)짜리 벼슬아치로, 아버지 앞에서는 고양이 앞의 쥐였다. 연전에 배때기가 태원(太原)에 갔을 때 도둑을 잡으라고 추켜세워 산서(山西), 하동(河東) 위무대사(慰撫大使)라는 길쭉한 벼슬을 주었으나 겨우 좀도둑 몇 마리 잡아가지고 와서는 큰일이나 한 것처럼 떠들어댔다. 흐느적거리던 그 모양새는 지금 생각해도 메스껍다. 배때기가 눈이 멀었지 그런 걸 태원유수(太原留守)로 두고 오다니 말이나 되느냐. 운정홍이 밑에서 나불거리던 그 피도 안 마른 아들 세민(世民)이라는 애하고 쏙싹거려 가지고 돌궐의 후원으로 분수없이 태원 일대를 차지하고 당왕(唐王)이라니 말은 다했다.

그 밖에 이밀(李密)이니 소선(蕭銑)이니 양사도(梁師都) 이자통(李子通) 심법흥(沈法興)이니, 모두 건달 아닌 것이 없고 건달 중에서도 백수건달 임우홍(林于弘)은 황제라고 자칭하는가 하면 오랑캐 유문주(劉文周)도 한몫 끼어들었다.

이런 판국에 양 배때기는 재작년 7월 이 강도(江都)에 내려와서는 길이 막혀 동도에 돌아가지 못하고 매일 술이다. 배때기야 아무래도

너하고 셈할 때가 오나 부다. 너 내 신세를 조져놓고 인사가 있어야
할 게 아니야? 나는 너만 못해서 장인(匠人)들의 뒷바라지나 하고 이
렇게 죽치고 앉아 있는 줄 알면 큰코다친다. 놈의 새끼.
"넌 뭐야, 도대체?"
형 화급이 궁궐 안팎의 초병들을 순찰하고 다니다가 그의 옆에서
발을 멈췄다. 지급은 한참 노려보다가 쏘아붙였다.
"잘났소."
일하는 인부들은 힐끗힐끗 형제를 돌아보고 몰래 웃었다. 화급은
곁눈으로 인부들을 살피면서 상을 찌푸리고 목소리를 낮췄다.
"이 형의 체면은 뭐가 되니, 응?"
"체면? 그 체면이라는 게 세모났소, 네모났소? 양 배때기는 저렇게
흥청거리고 우린 뭐냐 말이오?"
화급은 파랗게 질려 두 손으로 그의 입을 막았다.
지급은 일어서 철문을 빠져나왔다. 대기하고 있던 말을 타지 않고
하오의 거리를 천천히 걸었다. 수양버들의 신록(新綠)이 좋고 물에서
노는 오리도 좋았다. 작은 시내 너머 언덕에는 철쭉과 살구꽃이 만발
한데 아이들이 재잘거리며 꽃을 꺾고 있었다. 이렇게 좋은 날 배때기
는 틀어박혀 술만 마시는 것도 고역일 게다.
집에 돌아오니 조행추(趙行樞)라는 건달이 기다리고 있었다. 돈은
있고 할 일은 없는 위인이라 돈을 뿌리고 돌아다니면서 누구하고도
술을 마시고 된 소리 안 된 소리, 세상 돌아가는 이야기는 많이 알고
있는 패거리였다. 지급도 그의 술을 얻어먹고 가끔 사주기도 한 처지
였다. 촐랑거리는 인간이 지급과 사귀는 것을 가문의 영광이라면서
무엇이든 들으면 즉시 옮기지 않고는 배기지 못하는 성미였다.
호홍, 입이 간지러워서 왔구나. 오늘은 또 무슨 허풍선이 같은 얘
기를 가지고 왔을까. 지급은 인사를 받고도 말없이 앉아 바깥만 내다

보았다. 조행추는 안색을 살피다가 공연히 히죽거리며 다가앉았다. 그는 더욱 다가와 그의 귀에 입을 갖다 대고 속삭였다.

"소식 들으셨겠지요? 동성(東城)에 있는 군대 말입네다."

동성에 있는 군대라면 황제가 동도(東都)에서 여기까지 끌고 온 군대다.

"반란을 일으킬라고 움씰거린다는데요."

지급은 처음으로 그를 똑바로 보고 물었다.

"어디서 들었어?"

"이 조행추를 만만히 보시문 안 됩니다. 영감 같은 어른도 모시지만 군대에서는 군관에서 졸병까지 아는 사람이 즐비하다 이 말씀이오. 지금 그 부대를 쥐고 있는 사마덕감(司馬德戡)도 그쪽으로 기울고 전에 춘부장이 살아 계실 때 댁에도 자주 오던 원무달도 가담했대요."

"원무달이?"

"그럼요. 이런 역모(逆謀)를 사전에 알아냈으니 후한 상이 내리겠지요?"

촐랑새의 입에서 나오기는 했지만 허무맹랑한 이야기 같지는 않았다. 배불룩이 원무달도 가담했다? 꼴에 한번 놀아보는 건가? 지급은 잠자코 생각하다가 물었다.

"그놈들 무엇 때문에 그런대?"

"다 관중(關中) 사람들 아닙네까? 재작년 7월에 여기 왔는데 지금 3월이니 1년 반도 넘는데다가 언제 고향에 돌아갈지 모르고, 일은 즉사두룩 하고, 못 살겠다 이거죠. 못 믿으세요?"

"너 그런 일은 함부로 입을 놀리는 게 아니다."

지급은 못을 박아두는 것도 잊지 않았다.

지급은 그 밤으로 이 건달을 끌고 사마덕감을 주사(酒肆)의 은밀한 방에서 만났다.

"당신 역모를 꾸미고 있다지?"

그는 단도직입으로 물었다. 두 눈이 퀭한 덕감은 의미 있는 시선을 교환하고 웃음을 띠었다.

"영감께서 이렇게 오실 줄 알았습지요."

"쓸데없는 소리 말고, 역모를 꾸몄소, 안 꾸몄소?"

"역모라니 천부당만부당한 말씀이외다. 폐하를 모시고 관중으로 돌아가자는 거지요."

"여보시오, 어린애 장난이오? 그쯤 되면 제왕이냐 역적이냐 갈림길이오. 우리도 사내대장부 아니오? 차제에 양 배때기를 싹 쓸어버리고 깃발을 올립시다."

양 배때기라는 말에 덕감은 빙긋이 웃었다.

"좋습니다. 그런데 제일 마음에 걸리는 것이 백씨입니다. 친위군(親衛軍)은 아직도 폐하께 충성이고, 백씨는 그 친위군의 우두머리로 계시단 말씀이오."

지급은 친위군 때문에 자기를 끌어들이려고 미리 계획한 것임을 처음으로 알았다. 오합지중인 덕감의 군대로는 친위군을 어쩔 도리가 없을 것이었다. 그러나 친위군을 모두 형 화급이 거느린 것은 아니다. 형은 우둔위 장군으로 반을 차지하고 나머지 반은 좌둔위 장군 운정홍의 수중에 있었다. 운정홍이한테도 필시 수작을 걸었을 것 같았다.

"운정홍이 어쨌건 백씨만 동조하시면 방법이 있을 게고 백씨를 움직일 분은 영감밖에 없습니다."

덕감은 지급을 똑바로 보고 있었다.

"내게 맡기고 이제부터 당신들은 만사 내 절제를 받겠소?"

"여부 있습니까."

그들은 혈맹(血盟)을 맺고 일어섰다. 지급은 자기가 주역이라는데 난세(亂世)의 영웅 같은 기분이 들면서 무거운 흥분이 가슴을 스쳐갔다. 양 배때기, 이제 너를 깔고 앉을 때가 왔다.

그는 돌아오는 길에 형 화급을 찾았다.

3월 10일. 밤 오경(五更). 우둔위군이 입직한 날이었다. 지평선에 달이 지는 것을 신호로 안으로 잠겼던 대궐의 모든 문의 빗장은 소리 없이 옆으로 미끄러졌다. 동성에 대기하고 있던 군대는 여러 패로 나뉘어 성내 요소(要所)로 흩어져 달리고 사마덕감 이하 정예 기병 수백 기는 우문지급의 지휘하에 친위군과 합세하여 대궐로 쳐들어갔다. 황제 양광에게 충성하는 자들이 있었으나 간단히 쓸어버리고 일부는 황제가 거처하는 서각(西閣)을 에워싸고 나머지는 다른 전각들을 샅샅이 뒤져 닥치는 대로 죽이고 돌아갔다.

동이 트자 성내로 흩어졌던 군대도 대궐 주변에 모여들고 군관들도 궐내로 들어왔다. 저마다, 전정(殿庭)에 서 있는 지급의 앞에 달려와서 없애버린 고관대작들의 이름을 대고 전과를 보고했다. 그중에서 운정홍은 도망가고 내호아(來護兒)는 아주 멸족을 해버렸다는 것이다.

지급의 입이 비뚤어졌다.

"아 새끼들 나대더니만 잘 돼졌다."

말을 탄 형 화급이 군관의 인도로 궐문(闕門)으로 들어와 그의 옆에서 말을 내렸다.

"폐하는 어떻게 되시고?"

"없애라고 했으니 없어졌을 거요."

옆에 섰던 군관이 끼어들었다.

"폐하도 동도에 돌아가는 걸 좋다고 하셨다는데 구태여 시해(弑害)할 건 없다는 공론입니다."

"잔말 말고 저리 가."

지급은 눈을 부라리고 옆에 찬 단도를 끌러 뒤에 서 있는 행달에게 주었다.

"다 들었지? 양 배때기 말이다. 지금 당장 가서 염통을 푹 찔러 죽이고 오너라."

행달은 전각에 올라 이방 저방 뒤지다가 온실(溫室: 욕실) 문고리를 잡아당겼다. 벌거벗고 목욕을 하던 황제 양광은 일어서면서 소리를 질렀다.

"웬 놈이냐!"

행달은 어디를 찌를 것인가, 배가 튀어나온 황제를 머리에서부터 더듬어 내려오는데 그는 또 소리를 질렀다.

"게 누구 없느냐."

행달은 천천히 다가가 머리채를 거머쥐고 쳐들었다. 벌거숭이는 눈을 치뜨고 강아지처럼 사지를 버둥거렸다. 행달은 허공에서 한 바퀴 돌린 다음 자빠뜨리고 깔고 앉았다.

황제는 다급하게 씩씩거리며 사색이 되어 꼼짝을 못했다. 행달은 한 손으로 그의 가슴을 천천히 쓰다듬어 염통의 위치를 찾아 한 손가락으로 눌렀다. 황제는 입을 헤벌리고 두 눈알은 쉴 새 없이 굴려 문간과 그의 얼굴을 번갈아 보았다.

행달은 바른손에 든 단도의 끝을 염통에 대고 힘껏 내리 찔렀다. 황제는 온 낯이 구겨지면서 약간 요동치고 이빨 사이로 희미한 소리가 새어 나왔다.

그뿐이었다. 눈을 치뜨고 턱이 빠져 내려왔다. 코끝에 손가락을 대 보았으나 숨이 끊어지고 염통에서는 피가 용솟음쳤다. 행달은 일어서 내려다보다가 문을 나서면서 중얼거렸다. 별게 아니구나.

화급은 그동안에도 안절부절못했다.

행달이 피 묻은 단도를 들고 오는 것을 보자 화급은 쪼르르 달려가 그의 어깨를 잡았다.

"어떻게 됐니, 응?"

"죽였지요."

행달은 지급의 앞에 와서 피 묻은 단도를 그의 발밑에 내던졌다.

지급은 돌아서 동녘에 떠오르는 아침 해를 바라보다가 정전(正殿)으로 발길을 옮겼다(양제가 살해된 것은 서기 618년 3월, 고구려 영양왕이 별세한 것은 동년 9월이다).

"내 이렇게 될 줄 알았다. 아버지 산소가 명당이라는데 제왕이 안 나오고 배겨?"

화급은 옆에 따라오면서 신이 났으나 지급은 대답하지 않았다.

"집안 아이들을 모두 왕공(王公)으로 봉해야겠는데 이름을 생각해 둬라. 그리고 국호는 뭐라고 할까?"

"주책 떨지 말아요. 조금 있으면 형은 승상(丞相)이 될 텐데 체통을 지켜요, 체통. 용상에는 천천히 앉고 우선 승상이오, 승상."

"… 이렇게 되면 할 수 없지 … 용상에는 누가 앉니?"

"두구 보문 알아요."

지급은 대답하지 않고 모퉁이를 돌아 정전 층계를 올라갔다. 마당에는 군사들이 열을 지어 서고 전각 안에는 사마덕감을 비롯해서 이번 일의 주동 인물들이 웅성거리는 속에 20대의 진왕(秦王) 양호(楊浩: 양제의 아우 양준의 아들)가 겁에 질린 얼굴을 두리번거렸다. 주근깨로 뒤범벅이 된 그 얼굴은 보기만 해도 입맛이 떨어진다고 뇌까리던 지급이 그의 앞에서 허리를 굽실하고 사마덕감에게 눈짓을 했다.

간단한 주악에 이어 사마덕감의 주재로 즉위식에 거행되고 양호는 황제가 되어 용상에 앉았다. 앉아서도 몸을 온통 쪼그리고 눈알은 쉬지 않고 굴렸다.

어느 사이에 끝났는지 식은 끝났다는 것이다. 화급은 시키는 대로 용상 옆에 서 있는데 지급이 종이에 적은 것을 펼쳐 들고 양호 앞에서 읽어 내려갔다.

승상에 우문화급, 좌복야(左僕射) 겸 영12위 대장군(領十二衛 大將軍)에 우문지급 … 수십 개의 관직과 이름들이 나왔으나 화급은 더 듣지 않았다. 승상이라면 황제 다음이다. 나쁘지는 않은데 가만 듣자하니 지급이란 녀석이 군대는 모조리 틀어쥘 작정이구나. 그러면 어떻게 되지?

다 읽고 난 지급이 머리를 조아렸다.

"이상과 같이 제수하시는 것이 어떠하오리까?"

"그, 그대로 거행하시오."

양호는 자리에서 엉거주춤 일어나서 말을 더듬었다.

"오늘 일은 이것으로 끝내겠습니다."

지급의 한마디에 양호는 용상에서 내려와 이 사람 저 사람에게 곁눈을 팔았으나 누구 하나 아는 체를 하지 않고 뿔뿔이 흩어져 나가버렸다.

지급은 형을 돌아보고 한마디 했다.

"폐하고 형님만 남았군. 두 분이 조용히 국사를 의논하시오."

그는 층계를 내려오자 말에 올라 군관들을 거느리고 대궐 내외를 돌아다니면서 초병의 배치를 점검하고 동성(東城)에 가서 전군을 개편 장악하는 작업에 들어갔다.

해질 무렵에 집에 돌아오니 대문 앞에는 아는 얼굴 모르는 얼굴들이 수없이 모여 있었다. 그가 나타나자 서로 밀고 당기며 이빨을 드러내고 머리를 조아리고 저마다 한마디씩 했다. 영특하시다느니, 오늘을 학수고대했다느니, 역사에 없는 큰일을 했다느니 말이 많았다. 지급은 말없이 대문으로 들어갔다.

죽기로 돼 있던 사급이 처와 아홉 살 난 아들 선사(禪師)와 함께 안방에 앉아 있었다. 노려보고 서 있는데 집안 식구들이 몰려들고 그를 죽이러 갔던 종이 구석에서 두 손을 모아 쥐었다.

"저는 차마 ….."

화급의 처와 아들딸들까지 몰려와서는 온 집안사람들이 말려도 지급은 막무가내로 발을 굴렸다.

"당장 끌고 나가 없애버려!"

남양공주는 소리 없이 울고 사급이 일어서 그의 팔에 매달렸다.

"형님 살려 주시오."

"넌 죽어야 한다. 네 처와 아이는 다치지 않는다. 너는 죽어라."

사급은 주저앉아 고개를 들지 못했다.

"우리 형제가 종으로 구박을 받을 때 너는 뭘 했지? 부마(駙馬)라고 호의호식하고, 나대고."

지급은 그를 발길로 걷어찼다.

남양공주가 눈물을 닦고 조용히 일어섰다.

"아주버니, 저부터 죽여 주시지요."

황제 양광의 맏딸이었으나 티를 내는 일이 없고 시집온 후로는 어려운 일을 도맡아 해왔다. 시아버지가 아플 때에는 밤을 새워 간호하고 손수 약을 달이고 궂은 빨래도 했다. 미인은 아니었으나 수수한 얼굴에 덕성이 흐르는 여자였다. 지급은 황제 양광에게는 이를 갈았으나 20대 초의 이 남양공주에게는 언제나 마음속으로 한수 지고 들어갔다.

얼른 대답이 나가지 않아 잠자코 있는데 남양공주는 말을 이었다.

"아버지께서 저렇게 비명에 가시고 이제 또 지아비가 죽게 되었으니 저 같은 것이 살아서 무얼 하겠습니까."

잠깐 쳐들었다 내리는 얼굴에는 전에 볼 수 없던 살기(殺氣)가 스쳐가고 진정으로 죽음을 각오한 인간의 표정이었다.

지급은 슬그머니 사랑채로 나와 버렸다.

열흘이 지났다. 주변 여러 고을에서 끌려온 수천 척의 크고 작은 배들은 새로 등극한 양호와 새로운 권력자들, 수만 명의 병사들을 싣고 강도를 떠나 운하를 북으로 미끄러져 갔다. 오래간만에 고향으로 돌아가는 병사들의 얼굴에는 생기가 돌고 떠들썩 노래를 부르는 축도 있었다.

지급은 황제 양광이 애용하던 용주(龍舟)에 앉아 양광이 하던 대로 젊은 여자들의 시중을 받고 밤낮으로 얼큰히 취해 지내는 형 화급을 곁눈으로 지켜보았다. 물길은 잔잔한데 평야는 평야대로 일망무제한 신록(新綠)이 눈에 선명하게 들어오고, 산을 만나면 산대로 울긋불긋한 꽃들이 좋았다. 어느 모로 보나 전에 보던 강산 같지 않았다.

고을이 바뀔 때마다 높고 낮은 지방관들이 찾아와 국궁배례하고 색다른 술과 음식에 금은보화를 바치면 화급은 아주 입이 찢어져 얼싸안고 돌아가며 주책을 떨었다. 절하는 각도와 음식의 가짓수를 트집 잡아 가끔 낯살 먹은 지방관의 볼기를 치는 일도 드물지 않았다.

황제라는 이름을 붙여 허름한 배 칸에 쑤셔 박은 양호의 노는 품도 볼 만했다. 처음에는 촌닭같이 오금을 못 펴던 것이 차츰 간이 커졌는지 "폐하"라고 불러주면 입이 헤벌어졌다. 어느 고을에서나 배가 멎으면 지방관들은 우선 형과 자기를 찾고 다음에 사마덕감 이하 새로 득세한 자들을 찾아 바칠 것을 바치고는 양호를 찾기도 하고 그냥 돌아가기도 했다. 못난 것이 못마땅한 눈치였다.

우습게 노는 것은 형이나 양호뿐이 아니었다. 사마덕감도 그렇고, 건달 조행추도 그렇고, 거드렁거리는 꼴이 아무래도 볼 것이 못 되었다. 걸음걸이부터 묘하게 이글어진 것들이 걸핏하면 호령하고 때리고 지나가는 백성을 붙들어다 놓고 시비하다가는 재미로 물에 던져버리기도 했다. 살겠다고 머리를 쳐들고 바동거리는 것을 도로 물속에 처박고는 쓸데없이 너털웃음을 치곤 했다.

모두들 계집에 게걸이 들어 밤마다 시시닥거렸다. 강도(江都)에서 몇 배 싣고 온 것으로도 부족한지 배가 설 때마다 고을에 쏟아져 나가 젊은 여자들을 붙들어다 밤마다 바꿔치는 축도 있었다.

보자보자 하니까 이 지급까지도 대수롭게 안 보는 자도 나타났다. 본보기로, 배를 세우고 뭇 사람들이 보는 앞에서 몇 놈 목을 쳐서 물속에 집어던졌다. 처음에는 버릇이 드는 듯했으나 며칠 지나니 다시 도루묵이었다.

달포 만에 서주(徐州)에 닿을 무렵에는 아주 기분이 좋지 않았다. 세상인심도 고약했다. 양 배때기가 살았을 때는 혹심한 부역과 전쟁에 시달린 백성들의 원성이 자자했고 말깨나 한다는 인간들은 죽일 놈이라고 은근히 부채질했었다.

그런데 막상 죽여 놓으니 그게 아니었다. 우문형제는 시군(弑君)한 만고역적이라고 입 가진 놈은 다 떠든다는 소문이었다. 개중에는 선비(鮮卑) 오랑캐 놈이 한황(漢皇)을 죽였으니 가만히 있을 수 없다고 외치는 축도 있다고 했다.

배때기가 살아 있을 때는 그에게 반역해서 각 지방에 웅거하고 왕입네 황제입네 나대던 자들이 배때기가 죽어 넘어지자 저마다 제 고장에서 배때기의 제사를 지내고 야단들이라는 소문이다. 제사에 그치는 것이 아니라 군신지의(君臣之義)가 어떻고 인신(人臣)의 도리가 어떻고 안 나오는 눈물까지 쥐어짜면서 배때기를 죽인 역적 우문형제를 토벌한다고 백성들을 긁어모은다는 것이다. 무지막지한 백성들은 덩달아 눈물을 짜고 몰려가서 그들의 부하가 되는 바람에 그 세력은 갈수록 늘어간다는 이야기다. 나 참, 더러워서.

도중까지 마중 나온 서주 자사(刺史)가 푸짐한 선물을 바치고 돌아가자 형 화급이 찾아왔다. 술 냄새를 뿌리며 버티고 선 화급은 지평선 너머까지 잇닿은 배와 둑에 늘어선 사공들의 끝없는 행렬을 가리키면서 거드렁거렸다.

화급을 쫓아버리고 홀로 앉아 요즘 눈치가 이상한 사마덕감을 생각했다. 원래 자기가 먹을 것인데 시원찮은 우문형제가 먹었다고 불평이 대단하다는 소문이었다. 두구 보자. 속으로 벼르고 있는데 이번에는 양호가 들어섰다.

"대장군, 나는 못해 먹겠소."

"무슨 말씀이십니까."

지급은 애써 공손했다.

"여러 번 얘기했소마는 체통이 서야 이 노릇도 할 게 아니오? 저 졸병들까지 날 우습게 알고, 아까 다녀갔다는 서주 자사는 숫제 문안조차 오지 않으니 이거 되겠소? 나는 못하겠소."

"못하겠으면 그만두시오."

지급은 잘라 말했다. 양호는 없는 용기를 가다듬는 눈치였다.

"그런 무엄한 말이 어디 있소?"

"못하겠다면서?"

"어흠, 점점?"

지급은 그의 가슴팍을 잡고 주먹으로 양미간을 쥐어박았다.

"병신 육갑한다."

그는 발길로 엉덩이를 차서 내쫓았다.

동도(東都)로 가야 하겠는데 서주에서부터는 물길이 막혀 더 이상 운하로 가기는 틀렸다. 지급은 서주 일대의 우마차를 모조리 징발해 2천 량도 넘는 차량에 짐을 잔뜩 싣고 병정들도 저마다 한 짐씩 지고 육로로 걷기 시작했다.

병정들은 드러내놓고 투덜거렸다. 짐이 무겁다, 쉬어 가자, 못살겠다, 돼먹지 않았다, 생각할 수 있는 불평은 다 터져 나왔다. 첫날에 겨우 60리를 걷고 이 지경이니 동도 천리 길은 아득했다.

밤에 장막 속에서 혼자 궁리를 하고 있는데 미리부터 부대마다 박아두었던 심복들로부터 꼭 같은 밀고가 들어왔다. 사마덕감이 병정들의 불평이 대단한 것을 보고 때는 왔다고 조행추 등과 모의를 한다고 했다. 내일 새벽에 후군(後軍) 1만여 명으로 기습을 해서 자기가 형제를 죽이고 스스로 두목이 된다는 것이었다.

지급은 직속부대를 풀어 즉각 10여 명의 주모자들을 묶어다가 장막 앞에 엎어놓았다. 모두 잘못했다고 빌었으나 사마덕감은 대들었다.

"이 선비(鮮卑) 깡패 놈의 새끼!"

그는 이를 갈았다. 지급은 들고 있던 몽둥이로 그의 어깨를 후려쳤다.

"인간쓰레기 우문형제를 없애지 못한 것이 천추의 한이다."

사마덕감은 악을 썼다. 지급은 둘러선 병정들에게 명령해서 사마덕감, 조행추, 원무달 이하 10여 명의 목을 잘라 시궁창에 쓸어 넣었다. 이튿날부터 불평은 씻은 듯이 사라지고 질서정연한 행군이 시작되었다.

9월, 위현(魏縣: 지금의 하북성 대명). 지급은 열어젖힌 문으로 맞은편 산을 바라보았다. 석양을 받은 단풍은 시들기 시작하고 자기의 일도 단풍같이 시들한 기분이었다. 그는 홀로 앉아 한 잔 들이켜고 또 잔에 부었다.

동도로 갈 작정이었으나 이밀(李密)과 작당한 유수(留守)란 놈이 배때기의 작은손자를 황제로 떠받들어놓고 여간 날치는 것이 아니었다. 이밀이라는 작자도 원래 헐수할수없는 건달인데 그놈 때문에 이 지경이 되었다.

놈의 부하 서적(徐勣)은 동도로 가는 도중인 여양에 대기하고 있다가 우문형제를 토벌한다고 날쳤다. 그를 포위 공격하여 한때는 몰살해 버릴 기세였는데 이밀이 증원군을 보내는 바람에 싸움은 결국 무승부로 끝나고 말았다(서적은 뒤에 당에 항복하여 공을 세우고 당의 국성인 이로 개성. 그가 곧 후일 고구려 침공 때의 총수 이세적이다).

괴수 이밀을 없앤다고 영제거(永濟渠)를 건너 동산(童山)에서 일대 결전을 벌였으나 군량이 떨어져 후퇴하고, 부하 장병 수만 명이 이밀에게 넘어가는 바람에 밀려서 이 위현까지 왔다.

장안(長安)에 있는 이연이라는 영감태기도 내숭하기 이를 데 없다. 옹기장이같이 생긴 물건이 배때기가 죽기도 전에 그의 큰손자를 황제로 떠받들고 배때기를 태상황제(太上皇帝)니 뭐니, 수작을 부리더니만 배때기가 죽은 지 고작 두 달이 지난 5월 손자를 내쫓고 자기가 황제가 되어버렸다. 말끝마다 역적 우문형제를 치자고 천하에 대고 떠들던 주제에 … 자기는 역적이 아니란 말이냐?

어중이떠중이가 모두 황제요 왕이니 세상은 더럽게 되었다.

그러나저러나 수하에 군대는 2만 명밖에 없으니 큰일 났다. 천하의 입들이 모조리 역적 우문형제를 어쩐다고 종알대는 판이라 2만 병력으로 중원(中原)에서 버티기는 틀렸다. 내놓고 동네북이 되었으니 더 긁어모을 가망도 없고.

만리장성을 넘어 유성(柳城: 만주 열하의 조양)으로 빠져나갈까. 옛날 고구려하고 전쟁할 때 가고 오는 길에 지난 일이 있다. 변경(邊境)이니 탐내는 사람도 없고 ….

대문을 들어선 화급이 갈지자걸음으로 마당을 가로질러 열어젖힌 문 앞에서 한마디 했다.

"대장군, 내 의논할 일이 있소."

"그 의논이라는 게 뭐요?"

화급은 다가앉아 귓속말을 늘어놓았다.

"어제 난 것, 오늘 난 것, 우스운 애들이 다 황제가 되는 판국에 우리는 이대로 있어야 되겠느냐?"

"옳은 말이오."

"그러니 우리 둘 중에 한 사람이 등극을 해서 황제가 되는 것이 어떠냐? 네가 될까, 내가 될까?"

지급은 술을 들이켜고 대답을 하지 않았다. 화급은 그의 턱밑으로 다가앉았다.

"황제는 네가 될까 내가 될까, 그걸 물었다."

"좋도록 하시오."

"우선 내가 하는 게 어때?"

"하시오."

화급은 기분이 좋았다.

"부자지간에도 권세를 놓고 싸우는 일이 허다한데, 대장군은 과시 인걸(人傑)이로다."

"그 대장군 소리 집어치울 수 없을까?"

"응 그래. 내 곰곰이 생각했는데 너를 제왕(齊王)으로 봉하겠다. 황실의 체면이 있는데 밉다고 그냥 둘 수 있니? 사급은 촉왕(蜀王)으로 봉하자."

"아무렇게나 하시오."

지급은 혀 꼬부랑 소리가 나오기 시작했다.

"국호(國號)는 허(許)라고 하는 게 어떠냐? 이유인즉….

"이유고 뭐고, 뜻대로 하시오."

"양호는 오늘밤 중에 없애고. 내 독약은 벌써 구해놨다."

"뜻대로 하시오."

"내일 아침에 문무백관을 모아놓고 즉위식을 올리는 게 어때?"

"뜻대로 하시오."

지급은 그 자리에 쓰러져 코를 골았다.

겨울과 더불어 평화가 찾아들었다. 봄부터 늦가을까지 서로 싸우던 천하의 영웅들도 엄동설한에 군대를 움직이지 못하고 제자리에 웅크리고 앉아 해동(解凍)을 기다렸다. 잽싼 병정들은 더운 방에서 투전으로 눈치 씨름을 하고 굼뜬 병정들은 양지바른 언덕에 앉아 이(虱)를 잡았다.

지급은 술로 세월을 보냈다. 되다 보니 천하에 죽일 놈이 되었고, 자기를 없애버리겠다는 놈들은 지난 몇 달 동안 엄청나게 세력을 확장했다. 그중에서도 장안에 들어가 수작을 부리다가 황제를 자칭한 당왕(唐王) 이연은 이밀을 잡아 죽이고 그 세력까지 합쳐버렸다. 하왕(夏王) 두건덕은 하북 일대를 손아귀에 넣고 동남에서 조여들고 있다. 동도에서는 한때 건달들이 배때기의 작은손자를 황제로 떠받들고 나대더니 요즘 그중 왕세충(王世充)이라는 건달이 손자를 내쫓고 자칭 황제로 세력이 대단하다고 한다. 그런데 자기는 이 위현에 오그라들어 그들의 포위망 속에 갇힌 꼴이 되었으니 봄이 오면 죽고 사는 노름이 벌어지고야 말 것이다.

형 화급도 문제였다. 쪼무래기들을 모아놓고 등극을 하고 허국(許國)을 선포하고 황제위에 오른 것은 남들이 다 하는 일이니 무방하다고 하자. 고을의 관가를 궁성이랍시고 들어앉아 하는 일이라고는 자세와 호통밖에 없다. 비슷하게 이치에나 닿으면 모르는 척이라도 할 터인데 그게 아니다. "황제의 수라상이 이럴 수 있느냐", 식사 때가 되면 심심치 않게 반찬 투정을 하고 그때마다 음식을 만든 여자를 쥐어박고 죽인다고 소동을 벌이는 판이다.

용병(用兵)이 무엇인지도 모르는 주제에 당장 군대를 끌고 나가 서쪽으로 동도와 장안을 공격하여 이연을 묶어오고, 반전하여 동쪽으로 두건덕을 쳐부수라고 팔뚝질이다. 추위에 동병(動兵)은 자고로 없는 일이고, 그 위에 우리는 약하고 적은 강하니 자강지책(自强之策)을 강구한 연후에 보자고 해도 막무가내다.

"짐(朕)의 위광(威光)은 천하를 덮고도 남는 터에 그게 무슨 심약한 소린고?"

언제나 같은 소리로 호통을 쳤다. 메스꺼웠으나 여러 사람들 앞이라 그때마다 이것도 저것도 아닌 대답으로 얼버무리고 말았다.

단둘이 앉으면 알아듣게 얘기하려고 별렀으나 되지 않았다. 조용히 만나자고 들어가면 적어도 한 사람은 반드시 지필(紙筆)을 들고 옆에 서 있었다. 제왕의 일거일동은 천추에 남을 기록인즉 사관(史官)이 없을 수 없다는 것이었다.

하도 같잖아서 겨울이 다 가고 봄도 3월이 되도록 만나지 않았다. 뻔질나게 사람을 보내고 글을 보내도 가지 않았다. 아프다고 집에 틀어박혀 술을 퍼마셨다.

동생 사급이도 괘씸했다. 군량미를 걷어오라고 고을에 내보냈더니 그대로 도망쳐 소식이 감감하더니 요즘 떠도는 소문으로는 장안에 가서 이연에게 달라붙었다지.

아침에 집 앞이 요란하게 떠들썩하면서 형 화급이 들어섰다. 여전히 사관이라는 말라깽이가 뒤에 따라붙은 것을 눈알을 부라려 쫓아버리고 문을 닫아걸었더니 형도 하는 수 없이 그냥 앉아 수염을 내리 쓰다듬었다.

"경이 여러 달을 두고 병으로 신고한다는 소식을 듣고 짐은 매우 마음이 불편하여 오늘은 친히 문병차 이렇게 왔도다."

"허허 …."

지급은 소리를 내어 웃었으나 화급은 엄숙했다.

"허어 ―. 형제간에도 군신지의(君臣之義)는 엄존하거늘 그 말버릇은 심히 무엄하도다."

지급은 외면하고 대답하지 않았다.

"제왕(齊王), 경은 무슨 연고로 꾀병을 일삼았으며, 짐이 여러 차례 동서의 적을 격멸할 것을 명령하였음에도 불구하고 청이불문(聽而不聞) 하였는고?"

"개나발 작작 부시오!"

지급은 주먹으로 탁자를 내리쳤다. 화급은 일어서 발을 굴렀다.

"이 무엄한 놈, 게 누구 없느냐! 군율(軍律)로 다스릴지로다."

지급은 일어서 탁자를 걷어차고 그의 멱살을 잡아 흔들었다.

"군대는 내 손아귀에 있소. 정말 해볼 테요?"

지급은 잡은 멱살에 힘을 주어 조여들어가고 화급은 입을 헤벌렸다. 형의 모습을 째려보던 지급은 그가 사라지자 자리에 비스듬히 누워 혼자 술잔을 기울였다. 아무래도 싹수가 노랗다. 역시 동북쪽 유성으로 빠져나가는 수밖에 없는데 도중은 모두 두건덕의 판도라 2만 병력을 끌고 거기까지 가는 것이 문제다. 분산해서 간도(間道)를 따라가면 될 것도 같고 … 죽으나 사나 해보는 거다.

무여라(武厲羅)는 지금 주인 없는 땅이라 느긋하게 마음먹고 힘을 기르면서 고구려와 손을 잡는 거다. 그 영악한 군대와 손을 잡으면 이연이니 두건덕 따위 핫바지 군대는 문제될 것이 없다. 고구려는 대대로 이 한족(漢族)과는 원수지간이다. 나는 선비족(鮮卑族), 공동의 원수를 앞에 하고 동맹이 안 될 까닭이 없다. 적어도 만리장성 이동 무여라 일대를 점령하고 한족에 대항한다면 고구려는 좋아할 것이요, 도와줄 터이니 그 고장에서 군왕노릇을 하는 것은 땅 짚고 헤엄치는 것이나 진배없다. 그때쯤은 저 너절한 인생도 내쫓고 ….

지급은 그 길밖에 없고 그 길은 반드시 성공할 것 같았다.

윤 사월. 너구리 같은 이연의 군대가 공격해 오는 것을 황하(黃河)에 밀어붙여 몰살해버리고 유성으로 빠질 준비를 서두르는데 이번에는 두건덕이 10여 만으로 공격해 왔다.

두건덕은 이연과는 달랐다. 이연은 전쟁에는 부하 장병들을 보내고 장안에 앉아 홀로 재미를 보는 겁쟁이였으나 두건덕은 언제나 선두에 섰다. 이 성가신 인간이 쳐들어오기 전에 떠난다던 것이 이연이란 놈이 허튼수작을 부리는 바람에 시일을 천연(遷延)하고 말았다.

10여 만이 겹겹으로 포위한 성중에서 지금은 밤낮으로 선두에서 싸웠다. 이연군을 물리친 경험이 있는지라 병사들도 잘 싸워 주었다. 낮에는 성벽에 올라 활을 당기고 밤이면 소수정예를 이끌고 성을 넘어 적진에 기습공격도 가했다.

대개는 강도(江都)에서 끌고 온 마지막 남은 병정들이었다. 황제 양광을 죽인 공동책임은 공동의 공포를 낳고, 이 공포가 머리를 떠나지 않는 병사들은 죽기 아니면 살기라고 기승을 부렸다.

열흘이 지났다. 적진에는 피로의 기색이 보이고 공격다운 공격도 없이 엉거주춤했다. 새벽에 야간기습에서 돌아온 지급은 여러 날 만에 집에 들렀다. 피곤에 지쳐 옷도 갈아입지 못하고 쓰러지듯 모로 누워 온종일 잠에서 헤어나지 못했다.

서산에 해가 너울거릴 무렵에야 시장기에 잠을 깬 지급은 식탁에 앉아 국부터 마시는데 화급이 들어섰다.

"지급아. 이거 어떻게 되니?"

"뭐 말이오?"

"전쟁 말이다. 이기는 거냐, 지는 거냐?"

"해봐야지요."

"지면 어떻게 하니?"

"할 수 없지요."

"그리 되면 저놈들 필시 우릴 죽일 거 아냐?"

"할 수 없지요."

"모든 게 네 탓이다. 가만있는 사람을 꼬셔 가지구 응, 폐하는 왜 죽였어? 내가 언제 제위(帝位)에 오르겠다고 했니? 모두가 네 작간이다."
 지급은 그의 어깻죽지를 잡아 밖으로 내쫓아 버렸다.
 식후에는 더욱 피곤이 몰리고 잠이 쏟아졌다. 그는 하품을 하면서 문을 열고 외쳤다.
 "무슨 일이 있으면 즉시 깨워라."
 "네에―."
 길게 끄는 대답이 대문간에서 들리고 이어서 왕박(王薄)이 들어섰다.
 "별 일도 없는데 푹 쉬시지요."
 왕박은 마당에 서서 굽실했다. 달포 전에 1천여 명을 끌고 항복해 온 이 사나이는 제주(齊州) 일대를 휩쓸고 돌아다니던 도둑의 두목이었다. 모두들 험상궂은 얼굴이 상서롭지 못하다고 없애버리자는 것을 그냥 두었다. 강도(江都)를 떠나온 후 떨어져 나간 자들은 많아도 새로 들어온 것은 처음이라 기특한 생각이 들었다. 후하게 대해 주었더니 장군께 목숨을 바치겠다고 여러 번 맹세를 했다.
 "너는 무슨 일로 왔느냐?"
 "순찰 중에 마침 이 앞을 지나는 길이었습니다. 연일 잠도 못 주무시고 수고하셨는데 오늘밤은 쉬시지요. 적세(敵勢)도 시들해졌으니까요. 이 중대한 시기에 장군께서 몸져눕거나 하시면 어떡합니까."
 "알았다. 가봐."
 역시 기특한 인간이었다. 지급은 군복을 입은 채 침상에 누워 곧 잠이 들었다.
 첫닭의 울음소리에 잠을 깬 지급은 아주 기분이 상쾌했다. 실컷 자고 나니 몸도 가뿐해서 기운이 솟았다. 그는 세수를 하려고 마당으로 내려섰다. 허리를 꾸부리고 몇 번 얼굴을 문지르는데 5, 6기의 장병들이 달려들었다.
 "큰일 났습니다."

그는 물 묻은 얼굴을 쳐들었다.

"남문과 서문으로 적군이 쏟아져 들어오고 있습니다."

지급은 소매로 얼굴을 닦으면서 달려 나가 대문간에 세워둔 말에 올라탔다.

"어떻게 된 거냐?"

달리면서 물었으나 아무도 영문을 몰랐다.

"도무지 알 수 없는 일입니다."

한참 달리다가 북문 쪽으로 꼬부라지는 모퉁이를 도는데 10여 명이 덤벼들었다. 창을 휘둘러 몇 놈 쓰러뜨리고 그냥 내달았.

십자로에서 수십 기의 말 탄 놈들에게 둘러싸이고 말았다. 돌아보니 따라오던 5, 6기는 저만치 뒤에서 다른 놈들과 싸우고 있었다. 그는 닥치는 대로 창으로 후려치고 찌르고 돌아갔다.

바른쪽 어깨에 충격이 오면서 창을 떨어뜨렸다. 왼손으로 상처를 덮치려는데 다가온 적의 칼을 맞고 탔던 말이 두 발로 섰다가 모로 쓰러졌다. 지급은 땅바닥에 굴러 떨어지면서 머리를 돌에 부딪쳤다. 수없는 발들이 차고 짓밟고, 마침내 덜미를 잡혀 얼굴을 쳐들었다. 먼동이 트는 동녘 하늘을 배경으로 늘어선 두건덕의 병사들 중에는 왕박의 모습도 보였다.

"놈이 내통했구나…."

지급의 입에서는 말이 아닌 신음소리가 새어 나왔다. 왕박은 다가와 한 손으로 그의 턱을 쳐들고 얼굴을 들여다보다가 일어서 중얼거렸다.

"우문지급에 틀림없소."

그들에게 끌려 화급의 처소에 당도했을 때에는 날이 훤히 밝았다.

마당 한복판에는 화급이 뒷짐을 묶여 꿇어 엎드려 있다가 얼굴을 쳐들어 다가오는 지급을 노려보았다. 지급도 병정들의 호통과 발길질 속에 뒷짐을 묶여 그의 옆에 쭈그리고 앉았다.

"이 새끼 너 때문이다."

옆에 앉은 화급이 눈을 흘기고 중얼거리다가 뒤에 있던 병정이 내리치는 몽둥이에 두 어깨를 번갈아 얻어맞고 잠잠해졌다.

갈수록 두건덕의 군사들이 모여들고 지나가는 군관들은 심심풀이로 한 대씩 차고 입 가진 것들은 다 한마디씩 했다.

해가 뜨고 한참 있다가 화급이 끌려 나갔다. 목을 놓아 우는 것을 몽둥이로 후려치고 발길로 차서 개처럼 몰고 가는 모습을 지켜보다가 지급은 고개를 돌렸다.

왕박이란 놈이 또 나타났다. 얼굴을 빤히 들여다보다가 침을 뱉었다.

"지급아, 문은 내가 열어줬다. 할 말이 있어?"

지급은 어금니를 깨물고 눈을 감은 채 꼼짝하지 않았다.

하는 수 없다고 작정하니 마음도 편했다. 저승에 가서 양 배때기를 만날까? 만나면 대갈통을 부숴줘야지. 왕박이란 놈은 뼈를 갈아 마시고.

해가 쪼이는 마당에서 물 한 모금 마시지 못하고 반나절을 보냈다. 태양이 중천을 지나서야 두건덕이 배때기의 처 소황후(蕭皇后)를 앞세우고 나타났다. 옛날 말을 뺏던 강도의 바로 그 얼굴이었으나 육척 장구의 더욱 당당한 모습이었다. 유별나게 소황후에게 굽실거리며 교의에 모시고 야단이었다. 그는 목청을 높였다.

"지금부터 황후 폐하를 모신 자리에서 대역부도 지급을 참수하겠습니다."

두건덕은 지급을 향했다.

"유언이 있으면 말해라."

지급은 그를 쳐다보고 입맛을 다시다가 한마디 했다.

"네나 내나 마찬가진데 우습게 놀지 마라."

두건덕은 아무렇지도 않은 표정으로 한 손을 쳐들었다. 뒤에서 움씰거리는 소리와 함께 말할 수 없는 동통(疼痛)이 오고 모든 것이 캄캄해졌다.

능소는 요동성으로 이사해 들어왔다.
세 번째로 쳐들어왔던 수(隋) 나라 황제 양광은 곡사정을 받아가지고 간 후로 다시는 오지 않았다. 약광 장군의 이야기로는 양광은 다음해에도 고구려 원정을 떠난다고 큰소리를 쳤으나 중국 천지에 온통 내란이 일어나서 꼼짝을 못하고 지금은 강도(江都)에서 매일 술로 세월을 보낸다고 했다.
황제 양광이 곡사정을 끌고 서슬이 퍼래서 돌아가니 군역을 피해 떼를 지어 약탈을 일삼던 무리들은 이제 어김없이 죽었다, 죽을 바에는 끝까지 해본다고 황제의 군대에 덤벼든다는 소문이었다. 작은 힘으로는 관군에 대항할 길이 없으니 서로 뭉쳐 우두머리를 떠받드는 바람에 수만을 거느린 자로부터 수십만을 거느리고 제왕(帝王)을 칭하는 자가 도처에 나타났다고 하였다.
지난 3, 4년 동안 고향에서 농사를 짓다가 농한기에는 교대를 해서 요하 연변, 무여라 대안에서 국경을 지켰으나 적은 얼씬도 하지 않았다. 요동평야에는 오래간만에 평화가 깃들고 마음 놓고 농사를 지어 곡식도 잘 여물었다.
철산에 끌려갔던 왕서방이 돌아오고 약광 장군이 포로를 하나 더 보내줘서 전처럼 고달프게 일하지 않아도 되었다. 포로는 둘이 다 몸이 튼튼해서 상아네 밭까지 합친 넓은 땅을 부치면서도 과히 힘든 눈치를 보이지 않았다.
약광 장군은 아예 농사일은 포로에게 맡기고 요동성에 들어와 자기와 함께 일하자고 했다. 내년은 우리 임금(嬰陽王)이 즉위하신 지 30년 되는 해라 평양성에서는 큰 열병(閱兵)이 있는데 지금부터 거기 참가할 부대의 단련도 맡을 겸 할 일이 많으니 오라는 것이었다.

그는 3월에 해동이 되자 만사 우만 노인에게 부탁하고 상아와 다섯 살 난 아들 도바(突勃)를 데리고 성안에 들어왔다.

20대의 상아는 한창 피어오르고 도바는 영리했다. 낮에 욕살(縟薩) 처소에 나가 일하다 돌아오면 반가이 맞아주는 아내와 아들의 얼굴을 보는 것이 낙이었다. 약광 장군을 따라 먼 고장의 성들을 돌아보고 10여 일만 집을 비웠다 돌아와도 마치 전장에서 돌아온 듯 상아와 도바는 문간으로 달려 나오곤 했다.

남쪽 신라와 백제 접경에서는 가끔 충돌이 있다지마는 전 같은 큰 싸움은 있을 것 같지 않다는 공론이었다. 능소는 이 평화와 행복이 오래도록 깨어지지 않기를 동명신궁에 빌었다.

3월이 다 가기 전에 그렇게도 못되게 놀던 중국황제 양광이 부하의 칼에 맞아 죽고 중국의 내란은 더욱 확대되어 간다는 소식이 들어왔다. 사람마다 속이 시원하다 했고, 능소도 소식을 들은 날 밤은 상아가 차려준 술을 양껏 마셨다.

봄과 여름이 지나고 가을이 오도록 즐거운 날들이었다. 농사는 풍년이 들고 상아는 두 번째 아기를 가졌다. 이번에는 딸이었으면 좋겠다고, 그것이 집안의 유일한 소원이었다.

그러나 9월(서기 618년, 영양왕 29년)에 들어 별안간 큰 충격이 왔다. 그렇게도 인자하고 백성을 사랑하던 임금이 돌아갔다. 오랜 전란에 심신(心身)이 과로해서 이름난 의원들도 어쩔 수 없었다고 했다. 종소리를 듣고 달려온 요동성 사람들은 처음에는 실신한 사람처럼 멍하니 이야기를 듣다가 다음 순간에는 소리 없이 눈물을 흘리고 부녀자들 가운데는 목을 놓아 우는 축도 적지 않았다.

능소는 그 밤이 새도록 잠을 이루지 못하고 여러 해 전에 본 임금의 수려한 모습을 생각하고 대를 이었다는 아우 건무(建武) 장군의 날카로운 눈매를 되새겼다.

# 위대한 제국을 위하여

서기 642년 8월.

서라벌. 고을에서 몰려온 군사들이 매일같이 서부 변경으로 떠나가는 가운데 사람들의 얼굴에는 웃음이 없고 금시라도 변이 일어날 것만 같은 불안이 감돌았다.

"무슨 변통이 없겠소?"

여왕(善德女王)의 목소리는 절망과 애원이 반반이었다.

"네…."

마주 앉은 김춘추(金春秋)는 말끝을 흐렸다. 이 총명하고 아름답던 여인의 머리에도 간혹 흰 것이 나타나고 10여 년에 걸친 왕위의 무거운 짐을 말해주듯 이마에는 주름이 일기 시작했다. 젊어서 처형(妻兄)으로 허물없이 대소사를 의논하던 습성이 그대로 남아 등극한 연후에도 국사를 맡기다시피 하고 공사간에 의논하지 않는 것이 없었다.

작은 나라가 고구려와 백제에 밀린 형국으로 동남방에 갇혀 있다 보니 어려운 일의 연속이었으나 요즘같이 위태로운 때도 드물었다. 지난달에는 백제로부터 변경이 대거 침공을 당한데다가 지금 또 제일 믿었던 대야성(大耶城: 경남 합천)마저 그들에게 짓밟혔다는 소식이 들어왔다. 북에서는 고구려가 짓누르고 등 뒤의 바다에서는 일본 해적들이 무시로 쳐들어오고 단 하나 이들을 견제해줄 세력인 중국은 뒤죽박죽 끝에 이연이라는 자가 천하를 통일해서 당조(唐朝)가 들어섰으나 똑똑하다는 2대 황제 이세민(李世民: 태종)조차 고구려의 눈치만 보고…. 도무지 감당할 길이 있을 것 같지 않았다. 신라는 망한다는 쑥덕공론이 은근히 퍼지고 있는 것도 터무니없는 일만은 아니었다.

"변경에 가 있는 김유신(金庾信) 장군을 부르시지요. 함께 의논하시는 것이 좋겠습니다."

임금은 맥없이 대답했다.

"그렇게 합시다."


소부리 성(所夫里城: 충남 부여). 온 성내 사람들이 길바닥에 쏟아져 나와 개선하는 군인들을 환영했다.

작년 3월에 늙은 임금이 돌아가시고 새 임금(義慈王)이 들어서자 세상이 달라졌다. 기운이 씽씽한데다 백성들에게는 인자하고 적에게 용감한 임금이 나타났다.

봄에는 전국을 돌아다니면서 어지간한 죄인들은 모두 용서해 주고 백성들의 하소연을 들어주더니 지난달에는 친히 수만 군대를 이끌고 신라를 쳐서 단박에 40여 성(城)을 점령했고, 이번에는 윤충(允忠) 장군이 1만 군을 이끌고 깊숙이 쳐들어가 대야성을 빼앗아 버렸다. 신라 사람들이 절대 안 떨어진다고 장담하던 이 성이 떨어진 것도 상쾌한 일이거니와 적장 품석(品釋)과 그 아내의 머리를 베어 가지고 돌아온 것은 더구나 희한한 일이었다. 아내는 신라의 왕족으로 당대의 인물이라는 김춘추(金春秋)의 딸이라니 그들의 가슴도 싸늘할 것이었다.

　백성들은 성문으로 행진해 들어오는 군인들에게 손을 흔들고 함성을 지르다가도 문루에 매달린 남녀 한 쌍의 머리를 쳐다보았다. 신라 따위는 머지않아 없어질 것이고 백제의 앞날은 깊이를 알 수 없는 푸른 하늘같이 양양했다.


　겨울.
　북부(北部)의 열병을 참관하고 돌아오는 연개소문(淵蓋蘇文)은 해지는 서녘 하늘을 바라보면서 천천히 말을 몰았다.
　살수대전(薩水大戰)에서 30년, 남들은 평화의 30년이라고 하는 이 긴 세월을 자기는 남방 신라 접경에서 싸움으로 지세우고 동북으로 옮겨서는 말갈(靺鞨)들을 휘어잡는 데 밤낮을 가리지 않았다.
　지난 정월에는 또 장성(長城) 축조공사의 감역(監役)으로 가라는 바람에 동북 말갈 땅에서 곧장 요하 연변으로 달려가서 봄부터 가을까지 더위와 비바람 속에 백성들과 고역을 치러왔다. 〔장성은 서기 631년(영류왕 14년) 2월 기공(起工). 북 부여성에서 요하 동안을 따라 발해만에 이르는데 649년에 완공(完工)〕
　홍안의 소년에서 50을 바라보는 반백에 이르기까지 싸움터만 돌아다녔다고 해서 억울할 것은 없다. 선인(先人)들은 다 그렇게 지내왔다.
　그러나 뒤에서는 무엇들을 하고 있느냐. 호랑이 사냥을 하던 무사들은 기방(妓房)에 쭈그리고 앉아 술을 마시고 계집의 엉덩이를 두드리고 있다. 헌신(獻身), 염결(廉潔), 복종(服從)을 생명으로 알던 무사들이 벼슬과 재물에 눈이 어두워 모략질과 집 치장과 술타령으로 세월을 보내고 있다.
　이런 고구려는 고구려일 수 없다.
　걸핏하면 살수대전을 들고 나오지마는 강건(剛健)한 조상들이 자기희생으로 이룩한 사실(史實)을 외면하고 주색에 빠진 후손들이 중국사람들쯤 누워서 떡먹기라고 잠꼬대를 늘어놓는 꼴은 볼 것이 못된다. 다시 통일된 중국이 어떻게 나올 것인지 생각만 해도 밤잠이 안 오는데 놀아도 한심하게들 놀고 있다.

원흉은 임금 고건무(高建武)다. 주색으로 세월을 보내고 조무래기들과 쑥덕공론이나 하는 이 졸장부가 고구려의 우환(憂患)이다. 그가 즉위한 지 25년 되는 해라고 벌써 여러 날을 두고 법석이다. 연회다, 사냥이다, 식전이다 하던 끝에 하루에 한 부(部)씩 부병(部兵)들의 열병이 계속되었고 내일은 마지막으로 우리 동부(東部)의 열병이다.

평양에 오면 밸이 뒤틀려서 안 오려고 했다. 보는 것, 듣는 것, 다 틀렸을 뿐 아니라 올 때마다 조무래기들이 개구리 떼처럼 달려들어 짖어대고 모함질을 했다. 그때마다 고대양(高大陽: 영류왕의 아우)이 두둔해서 살았는데 그 고대양도 지난 6월에 죽고 없다.

죽마고우 금류(都須流 金流)가 편지를 보내서 마음을 돌렸다. 다른 때도 아닌 즉위 기념에 안 오면 변명할 여지가 없다는 것이었다.

1천여 명의 부병들을 거느리고 먼 길을 왔는데 임금은 아예 만나보려고도 않고, 마리치〔莫離支: 수상(首相)〕고세시〔渠世斯: 성(姓)은 이이(伊梨)〕라는 영감쟁이는 전에 없이 아양을 떨었다. 대신이라는 자들은 되도록 피하려는 눈치들이고.

또 무엇인가 있구나. 걸레 같은 것들, 싹 쓸어 바다에 처넣었으면 속이 시원하겠다.

연개소문을 따라온 능소는 돌쇠와 아들 도바(突勃)를 데리고 여러 날째 평양 성내의 구경을 나섰다.

30년 만에 보는 평양성은 많이 달라졌다. 넓어진 거리에는 화려하게 차린 젊은 남녀들이 쌍두마차를 달리고 어마어마하게 큰 집들이 눈에 띄게 늘어났다. 대문은 흰 돌을 깎아 기둥을 세우고 청 기와집

네 귀에는 풍경이 달려 있는가 하면 널찍한 마당에는 정원수가 울창했다.

절간도 부쩍 늘어나고 그 안에는 눈부신 금부처가 좌정해서 엎드려 절하는 남녀노소의 발길이 그칠 줄을 몰랐다.

태학(太學)에 다니는 학생들은 묘한 장식을 박은 안장에 비스듬히 앉아 말을 몰고 주사(酒肆)에서는 아름다운 여자들이 거문고를 타고 노래를 불렀다.

대궐도 말쑥하게 단장했고, 그 옆에 있는 동명신궁도 예전의 건물은 자취를 감추고 더욱 웅장한 새 건물이 들어섰다.

시골에, 그것도 아득한 북쪽에 사는 것이 서글폈다. 북에서는 10여 년을 두고 장성(長城)을 쌓느라고 각 처에서 모여든 백성들이 비지땀을 흘리고 돌에 깔려 목숨을 잃는 사람도 드물지 않았다. 자기도 지난 10여 년을 성을 쌓는 현장에서 보냈다. 고작 조, 수수에 콩을 섞은 밥을 먹고 그 고역인데 이 평양 사람들은 쌀밥에 고기도 달갑지 않다는 표정이다.

30년을 치달은 덕분에 말객〔末客: 중랑장(中郞將)〕까지 올랐고 그것을 집안의 영예로 알았다. 상아는 아들 도바더러 아버지같이만 되라고 타일렀고, 도바도 열심히 무술을 닦은 덕분에 군관이 되었다. 그러나 변방의 말객은 고관대작의 문지기보다도 초라하지 않은가.

젊은 도바는 신이 나서 감탄하고 떠들었으나 능소는 차라리 안 온 것만 같지 못하다고 생각했다.

그러나 대장군 연개소문만은 좋았다. 옛날의 앳된 모습은 가시고 육척 거구, 넓은 이마에 빛나는 두 눈, 길지도 둥글지도 않은 얼굴은 사람을 매혹하면서도 장중한 기운을 풍겼다. 엄하면서도 남의 하정(下情)을 알아주는 인자한 인물이었다.

그가 감역으로 오기 전에는 별의별 풍문이 다 퍼졌었다. 사나워서 사람의 목숨을 파리 목숨같이 안다느니, 뇌물을 떡먹듯이 한다느니, 조정의 비위를 거슬러서 앞날이 멀지 않았다느니 말이 많았다. 모함이라는 사람도 있고 사실이라는 사람도 있었다.

듣던 바와는 달리 감역으로 온 연개소문은 근사했다. 입만 까진 자에게는 용서가 없었으나 일하는 사람에게는 부드럽기 이를 데 없었다. 30년 만에 만난 자기를 곧 알아보았다. 일부러 말을 내려 두 어깨에 손을 얹고 그렇게 반가워할 수 없었다. 자기 수하에 들어오라고 하기에 두말없이 들어갔다. 돌쇠도 알아보았고 도바는 아들같이 귀여워했다.

그를 따라 요하(遼河) 연변을 바다까지 몇 번이나 내왕했다. 말을 달리는 맵시도 옛날 약광 장군처럼 멋지고 영을 내리는 품도 당당했다. 평양에 와서는 자기 집에 묵게 하고 술도 같이 마시고 농담도 잘했다.

어두워서 저녁을 먹고 사랑방에서 뒹구는데 안채에서 불렀다. 오늘은 또 어떤 사람일까. 평양성에 온 후로 낯선 사람을 만날 때에는 언제나 자기를 한자리에 앉히곤 했다.

넓은 방에 젊은 스님이 홀로 앉아 있었다. 옆에 앉은 능소는 어디서 본 듯한 얼굴이었으나 아무리 기억을 더듬어도 생각이 나지 않았.

연개소문이 들어서자 스님은 일어서 합장하고 마주 앉으면서 머리를 숙였다.

"부도(弗德)라고 합니다."

연개소문은 말이 없고 스님은 계속했다.

"긴히 말씀드릴 일이 있는데…."

능소더러 자리를 비켜 달라는 눈치였으나 연개소문은 고개를 저었다.

"괜찮소. 말씀하시오."

"지난여름 당나라에서 돌아올 때 저의 가친께서 돌아가거든 장군을 찾아뵈라고 했습니다. 돌아오자 바로 대궐에 드나들게 되고 장군께서는 요동에 계시고 해서 이렇게 늦어졌습니다. 긴하게 말씀드릴 일이 있는데 ….”

또 능소를 힐끗 돌아보았다.

“괜찮소. 당나라에서 온 젊은 스님이 폐하를 모신다는 소문은 나도 들었소. 말씀하시오.”

“저의 가친은 신성(信誠)이라고 역시 중입니다. 속세에 있을 때 장군을 대하신 일이 있다고 합니다. 속명은 지루(支婁)라고 합니다.”

능소는 놀랐다. 듣고 보니 얼굴이며 몸매며 옛날 지루의 모습을 많이 닮았다. 연개소문의 얼굴에는 처음으로 미소가 떠올랐다.

“그래 …. 생각나는군. 꼭 자네같이 생기구.”

스님은 목소리를 낮췄다.

“장군, 내일 동부의 열병이 있으시지요?”

연개소문은 고개를 끄덕였다.

“열병이 끝난 후 큰 잔치가 있다고 들었습니다. 병정들에게 술을 금하시고 몸조심하시지요.”

연개소문은 잠자코 그를 바라보기만 했다.

“벌써 며칠 전에 듣고도 기회가 없어 말씀드리지 못했습니다. 내일을 기해 장군을 해치기로 돼 있답니다.”

“그럴 리 있겠소? 안에 손님이 와 있으니 들어가 봐야겠소.”

연개소문은 일어섰다. 따라 일어선 스님은 무안한 얼굴이었다.

“자, 우리 앉아서 자세히 들어봅세다.”

능소는 그를 잡아 앉혔다.

“지금 말씀드린 그대로지요.”

“이야기에 머리가 있고 꼬리가 있을 게 앙이오? 자초지종을 얘기해 보시오.”

"대가(大加: 부족의 대인, 즉 부족장)들이 합의를 보고, 마리치가 성상께 말씀드렸더니 좋다고 하셨답니다."

"어디서 들었소?"

"마리치 부인의 입에서 나왔소."

능소는 그 이상 캐어물을 필요가 없었다.

"잘 알겠소. 후에 또 만납세다."

능소는 그를 보내고 넓은 방에서 떠나지 않았다. 30년 만에 처음 듣는 지루의 소식도 희한하고 궁금했지마는 엄청난 일이 눈앞에 닥쳐왔다. 틀림없는 사실 같은데 연개소문은 왜 저 모양일까.

하회가 있을 것도 같아 기다렸으나 밤이 깊도록 기척이 없었다. 능소는 사랑방에 돌아와서도 자정이 넘어서야 잠이 들었다.

이른 조반을 마치고 돌쇠와 도바와 함께 대문간에서 기다리고 있는데 해가 뜬 후에야 연개소문이 금류(金流)와 함께 군복 차림으로 나타났다. 간밤에 손님이 있다더니 그였구나. 같은 동부 출신으로 연개소문과 어릴 때부터 같이 자란 친구라면서 그를 찾아 요동에도 한 번 온 일이 있는 사람이었다. 남방 변경에서 용감하게 싸운 장군이라는데 여자같이 예쁘장하게 생기고 통 말이 없었다.

그들은 말에 올라 패수(浿水) 가로 달렸다.

강변 모래 벌에는 임금을 맞을 채색 장막을 중심으로 10여 개의 장막이 늘어서고 오늘 열병(閱兵)을 받을 1천여 기의 병사들은 말고삐를 틀어잡고 여러 겹으로 줄을 서서 기다리고 있었다.

연개소문은 말을 몰아 그들 앞을 천천히 지나면서 군례를 받았다. 얼굴에는 웃음이 없고 두 눈에는 핏발이 달린 것이 간밤을 설친 모양이었다.

한 바퀴 돌고 난 연개소문은 강물을 바라보며 꼼짝하지 않았다.

조금 전에 그들이 온 길을 따라 짐을 실은 마차들이 심심치 않게 달려왔다. 어느 대신은 술 몇 통, 어느 대신은 노루 몇 마리 …. 푸짐한 선물들이었다. 임금의 하사품으로 궁온(宮醞) 한 항아리, 마리치는 돼지 두 마리를 보내왔다. 보고를 받은 연개소문은 처음으로 힐끗 돌아보고 고개를 끄덕였다.

그는 떠오르는 아침 해를 쳐다보다가 능소, 금류와 함께 장막으로 들어갔다.

"어젯밤 얘기는 사실이오."

말문을 연 연개소문은 금류에게 일렀다.

"이 친구에게 자세히 얘기하시오."

금류는 조용조용 말을 이어갔다.

"우선 오늘 열병(閱兵)에 폐하께서는 병이라는 핑계로 나오시지 않소. 열병이 끝나면 모두들 극구 칭찬하고 장군께서 취하도록 저마다 술을 권하기로 돼 있소. 그 다음에 폐하께서 부르신다고 궁중에 모시고 들어가 해친다는 것이오."

연개소문은 능소에게 물었다.

"자네가 내라면 어떻게 하지?"

능소는 간단히 대답했다.

"싹 쓸어버리겠습네다."

능소는 군관들을 불러오고 금류는 5,6기의 병사들과 함께 오던 길을 되돌아갔다.

오정이 가까워지면서 180여 명의 고관대작들이 말을 달려오고 마지막으로 마리치 고세시(渠世斯)가 나타났다. 연개소문은 마차에서 내리는 흰 수염의 노인을 정중히 부축해서 인도했다.

"성상께서는 감기 기운이 계셔서 못 나오십니다마는 특히 동부대인(東部大人: 연개소문)의 큰 공을 생각하사 오늘 이 일이 끝나면 궁중에서 크게 잔치를 베푸신다오."

"황공하신 일입니다."

마리치 고세시는 여러 사람들의 인사를 받으며 장막으로 들어갔다. 서성거리던 고관대작들도 군관들의 인도로 여러 장막에 흩어져 들어가 찻물로 목을 축였다.

다른 부의 열병에는 빼지 않고 나오던 임금은 금류의 말대로 나오지 않고 중앙의 채색 장막은 텅 비어 있었다. 능소의 눈에는 입구의 천이 가끔 바람에 나부끼는 빈 장막이 음흉한 괴물같이 보였다.

마상에서 고삐를 틀어쥔 병사들은 열병을 기다리는 자세로 대기하고, 고관대작들을 모시고 온 병정들은 한구석에 몰려서서 잡담을 주고받고 혹은 하품을 했다.

장막에서 나온 연개소문이 손짓으로 능소를 불렀다. 도열한 병사들의 선두에 있던 능소는 말을 달려갔다.

"다 돼 있겠지?"

"돼 있습네다. 시작할까요?"

연개소문은 고개를 끄덕였다.

능소가 한 손을 높이 쳐들자 호각이 울리고 연개소문도 말에 올라 창을 빼어 들었다.

말 탄 병사들은 흙먼지를 일으키며 바람같이 달려들어 장막들을 짓밟고 일부는 도망치는 고관대작의 병정들을 무찔러 버렸다.

비명과 호통 속에 느린 자들은 밟혀 죽고 잽싼 자는 빠져나와 도망치다가 창에 찔렸다. 마리치 고세시가 쓰러진 장막 틈으로 머리를 내밀고 목소리를 쥐어짰다.

"동부대인, 나 좀 봅시다."

연개소문은 대답 대신 창으로 그의 상판을 찔러 박살을 냈다.

빈틈없이 에워싸고 무찔러도 새어 나오는 자는 있었다. 나와서도 삼면이 포위되어 더 이상 구멍이 없자 강으로 치달았다. 달리면서도 뒤를 쫓는 연개소문을 돌아보고 "이런 법이 없다"느니, "나와 그럴 처지냐"느니 갖은 소리가 나오고, "저승에서 보자"고 욕설을 퍼붓는 축도 있었다.

병사들은 강물에 뛰어들었다. 얕은 데서 앙탈을 부리는 자들은 창으로 찔러 팽개치고 깊은 데서 허우적거리는 자들은 머리를 내리쳐 물속에 처박았다.

"가자!"

연개소문을 선두로 병사들은 쏜살같이 말을 달려 성안으로 들어갔다. 길 가던 사람들이 잠시 발을 멈추고 바라보다가 제 갈 길을 가고 가끔 대문으로 목을 내밀고 구경하는 아이들이 눈에 뜨일 뿐이었다.

대궐 정문에서 7, 8명의 파수병들이 길을 막았으나 간단히 짓밟고 병사들은 그대로 밀고 들어갔다. 여러 대로 나뉘어 중요한 전각(殿閣)들을 점령하고 연개소문이 직접 지휘하는 4, 50기는 편전(便殿)을 포위했다.

말을 내린 연개소문은 능소 이하 10여 명과 함께 합문(閤門)을 밀고 들어갔다. 소식을 들었는지 하얀 바지저고리를 걸친 임금은 나인들의 부축을 받고 섬돌에 내려서는 길이었다.

밖에서는 뒤늦게 달려온 근위병(近衛兵)들과 충돌이 벌어져 욕설과 고함소리가 요란하고 간간이 비명도 울려왔다.

섬돌에서 더 내려오지 않고 똑바로 서서 바라보는 임금 앞에 병정들은 주춤했다. 능소는 숨을 죽였다. 30년 살수대전 때 보던 씩씩한 장군이 아니라 아주 백발의 노인이었다. 침착하고 장중한 태도에 역시 임금은 다르다고 생각했다.

굵직한 목소리가 울렸다.

"동부대인 이게 무슨 짓이오?"

"폐하는 어찌하여 신을 없이하려 했습니까?"

연개소문은 살기등등했다. 능소는 그런 일이 없다는 말이 나올 줄 알았으나 임금의 대답은 반대였다.

"법도를 어기고 능상(凌上)을 일삼는 자는 벌을 받아야 하오."

임금은 연개소문을 노려보았다.

능소는 돌쇠와 함께 달려들어 임금을 마당에 엎어 놓았다.

연개소문은 칼을 높이 뽑아 들었다가 힘껏 내리쳤다. 임금은 단칼에 목이 떨어지고 피가 쏟아져 땅 위에 퍼져갔다.

나인들의 호곡소리를 귓전으로 들으면서 그들은 문을 나섰다. 합문 밖에 대기하고 있던 병사들은 공격해 온 근위병들을 북문 쪽으로 밀어붙이고 뒤에는 여기저기 시체가 뒹굴었다. 개중에는 살아서 꿈틀거리고 물을 달라고 외치는 자도 있었다.

전투는 계속되어 대궐 안 처처에서 함성과 욕설, 비명에 섞여 기병들이 이리저리 달리는 모습이 눈에 들어왔다.

그들은 정전(正殿)으로 몰려갔다. 아직도 우군에게 저항하는 근위병사 몇 명을 무찔러 버리고, 연개소문은 층계에 걸터앉았다.

남문으로 대부대 병력이 쏟아져 들어와 사방으로 흩어지고 금류(金流)가 말을 달려왔다.

"사대문과 성내 요소에 모두 배치를 끝냈습니다."

연개소문에게 보고하는 것을 듣고 능소는 대궐뿐 아니라 밖에서도 크게 움직이는 것을 처음으로 알았다.

대궐 안의 충돌은 끝나고 연개소문과 금류는 대청에 앉아 의논하고 명령을 발했다. 명령에 따라 병사들은 궐문을 나와 성내로 달리고, 그들의 인도를 받아 많은 사람들이 연속부절로 대궐에 모여들었다.

해질 무렵에 돌아간 고대양(高大陽: 영류왕의 아우)의 아들 보장(寶

藏)이 병사들의 호위 속에 정문으로 들어왔다. 연개소문, 금류 등 당상에 있던 사람들은 내려와 그를 모시고 층계를 올라갔다.

능소는 전정(殿庭) 한 구석, 도열한 병사들 앞에 서서 30대 중반의 후리후리하게 키 큰 이 사나이를 바라보았다. 돌아간 영양왕을 방불케 하면서도 턱없이 무뚝뚝하게만 보였다. 그도 철이 들면서부터 싸움터에서 세월을 보낸 무사라고 하였다.

사람들은 전정에 줄을 서고 주악이 울리기 시작했다. 다 같이 한 무릎을 꿇어 절하고 일어섰다.

당상에서 연개소문과 함께 보장의 좌우에 시립하고 있던 금류가 앞으로 나와 종이에 적은 것을 짤막하게 읽어 내려갔다.

"고대양의 아들 고보장은 하늘의 뜻을 받들어 동명성왕으로부터 이어온 대통을 계승하여 이에 대고구려의 왕위에 올랐도다."

주악이 울리면서 군신들은 다시 절하고 보장은 금류(金流)의 인도로 용상에 앉았다. 그와 몇 마디 주고받은 금류는 다시 앞으로 나와 크게 외쳤다.

"성지를 전하겠습니다. … 동부대인 연개소문에게 마리치를 제수하여 군국대사(軍國大事)를 관장케 하는 터인즉 고구려의 모든 신민은 마리치의 뜻을 짐의 뜻으로 알고 복종 준행(遵行) 할지어다."

연개소문이 어전에 나가 절하고 일어섰다.

새 임금은 연개소문과 금류의 인도로 층계를 내려왔다. 마차에 오른 임금을 따르던 사람들은 궐문 밖에서 말에 올랐다.

금류는 말에 오르면서 능소에게 일렀다.

"즉시 마리치 댁에 가서 엄중히 경비하오."

동명신궁으로 향하는 기마의 행렬을 바라보다가 능소는 병사들을 끌고 돌아섰다.

이튿날부터 연개소문은 대궐 안 별전(別殿)에 자리를 잡았다.

높고 낮은 벼슬자리들이 발표되었으나 능소에게는 생소한 이름들이었다. 모두들 숨은 인재들이라고 했다. 금류(金流)는 두대형(頭大兄)으로 마리치 다음가는 자리에 앉았다.

대가(大加)들은 모두 이번 통에 죽었고 대를 이을 자들이 무어라고 해봐야 별 수 없으리라는 공론이었다.

연개소문의 한마디는 그대로 법이었다. 대낮에 술을 마시지 말라면 마시지 말아야 했다. 혈통을 뽐내던 자들은 그것을 잊어야 하고, 게으른 자는 부지런해야 하고, 사치하던 자는 검박해야 하고, 백성을 구박하는 자, 뇌물을 받은 자는 죽어야 했다. 죽을 사람은 몰라도 이 세상에 사는 이상 연개소문의 영을 거역하고는 설 땅이 없었다. 안일하던 자들은 불평하고 고달프던 자들은 환영했다.

한 달이 지났다. 각 지방의 욕살(褥薩)과 각 성의 처려근지도 차례로 교체되어 새 사람이 파송되어갔다.

세상이 뒤바뀐 후 연개소문은 처음으로 밤에 능소와 돌쇠를 불러놓고 함께 술을 마셨다. 그는 정사(政事)에 대해서는 한마디도 없고 옛날 살수대전 때의 이야기만 나오면 아주 기분이 좋았다.

"그때 그 지루(支婁)란 병정 묘했지. 사람을 죽이는 걸 무슨 재미로 안단 말이야. 창으로 적의 가슴을 찔렀다 하면 그저 빼는 것이 아니라 한 번 핑 돌리고 나서 고개를 갸우뚱하고. 그 사람이 중국에 가서 스님이 될 줄이야 누가 알았나."

능소는 부도(弗德)의 일이 궁금했다.

"일전에 왔던 그 젊은 스님은 어떻게 하실 작정입네까. 지루의 아들 말입네다."

능소는 지난 일을 이야기할까 하다가 모함으로 들릴 것 같아 그만 두었다.

"알아보았더니 불도뿐만 아니라 사서삼경(四書三經)도 통달하고 글씨도 잘 쓴다더군. 우리 남생(男生)이 열아홉이고 그 밑으로 두 아이가 있으니 글을 가르쳐 달라고 할까 하는데 ….”

술이 돌아가고 연개소문은 두 사람의 반백 머리를 유심히 바라보았다.

"요동에 가서 성(城)을 하나씩 맡아줄 생각은 없소?”

처려근지가 된다는 이야기다. 생각조차 못한 영광된 자리였다. 능소도 놀랐고 시종 말없이 옆에 앉아 있던 돌쇠도 입을 벌렸다. 능소는 떨리는 목소리로 대답했다.

"저희들이 어떻게 처려근지를 하겠습네까.”

연개소문은 웃었다.

"하고도 남지. 능소는 백암성(白岩城: 요양과 본계호의 중간지점. 지금의 연주성), 돌쇠는 오골성(烏骨城)으로 작정했구만.”

"감사합네다.”

두 사람은 동시에 머리를 숙였다.

"돌쇠는 내일 떠나고, 능소는 아들 도바를 보내고 당분간 여기서 나를 도와주오.”

그들은 돌아간 을지문덕, 연자발 두 장군의 이야기를 하다가 국내성(國內城)에서 여생을 보내는 약광 장군이 화제에 올랐다.

"가끔 압록강(鴨綠江)에 배를 띄우고 낚시질을 하는 것이 유일한 낙이라는 소문이오. 모시러 사람을 보냈더니 조용히 살다 죽게 가만 둬 달라는 대답이고.”

"그분은 여전히 혼자 지내십네까?”

능소가 물었다.

"노모(老母)가 돌아가신 후로는 중국 포로가 시중을 들지. 연전에

위대한 제국을 위하여 267

한 번 들렀더니 포로한테서 중국말을 배우더군. 심심풀이라고 하더니 요즘 소식을 들으니 일본말을 또 시작했다나 봐."

"참, 포로의 얘기가 나왔으니 말입네다마는 중국 사람덜은 충실합데다."

"사람 나름이지. 몇 명 받았어?"

"두 사람을 받았는데 한 사람은 죽고 나머지도 전에 포로 송환 때 보내고 지금은 없습네다."

"돌쇠는?"

"저는 한 사람 받았는데 송환 때 보냈습니다."

"나도 댓 명 받았는데 그중 두 명은 가라고 해도 안 가고, 여기 여자와 결혼해서 지금 잘 살고 있지. 아주 고구려 사람이 돼버렸어."〔당이 중국을 통일한 후 양국이 교섭한 결과 영류왕 5년에서 7년, 즉 서기 622~624년에 이르는 3년 사이에 수차에 걸쳐 만여 명의 포로를 중국으로 송환하고 중국에 있던 고구려인도 돌아왔다.〕

능소는 돌쇠와 도바를 보내고도 연개소문의 사랑방에 기거하면서 낮에는 대궐 안 마리치 처소에 나가 일을 보았다.

함박눈이 쏟아지는 날이었다. 하루 일을 마치고 퇴궐할 시간에 능소는 창가에 서서 시름없이 내리는 눈을 내다보았다.

지금쯤은 도바도 백암성에 도착했으리라. 떠날 때 당부도 했지마는 철없이 덤비지 말아야 할 텐데…. 마음이 놓이지 않았다.

"무슨 생각을 하지?"

연개소문이 낯선 군관과 함께 들어섰다.

"백암성에 간 아이 생각을 했습네다."

"이 군관을 따라가 봐요."

연개소문은 한마디 남기고 밖에 나가 말에 올랐다. 5, 6기의 병사들이 앞뒤를 호위하는 가운데 눈 속을 달리는 그의 모습을 바라보면서 능소는 사자(獅子)를 연상했다. 연개소문은 인간사자였다.
"부인께서 기다리시는데 어서 가보시지요."
능소는 돌아보았다.
"뭐?"
"마리치께서 분부하시길래 제가 요동성에 가서 모시구 왔습니다."
"지금 어디메 있니야?"
"서문(西門) 안에 계십니다."
능소는 군관을 따라 눈 오는 거리를 말을 달렸다. 연개소문도 생각할 것은 다 하는구나.
서문이 마주 보이는 언덕, 작으면서도 아담한 기와집 앞에서 말을 내렸다. 군관은 그대로 돌아가고 상아가 달려 나와 어깨에 매달렸다.
"얼매나 걱정했다구."
"걱정은 무슨 걱정이야."
"도바는 어디 갔습네?"
"소식 못 들었어?"
"잘못된 게 앙이오?"
"잘됐어. 있다 얘기할게."
"세상이 뒤집히구 봉이 걱정뿐이구만."
"덕분에 당신도 평양 구경하구 얼매나 좋소."
"하긴 그래요. 이런 집도 생기구."
50이 넘은 상아는 옛날 처녀시절처럼 신이 나서 재잘거렸다. 눈이 내리는 것도 아랑곳없이 능소는 그가 이끄는 대로 한 바퀴 돌았다. 마구간도 있고 뒤꼍에는 우물가에 수백 년 묵은 느티나무가 서 있었다. 능소는 고향집 우물가에서 물을 퍼 올리던 어머니의 모습이 스쳐가면서 가슴이 뭉클했다.
방에 들어온 상아는 백암성(白岩城)의 이야기를 듣고는 눈물을 글

썽거렸다.

"우리 같은 천한 백성이 처려근지가 되당이."

"그렁이까 세상이 뒤집힌 게지."

능소가 웃자 상아도 따라 웃었다.

"그렇구만. 도바는 군관이 돼야 장개를 간다덩이만… 총각 아이가 처려근지 대신을 다하구."

상아는 대견한 모양이었다. 오랜 세월을 헤어져 있던 사람들처럼 그들 사이에는 다정한 밤이 흘렀다.

이튿날 눈보라 속에 병사들은 대궐에서 남문으로 이르는 대로를 경비하고 마리치 처소의 관원들도 분주히 돌아갔다. 신라에서 김춘추 일행이 사신으로 들어온다는 것이었다.

그의 이름은 알고 있었다. 지난여름 백제가 대거 신라를 공격해서 40여 성을 점령하고 8월에는 대야성까지 빼앗아 신라는 지금 큰 위기에 있다는 소문이었다. 특히 대야성을 지키던 품석 장군은 김춘추의 사위로 이 전투에서 부부와 아이들이 모두 적에게 참살을 당했다는 이야기도 들었다.

능소는 연개소문의 명령으로 두대형 금류(金流)를 모시고 얼어붙은 패수를 건너 강남에서 그를 영접했다.

선두의 깃발에 '신라 사신'(新羅 使臣)이라고 쓰여 있을 뿐 다가오는 신라 사람들은 옷차림이며 고깔에 단 닭의 깃까지 고구려 사람들과 다를 것이 없었다. 북에서 중국사람들만 상대하던 눈으로는 조금도 외국사람들 같은 생각이 들지 않았다.

"추위에 수고 많으셨습니다."

금류의 인사에 김춘추는 고개를 끄덕이고 간단히 대답했다.

"고맙소."

능소는 근사한 사람이라고 생각했다. 후리후리한 키에 먼 하늘, 어쩌면 눈에 보이지 않는 아득한 나라를 보는 듯한 두 눈, 단정하고 긴장된 얼굴이었다. 연개소문이 세상에서 제일 잘생긴 사람이라고 생각했는데 그와는 또 다르게 잘생긴 사람이었다.

그를 모시고 온 10여 명의 군관들도 하나같이 눈이 빛나고 거동에 빈틈이 없었다. 성내로 말을 달리는 솜씨들도 볼 만했다. 길가에 도열한 병사들에게 김춘추는 목례를 보내면서 객관으로 들어갔다. 능소는 이런 것이 위풍(威風)이라고 생각했다.

객관에서 점심을 마친 김춘추는 금류의 인도로 대궐에 들어가 임금을 뵈었다.

"신라의 이찬(伊湌) 김춘추 삼가 폐하의 등극을 축하합니다."

절하는 김춘추의 굵직한 목소리가 울렸다.

"날씨도 불순한데 고생이 많았겠소."

"황공합니다."

김춘추는 사이를 두고 계속했다.

"지난 일은 어떻게 되었든 간에 장차 우리 두 나라는 서로 가까이 지내고자 하는 것이 신라 국왕 폐하의 소원이십니다. 폐하께서도 이 뜻을 양해하시고 앞으로 두 나라 사이에 평화가 오도록 배려하여 주시기를 바랍니다."

말도 잘하는 사람이었다. 임금은 무뚝뚝한 표정으로 고개만 끄덕였다.

"아시는 바와 같이 몇 달 전에 백제는 신라의 서부 변경을 대거 침공해서 여러 성이 저들의 손에 들어갔습니다. 이것은 함께 사는 이웃의 도리가 아니요, 신라는 지금 누란(累卵)의 위기에 처해 있습니다. 설상가상으로 대국(大國: 고구려)의 군대마저 백제와 합세해서 당항성(黨項城: 남양)을 위협하니 참으로 난감합니다. 청컨대 대왕께서는 백제를 돕지 마시고 천병(天兵)을 동원하사 신라를 도와 이 치욕을 씻게 하여 주신다면 신라는 그 은혜를 잊지 않을 것이요, 두 나라는 영원히 친하게 될 줄 압니다."

"죽령(竹嶺) 북서 일대는 본시 고구려 땅이니 이를 돌려주신다면 생각해 보지요."

임금의 응대에 김춘추는 거침없이 나왔다.

"나라의 강토는 신하의 임의로 어찌할 수 없음은 폐하께서도 아실 줄 믿습니다. 황차 강토를 빼앗기고 구원을 청하러 이렇게 뵈온 외신(外臣)에게 다른 강토를 내놓으라고 말씀하시니 신으로서는 더 할 말을 알지 못합니다."

임금은 더욱 무뚝뚝해졌다.

"나도 할 말이 없소."

어색한 분위기 속에 임금이 자리를 뜨자 김춘추는 객관으로 돌아오면서 연개소문을 만나도록 주선해 달라고 부탁했다.

밤에 금류의 주선으로 객관에서 연회가 있었으나 김춘추는 낮에 있은 일은 입 밖에 내지도 않았다. 사냥에서 사슴을 잡던 이야기부터 황룡사(黃龍寺)에 탑을 쌓는 얘기, 몇 해 전에 돌아간 원광법사(圓光法師)의 이야기 등 화제가 무궁했다. 무슨 이야기를 해도 흥미진진하고 사람을 끌어당기는 힘이 있었다.

능소는 집에 돌아와 본 대로 이야기를 했으나 상아는 곧이듣지 않았다.

"도깨비한테 홀린 게 앙이오."

"도깨비 앙이구 멀쩡한 사램이야."

"쬐구만 신라에서 인물이 나문 얼매나 큰 게 나겠다구. 어서 잡세다."

상아는 돌아누워 버렸다.

이튿날 아침 김춘추는 능소의 인도로 마리치 처소에 들어섰다. 능소가 구석에 물러서자 연개소문이 먼저 이야기를 시작했다.

"어제 우리 폐하를 뵙고 말씀하신 사연은 전해 들었소. 죽령 북서의 땅을 그대로 두고도 신라를 도와드릴 수 있소."

연개소문은 말을 끊고 김춘추를 한참 바라보다가 계속했다.

"조건이 하나 있소."

"들어봅시다."

"중국사람들은 대대로 고구려의 원수요. 언젠가는 중국이 죽든 고구려가 죽든 결판이 나고야 말 것이오. 이 중국사람들과 손을 끊으란 말씀이오."

"그것은 이 자리에서 대답하기 어려운 일이오."

"그게 안됐단 말이오. 처지를 바꿔 생각해 봅시다. 원수와 결탁한 자를 도울 사람이 이 하늘 아래 어디 있겠소?"

"친구다 원수다 하는 것은 영원한 것이 못 되오. 가령 고구려가 이번에 우리의 환난(患難)을 도와주신다면 두 나라는 서로 믿고 화합하고 나아가서는 신라의 국책도 변할 수 있는 게 아니겠소?"

"당신네부터 우선 중국과 손을 끊으시오. 그러면 우리도 믿을 수 있고 화합할 수 있는 게 아니겠소? 중국보다는 같은 족속인 우리가 가깝지 않소?"

"말씀대로 우리가 중국과 친한 것은 사실이오. 그것이 수(隋) 나라가 됐건 요즘같이 당(唐) 나라가 됐건 또 장차 어떤 왕조가 들어서건 우리 신라의 국기(國基)가 안정될 때까지는 변함이 없을 것이오. 이것은 자위지책(自衛之策)이오."

"우리 고구려와 손을 잡으면 되지 않소."

"손을 잡기 위해서 내가 이렇게 왔고, 또 청병(請兵)을 하는 게 아니오? 장차 형세를 보아 우리가 안전하다면 구태여 중국과 손을 잡을 필요가 어디 있겠소?"

"당장 끊어야 하오."

"중국과 친하되 중국은 우리를 좌지우지 못하오. 마찬가지로 고구려도 우리를 좌지우지할 생각은 말아야 하오."

"중국사람들 생각은 그렇지 않을걸요."

"그건 그들의 생각이지요."

연개소문은 웃었다.

"얘기는 다한 것 같소."

"나도 그렇게 생각하오."

김춘추가 일어서자 연개소문도 따라 일어섰다.

"푹 쉬면서 잘 생각해 보시오."

김춘추는 대답 대신 미소를 지으며 밖으로 나왔다. 연개소문이 폭풍이라면 김춘추는 봄바람이라고 할까. 능소는 두 사람 다 물건이라고 생각했다.

이튿날은 가일(暇日: 휴일)이라 점심에 부도(弗德)를 초대했다. 세월은 기막힌 의원(醫員)이어서 저승에 가도 아물 것 같지 않던 마음의 상처도 30년의 세월에 씻겨 이제 아득한 추억이 되어 버렸다. 그에게 정이 갈 수는 없었으나 적어도 원수와 그 아들을 구분할 수 있는 마음의 여유가 있었고, 무엇보다도 2, 30년 동안 지루의 행적이 궁금했다. 그러나 상아는 그를 만나는 것이 두렵다고 안방에서 나오지 않았다.

능소는 부도의 밝은 성품에 차츰 호감이 갔다. 자기와 지루(支婁)의 관계는 모르는 눈치이기에 아버지와는 그저 아는 사이라는 정도로 해두고 긴 말을 하지 않았다.

"… 저의 아버지는 이상합니다. 같이 돌아오자고 해도 안 들으세요. 나는 고구려에서 받을 건 많아도 갚을 건 하나도 없다, 그러시고."

부도는 숨김없이 이야기했다.

"아버지도 늙었겠소."

"금년이 쉰다섯인데 아주 백발이지요."

부도(弗德)는 무엇이든지 잘 먹었다. 노루고기도 먹고 돼지고기도 먹었다.

"스님이 육식을 해도 괜찮소?"

능소가 물었다.

"없는 것을 굳이 찾지 않고, 있는 것을 굳이 마다 않고. 이것이 저희들의 길입니다."

청년의 일거일동은 말 그대로 자연스러웠다. 능소는 한동안 말없이 젓가락을 놀리다가 가장 궁금한 것을 물었다.

"그런데 중국에는 어떻게 건너갔소?"

"제가 열다섯 살 때 일이니 12년도 더 되지요. 그때까지 저희들은 옥저(沃沮) 바닷가(함경도 동해안)의 말갈동네에 살았습니다. 밑으로 남동생 하나 여동생 하나 있었지요. 무슨 영문인지 모르지마는 하루는 온 동네 말갈들이 몰려와서 집에 불을 질러 놨어요. 그 통에 어머니하고 동생들은 다 죽고 아버지하고 저만 간신히 빠져 달아났습니다."

"그 길로 중국에 갔군."

"그렇지요. 아버지는 배를 타고 무작정 바다에 나갔어요. 죽으면 죽고, 어디든 멀리 멀리 갔으면 좋겠다고 말입니다."

능소는 지루의 심정을 알 만했다. 그에게는 애초부터 되는 일이 없었다. 도망쳐 옥저에 가서도 그런 변을 당했으니 될 대로 되라는 심정이었을 것이다.

"처음에 닿은 것은 신라 땅이었습니다. 붙들리면 죽는다고 그냥 달아났는데 가다 보니 다음에는 탐라(耽羅: 제주도)에 닿았습니다. 양식도 떨어지고 살 만하면 살아보자고 올라갔지요. 양식을 구하러 돌아다니는데 줘야지요. 억지로 뺏다가 큰 싸움이 벌어졌습니다. 아버지는 그때만 해도 기운이 씽씽해서 몇 명 몽둥이로 때려눕히고 배로 도망 와서 또 바다로 나갔습니다. 그런데 그날 밤 폭풍을 만나 죽는 줄만 알았어요. 아버지는 차라리 잘됐다, 죽으면 괴로움이고 슬픔이고 없다면서 그렇게도 요동치는 배에 버티고 앉아 꼼짝도 안 하시겠지요. 춥고, 그때 늦은 가을이었으니까 … 배고프고 며칠을 버티다가 그만 실신했는데 깨어나 보니 중국 사람들의 감옥입니다. 장안(長安)까지 끌고 가서 고구려의 첩자(諜者)라고 족치는데 정말 혼났습니다."

"저런 …."

"겨울이 지나고 봄이 와서야 풀려났는데 부자가 다 종이 돼서 이세적(李世勣)이네 집에 갔습니다. 작년에 병부상서(兵部尙書)가 된 이세적이 말입니다."

능소는 고개를 끄덕였다. 당나라 제일가는 장수로 꼽힌다는 이세적의 이름은 능소도 알고 있었다.

"장작을 패고 불을 때고 뒷간을 치고, 궂은일은 다 했지요."

식사를 마친 그들은 상을 물리고 능소는 부도가 권하는 대로 아랫목에 목침을 베고 누웠다.

"종노릇은 해본 사람이 아니고서는 그 고생을 모를 겝니다."

부도는 바람이 몰아치는 창살을 바라보고 더 말이 없었다.

능소는 운명이라는 것을 생각했다. 상아를 사이에 두고 자기와 지루의 길은 크게 갈라졌다. 아무도 그렇게 되기를 바라지도 않았고 그렇게 되리라고 생각지도 않았다. 이제 지루를 만난다면 웃는 낯으로 대할 수 있을 것 같고 또 그래야만 될 것 같았다.

"고생이 많았군."

"한 1년이 지나서 종을 면한다고 놓아 주더군요. 그래서 중이 됐지요."

"속세를 떠나는 생활도 좋을 거야."

"중이 될라고 해서 된 건 아닙니다. 낯선 땅에서 갑자기 길바닥에 나서니 입에 풀칠할 수 있어야지요. 그래서 제일 쉬운 길을 택하다 보니 중이 된 겁니다."

젊으면서도 태도가 숙성해 보이는 것도 이런 내력 때문이리라.

"어떻게 돌아올 생각을 했소?"

"외국생활이 지긋지긋하고 산다는 게 통 의미가 있어야지요. 도통한 고승(高僧)이 된다면 몰라도 그렇지도 못한 주제에 하루 세 끼 얻어먹고 염불이나 하면 무슨 소용이겠습니까?"

"곱게 보내 주던가?"

"아니지요. 당실(唐室)은 노자(老子)의 후손이라고 하지 않습니까. 불교를 포교하러 돌아가겠다고 했더니 도교(道敎)라면 좋아도 불교를 포교해서 무얼 하느냐고 이태나 끌었습니다. 결국 아버지께서 이세적이한테 청을 해서 통했습니다."

"아버지는 찬성하시고?"

"이판저판 못된 길만 걸어온 애비라 할 말이 없다. 네 마음대로 해라. 그러시더군요."

부도는 웃었다.

능소는 일어나 앉았다.

"내 알 수 없는 일이 한 가지 있소. 마리치를 해치려는 음모를 고한 것은 잘한 일이지마는 가차운 사이도 앙인데 일이 잘못되면 어쩔라고 그랬소?"

"저는 덤으로 사는 사람입니다."

부도는 긴말을 하지 않았다.

그는 일어서 나가려다가 돌아섰다.

"제가 끼어들 일은 아닙니다마는 어쩔라고 김춘추는 가뒀습니까?"

"가두다니?"

능소는 처음 듣는 이야기였다.

"아까 오다가 보니 군사들 수십 명이 객관(客館)을 둘러싸고 있습니다. 간밤에 명령이 내려서 가뒀다던데요. 제가 보기에는 잘 하는 일 같지 않습니다."

돌아가는 부도는 찬바람 속에서도 활기 있는 걸음걸이였다.

다음날 아침 마리치 처소에 나가니 연개소문은 벌써 나와 문서를 뒤적이고 있었다.

"객관에 다녀와요."

연개소문은 그를 보자 친필로 적은 문서를 내주면서 일렀다.

"김춘추를 가뒀다는 게 사실입네까?"

"사실이오."

"가서 뭐라고 합네까?"

"본국에 연락하게 해달라고 청이 들어왔소. 이 문서를 보이면 고구려 지경에서는 무사히 통과시킬 테니, 보내고 싶은 사람은 누구든지 보내도 좋다고 하오."

능소는 김춘추를 가둔 것은 알 수 없는 일이라고 생각했으나 잠자코 돌아서 나왔다. 연개소문은 내막을 알지도 못하면서 이러쿵저러쿵 하는 것을 싫어했고 섣불리 입을 놀렸다가는 벼락이나 떨어지기 일쑤였다.

부도(弗德)의 말대로 객관은 수십 명의 창기병들이 경계하고 있었다. 대문을 들어서는데 김춘추의 목소리가 크게 울려 왔다.

"장군이야."

"한 번만 물러 주시지요."

딴 목소리였다.

"어 —. 물러 주지."

김춘추는 방에서 장기를 두고 있었다.

"마리치 처소에서 문서를 가지고 왔습네다."

능소는 옆에 가서 머리를 숙였으나 김춘추는 돌아보지 않았다.

"잠깐 기다리게 … 이 사람아, 둬야 장기 아닌가."

궁지에 몰린 상대 군관은 오래도록 생각하다가 한 수 두고 큰소리를 쳤다.

"장군이야! 이건 꼼짝 못하실 겝니다."

"허어, 공연히 물러 줬군."

김춘추는 손에 쥐었던 자기 쪽들을 판에 놓고 옆에 서 있는 능소를 쳐다보았다.

"무슨 문서요?"

"본국에 뉘기를 보내도 좋답네다."

김춘추는 문서를 훑어보고 일렀다.

"고맙다고 전해 주시오."

그는 다시 장기 쪽을 붙이기 시작했다.

"한 판 더 둘까."

열흘이 지나면서부터 남에서 달려오는 군사들은 심상치 않은 소식을 전했다. 신라는 온 나라가 분노에 떨고 군대를 대거 동원했다고 하였다. 연거푸 오는 소식들은 동원된 군대가 북상 중이라고 전했으나 연개소문은 별다른 반응이 없었다.

20일이 지나자 아주 급한 소식이 왔다. 김유신 장군이 지휘하는 결사대 1만 명이 아리수(阿利水: 한강)를 건너 고구려 국경을 넘어 들어왔다고 하였다. 도중의 성들은 무시하고 곧바로 평양으로 진격할 기세니 정말 죽음을 각오한 진군에 틀림없다는 것이었다.

보고를 들은 연개소문은 고개만 끄덕이고, 객관(客館)의 김춘추는 장기만 두었다.

날마다 눈발이 날리고 세찬 바람이 휘몰아쳤다. 소문 같으면 금시 평양에 들어올 것 같던 김유신의 소식도 차츰 뜸해졌다. 추위와 고구려군의 요격으로 제자리걸음을 한다는 소문이었다.

설을 며칠 앞두고 연개소문은 능소를 불렀다.

"김춘추 일행이 오늘 아침에 떠나기로 돼 있으니 지금 곧 가서 패수 건너까지 전송하고 오시오."

애당초 김춘추를 가둔 것도 잘못이었으나 김유신이 쳐들어온다고 해서 놓아주는 것도 서툰 일이었다. 능소는 이 일에 대해서 처음으로 한마디 했다.

"이제 와서 놓아 주면 신라는 우리를 겁쟁이라고 앙이 하겠습네까."

"김춘추는 알 거요."

연개소문은 문서에 수결(手決)을 하면서 간단히 대답했다.

"무슨 소득입네까."

능소는 언짢은 말투였으나 연개소문은 문서에서 눈을 떼지 않고 대답했다.

"신라라는 나라를 알았소."

어떻게 알았다는 것인지 이해가 가지 않았으나 더 캐어물을 수도 없어 그대로 돌아섰다.

객관을 나선 김춘추 일행은 능소의 인도로 얼어붙은 패수를 건너 남으로 향했다.

강남의 작은 마을에서는 남녀노소가 길가에 나와 그들을 지켜보았다. 김춘추는 담담한 얼굴로 오래간만에 구름 한 점 없이 활짝 갠 하늘을 쳐다보았다. 능소는 마을 어귀에서 말을 내렸다.

"부디 안녕히 가십시오."

김춘추도 따라 내렸다.

"마리치께는 여러 가지로 고마웠다고 전해 주시오."

아무 일도 없었던 듯이 정중히 인사하고 다시 말에 오른 김춘추는 채찍을 퍼부어 전속력으로 달리기 시작했다. 능소는 멀어져 가는 기마의 일행을 바라보다가 말에 올라 고삐를 틀었다. 한시름 놓은 듯하면서도 마음 한구석에는 서운한 생각이 있었다.


여산(廬山).

온탕(溫湯: 온천)에서 올라온 당(唐) 황제 이세민은 무미랑(武媚娘)이 바치는 술잔을 받아들었다. 추운 날씨에 사냥에서 돌아와 온탕에서 몸을 녹이고 나면 육중한 몸집은 더욱 부풀고 기운이 저절로 솟았다. 함께 욕탕에 들어갔던 무미랑도 살결이 뽀얗게 부풀어 예쁜 얼굴이 더욱 예쁘게 보였다. (여산은 장안 동쪽 임동현에 있는데 기슭에 온천이 있어 진시황 때부터 유명하다.)

"드시지요."

둥글기보다 약간 기름한 얼굴의 무미랑은 두 눈으로 빤히 건너다보았다. 얼굴도 몸매도 마음에 들거니와 거침없고 자연스러운 것이 좋았다. 후궁에는 여자들도 많건만 자기 앞에 오면 대개는 머리를 축 늘어뜨리고, 앉으라면 앉고 서라면 서고, 그뿐이었다. 숨을 쉬니 살았을 뿐 도무지 멋대가리가 없는 산송장들이었다.

이 무미랑은 그렇지 않았다. 강 속의 물고기같이 활달하고 탄력이 있었다.

"응, 네가 마시라면 마셔야지."

이세민이 한 잔 들이켜자 무미랑은 젓가락에 집고 있던 안주를 입에 넣어주었다. 그는 안주를 씹으면서 무미랑의 손목을 잡았다.

"이리 오지."

무미랑은 일어서 그의 무릎에 와 앉았다. 훤칠한 키에 날씬한 동작은 언제 보아도 흡족했다.

"너는 볼수록 예쁘구나."

사방에 켜놓은 촛불에 넓은 방은 알맞게 밝고 무미랑의 얼굴에는 낮과는 다른 아름다움이 있었다.

"고마워요."

다른 여자들 같으면 으레 "황공하옵니다", 어쩌구 할 대목에서도 무미랑은 그렇지 않았다. 품에 안긴 여자는 빈 잔에 술을 따르고 그의 목에 팔을 감았다. 연거푸 잔을 비운 이세민은 피어오른 여체를 어루만지며 호상(虎相)의 얼굴을 그의 뺨에 비볐다.

"며칠 지나면 너도 갓 스물이구나."

"폐하께서는 마흔다섯이시구."

"너 소원이 있으면 무엇이든지 들어주지."

"폐하께서 만수무강하시는 일이에요."

"그건 내 소원과 꼭 같구나."

이세민은 기분이 좋아 손수 한 잔 따랐다.

"다른 소원은 없느냐?"

"서혜(徐惠) 말이에요. 그 애를 어쩔 작정이세요."

이세민은 웃었다.

"너 샘을 하는구나. 이제 겨우 열다섯 살 난 애를 가지구."

"제가 5년 전에 들어올 때는 열넷이었어요."

6년 전에 장손(長孫) 황후가 죽은 후 마음 붙일 곳이 없던 차에 다음 해 겨울 동도(東都: 낙양)에 갔다가 죽은 무사확(武士彠, 형주도독·공부상서를 지냈다)의 딸이 하도 미인이라기에 재인(才人)으로 불러들인 것이 무미랑이었다. 첫눈에 모든 시름이 사라지고 마음이 밝아 와서 그 밤으로 자리에 들게 했다. 〔재인은 당황실의 여궁직명. 황제를 상대하는 여인은 황후 이하 총 113명이 정원이었는데, 재인은 중(中)지하(下)에 속하는 벼슬이다.)

그로부터 세상을 다시 사는 것 같고 새로운 취미가 붙었다. 10대의 미인을 골라 바치게 하고 밤이면 발랄한 육체를 음미하는 것이 일이었다. 그러나 무미랑 같은 여자는 없었다.

미인을 갈아들이는 일에도 시들해서 무미랑 외에는 흥미가 없었는데 얼마 전에 서견[徐堅: 우산기상시(右散騎常侍)]의 집안에 기막힌 미인이 있다는 소리를 들었다. 보나마나 또 그렇고 그런 것이리라 생각하면서도 호기심이 동해서 불러와 보라고 했다.

글 잘하고 글씨도 명필인데다 귀엽기 이를 데 없고 밤 자리에서도 여간이 아니었다. 궁중에 좋은 집을 주고 몇 밤을 잇달아 서혜만 불러들였다. 그렇다고 무미랑이 싫증난 것은 아니었다.

"저 싫어지셨어요?"

무미랑이 쳐다보았다.

"싫어지긴? 그 애는 겨우 열다섯이라니까."

"제가 열네 살에 처음 들어왔을 때 생각나세요?"

"너하고는 달라서 그 애는 아직 정말 어린애야."

샘을 하는 품도 마음에 들었다. 숱한 여자들이 번갈아 들어왔어도 대수롭게 안 보았고 샘을 하는 일이 없었는데 서혜만은 다른 모양이었다. 이세민은 한 손으로 그의 엉덩이를 두드렸다.

"폐하. 저 소원 하나 있는데요. 곧 설이 아니에요? 새해에 말이에요."

"곤륜산(崑崙山)의 옥으로 목걸이며 팔찌며 무엇이든지 다 해주지. 그럼 됐지?"

"아니에요. 제 소원은요―. 아이 참, 이따가 얘기할게요."

"점점 어렵구나."

무미랑은 무릎에서 일어나 머리를 매만지고 맞은편에 앉았다.
"이제 수라를 드시지요. 술이 과하심 안 돼요."
이세민은 대식가(大食家)였다. 진수성찬을 양껏 먹고 이를 쑤셨다.
"넌 언제 보아도 먹는 둥 마는 둥 하는구나."
"소식미수(小食微睡)라야 미인이 된대요."
"그 이상 미인이 되면 사람을 아주 녹이겠다."
"주사위를 하시겠어요, 장기를 두시겠어요?"
"네가 좋아하는 주사위로 할까?"

무미랑은 탁자 위에 판을 놓고 흑백 각각 열다섯 개의 쪽을 양쪽에 붙이고 나서 자리에 앉았다. 두 개의 주사위 돌을 굴리면서 한창 운마(運馬)를 하는데 밖에서 나인이 외쳤다.

"양국공(梁國公: 방현령) 조국공(趙國公: 장손무기) 영국공(英國公: 이세적) 세 분이 대령하옵는데 어찌하오리까?"

"들라고 해라."

이세민은 대답하고 무미랑에게 일렀다.

"너는 옆방에 가 있어라."

흥이 나서 놀던 황제 이세민은 씻은 듯이 사람이 달라졌다. 눈이 빛나고 찬바람이 부는 것이 자기 따위는 발바닥의 때만큼도 여기지 않는 얼굴이었다. 무미랑은 서운했으나 옆방으로 물러나오는 수밖에 없었다. 전에 어떤 궁인(宮人)이 총애를 믿고 이런 자리에 끼어들려다가 칼로 베인 듯이 쫓겨났다고 들었다.

자리에 정좌하자 흰 수염을 불빛에 번뜩이며 방현령이 머리를 조아렸다.〔방현령은 이때 65세로 벼슬은 사공(司空)이었다.〕

"쉬시는데 방해가 되지 않을까 송구스럽습니다."

"그러지 않아도 놀러들 와줬으면 하고 은근히 기다리던 참이오."

지금 병석에 있는 위징(魏徵) 다음으로 제일가는 원로대신일 뿐 아나라 사돈으로 20년이나 연장인 그에게 황제는 언제나 정중했다. (이세민의 딸 고양공주는 전해에 그의 차남 방유애와 결혼했다. 위징은 곧 이어서 새해 1월에 별세.)

"황공합니다."

나인이 꿀물을 받쳐 들고 들어와 하나씩 돌리고 물러갔다.

"지금 막 변방으로부터 놀라운 소식이 들어와서 밤중에도 불구하고 이렇게 찾아뵈었습니다. 고구려에서 연개소문이라는 자가 변란을 일으켜 왕을 살해하고 정권을 잡았답니다."

이세민은 눈알을 굴렸다.

"왕조(王朝)가 바뀌었다는 말이오?"

"죽은 왕의 조카를 세워 왕조의 명맥은 그대로 유지하되, 연개소문이 군국(軍國)의 모든 실권을 잡았으니 사실상 왕조가 바뀐 것이나 다름없다고 합니다."

"언제 일이오?"

"두 달 전, 지난 10월의 일이라고 합니다."

"연개소문은 어떤 인물이오?"

"대단한 인물이라는 말도 있고 그렇지 않다는 말도 있어 아직 자세히는 알 수 없습니다마는, 살수대전 이래 역전의 장수인 것만은 틀림없습니다."

"나이는 얼마요?"

"50이 가깝다고 합니다."

"대체로 우리 또래로군."(이때 이세민은 45세. 장손무기도 같은 연배. 이세적은 41세.)

이세민은 원수의 나라에 분란이 일어났으니 기분이 나쁘지 않았다. 그는 한동안 생각하다가 계속했다.

"고구려는 우리 중국의 숙적(宿敵)이 아니오? 수나라가 참패를 당해서 망했고, 돌아가신 선제(先帝: 당고조 이연) 께서도 하도 그들이 영악해서 어쩔 도리가 없기에 고구려만은 우리에게 칭신(稱臣) 하지 않아도 좋다고까지 하셨지요. 천자의 체모가 아니라고 중신들이 말려서 중지했지만 말이오."

"그 당시 시중(侍中) 배구(裵矩)와 중서시랑(中書侍郎) 온언박(溫彦博) 등이 간지(諫止)한 것은 신도 잘 알고 있습니다."

깡마른 장손무기가 처음으로 끼어들었다.

"그렇소. 고구려가 그대로 있는 한 우리 중국은 결코 안심할 수 없는 것이오. 내가 작년에 진대덕(陳大德)을 사신으로 보내서 겉으로 친목을 강조하고 기실 그들의 내정을 살펴오게 한 것도 생각이 있어서 한 일이오. 마침 연개소문이 임금을 죽이고 나라를 결딴냈으니 이걸 쳐부수는 건 어린애 팔을 비트는 거나 다를 바가 없을 것이오."

"과연 그렇습니다. 폐하의 위광(威光)으로 지금 고구려를 치신다면 가을바람이 지푸라기를 굴리는 것과 무엇이 다르겠습니까."

이세적이 맞장구를 쳤으나 남은 두 사람은 잠자코 있었다. 이세민은 좌중을 살피다가 상반신을 뒤로 젖히고 말을 이었다.

"경들도 같은 생각이오?"

"소문만 듣고 고구려가 결딴난 것으로 생각하신다면 매우 위험한 일입니다. 변란이 일어난 지 두 달이 넘었어도 아직 청병(請兵)하는 사람도 없고 피난 오는 사람도 없습니다. 수말(隋末)의 난리에 얼마나 많은 중국사람들이 고구려니 돌궐로 망명했습니까. 그런데 변란이 있다는 고구려에서는 통 그런 기미가 없으니 심상한 일이 아닙니다. 신이 생각건대 연개소문은 국내를 잘 다스리고 백성도 그를 따르는 듯합니다. 그러니 죽은 임금을 위해서는 조사(弔使)를 보내고 새로 권력을 잡은 사람들에게는 문안 편지라도 보내서 평화를 유지하는 것이 좋겠습니다."

장손무기(죽은 장손황후의 오빠)는 남들이 감히 못하는 말도 서슴지 않았다. 이세민은 어려서부터 친구요 처남이기도 한 그가 무슨 말을 해도 탓하지 않았고 솔직한 것이 좋기도 했다.

"그럴 법도 하오. 그러나 만약의 경우에 대비해서 여러모로 준비해 두는 것은 무방하지 않겠소?"

"백성을 괴롭히지 않을 정도로 준비하는 것은 무방하겠습지요."

옆에 앉아 듣고만 있던 방현령은 말없이 고개를 끄덕였다.

"그러면 이렇게 합니다. 병부상서는 비밀리에 서서히 준비를 진행하고 다른 두 분은 의논해서 고구려에 조사를 보내고, 어떻소?"

방현령이 고개를 숙이자 두 사람도 따라 숙였다.

"이거 온탕에 놀러 와서 얘기가 딱딱해졌군. 우리 이제부터라도 한 잔씩 할까?"

이세민이 권했으나 세 사람은 일어섰다.

"밤도 늦고 이제 물러가겠습니다."

세 사람이 돌아가자 무미랑이 들어와 침상에 자리를 깔았으나 이세민은 앉은 자세 그대로 생각에 잠겼다.

고구려는 이름만 들어도 분하고 패씸해서 견딜 수 없는데 신하들은 겁부터 먹으니 탈이다. 대신이라는 사람들이 이 지경이니 백성들은 물을 것도 없다. 이세적 한 사람이 동의했으나, 무엇이나 네네 하는 성품이니 본심은 알 수 없고. 도시 중국에서는 아직도 고구려 공포증(恐怖症)이 가시지 않았으니 어떻게 하면 이 병을 고친다? 변변치 못한 양광(楊光: 수양제)과 천하를 통일한 이 이세민은 다르다는 것을 보여줘야 쓰겠는데.

"술을 한 잔 더 드릴까요?"

무미랑이 말을 거는 바람에 정신이 든 그는 고개를 흔들었다.

"아, 아니야. 이제 자야지."

침상에 오른 이세민은 무미랑의 흰 살결을 어루만지고 그의 애무에 몸을 내맡긴 무미랑은 눈을 깜빡였다.

"무슨, 소식이라도 있으세요? 비밀이세요?"

그러나 이세민은 딴 이야기를 했다.

"너 아까 소원이 있다고 했지? 뭐지?"

무미랑은 그의 귀에 입을 대고 망설이다가 속삭였다.

"정말 말씀드려도 괜찮아요? 그럼 불을 끄고 말씀드릴게요."

침상을 내린 무미랑은 돌아가면서 사방에 켜놓은 촛불을 끄고 다시 올라왔다. 그의 동작은 생기가 넘치는 애기 사슴 같다고 생각했다.

"저어 — 요. 소원이 두 가지 있어요."

"사람의 간을 말리는구나."

"저어 — 요. 애기를 갖고 싶어요."

무미랑은 그의 가슴에 머리를 파묻고 이세민은 웃으면서 안은 팔에 힘을 주었다.

"허허 … 또 하나는?"

"또 하나는요 —. 저의 먼 집안에 상리현장(相里玄奬)이라고 똑똑한 사람이 있는데 벼슬을 내려 주십사구."

이세민은 손을 뻗어 그의 몸을 더듬었다.

"띵 하오."

# 당태종의 실패한 야욕

서기 644년 정월. 평양성(平壤城).

한 해가 가고 또 새해가 왔다. 50대의 중반기에 들어선 능소(能素)는 생애에서 가장 흡족한 설날을 맞고 보냈다. 고대광실이 즐비하게 들어선 평양성, 넓은 거리를 쌍두마차들이 쉬지 않고 달리는 평양생활에도 익숙해졌다. 연개소문은 사심 없이 일해서 백성들이 그를 따르고 더구나 작년에는 수십 년 이래의 대풍으로 어디를 가나 살림이 풍족하고 마음도 풍족했다.

상아는 평양에 반했다. 이 아름다운 수도에 산다는 것은 보통 팔자가 아니라고 신령님께 고마워했다. 그뿐이 아니었다. 이 설날에는 백암성에 가 있는 아들 도바가 신부를 데리고 다녀갔다. 오골성에 있는 돌쇠의 딸 백화(白花)였다.

이름 그대로 살결이 희고 환히 밝은 여자였다. 요동성에서는 이웃에 살면서 일찍부터 약혼해 두었으나 아직 어리다고 미루어 오다가 지난가을 돌쇠가 일부러 백암성까지 데리고 가서 혼례를 올려 주었다. 일에 매여서 참석하지 못했고 단오에나 틈을 보아 다녀오려던 참에 천리 길을 세배하러 왔었다.

　돌아가는 그들을 성 밖까지 전송했다. 눈이 덮인 영류산(嬰留山: 대성산) 기슭을 말을 달려 멀어져 가는 뒷모습을 바라보면서 상아는 손자를 볼 날이 기다려진다고 했으나 능소는 그들이 대견할수록 자신이 늙어간다는 생각이 가슴을 쳤다.

　얼어붙은 패수(浿水)를 따라 4, 5명의 군관들을 거느리고 서쪽으로 말을 달리던 능소(能素)는 멀리 전방에 펄럭이는 깃발이 눈에 들어오자 채찍을 퍼부어 속력을 더했다.
　도중에서 맞은 당나라 사신은 말에서 내려 갈지자 걸음으로 다가왔다. 옛날에 보던 원무달 비슷한 것이 초장부터 비위에 거슬리는데 말투도 안 되었다.
　"나 대당(大唐) 사농승(司農丞) 상리현장(相里玄奬)이오."
　그가 쓰는 문자를 그대로 따서 대답했다.
　"나 대고구려 처려근지 능소요."
　부도(佛德)의 통역을 들으면서 상리현장은 좋은 얼굴이 아니었다.
　"처려근지는 당나라로 치면 어떤 벼슬이오?"
　"당나라 벼슬은 모르겠고, 대단한 벼슬은 못 되오."
　"나는 대당 사농승인데…."
　말끝을 흐리다가 임금과 대신들에게 선물로 희한한 비단을 가지고 왔다면서 뒤에 따라오는 태마(駄馬)들을 가리키고 혀 꼬부랑 소리로 고구려 말을 한마디 했다.
　"우리 살람 비단이 많이 가지고 와 했소."
　능소는 응대를 하지 않았다.
　김춘추가 묵고 간 객관(客館)에서 하룻밤을 재우고 이튿날 대궐에 인도해 들어갔다. 머리를 숙이면서도 두 눈을 치뜬 상리현장은 헛기침을 하고 봉서를 임금에게 바쳤다.

"대당 황제 폐하의 새서(璽書)를 드리겠습니다."

부도의 통역에 귀를 기울이던 임금은 봉서를 옆에 시립한 금류(金流)에게 넘겼다.

"읽어보오."

금류는 종이를 펴들고 나지막이 읽어 내려갔다.

"…신라는 국가(唐)에 인질을 맡기고 조공도 적잖이 바치는 터인즉 너희는 백제와 함께 신라 지경에서 각각 군사를 철수할지로다. 만약 다시 신라를 공격할진대 명년에 군사를 발하여 너희 나라를 공격할지니라…."

임금은 무표정한 얼굴로 금류를 돌아보았다.

"마리치(莫離支)가 와야 하지 않겠소?"

"그렇습니다."

"사람을 보내도록 하오."

지켜보던 상리현장이 고구려 말로 한마디 했다.

"알아 했소?"

임금은 말이 없고 금류가 대답했다.

"알아 했소."

상리현장은 낑낑거리다가 옆에 선 부도를 통해서 말을 이었다.

"그러면 우리 황제 폐하의 어명대로 하시는 거지요?"

"그렇다고는 말하지 않았소."

금류의 대답은 냉랭했다.

"떠날 때 우리 폐하께서는 마리치를 꼭 만나 뵙고 오라고 했소."

"마리치께서는 변방에 계시오."

"불러오시오."

금류는 물끄러미 그를 바라보고 상리현장은 자기 말이 지나쳤다고 생각했는지 약간 누그러졌다.

"돌아갈 길이 바빠서 그러는데 빠른 시일 안에 마리치를 뵙게 해주시오."

금류는 응대를 하지 않고 임금을 모시고 나가 버렸다.

능소와 함께 객관으로 돌아오면서 상리현장은 말이 많았다.

"번방(藩邦)에 여러 번 다녀 보았지마는 이렇게 대접하는 법이 아니오. 원래 천자의 새서를 받을 때는 제후는 무릎을 꿇는 법이오. 새서가 없더라도 말로 성지를 전할 때도 마찬가지요. 이제부터는 그렇게 시행해야겠소. 어떻게 생각하오?"

"무엇 말이오?"

"여태 내 말을 안 들었소?"

"안 들었소."

말에서 내린 상리현장은 흰 눈을 까고 그를 돌아보다가 객관으로 들어갔다.

자세한 사연을 적은 편지와 상리현장이 가지고 온 국서도 보냈으나 남방에 내려가 신라와 전투 중인 연개소문은 좀체로 돌아오지 않고 상리현장은 매일같이 채근하고 투덜거렸다. 중국 사신을 이렇게 기다리게 하는 법이 어디 있느냐, 빨리 마리치를 데려오라고 큰소리를 쳤으나 아무도 상종하는 사람이 없었다.

신라를 쳐서 두 성을 빼앗은 연개소문은 열흘 후에야 돌아왔다.

"따―징의 성화는 일찍부터 잘 듣고 있습니다."

상리현장은 목소리가 떨리고 육중한 몸집을 교의에 내맡긴 연개소문은 독수리가 병아리를 내려다보듯 말없이 눈을 껌뻑거렸다.

"따―징을 뵈오려고 여러 날을 기다렸습니다. 저는 황제 폐하의 사신입니다. 이런 대접은 난생처음입니다."

"저런 몹쓸 것들이 있나. 술도 대접하고 돼지도 잡을 것이지."

처음으로 연개소문의 목소리가 방안에 울렸다.

상리현장은 얼굴이 붉어지면서 입을 다물어 버렸다.

"나를 만날 일이란 무엇이오?"

상리현장은 침을 삼키고 상반신을 앞으로 내밀었다.

"저는 당나라 황제 폐하의 성지를 받들고 왔습니다."

또 침을 삼키고 쳐다보았으나 연개소문은 고개만 끄덕였다.

"황제 폐하의 성지를 받을 때에는 이렇게 하시는 법이 아닙니다."

"어떻게 하는 법이오?"

"교의에서 내려 무릎을 꿇어야 합니다. 머리라두 숙이셔야 합니다."

상리현장은 고개를 떨어뜨렸다가 다시 쳐들었다.

"고구려는 신라를 더 이상 침범하지 말고 의좋게 지내라는 것이 폐하의 어명이십니다."

"어명이라?"

연개소문은 나지막이 중얼거렸다.

"어명이라기보다 소망이십니다."

"소망이라?"

"고깝게 듣지 마시고 … 예로부터 싸움은 말리게 마련이 아닙니까. 이웃에 일어난 싸움을 말려서 다 같이 좋게 지내자는 것이지 타의는 없습니다."

"타의는 없다?"

"그렇습니다."

"알아듣겠소."

"그러면 신라와 친하게 지내시는 겁니까?"

"당신은 이 길로 신라에 가시오. 신라에 가서 옛날 수나라가 우리를 침범했을 때 남의 재난을 기화로 침식한 5백리 땅을 돌려주도록 주선하시오. 그 땅이 돌아오면 친하게 지내지요."

"기왕지사를 묻는다면 끝이 있겠습니까. 요동도 따지고 보면 원래 중국 땅이 아닙니까. 그러나 우리 중국은 이걸 돌려달라고 하지 않습니다. 그러니 기왕은 묻지 말고 이제부터 신라와 가까이 지내시지요. 대당(大唐) 황제 폐하의 성지를 받들어 그렇게 하시지요."

침묵이 흐른 뒤 연개소문이 천천히 물었다.

"말을 다 했소?"

"네네."

상리현장은 굽실했다.

"분명히 해둬야겠는데, 요동이 어째서 원래 당신네 땅이오?"

상리현장은 말을 더듬었다.

"그야, 한(漢) 위(魏) 이래의 내력을 보면 분명한 줄 압니다."

"한, 위 이전에는 누가 살았소? 원래는 고구려 땅인데 도중에 당신네 중국 사람들이 침범했고, 지금은 제대로 고구려에 돌아온 거 아니오?"

"하기는 그렇습지요."

"기왕 먼 길을 왔으니 좀 쉬어 가시오. 봄이 오면 우리 고구려에는 경치 좋은 데가 많소."

"고맙습니다. 저는 돌아가 무어라고 폐하께 아뢸까요?"

"보고 들은 대로 하시오."

"새서에도 있는 바와 같이 황제 폐하께서는 고구려가 시키는 대로 안 하면 명년에 군사를 동원해서 치신다고 역정이 대단하십니다."

"군사도 동원 말고 역정도 내지 말라고 하시오."

"······."

"한마디 한마디 어김없이 옮기오."

그는 통역하는 부도에게 당부하고 말을 이었다.

"돌아가거든 당신네 폐하께 말씀드리시오. 우리는 평화를 바라오. 동시에 우리 일은 우리가 알아서 할 터이니 과히 염려 말라고 말이오."

풀이 죽어 고개를 떨어뜨린 상리현장을 바라보던 연개소문은 천천히 일어섰다.

그 다음날 상리현장을 보내고 마리치(莫離支) 처소에 돌아오니 금류와 이야기 중이었다.

"상리현장은 좋은 심정으로 돌아간 것 같지 않습니다."

"좋을 수가 없지."

연개소문은 덤덤한 표정이었다. 능소는 처음으로 자기 의견을 말해보았다.

"어떻게든 전쟁은 막아야 하지 않겠습네까?"

"막을 수만 있으면 오죽 좋겠소?"

"저들의 조건이 신라와 화친하라는 건데…."

"그건 구실이고. 천하를 다 먹고 고구려만 남았는데, 가만있을 이세민이 아니거든. 그 콧대를 꺾는 전쟁은 어차피 불가피한 것이오."

"그들의 요구를 들어주면 어떻게 될까요?"

"다음에는 고구려를 몽땅 바치라고 하겠지. 도리가 없소. 이세민의 협박대로 내년 봄에는 전쟁이 있을 것이오. 남은 군량(軍糧)을 강북(江北: 압록강 이북) 각 성에 보내고 채비를 서둘러야 하겠소."

금류와 함께 일어선 연개소문은 밖으로 나가려다 능소를 돌아보았다.

"백암성 처려근지(處閭近支)로 딴 사람을 보낼 터이니 자네는 여기 그냥 있지."

그들의 뒷모습을 바라보면서 능소는 아들 생각, 전쟁 생각에 가슴이 답답했다.

장안(長安), 2월.
황제 이세민과 마주 앉아 주사위를 두던 무미랑은 일어서려다 고구려에 갔던 상리현장이 들어서는 것을 보고 주저앉았다.
"폐하, 이렇게 분할 수가 어디 또 있겠습니까?"
상리현장은 바닥에 엎드려 부르르 떨었다.
"연개소문이란 놈이 무엄한 건 이루 다 말할 수 없습니다."
"날 헌신짝같이 알던가?"
폐하는 씩 웃었다.
"말하자면 … 그렇습니다."
상리현장이 떠듬떠듬 대답하자 황제의 얼굴에서는 웃음이 사라졌다.
"아주 막된놈입니다. 쳐서 없애 버려야 합니다."
눈물을 찔끔하고 소매로 닦았다.
"자세히 얘기해 보오."
"무엄하게도 폐하를 우습게 아는 연개소문을 그냥 두어서는 안 됩니다. 군사도 동원 말고, 역정도 내지 말고, 남의 걱정도 말고, 할 소리 못할 소리, 마구 씨부리는 연개소문 말입니다."
"조리 있게 얘기해 봐요."
상리현장은 품에서 봉서(封書)를 꺼내 바쳤다.
"국가의 대사라 그르침이 있을까 염려되어 자초지종을 자세히 적었습니다."
봉한 것을 뜯고 읽어 내려가는 황제 이세민의 얼굴이 하얗게 변했다.
"거기 어느 대신이든 있거든 불러오너라!"
달려 나갔던 나인은 이세적과 저수량(褚遂良)이 대령한다고 아뢰었다.

"퇴궐 후라 두 분밖에 안 계십니다."

"들라고 해라."

두 사람이 들어오는 바람에 무미랑은 옆방으로 밀려났다.

사내자식이 무골충인가, 축 늘어져서 병신 같은 것이 눈물까지 찔 끔거리고. 저런 것을 천거한 내가 눈이 멀었지. 원경(元慶: 무미랑의 이복오빠로 상리씨의 소생)이 오빤지 뭔지 꼬시는 바람에 그만 … 내 창피해서 원.

물러나오면 한마디 해주려는데 그냥 죽치고 앉아 두 사람에게 같은 넋두리를 되풀이하고 있었다. 넋두리가 끝나자 아까 봉서를 보는 모양인지 한동안 침묵이 흘렀다.

황제의 목소리가 침묵을 깼다.

"다들 보았소? 괘씸하기 이를 데 없소."

"그 연개소문이라는 자는 임금을 살해하고 백성을 못살게 구는 위인이라 하오. 군사를 움직이는 데는 때가 있는 법인데 이런 때를 타면 그를 쳐서 없애는 것은 식은 죽 먹기라고 생각하는데 경들의 생각은 어떻소?"

저수량의 차분한 대답이 들렸다.

"폐하의 병기신산(兵機神算)은 범인들이 능히 알 수 없는 신묘한 일입니다. 폐하께서는 친히 수말(隋末)의 난리를 평정하셨고, 이어서 북적(北狄)과 서번(西藩)을 치실 때에는 신하들이 다 말렸습니다마는 폐하께서 친히 진격하사 모두 평정하셨습니다. 국내 사람들이나 먼 외방의 나라들이나 폐하의 위광(威光)을 두려워하고 복종하는 것은 이 때문입니다. 그러나 지금 요동을 치는 데 대해서는 신은 염려를 금할 수 없습니다. 고구려는 아시는 바와 같이 여간 영악한 족속이 아닙니다. 군사를 움직였다가 만일 차질이 생긴다면 모처럼 얻은 폐하의 위광이 떨어지고 밖에 대해서 체모가 말이 아닐 것입니다. 한 번 실패하고 다시 군을 움직이는 일이라도 생긴다면 수양제의 경우에서 본 바와 같이 국가의 안위를 예측하기 어렵습니다. 괘씸하고 분한 것은 말할 나위도 없습니다마는 참으시는 게 좋을까 합니다."

황제는 가타부타 말이 없는데 이세적이 반대하고 나섰다.

"신의 생각으로는 차제에 고구려를 쳐야 합니다. 칙명(勅命)을 거역하고 폐하께 오만무례한 언사까지 쓰다니 말이 됩니까. 연전에 설연타(薛延陀)가 변경을 침입했을 때 폐하께서는 기필코 이를 추격해서 없애 버리려고 하시다가 마침 돌아간 위징공(魏徵公)이 말려서 중지하셨습니다. 그 때문에 좋은 때를 놓쳤고 설연타는 지금 얼마나 골치를 썩이고 있습니까. 만약 폐하의 계책대로 하셨다면 설연타는 한 사람도 살아 돌아가지 못했을 것이고 변경은 50년간은 평온했을 것입니다. 고구려는 치셔야 합니다."

(설연타는 돌궐의 일부족. 2년 후인 646년 이세적에게 패망.)

"경의 말이 옳소. 설연타를 안 친 것은 위징의 실수였소. 나도 그 일을 후회했으나 입 밖에 내지 않았을 뿐이오. 짐이 친히 고구려를 칠 터이니 출정군(出征軍)을 편성하고 군량을 운반하고 무기를 만드는 등 모든 계획을 짜서 바치도록 하오."

"군신(群臣)들의 소견을 더 들어 보시는 것이 좋을까 합니다."

저수량이 한마디 했으나 황제는 듣지 않았다.

"이것으로 이 일은 결정된 것이니 더 이상 논하지 맙시다."

"영명하신 결단이시옵니다. 연개소문이란 놈의 모가지를 비틀어 후환을 없애야 합니다. 신은 앞장서 분골쇄신하겠습니다."

상리현장의 목소리였다. 못난 것이 가만히나 있을 것이지. 제까짓 게 어떻게 앞장서고 어떻게 분골쇄신한단 말이냐, 병신 같은 것이. 옆방의 무미랑은 속으로 중얼거렸다.

며칠을 두고 궁중은 뒤숭숭했다. 수심에 찬 대신들은 번갈아 들어가 폐하의 마음을 돌리려다 핀잔을 받고, 나인들은 구석에서 쑥덕공론으로 세월을 보냈다. 한결같이 죽일 것은 이세적이었고, 그 때문에 이제 당나라도 수나라 꼴이 된다고 소리를 죽여 한탄하는 축도 있었다.

무미랑은 할 일 없이 침상에 뒹굴면서 생각이 많았다. 공연히 영악한 고구려를 건드렸다가 폐하도 수양제 꼴이 되면 나는 어떻게 하란 말이냐. 더구나 그들이 이 장안까지 쳐들어온다고 생각하면 머리칼이 오싹했다. 얼굴이 반반한 계집은 모조리 끌어갈 것이고 … 평양성까지 끌려가서 연개소문의 밥이 될 생각을 하니 사지에서 맥이 빠졌다.

그는 방현령의 부탁을 들을까 말까, 결심이 서지 않았다. 아까 해 질 무렵에 쪽지를 받고 살짝 빠져 그 집에 갔더니 흰 수염을 내리 쓰다듬으면서 멋쩍은 얼굴이었다.

"밤에 잠자리에서 어떻게 안 되겠소?"

이 늙은 대신으로부터 처음 받는 부탁이라 들어주었으면 좋겠는데 통 자신이 서지 않았다. 출가한 공주들까지 대궐에 들어와 아버지를 뵙고 말려도 막무가내라는데 내 말을 들을까.

"글쎄올시다. 분부대로 해는 보겠습니다마는 … ."

말끝을 흐리고 돌아왔다.

자정이 넘어 들어온 황제는 아주 기분이 좋았다.

"미랑이만 보면 세상의 근심걱정, 다 사라진단 말이야."

촛불에 비친 살결을 어루만지다가 껴안았다.

"고마와요, 폐하."

말하면서 무미랑은 결심이 섰다.

"근데 말이에요, 폐하. 이대로 천년만년 살고파요."

"허허 … 그래 볼까."

"정말 그렇게 될까요? 안 될 것 같아요. 고구려는 안 치시면 안 되나요?"

황제는 대답이 없고 껴안은 팔에서 힘이 빠졌다. 슬그머니 걱정이 돼서 말머리를 돌렸다.

"태자는 정말 착하신 분이데요? 저보다 네 살 아랜데도 아주 어른스러우시고. 태자빈은 절세의 미인이시고."

응대가 없던 폐하가 물었다.

"너 누구 부탁을 받았느냐? 고구려를 치지 말라는 부탁 말이다. 응—. … 방현령이지?"

귀신같이 알아맞히는데 가슴이 덜컥 내려앉았다.

"궁중에서 계집년들이 정사(政事)에 입방아를 찧는 건 용서 못한다!"

가슴이 떨려 오그라드는데 또 한마디 했다.

"암탉이 울면 집안이 망하고, 궁중에서 계집년들이 재잘거리면 나라가 망한다!"

"다시는 안 그럴게요."

가까스로 사과했으나 황제는 여전히 언짢았다.

무미랑은 더욱 오그라들었다.

7월, 태평궁(太平宮: 서안 근처 추현 동남 30리에 있던 별궁).

재인(才人)들이 양쪽에서 파초선(芭蕉扇)으로 일으키는 바람에 더위를 잊고 전쟁준비에 대한 군신들의 보고에 귀를 기울이던 황제 이세민은 크게 기침을 하고, 병부상서 이세적은 종이에 적은 것을 읽어 내려갔다.

　　어명을 전하겠습니다. 장작대감(將作大監) 염립덕(閻立德)은 홍(洪)·요(饒)·강(江) 3주(州)에 내려가 추수가 끝나는 대로 군량을 나를 수 있도록 배 400척을 만들라. 영주도독(營州都督) 장검

(張儉: 황제 이세민의 고종사촌)은 유(幽)·영(營) 2주(州)의 군대와 글안(契丹), 해(奚), 말갈(靺鞨)을 동원하여 우선 요동을 공격하고 그 형세를 보고하라. 태상경(太常卿) 위정(韋挺)은 궤운사(餽運使), 민부시랑(民部侍郞) 최인사(崔仁師)는 부사(副使)로 하북제주(河北諸州)는 다 같이 그 절도(節度)를 받게 하는 터인즉 전권을 가지고 군량 수송에 만전을 기하라. 태복소경(太僕少卿) 소예(蕭銳: 소황후의 조카)는 하남제주(河南諸州)의 양곡을 해로(海路)로 북송하라."

이세적이 다 읽고 어전에 허리를 굽히자 황제는 일어섰다.
"모두들 후원(後苑)에서 식사나 같이 하지."

백암성(白岩城), 8월.

도바(突勃)는 군관들을 거느리고 남으로 달렸다. 눈 닿는 데까지 펼쳐진 벌판에는 추수를 앞둔 조며 기장의 숙인 이삭들이 황금빛으로 물결지고 하늘 높이 솔개 한 마리 원을 그리며 제자리를 돌고 있었다.

이 평화로운 하늘 아래 또 전쟁이 일어날 모양이다. 장검이 지휘하는 만리장성 안팎의 5만 군대는 선발대로 요하(遼河) 하류 서안에 당도했다는 소식이 왔고, 이쪽에서도 봄부터 무기와 군량을 실은 달구지들이 요하 연변으로 달리고 이 백암성에도 산더미같이 보급이 왔다. 달포 전부터는 증원부대들이 흙먼지를 일으키며 북상하였고, 성마다 전쟁준비로 밤낮을 가리지 않는 중이다.

아버지 능소(能素) 대신 새로 처려근지가 되어 온다는 손벌음(孫伐音)이라는 사람은 어떤 위인일까.

중국사람 종까지 30명 가까운 대식구가 일부는 말을 타고 나머지는 마차로 왔다. 짐을 실은 말과 당나귀도 여러 필 꼬리에 붙어 종들의 채찍을 얻어맞고 있었다.

손벌음은 납쭉한 얼굴이 여자같이 새침한 인상이었다.

"원로에 수고하셨습니다."

정식으로 군례를 드리고 도바가 인사를 하자 손벌음은 온 낯이 웃음이 되어 두 손으로 그의 어깨를 잡았다.

"일부러 이렇게 나왔구만."

웃을 때에는 떴는지 감았는지 분간할 수 없이 눈이 붙어 버리는 얼굴이었다. 그는 마차에 앉은 중년부인을 소개했다.

"내 마누라요. 이름은 회옥(懷玉)이라고 하오."

비단옷을 두른 여자는 마차에 앉은 채로 고개를 약간 숙이고 생긋 웃었다. 남편과는 달리 둥글넓적한 얼굴이 과히 밉지 않았다.

"회원진(懷遠鎭)에서 났다고 해서 회옥이라고 이름을 지었고, 중국말은 중국사람을 찜찔 정도로 잘하오."

도바는 어쩐지 개운치 않았다. 돌아오는 길에도 앞서 가는 부부는 엉뚱한 고장에 잘못 떨어진 별종같이만 생각되었다. 무사라면 연개소문이나 아버지같이 투박하든가 약광(若光) 장군이나 금류(金流)처럼 단아하면서도 차돌 같은 풍채인 줄만 알았는데 손벌음은 어느 쪽도 아니었다. 아버지가 전한 대로 얼굴에 재주는 흐르는데 큰 재주 같지는 않고, 무사라기보다 재사(才士) 같았다.

손벌음은 무시로 움직이는 성미였다. 이튿날은 몇몇 군관들을 거느리고 성의 안팎을 두루 살피고 잔소리도 심심치 않게 했다.

"기껏 모았다는 군량이 겨우 이거야?"

"그래 봬도 5만 석입니다."

"5만 석이 많단 말이오?"

흰 눈으로 비스듬히 흘겨보았다.

"지금은 가을입니다."

도바는 무뚝뚝하게 응수했다.

"가을? 난데없이 가을 소리는 왜 하오?"
"추수가 끝나면 더미로 들어올 것입니다."
"참 그렇군."
새침하던 얼굴이 생글생글 웃었다. 순진한 것인지 변덕인지 알 수 없었다.
성안에는 전시(戰時)에 대비해서 몇 군데 못을 파두었는데 한 군데서 발을 멈췄다.
"이게 뭐요?"
"전시(戰時)의 화재와…."
"그걸 몰라 묻는 줄 아나?"
손벌음은 그의 말머리를 꺾었다.
"미안합니다."
"요걸 갖고 되느냐 말이오? 더 넓게 파요. 내일부터 백성들을 동원해서 못을 모두 넓히란 말이오."
"몇 가지 말씀드려도 괜찮겠습니까? 백성들을 동원하는 일은 추수가 끝난 다음에 하는 것이 어떻겠습니까?"
"내일이라도 적이 쳐들어오면 어떻게 할 셈이오?"
"쳐들어오기까지는 아직 시일이 있는 것으로 압니다."
"일개 군관이 어떻게 군략(軍略)을 안단 말이오?"
도바는 무안하고 다른 군관들 보기가 민망했으나 참을 수밖에 없었다.
"요하에는 벌써 적이 당도해서 봉화(烽火)가 오르지 않았소? 몇 가지 얘기한다고 했지? 나머지는 뭐요?"
"그만두겠습니다."
"그만둔다? 도대체 이 시골 군관들은 예의범절을 몰라 틀렸소."
둘러선 군관들은 서로 마주 보고 말이 없었다.
"윗사람에게 그런 말버릇은 안 되오."

도바는 입을 열었다.

"못을 더 넓히라는 것은 무리십니다."

"어째서 무리지?"

"수량(水量)이 부족합니다."

"머리를 써요, 머리를. 한 번 댄 물은 빼지 않고 그냥 두면 수량을 걱정할 게 뭐요?"

도바는 적어도 실전(實戰)을 해본 사람은 아닌 것 같다고 생각하면서 잠자코 있었다.

"왜 대답이 없소? 내일 당장 시작해요."

곰이라는 별명이 붙은 군관이 나섰다.

"안 됩니다."

손벌음은 양미간을 찌푸렸다.

"전시의 못은 방화에도 쓰지마는 인마(人馬)를 위해서 쓰는 일이 더 많습니다. 고인 물은 안 됩니다."

손벌음은 잠자코 있다가 별안간 활짝 웃었다.

"내 바로 그 말을 듣고 싶었소."

군관들을 시험한 것인지, 머리가 빨리 돌아 둘러 붙이는 것인지 판단이 서지 않았다.

며칠 동안 성 안팎을 돌아다니면서 가는 곳마다 한마디씩 했으나 도바는 입을 다물고 가타부타 말하지 않았다. 가끔 엉뚱한 소리를 해도 도바는 나서지 않고 다른 군관들이 번갈아 나섰다. 말문이 막히면 반드시 입을 헤벌리고 뇌까렸다.

"내 바로 그 말을 듣고 싶었소."

민정을 살핀다고 농촌에도 나갔다. 씨를 뿌리고 김을 매고 추수를 하는 데도 일가견을 피력하는 것을 잊지 않았다.

"농민들이 일하는 걸 보면 불쌍해서 못 견디겠단 말이야."

성에서 10리가량 떨어진 산기슭 동네에서 마중 나온 4, 50명의 농부들을 앞에 놓고 또 아는 소리를 시작했다.

"추수를 할 때 자루가 긴 낫으로 서서 툭툭 쳐나가면 허리도 안 아프고 얼마나 편하겠소. 우리 백암성 관내에서는 이제부터 그렇게 합시다."

소리를 내지 않고 웃는 농부들 가운데서 70 노인이 수염을 쓰다듬으며 한마디 했다.

"처려근지 어른, 그건 추수가 아니고 곡식을 버리는 겝니다."

"어째서 그렇소?"

"긴 낫으로 툭툭 쳐나가면 곡식알은 땅에 떨어질 게 아닙네까?"

"그렇지. 내 바로 그 말을 듣고 싶었소."

또 입을 헤벌렸다.

성내에서는 새로 온 처려근지의 입버릇이 사람들의 화제에 오르고 군관들은 쑥덕공론을 시작했다. 듣지도 보지도 못하던 말 뼈다귀가 처려근지는 무슨 처려근지냐고 내뱉는 사람으로부터, 고구려 6백여 년 역사에 저런 처려근지가 하나쯤 나타나는 것도 하나님의 심심풀이로 보아 넘길 수 있다는 사람까지, 각양각색이었다. 전쟁을 앞두고 큰일이라는 데는 모두 일치했고 그의 내력에 대해서는 추측이 구구했다.

"마리치(莫離支)의 불알을 잡은 게 아니야?"

"마리치는 그런 분이 아닌데. 처려근지의 여펜네가 희한하던데 그게 조화를 부린 게 아닐까?"

"도바도 몰라?"

"내가 어떻게 알아?"

"자네 아버지는 마리치하고 가깝잖아?"

"아버지도 이름밖에 모르신대."

"그럼 이걸 누가 아노?"

당태종의 실패한 야욕 305

모이면 비슷한 얘기가 나오고 그때마다 뾰족한 해답 없이 헤어졌다.

열흘째 되는 날 손벌음은 군관들을 자기 집에 초대했다.

"우리 모두 동생공사(同生共死) 할 처지에 있지 않소? 말하자면 일련탁생(一蓮托生)이라 오늘밤은 다 같이 취해 봅시다."

문자를 썼다. 벽에도 어려운 한문 글씨를 걸어놓고 알록달록한 그림도 보였다. 이런 벽지에서는 처음 보는 광경이었다.

술이 돌아가면서 손벌음은 아는 것이 더욱 많았다.

"이세민이 무슨 생인지 아시오 … ? 나와 같은 무오(戊午) 생이오. 20에 제세안민(濟世安民) 할 팔자를 타고났다 해서 이름을 세민(世民)이라고 했거든."

그는 술을 한 모금 마시고 좌중을 둘러보았으나 아무도 맞장구를 치지 않았다.

"그렇지, 이런 자리에서는 부드러운 얘기를 해야지. 영웅호색(英雄好色)이라, 그 이세민이 요즘 10대 소녀에게 맛을 붙여 갖고설랑 예쁘장한 아이들을 골라 들인다는 얘기를 들었소?"

그에 옆에 앉아 있던 회옥이 눈알을 옆으로 굴렸으나 알아차리지 못했다.

"그거 재미있는 얘깁니다."

군관들이 처음으로 반응을 보이자 손벌음은 신이 났다.

"중국 황실에는 3천 궁녀라고 해서 정말 에누리 없이 3천 명이 있소. 그게 모두 내로라하는 미인들이란 말이오. 하루에 한 명씩 상대해도 3천 날이면 몇 해요? 8년도 넘지요? 그러니 어지간해서는 황제의 그림자도 보지 못하고 늙어 꼬부라지게 마련이오."

회옥의 안색이 차츰 푸르게 변했으나 손벌음은 또 술을 찔끔 마시고 계속했다.

"그런 미인을 3천 명이나 두고 왜 열대여섯 되는 아이들을 탐내느냐? 여기 묘미가 있단 말이오."

술잔에 손을 가져가는데 회옥이 잔을 뺏어 죽 마시고 일어섰다.

"글씨를 쓸라면 더 취하기 전에 써야지요?"

손벌음은 멋쩍게 웃고 회옥은 옆방에서 지필을 가지고 들어와 먹을 갈았다.

손벌음은 붓을 들고 정색을 했다.

"전쟁을 앞두고 몇 자 적어서 우리들의 계명(戒銘)으로 할까 하오. 특별히 모든 군관들이 모인 이 자리에서 일필휘지(一筆揮之)하여 내일 군영에 걸어 놓도록 할 터인즉 군관들뿐 아니라 말단 병사들에 이르기까지 가슴에 아로새기도록 하오."

붓을 들어 서슴지 않고 흰 종이에 써내려갔다.

"용병지해 유예최대 (用兵之害 猶豫最大)
삼군지재 생어호의 (三軍之災 生於狐疑)."

그는 붓을 놓고 설명을 시작했다.

"이건 오자(吳子)에 있는 말인데, 용병에서 가장 해로운 것은 할까 말까 우물쭈물 하는 일이요, 군대의 재난은 이게 아닐까 저게 아닐까 판단, 즉 결단을 내리지 못하는 데 있다는 뜻이오. 그러니 싸울 때는 신속히 결단을 내려 우물쭈물함이 없이 단호하게 나가야 하오."

도바는 옳은 말이라고 생각하면서도 종이 위에서 노는 날쌘한 손가락들이 마음에 걸렸다.

"당신 그림을 하나 그리지."

손벌음이 글 쓴 종이를 옆으로 밀어놓고 붓을 내밀자 회옥은 사양하지 않고 받아들었다.

생각하거나 힘을 들이는 것 같지도 않은데 갑옷에 투구를 쓴 고구려 무사가 말을 달리면서 적에게 창을 겨누는 모습이 나타났다. 도바는 살아서 약동하는 것 같다고 생각했다.

"어떻소, 이 그림?"

회옥이 붓을 놓자 손벌음은 그림을 촛불에 비추면서 물었다.

"근사합니다."

"금시 종이에서 달려 나올 것만 같습니다."

한마디씩 나오는 말은 공치사가 아니었다. 입을 열지 않는 군관들도 한숨을 내쉬는 품이 감탄하는 모양이었다.

손벌음은 기분이 좋아 술을 권하고 주는 대로 받아 마시다가 회옥에게 노래를 권했다.

"그 있잖아. 곽리자고(霍里子高)의 노래 말이야."

회옥은 옆방에 가서 공후(箜篌)를 들고 들어왔다.

"그건 내가 킬까."

손벌음은 공후를 키고 회옥은 노래를 불렀다.

    님이여 건너지 마오시라 당부했건만
    님은 기어코 건너시네
    건너다 물에 쓸리오사 돌아가시니
    아 내 님을 어이할꼬 어이할꼬
    (公無渡河 公竟渡河 隨河而死 當奈公何)

달빛에 잔잔히 부서지는 시냇물같이 곱고 맑은 목소리였다.

살벌한 속에서 지새우던 군관들은 오래간만에 가슴이 녹아내리는 한때를 보내고 밤길에 나섰다.

돌아오는 길에 도바는 재주가 반짝이는 사람들이라고 생각하면서도 이 백암성과는 궁합이 맞지 않는 느낌이었다.

평양, 8월.

능소(能素)는 패수(浿水) 나루에 나가 당나라로 떠나는 부도(弗德) 일행을 전송했다. 순풍을 타고 미끄러지듯 하구(河口)를 향하는 흰 돛이 멀리 산모퉁이를 돌아 사라질 때까지 지켜보았다.

어제는 금류(金流)의 요청으로 밤늦게까지 중신회의가 열리고 중국 사정에 밝은 부도도 참석했다. 말석에 앉은 능소는 오가는 말과 그들의 표정으로 이제 한 걸음 한 걸음 다가오는 전쟁의 발자국 소리가 귀에 들리는 것만 같았다. 누구나 전쟁은 피할 수 없다고 단정했고 남은 것은 싸워서 이기는 일뿐이라고 하였다. 말수가 적은 금류가 듣고만 있다가 마지막으로 입을 열었다.

"아무리 생각해도 당나라에 사신을 보내는 것이 좋겠습니다."

"사신은 무엇하러?"

연개소문이 반문했다.

"될 수만 있으면 전쟁을 피하고, 안 되도 저쪽 동정을 알아오게 말입니다."

"공연히 신발만 닳는 게 아니오? 가서 무어라고 하겠소?"

"지난봄에 상리현장이 왔으니 그 답례로 보내는 걸로 하고, 이세민에게 은덩이도 좀 갖다 주고 말입니다."

"은덩이 몇 개로 전쟁을 피할 수 있겠소?"

"성의의 표시로 우리 관원 50명을 보내서 그쪽 궁성의 숙위(宿衛)에 참가시킨다고도 해보고요."

"항복이 아니오?"

"항복이 아니라 이세민의 체면을 세워 보자는 겁니다. 큰소리를 치고 전쟁준비를 서둘러 온 처지에 무턱대고 그만둘 수는 없을 것이고, 체면이 서면 못 이기는 체 물러설 수도 있지 않을까 해서…."

연개소문은 오래도록 생각하다가 승낙했다.

"해는 보시오마는 이세민은 워낙 정벌(征伐)에 신들린 인간이라서 한 번은 혼나봐야 버릇이 떨어질 것이오."

중국말을 잘하는 부도를 정사(正使)로 일행 20여 명이 결정되었다.

"가기는 하지마는 돌아오게 될지 모르겠군요."

능소는 뱃전에서 장삼을 나부끼며 쓸쓸히 웃던 부도의 모습이 오래도록 안막에서 사라지지 않았다.

장안(長安), 9월.

조반을 마친 황제는 이를 쑤시다가 멍하니 창살을 바라보고 생각에 잠겼다. 지난 2월 전쟁을 결심하고부터 이런 버릇이 생겼고, 가끔 잠꼬대를 하다가 이를 갈기도 했다.

"역정두 내지 말구, 남의 걱정도 말구 … 응 —, 괘씸한 것이 …."

무미랑은 찻잔을 들고 기다리는 수밖에 없었다.

밖에서 나인이 아뢰었다.

"태자빈객(太子賓客)이 오셨는데 어찌하오리까?"

"들라고 해라."

저수량이 들어와 읍했다.

"고구려 사신들이 지금 막 입경했다는 소식을 듣고 긴히 아뢸 말씀이 있어 뵈었습니다."

"앉으시오."

황제는 찻잔을 들어 마셨다.

"변경에서 그들이 온다는 보고가 들어왔을 때부터 생각한 일입니다마는 은덩이를 선물로 가지고 온다는데 이건 받지 않으시는 것이 좋겠습니다. 연개소문은 제 임금을 살해하였고, 이제 그를 토벌하려는 참인데 그 선물을 받으신다면 이건 사리에 닿지 않는 일로 생각됩니다."

"옳은 말이오. 그들은 지금 어디 있소?"

"객관에 들었답니다."

"객관은 무슨 객관… 나가다가 이르시오. 지금 당장 만날 터이니 상란각(翔鸞閣)에 데리고 오라고 말이오."

"그렇게 급히 만나실 건 없을까 합니다."

"내가 하는 걸 구경만 하면 되오."

저수량은 물러나갔다.

무미랑은 파초선(芭蕉扇)을 들고 서혜와 함께 폐하를 좌우에서 모시고 상란각에 들어가니 대신들이 기다리고 고구려의 사신들도 와 있었다. 정사는 묘하게도 어깨가 딱 바라진 젊은 중이었다.

"고구려의 사문, 외신(外臣) 부도(弗德), 국서를 받들고 폐하께 문안을 드립니다."

중국말이 유창했다.

황제는 절하고 일어서는 5, 6명을 둘러보고 정사에게 물었다.

"무슨 일로 왔소?"

"여기 국서가 있습니다."

글 잘하는 저수량이 국서를 받아 시키는 대로 나지막한 소리로 읽었다.

잠자코 듣고만 있던 폐하는 중얼거렸다.

"역시 칭신(稱臣)은 안 하는구만."

"그렇습니다. 이것들을 그냥 둘 수 없을까 합니다."

전쟁을 말리던 저수량도 요즘 와서는 고구려라면 이가 갈린다는 듯이 태도가 변했다. 황제는 눈길을 돌렸다.

"이봐 고구려 사신, 이 하늘 아래 있는 어느 나라 왕도 이 천자 앞에 신(臣)이라고 하지 않는 자가 없는데, 유독 고구려만 뾰죽하게 나오는 건 무슨 까닭이오?"

정사는 정중히 대답했다.

"폐하께서는 당나라의 천자이시고, 저의 폐하께서는 고구려의 천자이신가 합니다."

별별 나라의 사신을 다 보았어도 이렇게 당돌한 인간은 처음이었다. 황제 이세민은 노해서 발을 굴렀다.

"하늘 아래 천자는 하나이지 둘일 수 없다!"

사신들은 잠자코 서 있었다.

"고얀 것들."

정사는 나지막하게 기침을 하고 머리를 들었다.

"폐하, 그것은 일개 사신이 왈가왈부할 일이 아닌가 합니다. 그러하오니 양해하시고 저의 소임을 말씀드리겠습니다. 국서에도 있는 바와 같이 우리 두 나라는 의견은 달라도 평화를 바라는 마음은 같다고 생각됩니다. 저의 폐하께서는 우의(友誼)의 표시로 무사 50명을 파송하여 이 대명궁(大明宮: 당의 궁성)의 숙위(宿衛)에 참가케 하고자 하십니다. 또 지난번 귀국 사농승 편에 보내신 선물의 답례로 은(銀) 약간을 저의 편에 보내셨으니 받아주시면 감사하겠습니다."

황제는 또 발을 굴렀다.

"숙위도 소용없고 은도 소용없다!"

사신들은 어찌할 바를 몰랐다.

"너희들은 돌아간 영류왕의 신하로 그로부터 벼슬을 받았지? 마리치 연개소문이 그를 죽여도 복수할 생각은 않고 그 밑에서 또 벼슬하지 않나, 그의 심부름으로 대국에 와서 이러쿵저러쿵 하지 않나, 이게 도대체 뭐야? 너희들은 죄인이다. 내가 하늘을 대신해서 벌을 내릴 터이니 그리 알아라!"

따라온 사람들은 안색이 변했으나 정사는 장삼 깃을 여미고 황제를 똑바로 쳐다보았다.

"폐하, 고구려 안에서 어떤 일이 일어났건, 전왕대의 신하가 계속

해서 벼슬을 하건 아니하건 그것은 고구려 사람들이 알아서 할 일입니다. 또 폐하께서는 폐하의 신민을 처벌하실 수 있습니다. 그러나 고구려에서 일어난 일을 가지고 고구려 사람을 처벌하실 수는 없습니다."

황제는 용상에서 일어섰다.

"왜 못해. 응? 이 하늘 아래 천자가 간여하지 못할 일이 어디 있단 말이냐? 말해봐!"

그러나 정사는 흔들리지 않았다.

"아까도 말씀드린 바와 같이 폐하께서는 당나라의 천자십니다."

"뭐? 천자란 글자 그대로 하늘의 아들로 단 한 사람, 온 천하를 다스리는 것이다. 고구려만 빼라는 법은 없다."

정사는 여전히 조용한 목소리로 대답했다.

"그것은 폐하의 생각이십니다."

황제는 주먹을 쥐고 외쳤다.

"이 망종들을 끌어내다 옥에 가둬라!"

근위병들이 들어와 황제와 군신들이 보는 앞에서 그들을 오랏줄에 묶어 끌고 나갔다. 그들이 나가자 황제는 용상에 도로 앉으면서 한숨을 내쉬었다.

"무엄 무엄해도 저렇게 무엄한 것들이 있나."

"폐하."

장손무기가 앞으로 나와 머리를 숙였다.

"고구려는 진실로 범절을 모르는 오랑캐들입니다. 오늘 저들의 언동을 보고 더욱 절실히 느꼈고 사신들을 가두신 것도 백번 지당하신 일입니다. 차제에 한 번 더 고구려에 사람을 보내서 사신까지 가두신 폐하의 단호하신 결의를 전하고 순종하도록 타일러 보는 것이 어떨까 합니다."

"그 망종들이 듣겠소?"

"예로부터 싸우지 않고 이기는 것을 상지상책(上之上策)이라고 했습니다. 들으면 상지상책이 되는 것이고 듣지 않더라도 폐하의 관인(寬仁)을 보이시는 일이니 무방할까 합니다."

"다른 대신들의 생각은 어떻소?"

아까부터 황제의 거동을 지켜보던 대신들은 다 같이 머리를 조아렸다.

"좋은 일로 생각됩니다."

"중의(衆意)가 그렇다면 보내시오. 누가 가겠소?"

아무도 가겠다는 사람이 없었다. 황제는 둘러보면서 아무리 기다려도 대신들은 다문 입을 열지 않았다.

"내 경들의 속을 뻔히 들여다보고 있소."

황제의 입이 비뚤어졌다.

"이쪽에서 사신을 가뒀으니 가만있을 고구려가 아니라 이거지요? 가면 꼭 같이 오랏줄에 묶여 옥에 들어갈 텐데 갈 사람이 누가 있겠소? 연개소문도 겁이 나서 숙위를 보냈겠다, 선물을 보낸다 야단이 아니오? 내가 보내는 사신을 감히 다치지 못할 것이오. 이렇게도 고구려가 무서운가? 없으면 그만두는 거지."

황제는 일어서려다가 문간으로 눈을 던지고 도로 앉았다. 거구의 사나이가 문으로 들어오더니 그대로 성큼성큼 걸어 어전에 엎드렸다.

"좌둔위 병조참군(左屯衛 兵曹參軍) 신 장엄(蔣儼) 아뢰오. 밖에서 듣자온바 고구려에 사신으로 갈 사람을 구하신다 하옵는데 신같이 미천한 사람도 무방하시다면 신이 갈까 합니다."

찌푸렸던 황제의 얼굴이 누그러졌다.

근위병들을 끌고 대궐 안팎을 돌아다니는 것을 몇 번 본 일이 있는 사나이였다. 얼굴이 검고 광대뼈가 튀어나와 농갓집 머슴 같다고 생각한 일도 있었다.

"몇 살이냐?"

"서른아홉입니다."

"모두들 가기 싫어하는데 너는 어찌하여 가겠다고 하느냐?"

"인명은 재천(人命在天)인데 세상에 무엇을 주저할 일이 있겠습니까."

"좋다. 너를 조사(詔使)로 보낼 터이니 돌아가 차비를 해라."

황제는 일어섰다. 편전에 돌아와서 무미랑에게 한마디 던졌다.

"장사가 하나 나타났단 말이야."

평양, 10월.

당나라로 떠나간 사신은 첫눈이 와도 소식이 없었다. 변경에서 들어오는 풍문으로는 이세민이 그들의 목을 베었다고도 하고, 그게 아니라 옥에 가두었다고도 했다.

뒤숭숭한 가운데 추수를 한 양곡들은 달구지에 실려 북으로 가고 각처에서 몰려든 병사들도 떼를 지어 압록강을 건너갔다. 오랜 평화에도 종말이 오고, 할아버지들이 참가했다는 살수대전(薩水大戰) 같은 큰 전쟁이 각각으로 다가오는 것이 누구의 눈에도 보이는 것만 같았다.

당나라 사신 일행 5명이 탄 배가 패수(浿水)를 거슬러 올라온다는 보고가 들어왔다. 전에 온 진대덕이나 상리현장같이 얼굴이 희고 손도 날쌘 사람들이 아니라 한결같이 햇볕에 그을린 것이 군인들 같다고 했다.

젊은 연정토(淵淨土)는 아까부터 지도만 들여다보고 있는 연개소문의 옆으로 다가섰다.

"형님, 이번 당사(唐使)의 영접은 어떻게 할까요?"

연개소문은 얼굴을 들고 자기와는 달리 몸집도 작고 생김새도 금류

(金流)처럼 여자 같은 아우를 바라보았다.

"네가 해라."

"전쟁이냐 아니냐 하는 갈림길인데 노련한 대신이 맡는 게 어떻겠습니까?"

"어차피 이세민은 전쟁하기로 결심했다."

"그래도 절충 여하에 따라서는 어떻게 안 되겠습니까?"

"지금 천하에서 제일 시건방진 게 누구야? 이세민이다. 얻어터져 혼이 나기 전에는 정신을 차릴 인간이 아니다."

"그럼 왜 사신을 보낼까요?"

연개소문은 흥미조차 없다는 표정이었다.

"한 번 더 협박을 해보는 거겠지."

"그렇다면 더욱 다루기 힘들겠습니다."

"이러나저러나 마찬가지다."

연개소문은 다시 지도로 눈을 가져갔다.

이튿날 오정, 패수 나루에 내린 당나라 사신들은 객관에서 점심을 들고 연정토의 인도로 궁중에 들어왔다.

"대당 황제 폐하의 조사(詔使) 장엄이오."

검은 얼굴의 사나이들은 어전에 버티고 섰다. 대신들은 서로 마주 보고 연정토는 그들에게 물었다.

"조사라고 한 것 같은데 잘못 말한 것이 아니오?"

"아니오. 지금부터 조서(詔書)를 전할 터이니 예를 갖추시오."

"어떻게 갖추란 말이오?"

"임금은 무릎을 꿇고 삼가 받들어야 하오."

연정토는 당상을 쳐다보았다. 임금은 눈알을 굴리고 연개소문의 안색이 달라졌다.

"그렇게는 못하오."

장엄은 눈을 부릅떴다.

"신하로서 천자의 조서를 받들 때는 누구나 그렇게 하는 법이오."

"누가 당신네 신하라고 했소?"

옆에 선 연정토가 나섰다.

"이 하늘 아래 천자의 신하가 아닌 사람이 어디 있소?"

"당신 정신 있소?"

"있소."

장엄은 잘라 말했다.

당상의 임금은 일어서 나가 버리고 연개소문의 노한 목소리가 울렸다.

"그 자들을 내 처소로 끌고 와!"

대신들도 흩어지고 군사들이 들어와 사신들의 등을 밀고 나갔다.

"요즘 이세민은 잘 있느냐?"

마리치 처소에 돌아온 연개소문은 늘어선 사신들을 한 바퀴 둘러보고 교의(交椅)에 앉았다.

"천자의 휘(諱)를 그렇게 부르는 법이 아니오."

장엄은 지지 않았다.

"너의 천자가 중하면 남의 천자도 중하다는 걸 알아야지. 그 조사라는 걸 이리 내놔."

"조서는 국왕에게 직접 전하라는 어명이오."

"무릎을 꿇고 그따위 조서를 받을 국왕은 고구려에 없다."

장엄은 따라온 자들과 속삭이다가 옆구리에 낀 상자에서 봉서를 꺼내 바쳤다.

연개소문은 연정토에게 건네주면서 일렀다.

"보나마나 허튼 소리를 장황하게 늘어놓았겠지. 너 줄거리만 따서 얘기해봐."

연정토는 봉서를 뜯고 훑어보았다.

"… 고구려왕 너 보장은 강박에 못 이겨 왕위에 올랐음을 내 모르는 바 아니니 역신(逆臣) 연개소문을 처단하고 조사 장엄과 함께 장안에 와서 내 앞에 조근지례(朝覲之禮)를 다하여 용서를 받을지로다. … 역신 너 개소문은 하늘 아래 용납되지 못할 터인즉 전비를 뉘우치고 자진(自盡)하라. 죽는 것이 두렵거든 출가하여 세상을 버릴진대 내 호생지덕(好生之德)으로 더 이상 추궁하지는 않으리도. … 너희들이 보낸 사신은 역신의 무리들인지라 옥에 가두어 하늘의 노여움을 푸는 중이로되 나의 조명을 봉행(奉行)할진대 즉시 방환(放還)하리라. … 추호라도 조명을 어길진대 너희는 목숨을 부지하지 못할 것이며 고구려는 잿더미가 될지로다."

듣고 있던 연개소문의 얼굴에 노기가 서렸다.

"으—흥. 좋게 지내자고 보낸 사신을 가뒀겠다. 장엄을 옥에 가둬라."

"저를 가두면 큰일 납니다."

장엄은 비로소 떨리는 목소리였다.

"나머지 애들은 이세민 대신 볼기를 치고."

그는 지켜선 군관을 보고 계속했다.

"이것들을 끌어내라!"

연개소문은 일어서 옆방으로 들어갔다.

그길로 끌려나온 장엄은 옥에 갇히고 그 밖의 일행은 볼기를 맞고 나서 타고 온 배에 실려 당나라로 돌아갔다.


낙양(洛陽), 11월.

방현령을 경사유수(京師留守)로 임명하고 장안을 떠난 황제 이세민의 노부(鹵簿)는 여산온탕에 들러 며칠 쉬고 11월 초, 낙양궁(洛陽宮)에 당도했다.

생각할수록 연개소문이란 놈은 괘씸하기 그지없었다. 감히 천자의 조사를 잡아 가두고 나머지는 볼기를 때려 쫓아 보낸다는 것은 하늘도 무심할 수 없는 일이었다. 너희들이 가뒀으니 우리도 가둔다? 중국 천자와 사람값에도 못 가는 오랑캐 왕이 어떻게 같단 말이냐? 이 망졸들을 그저 ….

지난달 고구려에 갔다 돌아온 군관들의 사연은 생각만 해도 이가 갈렸다.

장검이란 놈은 또 뭐냐? 요하(遼河)를 건너 적들의 지역을 정탐하고 교란하라는데 강가에서 몇 달을 두고 앉아 뭉개기만 하니 먼발치로 고구려 놈들을 보기만 해도 혼이 나갔단 말이냐? 대관절 어떻게 된 영문인지 들어나 보자고 오라고 했는데 왜 안 오지?

그는 무미랑이 받쳐 든 옷을 갈아입고 침상에 비스듬히 누웠다.

"냉수 한 그릇 가져오너라."

무미랑은 나가지 않고 그의 안색을 살폈다.

"왜 그러고 있지?"

"더운물이 아니고 냉수를 말씀하셨나요?"

"냉수다."

무미랑이 밖에 나가 들고 들어온 냉수 한 그릇을 다 마시고 이세민은 한숨을 내쉬었다.

"모두들 왜 이 모양이지?"

"언짢은 일이라도 있으신가요?"

"응, 매우 언짢다."

이세민은 물그릇을 들고 선 그를 쳐다보았다.

"제가 들으면 안 될 일인가요?"

"될 것도 없고 안 될 것도 없다."

"안 될 셈치고 말씀하시지요."

"허어, 미랑이는 역시 재치가 있단 말이야."

그는 한 손으로 무미랑의 뺨을 쓰다듬고 말을 이었다.

"네가 너무 예쁜 게 언짢단 말이다."

"폐하께서도…."

무미랑은 생긋 웃으며 눈을 흘겼다.

"전 의주자사(宜州刺史) 정원숙(鄭元璹)이 대령이온데 어찌하오리까."

밖에서 나인이 아뢰는 소리에 무미랑은 뒷문으로 나가고 이세민은 교의에 내려와 앉았다.

"들라고 해라."

70 노인이 허리를 굽히고 들어왔다.

"내 경과 의논할 일이 있어 불렀소."

이세민은 노인을 부축해서 교의에 앉혔다.

"황공하오이다."

뼈와 가죽뿐인 백발노인은 체머리를 떨었다.

"경은 전에 양제를 따라 고구려 정벌군에 참가한 일이 있다는데 솔직한 의견을 듣고자 하오."

"고구려군은 강병(强兵)입니다."

노인은 체머리를 떨며 힐끗 쳐다보았다.

"경도 알다시피 이미 고구려 정벌군은 움직이기 시작했고, 나는 친정(親征)을 하기 위해서 장안을 떠나 여기 왔소. 장차 적지에 나가 내 자신이 군을 지휘할 작정인데 참고될 만한 일이 있으면 기탄없이 얘기하오."

"신의 생각으로는 어려운 일을 시작하신 것 같습니다."

"어려운 일이라?"

"그렇습니다. 우선 요동은 먼 고장이라 군량을 나르기가 매우 어렵습니다. 다음으로 고구려 사람들은 성(城)을 지키는 데 기막힌 재주가 있습니다. 그러므로 공격해도 쉽게 떨어뜨릴 수 없습니다."

울적한 터에 속 시원한 소리라도 한마디 들으려던 황제 이세민은 정색을 했다.

"정 자사, 지금 우리 당나라의 힘은 옛날 수나라 때와는 비교도 안 될 만큼 막강하오. 이 막강한 힘을 친다면 고구려는 하루아침에 부서질 것이오."

노인은 침을 삼키고 대답했다.

"물론 그러시지요. 하오나 고구려군은 보통 생각하는 이상으로 강병이오니 신중에 신중을 기하시는 것이 좋을까 합니다."

이세민은 싱긋 웃었다.

"경은 두구 보기만 하오."

노인이 체머리를 떨고 나가자 장검이 들어와 절했다.

"부르심 받고 불철주야 달려온다는 것이 지금에야 당도했습니다."

이세민은 꿇어 엎드린 연상의 고종사촌을 노려보다가 고함을 질렀다(장검은 이때 51세).

"당신은 도대체 뭐요?"

입을 벌리고 잠깐 쳐다보는 토끼상의 얼굴이 파랗게 질렸다.

"그 고장에는 놀러 갔소, 싸우러 갔소? 들어봅시다. 어째서 건너가라는 요하(遼河)는 안 건너고 여태 요서(遼西)에서 낮잠을 잤느냐 말이오? 군율(軍律)로 다스려야 알겠소?"

"폐하."

장검은 애걸하는 눈초리로 쳐다보았다.

"지난 7월, 요하에 당도했습니다마는 마침 홍수가 져서 건너지 못했습니다."

이세민은 입을 다물고 내려다보기만 했다.

"항용 있듯이 홍수가 걷히니 이번에는 역질(疫疾)이 돌아 병사들의 반수 이상이 드러누워 버렸습니다."

"거짓말!"

"신이 어찌 거짓을 아뢰오리까. 이것은 그 당시에도 보고를 드린 바 있습니다."

"그따위 보고를 내가 믿을 줄 아오?"

"폐하, 사실입니다. 요즘에사 겨우 기동하기 시작했습니다."

"잘하는 짓이오."

"그렇다고 신은 속수무책으로 가만히 있은 건 아닙니다. 건장한 병정들을 고구려복을 갈아입히고 적지 깊숙이 들여보냈습니다. 험한 길과 그렇지 않은 길, 강도 건너기 쉬운 대목과 어려운 대목 등, 여기 자세한 지도를 만들어 왔습니다."

지도를 받아들고 유심히 들여다보던 이세민의 얼굴이 풀리기 시작했다.

"내 오해였구만. 형, 미안하오."

그는 장검을 노인이 앉았던 교의에 앉히고 마주 앉았다.

"모두들 아직도 내심으로는 고구려를 무서워하고 있는데 형의 소견은 어떻소?"

장검은 말재간이 있었다.

"더운 음식에 질린 사람은 찬 것도 불고 먹게 마련이라고 하지 않습니까. 수대(隋代)에 4번이나 대패해서 온 나라가 결딴이 났는데 무서워하는 건 당연합니다."

"그렇다면 전쟁이 되겠소?"

"그러니까 하늘이 폐하 같은 영걸(英傑)을 내신 게 아닙니까. 누구나 이길 수 없다고 생각하는 이 전쟁에 이겨서 우리 중국 6천만의 가슴속에 뿌리 깊이 들어앉은 고구려 공포증을 몰아내고 정신을 뜯어고

칠 분은 바로 폐하십니다. 삼황오제(三皇五帝) 이래 폐하 같은 영주(英主)는 처음이시고, 아마 금후에도 영원히 나타나기 어려울 것입니다. 고구려 따위를 없애는 것은 식은 죽을 먹는 것보다도 더 쉬운 일입니다."

아첨기를 느끼면서도 칭찬은 역시 기분이 좋았다.

"형은 옛날부터 경륜(經綸)이 대단했단 말이야."

"대단한 건 신의 경륜이 아니고 폐하의 경륜이십니다."

"형은 이번 북벌(北伐)에 행군총관(行軍總管)으로 전봉(前鋒)을 맡아 주시오. 기졸(騎卒) 1만을 드리지요."(장검이 받은 정식 직함은 행군총관 겸 영제번병)

"더없는 영광입니다."

"내 지친(至親)이 전봉을 맡았다면 출정군의 사기가 올라갈 것이오. 반면에 잘못하면 내 체모도 우습게 될 터인즉 잘해 주시오."

"신은 진충갈력하여 성은에 보답할 각오가 되어 있습니다."

"우리가 어릴 때 형은 걸핏하면 나를 뚜드려 팼지? 그 솜씨로 고구려 놈들 맛 좀 보여주시오."

"폐하, 그때 일은 생각만 해도 황공합니다."

"황공할 게 없소. 그때는 우리 다 같이 보잘것없는 벼슬아치의 아들이 아니었소?"

"폐하께서는 언제나 소탈하십니다."

"우리 있다가 식사나 같이 하면서 때리던 얘기, 맞던 얘기를 합시다."

"황공합니다. 있다 저녁때 다시 뵙겠습니다."

교의에서 내린 장검은 납죽이 절하고 물러갔다.

20여 일을 두고 낙양궁에서는 무시로 회의가 열리고 이름 있는 장군들의 내왕도 눈에 띄게 잦았다.

당태종의 실패한 야욕  323

11월 24일. 맑은 하늘 아래 흰 눈에 덮인 낙양궁에서는 엄숙한 식전이 거행되었다. 전정에 도열한 군관들의 선두에는 깃발들이 바람에 나부끼고 원로대신들이 시립한 가운데 황제 이세민은 천천히 걸어 나와 용상에 앉았다.

주악이 울리는 가운데 군례를 받고 난 이세민이 용상에서 일어서자 옆에 섰던 5명의 장수들이 그의 앞에 나와 무릎을 꿇었다. 이세민은 시중(侍中) 유계(劉洎)가 드리는 문서를 읽어 내려갔다.

"병부상서 특진(特進) 영국공 이세적을 요동도행군 대총관(遼東道行軍 大摠管)으로, 예부상서(禮部尙書) 강하왕(江夏王) 이도종(李道宗: 당의 종실)을 부총관(副摠管)으로 제수하노라. 경들은 휘하의 장군들과 군관들, 보기(步騎) 6만과 난주(蘭州) 및 하주(河州)의 강호(降胡) 4만, 도합 10만 명을 지휘하여 요동도로 진군하되 도중에서 저항하는 적을 격파하고 일로 평양성으로 진격할지어다."

이세적이 나가 부월(斧鉞)을 받아들고 물러서자 이도종은 대장군기(旗)를 받고 제자리로 돌아왔다.

이세민은 유계가 내미는 새 종이를 들고 다시 읽어 내려갔다.

"형부상서(刑部尙書) 운국공(鄆國公) 장량(張亮)을 평양도행군 대총관(平壤道行軍 大摠管)으로, 좌령군(左領軍) 상하(常何) 노주도독(瀘州都督) 좌난당(左難當)을 부총관으로 제수하노라. 수군 4만과 장안 및 낙양의 모사(募士) 3천, 도합 4만 3천에 전함(戰艦) 5백 척으로, 내주〔萊州: 동래(東萊), 지금의 산동성 등주〕로부터 해로(海路)로 평양으로 진격할지어다."

장량이 부월(斧鉞)을, 상하가 대장군기를 받아들고 제자리로 물러섰다.

다시 주악이 울리고 군신들의 절을 받은 이세민이 돌아서 안으로 들어가자 늙은 유계가 나서 큰 눈으로 전정을 둘러보고 외쳤다.

"황공하옵게도 자미당(紫薇堂)에서 폐하 친림하에 곧 사연(賜宴)이 있을 것이오니 빠짐없이 참석하시오."

궁중에서 밤이 깊도록 주연이 벌어진 데 이어 이튿날도, 또 그 이튿날도 밤이나 낮이나 낙양의 거리거리에서는 전쟁터로 떠나는 아버지와 형제, 친지들을 위한 주연이 벌어지고 가무(歌舞)와 함께 용감한 옛날 무용담(武勇談)도 수없이 오고 갔다.

12월 1일. 전군에 유주에 집결하라는 명령이 내리고 당나라의 전국 방방곡곡에는 황제 폐하의 조서가 나붙었다.

"고구려의 개소문이 그 임금을 시해하고 백성을 학대하니 이 어찌 참을 수 있는 일일소냐. 이제 유계(幽薊: 유주와 계주, 중국의 북부) 지방을 돌아보고 요갈(遼碣: 요동과 갈석)에 나아가 그의 죄를 묻고자 하는바 도중의 고을 백성들은 놀라지 말지니라. 옛날 수나라 양제는 백성들에게 포악한 반면 고구려왕은 그 백성들에게 인자하였도다. 난리나 일어날 것을 바라는 군대로 안온하고 화목한 무리를 쳤기에 그로하여 성공하지 못하였나니라. 이제 간략하게 말하여 필승의 길이 다섯 가지 있나니, 첫째는 대로써 소를 침이요(以大擊小), 둘째는 천리(天理)에 순종하는 자가 이를 거역하는 자를 침이요(以順討逆), 셋째는 우리 정치가 잘되는 이때 적이 난맥을 드러낸 기회를 이용함이요(以治乘亂), 넷째는 편안하여 여력이 있는 자가 시달리고 지친 자를 대함이요(以逸待勞), 다섯째는 열복(悅服)하는 백성이 원망에 찬 백성과 대결함이니라(以悅當怨). 어찌 이기지 못할까 걱정할 것이 있으랴. 천하에 포고하는 터인즉 의심하지 말고 두려워하지 말지어다."

# 흙먼지바람은 다시 피어오르고

서기 645년.

낙양 거리에는 눈이 내리고 길가는 사람도 눈에 띄지 않았다.

괴나리봇짐을 걸머진 설인귀(薛仁貴)는 아무리 두리번거려도 대문이 열린 집은 없었다. 벌써 몇 차례 두드려도 보고 고함도 질러 보았으나 문을 열어주는 사람은 없었다.

낙양에 오면 하다못해 물통을 지더라도 장가 밑천은 벌 수 있다는 바람에 강주(絳州: 산서성 남부)에서 3백리 길을 왔는데 때를 잘못 택했다. 장안이니 낙양이니 대처 사람들은 설에서 보름까지 아예 문을 닫아걸고 늘어지게 놀아 버린다는 것을 몰랐다.

으슥한 골목, 남의 처마 밑에서 몰래, 떠날 때 가지고 온 콩떡으로 요기하면서 벌써 이틀을 보냈다. 아직도 보름까지는 열흘이나 남았는데 이대로 가면 큰일이었다. 여태도 그랬으니 고달플 것은 없었으나 문제는 콩떡이었다. 꼭 하나 남았다.

팔자도 더럽게 타고났다. 부모가 누군지 본 일도 없으니 알 까닭이 없다. 남들이 설인귀라고 부르니 자기도 설인귀라고 한다 뿐이지 정말 설(薛) 간지 오(吳) 간지 누가 안단 말이냐.

철이 들고 보니 강주 땅에서 굴러다니고 있었다. 이집 저집 떠돌아다니며 시키는 일을 해주고 밥을 얻어먹었다. 크면서는 뚝심이 세어 일도 남의 곱절은 했다. 그러나 설인귀라면 밥만 먹여주면 되는 것으로 치부한 듯 아무도 손에 돈을 쥐여주는 사람은 없었다.

덕분에 서른네 살이 된 오늘까지 총각을 면치 못했고 코흘리개들까지 애, 쟤, 하고 실컷 부려먹다가도 공연히 '덩칫값을 하라'고 욕지거리였다.

재수 없는 인간은 자빠져도 코가 깨진다더니 몇 해를 벼르고 별러 왔다는 낙양이 이 모양이다. 도대체 나 같은 게 이 세상에 태어난 것이 실수였다.

눈까지 극성스러워서 아침부터 퍼붓는 것이 오정이 넘어서도 수그러들지 않았다. 그는 뱃속에서 쪼르륵거리는 물소리를 듣고 괴나리봇짐을 만져 보았다. 하나 남은 콩떡을 먹을까 말까.

모퉁이를 돌자 눈 속을 사람들이 부산하게 오갔다. 낙양성에 들어온 후로 처음 보는 광경이었다.

그는 담벼락에 기대서서 구경했다. 큰 대문 앞에 말도 여러 필 서 있고 병정들이 짐을 싣는 중이었다. 그는 다가갔다.

"일이 있으면 시켜 주시오."

"없다."

말 잔등에 짐짝을 올려놓고 끈을 졸라매는 병정은 돌아보지도 않았다.

"저게 뭐야, 거지새끼 아니야?"

저쪽에서 짐짝을 말에 올리던 병정이 엉거주춤하고 한마디 하자 대문간에서 몽둥이를 들고 이래라저래라 하던 병정이 성큼 다가섰다.

"전쟁 떠나는데 재수 없게, 거지새끼가!"

내리치는 것을 살짝 피하고 부리나케 뛰었다. 여태 싸워서 득을 본 일은 한 번도 없었다. 욕하면 네네 하고, 때리면 뛰는 것이 제일이었다.

한참 뛰는데 눈앞의 다리 밑에서 모닥불이 피고 사람들이 둘러앉아 불을 쬐고 있었다.

"어—이, 이리 와봐."

모두들 자기를 쳐다보는 가운데 한 놈이 일어서 손짓을 했다.

뒤를 돌아보았으나 쫓아오는 사람은 없었다. 그는 걸음을 늦추고 다리 밑으로 내려갔다. 때를 반죽해서 좌악 발라놓은 얼굴에 눈만 뺀들거리는 물건들이 거적을 뒤집어쓰고 모닥불에 두 손을 쬐고 있었다. 어김없는 까마귀 발들이라고 생각했다. 소문에 듣던 낙양 거지들이로구나.

숨을 돌리고 불 옆에 다가앉는데 원숭이라도 보듯이 모두들 빤히 들여다보았다. 상좌에 앉은 왕초는 수염이 허연 노인이었다. 잠자코 바라보기만 하다가 한마디 던졌다.

"보아하니 우리 같은 거지는 아니군."

"나는 거지가 아니오."

"그렇다면 얘기가 다르오."

시비조로 나오는데 설인귀는 약간 불안했다. 싸움이라는 것은 해본 일이 없지마는 주먹으로 한다면 여기 앉은 대여섯쯤 당할 것도 같았으나 촌놈이 낙양에서 서툴게 놀다가는 어느 귀신에게 물려갈지 모른다고들 했다.

"내 말이 안 들리오?"

왕초가 물었다. 설인귀는 순순히 나갔다.

"들리오."

"그렇다면 응대가 있어야 할 게 아니오?"

"얘기가 다르다니 무슨 말이오?"

"하, 소식불통이군. 불은 거저 피워지는 것이오?"

"나무가 있어야지요."

"머리가 빨라서 좋소. 머리가 빠른 사람이 왜 그 모양이오?"

"어떻게 하면 되오?"

"불값을 내란 말이오."

"어떻게 내면 되오?"

"하, 그야 성의껏 내면 되는 거지요. 가령 그 봇짐을 벗어놓는다든지, 아니면 바지를 벗는다든지 말이오."

단단히 걸렸다. 바지를 벗는다는 것은 말이 안 되고, 결국 봇짐을 내놓으라는 것인데, 될 말이 아니다. 때가 엉겨 붙은 누더기라도 이불은 이불이다. 벌써 10년도 더 끌고 다닌 전 재산인데 이걸 놓치면 야단이다. 그 속에 하나 남은 콩떡도 큰일이고.

"바지요, 봇짐이오?"

왕초는 턱을 쳐들고 거슴츠레한 눈으로 건네다 보았다.

무어라고 대답할 말이 없었다.

"애들아, 이 점잖은 손님을 잘 쓰다듬어 대접해라."

별안간 저마다 깔고 앉았던 몽둥이를 빼어 들고 빙 둘러섰다. 설인귀는 한 손으로 잔등의 봇짐을 단단히 부여잡고 일어섰으나 아무리 노려도 빠질 구멍은 없었다.

바로 눈앞에 버티고 선 놈의 딴족을 차고 냅다 뛰었으나 몇 발 못 가 어깨에 몽둥이가 왔다. 휘청거리다 쓰러지면서 주먹으로 놈의 배때기를 쥐어박자 놈도 고꾸라지면서 덮쳐왔다. 그는 얼른 몽둥이를 잡아채어 한 손에 들고 일어섰다.

돌아가면서 덮어놓고 뚜드려 팼다. 어떻게 된 일인지 썩은 짚단처럼 푹푹 쓰러지는 것들이 쭉을 못 썼다. 싸움이라는 것이 이렇게 쉬운 줄은 몰랐다. 그는 아직도 다리 밑에 앉아 있는 왕초에게 다가서 몽둥이를 턱밑에 들이댔다.
"아직도 할 말이 있어?"
왕초는 씩 웃었다.
"너 쓸 만하다. 이제부터 내 시키는 대로 해."
몽둥이로 갈기면 죽어 자빠질 것 같아 나머지 손으로 멱살을 잡아 일으켰다.
"말 다 했어?"
"허어, 이 낙양 천지에서 날 이렇게 대접하면 좋지 않을 텐데."
뒤에서 기침 소리에 이어 한마디 들려 왔다.
"장사로군."
노인이 쏟아지는 눈 속에 보따리를 들고 서 있었다. 그는 다가와 설인귀의 어깨에 손을 얹었다.
"내게 맡기게."
설인귀가 멱살을 놓자 노인은 왕초의 가슴팍을 가볍게 쥐어박았다.
"또 주책을 부렸구나."
왕초는 멋쩍게 웃었다.
"심심해서."
주고받는 품이 서로 아는 사이였다.
"설에는 바빠서 못 왔다. 이걸 나눠 먹어."
노인은 보따리를 왕초에게 넘겨주고 돌아섰다.
"보아하니 타관사람 같은데 우리 집에 와서 일할 생각은 없는가?"
"고맙습니다."
그는 죽다가 살아난 기분이었다.
"날 따라오게."
왕초에게는 간다 온다 말도 없이 돌아서 걸어가는 노인의 뒤를 따랐다.

오던 길을 되돌아 아까 병정들이 짐을 싣던 집 앞을 지났다. 다 사라지고 조용했으나 대문간에 창을 든 병정이 서 있었다.

노인은 바로 뒷집으로 들어갔다. 눈을 털고 방으로 들어갔으나 인기척이 없었다.

"아무도 안 계십니까?"

설인귀는 노인이 시키는 대로 자리에 앉으면서 물었다.

"영감노친이 살다가 노친네는 연전에 죽고 이렇게 혼자 사누만."

노인은 부엌에서 먹을 것을 들고 들어와 탁자 위에 늘어놓았다.

같이 식사를 들면서 캐어묻던 노인은 한탄하듯이 말했다.

"옛날 내 신세도 자네같이 처량했지."

식사를 마치고 양치질하면서 오래도록 생각하던 노인이 물었다.

"자네 창을 써본 일이 있는가?"

"창을요? … 창은 만져본 일도 없고 그저 죽창으로 산돼지를 한 번 찔러본 일은 있습지요."

"활은 어떤가?"

"산짐승 때문에 활이야 시골에서는 누구나 쓰지 않습니까?"

"그렇지."

노인은 또 한동안 생각하다가 물었다.

"자네 전쟁에 나가보지 그래."

강주에 있을 때부터 전쟁이 일어난다는 이야기를 들었고 동네 청년들이 군인으로 나가는 것도 보았다. 그러나 다 20대인데 자기는 30을 넘었고, 더구나 족보도 민적(民籍)도 없는 자기 같은 인생은 그런 거창한 일과는 아예 인연이 없는 것으로 치부해 왔다.

"저 같은 게 무슨 전쟁입니까?"

"아니야, 전쟁이라는 건 묘한 거야. 거드렁거리던 대신들의 모가지가 달아나는가 하면 백수건달이 장군도 되고 대신도 되고 … 심지어 세상이 뒤집혀서 천자가 죽고 이름도 없던 사람이 천자가 되고… 이게 전쟁이야."

구름 잡는 이야기 같아 설인귀는 멍하니 듣고만 있었다.

"옛날부터 왕후장상(王侯將相)이 따로 씨가 있는 게 아니라고 하지마는 평온한 시대에야 어디 그런가? 씨가 있지. 허지마는 죽고 사는 전쟁이 되면 힘 있는 자가 두드러지게 마련 아닌가? 지금 자네 신세가 옛날 내 신센데, 전쟁으로 뒤집어져서 이렇게 밥술이나 먹고 있네."

"그러세요?"

설인귀는 흥미가 동했다.

"양제가 고구려하고 전쟁할 때지. 사실은 자원해서 나간 게 아니라 꼼짝 못하고 끌려나갔네. 하여튼 나갔단 말이야. 자네도 보다시피 내가 뭐 몸이 건장한가, 무술이 있나, 아무것두 아니지. 나가서 그럭저럭 붙어 다니는데 한 번은 적하고 딱 부딪쳐 대판 싸움이 벌어졌지. 되도록 꽁무니 쪽으로 슬슬 빼는데 어떻게 된 영문인지 수십 명이나 되는 적이 옆으로 불쑥 들이닥치지 않나. 엉겁결에 창을 쏙 내민 것이 적의 옆구리를 찔러 버렸단 말이야."

"적은 죽었나요?"

"죽었지. 어쨌든 우리도 많이 죽고 적도 많이 죽고, 갈피를 못 잡는데 적이 후퇴하더군."

"공을 세우셨네요."

"그게 아냐. 적을 하나둘 죽인 병사야 즐비하지. 요는 내가 적을 죽이는 걸 우문 장군, 유명한 우문술(宇文述) 장군이 봤단 말이야. 이게 중요하거든. 직접 본영에 불러다 놓고 칭찬이 자자하더니만 돌아오는 길로 집이다 금은보화다, 상이 내리고 조그만 벼슬도 하나 얻고… 팔자를 고쳤지."

"그렇군요."

설인귀는 황홀했다.

"그런데 그것도 팔자소관이라서 잘 싸우기만 하면 되는 것도 아니더군."

노인은 빙긋이 웃고 계속했다.

"아까 자네한테 시비를 건 그 왕초 말일세. 나하고 같이 전쟁 나갔는데 적도 많이 죽이고 싸운 걸로야 나보다 열 배도 더 잘 싸웠는데 봐준 사람이 있어야지. 돌아와서는 다 소용이 없다고 투덜거리고, 비뚤어지기 시작하더니 결국 저 꼴이 됐구만."

설인귀는 생각이 달라졌다. 전쟁은 근사한 도박 같았다. 잘되면 노인처럼 팔자를 고치는 것이고 못 되는 경우에는 싸움터에서 죽어 버리면 된다. 비석에 이름 석 자라도 남을 것이 아닌가. 남의 집 뒷간이나 치고 돌아다니는 신세라 밑질 것은 없었다.

"병정 나가려면 어떻게 하면 되지요?"

"그야 어느 관가에든 가서 얘기만 하면 되지."

"쇠뿔은 단김에 빼라고 말이 난 김에 지금 가보지요."

"그것도 좋지."

설인귀는 일어서 봇짐을 어깨에 걸치고 돌아섰다.

"가만있자. 그럴 게 아니라…."

문고리를 잡는데 노인이 중얼거렸다.

"이 앞집이 장사귀(張士貴) 장군 댁인데 내일 아침에 떠난다지 아마. 기왕이면 장 장군을 따라가면 어떨까?"〔장사귀는 이때 총사령관(總司令官)인 이세적(李世勣) 휘하의 장군(將軍)〕

"그게 될까요? 부탁합네다."

"그 댁 서사(書士)는 좀 아는데 내 가서 얘기해 보지."

노인은 문을 열고 어둡기 시작하는 마당에 내려섰다.

이튿날 설인귀는 빨간 상의(上衣)에 검은 바지의 군복을 얻어 입고 신이 났다. 난생처음 새 옷을 몸에 걸쳐본 것이다.

　길쭉한 창을 둘러메고 보졸(步卒)들의 꼬리에 붙어 얼어붙은 길을 북으로 걷기 시작했다.


　2월, 백암성(白岩城).

　도바(突勃)는 울적했다. 당나라에서는 고구려를 짓밟아 버린다고 황제의 조서가 내리고 대군(大軍)이 구름처럼 만리장성을 넘어 진군하는 중이라는데 처려근지〔處閭近支: 성(城)의 최고책임자〕 손벌음은 걸핏하면 시회(詩會)니 뭐니 군관들을 모아놓고 흥얼거리다가는 닭을 잡아 술을 마시는 것이 일이었다.

　더구나 못 볼 것은 새해 들어 평양성에서 내려온 쥐상의 군관이었다. 태학을 나왔다는 이 자는 입이 까지고 붓을 잘 놀려 손벌음과 배가 맞고 사람을 사람으로 보지 않는 버릇이 있었다.

　사성(四聲)이 어떻고 고저(高低)가 어떻고 흥얼거리다가는 고개를 갸우뚱거리고 묘한 글자들을 갈겨 써놓고는 시(詩)라고 했다. 칼과 창으로 잔뼈가 굵은 군관들은 들러리에 불과하고 언제나 손벌음과 쥐상, 때론 회옥까지 낀 세 사람의 놀음판이었다. 그때마다 시를 못 짓는 군관들을 보는 눈초리에는 멸시가 번뜩이고 입들이 묘하게 비뚤어지는 품이 비웃는 것이 분명했다.

　오늘도 해가 중천에 떠 있는데 일을 파하고 손벌음의 집에서 시회(詩會)가 벌어졌다. 이런 때마다 도바는 자신을 꿔다놓은 보리짝이라 생각하고 구석에 앉아 보기만 했다. 그런데 시라는 것을 다 쓰고 나서 술을 들이켜고 닭다리를 뜯던 쥐상이 묘한 소리를 했다.

　"역시 사람은 평양에서 자라고 볼 거야."

　맞장구를 치는 손벌음은 한술 더 떴다.

　"압록강 이북에는 사람 축에 드는 게 불과 몇 안 되지."

서로 마주 보는 군관들의 안색이 변하고 도바도 울컥해서 한마디 하려는데 쥐상이 앞질러 입을 나불거렸다.

"태학에서 공부하면서 생각하니 적어도 사서삼경은 읽어야 하겠습니다."

"그렇지. 사람이 금수(禽獸)와 다른 건 공부를 했느냐 못했느냐에 달려 있지."

"요즘 저는 노자(老子) 도덕경(道德經)을 읽고 그 현묘한 이치에 아주 반해 버렸습니다."

"전쟁을 앞두고 큰일이야. 성현(聖賢)의 길을 깨우쳐야 생사를 초월할 수 있는 건데."

"수양을 쌓고 생사일여(生死一如)의 경지에 도달한 무사들이 많아야 할 터인데, 걱정입니다."

도바는 가슴에 찼던 비수를 뽑아 옆에 앉은 쥐상의 턱밑에 불쑥 들이댔다. 쥐상은 '악' 소리와 함께 뒤로 자빠지면서 술상을 걷어찼다. 군관들이 놀라 일어서고 손벌음도 따라 일어섰다.

"도바 장군, 이게 무슨 짓이오?"

"그 수양이 잘된 생사일여라는 걸 잠깐 시험해 봤습니다."

"그런 법이 없소!"

처려근지가 목청을 높였으나 도바는 지지 않았다.

"처려근지, 전쟁은 붓싸움도 입싸움도 아니고, 칼싸움입니다."

자빠졌던 쥐상이 털고 일어나 끼어들었다.

"문무를 겸비해야 한다는 게 무엇이 잘못이오?"

도바는 그의 멱살을 잡아 끌고나가 마당에 내동댕이쳤다.

"문무를 겸비한 그 솜씨를 좀 보여주실까?"

그는 칼을 빼어 들었다. 모두들 따라 나왔으나 아무도 말리는 사람이 없고 쥐상도 하는 수 없이 일어서 칼을 빼어 들었다. 두리번거리던 손벌음이 다가서 도바의 팔을 잡았다.

"정말 칼로 그러다가 다치면 어쩔라고 이래?"

성난 도바는 팔꿈치로 손벌음을 밀쳐 버렸다.

"생사일여 아닙니까. … 쥐상! 어서 덤벼!"

쥐상은 피해서 곁돌기만 하고 이 사람 저 사람 곁눈질하는 것이 말려 주기를 기다리는 눈치였으나 군관들은 팔짱을 지르고 구경만 하고 있었다.

도바는 칼을 칼집에 꽂았다.

"이래도 못 덤벼?"

쥐상은 멋쩍은 얼굴로 주위를 살폈으나 아무도 꼼짝 않고 지켜보았다.

숨 가쁜 침묵이 흐르는데 쥐상이 별안간 칼을 머리 위에 쳐들었다가 난도질을 퍼부었다. 그러나 도바는 크게 움직이지도 않고 옆으로 한 치 아니면 두 치 살짝 피하면서 무서운 눈으로 쥐상을 노려볼 뿐이었다.

쥐상은 멈춰 서서 씩씩거리다가 별안간 칼을 옆으로 핑 돌리면서 자신도 제자리에서 한 바퀴 돌았다. 변고가 난 줄 알았으나 도바는 어느 틈에 땅에 찰싹 붙어 한 손으로 쥐상의 무릎을 쳐서 쓰러뜨리고 칼을 뺏어들고 일어섰다.

"그게 생사일여고, 문무 겸비야?"

쥐상은 오만상을 찌푸린 채 맞은 무릎을 두 손으로 움켜쥐고 신음하다가 입을 헤벌렸다.

"내 부덕의 소치야."

손벌음이 다가서 도바의 어깨에 한 손을 얹었으나 그는 뿌리치고 대문으로 나섰다.

말에 올라 무작정 벌판을 달리면서 아무리 생각해도 알 수 없는 일이었다. 마리치가 천하를 잡으면서부터 저따위 입만 까진 종자들은 말도 못 붙이게 되었다고 했다. 여러 성의 처려근지들도 시시한 것은 내쫓고 대개는 살수대전의 고병(古兵)들이나 남방에서 공을 세운 사람들로 바꿨다는데 유독 이 백암성(白岩城)에만은 그런 괴물을 보낸 것은 무슨 까닭이냐.

한참 바람을 쐬고 해가 떨어지자 집으로 돌아와 저녁상을 사이에 두고 백화와 마주 앉았다.

"오골성 장인한테라도 갈까 봐."

그러나 백화는 반대였다.

"당신답지 않아요. 장인한테 빌붙었다는 소리나 듣게요?"

"더러워서 여긴 못 있겠어."

"낮에 있은 일 소문 들었어요. 군관들이 왔던 걸요. 당신은 진짜 고구려 무사예요. 하지만 다시는 그러지 마세요."

"그러구 싶어서 그랬나?"

밖에서 방울소리가 요란하게 울리고 대문 두드리는 소리가 났다.

"야아덜아, 문 열어라."

어머니의 목소리에 그들은 달려 나갔다.

"어머니 웬일이세요?"

"너어덜을 보구 싶어서."

어머니는 방에 들어와 앉아서도 피곤한 기색이 없었다.

"그래 아즉두 애기가 없니야?"

"애기구 뭐구 여기가 어디라구 오셨어요?"

도바는 걱정을 하고 백화는 부엌으로 나갔다.

"내가 못 올 데 왔니야?"

"곧 싸움터가 될 판인데 평양에 그냥 계시지, 아니…. 뙤눔들이 곧 옵니다."

"그래서 왔다."

"여기 며칠 계시다가 모셔 드리도록 할 테니까 평양에 돌아가 계세요."

"앙이 간다."

"아버지는 어떡하시구요?"

"승낙 받았다. 터지문 어차피 고래두(자기두) 나간다더라."

"어머니가 전쟁하실래요?"

"너어덜 신세는 앙이 질 테니 걱정 마라."

도바는 말머리를 돌렸다.

"아버지는 걱정 안 되세요?"

"응, 아버지는 걱정 없다."

"아버지는 걱정 안 되구 저희들이 걱정이세요?"

"아버지는 전쟁에서 늙은 사램이다. 뙤눔덜의 손에 죽을 것 같니야?"

50대의 어머니는 아직도 기운이 씽씽했다.

백화가 차려온 저녁을 마친 어머니는 따라온 병정을 일찍 자라고 사랑에 보내고 나서 물었다.

"여기 처려근지는 어떻지?"

"글쎄올시다."

도바의 대답은 어정쩡했다.

"내 들은 얘기가 있다. 전에도 봉이까 대장이 쓸 만해야지, 앙그러문 남의 집 자식들만 잡더라."

"쓸 만한지는 전쟁이 나 봐야지요."

"풍악쟁이가 쓸 만하문 얼매나 쓸 만하겠니?"

평양에 떠도는 소문으로는 지금 왕비의 사돈의 팔촌쯤 되는데 중국에서 풍악쟁이를 배워 가지고 돌아온 사람이라고 했다.

잠자코 있던 백화가 물었다.

"그런 사람이 어떻게 처려근지가 됐나요?"

"마리치는 반대하셨는데 폐하께서 막무가내로 주장하셨단다."

"폐하께서 그러신다고 마리치께서 받아줬나요?"

"그게 글쎄 묘하지. '세상에서 나를 바지저고리 임금이라고 하는데 이건 바지저고리는커녕 버선짝도 못 되는구나. 그 많은 처려근지 중에서 단 하나만 내가 지명하자는 것도 앙이 되니 어김없는 걸레짝이구나.' 이러시기에 마리치도 할 쉬 없이 승낙했단다."

"그렇다고 안 될 걸 승낙하시는 마리치도 이상하잖아요?"

백화는 못마땅한 말투였으나 어머니는 그렇지 않았다.

"나도 처음에는 그렇게 생각했다마는 듣구 봉이 그럴싸하더라. 성을 하나쯤 잃는 한이 있더라도 조정에 불화가 있으문 못쓴다는 게 마리치의 생각이래."

"그게 왜 하필 백암성이에요?"

"처음에는 무탈한 동해 쪽 어느 성으로 지정했는데 이것도 폐하의 고집이래. 점괘(占卦)가 백암으로 나왔다나 봐."

"웃기네요."

백화는 화난 얼굴이었다.

"나라에서 하는 일이라 어쩔 수 없지. 그러나저러나 이 백암성은 나라에서도 위태위태하게 생각하는 모양이니 조심해라."

"그런 줄 아시면서 어머니는 왜 오셨어요?"

도바는 짜증을 냈다.

"그렁이까 왔지. 사는 것도 벨 게 앙이구 죽는 것도 벨 게 앙이더라. 숨이 붙어 있을 때 이렇게 만낭이 오죽 좋으냐."

어머니는 옛날 요동성(遼東城)에 수양제가 쳐들어왔을 때 고생하던 이야기를 하다가 엉뚱한 것을 물었다.

"지금 당나라에 갇혀 있는 부도(弗德) 애비가 어떤 사람인지 아니?"

"아버지하고 아는 사람이라면서요?"

도바는 별로 흥미 없었으나 어머니는 무거운 표정이었다.

"세상이 어수선하고 장차 어떤 일이 닥칠지 모르니 얘기해 두는 게 좋겠다."

백화가 깔아주는 요에 누워 어머니는 시간 가는 줄 모르고 지나온 이야기를 했다. 지루(支婁)가 외할머니를 죽이던 대목에 이르러서는 한숨을 쉬고 이렇게 덧붙였다.

"사람이라는 게 그렇게 간단히 죽고 죽일 수 있다고 생각항이 산다는 게 정말 시시해지더라. 그 후에도 오래도록 그 생각이 문득 떠오르구, 그때마다 일하던 손에서 맥이 빠지더구나."

"그런 얘기를 왜 여태 안 하셨어요?"

도바로서는 처음 듣는 사연이었다.

"앙이 할라구 했다. 그런데 부도가 나타나구 그 애비가 당나라에 있당이 말이다. 사람의 일을 몰라서 너어덜두 알아두는 게 어떨까 해서 얘기해 둔다."

도바는 죽이든 살리든 지루라는 사람을 꼭 한번 만나고 싶었다. 어쩐지 예사 사람이 아니고 어느 한구석에 뿔이라도 난 사람 같았다.


3월, 정주(定州: 하북성(河北城) 정현(定縣)).

2월 초에 이세적이 지휘하는 원정군 10만이 유주(幽州)에 집결을 완료했다는 보고를 받고 낙양의 황제 이세민은 선발된 정예로 편성한 친위군 10만의 진군을 명령했다.

연일 교외에 나와 수없는 깃발들을 초봄의 산들바람에 나부끼며 북으로 떠나가는 기병과 보병, 그 뒤를 따르는 궤운병(餽運兵)들을 전송하던 황제는 낙양유수(洛陽留守)에 소우(蕭瑀: 수양제의 처남)를 임명하고 마지막 부대와 함께 중신들과 궁인(宮人)들을 거느리고 낙양을 떠났다.

　많은 여자들과 아이들까지 긴 행렬은 하루에 40리, 길어야 50리를 전진하여 3월 초에야 북으로 1천3백 리 떨어진 정주(定州)에 당도했다. 궁중생활에 젖어버린 무미랑(武媚娘)은 시골의 불편하고 갑갑한 생활을 걱정했으나 일찍이 후연(後燕)의 수도였던 이 고장에는 규모는 작아도 궁궐이 그대로 남아 있고 말끔히 단장도 해서 별다른 불편은 없었다.

　정주에 도착하자 유주의 이세적 군은 만리장성을 넘어 유성〔柳城: 숙하성(熟河省) 조양(朝陽)〕에서 마지막 명령을 대기 중이라는 보고가 들어왔다. 뻔히 터지게 되어 있는 전쟁도 막상 최종신호가 오고 보니 사람들은 새삼 긴장하고 탄식했다.

　이세민은 날마다 말을 타고 나갔다. 친위군을 열병하고 떠나는 부대를 전송하고 남은 부대의 조련(調練)을 시찰하고 때로는 장손무기 이하 몇몇 신하들을 데리고 수십 리 떨어진 산까지 말을 달려갔다 돌아왔다. 철이 아니라면서도 그때마다 장끼도 잡아 오고 노루도 잡아 왔다.

　밤의 애무는 극진했다. 이생을 하룻밤에 살려는 사람처럼 어제도 없고 내일도 없는 도취 속에 밤을 지새웠다. 무미랑은 전쟁도 없고 장안이나 낙양에도 돌아가지 말고 이대로 여기 영원히 머물고 싶었다.

　북쪽에서는 날마다 연락병들이 달려오고 회의가 열리고 어디서나 짐을 꾸리고 어수선한 가운데 보름이 지났다. 점심상을 마주한 이세민은 유심히 건네다 보다가 젓가락을 들고 말없이 미소를 지었다.

　"저도 따라갈래요."

　"그건 안 되지."

　이세민은 국을 마시고 젓가락을 놀리기 시작했다. 무미랑은 탁자를 돌아 그의 무릎에 앉았다.

"폐하께서 어제 잡으신 노루예요."

이세민은 입으로 받아 씹었다.

"제가 요리한 거예요."

"어쩐지 맛이 유별나구나."

무미랑은 또 젓가락으로 노루고기를 집어 그의 입속에 넣었다.

"폐하. 전 가면 안 되나요? 저도 말은 잘 타요."

"사람 죽이는 일이다."

"폐하를 위하는 일이라면 무얼 못하겠어요."

"너 대단한 여자로구나."

"폐하를 위하는 일인데요 뭐."

"허허 … 그렇지. 허지만 전쟁은 남자들이 하는 거다."

"전쟁은 남자들이 하고 전 폐하를 모시고, 그럼 어때요?"

"모실 데가 있어야지. 이 철부지야, 죽고 죽이고 산과 들을 달리고, 들판에서 자는 게 전쟁이다."

"폐하께서 가신다면 전 지옥도 좋아요. 정말이에요. 전 겁이 없어요."

이세민은 젓가락을 멈추고 내려다보았다.

"맞다. 넌 겁이 없다."

"정말 그렇게 보세요?"

"내가 무얼로 천하를 잡은 줄 아니? 사람 보는 이 눈이다."

그는 손가락으로 자기 눈을 가리키고 계속했다.

"보통 남자 백이 달려들어도 안 되겠다."

"전쟁도 할 만해요? 그럼 데리고 가 주세요."

"안 된다. 우선 널 죽이고 싶지 않다. 요렇게 이쁜 너를 고구려 놈들의 창밥을 만들어?"

"제가 고구려 놈들의 창밥이 될 것 같아요?"

"또 있다. 병사들은 죽느냐 사느냐 싸우는 판에 황제라는 자가 계집과 놀아나면 싸움이 안 된다."

"폐하는 다른 사람과 다르잖아요? 누가 뭐라겠어요?"

"다른 척하지마는 사실은 다른 게 없다."

내려다보는 이세민의 두 눈이 빛났다. 가슴속에서 꼬리를 치는 잡귀신들의 움직임까지 속속들이 꿰뚫어 보는 것만 같아 눈을 내리깔았다. 무서운 눈, 무서운 사람이었다.

점심을 마치자 장손무기, 잠문본(岑文本: 中書令) 양사도(楊師道: 吏部尙書) 등 이번 원정에 황제 이세민을 모시고 갈 중신들이 모여들었다. 무미랑은 자리를 피해 나오려고 했으나 이세민이 손짓을 했다.

"내 어깨를 주물러라."

이세민은 무미랑에게 어깨를 내맡기고 둘러앉은 신하들에게 이야기했다.

"이세적은 예정대로 내일 유성을 떠나 요하(遼河)로 진격하오. 우리도 예정한 대로 내일 정주를 떠납시다. 경들도 알다시피 요동은 본래 중국 땅인데 수대(隋代)에 4번이나 군을 동원했으나 끝내 수복하지 못했소. 지금 내가 동(東)으로 고구려를 정벌하는 목적은 중국을 위해서는 대대로 맺힌 원수를 갚자는 것이요, 고구려를 위해서는 군부(君父)의 치욕을 씻자는 것이오. 또한 천하를 다 평정했는데 유독 고구려 땅만 손에 넣지 못했소. 그러므로 내가 늙기 전에 여력이 있는 이때 이것을 쳐서 손아귀에 넣자는 것이오. … 이 정주까지는 우리 모두 평시나 다름없는 생활을 했소마는 내일 정주를 떠나면서부터는 진중생활(陣中生活)로 들어가오. 나도 후궁은 누구도 동반하지 않을 것이요 일체 여색을 단절하고 경들과 동고동락할 것이오."

그는 차로 목을 축이고 계속했다.

"이미 몇몇 중신들은 아는 일이오마는 나는 이 정주를 떠나는 순간

부터 나라 안의 정사에서는 일체 손을 떼고 전쟁에 전념하기 위해서 태자를 감국(監國)으로 지명하겠소. 아직 열여덟 살이라 미거한 점이 한두 가지가 아니니 남아서 보필하는 이들은 수고가 많을 줄 아오. 내일 내가 떠난 후 천하에 공포해 주시오. 우리 당나라가 명실상부하게 천하를 통일하는 이 장거(壯擧)를 위해서 축배를 듭시다."

그들은 모두 술잔을 입으로 가져갔다가 내려놓았다.〔이때 정주(定州)에 남아서 태자(太子), 즉 후일(後日)의 고종(高宗)을 도운 것은 고사렴(高士廉) 섭태자태전(攝太子太傅), 유박(劉泊) 시중(侍中), 고계보(高季輔) 우서자(右庶子) 등이다.〕

그들이 물러가자 태자가 들어왔다. 무미랑은 전에도 그를 잠깐 본 일이 있었으나 속으로는 4살이나 아래인 그를 어린애로 취급했고 대수롭게 생각지도 않았다. 그런데 재작년 봄에 태자로 있던 맏아들(承乾)을 내쫓고 이 애를 태자로 삼았다. 황제에게는 아들이 열셋이나 있고 그중에는 나이도 지긋하고 똑똑한 사람, 특히 셋째 각〔恪: 오왕(吳王)〕같은 이는 누구의 눈에도 근사한데 하필이면 껑충 뛰어 아홉째 되는 이 애송이를 세웠을까. 아홉째 왕자 진왕(晋王) 치(治)를 태자로 삼는다는 말이 새어 나왔을 때는 두말없이 외삼촌 되는 장손무기의 세도 덕분이라는 쑥덕공론이 자자했다.

황제의 눈에도 신통치 않게 보였던지 그해 겨울에는 내쫓고 셋째로 바꾼다는 소문이 궁중에 퍼졌다. 장손무기를 불러다 놓고 의논하는 것도 엿들었다.

"그 태자란 애, 좀스럽고 허약해서 못쓰겠소."

"어느 분을 세우실 작정이십니까?"

"각이 어떻소? 문무를 겸하고 출중하지 않소?"

"곤란합니다. 무엇보다도 양비(楊妃)의 소생이 아닙니까? 외람된 말씀이오나 양비는 수양제(隋煬帝)의 따님이십니다. 인망을 잃고 수하의 칼에 맞아 죽은 양제의 외손자가 태자가 되고, 장차 등극한다면 천하 사람들이 수긍하겠습니까."

"양제의 외손자로만 보이고 내 아들로는 보이지 않소?"

"제위는 모든 면으로 축 잡힐 데 없는 분이 차지하셔야 됩니다. 지금 태자는 착하고 공부도 열심히 하시는데 신이 보기에는 나무랄 데 없습니다."

"허허, 외조카라고 덮어놓고 좋게만 보는 게 아니오? 내 눈에는 소심하고 쩨쩨해서 인간질하기는 틀린 것 같소."

구렁이 같은 장손무기는 더 우기지 않고 묘하게 넘겼다.

"정 그러시다면 바꾸시지요. 그러나 4월에 바꾼 태자를 동짓달에 또 바꾸신다면 황실의 체모도 이상하니 좀더 후일로 미루시는 게 어떻겠습니까. 그동안에 두 분을 더 살펴보시기도 하고."

그 후 장손무기가 어떻게 조화를 부렸는지 태자의 이야기만 나오면 사람마다 극구 칭찬이고 황제도 더 말하지 않았다.

"게 앉거라."

황제는 절하고 일어선 태자에게 맞은편 교의를 가리켰다. 무미랑은 태자의 얼굴을 이렇게 가까이서 보기는 처음이었다. 어린애로만 생각했던 그가 어느 틈에 제법 사내 티를 풍겼다. 그도 황제의 잔등을 두드리는 자기를 보고 놀라는 표정이었고 황제가 아래를 보는 틈에 힐끔힐끔 쳐다보기도 했다. 태자가 되기 전에 이미 장가를 들었으니 일찍부터 계집 맛을 들여 냄새를 풍기는 것일까.

"일전에도 한 번 얘기한 바 있지마는 내일부터 너는 이 나라의 감국이다. 즉 내가 전장(戰場)에 나가 있는 동안 너는 천자를 대신한단 말이다."

머리를 숙이고 고개를 끄덕이는데 자세히 보니 눈물을 좍 쏟고 있었다.

"너 또 우는구나. 요 며칠 울기만 한다지?"

태자는 손등으로 눈을 닦고는 말이 나오지 않는 모양이었다.

"뭣 때문에 울지?"

태자는 목이 메는 것을 억누르고 겨우 대답했다.

"아버지께서 전쟁에 안 나가시면 안 됩니까? 하도 걱정이 돼서 그럽니다."

황제는 기특하다는 표정이었다.

"그건 쓸데없는 걱정이고, 내가 없는 동안 일을 잘 처리해서 천하사람들이 너를 우러러보게 해라. 나라를 다스리는 요체는 유능한 사람을 쓰고 그렇지 못한 사람을 멀리하는 데 있다. 여기 남아서 너를 도울 사람들은 다 유능한 사람들이니 걱정할 게 없다. 요동성(遼東城)이 떨어지면 봉수(烽燧)로 알릴 테니 대신들과 의논해서 온 천하가 전승축하를 하도록 해라."

태자는 대답 대신 또 주루룩 눈물을 쏟았다.

"변변치 못하게 왜 눈물을 찔끔거리는 거냐?"

태자는 손등으로 눈물을 훔치고 숙인 고개를 더욱 숙였다.

"만사 분부대로 거행하겠습니다."

물러가는 태자에게 무미랑이 문을 열어 주는데 또 힐끔 곁눈으로 쳐다보았다.

이튿날 황제는 마침내 출정(出征) 길에 올랐다. 도열한 신하들과 수만 장병들의 절을 받고 말에 오르려다 뒤에 따라붙은 계필하력(契苾何力)이 옆구리에 끼고 있는 우의(雨衣)를 받아 안장에 비끄러매고 말에 올라탔다.〔계필하력은 원래 돌궐족(突厥族) 한 부족의 추장(酋長). 어려서 아버지가 사망하여 추장위(酋長位)를 계승하였으나 당(唐)에 항복, 이때 우효위 대장군(右驍衛 大將軍)으로 전군총관(前軍摠管).〕

무수한 깃발들을 쳐든 기병들이 달리고 마침내 황제의 말이 움직이고 그 뒤에 또 기병들이 구름같이 따라붙었다.

뒤도 안 돌아보고 채찍을 퍼부어 북으로 멀어져 가는 황제의 뒷모습을 바라보던 무미랑은 속으로 외쳤다.

"정말 근사하구나."

방에 돌아와서도 그 생각을 했다. 황제는 사나이 중의 사나이에 그치지 않고 그 이상이었다. 이 세상 만물에 영을 내리고 지배하기 위해서 하늘이 낸 사람이었다. 천자(天子)란 원래 그런 분이라고 했다.

그런데 그의 뒤를 이어 장차 천자가 될 태자는 왜 저 모양일까? 말랑말랑한 것이 장안(長安) 거리에 지켜서면 순식간에 몇 백 명이라도 끌어모을 수 있는 위인이니 말이다. 눈물이나 찔끔거리고.

그러나 호기심도 동했다. 황제는 사나이 중의 사나이에 틀림없으나 그의 앞에서는 기를 펼 수 없었다. 저런 사나이는 마음대로 주무를 수 있고, 주무르는 맛도 괜찮을 것 같았다.

애비를 모시는 여자가 그 아들을 생각한다? 그는 어둠 속에서 혼자 얼굴을 붉혔다.


요동(遼東), 초여름.

4월 1일, 통정진(通定鎭)에서 요하(遼河)를 건너 당나라의 요동도 행군 대총관(遼東道行軍 大摠管) 이세적의 20만 대군은 예상과는 달리 남으로 요동성을 치지 않고, 소요하 북안을 250리 동진하여 5일에는 현토성(玄菟城)을 포위하고 얼마 떨어지지 않은 개모성(蓋牟城)에 총공격을 퍼부었다. 같은 4월 5일, 작년 7월부터 요하 강구 서안에 집결하여 있던 장검의 5만 군대는 요하를 건너 건안성〔(建安城: 개평(蓋平) 동북 20리 고려성자(高麗城子)〕 일대에 출몰하기 시작했다.

남쪽에서는 신라군 3만이 변경의 성들을 포위하고 맹렬한 공세로 나왔다.

우선 현토성을 점령한 적은 26일 드디어 개모성을 짓밟고 사로잡은 남녀노소 1만 명을 오랏줄에 묶어 자기네 나라로 압송하는 한편 비축미 10만 석을 싣고 서남으로 요동성을 향하여 진격하기 시작했다.

도중에서 횡산성〔橫山城: 심양(瀋陽) 남방 70리〕을 간단히 짓밟고 마침내 5월 초에는 압록강 이북의 중심지인 요동성을 포위하고 말았다. 수양제(隋煬帝)와는 달리 병력을 분산하지 않고 전 병력을 한 군데 투입하여 북으로부터 성을 하나하나 이 잡듯이 공함(攻陷)하면서 내려왔다.

때를 같이하여 장량(張亮)이 지휘하는 적의 수군(水軍) 4만은 바다를 건너 비사성(卑沙城)을 점령하고 남녀 8천 명을 잡아 모두 학살하였다. 이들은 고구려 수군이 대기하는 평양 서해안에 오지 않고 5백 척의 전선(戰船)이 압록강에 몰려들어 고구려의 남북 교통을 방해하기 시작했다.

출전(出戰)을 자원하고 나선 고구려 임금은 국내성의 보기(步騎) 4만을 이끌고 북진하여 현토성을 탈환하고 요동성을 포위 중인 이세적을 공격하였다. 총관(摠管) 장군예(張君乂)의 부대를 격파하여 한때 기세가 올랐으나 부대총관(副大摠管) 이도종(李道宗)의 반격을 만나 중과부적으로 도로 현토성으로 후퇴하고 말았다. 〔당제(唐帝) 이세민(李世民)은 도착하자마자 장군예에게 이 패전(敗戰)의 책임을 물어 사형에 처했다.〕

5월 8일. 드디어 지난 3월 낙양을 떠난 황제 이세민이 친위군 10만을 이끌고 요동성 교외에 도착하여 마수산(馬首山)에 본영을 설치하고 총공격을 명령했다.

압록강을 건너 오골성(烏骨城)에 본영을 설치한 연개소문은 전쟁을 총지휘하는 한편 봄부터 해외 여러 나라에 나가 있는 사신들의 소식을 기다렸다. 돌궐(突厥)의 설연타에게는 배후에서 당나라를 공격하여 달라 했고, 백제의 의자왕(義慈王)에게는 신라의 서부 변경을 공격하여 그들의 북상을 견제하여 달라고 부탁했다. 또 일본 여왕은 별것은 없겠지마는 적으로 돌지 않도록 타일러 두었다. 젊은 의자왕은 패기만만해서 즉시 동원하여 신라를 치는 바람에 남쪽은 크게 마음을 쓸 것이 없었다. 그러나 설연타에게서는 끝내 시원한 회답이 오지 않았고 계획하던 협격(挾擊)이 되지 않는 것이 안타까웠다. 〔일본은 이때 황극천황(女). 이해 6월 정변이 일어나 효덕천황에게 양위. 대화개신(大化改新)이라 하여 구제도를 버리고 당제도를 모방.〕

홀로 앉아 생각에 잠기고 있는데, 한가로이 여생을 보내겠다고 움직이지 않던 약광(若光) 장군이 멀리 국내성에서 나타났다. 연개소문은 달려 나가 고삐를 잡고 말에서 내리는 노장군(老將軍)을 맞아들였다.

"모두들 잘하고 있겠지마는 궁금해서 이렇게 찾아왔구만."

백발이 성성한 장군은 교의에 앉으면서 소탈하게 웃었다. 연개소문은 두 손을 모아 쥐었다.

"장군께서 이렇게 와주신 것만으로도 큰 힘이 되겠습니다."

그러나 연개소문이 일부러 소집한 회의에서 약광 장군은 듣기만 하고 시종 말이 없었다.

장군들의 의견은 구구하였으나 결국 옛날 을지문덕 장군의 전략을 본떠 적어도 압록강까지 후퇴하였다가 적의 병참선(兵站線)이 길어진 연후에 반격하자는 데 의견이 일치하였다. 연개소문은 결론을 내리지 않고 약광 장군의 의견을 물었다. 능소는 백발이 되었을 뿐 예전 모습 그대로 곱게 늙은 장군을 주시하였다.

"성상 폐하는 어디 모실 작정이오?"

오래도록 생각 끝에 입을 연 장군은 엉뚱한 것을 물었다.

"지금 현토성에서 안전한 국내성으로 모시는 중입니다."

금류(金流)가 대답했다. 장군은 또 생각에 잠기고 장내는 옆사람의

흙먼지바람은 다시 피어오르고 349

숨소리가 들릴 정도로 조용했다.

"내 생각은 이렇소."

장군은 좌중을 둘러보고 계속했다.

"지금 당나라에는 쓸 만한 장수가 세 사람 있소. 이세적, 이도종, 거기다 설만철〔薛萬徹: 수대(隋代)에 우문술(宇文述)과 함께 고구려에 쳐들어온 설세웅(薛世雄)의 4남. 이세민(李世民)의 딸 단양(丹陽) 공주와 결혼〕 이 세 사람이오. 이세민은 언젠가 이들을 평해서, 세적과 도종은 크게 이기지 못하더라도 크게 패하지 않을 장수요, 만철은 크게 이기지 않으면 크게 패할 장수라고 했다는 것이오. 가만히 용병(用兵)하는 것을 보니 이건 옳은 말이오."

장군은 오미자 물을 들고 계속했다.

"만약 이번에 이세적이 아니고 설만철이 적군을 총지휘한다면 그는 모험도 서슴지 않는 성품인지라 옛날 수양제처럼 도중의 성들을 그냥 두고 일거에 남하하여 평양성을 치려 들 것이오. 따라서 여러분이 얘기하는 을지문덕 장군의 계책을 쓰는 것도 좋지요. 그러나 총지휘는 이세적이오. 그는 신중한 성품인지라 여태까지 보아온 바와 같이 결코 도중에 성(城)을 남겨두고 남하하지 않을 것이오. 도중에 우리 성이 남아 있지 않고, 따라서 적을 촌단(寸斷)하여 궁지에 몰아넣을 처지가 못 된다면 병참선이 아무리 긴들 무슨 소용이 있겠소. 적의 용병에 따라 이쪽 전략도 달라야 하지 않겠소?"

사람들은 침을 삼키고 장군은 품에서 지도를 꺼내 펼쳐놓고 말을 이었다.

"만약 압록강까지 후퇴한다면 이세적은 그 이북을 완전히 손아귀에 넣고 후고(後顧)의 염려가 없는 것을 확인한 연후에 강을 건널 것이오. 이것은 그에게 힘을 더해주는 것밖에 안 되니, 내 생각에는 성을 하나하나 사수(死守)하면서 그때마다 적에게 될수록 큰 타격을 주어 기세를 꺾는 길밖에 없소."

장군은 지도를 유심히 들여다보다가 얼굴을 들었다.

"내가 보기에는 요동성(遼東城)은 머지않아 떨어질 것 같소."

좌중에서는 희미한 한숨소리가 들렸다.

"다음에는 백암성(白岩城)에 올 것이오."

능소는 아들 도바가 있는 백암성 이야기에 더욱 긴장하는데 금류가 끼어들었다.

"저희들은 요동성을 점령하면 동쪽으로 70리나 떨어진 백암성이 아니라 그대로 남하하여 안시성(安市城)을 칠 것으로 생각했습니다."

"두구 보아야 알겠지마는 이세적은 아주 세밀하오. 그 정도 떨어졌다고 백암성을 그냥 두고 안심할 사람이 아니오. 안시성은 그 다음일 것이오. 이 안시성에서 적을 결단코 막아내는 것이오. 전 병력을 한 군데 집중하는 적의 전략을 거꾸로 이용하면 우리에게도 유리한 점이 있소. 안심하고 다른 고장의 병력을 여기 투입할 수 있단 말이오. 병력과 무기, 식량을 충분히 보내서 찬바람이 불 때까지만 버티면 성공하는 것이오."

모두들 안시성 처려근지(處閭近支) 양만춘(楊萬春)에게 눈길을 돌리는 가운데 장군은 다시 지도를 보고 계속했다.

"그러나 이것으로 끝나는 것은 아니오. 이세적은 겨울이 오면 여태까지 점령한 지역을 지키면서 봄을 기다려 다시 공격을 시작할 것이오. 그러니 강력한 부대를 요하(遼河) 서안, 그들의 지역에 보내서 보급을 철저히 분쇄해 버려야 하오. 그래서 겨울을 우리 땅에서 못 나도록 쫓아 버리는 것이오."

능소는 이제 승산(勝算)이 머리에 떠오르는 것 같았다. 좌중에 있는 사람들의 얼굴에 화색이 도는 가운데 양만춘은 눈을 감고 긴장된 얼굴이었다. 금류가 연개소문과 속삭이고 나서 일어섰다.

"장군의 계책을 들으니 모든 구름이 걷히고 태양이 나타난 듯 확고한 전망이 섰습니다. 만사 그대로 시행하겠습니다."

장군은 연개소문과 금류를 번갈아 보았다.

"그런데 내 한 가지 청이 있소. 안시성에 가서 심부름이나 하게 해주시오."

"노체(老體)에 무슨 말씀이십니까?"

금류는 난처한 얼굴이었고 연개소문은 눈을 감았다.

"농담이 아니오."

장군의 표정은 진지했다. 침묵이 흐른 끝에 양만춘이 일어서 연개소문을 바라보았다.

"허락하여 주신다면 제가 장군을 모시겠습니다."

"장군, 우선 저녁식사를 드시지요."

연개소문은 약광 장군을 모시고 일어섰다. 장군은 함께 걸어 나오면서 그에게 일렀다.

"폐하는 이 오골성(烏骨城)에 모시는 것이 좋을 것 같은데…."

"그렇게 하지요."

며칠을 두고 준비를 서두른 능소는 3천 기병을 이끌고 지금은 당나라 땅이 되어 요서(遼西)라고 불리는 무여라(武厲邏)의 옛 싸움터를 향해 말을 달렸다.

# 도바, 백암성의 참극

정주(定州), 5월.

무미랑(武媚娘)은 심심해서 견딜 수 없었다. 황제가 있을 때에는 든든하게 감싸주는 안도감도 있었으나 언제나 묶여 사는 기분이었다. 어려서 궁중에 들어왔으니 그 이전에 어떠했는지 차츰 기억이 희미해지고, 사람 사는 것이 으레 그러려니 했다.

그러나 황제가 떠나고 나니 묶였던 것이 풀리고 궁중에 들어온 지 8년 만에 처음으로 느긋한 마음을 가져 보았다. 그 위에 장안이나 낙양에 있을 때와는 달리 이 정주의 임시궁전에는 시어머니 같은 늙은 여관(女官)들도 따라오지 않았다. 중년 여관이 몇 사람 오기는 했으나 그들도 고삐가 풀린 듯 틈만 있으면 대낮에도 늘어지게 잠을 잤다.

지금 이 대궐의 어른은 태자(太子)였다. 여기 오는 것조차 위험하다고 태자비 왕(王)씨는 낙양에 떨어뜨렸고, 따라온 시녀들은 황제와 잠자리를 같이한 자기를 우러러보고 찍소리도 하지 못했다.

이렇게 마음대로 숨을 쉬어도 괜찮은 경우도 있구나. 신기해서 후원(後苑)을 싸다녀 보고 뒷산에도 올라가 보았다. 아무도 탓하는 사람이 없었다. 차츰 배포가 커져 대궐 안 여기저기를 기웃거리다가 나중에는 태자가 정전(正殿)에 나간 사이에 그가 자는 방문을 몰래 열어보기도 했다. 사람이 없는 줄 알았더니 안에서 침상을 손질하던 젊은 여자가 황급히 일어서 머리를 숙였다.

처음에는 신기했으나 날이 갈수록 풀린 마음을 주체할 길이 없어지고, 심심하다가 쓸쓸하기 시작했다. 특히 잠자리가 외로웠다. 더구나 5월은 견디기 어려운 계절이었다. 싹이 트는 따스한 봄은 가고 삼라만상(森羅萬象)이 씩씩하게 피어오르고 성장하는 소리가 귓전에 들리는 것만 같은 왕성한 생명(生命)의 계절이었다.

점심을 마치고 후원, 느티나무에 기대선 무미랑은 눈앞에 펼쳐진 눈부신 신록(新綠)에 자기의 체내에서 움씰거리는 젊은 기운이 발을 맞추어 약동하는 것이 눈에 보이는 듯했다. 하늘이 짐승이나 초목이나 또 사람이나, 가리지 않고 이 5월이라는 계절을 꼭 같이 내려준 것이 신기했다.

"무재인(武才人)이 아니오?"

남자의 목소리에 잠에서 깬 듯 휙 돌아보았다. 태자가 어린 시녀 한 사람을 거느리고 다가왔다.

"황공하오이다."

무미랑은 두 손을 모아 쥐고 머리를 숙이면서 힐끗 쳐다보았다. 두 달 전에 이상하다고 느낀 바로 그 눈초리였다. 이 허약한 것이 정말 맹랑한 생각을 품은 것은 아닐까.

"너 가서 시원한 꿀물이나 가져오너라."

태자는 시녀를 보내고 그늘의 걸상에 앉았다.

"무재인은 주사위를 잘 둔다지요?"

"어지간히 둡니다."

무미랑은 얼굴을 들고 시원스럽게 대답했다.
"허허 … 나하고 한판 두지 않겠소?"
열여덟밖에 안 된 것이 제법 어른티를 내고 웃었다.
"황공하오이다."
"저녁을 마치거든 내 방에 와요."
"네 …."
전례 없는 일이라 엉거주춤 대답하는데 발자국 소리가 나면서 시녀가 오리병과 주발을 들고 다가왔다. 태자는 태양을 쳐다보고 일어섰다.
"바빠서 가 봐야겠군. 나눠 마시지."
그는 숲 사이 오솔길을 따라 사라져 갔다.
저녁을 마치고 망설였다. 안 가기도 안 되고 가기도 어색했다. 정말 괜찮을까? 어쨌든 태자와 가까이 지내는 것은 좋으면 좋았지 해로울 것은 없다고 스스로 타이르고 어두운 연후에 남의 눈을 피해 그 방으로 찾아갔다.
태자는 탁자 위에 주사위 판을 얹어놓고 기다리고 있었다. 다른 사람은 아무도 없고 태자는 맞은편 자리를 권했다. 무미랑은 시키는 대로 자리에 앉아 주사위 돌을 굴리고 쪽을 움직였다.
태자는 간간이 얼굴을 뜯어보았다. 주사위의 운마(運馬)도 되도록 무미랑에게 유리하게, 자기는 지는 방향으로 움직였다. 황제와도 많이 두었지마는 무자비할 만큼 용서가 없었고, 이런 일은 한 번도 없었다. 비위를 맞추려고 드는구나.
사내가 더구나 태자가 나의 비위를 맞춘다? 사내라면 여태 황제뿐이었고 그의 비위를 맞춰 보았지, 자기의 비위를 맞추는 것은 보지도 듣지도 못했다. 싫지 않았다. 일 년 열두 달 이렇게 비위를 맞춰주는 사내와 살면 어떨까? 좋을 것이다. 세 판을 두어 세 판 다 이겼다. 둥글넓적한 얼굴에 두 눈만 휑하니 큰 것이 꾀는 하나도 없고 연방 곁눈만 팔았다. 역시 생각은 딴 데 있구나.

　밤도 어지간해서 나오려는데 일어서 배웅하는 척하면서 옆으로 슬그머니 남의 손목을 잡았다 놓았다. 그것도 잡았다면 잡았고, 스쳤다면 스친 정도였다. 침을 삼키는 소리가 분명히 들렸다. 쩨쩨한 것이 엉뚱한 생심을 내면서도 겁이 나는 모양이다.

　그는 모르는 척하고 어둠 속을 지나 자기 방으로 돌아왔다.

　자기 애비의 계집을 넘본다? 인간이 아니다. 우선 그렇게 단정해 놓고 잠자리에 들어 이불을 뒤집어썼으나 잠은 오지 않았다.


　요동성(遼東城), 5월.

　이상한 일이었다. 설인귀(薛仁貴)는 자기가 화살을 피하는 것이 아니라 화살이 자기를 피하는 것만 같았다.

　요하(遼河)를 건너 고구려군과 싸움이 벌어지면서부터 이 요동성에 올 때까지 언제나 앞장을 섰다. 이판저판 개팔자를 타고난 인생이라 죽으면 그만이고, 요행수로 공이라도 세우면 낙양노인의 말처럼 팔자를 고칠지도 모른다. 아주 몸을 내맡기고 말 탄 인간보다 앞질러 언제나 맨 앞을 뛰었다. 그때마다 화살이 빗발처럼 날아왔어도 털끝 하나 다치지 않았다.

　고구려군은 영악해서 우군은 그들의 화살뿐 아니라 창끝에 수없이 죽어갔다. 그러나 자기만은 달랐다. 찔렀다 하면 자기 아닌 고구려군이 고꾸라졌다. 진작 이럴 줄 알았으면 꾀죄죄하게 공짜 머슴으로 천대를 받을 것이 아니라 벌써 이 노릇을 했을 건데 ….

　재미도 있었다. 개모성(蓋牟城)을 짓밟고 들어갔을 때는 묘한 경험도 했다. 마음대로 하라기에 이집 저집 뒤지다가 뒷방에 숨어 있는 앳된 처녀를 자빠뜨려 놓고 난생 처음 그 짓을 해보았다. 생각했던 것보다는 별것이 아니었으나 역시 괜찮은 놀음이었다.

특히 자기 앞에서 떠는 인간을 보는 것은 상쾌한 일이었다. 여태 자기가 떨어 보았지 남이 자기 앞에서 떤 일은 없었다. 어느 집이고 들어가서 숨은 것을 끄집어내면 열에 아홉은 바들바들 떨었고, 두 손을 비벼대는 노파도 드물지 않았다.

두고두고 통쾌한 일이 두 가지 있었다. 이 잡듯이 집이고 헛간이고 샅샅이 뒤져 사람이라고 이름 붙은 것은 모조리 끌어내다 한군데 모았다. 2만 명이나 되었다.

그들을 시켜 큰 구덩이를 여러 개 파놓고 늙은 것, 어린 것, 병신들은 모조리 창으로 찔러 파묻어 버렸다. 무어라 떠들고 대드는 젊은 놈이 있으면 그도 같은 구덩이에 들어가야 했다. 사지가 멀쩡한 것들은 마늘을 엮듯 오랏줄에 총총히 묶여 개처럼 얻어맞으면서 우리 당나라로 끌려갔다. 새끼들 육실나게 보채더니만 이제 우리 종이 된단 말이다. 알았지?

불을 질러놓을 때도 마찬가지였다. 성안의 집들은 깡그리 불을 질러 아주 없애 버렸다. 사흘이나 연기가 오르는 것을 보고 온 천하를 호령하는 것처럼 가슴이 부풀었다. 꺼우리들의 고장을 아주 잿더미로 만들어 버리고, 살아남은 그 종자들은 모조리 우리 당나라에 끌어다가 종으로 만들어 버렸다. 이 지상에서 고구려라는 '고'자도 못 나오게 깨끗이 없애 버린다고 생각하니 황제 폐하께서 말씀하신 조상 때부터 맺힌 원한이 후련하게 풀리는 것 같았다. 〔연개소문은 적이 개모성에 올 줄은 예상치 못한 듯 당군이 요하(遼河)를 건넌 후에야 겨우 가시성(加尸城)의 병사 700명을 보내 정비케 했다. 그러나 소수인원으로 잘 싸워서 4월 15일에 공격을 개시한 이세적·이도종의 대군은 11일 후인 26일에 이를 점령하고 성내에 있던 남녀 2만 명을 잡아 끌어갔다.〕

한 가지 안 된 것이 있었다. 싸우면서도 군관들의 눈에 띄도록 무진 애를 썼으나 통 알아주지 않았다. 꺼우리를 죽여도 하나둘이 아니고

10여 명을 처치했는데도 아는 척도 안했다. 남들처럼 말이라도 탔으면 쓰겠는데 적에게서 뺏은 말을 갖다 바쳐도 네가 타라는 군관은 한 놈도 없고 수고했다는 놈도 없었다. 이러다가는 안 되겠다 싶어 나중에 뺏은 말은 바치지 않고 자기가 탔다. 군관 놈이 못마땅한 얼굴을 했으나 못 본 척해 버렸다.

역시 수비가 허술한 현토성, 개모성, 횡산성을 들부수고 이 요동성에 닿자마자 고구려왕이 4만 군대의 선두에 서서 불시에 공격해 왔다. 어떻게나 무서운 기세였던지 수천 명이 한꺼번에 짓밟혀 죽고 한때는 이거 안 되겠다 싶었으나 부대총관(李道宗)이 앞장서 반격하는 바람에 적을 물리칠 수 있었다. 그때는 말이 있는지라 더욱 날쌔게 치달았건만 역시 알아주는 인간이 없었다. 어떻게 하면 알아주지?

황제가 10만 증원군을 끌고 당도하면서 진중에는 짜릿한 긴장감이 돌았다. 모두들 백중(百重)으로 포위했다고 했다. 성 주위는 눈 닿는 데까지 당군(唐軍)의 빨간 군복으로 뒤덮였다.

3백 대의 포차(抛車)로 물동이 같은 돌을 날리고, 당차(撞車)를 밀어 성을 짓부쉈으나 고구려군은 그때마다 돌이나 통나무로 재빨리 구멍을 메우고, 행여 돌이 성을 넘어 들어올까 성 위에 높다랗게 통나무까지 엮어놓고 버티었다. 그들은 활 솜씨도 대단해서 가까이 가면 열에 아홉은 성 위에서 쏘는 화살을 맞고 쓰러졌다. 쓰러지면 또 나가고 나가면 또 쓰러졌다.

이 성의 공격을 시작한 지 13일이 지나 보름날이 왔어도 적은 꺾이는 기색이 없었다.

때 아닌 남풍(南風)이 세차게 부는 어스름 달밤이었다.

황제는 친히 1만여 기(騎)의 갑병(甲兵)을 거느리고 이세적과 함께 성외(城外) 서남방에 진출하여 전군에 총공격을 명령했다. 어명이라는 바람에 생각할 겨를도 없이 개미떼처럼 성벽을 향해 돌진하다가는 쓰러져 무더기로 죽어갔다.

설인귀도 무턱대고 말을 달려 돌진했다. 무슨 수를 써서라도 성벽에 달라붙어 기어오를 생각도 해보았으나 턱도 없었다. 몇 번이고 나갔으나 그때마다 쓰러진 병사를 구해 가지고 돌아오는 것이 고작이었다.

어깨에 살을 맞은 병정을 겨드랑에 끼고 돌아오는데 군관이 앞을 가로막고 서라는 시늉을 했다.

"폐하시다."

그는 떨리는 목소리로 속삭였다. 설인귀는 낑낑거리는 병정을 땅에 내려놓고 지켜보았다.

공격중지 명령이 내리고 황제는 이세적과 나란히 서서 서남문루(西南門樓)를 가리키며 열심히 이야기하고 있었다. 여기저기서 부상한 자들의 비명이 울리고 세찬 바람소리만 귓전을 칠 뿐 크게 기침하는 사람도 없었다.

희미한 달빛 아래 10여 군데서 병정들이 모여 장대(長竿)를 하나씩 일으켜 세우고 장대 끝마다 사람이 매달려 있었다. 적의 화살이 쏟아져 왔으나 닿을 듯하면서도 못 미치고 땅에 떨어지곤 했다.

마침내 똑바로 선 장대 꼭대기에서 저마다 부싯돌이 번쩍이고, 이어서 횃불이 활짝 타올랐다. 기름을 묻힌 모양이었다.

10여 개의 횃불이 번갈아 바람을 타고 서남문루를 향해 날아갔다. 가다가 대개는 도중에서 떨어지고 닿은 것은 적병들이 달려들어 발로 짓밟는 것이 불빛에 보였다.

되풀이하는 사이에 한꺼번에 5, 6개의 횃불이 문루에 명중했다. 누상의 적병들은 짓밟으려고 서둘렀으나 기름을 머금은 횃불은 삽시간에 퍼져 난간에 붙고 기둥을 타고 올라 연목에까지 번졌다. 황제의 주위에서 환성이 터지고 환성은 온 진중으로 물결져 갔다.

불은 순식간에 문루를 모두 태우고 성벽 위에 쌓아놓은 통나무에 번져 산더미 같은 불길이 하늘에 치솟으면서 성안으로 쏟아져 들어갔다. 안에서는 비명에 아우성이 터지기 시작했다.

마침내 온 성내에서 불길이 하늘로 치솟고 대낮처럼 밝았다. 북이 요란하게 울리고 장병들은 성을 넘어 쏟아져 들어갔다.

설인귀는 아직도 연기가 나는 성문을 박차고 말을 몰아 성안으로 뛰어들었다.

불바다였다. 적은 군인이고 일반 백성이고 불을 피해서 크고 작은 길을 갈팡질팡하고 있었다. 닥치는 대로 내리치면 그만이요 아예 싸움도 아닌 학살이었다. 개중에는 불에 뛰어들어 스스로 목숨을 끊는 아낙네들도 눈에 들어오고 주먹으로 땅을 치며 통곡하다가 배를 가르는 적병도 있었다. 황제가 생각했는지 이세적이 생각했는지 하여튼 장수들이란 머리가 좋다고 생각하면서 무작정 짓밟고 돌아갔다(이 불로 타죽은 사람이 1만여 명. 성내의 집은 모조리 타버렸다고 한다).

아침 햇살이 돋아오를 무렵에는 잿더미가 된 요동성은 완전히 당나라 군대의 수중에 들어오고 불속에서 살아남은 남녀노소 4만 명과 포로 1만 명은 성 밖 벌판에 끌려나와 무릎을 꿇고 병정이 휘두르는 창대에 개처럼 얻어맞고 발길에 채여 나동그라졌다. 이들도 당(唐)에 끌려갔다.

점심때가 훨씬 지나 아직도 처처에서 연기가 오르는 성내에 황제가 들어왔다. 이세적, 이도종 이하 높은 장수들을 거느린 황제는 천천히 말을 몰아 전진하면서 좌우를 둘러보았다. 아주 희색이 만면한 얼굴이었다.〔이날 이세민은 요동성(遼東城)을 요주(遼州)로 개칭했다.〕


백암성(白岩城).

적어도 요동성(遼東城)만은 떨어지지 않으리라고 생각했는데 포위당한 지 10여 일 만에 완전히 짓밟히고 말았다. 사기(士氣)니 전법이니, 또 무기니 옛날 수(隋) 나라 때의 중국군과는 아예 딴판이라고 했다.

그들은 요동의 중심지인 이 성을 점령하고 10일 동안 대휴식(大休息)을 취하면서 승리에 도취하여 마시고 춤추고 떠들썩했다.

이 30만 대군의 다음 목표는 어디일까? 그 근처에 있거나 그보다 남방에 있는 성들은 아직도 시야에 들어오지 않은 이 거대한 힘의 말없는 압력에 불안한 낮과 밤을 보내고 있었다.

요동성은 절대로 떨어지지 않는다고 예언하던 처려근지 손벌음은 며칠 동안 풀이 죽어 말이 없다가 이번에는 이 백암성에는 절대 오지 않는다고 새로운 예언을 시작했다. 동쪽으로 겨우 70리밖에 떨어지지 않은 이 성을 치기 위해서 저렇게 여러 날을 준비할 까닭이 없다. 짐작건대 멀리 남방으로 3백 리 떨어진 오골성을 일거에 무찌르기 위해서 만반의 준비를 갖추느라고 시일이 걸린다는 것이었다.

도바의 귀에는 겁 많은 자의 허황된 소망으로밖에 들리지 않았다. 더구나 무사(武士)로 태어난 자가 적이 자기만은 피해주고 다른 우군(友軍)과 맞붙기를 바란다는 것은 있을 수 없는 일이었다.

손벌음은 오지 않는다는 장담과 만에 일이라도 오기만 하면 일거에 무찔러 없앤다는 허풍으로 입에서 거품이 사라지는 날이 없었다. 그러면서도 무슨 요긴한 일이 있는지 쥐상을 불러들여 쑤군거리고 다른 사람이 들어가면 딱 말을 멈추고 딴전을 피웠다.

쥐상은 가끔 해가 떨어진 후에 성 밖에 나갔다가 이튿날 새벽에 돌아왔다. 무슨 일이냐고 물어도 별 일이 아니라고 얼버무렸다. 도바는 잠자코 창을 갈고 화살을 정비했다.

닷새가 지나 적의 척후가 2, 30리 밖에 출몰하면서부터 손벌음의 장담은 사라지고 허풍만 더욱 커졌다. 다음날 저녁 오골성에서 장인 돌쇠가 1만여 명의 증원군을 이끌고 성 밖에 도착했다. 밤에 열린 회의에서 장인과 손벌음은 의견이 맞지 않았다.

"적은 병력으로 대적을 야외(野外)에서 맞아 싸운다는 것은 자멸지책이오. 전원 성문을 굳게 닫고 지키는 것이오."

이 같은 손벌음의 의견에 장인은 반대였다.

"옳은 말씀이오. 다만 우리는 이 고장 지형에 익숙하고 적은 그렇지 못하오. 말하자면 우리가 가지고 있는 무기의 하나가 지리(地理)라는 말이오. 그러니 우선 지형을 이용해서 되도록 적에게 큰 타격을 준 연후에 물러나 성을 지키자는 것이오."

"욕교반졸(欲巧反拙)이 안 되겠소?"

손벌음은 버릇대로 문자를 썼다.

"무슨 말씀이오?"

장인의 얼굴이 잠시 흐렸으나 곧 미소로 변했다.

"그렇게 뜻대로 되겠소? 군사들을 모두 끌고 나가 싸우다가 포위라도 당하는 날에는 이 성은 지켜 보지도 못하고 고스란히 뺏기는 것이 아니오?"

도바가 듣기에도 도시 전쟁이라는 것을 모르는 자의 넋두리였다. 그러나 장인은 그런 내색을 하지 않았다.

"그러시다면 소신대로 하시지요. 저는 적을 요격해서 일격을 가하고 돌아오라는 명령을 받았으니 부득불 나가 싸워야겠소."

손벌음은 입을 다물고 두 눈만 껌벅였다.

"그러나 우리 부대는 이 고장 지형에 익숙지 못하오. 그러니 1백 기(騎)만 빌려 주시면 좋겠소."

손벌음은 군관들을 둘러보고 머뭇거렸다.

"제가 가지요."

도바가 나서자 손벌음은 고개를 끄덕이고 일어섰다.

도바는 그길로 부하 1백 기를 이끌고 장인을 따라 성 밖으로 나왔다. 도중에서 장인이 혼잣말처럼 중얼거렸다.

"손벌음은 싸울 생각이 없군."

요동성이 떨어진 지 10일이 지났다.

백암성 동방 30리. 대량수(大梁水) 북안 숲이 울창한 산기슭에 포진한 도바는 동쪽에서 흘러오는 강물이 급각도로 남쪽으로 꺾이며 굽이쳐 흐르는 것을 바라보았다. 이 강은 어려서 잔뼈가 굵은 요동성, 지금은 적에게 짓밟히고 있는 요동성을 거쳐 고향 마을까지 가고 다시 흘러 소요하와 합쳐 요하로 들어간다고 했다.

요하(遼河), 적은 우리 고구려의 양보할 수 없는 이 국경을 또 침범하여 들어와서 난장판을 벌이고 있다. 마구 죽이고 끌어간다는데 요동성에서 같이 자라고 같이 살던 낯익은 얼굴들은 어떻게 되었을까.

어쩐지 다시는 요동성도 고향 마을도 볼 것 같지 않고, 이번 전쟁에 반드시 죽어야 할 것만 같았다. 이런 판국에 구차하게 산다는 것이 지저분한 생각도 들었다.

서쪽으로 요동성 방향을 바라보았다. 지평선까지 끝없이 펼쳐진 평야에는 잡초가 우거지고 간간이 수숫잎이 대낮의 강렬한 태양을 받고 유난히 반짝였다.

적은 이미 움직이기 시작했고 언제 밀어닥칠지 알 수 없다고 했다. 그는 생각난 듯 다시 주위의 지형을 눈여겨보았다. 남으로 강을 바라보면서 큰 산이 정좌하고 좌우로 같은 크기의 산들이 날개처럼 엎드리고 있다. 길은 그 가운데를 지나고 있으니 자기를 여기 배치한 장인은 역시 보는 눈이 달랐다.

숲속에 매복한 병사들은 기침 소리 하나 없이 조용하고 매미 소리만 요란했다. 도바는 일어서 허리를 펴고 기지개를 켰다.

우측 서쪽 산기슭, 큰 나무 그늘에 진을 친 장인이 벌판을 달려온 두 명의 척후로부터 보고를 받고 말에 올라 이리로 달려왔다.

"이사마(李思摩)가 전봉(前鋒)이란다. 쪼무래기들은 지나가는 대로 팽개쳐 두고 이사마가 이 지경에 들어올 때 일제히 공격한다. 그놈을 잡아서 적의 콧대를 꺾어 놓아야겠다."

장인은 대답을 기다리지 않고 좌측 산으로 말을 달렸다. 모든 것이 집에서 장작을 패는 것과 다름없는 예사로운 일인 양 아주 덤덤했다. 틈만 나면 전쟁만 골똘히 생각해온 자기와는 딴판이었다.

해가 중천을 비끼면서 적의 척후 5, 6기가 달려가고 뒤이어 4, 5백 기가 떠들썩하고 지나갔다.

한동안 조용하다가 헤아릴 수 없는 말굽소리가 다가왔다. 그늘의 도바는 재갈을 물린 말고삐를 틀어잡고 우측 산모퉁이를 주시했다. '우위대장군 이사마'(右衛大將軍 李思摩)라고 쓴 흰 깃발을 앞세우고 수천 기병이 모퉁이를 돌아 서서히 다가왔다.

좌우 숲에 한 무릎을 세우고 앉은 보병들이 큰 활(弩)에 살을 재우고 자기의 눈치를 살피고 있었다. 4, 50기의 호위를 받으며 선두를 달리는 중년의 사나이, 유난히 빛나는 갑옷이며 투구로 보아 이사마에 틀림없었다.

도바는 한 손을 높이 쳐들었다. 북이 울리며 3면 숲 속에서 비가 퍼붓듯 화살이 날아갔다. 무수한 적병이 고꾸라 떨어지고 주인 잃은 말들이 비명을 지르고 곱뛰었다. 적의 행렬은 흩어지고 서로 부딪고 비명과 아우성이 뒤범벅이 되었다.

이사마가 고삐를 크게 틀어 말머리를 오던 길로 되돌리고 나머지 적은 무질서하게 활짝 트인 강 쪽으로 달아났다. 도바는 옆에 있는 병정의 큰 활을 나꿔채어 살을 재우고 힘껏 줄을 당겼다. 정통으로 어깨 죽지에 맞은 이사마는 말에서 떨어졌다.

다시 북이 울리고 숲 속의 기병들이 내달았다. 도바는 창을 꼬나들고 이사마를 겨누면서 말을 달렸다. 날쌘 적의 기병이 지나치면서 한 손으로 땅바닥의 이사마를 집어 올려 그대로 안고 말을 달려 강 쪽으로 달아났다. 도바는 뒤를 쫓아갔다.

보기(步騎) 1만여 명의 우군은 함성을 지르며 적을 강으로 밀어붙이고 짓밟았다. 살을 맞은 적병과 말들이 나동그라져 비명을 지르고 강에 뛰어든 자들은 말과 함께 허우적거리다가 우군의 화살에 피를 흘리며 물속으로 사라졌다.

그러나 이사마를 둘러싼 적병 30여 기는 강기슭 좁은 목을 빠져 그대로 서쪽으로 도망쳤다. 도바는 줄기차게 뒤를 쫓았다.

좁은 목을 빠져 벌판으로 나오는 순간 '전군총관 우효위 대장군 계필하력'(前軍摠管 右驍衛 大將軍 契苾何力)이라고 쓴 깃발과 함께 적 8백여 기가 정면에서 달려들고 이사마는 멀리 해지는 지평선을 향해 치닫고 있었다.

도바는 창을 휘두르며 대장을 향해 치달았다. 해를 등지고 약간 높은 위치에서 고삐를 틀던 사나이는 상을 찌푸리며 칼을 내리쳤다. 도바는 상반신을 모로 젖히면서 창을 냅다 질렀다.

허리를 찔린 사나이는 외마디 비명을 지르고 땅에 떨어져서도 눈을 부릅뜨고 그를 노려보았다. 투구가 벗겨진 얼굴은 소문에 듣던 서역인(西域人)에 틀림없고 귀도 한쪽이 없었다. 〔계필하력은 전에 설연타(薛延陁)와 다투다가 홧김에 스스로 자기 왼쪽 귀를 잘라 버렸다고 한다.〕

가슴팍을 겨누고 창을 내리꽂는데 말이 비명을 지르며 곱뛰는 바람에 하마터면 떨어질 뻔했다. 원을 그리고 돌아가는데 적 군관이 재빨리 계필하력을 집어 올려 말에 태우고 자기도 몸을 날려 같은 말에 타고 채찍을 퍼부었다. 뒤쫓으려고 박차를 가했으나 적병이 주위를 빙 둘러싸는 바람에 꼼짝할 수 없었다. 〔이때 계필하력을 구출한 것은 설만철(薛萬徹)의 아우 설만비(薛萬備)였다.〕

빠질 구멍이 없었다. 10여 기의 고구려 병사들은 8백여 기에 겹겹으로 둘러싸이고 태양은 지평선으로 기울기 시작했다.

땅거미가 지고 따라온 10여 명도 모두 적의 칼에 쓰러졌다. 혼자 남은 자기도 이제 더 이상 버틸 기운이 없었다. 스스로 마지막 돌격이라 다짐하면서 돌진하기를 몇 번이고 되풀이했다.

별안간 북이 울리고 적은 저마다 묘한 고함을 지르며 서쪽으로 흩어져 도망쳤다. 도바는 쫓아갈 기력도 없어 희미한 어둠 속으로 멀어져 가는 적의 그림자들을 바라보았다.

수없는 말굽 소리에 이어 장인 돌쇠가 나타났다.

"잘 싸웠다."

도바는 대답하려고 입술을 움직였으나 입속은 온통 말라붙은 듯 말이 되어 나오지 않았다.

장인은 호각을 불어 대오를 정제하고 달 없는 5월 그믐의 황혼 속으로 천천히 말을 몰기 시작했다. 그도 흩어졌던 부하들을 수습해 가지고 그의 옆에 따라붙었다.

어둠 속에 앞을 가로지른 실개천이 반짝였다. 장인은 말에서 내려 표주박으로 물을 떠다 주었다. 도바는 물을 들이켜고 크게 한숨을 내쉬었다.

또 말없는 전진이 계속되었다. 30리를 달려 성 밖에 이르렀으나 강아지 한 마리 마중 나오지 않았다. 장인은 오골성에서 온 부대에 계속 전진을 명령하고 그를 길옆으로 불렀다.

"나는 이제부터 동방 10리, 저 뾰죽산 밑에 진을 치고 주로 야습(夜襲)을 해서 무시로 적을 괴롭히겠다. 성안에서도 잘해봐라."

"백화도 안 보고 가십니까?"

장인은 대답도 없이 그대로 말에 올라 채찍을 퍼부었다.

도바는 떠날 때의 반수밖에 남지 않은 부하들을 이끌고 힘없이 말을 몰아 성문으로 향했다.

문 앞에 당도하자 온사문(溫沙門)이라는 곰보군관과 함께 말을 타고 나오는 쥐상과 마주쳤다.

"아이구 이거 지금 돌아오시누만."

도바는 귀찮아서 잠자코 문으로 들어가려다 말을 멈춰 세웠다.

"이 밤중에 어디 가시오?"

"적정을 살피러 가오."

"적정을?"

쥐상은 여태 적과 싸우다 돌아오는 그에게는 한마디 묻는 일도 없이 말머리를 돌려 내달았다.

성내에 들어왔으나 집집마다 불이 꺼지고 오가는 병사들도 눈에 띄지 않았다. 어느 구석에도 전쟁 냄새를 풍기는 데는 찾아볼 수 없었다. 처려근지 처소에 당도했을 때는 밤도 어지간히 깊었다.

"이제나저제나 하고 기다리던 참이오."

손벌음은 큰 방에 도바 이하 50명 전원을 불러들여 음식을 대접하며 손수 술을 따라주고 칭송이 자자했다.

"자네들이야말로 과시 진정한 고구려 무사들이란 말이야."

"적이 코밑에 왔는데 성내가 왜 이리 조용하지요?"

도바는 요기를 하고 나서 물었다.

"내 다 생각이 있으니 걱정 말아요."

손벌음은 손바닥을 펴들고 옆으로 저었다.

"이제부터 어떻게 할까요?"

"별당에 자리를 마련했으니 이 병사들은 거기서 자고 자네는 자당께서 기다리실 테니 가보도록 하지. 이삼일 푹 쉬게."

"아—니, 이삼일 쉬다니요?"

"싸움도 번갈아 해야지. 경비는 철통 같으니 안심하고 쉬게."

"하여튼 아침에 뵙겠습니다."

도바는 물러나왔다.

어머니와 백화가 달려 나와 양쪽에서 겨드랑을 끼고 들어갔다.
"그래 별일 없었니야? 몹시 피곤해 보이는구나."
어머니는 등잔불에 비친 아들의 얼굴을 뜯어보았다.
"괜찮습니다."
도바는 목침을 끌어당겨 옷을 입은 채로 드러누웠다. 어머니는 웃방으로 올라가고 백화가 그의 옷을 벗기면서 물었다.
"아버지도 오셨다면서? 어디 계세요?"
"가셨어."
도바는 코를 골았다. 첫닭이 우는 소리에 잠이 깨었으나 눈을 뜰 수 없었다. 오늘이 6월 초하루, 적이 요하를 건너온 지 꼭 두 달이 되는구나. 희미하게 생각하다가 다시 잠에 빠져들었다.
다급하게 대문을 두드리는 소리에 습성대로 뛰어 일어났다. 적이 왔나 부다. 부엌에서 부스럭거리던 백화가 종종걸음을 달려 나가 대문을 열어 주었다.
5, 6명의 병정들이 들어섰다. 도바는 서둘러 군복으로 갈아입는데 병정들은 신발째로 방안에 몰려들어와 양쪽에서 팔을 비틀었다.
"뭐야?"
그들은 응대하지 않고 뒷짐을 묶어 앞세우고 마당으로 내려섰다. 쥐상의 부하들이었다.
"뭐냐 말이다!"
고함을 질렀으나 그대로 대문 밖에 밀려 나오고 어머니와 백화도 뒤쫓아 나왔다.
"무슨 일인지 얘기는 해야 할 게 앙이오?"
어머니가 한 놈을 붙잡고 통사정했으나 막무가내였다. 도바는 말 잔등에 얹혀 동이 트는 거리를 달려 처려근지 처소 옆의 감옥에 당도했다. 도무지 영문을 알 수 없었다.

희미하게 밝아오는 감방에는 적지 않은 인원들이 쭈그리고 앉아 있었다. 널문이 쿵하고 닫히는 소리를 듣고 벽에 기대앉아 둘러보니 어제 자기와 함께 싸우고 돌아온 병사들이었다. 이들도 뒷짐을 묶였는데 그중 두세 명이 합창하듯 물었다.

"어떻게 된 일입네까?"

"나도 모른다."

아무리 생각해도 죄 될 일을 한 기억은 없었다. 마리치 처소에 무슨 변동이 생겨 그와 가까운 아버지도 지목을 받고, 그래서 자기도 끌려온 것은 아닐까? 오만가지 생각이 다 들었다.

손벌음과 쥐상의 태도가 이상하더니, 이놈들이 혹시 수작을 꾸미는 것은 아닐까. 그러나 설마….

조반을 먹으라는 소리도 없고, 심문도 없었다.

오정 가까이 되어 밖에서 교대하는 초병들이 주고받는 애기가 귀에 들어왔다.

"뙤눔들이 성 밖에 왔다지?"

"성 밖이 뭐야. 남문과 서문으로 마구 들어오는 중이다. 소식불통이군. 저걸 봐. 저 남문 꼭대기에 펄럭이는 것 말이다."

"으응? 저게 뭐야?"

"뙤눔들의 깃발이란다."

〔백암성(白岩城)이 이렇게 함락된 것은 이 해, 즉 서기 645년 6월 1일이었다.〕

도바는 이를 깨물었다. 사람 같지 않은 것이 못나게 놀더니…. 감방의 병사들은 아예 모로 쓰러져 버렸다.

문이 열리면서 쥐상이 앞장서 들어오고 뒤이어 적 군관들이 몰려 들어왔다. 밖에는 이미 빨간 상의를 입은 적병들이 파수를 서고, 한길에는 대오를 지은 적군이 수없이 행진하여 지나갔다.

"아까 말씀드렸습니다마는 여기 있는 이것들이 제일 흉악한 패거리들입니다."

쥐상이 두 손을 모아 쥐고 한마디 하자 낯선 중국복의 사나이가 통역했다. 제일 높은 적 군관은 고개만 끄덕이고 통역이 쥐상에게 서툰 고구려말로 뇌까렸다.

"이것들을 죽여 해, 살려 해?"

쥐상은 도바의 눈길을 피해 땅을 보고 나지막이 속삭였다.

"없애 버려야지요."

그들이 나가자 뒷짐을 묶인 수십 명의 군관들이 적병의 발길에 채여 고꾸라져 들어왔다. 간밤에 쥐상과 함께 성문을 나가던 군관도 끼어 있었다.

도바는 잠자코 그의 거동을 지켜보았다. 두리번거리다가 눈이 어둠에 익숙해졌는지 그를 알아보고 무릎걸음으로 다가왔다.

"내가 멍텅구리였소."

우직한 군관은 이를 갈았다. 도바는 어젯밤에 무슨 꿍꿍이속이 있었고, 거기 이 곰보도 한몫 끼었으리라고 짐작했으나 생각하기조차 싫어 응대하지 않았다.

"글쎄 들어 보시오. 이럴 수가 있소? 미리 친구들하구 의논했던들 이런 일은 없었을걸…. 미안하오. 다 알고 있는 모양이구만."

"나는 하나도 모르오."

"꼭 열하루 전의 일이오. 요동성이 떨어진 다음날 밤, 처려근지 아니 그 새끼 손벌음이 부른다기에 갔더니 쥐상과 쑥덕거리구 있더구만. 나를 보자 유별나게 수선을 떨구 술을 주구… 좀 이상하기는 한데 누구보다도 나를 믿는다는 바람에 기분이 나쁘지는 않았지요."

앉고 누운 사람들의 시선이 그에게 집중되었다.

"부모형제보다도 더 믿기 때문에 비책(秘策) 중의 비책을 털어놓고 의논한다는 거요. 옆에 앉은 쥐상이 장단을 맞추는데 처려근지의 이런 신임은 가문의 명예라나요. 생사를 같이하자는 거요. 너구리 같은 새끼, 곱게 안 보았는데 이렇게 나오니 안 넘어갈 재간이 없더구만."
"그 비책이라는 건 뭐요?"
"내가 멍텅구리지. 나 같은 건 죽어야 하오."
그는 고개를 떨어뜨렸다.
"그럼, 죽어야지!"
구석에서 분노에 떠는 소리가 터져 나오고 도바도 중얼거렸다.
"여우 새끼들…."
곰보는 머리를 쳐들었다.
"그렇소, 여우요. 글쎄 항복하는 척하고 적을 유인해다가 몰살한다구 해놓구…. 그렇소. 그 밤으로 손벌음이 시키는 대루 쥐상을 따라 뙤눔들의 군영에 갔소. 항복하러 왔다구 했더니 높은 놈들이 있는 장막으로 인도하더군요. 이세적이하구 장손무기가 나란히 앉아 치사가 대단하고 손수 술까지 따라 주겠지요. 나중에는 뙤눔 황제가 나와 어깨를 쓰다듬구 비단 한 필씩 주고 손벌음에게는 두 필을 보내는 걸 받아 갖고 왔소."
"똥뙤눔의 비단이 그렇게 좋더냐?"
빈정대는 소리를 가로막고 도바가 물었다.
"왜 얘기 안 했소?"
그는 우둔한 곰보가 죽이고 싶도록 미웠다.
"발 없는 말이 천리를 간다. 입 밖에 내서 적의 귀에라도 들어가면 일은 낭패라고 하는 바람에…."
"등신 같은 것이!"
옆에 앉은 군관이 덤빌 듯이 몸을 움씰거리다 뒷짐을 묶인 것을 새삼 깨달은 듯 한숨을 내쉬었다.

"미안하오."

"미안이구 나발이구 그럼 당장 그날루 되눔 똥구멍 핥을 것이지 오늘까지 끌었어?"

"그때는 몰랐지요. 어젯밤에 또 되눔 군영에 가서 알았소. 되눔 황제가 나와서 약속대루 항복하지 않았다구 노발대발하는데 쥐상이 얘기하더구만. 성안에 끝까지 싸우려는 자들이 있어 형세를 보던 차에 오골성에서 원병(援兵)이 오구, 이럭저럭 기회를 못 잡았다는 거요. 이쪽에서 무기를 버리구 제 발루 걸어가서 항복할 형세가 못 되니 그대로 진격해 와서 성을 포위해 달라는 거요. 그러니 나는 정말 적을 유인해 오는 줄만 알았단 말이오."

"유인하지 않아두 적은 오기로 돼 있지 않아?"

"그 얘기두 했지요. 그랬더니 방심하구 오는 걸 친다지 않겠소. 하여튼 되눔 황제두 못 믿겠다는 눈치더구만. 쥐상은 코가 납짝해서 하늘에 맹세쿠 정말이라는 거요. 그랬더니 되눔 황제는 자기네 깃발과 도월(刀鉞)을 내줘요. 우리가 가까이 가면 성루에 깃발을 세우고 도월을 내리던지라구 말이오. 그렇게 한다구 맹세하구 돌아왔지요. 쬐가 많은 사람들이 하는 일이라 만사 잘돼서 적은 우리 함정에 빠진 걸루 생각했소. 내가 멍텅구리라니까."

"……."

"오늘 아침 해가 뜨자 적은 언제 왔는지 성을 빙 둘러싸겠지요. 남문 밖에 이세적이 나타나구 서문 밖에는 되눔 황제가 나타나구. 남문을 지키면서 적이 다가오기를 기다리는데 손벌음이 서문에서 부른다구 전갈이 왔소. 달려갔더니 쥐상과 손벌음이 성루에서 되눔 깃발을 올리구 주위에는 4, 5명의 군관과 병사들도 수십 명 있었소. 올라가려는데 쥐상이 내려다보구 고함을 질러요. 그 새끼 족치라구 말이오. 병정들이 달려들어 몽둥이찜질을 해서 뒷짐을 묶구…."

잠시 침묵이 흐르고 나서 저마다 말들이 많았다. 이러고만 있을 게 아니라 무슨 계책을 의논하자 했고, 손벌음과 쥐상을 죽여야 한다고 이를 가는 사람도 있었다.

도바는 입을 열어봐야 별 수 없는 일이라 끼어들지 않았다. 요하를 건너간 아버지. 어머니와 백화. 모두들 어떻게 되었을까. 쥐상은 아마 자기를 죽일 모양이다. 분하고 괘씸하고 더구나 서른 살에 죽기는 억울했다.

신시(申時: 오후 3시~5시)에 그들은 중국 병정들에게 끌려 남문을 빠져나왔다. 대량수(大梁水) 백사장에는 노인에서 어린 아기에 이르기까지 1만여 명의 남녀 백성들이 빨간 상의의 적병들에게 둘러싸여 무릎을 꿇고 앉아 있었다.

개모성에서도 그랬고 요동성에서도 그랬다는 소식을 들어 알고는 있었으나 막상 눈앞에 보니 가슴이 철렁 내려앉았다. 그는 지나면서 아무리 눈여겨보아도 어머니와 백화는 눈에 들어오지 않았다. 그들 저편에는 웃통과 신발을 벗긴 고구려 병사들이 수천 명, 열을 지어 역시 무릎을 꿇고 머리를 축 늘어뜨리고 있었다.

정면 채색 장막 주위에는 높고 낮은 중국 군인들이 서성거리고, 그 틈에 손벌음과 쥐상 그리고 고구려군관들도 4, 5명 있었다. 가장 흉악한 놈으로 치부되어 뒷짐을 묶인 1백 명 가까운 고구려 장병들은 장막을 정면으로 보고 맨 앞에 무릎을 꿇었다.

젖먹이들의 울음소리가 여기저기서 그치지 않았다. 그때마다 가까이 지켜선 적병이 창대로 에미의 머리를 후려치고 알 수 없는 고함을 질러댔다. 도바는 다시 고개를 돌려 둘러보았다. 6월의 찌는 듯한 햇살에 먼지를 뒤집어쓴 얼굴들은 비지땀을 흘리고 삼베옷도 젖어 모래투성이였다.

수염이 긴 적 군관이 정면에 나와 무어라고 외치려다 도바와 눈이 마주치자 한동안 뚫어지게 바라보다가 헛기침을 하고 입을 열었다. 옆에서 아까 감방에 나타났던 중국복의 사나이가 통역했다.

"곧 황제 폐하 나타나 해! 어린애들 자꾸 울어 해? 당장 죽여 없애 했소!"

무릎을 꿇은 어머니들은 울지 않는 애기에게도 서둘러 젖을 물리고 그래도 우는 아기는 손바닥으로 입을 틀어막고 소리 없이 눈물을 삼켰다. 수염은 여전히 도바를 힐끔힐끔 내려다보았다.

군관은 또 무어라 하고 통역이 따라 외쳤다.

"황제 폐하 나타나 하문 절이 아홉 번 했소. 이마가 땅에 닿아 했소."

주악이 울렸다. 황금빛 갑옷에 황금빛 투구를 쓴 적 황제 이세민이 장군을 거느리고 남문을 빠져나와 정면 장막에 들어갔다.

중국말 구령이 울리고 통역이 '절해, 절해!' 외치기에 도바도 남 하는 대로 무릎을 꿇은 채 아홉 번 이마를 땅바닥에 댔다 떼었다.

손벌음이 채막 앞에 나가 무릎을 꿇고 종이에 적은 것을 읽어 내려갔다.

"신 손벌음은 일찍부터 폐하의 천일(天日) 같은 성덕(盛德)을 흠모하여 마지않던 차에 이번 요동정벌의 소식을 듣고 기쁘기 한량없었습니다. 신의 백암성만이라도 순순히 어전에 나아가 성지를 받들려 하였사오나 이심(貳心)을 품은 자들이 있어 어가(御駕)를 맞은 연후에야 오늘 이렇게 용안을 뵈옵게 되니 몸 둘 바를 모르겠습니다. 이제 그 이심을 품었던 죄인들을 묶어 어전에 바치고 성안의 모든 백성들과 군인들을 거느리고 폐하의 견마(犬馬)가 될 것을 하늘과 땅에 맹세합니다."

도바는 이를 악물었다. 손벌음이 또 아홉 번 절하고 일어서자 교의에 앉은 이세민의 우렁찬 목소리가 울리고 이어서 통역이 목청을 높었다.

"여기 있는 모든 신민 들어 해라. 저 앞에 묶여 온 죄인들은 법도에 따라 다스려 하고, 이 백암성은 암주(巖州)로 이름을 고쳐 하고, 손벌음을 자사(刺使)로 제수한다, 이거."

손벌음이 앞에 나가 무어라고 울먹이는 소리를 내고 황제 이세민은 '띵하오' 하고 고개를 끄덕였다. 눈이 마주쳤다. 아무래도 이상하다. 나를 알 까닭도 없는데….

손벌음이 장막에 불려 들어가 굽실거리는 것을 멍하니 바라보는데 수염이 다가와 어깻죽지를 잡아 일으켰다.

다짜고짜 멱살을 끌고 장막 앞에 가서 내동댕이치는 바람에 모로 고꾸라졌다. 수염이 무어라고 아뢰자 황제가 노한 음성으로 외치고 모두들 웅성거리기 시작했다.

손벌음이 이세민 앞에서 두 손을 비벼대고 아양을 떨다가 돌아서 얼굴에 침을 뱉었다. 울컥해서 묶인 것을 잊고 일어선다는 것이 땅바닥에 한 바퀴 뒹굴고 말았다.

장막 뒤에서 적의 장수 한 사람이 한 손으로 허리를 받치고 나타났다. 어제 해질 무렵에 죽이다가 놓쳐버린 계필하력(契苾何力)이었다. 도바는 짐작이 가고 이제 마지막이라고 각오했다.

이세민은 그를 불러 무어라 중얼거리고 통역이 도바 옆에 다가섰다.

"너 이 사람 알아 해?"

"어제 만났다."

이세민은 옆에 찼던 단도를 끌러 계필하력에게 넘겨주었다. 그는 성난 목소리로 외치고 통역은 발길로 도바를 찼다.

"너 이제 죽어 했다. 이 대장군을 창으로 찔러 했지? 상처가 아주 커 해서 우리 폐하 몹시 화가 나 했다."

어김없이 죽는다고 결정되니 도리어 마음이 가라앉고 하늘이 난생

처음 보는 것처럼 아름답기 이를 데 없다는 생각이 스쳐갔다.

계필하력이 열심히 무어라 하고, 이세민은 몇 번 호통을 치다가 칼을 도로 받아 옆에 찼다.

"이봐 도바."

손벌음이 돌아서 옆구리를 걷어찼다.

"너 임마, 마땅히 사죄(死罪)로되 계필 장군이 극구 변명하시는 바람에 폐하께서 어명을 거두셨다. 망극하신 폐하의 성은에 감격하고 계필 장군의 고마운 뜻을 알란 말이다. 장군께서 뭐라고 아뢴지 알아? 견마(犬馬)도 자기 주인을 위하는데 하물며 사람이야 더 말할 나위 있겠습니까? 저 사람도 자기 임금을 위해서 목숨을 내던지고 칼이 번뜩이는 속에서 신을 찔렀습니다. 그 의로움은 참으로 용사(勇士)라 하겠습니다. 본시 서로 아는 사이도 아니고 따라서 원수졌을 까닭도 없습니다. 그러니 용서하시라고 말이다. 얼마나 근사하신 분이냐!"

또 한 대 걷어차고 목소리를 낮췄다.

"허지만 살려줄 줄 알아? 넌 죽는다."

이세민과 장군들은 손벌음의 인도로 성내에 들어가고 도바는 개처럼 끌려 제자리로 돌아왔다.

적병들은 개미떼처럼 달려들어 모래 벌에 쭈그리고 앉은 백성들 속을 누비고 돌아갔다. 여자들의 아우성, 애기들의 울음소리가 일시에 터져 나오고, 젖먹이를 뺏기지 않으려고 앙탈을 부리다가 그들의 발 밑에 짓밟히는 아낙네들이 눈에 들어왔다. 노인들도 끌려가고 절름발이들도 끌려가서 강가에 쭈그리고 앉았다.

호각이 울렸다. 아이들은 일제히 강물에 던지고 노인과 절름발이들은 그들의 창끝에 찔려 물속으로 쓰러져 들어갔다. 여기저기서 울부짖는 소리, 달려 나가는 남녀를 창대로 후려치는 적병들의 호통소리가 건넛산에 메아리치는 속에서도 쉬지 않고 흐르는 강물에 수많은 생명들은 몇 번 허우적거리고 머리를 쳐들었다가 영영 물속으로 사라져 버렸다.

수백 명의 적병들이 창을 꼬나들고 뒷짐을 묶인 고구려 장병들을 에워싸고 통역이 나서 외쳤다.

"모두들 들어 해라. 늬들은 우리 당나라에 항거한 죄인들이다. 용서 못해 한다. 누구든지 우리에게 항거해 하는 자는 죽여 한다. 순종하는 자는 다 살려 하고, 우리 당나라에 가서 잘이 살게 한다."

그들은 창끝에 밀려 서서히 물가로 다가갔다.

도바는 강 건너 산봉우리를 똑바로 보고 걸었다. 허약한 소리, 신음소리도 입 밖에 내지 않고 깨끗이 죽으리라.

물가에 이르자 통역이 또 외쳤다.

"꺼우리 죄인들 물고기 밥이 돼 한다."

뒤에서 울부짖는 소리가 가슴을 쳤다.

"도바야아!"

어머니의 목소리에 도바는 휙 돌아보았다. 어머니는 일어서 발을 구르다가 적병의 창에 가슴을 찔려 고꾸라지고 내닫던 백화는 그들에게 개처럼 짓밟히고 있었다.

도바는 자기도 모르게 그들을 향해 냅다 뛰려다 적병의 발길에 채여 쓰러졌다. 다시 일어섰다. 하늘에 치솟거나 땅속에라도 박히지 않고는 못 배길 심정이었다.

그는 잽싸게 강물로 뛰어들었다. 뒷짐을 묶인 몸뚱이는 무작정 요동을 치며 급류에 휘말려 떠내려갔다. 〔이 백암성(白岩城)에서 당군(唐軍)에게 붙들린 백성은 1만 명, 군인은 2천4백 명이었다.〕

정주(定州).

태자(太子)의 품에 안긴 무미랑(武媚娘)은 걱정으로 가슴이 터질 것만 같았다. 생각하면 허무하게 엄청난 일을 저지르고 말았다.

지난 5월 보름이었다. 유난히 달 밝은 밤에 황제 생각이 간절하고 자정이 넘도록 아무리 잠을 청해도 눈은 더욱 말똥거렸다.

공연히 눈물이 흘러 베개를 적시고 자기 신세가 처량하게만 생각되었다. 황제도 내년에 갓 쉰이다. 이대로 황제의 밤자리 상대나 하다가 머지않아 돌아가시면 나는 어떻게 되지? 대궐에서 쫓겨나 어느 절간에서 목탁이나 두드리다 시들어 버리는 것이 아니냐?

황제는 먼 훗날이 아니라 당장 죽을 수도 있다는 생각도 들었다. 수대(隋代)에 4번 싸워 4번 다 패하고 그 때문에 나라까지 거덜이 났는데, 나라의 이름이 바뀌고 임금이 바뀌었다고 이겨낼 수 있을까. 같은 고구려 종자에 같은 중국 종자인데. 그 영악한 고구려 놈들 … 어쩌면 지금 이 시각에는 이미 그놈들의 손에 돌아가셨는지도 모른다. 나는 어떻게 되지?

그는 일어나 잠옷 바람으로 후원에 내려섰다. 방안과는 달리 밤공기가 시원하고 밝은 달에 마음이 한결 가라앉았다.

귀뚜라미 소리에 어린 시절을 보낸 병주(幷州: 태원(太原))의 문수(文水)를 생각하면서 밀풀가지를 꺾어 입에 물고 오솔길을 천천히 걸었다. 어머니와 함께 하인들이 떠멘 꽃가마를 타고 갈 때면 지나가는 사람들이 다 굽실거렸지. 참, 낙양에 계신 어머니께서 여기까지 날 보러 오신다지. 전에는 철이 없어 몰랐지마는 아버지가 돌아가신 후 눈물로 지새운 심정을 지금은 알 만했다.

소나무에 걸린 둥근 달에 발을 멈췄다. 그렇지, 문수에서 꼭 저런 달을 보고 신기한 것을 발견한 듯 방안에 있는 언니를 끌어냈더니 참으로 아름답다고 했겠다. 그는 느티나무에 기대서서 달을 쳐다보았다.

조금 떨어진 정자 쪽에서 인기척이 났다. 어느 궁녀가 몰래 나와 눈물을 짜는 것이겠지. 그는 별다른 생각 없이 그쪽으로 눈길을 돌렸다.

궁녀가 아닌 바로 태자였다. 천천히 걸어오는 것을 보고 습관대로 옷매무새를 만졌으나 하늘거리는 잠옷이라 어떻게 할 여지가 없었다.

태자가 손목을 슬그머니 잡았다. 저번에는 스치는 척하고 잡았다가 곧 놓았으나 이번에는 놓지 않았다. 무미랑은 가슴이 떨렸으나 뿌리칠 수도 없었다. 태자의 잡은 손도 떨리고 화끈거렸다. 무미랑은 자기도 온몸이 달아오르는 것을 느꼈다.

은근히 잡아끌고 숲속으로 들어가는 바람에 그대로 끌려갔다. 그때는 제정신이 아니었으나 지금 생각해도 그럴 수밖에 없었다. 상대가 태자인데 뿌리치거나 고함을 질렀다가는 결과는 뻔한 일이었다. 외진 대목에 이르러 자기를 풀밭에 누여놓고 머뭇거렸다. 이제 와서 머뭇거려? 황제와는 달리 역시 졸장부로구나.

"누가 보문 어떡해요?"

"후원에는 아무도 없어."

태자는 떨리는 소리로 속삭이면서 덮쳐 왔다. 눈을 감고 하는 대로 몸을 내맡기는 도리밖에 없었다.

방에 돌아와서는 두 손으로 머리를 쥐어뜯었다.

"난 죽일 년이다."

그러나 다음날도 또 그 다음날도 자정이 넘으면 같은 장소에 갔고, 가면 어김없이 태자가 나타났다. 안 가고는 배길 수 없었다.

그러던 차에 봉화(烽火)가 오르고 법석이 일어났다. 황제가 출정하면서 요동성으로부터 이 정주까지 3천리 길에, 1리에 하나씩 마련한 봉수대에서 꼬리를 물고 봉화가 일어났다고 했다.

요동성이 떨어진 것이다. 며칠을 두고 전승을 축하하는 연회가 벌어지고 이제 꺼우리들은 씨알머리도 남기지 않는다고, 입 가진 인간은 다 한마디씩 했다.

그러나 무미랑은 입맛이 떨어지고 밤에는 잠이 오지 않았다. 황제가 개선하는 날에는 단칼에 목을 잘라버릴 것만 같았다. 딱히 그렇게 계산한 것은 아니지마는 여태까지는 어쩌면 황제는 영악한 고구려 놈들의 칼에 죽을 것 같기도 했고, 돌아온다 해도 수양제처럼 형편없이 져서 미치광이처럼 날뛰다가 구렁에 빠지든가 축 늘어져 사람 구실을 못하게 되지 않을까, 아니 그렇게 되고 태자가 뒤를 이을 것도 같았다.

그런데 요동성이 떨어졌다고 한다. 이거 정말 고구려를 들부수고 개선하는 것은 아닐까. 그러면 나는 어떻게 되지? 아직은 아무도 눈치 챈 것 같지는 않지마는 그래도 사람의 일은 모른다. 누가 낌새를 알고 황제가 돌아오는 날로 고해바치면 나는 박살이 나고 태자는 쫓겨나서 시골 귀신이 되고….

두 눈이 들어가고 곱던 살결도 까칠해져서 보는 사람마다 어디 아프냐고 물었다. 다시는 태자를 안 보리라.

그러나 떠들썩하던 축제도 끝나고 다시 조용해지자 또 마음이 허전해서 견딜 수 없었다. 참는다고 기를 썼으나 사흘이 못 가서 모두 잠이 들자 살그머니 후원으로 나갔다.

기다리던 태자는 어깨에 팔을 두르고 속삭였다.

"왜 안 나왔지?"

대답할 겨를도 없이 그는 덮쳐왔다.

"폐하께서 오심 어떡하죠?"

다시 일어나 머리를 매만질 때는 전보다 더욱 겁이 났다.

"걱정 마라."

그는 자신 있게 속삭였다.

"왜 걱정이 안 돼요?"

"점을 쳤더니 아버지는 못 돌아오신대. 점이 그렇게 나오면 어쩔 수 없는 거야."

예전에 아버지가 돌아가실 때도 점쟁이의 말이 맞았다. 돌아가신다더니 정말 돌아갔다. 작년 섣달, 황제는 아침에 일어나자, 검주〔黔州: 사천성(四川省) 팽수현(彭水縣)〕에 귀양간 폐태자〔廢太子: 태자로 책봉되었다가 쫓겨난 이승건(李承乾). 이세민의 장자〕가 꿈에 보인다고 점쟁이에게 물었다. 폐태자는 돌아갔다는 대답이었다. 그날 오정 때 정말 그가 죽었다는 소식을 가지고 검주에서 사람이 당도했다.

신기한 일이었다. 안 맞는 점이라는 것은 듣지도 보지도 못했다. 무미랑은 마음이 가라앉았다.

"내일 밤부터는 내 방에 와."

"어머나, 그 많은 눈들을 어떻게 피해요?"

"자정이 지나면 아무도 얼씬 말라고 해놨어."

다음날 밤 떨리는 두 다리를 가누면서 도둑고양이처럼 전각 사이를 살금살금 돌아 그의 처소에 갔다. 귀신이라도 나올 듯 고요하고 정말 사람은 그림자도 보이지 않았다.

그때부터 자정이 넘으면 태자의 품에 안기고 첫닭이 울면 몰래 돌아왔다. 몇 번 되풀이하는 사이에 간덩이도 커져서 별로 떨리지 않게 되었다. 그런데 낙양에서 어머니가 오자 걱정이 되살아났다. 자초지종을 얘기했더니 주먹으로 가슴팍을 쥐어박았다.

"너, 죽을라고 환장했느냐!"

어머니는 입술을 떨었다.

"점괘 말씀 드렸잖아요?"

"이 철딱서니 없는 것아, 점은 맞기도 하고 안 맞기도 한다."

어머니는 주먹으로 자기 가슴을 두드려댔다. 그러면 이야기가 다르지 않은가.

"정말 안 맞는 점도 있어요?"

"이것아, 있다마다. 당장 끊어라."

끊는다고 약속은 했으나 또 밤이 되면 몸은 저절로 태자를 찾아갔다.

"정말 그 점은 맞을까요?"

무미랑은 오늘도 태자의 가슴에 파고들어 밤마다 한 번은 물어본 것을 또 물었다.

"맞고말고."

"안 맞음 어떡해요?"

"아버지도 맞으니까 점을 치는 게 아냐? 아버지가 누구라고, 안 맞을 점을 칠 사람이야?"

"그렇지만 이 점은⋯."

"이 점은 틀리고 다른 점은 맞고, 그런 법이 어디 있어?"

말은 옳은 말이었다. 맞기도 하고 안 맞기도 한다면 점이라는 것은 치나마나 한 것이고, 그런 걸 상대할 황제가 아니었다. 그런데 황제도 곧잘 점쟁이를 불러들인단 말이다.

이치는 그랬으나 역시 개운치 않았다. 에라 모르겠다. 이제 와서 생각하면 뭘 하지? 될 대로 돼라. 그는 태자의 목에 팔을 감았다.

# 대륙혼, 만리장성을 눈앞에 두고

안시성(安市城), 6월 하순.

도바는 성루에 올라 산 너머 북쪽 하늘을 바라보고 어금니를 깨물었다. 손벌음, 쥐상, 그리고 이세민, 이 개새끼들….

무작정 강에 뛰어들어 급류를 타고 번개같이 움직였다. 되놈들은 북을 치고, 호각을 불고 화살을 퍼부었으나 용케 피했다.

어려서부터 대량수(大梁水)에서 헤엄친 덕에 뒷짐을 묶여서도 물결을 헤치고 재빨리 운신할 수 있었다. 말 탄 자들이 활을 쏘며 강을 따라 뒤쫓아 왔으나 맞을 듯하면서도 화살은 빗나갔다. 그들의 아우성은 아랑곳없이 물속을 죽죽 뻗어가다가는 숨이 차면 잠시 떴다가 다시 물속을 쏜살같이 움직였다.

물가에 바싹 다가선 산모퉁이를 돌자 쫓아오는 적도 없었다. 그는 뭍에 올라 사방을 둘러보았다. 강 건너 산 너머에서는 호각소리가 간간이 들리고 멀리서 말굽소리가 산에 메아리쳤다.

산속 오솔길을 따라 덮어놓고 남쪽으로 뛰었다.

얼마를 왔는지 주위는 고요하고 뛸 때마다 질퍽거리는 소리만 요란했다. 그는 걸음을 멈추고 가죽 신발에 고인 물을 쏟아 버리려고 팔을 움직이려다가 뒷짐으로 묶인 것을 새삼 깨달았다.

감아 붙은 옷가지를 몸짓으로 가누고 뒤를 돌아보았으나 주위는 산과 나무와 풀뿐이었다. 그는 크게 숨을 내쉬면서 천천히 걸었다. 마치 홍예문처럼 앞을 가로막은 다래가 눈에 들어왔다. 잊었던 시장기가 한꺼번에 몰리고 눈앞이 아물거렸다. 그는 다가가서 입으로 열매를 물어뜯었다. 설익었다느니, 떫다느니, 생각할 겨를도 없이 닥치는 대로 씹어 목구멍으로 넘겼다. 다래가 이렇게 맛있는 줄은 미처 몰랐다는 생각뿐이었다.

시장기가 가시니 온몸이 노곤했다. 그는 숲속에 들어가 묶인 것을 끊으려고 고목 그루에 비비고, 돌부리에도 비볐으나 손에 상처만 나고 어쩔 도리가 없었다. 우선 쉬고 보자. 그는 풀을 깔고 드러누워 버렸다. 한여름의 긴 해도 봉우리를 넘어가고 산속에는 황혼이 찾아들고 있었다. 그는 가끔 오싹하는 찬 기운에 몸을 떨면서도 그대로 깊은 잠에 빠져 들어갔다.

다음날도 이따금 나타나는 길가의 다래를 물어뜯으면서 남으로 길을 재촉했다. 무엇보다도 사람을 만나야겠다고 사방을 눈여겨보았으나 또 하루가 다 가도록 사람은 나타나지 않았다.

또 다래로 주린 배를 채우고 풀을 깔고 앉으니 나뭇잎 사이로 조각달이 선명하게 눈에 들어왔다. 어머니와 백화의 얼굴이 달과 겹치면서 난생처음으로 눈물이 치솟아 두 뺨으로 흘러내렸다. 죽는 것은 두려울 것도 아까울 것도 없다. 그러나 이대로 땅 속에 들어갈 수는 없고 무슨 한이 있더라도 뙤놈의 낯짝, 손벌음의 낯짝을 다시 한 번 봐야겠다.

이튿날은 새벽부터 비가 내렸다.

몇 걸음 가다가는 얼굴을 좌우로 흔들었으나 빗물은 여전히 눈 속에 파고들었다. 머리마저 흩어져 얼굴을 덮는 바람에 제대로 발을 옮겨놓을 재주가 없었다.

그는 길가 느티나무 밑에 들어가 줄기에 얼굴을 대고 늘어진 머리칼을 좌우로 헤치고 돌아섰다. 하늘을 쳐다봤으나 갠 구멍은 하나도 없고 비는 멎을 기색을 보이지 않았다.

어디 빈집이라도 있으면 좋겠다고 생각했으나 아무리 둘러보아도 인가는 눈에 들어오지 않았다. 오솔길은 천여 보 앞에서 끝나고 그 저쪽, 꽤 넓은 벌판을 큰 길이 가로지르고 있었다. 그는 지세(地勢)를 살펴보았다. 요동성에서 오골성으로 가는 길, 전에도 여러 번 내왕한 길이었다. 여기서 오골성까지는 2백 리, 거기까지만 가면 어떻게 될 터인데… 그는 얼굴을 찌푸리고 다시 하늘을 쳐다보았으나 빗발은 여전했다.

무슨 소리를 들은 듯했다. 그는 침을 삼키고 귀를 기울였다. 그러나 빗소리밖에 들리는 것이 없었다. 별안간 말굽소리가 들리면서 10여 기가 산모퉁이에서 나타났다. 눈에 익은 고구려 군복들이었다. 내달으면서 소리를 질렀으나 그들은 못들은 양 그대로 남으로 멀어져 갔다.

도바는 진흙탕 속을 뛰어 한길로 나갔으나 그들은 안개 속으로 사라지고 없었다. 그래도 좋았다. 이 길이 아직도 되놈들의 손에 들어가지 않았다는 것을 확인한 것만으로 기운이 났다. 이제부터는 사잇길이 아니라 이 길을 가도 되는 것이다.

말굽소리에 그는 뒤를 돌아보았다. 수천 명의 대부대가 달려왔다. 그는 길 복판에 버티고 서서 외쳤다.

"멈춰요, 멈춰!"

대열은 보도를 늦추고 천천히 다가왔다.

"너 도바 아니냐!"

선두를 달려오던 장인 돌쇠가 말을 멈춰 세웠다. 도바는 흙탕물을 튀기면서 달려갔으나 도시 말이 나오지 않았다. 뛰어내린 군관이 단도로 포승을 자르는 동안 장인은 손바닥으로 얼굴의 빗물을 훔치고 뚫어지게 내려다보았다. 도바는 뒤에서 끌어온 말에 올라타고 장인이 내주는 우의를 걸쳤다.

"면목이 없습니다."

그는 장인의 옆을 달리면서 처음으로 말을 건넸다.

장인의 눈은 살기를 품고 앞만 응시하고 있었다.

"백화는…."

소식을 전하려는데 장인은 무서운 눈으로 돌아보았다.

"이 전쟁이 끝날 때까지 집안 얘기는 그만두자."

오정 때 5, 60호의 작은 마을에 멈춰선 대열은 빈집에 흩어져 콩떡과 육포로 점심을 들었다. 도바도 마른 옷으로 갈아입고 장인과 마주앉았다.

"너, 이제부터 어떡할래?"

"싸워야지요."

장인은 콩떡을 씹으면서 생각하다가 한마디 했다.

"너, 안시성에 가라."

"오골성이 아니고 안시성 말입니까?"

자기를 따돌리는 것 같고, 또 물어보고 싶은 사연도 있었으나 말을 붙일 분위기가 못 되었다.

점심을 마치고 한참 가다가 갈림길에서 그들과 하직하고 서남쪽으로 길을 잡아 이 안시성으로 찾아들었다.

여기 오기를 잘했다. 백암성을 점령한 적은 다시 요동성에 집결 중인데 며칠 안에 이리로 오리라는 것이었다. 그것이 우선 좋았다. 처려근지 양만춘은 묵중한 사람으로 말수가 적었으나 아버지와 아는 사이라면서 두말없이 50명의 병사를 내주었다.

제일 좋은 것은 약광 장군을 다시 만난 일이었다. 옛날 요동성에서는 어린 자기를 손주처럼 대해 주었다. 손목을 잡고 길을 거닐기도 하고 그의 방에 가면 언제든지 과일이니 엿이니 서랍에 넣어 두었다가 내주었다.

목마를 태워준 일도 있고, 사냥에서 돌아오는 길에는 으레 집에 들러 꿩 한두 마리를 떨어뜨리고 갔다.

"우리 도바에게 선물이다."

언제나 그 한마디였다. 그때마다 어머니는 달려 나가 소매를 잡아끌었으나 들어오는 일은 없었다.

이번에 실로 오래간만에 자기의 절을 받고 그렇게 반가워할 수 없었다.

"네가 도바냐?"

"어떻게 여기 오셨습니까?"

"글쎄, 왜 왔을까?"

옛날 어린 자기를 대할 때처럼 뺨을 어루만지고 웃기만 했다.

그날부터 장군과 같은 방에서 기거하였다. 아무리 보아도 장군은 무슨 직함이 있는 것 같지 않았다. 온 성내가 그를 공경했으나 부하가 있는 것도 아니고, 양만춘이건 누구건 남이 하는 일에 참견을 하는 일도 없었다. 처려근지 처소의 별당에 기거하면서 책을 읽다가도 심심하면 흰 고의적삼 그대로 밖에 나가 바람을 쏘이고 성에 올라 주위를 한량없이 바라보곤 했다.

병사들은 그를 '약광 할아버지'라고 불렀다. 자기가 먼저 얘기를 꺼내는 일은 없었으나 아무리 하찮은 병사라도 무엇이든 물으면 그 자리에서 가르쳐 주고, 가끔 병사들과 이마를 맞대고 앉아 돌멩이로 땅바닥에 그림을 그리면서 설명하는 일도 있었다.

그 억센 요동성을 쳐부순 30만 대군이 곧 들이닥친다는 소문에 성 안 사람들은 마음이 편할 수 없었다. 그러나 흰 바지저고리의 이 노인이 부채 하나 들고 거리를 지나가는 모습만 보면 어쩐지 마음이 가라앉았다.

성루의 도바는 오골성 쪽을 돌아보았다. 마리치가 좌정한 오골성에는 고구려 천지에서 수많은 장병들이 모여들어 장차 이 안시성에서 적과 사생결단을 낸다고 한다. 이 결전장에 온 것이 무엇보다 잘된 일이었다.

백암성을 점령하고 발길을 돌려 요동성에 다시 집결한 부대들은 꼬리를 물고 남쪽으로 밀려갔다. 요동성에서 늘어지게 쉬고 난 설인귀(薛仁貴)는 마지막으로 떠나는 친위군보다도 또 한걸음 뒤늦은 장사귀(張士貴)군의 선두를 달렸다. 전군(殿軍)으로 황제의 옥체를 지키는 막중한 책임이 있다고 군관들은 입에 침을 튀기고 말이 많았다.

그는 이번에 진짜 재미를 보았다. 강가 모래 벌에 모인 가운데서 황제와 장군들에게 바친다고 반반하게 생긴 젊은 여자들은 모조리 끌어간 연후에 기쁜 전갈이 왔다. 나머지는 사내고 계집이고 하나씩 골라 잡으라는 것이었다. 먼저 잡은 것이 자기 차지가 된다고 했다. 사내는 써먹어야 훗날 본국에 돌아간 후의 일이고 급한 것은 계집이었다. 부리나케 뛰어들어 아까부터 괜찮다고 점을 찍어둔 계집의 덜미를 잡아 군관에게 끌고 갔다. 그러나 겨우 중년 애꾸 하나 골라잡은 군관은 딴소리를 했다.

"내 것과 바꾸자."

"안 됩니다."

"뭐가 안 돼!"

그는 애꾸를 떠밀고 이쪽 계집을 끌어갔다. 전쟁에서는 비실비실 꽁무니를 빼면서 이건 뭐야. 그는 화가 났다.

"정말 이러기요?"

"이게 어디다 대고?"

주먹으로 턱을 받쳐왔다. 한 대 먹이고 싶었으나 군율(軍律)이 무서워 노려만 보고 있는데 아까부터 옆에서 구경하고 있던 수염이 다가섰다.

"그 애꾸 이리 넘겨."

그의 옆에는 계집이 없었다. 이건 바꾸는 것도 아니고 아예 뺏자고 달려들었다. 애꾸라도 놓치면 큰일이었다.

"안 됩니다."

그는 애꾸를 등 뒤로 돌렸다. 수염은 주먹으로 눈통을 쥐어박고 주위에 있던 군관들이 몰려들어 아주 짓밟아 버렸다.

하도 분해서 그날 밤 덮어놓고 높은 어른들이 묵고 있다는 근사한 집을 찾아갔다. 못 들어간다거니 들어가야겠다거니 문간에서 파수병과 옥신각신하는데 마당을 거닐던 사나이가 돌아보았다.

"들여보내라."

요동성에서부터 자주 보아온 장손무기였다. 높은 사람을 찾아오기는 했으나 이렇게 높은 사람이 나타날 줄은 몰랐다. 그의 앞에 서니 겁이 나고 말이 얼른 나오지 않았다.

"무슨 일이냐?"

무서운 눈초리였다. 이제 와서 말을 안 할 수도 없고, 떨리는 목소리로 억울한 사정을 대충 말씀드렸다.

"고— 햔 것들?"

그는 군관을 시켜 안채에서 젊은 계집을 하나 끌어내다 그의 앞에 세웠다.

"마음에 드느냐?"

들고 안 들고 여부가 없었다. 얼른 이 자리를 모면할 생각뿐이라 무턱대고 굽실거렸다.

"송구스럽습니다."

"어서 끌고 가."

그는 끌고 나왔다. 오면서 횃불에 비쳐보니 이거 정말 희한한 계집이었다. 이 세상에 태어나서 서른네 해를 살았어도 이렇게 잘생긴 계집은 먼발치로도 구경을 못했다.

그때부터 황홀한 밤이 시작되었다. 백암성에서 두 밤을 보내고 요동성에 와서는 숫제 잠이라는 것을 모르고 밤을 보냈다. 대휴식이라 낮에 눈을 붙이면 되었다.

요동성을 떠나는 전날, 붙들어온 꺼우리들은 사내고 계집이고 모조리 오랏줄에 묶어 통정진(通定鎭)으로 보내는 바람에 할 수 없이 헤어졌다. 본국에 돌아간 후에 돌려준다지마는 그 많은 중에서 헛갈리지 말라는 법도 없고, 나보다 센 자가 가로채지 말라는 법도 없다.

안시성(安市城)에는 그런 계집이 없을까? 말을 달리면서도 그 생각이 간절했다. 그러나 전부터 품고 있던 불만은 이번에도 가시지 않았다. 이사마가 적의 화살에 나가떨어진 것을 잽싸게 집어 가지고 달아났다. 정말이지 몇 번이고 죽을 고비를 넘기고서야 적의 손아귀를 벗어났건만 입 가진 것들은 모여들어 이사마가 용감했다고 아첨이지 자기더러 어떻다고 얘기해 주는 인간은 하나도 없었다. 이거 생각을 달리 해야겠다.

황제 폐하라는 소리만 들어도 으스스 떨리는 인생이라, 대단한 줄은 진작부터 알고 있었으나 이번에 보니 이거 정말 희한했다. 황제가 크게 방귀만 뀌어도 행군을 멈추고 소동이 벌어졌다.

"어디 편찮으십니까?"

대신들은 그의 주위에 몰려들어 머리를 조아리고 군사들은 사방으로 뛰고 의원들은 약주머니를 안고 달려갔다.

길옆 산에서 나무가 부러져도 법석이었다. 복병(伏兵)이 아니냐? 병정들은 거미 새끼들처럼 흩어져 뛰고 그를 둘러싼 기마 군관들은 사람을 잡아먹을 듯 눈알을 뒤집어 깠다.

앞으로 뛰는 것보다 옆으로 뛰는 일이 훨씬 많아서 고작 2백 리 떨어진 안시성까지 오는 데 9일이나 걸렸다. 〔태종(太宗)이 요동성을 떠난 것은 6월 11일. 안시성 도착은 20일.〕

북쪽과는 달리 산으로 둘러싸인 고장으로 산옆대기고 골짜기고 병사들이 웅성거렸다. 저녁밥을 짓는 연기가 자욱한 가운데 설인귀도 마른 나무를 주워다 불을 피웠다.

"너 임마, 어디서 나타난 개뼉다귀냐?"

옆에 팔베개를 하고 자빠라진 병정이 시비를 걸어왔다. 설인귀는 돌아보지 않고 피어오르는 불에 나뭇가지를 던졌다.

"밥을 짓걸랑 우선 이 장대인(張大人)부터 대접하는 거다. 알았지? 왜, 입이 시어서 대답을 못하겠다 이거야?"

훌쩍 뛰어 일어선 사나이가 엉덩이를 걷어차는 바람에 하마터면 불 속에 고꾸라질 뻔했다. 설인귀는 돌아서면서 놈의 양미간을 들이받았다. 그대로 나가떨어져 코피를 쏟고 낑낑거렸다. 별것도 아닌 것이 공연히 나대기는….

도로 불 앞에 앉아 그릇에 물을 붓는데 사나이가 피 묻은 얼굴을 떠메고 바싹 옆에 붙어 앉았다.

"너 내가 누군 줄 알고 함부로 설치는 거야? 넌 이제 죽었다. 내가 만있을 줄 알아?"

제까짓 게 가만 안 있으면 어쩔 것이냐, 그는 속으로 콧방귀를 뀌고 솥을 불 위에 얹었다.

"너, 정 이러기야?"

사나이는 멱살을 잡았다.

"이걸 놓는 게 어떨까?"

설인귀가 한마디 했으나 피 묻은 납짝 얼굴은 입이 비뚤어졌다.

"너 정말 밤중이로구나. 이 장대인으로 말하면 말이다. 대장군의 족보에 이름이 나타난 처지라 이 말이다."

이 부대에서 대장군이라면 장사귀 장군이다. 요 피래미 같은 것이 대장군의 핏줄이라? 납짝 상판을 아무리 뜯어보아도 대장군의 핏줄이 달린 구석은 하나도 없었다.

사나이는 잡은 멱살을 조여들어 왔다. 설인귀는 놈의 팔을 잡아 비틀고 천천히 일어섰다가 별안간 허리치기로 메어꼰졌다.

"팔이 부러졌다!"

사나이는 땅바닥을 뒹굴며 아우성이었다.

병정들이 모여들고 지나가던 군관이 발을 멈췄다.

"너 장팔(張八)이 웬일이냐?"

사나이는 더욱 울부짖고 죽어가는 소리로 고해 바쳤다.

"아, 저놈이 가만있는 사람을 메어꼰져 이 모양이 됐습니다. 아이구 팔이야."

놈은 어깻죽지가 떨어진 시늉을 했다.

"이놈의 새끼!"

군관은 다짜고짜 설인귀의 뺨을 쥐어박고 둘러선 병정들에게 일렀다.

"본영에 끌고 와."

군관의 뒤를 따라 그를 끌고 가는 병정들은 진심으로 걱정해 주었다. 촌수는 40촌인지 50촌인지 희미하지마는 대장군과 같은 장씨인 것만은 틀림없고, 누구나 그를 한 번쯤은 대접하기로 되어 있다고 했다.

"허어, 전에 그놈의 따귀를 한 번 때렸다가 볼기를 맞고 영영 절름발이가 된 친구도 있다."

"그건 약과다. 대장군께서 군율을 세운다고, 어전에 아뢰고 아예 목을 잘라버린 경우도 있다."

설인귀는 후회막심했다. 시원치 않은 상관이라 우습게 보고 한번 주물러 준다는 것이 일이 크게 벌어지고 말았다.

대장군이 있는 장막 밖에서는 군관들이 분주히 들락거리고 구석마다 병정들이 몰려서 쑥덕공론이 한창이었다.

"꺼우리 10만이 온단다."

"10만이 뭐야, 20만이라더라."

"모르는 소리 마라. 내 똑똑히 들었는데, 30만에서 한 사람도 빠지지 않는다는 거야."

그래서 심상치 않게 돌아가는구나, 이런 판국에 볼기를 때릴 여유가 어디 있느냐, 간단히 목을 쌍둥 잘라 팽개치는 것은 아닐까, 설인귀는 앞이 캄캄했다.

군관이 장막에 들어갔다 나오더니 그를 꿇어앉히고 목청을 가다듬었다.

"대장군께서 분주하사 나더러 대신 전하라는 분부시다. 명심해 듣거라. 너는 폐하의 병정 한 사람을 병신으로 만들었으니 마땅히 목을 자를 것이로다."

군관은 말을 끊고 내려다보았다. 이제 어김없이 죽었다고 생각하니 머리가 아찔했다. 어떻게 된 놈의 송사가 말 한마디 들어 보지도 않고 사죄(死罪)냐 말이다. 기왕 죽을 바에는 한 말씀 한다고 일어서려는데 군관이 또 입을 열었다.

"그러나 바야흐로 대적이 몰려와서 크게 접전(接戰)이 벌어질 기세라, 우선 시행을 보류하는 터인즉 너는 병신이 된 그 병정의 몫까지, 대장군의 눈에 들도록 큰 공을 세울지로다. 알간?"

설인귀는 이마가 땅에 닿도록 연거푸 머리를 조아렸다.

돌아오면서 곰곰이 생각하니 잘됐는지 못 됐는지 분간이 서지 않았다. 이 모가지는 우선은 떨어지는 것은 모면했으나 어중간한 모가지였다. 떨어질 수도 있고, 그냥 붙어 있을 수도 있고….

대장군의 눈에 들도록 큰 공을 세워야 쓰겠는데 여태까지 죽자 사자 싸웠어도 밑바닥 군관의 눈에조차 들지 않았다. 이놈의 노릇을 어떻게 한다? 그는 잠자리에서도 생각하고 또 생각했다.

이튿날은 온 진중에 긴장이 감돌았다. 그 많은 병사들이 모두 활이나 창을 들고 진을 치는가 하면 북산(北山) 기슭에 둘러친 황제의 장막에는 장군들이 끊임없이 들락거렸다. 동남 40리에 꺼우리들 15만이 강(沙江)을 등지고 배수(背水)의 진을 쳤다는 것이다.

그러나 오정이 되어도 적은 나타나는 기색이 없고, 제자리에 앉아 점심을 먹으라는 명령이 내렸다.

산 중턱에 앉아 밥덩이를 씹으면서 내려다보니 '좌위대장군 아사나사이'(左衛大將軍 阿史那社尒)라고 크게 쓴 깃발을 앞세우고 돌궐병(突厥兵) 1천여 기가 동남방으로 달려가는 것이 눈에 들어왔다. 정탐치고는 너무 많고 15만과 싸우자면 너무 적고, 더러운 돌궐 놈의 새끼들, 꺼우리 밥이 되라고 내모는 것인가… 억, 그는 돌을 씹고 제정신이 들었다. 이 판에 어떻게 공을 세운다. 그것도 대장군의 눈에 들도록. 밥맛이 떨어졌다.

〔아사나사이는 원래 고창국(高昌國)을 지배한 돌궐족의 도포가한(都布可汗), 정관(貞觀) 9년 당(唐)에 투항, 좌위대장군(左衛大將軍)이 되었다. 얼마 후에 고조(高祖)의 제 14녀 형양(衡陽) 공주와 결혼, 부마도위(駙馬都尉)로 궁중(宮中) 경비. 그러므로 이세민에게는 매부(妹夫)가 된다.〕

점심을 마치니 온몸이 나른해서 앉은 자세로 꿈벅 졸다가 놀라 옆을 둘러보았다. 숫제 드러누워 코를 고는 병정도 있었으나 군관들은 못 본 척했다. 설인귀는 참나무 그늘에 상반신을 들이밀고 잠이 들었다.

얼마를 잤는지 집이라도 떠나갈 듯 왁자지껄 떠드는 소리에 후다닥 일어났다. 아까 달려가던 돌궐 기병들이 흙먼지를 일으키며 쫓겨 오고 있었다. 변변치 못한 것들이 ….

어둠이 깔리면서 무서운 소문이 퍼졌다. 꺼우리들이 돌궐병을 추격해서 동남방 8리까지 왔다는 것이다. 10리도 못되는 8리. 돌궐병들은 형편없이 짓밟히고 꺼우리들은 번번 날아다닌다고 했다. 말 많던 병사들도 입을 다물어 버리는 품이 겁에 질려 오그라든 모양이다.

밤도 이슥해서야 동령에 조각달이 솟아올랐다. 초저녁에 황제의 장막에 들어간 후 밖에는 얼씬도 않던 장수들이 흩어져 나오면서 진중(陣中)은 들먹이기 시작했다. 곧 이동이 있다고 차비를 하라는 것이었다.

북산(北山) 옆대기, 서쪽에 붙었던 장손무기의 부대들은 먼저 서둘러 짐을 챙겨 가지고 북쪽으로 떠나갔다. 호홍, 내빼는구나. 당하지 못할 바에는 일찌감치 내빼는 것이 약은 수지. … 그러나저러나 이 설인귀는 어떻게 되지? 쫓겨 가다가 홧김에 이 허약한 모가지나 치고 달아나는 것이 아닐까. 이거 내빼도 곤란하고 안 내빼도 곤란하다.

산으로 오르라고 했다. 그다지 높지도 않은 이 북산에 오르는데 구구전승으로 백 번은 속삭였다 — 조용 조용히. 군관들은 두리번거리면서 기침을 해도 쥐어박고, 돌을 굴려도 쥐어박았다.

꼭대기에 오르니 자빠져 자되 입을 놀리는 자는 허리를 베어 죽인다고 했다. 허리를 베는 것은 목을 베는 것보다 월등 아프겠다. 허리고 모가지고 그건 그렇고, 기왕 뜰 것이면 멀찍감치 어떻게 할 것이지 겨우 여기 올라와서 죽치고 앉을 것은 무어냐.

조각달은 중천에 올라왔는데 주위의 산들은 검푸르기만 하고 인기척이 없었다. 동남으로 트인 벌판, 그 저쪽 8리 밖에 꺼우리들이 칼을 들고 벼르고 있다지. 설인귀는 오만 생각을 하다가 잠들었다.

동이 트면서 또 구구전승으로 들볶았다. 얼른 요기를 해라. 기침도 얘기도 안 되고 말의 재갈을 풀어도 안 되고 대가리는 나무 그늘에 푹 파묻어라. 이상한 것은 서령(西嶺)의 우군이었다. 여기와는 달리 무수한 깃발을 올리고 싸다니면서 떠들썩하고 야단이다.

해가 뜨자 너구리처럼 허리를 굽히고 다가온 군관이 병정들을 모아 놓고 엄숙한 얼굴로 침을 삼키고 나서 입을 열었다.

"듣거라. 오늘은 십중팔구 큰 싸움이 벌어질 것이다. 이 북산에 모인 군사들은 황공하옵게도 폐하께옵서 직접 지휘하고 계시다. 계속 쥐죽은 듯 제자리에 죽치고 있다가 북이 울리면 저 벌판에 쏟아져 내려가서 냅다 치는 거다. 폐하께옵서 봉우리에서 내려다보고 계신즉 목숨을 내놓고 싸우는 거다. 알간?"

군관은 또 너구리처럼 허리를 꾸부리고 나무포기를 헤치며 사라져 갔다.

내빼는 것이 아니라 싸우는 것이다. 이렇게 되면 공을 세워야 살겠는데… 언제나 틀림없이 세우는 공이건만 봐 주는 인간이 있어야지. 제엔장… 가만있자 황제께서 내려다보고 계시다지? 아까는 그저 하는 소리라고 흘려들었으나 정말이라면 이거 보통 일이 아니다. 그는 으스스 떨고 황제가 내려다본다는 봉우리를 쳐다보았다. 나무에 가려 보이는 것은 하늘뿐이었다.

모르겠다, 기왕 눈에 들 바에는 장사귀 아닌 황제의 눈에 들 수는 없을까… 가망 없다. 양쪽에서 개미떼처럼 달려들어 싸우면 옆에서도 분간이 어려운데, 황제의 눈이 매(鷹) 눈이 아니고서야 이 설인귀가 저 아래에서 아무리 설친들 알아볼 까닭이 있나. 그늘에 앉아 도토리를 따서는 팽개치고 또 따면서 생각했으나 재간이 없었다.

북이 울렸다. 생각할 겨를도 없이 집어타고 내리달리는데 동남방 트인 벌판에 고구려군이 개미떼처럼 쏟아져 들어왔다.

기슭에 거의 내려오는데 난데없이 서쪽 하늘이 번쩍 하면서 쾅 하고 천지가 온통 뒤흔들렸다. 유식한 인간들은 이걸 뇌성벽력(雷聲霹靂)이라고 한다지. 먼 고장에 소나기가 오는 모양이다… 순간 머리를 스치는 절묘한 생각이 있었다.

그는 달리는 말 위에서 저고리를 벗어 뒤집었다. 흰 저고리가 된 것이다. 잽싸게 도로 입고 내달렸다. 빨간 저고리들이 물결치는 속에서 홀로 흰 저고리였다. 그는 채찍을 퍼부어 누구보다도 앞질러 선두에 나갔다. 고함을 지르면서 창을 겨누고 적군 속에 뛰어들었다. 전후좌우 닥치는 대로 휘둘러대는데 적은 호박처럼 씰씰 나동그라졌다.

뒤따르던 군사들도 당도하고 서령의 군대도 쏟아져 내려와 벌판에서는 걷잡을 수 없는 혼전이 벌어졌다. 설인귀는 한참 돌아가다가 떼거지로 달려드는 5, 6명을 처치하고 말머리를 돌리면서 힐끗 바라보니 적의 후방에도 우군이 나타나 흙먼지를 일으키며 그들의 꽁무니를 들이치고 있었다.

적의 대형은 흩어지고, 이어 도망치기 시작했다. 기승한 우군은 그대로 추격하여 쏘고 찌르고 무수한 꺼우리들을 짓밟다가 해가 져서야 돌아왔다.

이튿날은 모두 기세등등해서 출동했다. 잔적(殘敵) 수만 명이 동남방 머지않은 산에 진을 쳤는데 장손무기의 부대가 다리(橋)를 헐어 버리고 도처에 복병(伏兵)을 배치했기 때문에 퇴로(退路)를 끊기고 독에 든 쥐나 다름없다고 했다.

적이 진을 쳤다는 산은 크지도 않았다. 구름같이 밀려든 우군이 겹겹이 포위한 가운데 흰 깃발을 쳐든 군관들이 뻔질나게 내왕하는 것이 싸우지는 않을 모양이었다.

고연수(高延壽)와 고혜진(高惠眞)이라고 했다. 두 적장이 산속에서 나와 이쪽 군관들에 둘러싸여 황제의 장막으로 걸어오는 것이 먼발치로 보였다.

산속의 적이 몽땅 항복했다는 전갈이 오자 병정들은 춤을 추는가 하면 어떤 놈은 거꾸로 서서 두 발을 허공에 대고 나불거렸다. 그러나 설인귀는 기분이 틀렸다. 그렇게도 기를 쓰고 싸웠건만 이번에도 수고했다는 인사 한마디 없다, 제엔장.

〔이 전투에서 고구려군은 전사 2만, 포로 3만 6천 8백 명이었고, 말 5만, 소 5만 두를 잃었다. 이세민은 여기까지 수행하여 온 중서시랑(中書侍郞) 허경종(許敬宗)에게 글을 짓게 하여 전승기공비(戰勝紀功碑)도 세웠다.〕

저녁에 북산 옆대기 본영에 돌아와서도 기분이 풀리지 않았다. 이놈의 전쟁 이기건 지건 나하고는 상관없다. 장사귀란 놈이 잡아 죽이기 전에 일찌감치 도망쳐 어느 산속에라도 들어가야겠다. 더러워서 이놈의 세상 살 수 있나. 풀뿌리를 캐어 먹어도 네놈들의 상판은 다시 안 본다.

밥도 안 먹고 장막 속에 자빠져져 도망칠 궁리를 하는데 바깥이 떠들썩하고 낯선 군관이 들어섰다.

"네가 설인귀냐?"

겁이 덜컥 났다. 그러나 군관은 그의 어깨에 손을 얹었다.

"폐하께서 부르신다."

설인귀는 대꾸도 못하고 가슴이 후두두 떨렸다.

"너. 어저께 흰 저고리를 입고 냅다까라 싸웠지? 산꼭대기에서 보셨단 말이다, 폐하께서. 즉시 누군지 알아 오라시는 바람에 내가 말을 달려가서 네 얼굴을 익히고 이름도 알아 갖고 돌아가 아뢨단 말이다. 칭찬이 대단하신데 좋은 일이 있을 게다."

설인귀는 가슴뿐 아니라 두 다리도 떨렸다. 목도 어떻게 타는지 바가지로 물을 들이켰다. 크게 몇 번 숨을 내쉬고 나니 약간 진정되어 그의 뒤를 따라 장막을 나섰다. 조금 전까지도 상대하지 않던 아이들도 입을 헤벌리고 바라보고 있었다.

장막 앞에는 서산에 지는 햇살을 받고 높은 장수들이 늘어섰다가 저마다 한마디씩 했다.

"네가 설인귀냐?", "과연 장사로다", "용사 중의 용사로다", "어느 고장에서 왔느냐?"

남의 뒤에 덤으로 붙어 있던 장사귀가 일부러 비비고 나와 온 낯이 웃음이 되었다.

"너 같은 부하를 둔 내가 영광이다."

대답할 말도 없고 대답할 엄두도 나지 않았다. 잠자코 서 있는데 장막이 쓱 열리면서 황제가 나타나고 모여 섰던 사람들이 읍하는 가운데 설인귀는 군관이 등을 미는 대로 교의 앞에 다가섰다.

황제가 앉자 절을 하라기에 땅바닥에 엎드렸다 일어섰다. 큰일 났다. 몇 번 하는 법인지 알아야지. 하는 수 없이 연거푸 엎드렸다 일어섰다 그 짓을 되풀이하는데 군관이 귀에 대고 속삭였다.

"이제 무릎을 꿇어."

그는 무릎을 꿇고 머리를 숙였다.

"너 설인귀, 과시 장사로다. 짐은 이번 출정에 너 같은 장수를 얻었으니 이 아니 기쁠쏘냐. 너의 용맹을 가상히 여겨 특히 유격장군(遊擊將軍)을 제수하는 터인즉 더욱 진충갈력할 것이며 후한 상도 따를 것이니 그리 알지로다."

정신을 바짝 차리고 귀를 기울였으나 몇 군데 어려운 문자는 알 길이 없고 '유격장군'이라는 말과 '상'이라는 말은 아주 귀에 쏙 들어왔다. 황제는 역시 황제다. 같은 말도 묘하게 배틀어 하는 것이 근사하단 말이다. 똑바로 쳐다는 못 보았어도 얼굴은 아주 호랑이 같고 어쨌든 가슴이 벅찼다.

군관이 전해 주는 직첩(職帖)이라는 종이를 받고 또 수없이 절하고 물러서는데 난데없이 장사귀가 불쑥 나와 어전에 넓죽하게 엎드렸다.

"신은 평소 성상 폐하의 성은에 감읍(感泣)하옵던 차에 이번에 또 신의 말단 병사에게까지 이처럼 우악(優渥)하옵신 성지를 내리시니 참으로 몸 둘 바를 모르겠사옵니다."

"오 참 경의 부하라지. 경이 잘 단련한 덕분에 저런 용사가 나온 게 아니겠소? 반갑소. 내 주찬을 내릴 터이니 부하들과 오늘 밤 흥겹게 지내도록 하오."

폐하가 장막에 들어가자 또 한바탕 칭찬이 벌어진 다음에야 군관을 따라 장막으로 돌아왔다. 내일부터는 장막도 따로 쓰고 수십 명의 부하도 붙고 갑옷에 투구도 나온다고 했다. 쭈그리고 앉아 있는데 또 군관이 나타나 종이에 적은 것을 내주었다. 황제께서 상으로 내리시는 물건을 적은 것이니 읽어 보라는데 까막눈이 읽을 재간이 있어야지. 나는 천하 무식쟁이라고 했더니 되받아 가지고 읽어 내려갔다.

"말 2필, 비단 40필, 생구(生口) 열, 이상이오."

설인귀는 물었다.

"생구가 뭐요?"

"사람이죠. 종을 열 명 주신다는 뜻이오."

"여기서 잡은 꺼우리들을 주시는 거요?"

"그렇지요."

"사내요, 계집이오?"

"그야 장군께서 소망하시는 대로지요."

난생처음 장군으로 존대를 받았다. 정말 세상이 달라지는구나.

"땡하오. 그런데 언제 내 손에 들어오는 거요?"

"언제든지. 지금도 좋고, 전쟁이 끝난 후 장안에 돌아가서도 좋고."

지금 받아도 처치가 곤란했다.

"장안에 가서 받겠소."

"그럼 이 종이를 잘 간직하시오."

군관은 종이를 도로 주고 나가 버렸다.

술과 안주가 밀려들고 군관과 병정들이 쏟아져 들어왔다. 양껏 취한 설인귀는 이 세상에 태어난 보람이 있다고 가슴을 폈다. 이 안시성인가 하는 것을 들이칠 때에는 더욱 크게 한바탕 해서 아주 대장군이 되어버릴 터이니 두고 보라 이거다.


안시성(安市城)

성첩(城堞) 뒤에 모여 앉은 병사들의 얼굴에서 웃음이 사라진 지 며칠 되었다. 도바는 성 밖, 10리는 떨어진 산기슭까지 평지에 가득찬 적을 바라보았다. 이것은 완전히 붉은 바다였다. 마리치가 보낸 대군을 무찌른 적은 여세를 몰아 일거에 이 안시성을 삼켜버릴 듯 붉은 파도는 무서운 기세로 밀려왔다가는 밀려가고, 또 밀려왔다.

모든 희망이 사라졌다. 그도 병사들과 함께 웃음을 잃고, 이제 남은 것은 이 성이 떨어지는 날 인간세상을 하직하는 일이라고 생각했다. 고구려의 대군이 와서 성을 포위한 적을 부숴 버리면 전쟁은 며칠, 늦어도 10여 일 안에는 끝장이 난다고 했었다. 그런데 실로 어처구니없이 짓밟혀 버리고 이 작은 성은 적의 바다 속에 외톨이가 되었다.

백암성을 점령한 적이 요동성을 거쳐 남하한다는 소식에 이어 고연수〔高延壽: 북부 욕살(北部褥薩)〕가 고혜진〔高惠眞: 남부 욕살〕 이하 15만 대군을 지휘하여 오골성을 떠났다는 소식을 듣고 약광 장군은 혼잣말처럼 걱정했다.

"고연수는 용감은 해도 지혜와 참을성이 없어서…."

그는 찾아온 양만춘과 밤이 깊도록 의논한 끝에 편지를 쓰기 시작했다.

"고연수 장군. … 은퇴한 사람이 할 말은 아니오마는 나라의 존망(存亡)이 걸린 일이라 내가 보는 바를 그대로 적는 것이니 과히 나무라지 마오. 내가 듣기로는 중국에 대란(大亂)이 일어났을 때 영웅들이 처처에 나타났건만 이세민(李世民)은 용병(用兵)이 뛰어나서 그가 가는 곳에는 대적할 사람이 없었다고 하오. 그리하여 마침내 천하를 평정하여 제위(帝位)에 올랐고, 지금 북방이나 서방의 이민족들은 그 세력이 두려워 그에게 항복하고 혹은 환심을 사려고 애쓰는 판국이오. 지금 온 국력(國力)을 기울여 우리나라에 쳐들어온바 중국의 용감한 장수들과 병사들은 모두 뽑혀온 것이오. 그 예봉(銳鋒)은 가볍게 당할 수 있는 것이 아니오.
이러한 사정은 장군도 익히 알 것이고 계책도 서 있으리라 믿소마는 내 생각은 이렇소. 즉 휘하 장병들은 한 군데 진을 치고 싸우지는 말아야 하오. 그리하여 여러 날을 끌고 버티는 한편 용감한 기병대를 여러 군데 파견하여 보급을 끊어 버린다면 불과 열흘이면 반드시 군량(軍糧)이 떨어질 것이니 적은 싸우려고 해도 싸울 수 없고, 돌아가려 해도 돌아갈 길이 없게 되오. 이것이 싸우지 않고 이기는 계책이라고 생각하는데 …."

장군은 편지를 봉하면서 옆에 지켜 앉은 도바에게 일렀다.
"지금 형세로는 적과 우군이 며칠 안에 거의 동시에 이 안시성 근처에 당도할 것 같아. 일이 급하니 지금 곧 이 편지를 가지고 떠나라."
도바는 그 밤으로 안시성을 떠나 오골성 방향으로 말을 달렸다.
이튿날 오정 때부터 나타나기 시작한 행군 대열은 꼬리를 물고 계속되었다. 도바는 힘차게 걸어오는 보졸들과 기병들을 보고는 이제 이세민도 끝장이라고 생각했다.
해질 무렵에야 야숙(野宿)을 준비 중인 중군(中軍)과 마주쳐 대장군기가 나부끼는 장막을 찾아 들어갔다.

"으응."

편지를 읽는 고연수는 좋은 얼굴이 아니었다. 다 읽고도 가타부타 말이 없고, 혼자 오미자차를 찔끔찔끔 마셨다. 도바는 날카로운 얼굴에 핑글핑글 돌아가는 두 눈이 마음에 걸렸다. 성미가 불같은 사람이 아닐까. 섣불리 말을 붙였다가는 벼락이 떨어질 것 같아 참고 기다리는데 찻그릇을 밀어놓고 돌아앉았다.

"약광 장군은 이 고연수를 어떻게 보는 거야? 어린앤 줄 아나?"

도바는 입을 벌리고 쳐다보는 수밖에 없었다.

"지금은 옛날과 달라! 그따위 고리타분한 전법을 가지고…. 늙은 것이 동네 애기나 업어줄 것이지 뭐 안다고 나서는 거야?"

다시 제자리로 핑 돌아앉았다. 도바는 그대로 앉았기도 거북해서 일어섰다.

"이제 그만 돌아가겠습니다."

"돌아가!"

"돌아가 무어라고 여쭐까요?"

"그따위 똥되눔 같은 건 만나기만 하면 단박 짓뭉개 없애버릴 테니 두구 보라고 해!"

도바는 다시 행군 대열을 앞질러 이튿날 안시성으로 돌아왔다.

"적을 일격에 무찌를 터이니 안심하시랍니다."

그렇게 보고하는 수밖에 없었다. 약광 장군은 듣기만 하고 아무 응대도 하지 않았다.

그렇게 기세등등하던 고연수가 허무하게 패해서 이 지경이 되었다. 생각할수록 캄캄한 일이다, 생각을 그만두자.

북이 울리고 성첩 위의 병사들은 재빨리 자기 위치에 돌아가 활에 살을 재웠다. 또 적이 파도처럼 밀려왔다.

수없는 충차와 포차들이 성을 향해 달려오고 화살도 빗발처럼 날아왔다. 성첩을 의지한 고구려 병사들은 서둘지 않고 적이 성 밑에 몰려온 뒤에 천천히 활을 당기고, 당기면 반드시 고꾸라졌다.

도바는 힘껏 줄을 당기면서 노려보았다. 5~6명의 적병이 충차를 밀고 한 걸음 한 걸음 성 밑으로 다가들었다. 좌우에서 전진하는 적은 푹푹 쓰러지건만 용케도 성 밑까지 와서 성을 들이받을 기세다. 살이 윙소리를 내고 날아가자 가운데 놈이 고꾸라졌다. 다시 살을 재우는데 나머지 놈들도 다른 병정들이 쏜 화살에 연거푸 쓰러지고 한 놈은 도망쳤다.

전통에서 살을 꺼내는데 곁눈에 흰 그림자가 들어왔다. 약광 장군이었다. 여전히 고의적삼 차림에 한 손에 방패를 들고 적진을 바라보면서 천천히 다가왔다.

도중에 활을 쏘는 병사들에게 말을 걸기도 하고 때로는 앉아서 적진을 가리키며 군관과 이야기를 주고받기도 했다.

앉았던 장군이 일어서 천천히 다가왔다. 걸으면서 가끔 방패를 쳐들었다. 쳐들 때마다 딱 하고 적의 화살이 부딪치다 떨어지는 것이 눈에 들어왔다.

옆에 온 장군은 말없이 내려다보고 빙그레 웃기만 했다.

"위험합니다. 앉으십시오."

"별일 없지? 잘해봐."

돌아서 가다가 또 방패를 쳐드는데 이번에는 맞은 살이 그냥 꽂혀 버렸다. 장군은 살을 뽑아 옆의 병사에게 주고 천천히 걸어갔다. 그의 모습에 맺혔던 것이 풀리고 마음이 트이는 것을 느꼈다. 죽는다 산다, 이긴다 진다 하는 걱정, 그것은 쓰레기통에 들어갈 먼지에 지나지 않았다.

안시성(安市城), 7월.

겁을 먹고 항복할 것이다, 안 해도 이따위 안시성쯤 2~3일이면 짓밟아 없앤다고 떠들썩했으나 열흘이 지나 달이 바뀌고, 다시 보름이 가고 20일이 되어도 끄덕하지 않았다.

성 가까이 다가가기만 하면 꺼우리들의 화살에 무더기로 죽어 넘어지고, 충차니 포차니 하는 것들도 제구실을 해본 역사가 없었다. 요동성에서 재미를 본 대로 막대기 끝에 올라가 불을 던지는 놀음도 수차 해보았으나 얼씬하기만 하면 벌써 화살이 날아와 죽지 않으면 병신이 되어 나가떨어졌다.

성 전체가 불가사리였다.

설인귀는 이런 때야말로 공을 세우는 것이라고 돌진에 돌진을 거듭했으나 그때마다 부하들만 잃고 지금은 100명 중에 50명도 남지 않았다.

"이 벽창호야. 너도 장군이야!"

화가 난 장사귀가 멱살을 잡고 앞뒤로 흔들다가 주먹으로 뺨을 쥐어박기까지 했다.

황제는 장군들을 모아놓고 한 말씀 했다.

"이렇게 되면 성안의 인심을 잡는 수밖에 없소. 항복하는 것이 벼슬을 하고 더 잘 사는 길이라고 알리면 아무리 무지막지한 저들이라도 마음이 동할 것이오. 내가 하는 것을 두구 보시오."

그 자리에, 뒷짐을 묶여 당나라로 압송될 날을 기다리던 고연수, 고혜진 이하 항복한 고구려의 군관들을 불러다 세워놓고 손수 직첩을 내렸다.

"짐은 특히 너 고연수에게 홍로경(鴻臚卿)을 제수하는 터인즉 신하로서의 본분을 다할지로다."

"짐은 특히 너 고혜진에게 사농경(司農卿)을 제수하는 터인즉 짐의 당나라에 충성을 다할지로다."

"짐은 특히 너 ××에게 ….."

직첩은 수없이 내려 군관이라는 이름을 가진 자는 말단에 이르기까지 수백 명에게 감투가 다 하나씩 돌아갔다.

설인귀는 심사가 좋지 않았다. 꺼우리들한테 줄 벼슬도 있나. 벼슬이 이렇게 헌신짝이냐. 그러나 시키는 대로 하는 수밖에 없었다. 그들에게 모두 중국 관복(官服)을 입혀 끌고 나갔다. 성문을 향해 가다가 화살이 닿지 않을 만한 거리에 한 줄로 세워 놓았다.

장손무기가 통역을 데리고 와서 쑥덕거리더니 고연수가 무어라고 고구려 말로 성문을 향해 외쳤다. 항복만 하면 자기처럼 근사하게 된다는 내용이라고 했다.

그런데 성문에 버티고 선 꺼우리들은 북을 치고 외쳐댔다. 길쭉하게 뽑아대는 게사니(거위) 목소리 같은 것을 알아들을 재간이 있어야지. 통역에게 다가가서 물었더니 죽일 놈들이었다.

"개새끼들, 이세민의 똥구멍이나 핥아라."

이런다는 것이다.

고혜진도 한마디 하고 나머지들은 일제히 합창을 했으나 못된 꺼우리들은 여전히 못된 욕설만 퍼부어댔다.

"그 자리에 엎드려 뒈져라", "너도 고구려 무사냐?", "속지 마라", "돌아오면 용서한다."

그런가 하면,

"구린내 나는 똥뙤놈들, 죄다 모가지를 비틀어 돼지 밥을 만들 테니 두고 봐라."

이런 소리도 들린다는 것이다. 이 쌍, 왕바당차우니, 홧김에 생각나는 욕설은 다 퍼부었으나 통역이란 놈이 통역해 주지 않았다.

열 번 찍어 안 넘어가는 나무가 없다고 이튿날부터 싸우는 틈틈에 하루에도 두세 번 같은 일을 되풀이했으나 나중에는 북을 마구 두드려대고 돌팔매까지 하는 바람에 흐지부지되고 말았다.

지난 5월에 비사성(卑沙城)을 점령한 장량(張亮)이 붙잡은 남녀 8천 명을 주체할 길이 없어 죄다 몽둥이로 때려 바다에 처넣고 북상한다는 소식이 왔다. 새로운 증원군까지 오면 악착같은 꺼우리들도 생각을 달리 하리라는 소문이었다.

비사성에서 군사들을 배에 싣고 서쪽으로 돌아 건안성 근처에 상륙한 장량은 전부터 이 일대에서 꿈지럭거리던 장검의 군대와 손을 잡고 고구려군과 한바탕 싸워서 이겼다는 소식이 왔다. 떠들썩하게 성 안을 향해 불어댔으나 웃기지 말라고 했다. 건안성은 끄떡없고 죽기는 너희 뙤놈들이 더 많이 죽었다고 나발을 불었다.

여전히 하루에 몇 차례씩 교대해서 나가 싸웠으나 다람쥐가 쳇바퀴 돌듯 그 식이 장식이었다. 설인귀는 도무지 흥이 나지 않고 지치고 지긋지긋했다.

한 달을 버티고 나니 자신이 생겼다. 그 한 달 동안 흰 고의적삼에 방패를 든 약광 장군은 지칠만 하면 나타나서 성첩(城堞)을 한 바퀴 돌고 지나갔다. 묻지 않는 이상 별로 하는 말도 없고 천천히 가면서 다정하게 웃을 뿐이었으나 그때마다 꺼질 듯하던 횃불이 다시 붙어 오르는 심정이었다. 참으로 신기한 일이었다.

양식 걱정을 하는 사람이 있었다. 적이 일 년이고 이태고 저대로 버티면 굶어 죽는 것이 아니냐. 그러나 처려근지 양만춘은 군관들을 모아놓고 조리 있게 설명해 주었다.

"앞으로 한 달이다. 양식 걱정은 우리가 할 일이 아니고, 적이 할 일이다. 무여라에 건너간 능소 장군이 눈부시게 활약해서 적의 궤운(饋運)을 들부수는 바람에 열에 아홉은 도중에서 없어지고, 여기까지 오는 것은 미미해서 30만 대군을 먹인다는 것은 턱도 없는 일이다. 또 추위가 오면 지금 진을 치고 있는 저 산이나 들에서 버티지는 못한다. 게다가 여태까지 점령한 성들은 모조리 잿더미로 만들어 놓았으니 그리로 후퇴해서 겨울을 날 수도 없고 결국 본국으로 후퇴하게 마련이다. 추위가 올 때까지 이 안시성이 안전하면 우리 고구려도 안전한 것이다. 참고 견디고 싸우는 거다."

그들은 앞이 훤히 내다보이는 느낌이었다.


안시성(安市城), 가을.

8월에 들자 아침저녁으로 싸늘한 기운이 피부에 파고들었다. 홑옷에 덮을 것도 없는 야숙(野宿)은 견디기 어려웠고 비가 내리는 날은 대낮에도 으스스해서 남방에서 온 병사들은 몸을 오그리고 떨었다.

부대총관 이도종은 이럴 것이 아니라 차라리 남으로 밀고 내려가서 적의 수도 평양성을 부숴 버리고 문제를 일거에 해결하자고 나섰다. 그러나 수양제의 전철도 있는데 도중에서 어떤 변을 당할지 모른다. 설사 평양성까지 간다 치더라도 이 작은 안시성에서 이 지경인데 평양성은 더할 것이 아니냐. 자칫하다가는 몰살을 당한다고 모두 반대하는 바람에 쑥 들어가고 말았다.

설인귀는 그것이 불만이었다. 평양까지 천리 길을 바람같이 휩쓸고 내려가면서 멋지게 꺼우리들을 무찔러 버리는 자신을 머리에 그려 왔건만 다 틀렸다. 겁만 잔뜩 들어찬 것들이 … 대장군의 꿈도 이제 볼 장 다 보았다.

뒤로 젖히고 걷던 장손무기의 가슴은 앞으로 구부러지고, 말이 많던 이세적은 입을 다물어 버렸다. 어깨를 늘어뜨린 다른 장수들은 꺼우리들이 보채는 성을 바라보다가는 길게 한숨을 내쉬고 어쩌다 새어 나오는 것은 '이제 꽉 막혔다'는 푸념뿐이었다.

군관들이 보거나 말거나 돌등이고 나무 밑이고 자뻐라졌다가는 북이 울리면 굼벵이처럼 일어나 굼벵이처럼 성을 향해 가다가 활을 몇 번 당기고, 다시 북이 울리면 또 굼벵이처럼 제자리에 돌아와 자빠라지는 것이 병사들의 일과였다.

자빠라져도 그저 자빠라지지 않았다. '입이 심심하다'고 한마디 투덜거리는 것을 잊지 않았다. 끌고 온 군량(軍糧)은 다 먹고 뺏은 양곡도 날마다 줄어드는데 적이 도중에서 길을 막아 본국에서 올 가망은 없다고 했다. 세 끼가 두 끼로 줄고 그것도 희멀건 죽이 갈수록 멀게 갔다.

마침내 황제가 친히 나서 꺼우리들을 설유(說諭)하신다는 소문이 퍼졌다.

맑게 갠 날 아침, 문무백관을 거느린 황제는 해를 등지고 성을 향해 뒷짐을 지고 섰다. 창을 들고 주위를 겹겹으로 둘러싼 병사들의 한걸음 앞에서 숨을 죽이고 바라보던 설인귀는 감격했다. 솟아오르는 아침 해를 받은 황제의 갑옷과 투구는 황금색으로 눈부시게 빛나고 황제의 거동은 손 한 번 움직이는 것조차 장엄하기 그지없었다. 황제는 사람이 아니라 신령님이었다. 꺼우리들도 그의 말씀, 그의 명령에 순종하지 않고는 배기지 못할 것이 어김없었다.

무슨 구경이라도 생겼다는 듯 성 위에는 전에 없이 꺼우리들이 몰려 올라와 잠자코 내려다보았다.

황제는 한걸음 앞에 나가 우렁찬 목소리로 성 위의 꺼우리들에게 외쳤다.

"듣거라. 내가 너희 나라를 토벌함은 진실로 본뜻이 아니로다. 천자인 나를 섬기지 아니하고 신례(臣禮)를 다하지 아니하매 만부득이 토벌하게 된 것이다. 또 너희 지경에 들어와서 몇 개 성을 빼앗았으나 양식을 바치지 아니하니 이 또한 부득이하였도다. 너희 나라가 신례를 다하는 것을 기다려 뺏은 성은 모두 돌려줄 터인즉 우선 너희 안시성부터 무기를 버리고 나와 내 앞에 항복하라. 모두 용서할 뿐 아니라 벼슬을 내리고 성은 그대로 너희들에게 주고 후히 대접하리로다."

잠자코 듣기만 하던 성 위의 꺼우리들은 황제의 말씀이 끝나자 웅성거리고 한 놈이 나서 무어라고 씨부리며 손을 놀리는 품이 통역을 하는 모양이었다. 무지막지한 꺼우리들도 사람인 이상 이렇게 구구절절이 옳은 말씀을 거역할 까닭이 없으리라.

웅성거리던 꺼우리들이 조용해지고 씨부리던 꺼우리가 앞에 나와 목청을 높였다.

"세민아, 개나발 다 불었느냐?"

정말이지 꺼우리들은 사람이 아니고 은혜를 모르는 짐승들이다. 황제는 주먹을 불끈 쥐고 제자리를 몇 바퀴 도는 품이 크게 노한 모양이었다. 그러나 곧 발을 멈추고 뒤에 선 군관에게 외치는 소리가 들렸다.

"저럴 수가 있나. 내 뜻이 제대로 통하지 않은 모양이다. 네가 통역해 봐라."

젊은 군관이 옆으로 비켜서서 손짓발짓을 섞어가며 꺼우리 말로 외쳐댔다. 성루의 꺼우리들은 제대로 듣지도 않고 주먹질을 하는가 하면 우습지도 않은데 여러 놈이 입을 모아 '헤헤 헤헤 …' 하고 웃어댔다. 요 죽일 것들.

통역은 두 번이라도 끝났을 만한데 군관은 여전히 외치고 있었다. 성 위의 꺼우리들은 북을 치고 호각을 불어대고 알 수 없는 소리를 외쳐댔다. 통역이 뒤로 물러서자 성 위의 소란도 멎고 씨부리던 놈이 또 나섰다.

"세민아, 이 돌중의 아들놈의 새끼야, 뭐 잘났다고 주둥아릴 놀려대는 거야! 네가 뭐야? 왜 왔어? 모가지를 쑥 뽑아 엉덩이에 처박아줄 테니 두고 봐!"

차마 들을 수 없는 욕설에 헛기침만 하고 이세적이 달려 나와 이를 갈며 외쳐댔다.

"이 망할 놈의 꺼우리들은, 폐하, 씨알머리도 남기지 않고 모조리 죽여 버려야겠습니다."

황제도 분을 참지 못해 이를 부드득 갈았다.

"이놈의 성을 당장 짓뭉개라!"

돌아서는데 성 위에서 또 욕설이 날아왔다.

"세민아. 세적아. 이 똥뙤놈의 새끼들아, 이거나 먹어라."

성위의 꺼우리들은 모조리 이쪽에 엉덩이를 돌려대고 두 손바닥으로 연거푸 찰싹 찰싹 내리쳤다. 정말이지 분을 참지 못해서 나 설인귀도 와들와들 떨었다.

당장에 맹렬한 총공격이 시작되고 황제는 말을 달려 마구 호통을 치고 돌아갔다.

있는 충차, 포차는 다 끌고 나와 성을 들이받고 돌을 날리고 병정들은 총동원해서 활을 쏘며 내달았다. 죽고 살고 그런 걸 입 밖에 낼 계제가 못되었다. 참으로 풀잎처럼 병사들이 쓰러지고 기기(器機)가 부서져도 누구 하나 딴소리를 하는 사람이 없고, 글자 그대로 시체를 넘고 다시 넘어 돌진하다가는 불에 뛰어드는 하루살이같이 죽어갔다.

그러나 안시성은 끄덕도 없었다. 어쩌다 요행수로 구멍이 뚫려도 꺼우리들은 잽싸게 통나무로 목책(木柵)을 세워 메워 버렸다.

밤이 오자 황제의 장막에서는 오래도록 불이 꺼지지 않고, 병정들은 구덩이를 파고 시체를 끌어오고 파묻고 발로 다졌다.

이튿날부터 전에 없던 일이 시작되었다. 반씩 교대해서 반은 이세적의 지휘로 서쪽을 간단없이 공격하고 반은 동문 쪽에서 공사를 시작했다. 공사라도 어느 머리에서 나왔는지 기막힌 공사였다.

안시성의 동남 모서리에 토산(土山)을 쌓는 것이다. 이도종이 직접 지휘에 나서 밤낮을 가리지 않고 계속되었다. 개미떼처럼 흩어진 병정들은 일부는 나뭇가지를 부대처럼 엮고, 일부는 그 부대에 흙을 채우고 일부는 그것을 메어오고 나머지는 차곡차곡 쌓아 올라갔다. 여섯 줄로 올라가는 사이사이는 널찍하게 간격을 두어 공사하는 사람들이 자유로이 내왕할 수 있었다. 얼마쯤 올라가면 통나무를 찍어다가 죽 깔고 또 흙부대를 쌓아 올라갔다.

두 달 가까이 토산(土山)은 낮이나 밤이나 쉬지 않고 올라가 얼마 안 가 마주 보는 성과 비슷하게 됨직했다. 그러나 꺼우리들도 지지 않았다. 그들도 돌을 날라다 성 위에 또 성을 쌓았다.

이쪽이 올라가면 그들도 어김없이 그만큼 올라갔다. 처음에는 기막힌 계책이라고 감탄했으나 우리가 쌓으면 적도 쌓을 수 있다는 것을 미처 생각하지 못했다. 그러나 토산을 쌓는 일은 멈추지 않았고 끈덕지게 계속되었다.

그런데 실로 해괴한 일이 벌어졌다. 토산이 왕창 무너지면서 적의 성을 들이받아 성이 크게 무너진 것이다. 어찌 보면 아주 잘된 일이었고, 재빨리 서둘면 무너진 대목으로 쳐들어 갈 수도 있었다. 그러나 일은 어처구니없이 되어 버렸다. 흙부대를 쌓던 병정들은 무너지는 토산에 밀려 아우성을 치다가 파묻혀 버리고, 창을 들고 주위를 지키던 병정들은 모닥불을 피워놓고 잡담을 하다가 깜짝 놀라 일어섰으나 대장이 보이지 않았다. 어쩔 줄 모르고 허둥지둥 대장을 불러댔으나 대답이 없었다.

꺼우리들은 재빨랐다. 무너진 틈으로 수백 명이 번개같이 쏟아져 나와 허둥대는 병사들을 치고 차고 찌르고 돌아갔다. 우군 병사들이 혹은 죽고 혹은 도망쳐 일대가 조용해지자 근처에 흩어진 나무들을 모아 불을 질러놓고 무너지지 않은 토산에 올라갔다. 흙부대를 지고 오르내리던 나무발판을 모두 걷어 불속에 집어넣고 딱 버티니 마치 절벽 위에 있는 것 같고, 성(城)과 토산(土山)은 한데 엉켜 흡사 적의 성 한 모퉁이가 불쑥 튀어나온 것 같았다.

황제는 크게 노해서 말을 달려오고 장수들도 뒤따라 모여들었다. 마상(馬上)에서 먼발치로 바라보던 황제의 입술이 떨리고 불호령이 떨어졌다.

"여기는 누가 지켰느냐!"

땅바닥에 엎드린 군관은 와들와들 떨었다

"신 과의도위(果毅都尉) 부복애(傅伏愛) 올시다."

이도종을 따라다니던 호리호리한 군관이었다. 자식, 더럽게 거드렁거리더니만… 설인귀는 침을 삼키고 바라보았다.

"적이 쳐나오도록 무얼 했느냐?"

"옷을 갈아입으러 간 사이에 그만 이렇게 되고 말았습니다."

"너도 장수냐? 일어섯!"

엉거주춤 일어서는 군관의 목에 칼이 번뜩였다. 그대로 고꾸라진 군관의 목은 반쯤 떨어져 피를 내뿜고 성난 황제는 피 묻은 칼로 그를 가리켰다.

"저 목을 베어 군중(軍中)에 돌려라!"

모두들 고개를 떨어뜨린 가운데 이도종이 나와 반쯤 떨어진 머리를 잘라내어 뒤따르는 군관에게 넘겼다. 군관은 칼끝에 머리를 꽂아 쳐들고 옆으로 비켜섰다.

지켜보던 황제는 또 고함을 질렀다.

"만사 제쳐놓고 모든 장수는 힘을 합해서 지금 당장 저 토산(土山)을 탈환해라!"

성난 황제는 제자리에서 움직이려고 하지 않았다.

"저것쯤 아무것두 아닙니다. 곧 탈환될 것입니다. 이제 오정이 넘었으니 돌아가 수라를 드시지요."

장손무기가 두 손을 모아 쥐고 아뢰었으나 황제는 또 불호령이었다.

"밥을 먹게 됐느냐 말이오!"

이세적, 이도종, 장손무기, 장사귀 할 것 없이 휘하의 정예 수백 기씩 휘몰고 황제께서 지켜보시는 가운데 토산을 3면으로 둘러싸고 공격했다. 때는 이때라고 설인귀는 선두에서 말을 달려갔다.

토산 주위에서 타오르는 불과 연기에 달려가던 병사들은 일단 주춤하고 꼭대기에서는 화살이 비 오듯 쏟아져 내려왔다. 살을 맞은 병사들은 불속에 고꾸라지면서 비명을 지르고, 누가 시키지 않았건만 공격대열은 수십 보 뒤로 물러났다.

설인귀는 자기도 모르게 남을 따라 물러섰다가 뒤에 선 10여 기의 부하들을 돌아보고 고함을 질렀다.

"가자!"

말을 달려 불붙은 통나무 더미를 뛰어넘으니 부하들도 뒤따랐다. 토산 밑에 오기는 했으나 아찔하게 절벽같이 쳐다보일 뿐 어떻게 할 도리가 없었다. 꼭대기에서 간혹 내미는 적의 머리를 향해 활을 당겨 보았으나 허공에 솟았다가 도로 떨어지거나 토산 옆대기에 박힐 뿐이었다.

보고만 있던 적이 별안간 화살을 마구 퍼부었다. 한두 명 남기고 모두 살을 맞고 땅에 쓰러져 버둥거렸다. 똑바로 위에서 쏘는 활은 어찌나 힘찬지 가슴에 맞은 살은 등에서 내밀고 어깨에 맞은 것은 겨드랑으로 나왔다.

고삐를 당겨 돌아가 서려는데 소리도 없이 말이 모로 쓰러지는 바람에 땅바닥에 나동그라졌다. 이대로 어정거리다가는 당장 죽을 것 같았다.

"후퇴."

한마디 외치고 불속을 냅다 질러 돌아왔으나 아무도 뒤따르는 자가 없었다. 도중에서 마주친 병정들이 달려들어 등이고 가슴이고 아래위를 마구 후려쳤다. 정신없이 뛰는 사이에 몸에 불이 붙은 것도 몰랐다. 몸에 붙은 불은 꺼졌으나 여기저기 살갗이 내밀고 온몸이 아렸다.

"또 십여 명을 잃었구나!"

장사귀가 다가와 짜증을 냈다.

다른 장수들도 고함을 지르고 병사들은 앞으로 나가 활을 쐈으나 살은 적에 미치지 못하고 겉돌기만 했다. 간혹 불을 뛰어넘어 토성 밑까지 돌진하는 자들도 있었으나 순식간에 고꾸라지고 살아 돌아오는 사람은 눈에 띄지 않았다.

사흘이 지났다. 토산 기슭에는 우군의 시체만 쌓이고 적은 더욱 기승해서 틈만 생기면 혀꼬부랑 중국말로 욕설을 퍼부어 댔다.

"이세민은 개자식이다", "모가지를 비튼다", "이세민의 상판을 구겨 놓는다."

심지어 "이세민은 내 아들이다" 하는 놈도 있었다. 이걸 그냥.

그러나 또다시 말을 달려 토산 밑으로 돌진할 생각은 없었다.

오늘도 새벽부터 토산 주위를 맴돌았으나 시체만 늘고 더 이상 어찌 볼 도리가 없었다.

해질 무렵에 대장군들이 땅바닥에 둘러앉아 쑤군거리더니 이도종이 일어서 신발을 훌훌 벗어 던졌다. 그는 맨발로 찔뚝거리면서 3~4백보 뒤, 바람에 펄럭이는 태상기 밑에 가서 무릎을 꿇었다.〔이도종(李道宗)은 부상을 입어 태종(太宗)이 손수 침을 놓아 주었다.〕

"폐하, 실로 어찌할 계책이 없습니다. 모든 것이 신의 잘못이오니 신에게 벌을 내리소서."

땅에 엎드린 이도종은 떨리는 목소리였다. 여전히 마상에서 아침부터 버티던 황제는 그를 노려보고 내뱉었다.

"네 죄는 마땅히 죽어 싸되 전공을 감안해서 특별히 용서할 뿐이다⋯. 토산 공격은 중지해라."

황제는 성난 얼굴로 말머리를 돌려 기슭의 본영으로 돌아가고 이도종은 털고 일어섰다.

적황색으로 물들었던 산들은 흑갈색으로 변하고 서북풍이 불 때마다 낙엽은 무더기로 떨어져 사방으로 흩어졌다.
 북국(北國)의 9월은 늦은 가을이 아니라 이미 겨울이었다. 새벽에 토산에 오른 도바는 얼굴을 후려치는 찬바람을 맞으면서 희멀건 공기를 뚫고 적진을 바라보았다.
 그것은 진영이 아니라 폭풍이 휩쓸고 지나간 폐허였다. 깨진 그릇조각이며 나무토막들이 이리저리 뒹굴고 불에 그을린 돌무더기에는 가랑잎들이 처량하게 엉켜 붙었다. 바람을 따라 가다가는 멎고, 멎었다가는 다시 엎치락뒤치락하는 누더기에 눈이 멎었다. 참으로 맹랑하고도 허무한 일이었다.
 놀랄 것도 없었다. 적은 벌써 며칠을 두고 밤만 되면 은밀히 북쪽으로 이동하여 갔다. 저들 딴에는 은밀한 줄 알아도 성안에서는 빤히 내려다보고 있었다. 간밤에, 마지막 부대가 도망간 것을 이제 확인한 데 지나지 않았다.
 마리치(莫離支)가 직접 지휘하는 10여만 대군이 곧 움직인다는 소문이 5~6일 전부터 파다하게 퍼졌었다. 고연수·고혜진이 크게 패한 뒤에 다시 병력을 정비하는 데는 오랜 시일이 걸리지 않았으나 성안의 약광 장군이 말려서 행동을 늦췄다는 이야기였다. 추위가 닥쳐오고 양식이 떨어진 후에, 춥고 배고프고 지친 적을 일거에 짓밟아 버리는 계책이라고 했다.
 신묘한 계책에는 틀림없으나 6월부터 이 9월까지 성안에 갇힌 10만 남녀노소의 고달픈 사정은 하늘이나 알아줄까. 〔기록에는 당시 안시성 안에는 총 10만의 인구가 있었다고 한다. 적에게 함락될 위험이 있는 다른

성에서도 피난해 온 듯하다.〕 어쨌든 이세민은 물러갔다.

희뿌옇게 밝아오는 북녘 하늘에 어머니와 백화, 그리고 아버지의 얼굴이 선명하게 나타났다. 처려근지에게 보고해야겠다고 돌아서면서 도바는 목이 메었다.

추위에 허리를 오그린 군상(群像)은 입성마저 남루한 것이 그대로 거렁뱅이였다.

적으로부터 뺏은 양곡이 요동성에 산더미처럼 쌓여 있다. 바다와 운하로 실어 나른 강남의 무진장한 양곡도 만리장성을 넘어 장강(長江)처럼 요동성으로 쏟아져 들어오고 있으니 1년은 말할 것도 없고 10년도 걱정 없다고 했다.

그러나 8월에 들어서면서 세 끼가 두 끼로 줄고, 며칠이 안 가 그것마저 멀건 국에 낟알보다 시래기가 더 많아졌다. 병사들은 차츰 기운이 빠져 움직이려고 하지 않았다. 나중에는 엉덩이를 후려갈겨야 겨우 꿈지락거리고 그때마다 흰 눈을 뒤집어 깠다.

"제 — 기랄!"

4월에 요하를 건너올 때는 홑옷에 산들바람이 상쾌했었다. 그러나 여름내 땀과 먼지가 절어 붙고, 팔뚝과 무릎이 빠졌어도 어쩔 도리가 없었다. 냄새도 고약해서 내가 예전에 강주에서 빌어먹을 때도 이 지경은 아니었다. 꺼우리들이 우리를 똥뙤놈이라고 부르는 것도 무리가 아니다.

요서(遼西)에 몰래 들어간 꺼우리들이 밤이면 박쥐처럼 돌아다니면서 다리(橋)를 부숴 버리는가 하면 여우 새끼처럼 숨어 있다가는 치중(輜重)이 오면 들이치는 바람에 이 지경이 되었다고 한다. 끈덕지고 요사스러운 것이 꺼우리들이다. 설인귀는 괘씸하기 그지없었다.

춥고 배고픈데다가 적의 마리친가 하는 자가 대군을 휘몰아 가지고 온다는 바람에 안시성을 떠나 북쪽으로 요동성을 거쳐 반이나 얼어붙은 요하를 다시 건넜다. 마리치가 쫓아온다고 밤이고 낮이고 그저 뛰는 것이 일이었다. 따라오지 못해 도중에 쓰러지는 병사들이 얼마든지 있었다.

10월 1일. 발착수(渤錯水)에서 일어난 참변은 죽어서도 잊을 것 같지 않았다. 까만 하늘에서 눈이 풍풍 쏟아지다가 별안간 폭풍이 휘몰아쳐 한치 앞을 분간할 수 없었다. 유별나게 세찬 바람이 사람이고 말이고 비틀어 내동댕이치듯 몰아닥치자 빙판(氷板)을 건너던 부대가 먼저 나동그라지고 이어 강 좌우편에서 대기하던 수만 병사와 군마들이 걷잡을 수 없이 쓰러져 갔다. 한번 쓰러진 자는 반수 이상이 다시는 일어나지 못하고 눈 속에서 빳빳이 굳어졌다.

황제를 모신 장손무기를 따라 먼저 강을 건넌 설인귀는 마른 나무를 주워다가 불을 피워놓고 황제를 모셨다. 아래윗니를 맞부딪치고 떨던 황제는 손이고 발이고 반이나 불속에 들이밀고 쓰러지는 인마를 보다가 눈을 감아 버렸다.

폭풍 속을 뚫고 말을 달려온 군관이 있었다. 안시성을 떠나면서부터 전군(殿軍)으로 보기(步騎) 4만을 끌고 10리 뒤를 따라오던 이세적, 이도종의 보고를 가지고 왔다고 했다.

"전군도 인마의 10에 7, 8은 쓰러진 채 죽어가고 있습니다."

황제는 듣기만 하고 말이 없었다.

설인귀는 바싹 말라 연기가 나지 않는 나무를 골라 황제의 옆과 뒤에도 불을 피우고 돌아가다가 장손무기와 주고받는 이야기를 엿들었다.

"위징(魏徵)이 살아 있었으면 무슨 수를 써서라도 이번의 이 무모한 전쟁은 못하게 말렸을 것이로구만."

장손무기는 고개를 떨어뜨리고 응대를 못했다. 돌아보는 황제와 눈이 마주쳤다. 몰라보게 수척한 얼굴에 억지로 웃음을 짓고 등을 두드려 주었다.

"허지마는 소득이 없는 것도 아니지. 너같이 용감한 장수를 발견했으니 말이다. 장수들이 늙어서 멀리 떨어진 변경(邊境) 일을 감당하기 어려운지라 날랜 장수를 발탁하려던 차에 너를 만났구나. 나는 요동(遼東)을 얻었다 해도 기쁠 것이 없고, 너를 얻은 것이 기쁘다."

고개를 숙인 설인귀는 이 추위에도 온몸이 달아오르고 가슴이 메었다. 별안간 인마가 뛰고 화살이 날아오고, 황제가 일어서다 말고 앞으로 쓰러졌다.

순식간의 일이었다. 머리를 돌리는 순간 말 탄 적병이 크게 안막(眼膜)으로 들어왔다. 그는 생각할 겨를도 없이 창을 냅다 찔러 적을 쓰러뜨리고 적중으로 뛰어들어 5, 6명을 모조리 무찔러 버렸다.

"너는 역시 용사로다."

숨을 허덕이며 돌아오니 장막에 엎드린 황제가 손을 내밀어 엉덩이를 두드려 주었다.

"괜찮으십니까?"

"약간 스쳐 갔다."

황제는 빙그레 웃었다.

다시 요하(遼河)를 건너 멀리 서쪽으로 사라지는 이세민의 군대는 틀림없는 거지의 행렬이었다. 무릎과 팔뚝은 대개 다 떨어지고 개중에는 엉덩이도 떨어져 발을 옮길 때마다 양쪽 볼기짝이 들쑥날쑥하는 패거리들도 적지 않았다.

추위에 팔짱을 지르고 몸을 오그린 보졸(步卒)들은 등에 걸머진 활과 창이 힘에 겨운 듯 바람에 휘청거리고 그 주위를 역시 남루한 차림의 기병들이 둘러싸고 천천히 전진하였다. 가다가는 쓰러지고, 쓰러지면 일으키고, 기진맥진한 보졸들은 수없이 눈 속에 고꾸라져 다시는 일어나지 못하는 자도 적지 않았다.

능소(能素)는 이세민을 살려 보낼 수 없다고 결심했다. 이 천하에 건방진 놈을 그냥 둔다는 것은 도시 말이 되지 않았다. 영영 없애 버려야 다음에 누가 뙤놈의 괴수가 되든 다시는 고구려를 넘보고 사람을 개돼지처럼 끌어가는 따위 허튼수작을 못할 것이다. 이 전쟁 중 요동성, 백암성, 개모성의 세 군데서 당나라로 끌려간 고구려 사람만도 7만이었다.

가족들의 일을 생각해도 이가 갈렸다. 손벌음이란 놈이 손가락 하나 까딱하지 않고 백암성을 그들에게 바쳤으니 놈들은 털도 안 뽑고 통째로 삼킨 꼴이 되었다. 그 속에 가족들이 고스란히 끼었으니 죽지 않았으면 놈들의 종으로 끌려갔을 것이다.

그들이 퇴각을 시작하면서부터 당장 수하에 있는 5, 6기로 몰래 뒤를 추적하여 이 발착수까지 왔다. 그들은 활을 쏘며 돌진하였다. 불의에 습격을 받은 적은 사방으로 흩어져 뛰고 우동불 옆에서 노닥거리던 이세민은 엉거주춤 일어서 상반신을 뒤틀었다. 능소는 온갖 힘을 다해 활을 당겼다.

능소는 이세민이 앞으로 고꾸라지는 것을 보고 다시 활을 당기는 순간 머리에 거센 충격을 받고 말에서 떨어졌다. 하늘과 땅이 한 바퀴 돌고 모든 것이 캄캄해졌다.


11월. 마침내 이 정주(定州)에 황제가 돌아왔다.

지난달 환군(還軍)한다는 소식이 와서 태자가 3천 기를 거느리고 임유관(臨楡關)까지 마중을 떠날 때는 태자와 잠자리를 같이한 일이 발각될까 봐 무미랑(武媚娘)은 간이 콩알만 했다. 들통이 나면 사지를 찢어 죽일 것이다. 떠나는 전날 밤 어떻게 할 셈이냐고 태자에게 은근히 따졌으나 맹충이 같은 것이 겁에 질려 가지고 새끼손가락으로 콧구멍만 후벼댔다.

"글쎄…."

글쎄를 몇 번 되풀이했는지 모른다. 얼마 전까지도 점괘가 어떻다고 큰소리만 치던 것이.

그가 떠나간 후 어차피 죽어야겠다고 비상(砒霜)을 구해다가 옷장 속 바짓가랑이에 넣어 두었다. 어머니의 서슬도 여간이 아니었다. 못된 년 때문에 무(武)씨와 양(楊)씨 가문은 쑥밭이 되게 생겼다고 머리채를 잡아 뜯는가 하면 방치찜도 퍼부었다. 나중에는 난데없이 발길질을 하더니 횡하고 밖에 나간 채 다시는 들어오지 않았다. 그길로 낙양에 돌아가는 것을 본 사람이 있다고 했다.

오늘이야말로 죽는다고 비상을 꺼내 만지작거리다가 내일로 미루고, 내일에는 또 내일로 미루다가 드디어 황제가 들이닥쳤다. 때 묻고 떨어지고 구멍까지 뚫린 옷에 먼지까지 뒤집어쓴 얼굴로 살기등등해서 말을 내렸다.

밤에는 요절을 낸다고 벼르고 있는데 채 어둡기도 전에 불려 들어갔다. 두 눈에 살기가 번뜩이고 뼈에 가죽만 남은 황제는 소름이 끼치도록 무서웠다.

"병정들만 잔뜩 죽이고 거지꼴로 돌아와서 네 보기도 민망하다."

다짜고짜 끌어다 무릎에 앉히고 이런 소리를 했다.

"폐하, 승패는 병가(兵家)의 상사(常事)라고 하지 않아요? 뭘 그런 걸 갖고."

"허허허…."

너털웃음을 친 황제는 술만 한 잔 들이켜고 침상으로 끌고 갔다. 한 달 굶은 이리처럼 달려들어 빨고 비비고 동이 틀 때까지 법석이었다. 막상 이렇게 되고 보니 이야기가 달라졌다. 물 건너간 자리도 자리냐. 배짱이 두둑해졌다.

태자는 아주 얌전을 뺐다. 아침저녁으로 문안을 드리고 어전에서는 숨도 크게 쉬지 못하는 시늉을 했다. 나를 보아도 양 새끼처럼 눈을 내리깔고.

아무리 조심하고 눈여겨보아도 눈치가 다른 구석은 보이지 않았다. 다만 한 가지, 황제는 모든 것이 달라졌다. 복스럽던 얼굴에는 광대뼈가 튀어나오고 눈길도 이상했다. 모두들 사람을 잡아먹으면 저런 눈길이 된다고 쑥덕거렸다.

밤에 잠자리에서 본 몸집도 예전의 뚱뚱하던 몸집이 아니었다. 앙상하게 드러난 갈빗대에 가죽이 밀리고, 넓적하게 퍼졌던 엉덩이도 꺼져서 도시 엉덩이랄 것도 없었다. 거기다가 요동에서 생겼다는 등창(癰)이 좀처럼 낫지 않아 하루에도 두세 번은 자기를 불렀다.

"미랑아, 고약 어디 있지?"

그때마다 검은 고약을 불에 데워 잔등에 붙이면 시원하다는 한마디를 잊지 않았다. 저절로 생긴 등창이 아니라 꺼우리의 화살자국이라는 은근한 소문도 있었다. 그러나 철부지 내시 한 사람이 입 밖에 냈다가 당치도 않은 요망한 소리를 퍼뜨린다고 목이 잘린 후로는 또다시 그런 얘기는 귓속말로도 돌아다니지 않았다.

제일 안 된 것은 잠을 이루지 못하는 일이었다. 전에는 누우면 코를 골던 것이 이리 돌아눕고 저리 돌아눕고 밤이 새도록 부스럭거렸다. 어쩌다 잠이 들면 이를 갈다가는 "꺼우리놈들!" 하고, 소리를 지르는 일도 드물지 않았다. 그때마다 온몸을 적신 식은땀을 닦아내야 했다.

눈보라 속을 북쪽으로 달려 백암성(白岩城)에 당도한 도바는 예전에 동문이 서 있던 자리에 멈춰 섰다.

참으로 철저한 파괴였다. 성은 밑뿌리까지 없어지고 뜯어낸 돌들마저 어느 먼 고장으로 굴러갔는지 얼른 눈에 띄지 않고, 성내의 집이란 집은 어느 누구의 외양간 하나 남지 않고 깡그리 자취를 감추었다.

　타다 남은 검은 나뭇조각들이 여기저기 눈 속에 뒹굴었다. 그는 말에 박차를 가해서 지난여름까지 살던 집터로 다가갔다. 흰 눈이 모든 것을 덮어 버리고 반쯤 부서진 물동이에 눈이 계속 퍼붓고 있었다.

(제3권 〈아! 고구려〉로 계속)

· 주요 등장인물 ·

　**능소 (能素)**: 요하 주변 옥저(沃沮) 마을 태생의 농부로 평양에서 열린 사냥대회에서 뛰어난 무술실력을 인정받아 장군의 길로 들어선다. 특유의 전투력과 패기가 빛을 발해 약광 장군에게 발탁되어 무여라 수비군에 편입되고, 을지문덕과 연개소문의 신임 아래 중국 수(隋)·당(唐)과의 전쟁에서 혁혁한 공을 세운다.

　**상아 (常娥)**: 능소의 오랜 연인. 능소와 마찬가지로 중국의 칼날에 아버지를 잃었으나 편모슬하에서도 들풀처럼 꿋꿋이 자란다. 어린 시절부터 함께 자란 능소를 의지하며 일생을 기약한다. 능소가 전쟁으로 곁에 없는 사이 능소의 어머니까지 지극정성으로 부양하며 지루의 회유와 협박에도 아랑곳없이 능소만을 한결같이 기다린다.

　**지루 (支婁)**: 옥저마을의 야장(冶匠). 상아를 짝사랑하며 어린 시절의 친구 능소에게 열등감을 갖고 있다. 능소가 10인장이 되었다는 소식을 듣고 자진하여 졸병으로 군에 편입한 뒤 을지문덕 장군의 호위병이 되지만 잔인한 성품 탓에 어디에서도 환영받지 못한다.

　**도바 (突勃)**: 능소와 상아 사이에 태어난 아들. 아버지 능소와 같이 고구려 장군이 되어 대당전역(對唐戰役)에 온몸을 바친다.

　**우만 (于萬) 노인**: 옥저마을의 촌장(村長)으로 마을사람들의 통솔자이자 정신적 지주이다. 능소의 빈자리를 대신하여 상아와 상아 어머니의 의지처가 되어준다.

돌쇠: 중국어에 능통한 능소의 부관. 위험한 임무에서 언제나 능소와 생사를 같이한다. 연개소문의 신임을 얻고 처려근지가 되어 성을 관할한다.

백화 (白花): 능소의 부관 돌쇠의 딸이자 도바의 아내. 외유내강의 여인으로 도바를 정성으로 보필한다.

부도 (弗德): 승려. 어린 시절 갖은 고초를 겪고 어두운 출생의 비밀까지 갖고 있지만, 아버지의 악업을 대속(代贖)하듯 선량한 성품과 우국충정을 지닌 인물이다.

을지문덕: 고구려의 명장. 연자유의 뒤를 이어 마리치의 자리에 올라 전쟁의 환란에 휩싸인 고구려를 이끈다. 살수대전으로 수나라에 결정적 타격을 가한다.

연개소문: 고구려 말기의 장군 겸 재상. 소년 시절 자청하여 을지문덕 장군의 휘하에 들어가 평생을 전쟁터에서 보내며 눈부신 활약을 펼친다.

약광 장군: 고구려 왕족이자 장군. 능소가 가슴 깊이 흠모하는 인물로, 뛰어난 전투력과 통솔력으로 대(對) 수·당 전쟁을 진두지휘한다.

고건무 (영류왕): 영양왕의 동생이자 장군. 형의 뒤를 이어 왕위에 오른 뒤 노골적으로 연개소문을 적대시한다.

손벌음: 능소의 뒤를 이어 백암성의 처려근지에 임명된 인물. 실제 행정에는 밝지 못하면서 문(文)만을 내세워 도바의 원망을 산다.

**수양제**: 수나라 제2대 황제. 본명은 양광(楊廣). 중국의 막대한 인력과 부에 대한 자신감을 바탕으로 고구려 침공을 시도한다. 첫 번째 침공의 무참한 실패에도 불구하고 또다시 원정을 강행하여 백성의 원성을 산다.

**우문술**: 선비족 출신의 수나라 장군. 셋째 아들 사급이 수양제의 부마가 되는 등 황제의 두터운 신임을 받지만, 살수대전에서의 대패로 삭탈관작 당한다. 수양제의 고구려 재침공 때 다시 관작이 회복되어 원정군을 지휘한다.

**우문화급/우문지급**: 우문술의 두 아들. 한때 수양제의 총애를 받았으나 권세를 믿고 방종하게 처신하다가 처벌받아 종의 지위로 떨어진다. 아버지 우문술의 사후 다시 관직에 오르지만 군 내부의 불만 세력을 이용해 반란을 일으킨다.

**당태종 (이세민)**: 중국 당(唐)의 2대 황제. 뛰어난 장군이자 정치가, 전략가이다. 수나라에 이어 고구려 정벌에 나서나 뜻을 이루지 못하고 사망한다.

**무미랑 (武媚娘)**: 당태종의 총애를 받는 후궁으로 '무미랑'은 태종이 붙여준 애칭이다. 태종이 고구려 원정을 나가 있는 사이 태자의 유혹을 받는다.

**이세적**: 당(唐)의 무장. 당태종에게 등용되어 대제국 건설에 공헌했다. 훗날 고종의 고구려 원정 당시 총사령관 역할을 맡는다.

**설인귀**: 당(唐)의 장군. 미천한 출신으로 일개 병정으로서 고구려 원정에 참여했다가 당태종의 눈에 들어 장군의 자리에까지 오른다.

평양·살수부근 주요도
(平壤·薩水附近 主要圖)

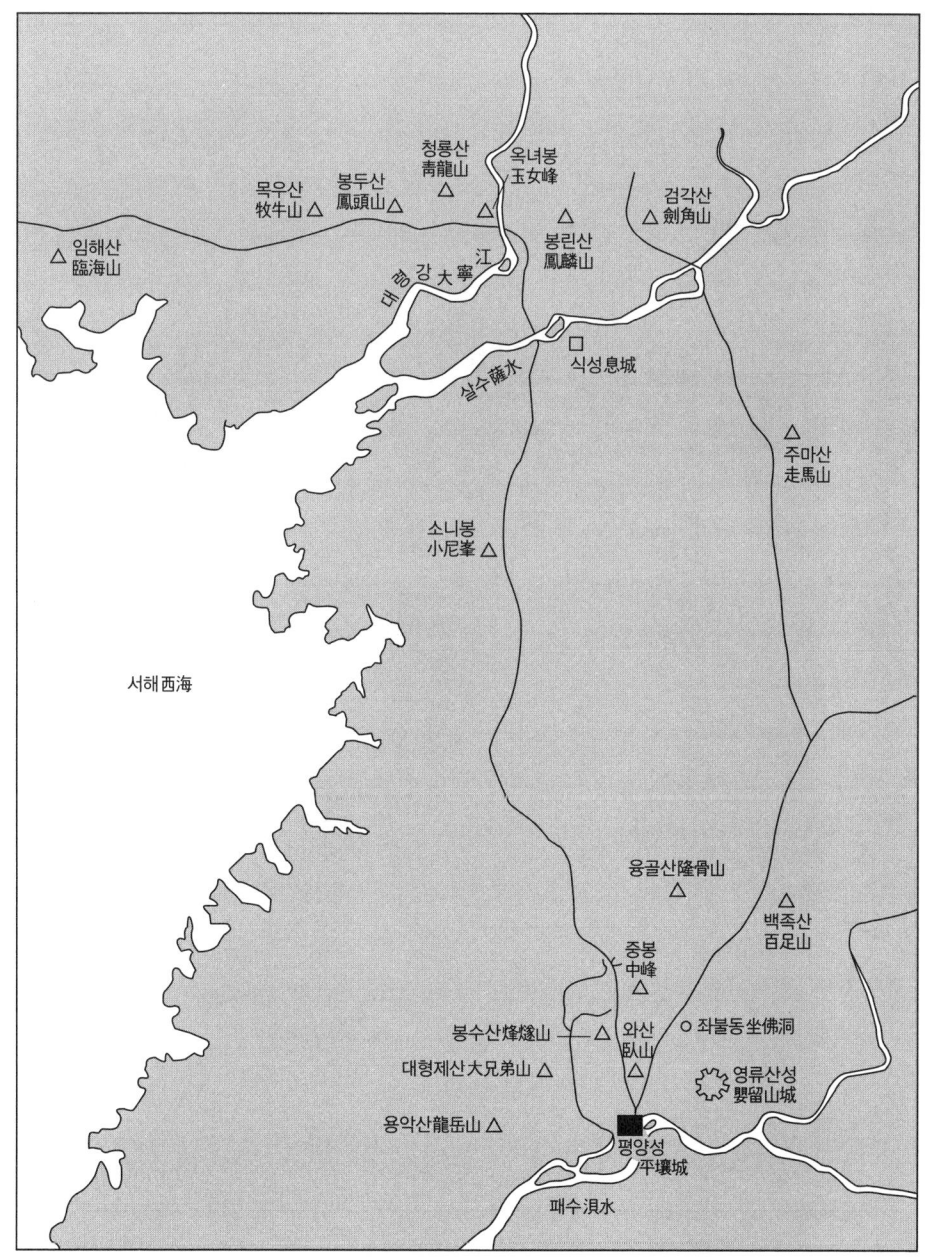

## 당태종 고구려침입 주요도
(唐太宗 高句麗侵入 主要圖)

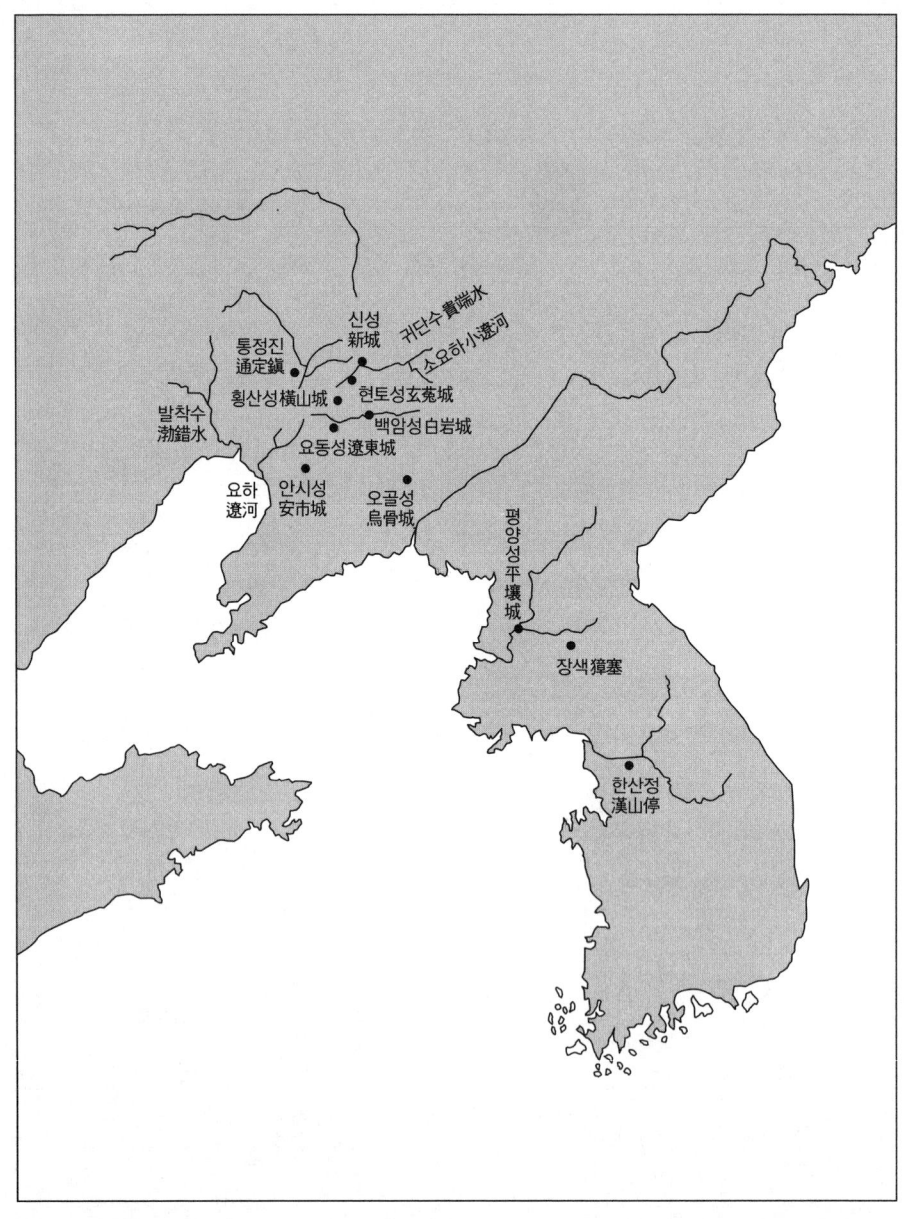

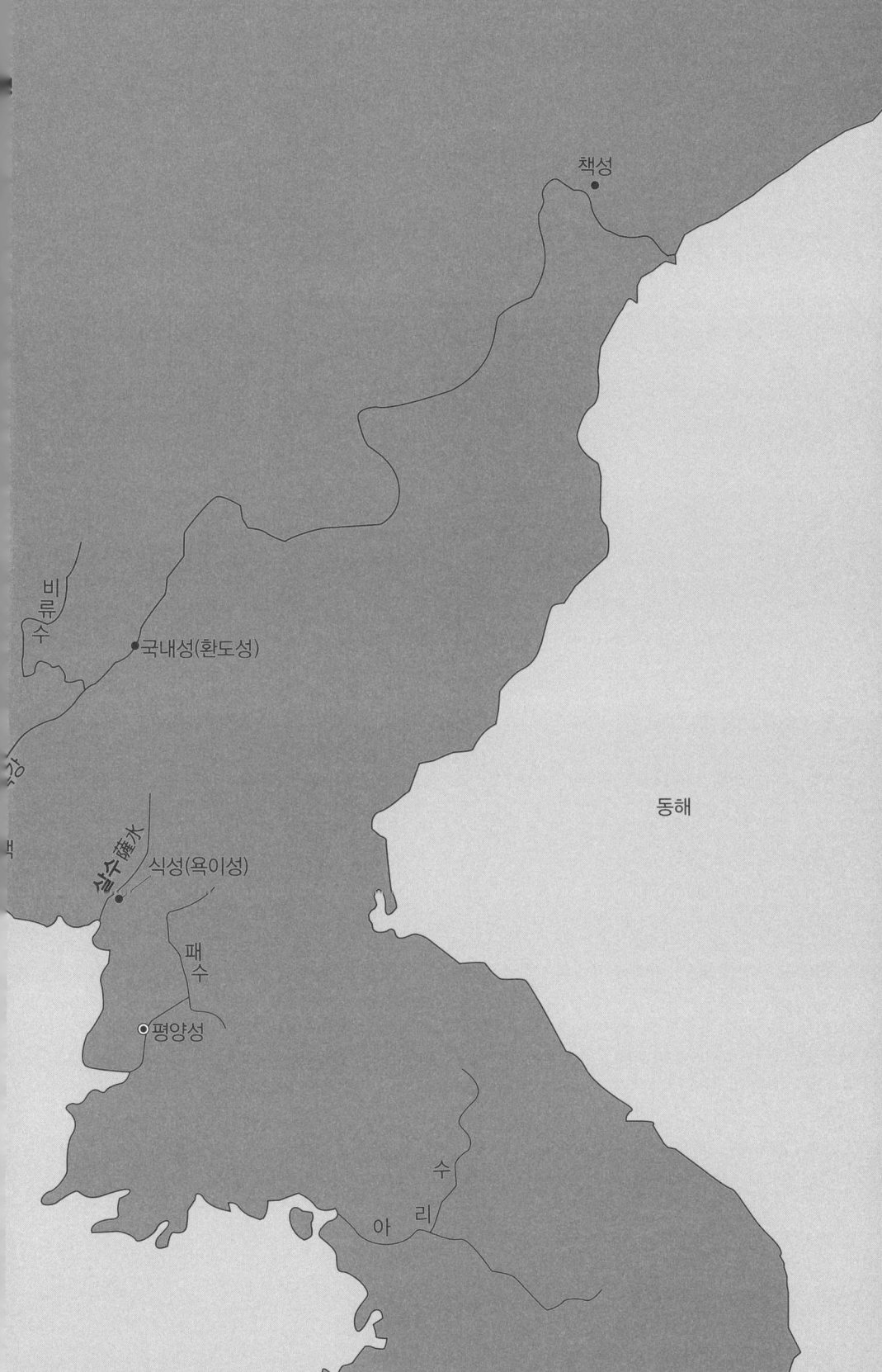